MERI Jaan

Collection New Romance® créée par Hugues de Saint Vincent,
dirigée par Arthur de Saint Vincent
Ouvrage dirigé par Sylvie Gand
Photo de couverture : © GettyImages / NICK VEASEY/SCIENCE PHOTO LIBRARY - Pavlo S - Ton Photographer 4289
Illustration : Aurore Payelle
Couverture : Camille Decoster

34-36 rue La Pérouse
75116 PARIS
www.hugopublishing.fr

ISBN : 9782755665659
Dépôt légal : juillet 2023
Imprimé en France par Corlet
N° d'impression : 22100589 - Juin 2023

NEW ROMANCE®

MERI Jaan

L'amour sous sa forme
la plus pure, la plus intense

OCÉANE GHANEM

Hugo Roman

O
S

Meri jaan est une histoire fictive
qui met en avant des sujets durs et sensibles.
Ce n'est pas une romance douce.
Elle a un côté sombre et violent.
Lisez bien la liste des TWs située à la fin
avant de commencer, s'il vous plaît.
De même, j'en profite pour vous rappeler
que si vous vous retrouvez dans certains aspects
de cette histoire, que vous vous sentez seul.e.s
ou perdu.e.s, que vous avez été victime
d'une agression ou d'harcèlement,
il existe des numéros d'appel à contacter,
et bien sûr, mes messages privés vous seront
toujours ouverts.
N'oubliez pas que vous n'êtes pas seul.e.s.
Jamais ❤

Ne laisse pas les mauvaises pensées
paralyser ton esprit. Apprends-leur la danse.

Proverbe indien

PROLOGUE

Ah, l'amour...

Ola
Las Vegas, Nevada,
21 novembre 2020

« Cher journal,

Il avait promis qu'il ne me ferait jamais de mal. Qu'il ne me briserait pas le cœur. Et il a tenu sa promesse pendant un temps, jouant à l'amant parfait, au petit ami éperdu d'amour, tout en déclamant des « je t'aimerai pour toujours » auxquels j'ai fini par croire – et que j'ai fini par vouloir. Il est devenu ma drogue, mon poison, un remède au goût d'impossible. Avec lui, je ne me sentais plus seule. Je planais au-dessus de ce paradis interdit sur lequel je fantasmais dans le secret de mes rêves les plus fous.

Ne plus jamais être abandonnée.

J'avais constamment la tête dans les nuages, le cœur au bord des lèvres. Sans lui, mon âme partait à la dérive, aussi dénuée d'espoir qu'un condamné à mort sur le chemin de l'enfer. Ça me faisait souffrir, mais c'était bon, aussi. D'une certaine façon, c'était parfait. Et tellement vrai que j'ai fini par baisser la garde, par faire taire ma méfiance, par m'affranchir de toute prudence.

Grossière erreur...

Dépouillée de ma carapace, libérée de toutes mes peurs, je suis tombée amoureuse. Juste comme ça. Un sourire, et hop-là ! J'étais à lui, je vivais pour nous. J'avais le futur dans ma ligne de mire, et comme un sniper, je visais son cœur dans l'espoir de lui dérober son nom.

Mais je le savais, au fond.

Oui, je le savais que c'était trop beau pour être vrai...

Bien sûr, il a fini par faire comme tous les autres avant lui : il m'a blessée. Avec des messages restés sans réponse. Des appels basculés automatiquement sur la messagerie. Des rendez-vous annulés à la dernière minute. Des mensonges. Encore des mensonges. Toujours des mensonges. Et de l'indifférence, un tel silence...

Eh, oh ! Tu m'écoutes ? Je suis là !

Regarde-moi !

Mais ses baisers se sont mis à sonner faux.

Pourquoi tu ne me réponds plus ?

Qu'est-ce que j'ai fait de mal ? Dis-le-moi !

Ses « je t'aime » se sont aiguisés comme des couteaux.

Tu es encore là ?

Je n'y arrive plus, sans toi...

Et dans ses yeux noirs, j'ai pu voir qu'il n'y avait plus d'étincelles. Ni de promesses. Quelques menaces, trop de secrets, tant de non-dits. Ainsi qu'une horrible certitude : mon reflet ne s'ancrait plus à l'intérieur de lui, parce qu'il en regardait d'autres avec l'espoir inavoué d'entrer en elles.

Donne-moi juste une raison.

C'était fini.

Dis-moi simplement pourquoi.

Je contemplais le vide, et le vide m'appelait à lui...

Sans un mot, tout en silence, mon cœur s'est brisé. Et il n'a finalement pas eu besoin de me le dire pour que je le comprenne : l'ennui et la routine avaient réussi à nous tuer. Le quotidien, notre assassin. Moi qui l'aimais, lui qui me fuyait. Comme au jeu du chat et de la souris, du policier et du voleur, du connard et de l'idiote. La partie s'est achevée sur un « Game over, try again... with another man ». Sans gagnant, pas de trophée. Même si j'ai toujours su que j'avais beaucoup plus à y perdre que lui.

C'était fini.

Sans l'être tout à fait.

Parce qu'il n'arrivait pas à me dire qu'il voulait arrêter. À prononcer les mots que j'attendais pour me délivrer de son emprise.

Et moi, je ne pouvais pas me résoudre à le quitter tant qu'il me restait une infime lueur d'espoir de parvenir à le récupérer. Une ultime chance de le reconquérir.

S'il te plaît, s'il te plaît, s'il te plaît.

Nous étions déjà morts, mais je persistais à essayer de nous ranimer. Bouche à bouche, à la recherche d'un nouveau souffle, je n'ai réussi qu'à m'étouffer.

Et c'est là qu'il m'a trompée...

Dans notre lit aux draps défaits. Avec la fille pour laquelle j'étais bête de m'inquiéter.

– Ne sois pas surprise, Ola, m'a-t-il dit avant de partir, sans une once de culpabilité. Tu le savais.

C'était vrai... je savais qu'il ne m'aimait plus. Mais j'ignorais qu'il en aimait déjà une autre. Et pas n'importe laquelle... Celle par la faute de qui je n'ai jamais pu être totalement moi-même. Cette fille qui m'a toujours reléguée dans l'ombre, m'éteignant pour mieux briller. Cette épine acérée qui s'est plantée très tôt dans mon cœur.

Ma grande sœur. »

Je repose mon crayon de papier sur la dernière page de mon journal intime lorsque j'entends des bruits de pas en provenance du couloir. Mes yeux secs, brûlants de larmes qui refusent de couler, se tournent en direction de la porte d'entrée restée entrouverte après le départ fracassant de Clayton.

Une seule personne est susceptible de passer par ici, à cette heure de la nuit…

Dans un état second, j'englobe d'un regard flou mon salon en ruine, ma cuisine en désordre et mon placard vide. Mon studio n'est pas très grand – juste une pièce plus longue que large, découpée en trois zones de vie distinctes les unes des autres et une salle de bains cachée derrière une porte coulissante bas de gamme. Toutefois, il n'a jamais eu l'air aussi immense qu'aujourd'hui. Sans les affaires de Clay et sa présence, c'est comme si je n'avais plus rien…

– Eh, oh ? Y'a quelqu'un ?

Oh, non. Pas lui…

À peine cette pensée m'a-t-elle traversé l'esprit qu'une tête blonde se faufile par l'entrebâillement de la porte. Des boucles dorées et une jolie bouche d'une vibrante couleur rouge obstruent mon champ de vision. Le cerveau embrumé par la douleur, j'ai du mal à focaliser mon attention sur le nouveau venu et je manque de vomir lorsqu'une odeur de nourriture chinoise taquine mes narines.

– Putain ! s'exclame-t-il, abasourdi. Qu'est-ce qu'il s'est passé, ici ?!

Sans attendre de réponse, Saint Hunderson et le meilleur ami de Clayton, pousse la porte d'un coup de pied pour entrer dans l'appartement comme si je l'y avais invité. La colère qui flambe en moi depuis que Clay m'a quittée en emportant la moitié de nos affaires se remet à immoler mes entrailles. Un goût de cendre se distille sur ma langue.

Je n'ai pas envie de pleurer.

Je n'ai pas envie de parler.

Je n'ai même plus envie de respirer.

Mes poings me démangent d'un impérieux besoin d'en découdre, d'une compulsion vengeresse de tout casser pour me purger de ma rage. Mais j'ai déjà réduit en bouillie tout ce qui se trouvait sur mon chemin lorsque je me suis retrouvée seule avec les débris de mon cœur sacrifié à un tricheur.

– Ola ? s'inquiète Saint. Tout va bien ? Qu'est-ce que je peux faire pour toi ? Explique-moi !

D'une voix lointaine, je m'entends lui confier :

– Clayton m'a quittée.

Aucune surprise dans ses yeux sombres. Pas la moindre.

Lui aussi, il le savait…

– Vous vous êtes disputés ? me demande-t-il avec douceur, en s'agenouillant devant moi. Tu es blessée. Est-ce qu'il t'a fait du mal ?

Je porte une main à ma tempe et fixe mes doigts tachés de sang d'un air hébété. J'ignore à quel moment je me suis cogné la tête, mais une coupure de deux centimètres me lacère le cuir chevelu à la jonction du crâne et de l'oreille. Ce n'est pas douloureux. La souffrance dans mon cœur éclipse tout le reste, et je ne ressens plus rien, si ce n'est un énorme vide au centre de la poitrine.

Si profond. Tellement profond…

– Non.

Le mal que Clayton m'a fait est invisible à l'œil nu.

– Parle-moi, Ola.

Je plonge dans le regard crépusculaire de Saint, et plus que la colère, c'est l'affliction qui l'emporte et me submerge jusqu'à transformer mon sang en une lave incandescente. Un cri s'étrangle dans ma gorge. Je voudrais hurler à m'en déchirer les cordes vocales, mais les maux inaudibles de mon cœur brisé m'ont volé tous mes mots et réduite au silence.

Pourquoi ? Pourquoi ? Pourquoi ?

Malheureusement, je le sais déjà, et loin de m'aider à remonter la pente, ça me bousille encore plus… Parce qu'ici, il n'y a pas de « ce n'est pas toi, c'est moi ». Non, j'étais le problème et il me l'a dit – sans pitié. Trop sage, trop coincée, pas assez passionnée. Moi, je l'aimais autant que je le pouvais et je croyais naïvement que ça lui suffirait. Alors, oui : je ne l'enflammais pas, mais je séchais toutes ses larmes. Je ne l'épuisais pas, mais je le tenais dans mes bras pour lui offrir un refuge lorsqu'il avait besoin de se reposer. Je n'étais pas la femme qu'il aurait voulue pour la nuit, mais je m'appliquais à être celle qui aurait pu lui sacrifier sa vie.

Mais que vaut l'amour, de nos jours ?

Il n'y en a plus que pour le sexe. Ici ou là. Partout. Sur le Net, dans les livres, à la télévision. Toujours plus, jamais de pause. Une omniprésence qui efface le reste et te fait croire qu'il existe systématiquement mieux ailleurs. Et pour cause…

C'est sûrement vrai.

Parce que je viens d'avoir la preuve que l'amour, aussi pur et désintéressé soit-il, ne peut pas retenir un homme qui n'a plus envie de rester.

– Il couche avec ma sœur, réponds-je, amorphe.

La main tatouée de Saint se lève vers moi. Aujourd'hui, il a verni ses ongles en rouge – la couleur de ma destruction. Je ne sais pas pourquoi ce détail me chiffonne, mais je n'arrive plus à penser à autre chose qu'à ses doigts, longs et fins, recouverts d'encre noire et de lourdes bagues en argent dont le cliquetis incessant a généralement tendance à m'agacer.

– Je sais, admet-il.

Et cette confirmation à mi-voix, pleine de honte et de regrets, me donne soudain la nausée.

Mes yeux remontent le long de son bras orné de fleurs de lys et de notes de musique en suivant le tracé d'une veine saillante qui me conduit jusqu'à son visage aux traits parfaits. Avec sa mâchoire carrée, aussi lisse et douce qu'une étole de satin, sa bouche pulpeuse à la courbe gourmande, son nez aristocratique qui affirme son caractère farouche et ses yeux aussi sombres que le péché originel, surmontés d'épais sourcils un peu plus foncés que ses cheveux, Saint est magnifique... et il en a conscience. Aussi enchaîne-t-il les conquêtes d'un soir, les orgies nocturnes et les plans à trois. Les culs défilent dans son lit plus vite que sur un siège de métro, et il n'a besoin que d'un sourire pour séduire une fille et la convaincre de s'allonger sous lui. C'est un Don Juan des temps modernes qui adore se vanter de ses prouesses auprès de ses amis, tout en buvant des bières dans le night-club où il bosse en tant que barman.

Saint n'a d'angélique que son prénom.

Et je sais... oui, je sais que c'est en partie à cause de lui que Clayton s'est senti frustré dans notre vie intime.

La dernière copine de Saint a vraiment aimé faire ça... Alors, pourquoi ne veux-tu pas essayer ?!

Parce que j'ai peur. Parce que je ne suis pas comme elle. Parce que je doute de moi. Parce que je n'arrive pas à me défaire de mon éducation. Parce que je ne veux pas ressembler à ma sœur.

Elle a tellement fait pleurer mes parents...

Ne sois jamais comme elle, ma petite fille. S'il te plaît. Papa n'y survivrait pas une deuxième fois.

Mais la vérité, aussi laide soit-elle... c'est parce que je n'étais pas sûre d'en avoir envie avec lui.

– Sors de chez moi, Saint.

C'est la seule chose que je trouve à lui dire, parce qu'à l'heure actuelle, c'est aussi la seule chose que je veuille : tout faire disparaître. Le monde et les gens qui l'habitent. Mon corps et la douleur qui le rongent. L'amour et le chagrin qui me collent à la peau. Tout effacer pour tout recommencer – ah, si seulement c'était possible !

– Tu m'en as toujours voulu, marmonne-t-il, en se rapprochant de moi. Mais je ne suis pas ton ennemi, Ola. Ce n'est pas moi qui t'ai trahie.

Pour la première fois de la journée, je sens les larmes s'agglutiner au coin de mes yeux tandis que je le fixe en jalousant son cœur froid, incapable d'éprouver de l'amour.

– Tu n'es pas non plus mon ami, Saint.

Il tique, comme si je venais de le blesser.

– Parce qu'un ami m'aurait prévenue de ce qu'il se tramait dans mon dos ! m'emporté-je. Un ami aurait essayé de me protéger. Un ami m'aurait évité une telle chute. Un ami m'aurait dit : « Attention, chérie, ton petit ami en profite pour baiser avec ta sœur dès que tu as le dos tourné. » Mais tu n'as rien dit, Saint… Tu as choisi de me maintenir dans l'ignorance.

Il n'est pas seulement le meilleur ami de Clay et son plus proche confident. C'est aussi notre voisin. Il a dû les voir ensemble plus d'une fois, et il a décidé de se taire, de garder le silence, de me prendre pour une idiote.

– Alors, si : tu m'as trahie, toi aussi.

J'essaie de le repousser, mais il est plus fort que moi et il ne me laisse pas faire. Ses bras musclés, d'une puissance létale, tentent de m'encercler pour m'étreindre et me réconforter contre ma volonté. Sauf que je ne supporte pas l'idée qu'il me touche. Je suis trop fragile, ce soir. Prête à me briser en mille morceaux. Et je n'ai pas le droit de m'écrouler devant lui.

Lui que j'ai cru aimer plus que tout au monde, autrefois.

Lui qui m'a poussée dans les bras de Clayton.

Lui qui m'a dit mot pour mot : « Tu es trop douce pour moi, Ola. C'est un gars comme Clay que tu mérites. Il ne te fera jamais de mal. »

Lui qui m'a blessée, comme tous les autres.

Saint Hunderson, le pécheur suprême, le complice du traître et le dernier homme sur terre auquel je me confierais.

– Va-t'en ! m'écrié-je, au bord des larmes. Lâche-moi !

Son odeur suave, un mélange de cuir tanné, de fumée de cigarette et de lessive à la lavande, m'enveloppe dans un cocon moite qui menace de me faire craquer, une bonne fois pour toutes. Aussi le repoussé-je encore plus fort, toujours plus loin, en lui jetant un tas d'horreurs à la figure. Je n'entends même pas ce que j'éructe en postillonnant tellement je suis en colère. Mais c'était succomber à la fureur ou me mettre à pleurer comme une Madeleine. Et je refuse qu'il voie mes larmes, lui qui n'a jamais rien fait pour éviter que l'on en arrive là.

Comme le répétait souvent ma mère avant de mourir : « Qui sème le vent récolte la tempête. »

– Ola, s'il te plaît. Laisse-moi une chance de me faire pardonner, me supplie-t-il, comme si mon opinion avait une réelle importance à ses yeux. Ne me déteste pas.

Tout contre mon oreille, si proche de moi que je sens la douceur satinée de ses lèvres tandis qu'elles m'effleurent le lobe, il murmure à mi-voix :

– Demande-moi ce que tu veux, et je te le donnerai.

Une sensation inattendue, et complètement déplacée, me transperce le bas du ventre, à l'instar d'une flèche enflammée. Un arc électrique, aussi chaud que liquide et presque totalement inconnu pour moi, m'oblige à serrer les cuisses l'une contre l'autre et à étouffer un petit gémissement inopportun. Ma température corporelle augmente de plusieurs degrés et m'embrase d'un sentiment de honte que j'ai du mal à refouler.

J'avais oublié que Saint était le plus grand des pécheurs… *et le plus vil des tentateurs.*

– Je veux que tu t'en ailles ! craché-je, beaucoup plus troublée que je ne suis prête à l'admettre. Tout de suite !

Saint bondit en arrière comme si je venais de lui décocher une gifle en pleine figure. L'expression douloureuse sur son visage me perturbe durant quelques secondes… puis une grande brune magnifique et vêtue d'une minirobe à sequins entre dans mon appartement par cette putain de porte restée entrouverte – encore une fois.

– Saint ? l'appelle-t-elle avec un fort accent espagnol. *Qué pasa ?*

Pour moi, c'est la goutte d'eau proverbiale.

– Fais comme ton putain de meilleur ami et sors de ma vie, Saint !

Ses yeux d'un noir de minuit se posent sur mes lèvres lorsqu'il articule tout bas, plus pour lui-même que pour moi :

– Non.

Puis il se renfrogne, l'air furieux, et se redresse de toute sa hauteur pour me toiser avec une arrogance qui me conforte dans mon choix. Sans ajouter un mot, il tourne les talons et, comme je n'ai pas cessé de le lui demander, il m'abandonne à mon triste sort en emmenant sa petite copine d'une nuit. En partant, il ne referme pas la porte, et j'ignore pourquoi ça me donne envie de pleurer – plus que toutes les choses atroces que Clayton m'a balancées au visage, cet après-midi.

Seule, abattue et perdue, je m'empare de mon journal et griffonne sur la dernière page encore vierge :

« Les changements, des plus infimes aux plus drastiques, s'incarnent sur notre ligne de vie comme des petites morts. Et le plus tragique, c'est que l'on est forcé de s'y résoudre, parce que l'inertie est tout aussi meurtrière. Choisir, c'est mourir. Et parfois, c'est aussi tuer.

Aujourd'hui, je suis morte.

Demain, je renaîtrai.

Entre-temps, je crois que je vais juste me mettre à pleurer en essayant d'oublier qui je suis... et surtout, qui je ne suis pas.

Une femme libre d'être elle-même et d'aller au bout de ses désirs en faisant fi du regard des autres et des attentes démesurées de ses proches.

Une fille à la beauté envoûtante, comme la jolie Espagnole à la robe bleue qui brille de mille feux.

Une fille ambitieuse et sans le moindre scrupule, à l'instar de ma sœur.

Une fille qui ne contemplerait pas les ruines de son studio en priant pour que l'élu de son cœur revienne y foutre le feu.

Oui, une fille totalement différente de cette pauvre cruche d'Olaïna McLaren qui sanglote, le cœur brisé, pour un homme dont les derniers mots après six années de vie commune et sept de relation ont été : "Qui voudrait d'une putain d'étoile de mer dans son lit ?!" »

– Oh, Saint ! entends-je résonner de l'autre côté du palier, quelques minutes plus tard. Plus fort, *querido ! Sí !*

La première larme qui dévale ma joue s'accroche à la commissure de mon sourire désabusé.

Je suis peut-être gentille, mais que Dieu m'en soit témoin : je me **vengerai**.

1

Oh, douce ivresse…

Ola

31 décembre 2020

– Je crois que je n'ai jamais eu d'orgasme, me surprends-je à confier, tout en piquant du nez dans mon verre de vin blanc. Parfois, ça me chatouille, mais ça ne va jamais jusqu'à la grande explosion tant vantée par les livres et la télévision.

Un grognement incrédule me fait tourner la tête vers ma meilleure amie, Joanny Franco, que tout le monde surnomme Jony à cause de sa préférence assumée pour les vêtements masculins et son franc-parler un tantinet agressif. Avec sa chevelure vert pomme, coupée en carré flou sous le menton, sa peau brune, son petit nez retroussé, ses joues rondes et sa bouche en forme de cœur, elle ressemble à une fée des temps modernes… qui jurerait comme un bandit de grand chemin accro à la gnôle et aux clopes de contrebande.

– Tu déconnes, pétasse ?!

Son frère jumeau, João, lui balance dans les côtes un coup de coude qu'il espère sans doute discret, mais qui ne l'est absolument pas. Et pour cause, les Franco sont incapables *de ne pas* attirer l'attention. Ce sont des aimants à problèmes, dans tous les sens du terme, et le pire, c'est qu'ils adorent ça.

– Prends des gants, sœurette. N'oublie pas que notre Ola est sensible, en ce moment.

Avec ses cheveux noirs, ses yeux noirs et sa peau d'un marron un tantinet plus foncé que celle de sa sœur et qui contraste joliment avec la soie luxueuse de sa chemise blanche, João a tout du cliché du « lover » tant prisé par les romances à l'eau de rose, mais ce serait une grossière erreur que de s'éprendre de ce play-boy au cœur inaccessible. Ce qu'il aime, c'est le risque, l'adrénaline et le danger. Pilote automobile pour la NASCAR, il ne vibre qu'à l'unisson des vitesses les plus extrêmes… et des femmes mariées. C'est son truc, je suppose : briser des ménages. Un peu comme une discipline méconnue ou une passion malsaine pour les drames.

Si je ne le connaissais pas depuis l'école maternelle, je le détesterais probablement de toute mon âme. Surtout en ce moment. Mais je sais que João n'a pas un mauvais fond, et en amitié, il est *presque* irréprochable.

– Je ne suis pas sensible ! me défends-je mollement.

– Oui, oui, chérie, répond-il en me tapotant la main avec un air condescendant qui me donne envie de vomir mes tacos sur sa chemise. Tu es une vraie lionne. Grrr !

Je lève les yeux au ciel en reprenant une gorgée de vin blanc. Mon estomac proteste, noyé sous un flot d'alcool qu'il a du mal à digérer, mais plus je bois, moins je me sens triste, et cette constatation exacerbe ma soif…

– Laisse-la tranquille, Cacanova ! siffle Catalina, ma collègue de travail, journaliste au *Las Vegas Magazine*, avant de se pencher par-dessus la table. Sérieux, Ola ? Jamais ?

Ses grands yeux bleus sont tellement écarquillés que c'en est ridicule. Plus mignonne que belle, aussi petite qu'une figurine, Catalina est une version miniature de Rebel Wilson ; tout en courbes gracieuses, en bonne humeur contagieuse et en humour corrosif. Avec son caractère volcanique et sa grande gueule, elle s'est très vite intégrée à notre trio un peu bancal et n'a jamais cédé face aux piques pas toujours très sympathiques de João, auquel elle voue une haine farouche – et un amour qu'elle niera probablement jusqu'à la tombe.

– Arrête de m'appeler comme ça ! s'agace João, renfrogné. Clayton me manque, grogne-t-il plus bas, il y a trop d'œstrogènes, par ici.

Cette fois, c'est Jony qui lui balance un coup de poing dans l'épaule, sans la moindre forme de subtilité ou de discrétion. Moi, je fais comme si je n'avais rien entendu, parce que je suis incapable de penser à mon ex-petit ami sans me mettre à pleurer. Un mois s'est écoulé depuis qu'il m'a quittée, mais j'ai toujours l'âme à vif, le cœur en sang, comme s'il venait à peine de claquer la porte de notre appartement. Je me déteste d'en être encore là, aussi déprimée qu'au premier jour, et dévastée à l'idée que je ne suis finalement pas la femme indépendante que je croyais être. La triste vérité que m'a révélée notre rupture, c'est que j'ai commis l'erreur de construire toute ma vie autour de lui, et qu'à présent qu'il est parti, je tourne dans le vide, comme un disque rayé.

Un rire jaune s'étrangle dans ma gorge et je le fais passer avec une énième rasade de vin. Je suis complètement soûle, ma vision est floue et j'ai aussi chaud que si je me trouvais en plein désert sur les coups de midi, mais je n'arrive pas à m'arrêter.

Il paraît que l'alcool aide à soigner les chagrins d'amour, aussi enchaîné-je les bouteilles.

À moins que ce ne soit le temps… ou le sexe avec des inconnus… je ne sais plus…

– Je n'ai jamais essayé la position de la levrette, continué-je, en ignorant la dernière remarque de João. Et l'amazone me tentait plutôt bien, mais Clay n'aime pas que l'on se mette sur lui. Vous savez, à cause de ses problèmes d'asthme. Oh ! et je n'ai jamais pratiqué de fellation non plus…

Trois regards choqués se braquent sur moi. Dans mon état normal, j'en aurais sûrement rougi de honte, mortifiée à l'idée d'être aussi vulnérable. Heureusement, je suis beaucoup trop bourrée pour me sentir embarrassée par mes confessions à cœur ouvert sur le problème de ma sexualité qui, disons-le, est aussi ennuyeuse et insipide que les galettes de riz que je m'enfile quand j'essaie de faire un régime.

– Mais… Tu es sortie avec lui pendant sept ans ! s'exclame João, abasourdi.

– Et alors ? l'attaque directement Catalina, toujours prête à la confrontation. Si elle n'en avait pas envie, c'est son droit !

Submergée par une vague de tristesse, je renifle et me frotte les yeux, saccageant par la même occasion le *smoky-eyes* que j'ai mis deux heures à faire dans l'espoir de passer la nouvelle année dans la peau d'une autre fille, plus jolie, plus guillerette, plus libre… tellement moins paumée que la vraie moi.

C'est un échec : 2020 va se terminer sur une version tout aussi ratée d'Ola McLaren, récemment larguée et toujours aussi inexpérimentée.

J'étouffe un soupir de lassitude, agacée par la mélancolie de mes propres pensées. Puis je balade un regard tourmenté sur les autres tables du bar miteux dans lequel on a échoué après s'être fait recaler à l'entrée du night-club où Saint travaille, le Guilty Pleasure, et où l'on avait l'habitude d'aller avant ma rupture avec Clayton. Pas besoin d'être un génie pour comprendre le message : mon ex-copain a probablement demandé à son meilleur ami de nous inscrire sur la liste noire pour ne plus avoir à nous – *à me* – croiser. Peut-être même y est-il à cet instant… à danser, à rire, à boire et à baiser avec ma sœur.

– J'en avais envie, reprends-je avec un temps de retard. Très envie, même. Mais…

Je n'ai jamais trouvé le courage de dépasser mes peurs et d'ignorer mes complexes. Encore moins de me défaire des préjugés que mon père m'a inculqués dès mon plus jeune âge, en me fourrant dans la tête des règles toutes plus absurdes les unes que les autres sur le « bon comportement » d'une femme. Et surtout, sur la façon dont elle doit gérer sa sexualité.

Sois discrète. Sois gentille. Sois sage.

Prude et chaste.

N'oublie jamais qu'une femme bien n'a pas besoin de se comporter comme une prostituée pour garder un homme.

Laisse ça aux filles comme ta sœur.

Ne sois surtout pas comme ta sœur.

J'en rirais presque si je n'étais pas aussi anéantie. La vie a parfois un drôle de sens de l'humour.

Dis, papa… en voulant te rendre fier de moi, j'ai perdu mon cœur et le goût de l'amour. Est-ce que tu peux faire comme autrefois et coller un petit bisou magique sur mon bobo ? Il me fait tellement mal !

– C'est à cause de ta sœur ? m'interroge Jony d'une voix anormalement douce. Hein, chérie ?

Les yeux noirs de ma meilleure amie me déstabilisent plus que sa question qui rouvre toutes mes plus vieilles blessures. Ils lisent en moi comme dans un livre ouvert, et je n'ai même pas besoin de confirmer son intuition pour qu'elle comprenne qu'elle a tapé dans le mile – bien sûr que c'est à cause de Charity.

– « Ne sois pas comme ta sœur », me répète tout le temps mon père, leur expliqué-je, en vidant ce qu'il reste de mon verre. « Ne laisse pas Las Vegas t'inoculer son vice », « N'autorise pas les hommes à te rabaisser avec leurs bas instincts », « Ne t'écarte pas du droit chemin. » J'ai suivi les règles, j'ai écouté mon père, j'ai donné tout ce que je pouvais à Clayton, et voilà où j'en suis : célibataire à vingt-cinq ans, le cœur brisé, complètement inexpérimentée, à me demander qui je suis et où sont passées mes plus belles années.

Un sourire hystérique fleurit sur mes lèvres.

– J'ai tout loupé, putain…

Je me mets à rire, mais ce n'est pas vraiment un rire, et aucun de mes amis ne se joint à moi. Je ne leur en veux pas : moi aussi, je me trouve pathétique. Mais si je ne me moquais pas de moi-même, je pleurerais sûrement jusqu'à ce que mort s'ensuive.

– Et bonne année ! ajouté-je, en levant mon verre devant mon visage tandis que les douze coups de minuit résonnent quelque part dans le bar où personne n'a vraiment le cœur à la fête. Puisse le sort vous être favorable. Tout ça, tout ça…

Un grand silence accueille ma piètre tentative d'humour. Mes amis me dévisagent sans rien dire, imperméables à la liesse qui envahit les rues éclairées par le célèbre feu d'artifice tiré au-dessus du Strip, l'avenue principale et l'essence même de Las Vegas. Je vois bien qu'ils s'inquiètent pour moi, et je me sens coupable de leur faire vivre un réveillon aussi merdique, tout en sachant qu'ils supportent déjà ma dépression nerveuse depuis plus d'un mois. Hélas, je n'ai plus le cœur à faire semblant.

– Ola… commence Jony, avant d'être interrompue par la fougue de Catalina.

– Et si tes meilleures années étaient plutôt devant toi ? Regarde-toi : tu es tellement belle que ça me fait mal aux yeux, bordel !

Jony hoche la tête avec enthousiasme et réplique :

– Tu n'es pas épanouie dans cette peau ? Changes-en, pétasse ! Sois un serpent plutôt qu'une souris !

João me ressert une lichette de vin tout en ajoutant sa pierre à l'édifice :

– Ton père est un homme très strict qui n'a jamais digéré le fait que sa fille aînée échappe à son contrôle et se lance dans le porno pour lui faire un magistral doigt d'honneur. Tout n'est pas à jeter dans ce qu'il a essayé de t'enseigner, tempère-t-il néanmoins, mais tu ne te trouveras jamais si tu n'as pas les couilles d'aller te chercher par toi-même.

Il marque une pause, l'air un peu éméché, lui aussi.

– Dans ma tête, ça semblait beaucoup plus logique que la bouillie informe qui vient de sortir de ma bouche, mais tu as compris l'idée, hein : l'heure de la crise d'adolescence a sonné !

Ce soir, et pour la première fois depuis que Clayton a démoli toutes mes illusions de jeune fille, je me sens ébaucher un véritable sourire qui fait aussi germer une idée folle dans mon esprit.

– Vous êtes bêtes… marmonné-je.

Ou pas, rectifié-je en mon for intérieur.

– On est désormais officiellement en 2021, et ça me tue de commencer la nouvelle année en te disant ça, mais Cacanova a raison : si tu ne te sors pas les doigts du cul, tu n'arriveras jamais à remonter la pente !

João gratifie Catalina d'un très vilain geste du majeur auquel elle répond par une grimace absolument affreuse qui m'arrache un grand éclat de rire. Soudain, je n'ai plus envie de pleurer, parce que je viens de comprendre qu'en plus d'être les meilleurs amis au monde, ils ont aussi raison : qu'est-ce qui m'empêche de changer ?

J'ai déjà commencé à essayer d'initialiser une nouvelle version d'Ola McLaren en me séparant des dernières affaires de Clay et en me maquillant comme les filles sur YouTube que j'ai toujours secrètement admirées.

Pourquoi ne pourrais-je pas pousser la transformation encore plus loin ?

– Tiens, ça me fait penser à ce mec, au boulot ! rajoute Catalina. Tu sais, celui qui s'est acheté un calendrier « mot du jour » parce que le rédac' en chef lui a dit qu'il n'avait pas assez de vocabulaire. Il aurait pu mal le prendre et faire la sourde oreille, mais non, il s'est mis au défi d'apprendre et d'utiliser un nouveau mot par jour, et à la fin, le patron lui a filé une augmentation !

Mon cœur se met à battre la chamade.

– Tu devrais faire ça, pétasse ! se marre Jony. Il doit bien y avoir un calendrier avec toutes les positions du Kama Sutra, non ?

– Il n'y a que soixante-neuf positions et trois cent soixante-cinq jours, la taquine son frère, pince-sans-rire. Mais je veux bien t'aider à en découvrir des nouvelles, Olalita.

Jony, Catalina et moi ébauchons la même grimace dégoûtée.

– Beurk ! Ce serait comme m'envoyer en l'air avec mon frère ! m'exclamé-je, à deux doigts de la régurgitation.

– Moi, j'ai couché avec ton frère, me rappelle Jony, et c'était génial !

Ma meilleure amie étouffe un soupir rêveur en se remémorant la nuit où elle a perdu sa virginité dans les bras de Cian, mon frère aîné et militaire de carrière, avant qu'il ne parte combattre à l'autre bout du monde. Elle a beau le nier de toutes ses forces, je sais qu'elle est toujours célibataire parce qu'elle attend qu'il rentre à la maison pour vivre cette fabuleuse histoire d'amour qui n'existe que dans sa tête, mais je n'ose pas m'en mêler et lui avouer que Cian n'éprouve pas les mêmes sentiments. Mon frère est comme ma sœur : indomptable, sans aucune limite et profondément épris de cette liberté fondamentale que nos parents ont trop souvent bafouée.

– Merci de me remettre ces images répugnantes en tête.

– Sans blague, c'était si bon, putain ! Il a une bite tellement éno…

– La, la, la ! crié-je, en me couvrant les oreilles. Je ne t'entends pas !

Nous rions en échangeant quelques plaisanteries potaches, puis la conversation dérive sur le nouvel amant de Catalina que João se fait un devoir de tailler en pièces. Après une nouvelle tournée de vin blanc, mon vague à l'âme temporairement envolé, je me surprends à déballer mon nouveau journal intime, offert par mon chef, Mason Pickman, lors du *Secret Santa*[1] organisé au boulot, et qui s'amuse toujours de ma passion légèrement obsessionnelle pour les carnets et l'écriture.

– Et si… commencé-je, incertaine. Et si, au lieu d'un nouveau mot par jour, je me fixais un défi par semaine. Du genre, je ne sais pas, moi : « Rouler une pelle à un inconnu. »

João me jette un regard atterré.

– Tu n'as jamais roulé de pelle à un inconnu ? Bon Dieu, Ola ! Tu ne peux pas être aussi ingénue, tout de même !

J'ouvre la bouche pour le détromper lorsqu'un vieux souvenir refait surface. Un fragment de mon passé que je me suis efforcée de refouler,

---

1. Père noël secret

bien des années plus tôt, et que j'ai presque totalement réussi à effacer de mon esprit.

Presque.

Mais si, j'ai déjà embrassé… et même plus que ça… un garçon que je ne connaissais ni d'Ève ni d'Adam.

Saint Hunderson.

À une soirée où je n'étais pas censée me rendre toute seule. Lors d'une nuit où je n'aurais jamais dû boire autant de Jello Shots à la vodka. Et dans un lit qui gardera pour toujours la trace de la perte d'une partie de mon innocence.

– Ce n'était qu'un exemple, bredouillé-je, en rougissant. Mais ça pourrait être marrant, non ?

– C'est exactement ce qu'il te faut, pétasse, confirme Jony avant de me voler mon journal et de sortir un stylo de son sac. Premier défi : tailler une pipe !

Toute fière, elle griffonne en demandant à la cantonade :

– D'autres idées ?

– La levrette et l'amazone ! s'écrie Catalina. Oh, et pourquoi pas essayer le sadomasochisme ? Cinquante nuances de folie dans la petite culotte d'Olalita !

– Et le faire avec un homme marié ! surenchérit João, en retombant dans ses travers habituels. Rien n'est meilleur que braver l'interdit !

J'écarquille les yeux.

– Ne note surtout pas ça, Jony !

Mais c'est trop tard, elle l'a déjà marqué. Et très vite, la liste s'allonge tandis que les propositions affluent de tous les côtés. Je ne participe pas, mais lorsqu'une idée va trop loin, je mets mon veto en m'empourprant de leur audace – et en l'enviant un peu, aussi. Plus les défis s'accumulent, et moins je me sens triste. Peut-être est-ce dû à ma consommation excessive d'alcool, soyons honnêtes. Toutefois, j'aime le sentiment de puissance qui enfle dans ma poitrine lorsque je m'imagine draguer un mec au hasard en boîte et le ramener chez moi pour faire l'amour toute la nuit.

La gentille Ola, celle de son papa et de Clayton, ne ferait jamais ça.

Mais la vilaine Ola, qui se découvre une passion pour le vin blanc et les défis sexuels complètement délirants, a très envie de commencer dès maintenant…

– Je n'ai jamais embrassé de femme, réponds-je à l'intention de João qui vient de me poser la question. En fait, je n'ai embrassé que deux personnes, dans ma vie, et Clayton n'aimait pas trop les baisers langoureux.

Jony écrit tout en chantonnant :

– *I kissed a girl and I liked it*[2] !

– D'ailleurs, on va tout de suite le cocher, celui-là ! ricane Catalina. Viens là, Ola ! Effaçons de ta bouche le souvenir de l'autre connard qui ne te méritait pas.

Plus que tout, c'est la dernière phrase de Catalina qui me pousse à me pencher vers elle et à lui tendre mes lèvres. Sans aucune hésitation, ma blonde préférée fonce sur moi, m'attrape par la tignasse et m'embrasse avec une ardeur qui me cloue à ma chaise.

Notre baiser est sauvage, fiévreux et incroyablement sensuel.

Ses lèvres douces se referment sur les miennes avec une expertise qui fait s'envoler un tas de papillons dans mon ventre. Je rougis en m'entendant gémir de plaisir, emportée par sa passion, mais Catalina ne recule pas, et au contraire, elle en profite pour me taquiner de sa langue.

Elle a le goût de la bière, des chips salées et du gloss à la fraise.

Je savoure l'arôme suave de son baiser tout en prenant conscience à quel point ça m'a manqué, d'être embrassée et cajolée comme si j'étais précieuse. Et belle. Il y a si longtemps que je n'avais pas été choyée…

Ce baiser tue quelque chose dans mon cœur.

Mais il crée aussi une merveilleuse prise de conscience.

Si je le veux, je peux être libre.

Comme les jumeaux. Comme Catalina. Comme mon frère et ma sœur. Comme Clayton. Comme Saint. Et comme tous ceux qui ont compris que ce n'était pas normal de vivre dans la peur constante du jugement des autres.

Et je peux me venger, aussi.

Non pas en rabaissant Clayton ou en le punissant pour ce qu'il m'a fait, mais en trouvant qui je veux être et en expérimentant tous ces plaisirs coupables que je me suis toujours refusés en craignant de le perdre.

---

2. Titre incontournable de Katy Perry dans les années 2000.

Hum, oui. C'est si bon…

Lorsque Catalina se recule, je suis à bout de souffle et j'ai la bouche toute gonflée. Mon cœur bat à la vitesse de la lumière, et je suis presque sûre que mes amis peuvent voir à quel point je suis excitée.

Non par Catalina, même si elle embrasse très bien et qu'elle est très jolie.

Mais par la perspective d'aller enfin au bout de tous mes fantasmes les plus secrets, de tous mes désirs les plus inavouables.

– Merci, chuchoté-je contre ses lèvres. C'était chouette…

– Avec plaisir, me répond-elle, aussi essoufflée que moi. Bonne année, ma belle Ola !

Je la remercie une nouvelle fois et reprends une gorgée de vin.

– Puisse-t-elle être pleine de plaisir ! intervient Jony.

Puis elle agite mon carnet au-dessus de la table et ajoute :

– Avec notre *sexlist*, crois-moi, tu l'auras enfin, ton orgasme !

– Génial ! conclut João. Et maintenant, mesdames, excusez-moi, il faut que j'aille faire pleurer la bête aux toilettes !

J'éclate de rire tandis que Jony le hue à tue-tête et que Catalina louche sur lui avec des yeux gourmands.

– Je vous aime, les gars. Putain, je vous aime tellement…

L'esprit embrumé par l'alcool et un désir inassouvi, je pose la tête contre l'épaule osseuse de Jony, ferme les yeux tout en me laissant bercer par le son mélodieux de leurs voix et finis par m'endormir avec un large sourire sur les lèvres.

Heureuse, si heureuse…

Et tant pis si c'est éphémère.

J'en ai marre d'être une perdante. Cette année, je vais gagner. Et peut-être, oui… peut-être que je n'y perdrai pas mon âme.

2

Premier défi

Ola

9 janvier 2021

– Tu peux le faire, Ola ! m'encouragé-je, en fixant mon reflet à travers le miroir des toilettes pour femmes de ce night-club un peu douteux dans lequel je passe une soirée étrange – et qui ne diffuse que de la musique électro, par-dessus le marché. Ary est mignon et tu en as envie !

Quelque chose vacille dans mes yeux. Sûrement mon courage. Je pensais être prête à entamer ma revanche sur Clayton – et sur la vie, d'une manière plus générale. Mais j'ai les mains qui tremblent, le souffle court et l'impression de foncer droit dans le mur.

Ce n'est pas moi, ça…

D'autant plus que mon reflet me ressemble si peu que je peine à me reconnaître. Vêtue d'une robe framboise scandaleusement courte et rehaussée d'empiècements en dentelle noire autour du décolleté en V qui souligne la courbe de mes seins, je suis juchée sur des talons de quinze centimètres qui me font des jambes interminables. Et si je suis raide dingue de cette nouvelle paire de chaussures, chaque pas est une véritable torture, si bien que je suis incapable de danser avec de telles échasses aux pieds !

Hier après-midi, je suis allée chez la coiffeuse de Jony, et elle m'a fait des mèches d'un joli rouge cerise qui se marient à la perfection avec le vert brun de mes yeux. Mon maquillage est impeccable grâce à l'incommensurable talent de Catalina en la matière, et je me suis même verni les ongles des pieds dans une teinte assortie à ma robe. Pour la première fois depuis très longtemps, je me trouve belle et désirable. La version idéale de celle que j'ai toujours rêvé d'être et qui me semblait à jamais inaccessible.

Mais non, ce n'est pas moi…

En fait, je ressemble tant à ma sœur que c'en est perturbant. La seule chose qui nous différencie, c'est ma coupe de cheveux, plus longue et bouclée. Et ma silhouette, aussi, plus svelte et longiligne. Contrairement à elle, je n'ai pas hérité des formes épanouies de notre mère indienne, qu'elle tenait elle-même de ses aïeules, vénérées pour leur beauté et leur fertilité dans leur village natal. Moi, j'ai eu la (mal) chance d'écoper de la raideur irlandaise de notre paternel, ainsi que de ses taches de rousseur et de son tempérament prompt à la colère.

J'étouffe un soupir et tente de me rappeler que c'est ce que je veux – et ça l'est, oui… Du moins, en théorie. Parce qu'en pratique, je n'ai toujours pas confiance en moi et j'ai une peur panique à l'idée de me ridiculiser en allant au bout de mon plan.

Et si je ne lui plaisais pas ? Et si j'étais encore plus nulle qu'avec Clay ? Et s'il se moquait de moi, lui aussi ? Je ne m'en remettrais pas. Pas dans mon état actuel. Je me sens tellement vulnérable qu'une simple brise me ferait l'effet d'un véritable ouragan.

Renonce à ces bêtises, Ola, susurre une petite voix dans ma tête. *Ce n'est pas pour toi. Ne sois pas comme ta sœur.*

Je passe une main dans mes cheveux, puis sur le tissu légèrement satiné de ma robe, et soudain, j'ignore pourquoi, mais l'image de Saint chasse celle de mon père dans mon esprit.

Tout à coup, je le vois comme s'il était là, devant moi.

Blond comme un ange, brillant comme une étoile, le plus tentant des hommes.

Je ne lui ai plus parlé depuis que je lui ai ordonné de sortir de ma vie. Mais je le connais depuis si longtemps qu'à chaque fois que je le croise dans le couloir de notre immeuble, j'ai du mal à me rappeler que je ne dois plus lui adresser la parole. Saint fait partie intégrante de mon quotidien depuis plus de sept ans, maintenant. Et je n'aurais jamais cru que le perdre me ferait autant de peine. Après tout, je l'ai toujours considéré comme le meilleur ami batifoleur de Clayton, une mauvaise influence dont il fallait que je me méfie et un séducteur impénitent que je devais garder à l'œil. Il n'était pas mon ami, mais… il me faisait rire, avec son sens de l'humour un peu débile et ses reparties cinglantes qui claquaient comme des coups de fouet. Et lorsque j'étais malade, il se faisait toujours un devoir de me préparer un grand bol de soupe au poulet – la meilleure que j'aie pu goûter après celle de ma mère.

Cela dit, et malgré toutes ces années de promiscuité, je n'ai jamais réussi à me sentir véritablement liée à lui et à le voir de la même façon que João.

Et pour cause, je ne suis jamais parvenue à le cerner…

Parfois, il lui arrivait d'être très présent et attentionné, puis de disparaître d'un seul coup pendant plusieurs semaines, sans prévenir personne, avant de revenir un beau matin et de se comporter comme si de rien n'était. Et lorsque Clayton n'était pas là, c'était comme si je n'existais plus à ses yeux. À peine un bonjour et tout de suite un au revoir. Il me fuyait dès qu'il m'apercevait et mettait un point d'honneur à m'éviter autant qu'il lui était possible étant donné la proximité de nos appartements.

Je ne l'ai jamais compris.

Je l'ai toujours tenu à l'écart.

Et pourtant…

Quand je l'ai revu cet après-midi en rentrant du travail, j'ai failli lui sourire et lui demander si l'opération de sa mère s'était bien passée. Mme Hunderson avait rendez-vous en début de semaine pour une réduction mammaire qu'elle attendait depuis plusieurs années et qui visait à soulager ses douleurs liées à sa sciatique. Mais dès que j'ai croisé son regard sombre, d'un brun si foncé qu'il tire sur le noir, j'ai pensé à Clayton, à ses mensonges, à *leurs* mensonges, et la haine m'a brûlé le cœur.

Pourquoi l'as-tu laissé m'humilier ? Pourquoi n'as-tu pas pris ma défense ? Tu avais dit que lui, il ne me ferait jamais de mal, et moi, je t'ai cru…

Je suis passée devant lui et sa nouvelle copine – blonde et russe, cette fois… – sans répondre à son « Ola ? » murmuré d'une voix surprise. Et même si ça m'a coûté de l'ignorer d'une façon aussi impolie, ma détermination s'en est trouvée renforcée lorsque je l'ai entendu répondre à sa conquête que je n'étais que « l'ex-petite amie d'un bon pote ».

Un goût amer se distille à l'arrière de ma langue. Toutes mes hésitations s'envolent dans un nuage de fumée.

Je ne veux plus être « l'ex de Clayton ».

La fille qu'il a trompée et larguée.

Et dans cette robe, avec ces chaussures et ces sous-vêtements tout neufs, je ne suis plus elle.

Non, je suis une créature de la nuit, mystérieuse, dangereuse et prête à prendre ce qu'elle mérite : un peu de plaisir après toute cette douleur.

Alors je sors des toilettes, redresse les épaules et rejoins mes amis à leur table. Jony danse comme si elle passait le casting d'un remake de *Saturday Night Fever*, Catalina roule des pelles à son nouveau copain sous l'œil noir de João, et Ary, pilote de rallye, sirote sa boisson en promenant un regard distrait sur la piste illuminée de néons fluorescents. Lorsqu'il me remarque, ses yeux étirés sur les tempes s'enflamment d'un désir qui me noue l'estomac. Un sourire charmeur soulève la commissure de ses lèvres pleines. Je prends un petit coup au cœur en remarquant, pour la première fois de la soirée, qu'à quelques détails près, il ressemble beaucoup à Clayton : très grand, le crâne rasé et une silhouette athlétique.

Foutu João !

Je n'aurais jamais dû lui demander de me présenter à l'un de ses copains pour relever mon premier défi. Il n'y a que ce crétin pour me ramener une réplique de l'homme qui m'a brisé le cœur…

– Tu es incroyable, me souffle Ary à l'oreille lorsque je m'arrête près de lui. Pourquoi João ne m'a-t-il pas parlé de toi plus tôt ?

– Je te l'ai déjà dit, réponds-je, en essayant de ne pas me raidir à son contact. Je sors à peine d'une longue relation très sérieuse.

– Quel homme serait assez fou pour laisser partir un tel bijou ?

Je me retiens difficilement de lever les yeux au ciel. Peut-être le pense-t-il vraiment, mais j'en doute. Il me connaît depuis moins de trois heures et le peu d'informations que je lui ai délivrées à mon propos n'a pas l'air de s'être ancré dans sa mémoire.

Oh, je ne lui en veux pas d'essayer de me baratiner avec de belles paroles aussi vides que creuses.

Pour ce dont j'ai besoin ce soir, je peux très bien me passer de son honnêteté. De toute façon, Ary habite à Houston et n'est que de passage à Las Vegas.

– Est-ce que ça te dirait de me raccompagner chez moi ? osé-je lui demander. Genre, tout de suite ?

Il est presque deux heures du matin, j'ai mal aux pieds et mes amis sont déjà tous fortement alcoolisés. La soirée est finie. Du moins, cette partie-là…

– Oh, putain ! Ouais !

Son enthousiasme me rassure et m'effraie tout à la fois – un sentiment étrange qui menace de me faire perdre ma détermination. Mais, non. J'inspire profondément, placarde un grand sourire sur mes lèvres et préviens Jony que je mets les voiles avec Ary. Ma meilleure amie lève les deux pouces en signe d'encouragement muet, puis elle me claque les fesses en me gratifiant d'un : « Baise-le à fond, pétasse ! » qui me fait rougir.

Cette fille est tarée.

Quant à João, il me décoche un clin d'œil malicieux lorsque je passe devant lui, main dans la main avec Ary. Je ne prends pas la peine de dire au revoir à Catalina, qui ne remarque même pas notre départ, trop occupée à ausculter les amygdales de son jules.

En moins de cinq minutes, je suis assise sur la banquette arrière d'un taxi qui roule à toute berzingue vers mon appartement, à essayer d'apprécier les baisers mouillés dont Ary parsème mon cou tout en me caressant le côté de la cuisse.

Pour être honnête, ce n'est pas désagréable. Il est doué, son odeur est plaisante, légèrement enfumée, et ses mains n'osent pas s'aventurer sous l'ourlet de ma robe, ce qui témoigne d'un respect m'aidant à me sentir à l'aise. En fait, quand je ferme les yeux et que je me concentre uniquement sur les sensations que son corps procure au mien, c'est assez excitant. J'aime son souffle tiède qui m'effleure la peau, ses doigts froids qui me taquinent dans un lent va-et-vient équivoque, ouvertement sexuel, et sa langue qui trace des arabesques érotiques le long de mes clavicules. Une moiteur inattendue envahit mon bas-ventre, ma température corporelle augmente et je me détends dans son étreinte… jusqu'à ce que mes pensées me rattrapent et que mon cerveau se remette à fonctionner.

Plus je réfléchis, moins je suis réceptive à son flirt.

Comment dois-je bouger ma langue ? Qu'est-ce qu'il aime ? Est-ce que je suis suffisamment entreprenante ? Et putain, où dois-je mettre mes mains ?!

Au moment où il trouve ma bouche, je n'ai plus aucune envie de l'embrasser, mais je le fais quand même, parce que je tiens à effacer le souvenir de Clayton, à chasser son fantôme, à tuer la petite chose craintive qu'il a faite de moi.

Pourquoi, Clay ? Pourquoi ?!

Les lèvres d'Ary se pressent contre les miennes. Elles ont le goût du champagne, de la cigarette et d'une autre saveur plus épicée que je ne parviens pas à identifier. Là encore, ce n'est pas déplaisant… mais tellement différent des baisers de Clayton que je me surprends à approfondir notre corps-à-corps, à la recherche de quelque chose… je ne sais pas vraiment quoi… Sa langue ondule avec la mienne dans une danse lascive, un ballet sinueux. C'est bon, avec un soupçon de sauvagerie qui me promet une nuit agitée, brûlante à m'en faire hurler à la lune. Je m'agrippe à ses épaules.

– Ça vous fera quarante-cinq dollars, grogne le chauffeur bougon, en se garant devant chez moi. Ah, la fougue de la jeunesse !

Ary délaisse mes lèvres avec un soupir de regret, puis il échange quelques mots avec le chauffeur avant d'éclater de rire à une blague que je n'ai pas écoutée. Sa bonne humeur me fait plaisir, j'aime voir les gens heureux et son sourire d'une blancheur irréprochable est vraiment à couper le souffle. Je commence à me dire que j'ai eu raison de faire confiance à João, plus réputé pour ses bourdes que pour sa vivacité d'esprit, et qu'il m'a finalement trouvé l'homme parfait pour reprendre du poil de la bête, lorsqu'un coup d'épaule manque de me faire tomber à la renverse.

Trop occupée à reluquer Ary, je n'ai pas fait attention à l'homme qui filait comme une flèche vers la sortie de l'immeuble.

– Désolée ! m'empressé-je de m'excuser, bien que les torts soient partagés.

Un grognement inintelligible me parvient de loin tandis que l'inconnu disparaît à l'angle de la rue. Un peu décontenancée, j'attrape la main pâle d'Ary et le conduis jusqu'à mon appartement, situé au troisième et dernier étage de cette vieille bâtisse en briques rouges qui était jadis un hospice pour les vieillards et les indigents ruinés par la ville du péché. Las Vegas a l'un des taux de criminalité les plus élevés du pays, et l'influence de la mafia se fait encore ressentir du centre-ville jusqu'à la périphérie, aussi, je me méfie toujours des inconnus trop pressés qui s'habillent en noir de la tête aux pieds. Je n'ai jamais été cambriolée, ni agressée, d'ailleurs, mais je sais que ça n'arrive pas qu'aux autres et je suis constamment sur mes gardes. C'est l'inconvénient de travailler dans un journal et de corriger les articles de la rubrique faits divers, je suppose…

Alors que je me débats avec la serrure récalcitrante de ma porte qui a toujours du mal à se fermer, et encore plus à s'ouvrir, Ary m'enlace par-derrière afin de me murmurer à l'oreille :

– Tu as l'air un peu tendue, ma jolie.

Petite morsure à l'arrière de ma nuque. Délicieux frisson le long de ma colonne vertébrale.

– Ne t'inquiète pas. Je serai doux avec toi.

Ses paroles me troublent. Je me demande s'il a senti mon inexpérience dans mes baisers. Est-ce que ma fragilité se devine aussi dans mes étreintes ? Et moi, saurai-je lui donner ce qu'il veut ? Et qu'est-ce qu'il veut, d'ailleurs ? Du sexe, c'est évident. Mais quel genre de sexe ?

La panique enfle à l'intérieur de moi. J'entre dans mon appartement et me déleste de ma veste en laine, que je suspends à l'entrée avant d'ôter mes chaussures et d'allumer la lampe de chevet. Ary me complimente sur ma décoration pour le moins inexistante – les trois quarts de mes affaires appartenaient à Clayton.

– Est-ce que tu veux un verre d'…

Les mots s'étranglent à mi-chemin de ma gorge dans un borborygme incrédule. Ary m'attrape par la taille et me plaque contre le mur pour dévorer ma bouche d'un baiser tout en dents qui me blesse les lèvres et m'entaille la langue. Un arrière-goût de rouille se mêle à ma salive et me provoque un haut-le-cœur qui s'intensifie lorsqu'il m'agrippe par les fesses pour me presser contre son érection.

Et la douceur, putain ? ai-je envie de hurler, en sentant les larmes s'amonceler sous mes paupières.

Ses mains glissent sous ma robe qu'il retrousse jusqu'à la taille pour venir à la rencontre de ma culotte en dentelle. Il tire sans ménagement sur le tissu délicat qui se déchire avec une facilité déconcertante et tombe en lambeaux à ses pieds, me laissant à moitié nue – et pas la moitié la plus facile à assumer.

– Doucement ! m'exclamé-je dès l'instant où il se recule pour reprendre sa respiration. S'il te plaît…

– Pas besoin de me supplier, bébé. Je vais te donner tout ce que tu veux !

Ary repart à l'assaut de ma bouche, encore plus sauvage, de moins en moins tendre et attentionné. Ses mains m'attrapent, me tordent, me blessent. Sa passion hors de contrôle ne m'excite absolument pas, et lorsque j'essaie de le repousser, il se méprend sur mes intentions et m'emmène jusqu'à mon lit, sur lequel il me couche en gardant sa langue enfoncée tout au fond de ma gorge. Son poids me cloue à mon matelas, et plus je bouge, plus il s'enhardit, convaincu que je suis aussi enflammée que lui.

La peur me broie l'estomac.

Je ne veux pas. Je ne suis pas prête.

J'ai fait n'importe quoi, putain…

– Attends ! m'écrié-je, entre deux inspirations. Ary !

Surpris, il s'immobilise au-dessus de moi et me dévisage comme si j'étais folle. Peut-être est-ce le cas. Je ne sais plus très bien où j'ai la tête, ces derniers temps. Dix minutes plus tôt, j'étais excitée à l'idée de passer la nuit avec lui. Et maintenant, j'ai envie de pleurer tellement je suis angoissée.

– Je ne suis pas sûre de…

Ma voix s'éteint d'elle-même, mes poumons sont privés d'oxygène. La seule chose à laquelle je pense, c'est : *Lâche-moi, lâche-moi, lâche-moi !*

– Quoi ? Tu déconnes, hein ?

Je secoue la tête, les yeux implorants. La colère déforme le visage d'Ary et je me sens devenir livide sous l'épaisse couche de fond de teint qui macule mon visage jusqu'à en dissimuler les taches de rousseur.

– Mais c'est toi qui m'as invité !

– Je suis désolée, m'excusé-je, sincère. Ce n'est pas le bon moment, finalement. Je n'ai plus envie.

Ary ne bouge pas.

– Tu n'as fait que ça toute la soirée : souffler le chaud et le froid, s'agace-t-il, en desserrant légèrement la prise de ses mains autour de mes poignets. Laisse-moi deux minutes, et tu verras que tu me supplieras à nouveau de continuer.

J'écarquille les yeux.

– Non ! hurlé-je en me débattant. J'ai dit non ! Casse-toi !

– Calme-toi, putain ! s'écrie-t-il en reculant, rouge d'embarras. Tu n'es qu'une espèce de petite allumeuse !

– JE T'AI DIT DE TE CASSER D'ICI !

Les yeux d'Ari deviennent noirs d'une fureur qui me glace le sang. L'espace d'un instant, je crains le pire et mon cœur tombe en chute libre dans ma poitrine, mais la seconde d'après, un bruit sourd retentit sur ma gauche et Ary se volatilise d'un seul coup, comme s'il avait été coupé par un mauvais raccord dans un film à petit budget.

– Qu'est-ce que…

Un grondement animal me hérisse tous les poils des bras tandis qu'une tête blonde pénètre dans mon champ de vision.

– Tu n'as pas entendu la dame, connard ? Elle t'a dit non !

Saint lève son poing alourdi de bagues et, sous mon regard effaré, l'abat avec une violence inouïe sur le visage défait d'Ary.

Oh, merde !

– Non, Saint ! Arrête !

Torse nu et échevelé, uniquement vêtu d'un pantalon noir pas tout à fait reboutonné, mon irrésistible voisin tourne des yeux fous vers moi. Il est au-delà de la fureur et prêt à s'abattre comme un ouragan sur Ary, dont le nez pisse déjà le sang.

Consciente du potentiel explosif de la situation, je redescends ma robe sur mes cuisses tremblantes et m'interpose entre les deux hommes qui se dévisagent en chien de faïence.

– Va-t'en, Ary ! lancé-je, en faisant un grand geste vers la porte ouverte. Sors de chez moi !

Cette fois, l'ami de João s'empresse d'obéir. Il récupère sa veste, lâchement abandonnée sur le sol à côté de mon lit, et se carapate à la vitesse de l'éclair, non sans me traiter au passage de « folle tordue » et de « sale garce ». Toute ma culpabilité s'envole et je le gratifie d'un magistral doigt d'honneur qui lui arrache une grimace.

Non, c'est non. Et s'il n'arrive pas à le comprendre, qu'il aille se faire foutre !

Note pour moi-même : *Ne plus jamais faire confiance à João.*

En entendant ces insultes, Saint bondit en avant, les poings serrés, déterminé à en découdre, et je suis obligée de lui bloquer le chemin pour éviter qu'il se jette à son cou et le rosse comme il crève visiblement d'envie de le faire. La tension est à son comble dans mon petit appartement qui n'a pas l'habitude d'accueillir autant de testostérone. Clayton avait une tonne de défauts, mais il n'a jamais été violent, agressif ou dominateur. C'était un séducteur tout en finesse – et un manipulateur de génie.

– C'est quoi ce bordel, Ola ?

Je sursaute, étonnée par la virulence que je discerne dans la voix irritée de Saint, et pivote pour le mettre à la porte, lui aussi… Mais toutes mes connexions neurales s'éteignent lorsque mes yeux croisent les siens, sombres et menaçants. La rage flamboie dans ses prunelles aux pupilles dilatées, ainsi qu'une autre émotion sur laquelle je m'interdis à mettre de nom – c'est trop risqué. Une sensation de danger imminent me submerge sous une vague de volupté qui ravive la chaleur liquide dans mon bas-ventre.

Soudain, je me rappelle que je n'ai plus de culotte, et qu'en plus, elle gît à ses pieds, tel un petit mouchoir de dentelle noire et chiffonnée.

– Elle est belle, ta robe… lâche Saint après un long moment de silence passé à nous observer l'un et l'autre dans une posture défensive. Elle te va bien.

J'ignore pourquoi ma respiration s'accélère à ce point, et là encore, j'essaie d'éviter d'approfondir la question. Hélas, le bras musclé de Saint se lève, et lorsque sa main tatouée agrippe l'une de mes boucles, je dois me rendre à l'évidence : *je suis excitée*. En fait, un simple regard de sa part m'a plus enflammée que tous les baisers langoureux d'Ary, et je me sens terriblement coupable de ressentir de tels sentiments à son égard…

Le meilleur ami de Clayton.

Le premier à m'avoir blessée.

Un traître, lui aussi. Dénué d'honnêteté et incapable de fidélité.

– Et j'aime bien ce que tu as fait à tes cheveux. Ça te donne l'air plus…

La voix anormalement rauque, il marque une courte pause tandis qu'il cherche ses mots. Ses doigts jouent toujours avec mes cheveux, et c'est plus fort que moi : je me rapproche de lui, hypnotisée par la sensualité à couper le souffle de son visage. Ses lèvres pleines, si rouges et gourmandes, m'ont toujours fascinée. C'est d'ailleurs la première chose qui m'a attirée, chez lui : son sourire. À cette époque, il était le roi de notre fac, et moi, un petit rat de bibliothèque qui passait tout son temps libre à lire des fanfictions sur Wattpad. Je l'admirais de loin, en fantasmant sur l'idée de vivre l'une de ces romances clichés avec un bad boy populaire et une intello toujours vierge. Je n'aurais jamais cru qu'il finirait par me remarquer.

Et lorsqu'il l'a fait, il lui a suffi d'un seul sourire pour chambouler tout mon univers.

Et d'un autre pour le démolir complètement, aussi.

Mais c'est Saint Hunderson…

À certains moments, on le prendrait pour un ange, et à d'autres, comme cette nuit, on pourrait aller jusqu'à se ruiner pour un tout petit baiser du bout de ses lèvres diaboliques.

– Rebelle, souffle-t-il, en se rapprochant, lui aussi. Ça te donne l'air d'une rebelle.

Je frissonne, la respiration saccadée, et même si c'est une réaction stupide, je m'entends lui avouer :

– C'est la nouvelle moi, celle qui n'a plus peur de prendre ce qu'elle veut.

Le regard de Saint devient si chaud qu'il m'en brûlerait presque la peau. S'il avance encore d'un pas, il me plaquera contre le mur. Comme l'a fait Ary, tout à l'heure. Sauf que cette fois, je crois bien que ça me plairait…

– Et qu'est-ce que tu veux, Ola ?

La première réponse qui me vient à l'esprit est complètement absurde : *Toi*. Alors que je sais déjà que je ne peux pas l'avoir et qu'essayer de le posséder est le meilleur moyen de finir avec le cœur brisé. Et je ne veux plus jamais me retrouver dans cet état-là, en larmes et vaincue. Je n'y survivrai pas. Tout a déjà été détruit à l'intérieur de moi, par deux fois.

Il est hors de question que ça recommence.

– Vivre, m'entends-je lui confesser, inexplicablement fébrile. Être libre.

Ne le dis pas. Ne le dis pas. Ne le dis surtout *pas.*

– Et je veux baiser, aussi.

Un silence choqué s'abat dans la pièce, qui alourdit l'atmosphère jusqu'à l'en rendre suffocante. Saint s'immobilise à quelques centimètres de moi, les yeux écarquillés et la bouche béante – oh, comme son incrédulité est insultante !

Et pas vraiment étonnante, je l'admets.

Il m'a toujours considérée comme une sorte de vierge intouchable, chaste et pure.

Je le sais parce qu'une fois, j'ai surpris l'une de ses discussions avec Clayton, au cours de laquelle ce dernier se plaignait de notre vie sexuelle trop « routinière » et « basique » pour lui. Saint lui avait répondu sans même réfléchir :

– Mais c'est Ola, mec !

Clayton avait acquiescé en soupirant d'un air fataliste :

– Ouais, c'est Ola.

Ils n'avaient même pas besoin d'en dire plus : oui, c'était moi, le problème.

Mais plus maintenant. Plus jamais.

Le temps que l'information monte jusqu'au cerveau de Saint, je me reprends, m'assène une violente gifle mentale et refoule l'attirance que j'éprouve pour lui. La tête haute, je passe sous son bras et récupère ma petite culotte, roulée en boule près de son pied nu sur lequel il s'est fait tatouer une citation de Lord Byron : « Il faut savoir endurer ce qu'on ne peut guérir. »

Des mots forts pour un homme qui brandit ses tatouages comme un bouclier derrière lequel il peut hurler ses secrets.

– « Je me languis dans un douloureux silence, et ton cœur, insensible à mes maux, triomphe pendant que le mien se brise », murmuré-je pour moi-même, en récitant de mémoire une autre œuvre du poète.

Des paroles bien amères pour une femme qui a sacrifié sa jeunesse dans l'espoir de préserver ce qu'il lui restait de famille.

Quand l'amour est récompensé par la trahison...

– Quoi ? Qu'est-ce que tu as dit ?

– Rien, soupiré-je, en tournant le dos à Saint. Rien du tout.

Sans réfléchir, je me penche en avant pour renfiler ma culotte déchirée. Puis je dissimule un rictus narquois derrière le voile opaque de mes cheveux lorsque je l'entends prendre une brusque inspiration.

Je ne suis plus celle que tu crois, Saint...

– Ola ! halète-t-il, l'air un peu sonné. Mais qu'est-ce que tu fais ? Ce n'est pas toi, ça !

Une vive douleur oppresse ma cage thoracique tandis que je fais volte-face pour le foudroyer du regard. Cela me fait d'autant plus mal que j'ai pensé exactement la même chose quand je me suis admirée dans le miroir du night-club. Saint sait toujours où frapper pour me faire du mal, et c'est ainsi depuis le premier jour…

– Tu n'as aucune idée de qui je suis, Saint !

Moi-même, je n'en suis toujours pas certaine ; aventurière ou prude ? casanière ou sociable ? bruyante ou silencieuse ? seulement brisée ou… totalement réduite en cendres ?

– Bien sûr que si ! réfute-t-il, en s'énervant à son tour. Et tu n'es pas le genre de fille qui cherche à baiser avec le premier venu tout en se fichant des risques et des conséquences !

Je hausse un sourcil dédaigneux. Malheureusement, il n'a pas tort et ça m'agace. La débâcle avec Ary ne fait qu'ajouter du crédit à ses propos vexants. Je ne me suis pas reconnue, ce soir. J'avais envie d'avoir un rapport sexuel avec un homme de passage, mais ce n'est pas ma manière de procéder et il s'avère que je n'arrive pas à concevoir le sexe sans un minimum de confiance. Ce premier défi est un échec, et c'est entièrement ma faute : j'ai mis la barre trop haut et j'ai voulu aller trop vite…

Ma mère me répétait tout le temps qu'enfant, je m'étais mis en tête de courir avant même d'avoir appris à marcher. Plus de vingt ans plus tard, j'en suis toujours au même point, à griller toutes les étapes, trop pressée pour apprendre à faire les choses dans l'ordre où elles doivent être faites.

Et je me casse la gueule, encore et toujours…

– Tu n'en sais rien, m'obstiné-je, en croisant les bras en travers de mon torse. J'ai peut-être changé depuis ma rupture avec Clayton.

Saint rit en me désignant d'un ample mouvement du bras. Celui où il s'est fait tatouer des fleurs de lys – mes préférées – et des notes de musique.

– Je te connais depuis plus de sept ans, Ola. Je sais qui tu es et qui tu n'es pas !

Il s'entête, de plus en plus furieux. Je ne comprends pas ce qui le plonge dans une telle colère, mais je refuse de plier devant lui et d'abandonner ma transformation en si bon chemin. Quand je me fixe un objectif, je vais jusqu'au bout, et peu m'importent les conséquences. Je suis peut-être gentille et serviable, toujours à l'écoute des problèmes de mes proches, mais je ne suis pas faible. Ni influençable.

À moins qu'avoir bon cœur soit considéré comme une forme de faiblesse, bien sûr…

– Tiens, la preuve ! sifflé-je, en sortant du premier tiroir de ma commode le journal intime dans lequel Jony a dressé la liste de tous les sombres plaisirs que je compte découvrir cette année. Ça aussi, c'est moi !

Sur un coup de tête, je lui jette mon carnet au visage. C'est l'un de mes plus gros défauts : avoir recours à la violence lorsque je sens que la situation échappe à mon contrôle.

Merci, papa…

Puis je prends conscience avec horreur de ce que je viens de faire et la peur de le blesser me coupe la respiration. Heureusement, Saint possède des réflexes de ninja et le rattrape en plein vol, sans la moindre difficulté. Ses abdominaux ondulent sous sa peau dorée, et j'ai beau essayer de ne pas loucher sur la fine ligne de poils blonds qui disparaît sous l'élastique de son caleçon, j'échoue lamentablement dès la première seconde…

C'est qu'il est vraiment sublime, ce connard.

Plus que n'importe quel autre homme de cette foutue planète, y compris Clayton et João. Ce n'est pas pour rien qu'il a pu financer ses études en musicologie sans l'aide d'un prêt à la banque. Alors que ses amis s'endettaient, Saint enchaînait les contrats de publicité en tant que mannequin ou animateur de soirées en boîte de nuit et payait ses frais annuels d'inscription rubis sur l'ongle. Il avait même déjà son propre appartement dans le centre de la plus célèbre ville des péchés…

Celui-là même que j'occupe actuellement.

Son physique a toujours été son gagne-pain préféré, et aujourd'hui encore, c'est de lui qu'il se sert pour subvenir à ses besoins. Son master en musique lui est aussi inutile que le tandem qui prend la poussière au fond de ma cave.

Et même si je ne me suis plus jamais autorisée à fantasmer sur lui depuis l'instant où j'ai accepté de sortir avec son meilleur ami, je dois bien avouer que j'ai toujours eu une conscience aiguë de sa beauté. Elle m'a maintenue sur le qui-vive pendant plusieurs années avant que je finisse par m'y habituer – ou plutôt, par renoncer aux vœux insensés que j'ai pu formuler dans le secret de mon cœur de jeune fille de dix-huit ans.

– Qu'est-ce que…

Sa question s'envole à mi-chemin de ses poumons lorsqu'il découvre avec stupéfaction les défis que je me suis lancés pour transformer la vilaine chenille en superbe papillon… et oui, je l'admets, pour prendre une revanche bien méritée sur Clayton. Au fur et à mesure de sa lecture, le visage de Saint devient sinistre, incontestablement menaçant, et ses yeux déjà foncés s'assombrissent.

– Cinquante-deux semaines, cinquante-deux défis et un seul objectif : connaître enfin le plaisir d'avoir un orgasme, lui expliqué-je, parce qu'une partie vraiment mauvaise de ma personnalité espère qu'il en parlera à Clayton. J'en ai déjà réalisé un, et ce soir, je comptais en cocher un de plus…

Un muscle tressaute au coin de sa paupière. C'est un tic nerveux que j'ai appris à craindre, chez lui. Le signe que sa patience a atteint ses limites et qu'il est prêt à exploser.

– Putain, Ola !

Ses phalanges égratignées blanchissent autour de la couverture de mon journal et en froissent le papier. J'essaie de le lui retirer des mains avant qu'il me l'arrache pour en faire une pluie de confettis, mais il m'en empêche en le soulevant au-dessus de sa tête, à une hauteur bien trop élevée pour moi.

– Rends-le-moi !

Je sautille comme une idiote pour tenter de l'atteindre. Sauf que c'est un combat perdu d'avance. Avec son mètre quatre-vingt et des poussières, Saint me dépasse de plus d'une tête, et bien sûr, ses bras sont immenses.

– C'est pour ça que tu as ramené ce bâtard chez toi ? Pour un défi stupide ?

– Non ! Je l'ai fait parce que j'avais envie de m'envoyer en l'air.

Les pommettes tranchantes de Saint s'empourprent tellement qu'il ressemble à une version plus svelte et longiligne de Hellboy – sans cornes, aussi.

Parce qu'à cause de lui, c'est moi qui les porte…

– Oh ? Et c'est pour ça que tu lui hurlais de te lâcher ? De te laisser tranquille ? s'énerve-t-il. Parce que tu avais envie de lui ?!

Il émet un rire grinçant qui agresse mes tympans.

– Tu as paniqué, Ola.

Ouais, c'est le cas de le dire…

Je détourne le regard, incapable de mentir à ce sujet.

– Tu as paniqué parce que tu n'es pas comme ça ! insiste-t-il en enfonçant le clou. Les coups d'un soir, ce n'est pas pour toi !

C'étaient exactement les paroles à ne pas prononcer s'il voulait me faire changer d'avis. Désormais, et quoi qu'il m'en coûte, j'irai au bout de ma liste. Bonne ou mauvaise idée, je m'en fiche : c'est devenu une histoire d'honneur. Toute ma vie, on m'a répété ce que je devais faire, comment je devais le faire, qui j'étais et qui je devais être pour plaire à des gens qui ne m'aimaient même pas vraiment…

Ce temps-là est révolu, cette fille-là n'existe plus.

– Détrompe-toi, Saint ! Je suis bel et bien la femme qui a envie de goûter pour la première fois à tout ce qu'il y a dans ce carnet…

– Vraiment ? s'entête-t-il, avant de le mettre à hauteur de son visage pour en lire quelques lignes d'une voix insupportablement moqueuse. Regarder un film porno ? Utiliser un sextoy ? Essayer la sodomie ?

Il ricane d'un air revêche qui contraste avec l'éclat de son regard affamé.

– Coucher avec un inconnu ?

Ses yeux de braise me carbonisent d'une œillade où le mépris s'entremêle avec un désir inavouable.

– Mais tu l'as déjà fait, ça, Ola…

Une flèche tirée en plein cœur.

– Tais-toi ! m'écrié-je, en fuyant à l'autre bout de mon appartement, le plus loin possible de lui et des souvenirs qui essaient de refaire surface dans mon esprit. Dans tous les cas, ce que je fais de mon corps ne te regarde pas ! Cesse de m'importuner avec tes conneries et sors d'ici !

Son expression s'aiguise sur ma gorge comme la lame nue d'un scalpel chirurgical. Je déglutis difficilement mon excès de salive, étranglée par la vigueur de mon propre pouls.

– D'ailleurs, enchaîné-je, avant qu'il puisse reprendre la parole, comment as-tu fait pour entrer ?

– Je t'ai déjà dit de réparer la serrure de ta porte, grince-t-il, en s'approchant de moi comme un prédateur qui guetterait sa proie. Mais il n'y a pas que dans ton appartement qu'on va pouvoir entrer comme dans un moulin, visiblement…

Avec un sourire perfide, et rien que pour le provoquer, je riposte :

– Très bien, je le noterai sur ma liste, ça aussi !

Une attaque gratuite, et plutôt immature, qui achève de le faire sortir de ses gonds. Saint m'attrape par le bras et me plaque contre son torse musclé, dans une démonstration de force brute qui me fait brûler de l'intérieur. Tout en moi se met à fondre, à dégouliner. Je me déteste, je m'insupporte, mais je ne lutte pas…

Parce que je n'ai jamais réussi à gagner contre Saint.

– Écoute-moi bien, Ola : ton petit cinéma est terminé. Je t'interdis de te mettre en danger dans l'unique but de faire payer sa lâcheté à Clayton.

J'ouvre la bouche pour le détromper, pour nier l'implication de Clay dans mes projets, mais il me devance en éructant d'une voix d'outre-tombe :

– Et si je vois l'ombre d'un seul mec rôder dans les parages, que Dieu ait pitié de son âme… parce que je n'en aurai pas la moindre pour la sienne !

Sur ce serment, une menace déguisée sous le sceau d'une bienveillance hypocrite, Saint fait volte-face et sort de mon appartement en claquant la porte derrière lui.

Un peu sonnée, j'avance en boitillant jusqu'à mon lit aux draps défaits, sur lequel je me laisse tomber à plat ventre tout en me maudissant d'avoir mentionné l'existence de ma liste. J'ai péché par orgueil, et voilà que je chute par vanité. Saint n'est pas du genre à faire des promesses en l'air, et je sais que je l'ai poussé à bout avec mes provocations délibérées. S'il venait à croiser un homme chez moi, il lui démolirait sûrement le portrait dans une espèce de solidarité bizarre envers Clayton…

Je ne comprendrai jamais les hommes.

Soudain, je me rends compte que Saint s'est tiré avec mon journal intime… qui ne contient pas seulement ma *sexlist*, mais aussi toutes mes pensées vagabondes de ces deux dernières semaines.

L'horreur me glace jusqu'à l'os tandis que je me remémore l'une des dernières phrases que j'ai écrites, plus tôt dans la matinée.

« Sept ans plus tard, et il me manque toujours autant… ce sentiment d'être désirée et désirable. Il n'y a qu'avec lui que je l'ai ressenti… et je le hais pour me l'avoir arraché. »

La honte chasse l'horreur. J'enfouis mon visage dans mon oreiller et pousse un cri étouffé par le coton immaculé. C'est officiel : je déteste Saint Hunderson. Et il se met le doigt dans l'œil s'il croit que je vais en rester là.

« Recherche et poursuis la paix… m'a toujours dit mon père. *Mais sois toujours prête à faire la guerre. »*

3

La rencontre

Saint

25 septembre 2013

– J'en ai marre d'attendre, mec…

Clayton, mon meilleur ami, râle au moins pour la dixième fois en frottant son crâne rasé. Avec son jogging gris et ses bijoux en or, il ressemble à une version plus jeune et moins mature de Tupac, sans le talent pour le rap et le succès auprès des filles.

– On est là depuis des heures, j'ai mal aux fesses et il fait chaud !

Je me retiens de lever les yeux au ciel. Clay peut être une véritable plaie lorsqu'il est de mauvaise humeur. Et depuis qu'il s'est mis en tête d'arrêter de fumer de l'herbe, il est devenu le pire des connards. En même temps, il n'avait pas trop le choix : le coach a menacé de le virer de l'équipe s'il était encore positif à sa prochaine analyse d'urine. Et le football, c'est toute sa vie.

Avec un soupir, je cale une clope au coin de mes lèvres égratignées tout en cherchant mon briquet à l'effigie de l'un de mes artistes préférés – Snoop Dog, un génie de la musique et de la communication, ravagé par la *weed*.

– Je te dis qu'il ne va pas tarder, ronchonné-je à mon tour. Mon père est toujours en retard, tu devrais le savoir.

Assis l'un à côté de l'autre sur un banc public, dans un parc défraîchi à la pelouse roussie par le soleil, dépourvu de la moindre végétation et qui fait face à une jolie église plutôt moderne, on attend mon paternel depuis trois quarts d'heure sous une chaleur de plomb. L'automne vient à peine d'arriver, et l'été n'a pas encore compris qu'il fallait tirer sa révérence – ce gros lourd. Au Nevada, ça se traduit par des températures excessivement élevées qui me font suer à grosses gouttes dans mon jean noir, mon tee-shirt blanc et mes Converse complètement défoncées. J'ai beau vivre à Las Vegas depuis trois ans maintenant, je n'arrive toujours pas à m'habituer à ce climat désertique qui est aux antipodes de celui sous lequel j'ai grandi, à Seattle. Pas de pluie, ou rarement, des canicules qui durent des mois et des nuits incroyablement froides. Hors de question que je finisse ma vie ici, dans la ville du péché qui a déjà grignoté une trop grosse partie de mon âme.

– Tu sais quoi ? Je crois que je vais retourner au campus à pied… conclut Clay, en se relevant d'un bond. C'est à trois kilomètres, à peine, et ça évitera à ton vieux de faire un détour avant de te ramener chez toi !

Je tire sur ma cigarette en esquissant un haussement d'épaules fataliste.

– Je ne suis pas ta meuf, mec. Si tu veux te barrer, c'est OK. Barre-toi.

Clayton hésite, partagé entre son impatience de retrouver sa Xbox et sa flemme de marcher sous un tel cagnard. Moi, je me contente de l'ignorer en cramant mes poumons avec de la nicotine. Si ma mère me surprenait avec une clope au bec, elle me tuerait, puis elle en mourrait. Heureusement, mon paternel n'en a rien à foutre de ce que je fais subir à mon corps – ni de comment je mène ma vie, d'une façon plus générale. Piercings, tatouages, alcool et drogue. Il n'y voit aucun inconvénient tant que je ne lui demande pas de fric. Ce n'est pas un mauvais bougre, mais il ne sera jamais élu père de l'année…

– Bon, à demain, du coup ! lâche Clay en s'éloignant. On se revoit à l'entraînement !

Je hoche la tête sans enthousiasme particulier et le regarde s'éloigner tout en m'interrogeant sur la profonde lassitude qui consume mon âme depuis quelque temps…

L'apathie me guette, avide, et la dépression me charme, séduisante.

Parfois, je me demande si c'est à cause du divorce de mes parents… Mais, non. Je m'y attendais. Cela faisait six ans que ça se profilait à l'horizon, et honnêtement, je ne comprendrai jamais comment ma mère, une fille bien et de bonne famille, a pu s'éprendre d'un gars comme mon père, un bon à rien patenté et accro aux jeux d'argent. Leur couple m'a toujours laissé sceptique, et c'est un miracle qu'ils aient réussi à se supporter durant autant d'années sans s'entretuer ou se bagarrer comme des chiffonniers. En fait, ils ont toujours été comme l'eau et l'huile : incapable de se mélanger. Et c'est avec un certain soulagement que j'ai accueilli l'annonce de leur séparation. Ma première pensée a été que ma mère allait enfin pouvoir trouver un homme à sa hauteur, digne de l'amour qu'elle est prête à donner. Puis j'ai ressenti une pointe de culpabilité en songeant à mon père, complètement paumé, qui ne sait pas du tout prendre soin de lui…

Bon, cela fait six mois qu'ils ne sont plus ensemble, et il n'a toujours pas fait cramer son appart ni perdu l'héritage de ses parents aux machines à sous.

Peut-être qu'il y a encore un peu d'espoir pour lui, finalement.

Soudain, des cloches retentissent et une marée humaine jaillit des portes jusqu'alors closes de l'église pour se déverser sur le trottoir poussiéreux. Un brouhaha désagréable trouble la quiétude de ce coin perdu de Vegas, et pour une raison que j'ignore, mes yeux sont immédiatement aimantés par une grande brune fine qui tente de se frayer un chemin sans avoir à bousculer les vieilles dames endimanchées. Tout de blanc vêtue, les cheveux noués sur la nuque, elle pue l'innocence à deux kilomètres à la ronde… et pourtant, je me surprends à laisser courir un regard pas du tout décent sur ses longues jambes galbées, dévoilées par un short mi-long qui met en valeur ses hanches légèrement arrondies et sa chute de reins tout à fait spectaculaire. Sa chemise à manches courtes souligne la courbe tentatrice de ses petits seins ronds dont le mouvement de balancier m'hypnotise.

Plus du tout apathique, je la bouffe des yeux tandis qu'elle traverse la route pour se diriger droit vers… *moi ?*

Le nez plongé dans un livre et des écouteurs vissés dans les oreilles, elle avance dans ma direction sans même relever la tête pour s'assurer qu'il n'y a pas de voitures, comme si elle évoluait dans un monde parallèle au mien où il n'existerait rien qui puisse se mettre en travers de son chemin.

Plus elle s'approche, mieux je la vois… et bordel de merde, qu'elle est belle !

Un visage d'ange, un corps de top-modèle, de longs cheveux brillants et une bouche pulpeuse qui lui donnerait presque l'air coquine…

J'expire un long nuage de fumée et écrase le mégot de ma cigarette sous la semelle de ma basket en louchant sur la couverture de son bouquin aussi épais qu'un dictionnaire.

Pas de titre.

Mais l'histoire doit vraiment être passionnante, parce qu'elle ne relève pas une seule seconde les yeux. Elle s'assoit à côté de moi sans même me gratifier d'un petit bonjour ou d'un joli sourire. Le minimum de la politesse, quoi.

Ce qui me déstabilise au plus haut point, je dois bien l'avouer.

En toute modestie, je sais que je suis plutôt beau garçon. Avec mon style alternatif, mes mains tatouées aux ongles vernis, mes anneaux dans le nez et mes cheveux blonds décoiffés, j'attire constamment l'attention sur moi – en particulier celle des filles. Je mentirais si je disais que ça me déplaît.

J'adore que l'on me regarde.

J'aime que l'on m'admire.

J'ai besoin que l'on m'aime.

Et je ne me sens véritablement heureux qu'en étant sur scène, devant des dizaines et des dizaines de personnes, à chanter et à jouer de la guitare pour exprimer toutes ces choses que je n'arrive pas à faire sortir de ma tête et de mon cœur…

C'est pourquoi le désintérêt plus que palpable de cette belle brune me plonge dans un état de confusion extrême.

– Laisse-moi deviner ! dis-je d'une voix assez forte pour qu'elle m'entende par-dessus la musique pop rock qui s'élève de ses écouteurs. Ils meurent tous à la fin, non ?

Surprise, elle sursaute et tourne de grands yeux écarquillés vers moi, la bouche entrouverte sur un petit cri de détresse qui m'émoustille.

Waouh… elle est vraiment mignonne…

Son visage me laisse une impression de déjà-vu assez étrange dans la mesure où je suis certain de ne l'avoir jamais croisée avant aujourd'hui. Ma mémoire n'est pas mon meilleur atout, mais je me serais souvenu à coup sûr de ses yeux d'une couleur que je n'ai encore jamais aperçue ailleurs que dans la forêt de Green Lake Trail, là où j'allais me promener avec mes potes à la sortie du collège pour fumer des clopes et boire des bières en cachette. C'est un mélange de brun et de vert, rehaussé d'une pointe de jaune et de microscopiques éclats noirs. Un peu comme la mousse humide qui recouvre les souches d'arbres écorcés.

– Punaise ! Tu m'as fichu une de ces trouilles ! s'exclame-t-elle, une main posée sur le cœur tandis qu'elle retire ses écouteurs de l'autre. J'ai failli faire une crise cardiaque !

Dommage… ça m'aurait donné l'occasion de te faire du bouche-à-bouche…

Je ris de mes propres pensées et me tourne complètement vers elle. C'est trop bizarre, mais ses traits me disent vraiment quelque chose…

– C'est toi qui es venue squatter mon banc, je te signale.

Dès que j'ouvre la bouche, ses joues s'empourprent. Elle me regarde fixement pendant plusieurs longues secondes durant lesquelles je lui rends la pareille, de plus en plus certain d'avoir déjà aperçu ce visage. Mais où ? Et comment ai-je pu passer à côté d'une telle beauté ? Les filles, c'est ma seconde passion après la musique, et même si je me suis calmé depuis ce qu'il s'est passé à Seattle et qui m'a obligé à déménager avec mes parents, je reste un jeune homme de dix-huit ans avec un *énorme* appétit sexuel et une prédilection pour les longues jambes bronzées.

– Je suis désolée, s'excuse-t-elle en se ressaisissant plus vite que moi. Je ne voulais pas te déranger. Je m'en vais.

Elle se lève, prête à détaler comme un lapin pourchassé par un renard, mais elle n'est pas assez rapide et je n'ai qu'à tendre le bras pour l'immobiliser en plein mouvement… Avec une expression que j'espère avenante, je lui fais signe de se rasseoir et lui rappelle que c'est un espace public.

– Il n'est pas à moi, ce banc. Tu as le droit d'en prendre un bout. Et puis, je suis curieux : qu'est-ce que tu lis ?

L'espace d'une seconde, elle me dévisage comme si j'étais une espèce de taré échappé tout droit de l'asile. Et peut-être n'a-t-elle pas tout à fait tort. Je ne me sens pas très *sain d'esprit* quand je lorgne ses lèvres charnues, sensuelles, d'une douce teinte prune qui s'accorde à la perfection à son teint olivâtre – originaire d'Andalousie, sûrement ? ou de Grèce ? voire de Turquie ? En tout cas, elle porte sur elle la chaleur du Sud et de ces pays que je meurs d'envie d'aller visiter, un jour, seulement accompagné de ma guitare et d'un appareil photo.

– Ce que je lis ? répète-t-elle, perplexe.

Je désigne le livre pressé contre l'intérieur de sa cuisse.

Quel veinard, ce bouquin…

– Oh ! Euh… un livre, je suppose ?

– Tu n'en es pas sûre ? ris-je. C'est ton premier ?

Le double sens de ma phrase lui passe complètement au-dessus de la tête.

– Tu crois que c'est la première fois que je lis un livre ? Qu'est-ce qui te fait dire ça ?

– Euh, bredouillé-je, troublé par cette discussion qui n'a ni queue ni tête. J'avoue que je ne sais plus quoi répondre, là.

De nouvelles rougeurs se diffusent sur son visage, son cou et ses oreilles minuscules auxquelles sont accrochées des boucles en forme de fleur de lys.

– En fait…

Elle jette de rapides coups d'œil autour d'elle, comme si elle était terrifiée à l'idée qu'un membre de sa paroisse puisse l'entendre, et lorsqu'elle constate qu'on est seuls, elle chuchote à mi-voix :

– Ne me juge pas, mais ce n'est pas vraiment un livre.

Sous mon regard curieux, elle l'ouvre… et en effet, ce n'en est pas tout à fait un. Toutes les pages sont collées les unes avec les autres et, au milieu, il y a un trou assez large et profond pour accueillir un téléphone portable.

– Je l'ai acheté dans une boutique de farces et attrapes, m'explique-t-elle, penaude. Mon père insiste pour que j'aille à la messe tous les dimanches, mais… je t'avoue que les sermons du père Foldes sont un peu trop longs pour moi.

OK, l'heure est grave. Cette fille sortie de nulle part me fascine : belle, rusée et, à sa façon très convenable, plutôt rebelle. C'est incroyable.

– Alors tu t'es dégoté un livre factice dans lequel tu as mis ton téléphone pour pouvoir envoyer des messages en toute tranquillité ? résumé-je, sous le charme.

Elle fait la moue et répond de façon évasive :

– Oui, entre autres.

– Hum, hum ? Ferais-tu des choses pas très légales sur ton téléphone ? la taquiné-je.

Tiens, je ne pensais pas qu'il était possible de rougir autant sans prendre feu…

– Pas illégales, non.

La tête baissée, elle m'observe par-dessous la frange de ses longs cils noirs, très légèrement rehaussés par une couche de mascara qui lui dessine un regard de biche. J'ignore pourquoi mon cœur se met à battre aussi vite. C'est très désagréable et ça me donne envie de prendre mes distances, mais elle a piqué ma curiosité et je ne peux pas partir avant de savoir ce qu'elle dissimule sous ses airs de gentille fille à son papa.

– Dis-moi tout, susurré-je en me penchant vers elle. Et promis, je ne te jugerai pas. Peut-être même que je partagerai mes propres péchés avec toi…

Ma tentative de flirt lui passe une nouvelle fois à des kilomètres au-dessus de la tête, et je commence à me demander si elle a déjà été abordée par un individu de sexe masculin qui ne soit pas de sa famille ou de sa paroisse.

– Je crains bien d'être trop sage pour avoir quoi que ce soit à te raconter, soupire-t-elle, en me donnant une série de frissons le long de la colonne vertébrale.

Peur ou désir ? Je l'ignore, mais ça me met instantanément sur le qui-vive.

– J'étais en train de réviser mes cours…

Bon, c'est un peu décevant, je l'admets.

– Tu n'as donc pas le moindre vice caché que je puisse me mettre sous la dent ?

Un sourire retrousse la commissure de ses lèvres, et pour une raison obscure, je me mets à sourire comme un idiot, moi aussi.

– Et toi ? Aucun péché dont tu souhaiterais que je te soulage ?

Oh, putain !

Ma température corporelle grimpe en flèche tandis qu'un millier d'images indécentes me viennent spontanément à l'esprit sur la manière dont elle pourrait me « soulager ».

– Je suis un pécheur assumé et revendiqué, grogné-je, la voix rauque.

Je me racle la gorge avant de poursuivre :

– Je crois que ça se voit, non ?

J'ouvre les bras pour qu'elle puisse reluquer mes tatouages et mes piercings autant qu'elle le souhaite... sauf qu'elle ne le fait pas. Ses grands yeux à la fois verts, jaunes et bruns restent fixés sur mon visage, qu'elle observe avec une douceur qui achève de me mettre mal à l'aise.

– Tu as l'air gentil.

Et vlan ! En plein dans la gueule !

Même Mohamed Ali ne frappe pas aussi fort...

– Un petit conseil, chérie : ne dis jamais à un homme qu'il a l'air gentil. Parce que ça lui donnera tout de suite envie d'être vilain.

Tentative de flirt numéro 3 : *échec.*

– Vraiment ? s'étonne-t-elle. C'était un compliment. Je n'avais pas d'arrière-pensée négative.

Sans blague, mon ange.

– C'est toi, la gentille, riposté-je, en plongeant mes yeux dans les siens avec l'espoir qu'elle me contredise.

Je laisse passer quelques secondes et reprends avec un désarroi palpable :

– Pas d'envie d'être vilaine, là ?

Elle me sourit d'un air contrit.

– Non. J'ai chaud, un peu faim, aussi, et je suis presque certaine que si je te confiais l'un de mes péchés, tu t'en servirais contre moi pour me faire chanter !

Pas chanter, non. Plutôt ronronner de plaisir...

Je feins d'être vexé :

– Moi ? Te faire chanter ? Ciel ! Jamais de la vie !

Avec un rictus pervers, je me rapproche autant d'elle que je le peux sans empiéter sur son espace personnel et chuchote près de son oreille :

– Je croyais que tu me trouvais gentil. Aurais-tu menti, mon ange ?

Son parfum de fleurs sucrées s'insinue dans mes narines et me monte à la tête comme un shoot d'adrénaline. Mon sang se met à rugir à travers mes veines et une partie de mon anatomie commence à prendre du volume.

Putain ! Cette fille est probablement un succube déguisé en nymphe gracile pour me faire un effet aussi divin...

– Les apparences sont souvent trompeuses, et j'ai dit que tu avais *l'air* gentil, riposte-t-elle du tac au tac. Pas que tu l'étais réellement…

Tentative de flirt numéro 4 : *on progresse.*

– Hum, tu viens encore de piquer ma curiosité, là !

Je m'attends à ce qu'elle batte en retraite ou me demande de reculer, mais elle n'en fait rien, et je ne bouge pas d'un pouce, trop enivré par son odeur pour trouver la force de m'éloigner d'elle.

– Que caches-tu derrière cette apparence si lisse et vertueuse ?

Une flamme délicieusement obscure s'allume dans ses yeux et m'embrase tout entier, de la tête jusqu'aux pieds. Je dois me mordre les lèvres pour éviter d'ajouter un commentaire vulgaire ou l'inviter à rejoindre la chambre d'hôtel la plus proche.

– Je ne sais pas, me concède-t-elle, mais je vais te confier un petit secret…

C'est à son tour de se pencher vers moi, et un clignement d'yeux plus tard, nous sommes si proches l'un de l'autre que je m'agrippe des deux mains au banc pour ne pas me jeter sur elle et l'embrasser à pleine bouche.

Doucement, Saint… Tu ne connais même pas son prénom !

– Parfois, je lis des fanfictions sur les One Direction au lieu d'écouter le père Foldes.

J'éclate d'un rire surpris.

– Merde ! Tes goûts musicaux sont catastrophiques ! Quel horrible secret !

Elle glousse.

– Et ce n'est pas vraiment pour leur musique que je les aime…

– Je veux bien te croire, mon ange, me marré-je, goguenard. J'ai déjà entendu parler de ces fanfictions. Il paraît qu'elles sont plutôt… hum, *chaudes.*

Les rougeurs font un retour fracassant sur son joli minois.

– Si je t'en révélais plus à ce sujet, je crois bien que je serais obligée de te tuer pour préserver ma réputation…

Tentative de flirt numéro 5 : *on touche au but, les gars !*

Elle me dévisage d'un air un peu craintif, si timide et innocente que je me sens sale et… eh bien, très vilain, en comparaison. Un sentiment qui me trouble au plus haut point et qui me rappelle des souvenirs que je m'efforce d'oublier depuis trois ans.

Ce n'est pas du tout le genre de fille par lequel je suis attiré, en temps normal. J'ai toujours eu tendance à préférer la compagnie des grandes gueules à la cuisse légère et aux vêtements fins qui savent s'amuser et n'ont pas honte de leurs pulsions. Je ne suis pas de ces gars qui recherchent à tout prix une fille « bien » selon des critères complètement archaïques et misogynes. Moi, ce qui me plaît vraiment, c'est un fort caractère combiné à un esprit libre, sauvage et aventureux.

Des qualités que cette exquise beauté en blanc n'a pas l'air de posséder.

Et pourtant, j'ai désespérément envie d'en apprendre plus à son sujet…

– Allez, laisse-moi pénétrer dans ton intimité. Je te promets que tu ne le regretteras pas.

Elle penche la tête sur le côté tout en continuant à m'observer par-dessous ses longs cils noirs. Un rayon de soleil fugace éclaire son visage aux traits fins, et tout à coup, j'ai du mal à respirer. Dans un état de légère confusion, je remarque les minuscules taches de rousseur qui parsèment l'arête de son nez retroussé et parachèvent le tableau virginal qu'elle offre avec son apparence immaculée. Pour une raison indéterminée, je reçois un violent coup au cœur. Si l'on avait dû illustrer le mot « innocence » par une image dans le dictionnaire, c'est sûrement un portrait d'elle qui aurait été retenu par l'Académie des lettres – ou de je ne sais qui s'occupe de ces trucs-là.

– Il y a un sous-entendu graveleux, n'est-ce pas ?

Merde ! Si elle n'est même pas capable de le comprendre, c'est qu'elle est encore plus chaste et pure que je le craignais !

– Tu n'as jamais eu de mec, hein ?

Elle s'empourpre, choquée par ma question qui, et je le concède, n'était pas très délicate. J'éprouve un léger soupçon de culpabilité qui se dilue très vite dans l'immense océan de curiosité qu'elle m'inspire. Une centaine de questions toutes plus indécentes les unes que les autres jaillissent dans mon esprit.

– Avant la fac, j'étais dans une école privée où les rapprochements entre élèves n'étaient pas vus d'un très bon œil, m'explique-t-elle avec des yeux de chien battu. Oh, je ne dis pas qu'il n'y en avait pas du tout, hein ! Mais aucun garçon ne s'est jamais intéressé à moi de cette façon-là…

Pardon ?

– Tu es sûre que ce n'était pas plutôt une école pour aveugles, mon ange ? m'exclamé-je, de plus en plus perplexe, les sourcils froncés. S'ils t'ont enseigné le braille et qu'ils se promenaient avec une canne blanche, ça aurait dû te mettre la puce à l'oreille !

À la fois flattée et gênée par ma réaction, elle rit en mettant sa main aux ongles vernis de rose pastel devant sa bouche. Et putain, elle est tellement mignonne que ça me fout les boules. Un jour ou l'autre, ce joli petit lapin va croiser la route d'un renard affamé, et alors là…

Ça va mal tourner.

– Tu es bête ! Je suis à la fac depuis un mois et tu es le premier garçon à m'avoir adressé la parole, pour l'instant.

– Mais, mais… bégayé-je durant quelques secondes, avant de reprendre contenance. Comment est-ce possible ?

Elle hausse les épaules avec une nonchalance feinte, comme si elle s'en fichait éperdument et que ça ne lui faisait pas de peine. Mais je sens bien que c'est faux. Même si je ne la connais pas, sa solitude trouve un écho douloureux à l'intérieur de moi. Une résonance dans ce vide angoissant et à vif, d'une noirceur sanglante, dont je n'avais jamais pris conscience de la profondeur jusqu'à maintenant…

Et désormais, il me fait mal, à moi aussi.

– Je suis timide, m'avoue-t-elle, mal à l'aise. Et puis, c'est ma sœur qui capte l'attention, d'ordinaire. Elle est… euh, très libérée, tu vois, et les mecs l'adorent. Je suppose que je me suis tellement habituée à vivre dans son ombre que j'ai fini par développer un superpouvoir d'invisibilité.

Elle rit – un peu jaune, si je ne m'abuse.

– Moi, je te vois…

Dès que je prononce ces mots un peu trop fleur bleue à mon goût, je comprends que j'ai commis une terrible erreur. Et il m'est impossible de faire marche arrière, parce que ses yeux s'éclaircissent d'une émotion qui m'effraie plus que n'importe quelle arme, maladie mortelle ou animal sauvage, et que je n'ai pas le cœur suffisamment noir pour assombrir le sien.

– Merci, murmure-t-elle, émue.

Un silence inconfortable – enfin, surtout de mon côté… – tombe entre nous. Je me racle la gorge, à la recherche de quelque chose à dire, n'importe quoi, mais rien d'intelligent ou de drôle ne me vient à l'esprit. C'est bizarre, parce que j'ai toujours une connerie plus grosse que moi à sortir pour amuser la galerie ou détendre l'atmosphère. Sauf que là, c'est le néant dans ma tête, le bordel dans mon cœur, et je me retrouve comme un con, à la regarder dans le blanc des yeux.

– Ouais, euh… bah, de rien, hein !

Oh, putain ! C'était nul à chier, Saint ! Qu'est-ce qu'il t'arrive, bon sang ?!

Inexplicablement embarrassé, je me frotte le crâne et ébouriffe mes cheveux déjà décoiffés avant de tousser dans mon poing qui empeste le tabac froid. Plus par réflexe que par envie, j'extirpe mon paquet de cigarettes de ma poche, m'allume une clope et me fige en l'entendant renifler comme si elle venait de sentir une odeur nauséabonde.

– Tu n'as jamais fumé non plus, n'est-ce pas ?

Elle pousse un soupir à fendre l'âme.

– Pour nous faire gagner du temps, il vaudrait mieux que tu partes du principe que je n'ai jamais rien fait de toutes ces choses que tu trouves amusantes.

Sa réponse pleine de lassitude attise une nouvelle fois les braises ardentes de ma curiosité. Elle a dix-huit ans, *a priori*, et elle est belle à faire se damner un homme mille fois plus saint que moi. Elle vit dans la ville que l'on a surnommée « l'antre du péché », et pourtant, elle n'a jamais embrassé de garçon ni tiré une latte sur une clope…

Le péché n'est-il donc pas un acte universel ?

Putain ! Et dire que moi, j'ai fumé mon premier pétard à quinze ans et que j'ai perdu ma virginité quelques heures plus tard – avec une fille rencontrée la veille et plus âgée que moi, en plus.

– Pas de cuite non plus, je présume ?

Roulement d'yeux vers le ciel pour fuir mon regard, mais j'ai le temps d'y voir sa tristesse et sa solitude.

– Non.

Ah, mon ange. Ce n'est pas une vie, ça… songé-je, troublé par le brusque élan de tendresse que j'éprouve envers elle.

– Pas de camping sauvage dans la brousse avec des potes complètement déjantés pour fumer de l'herbe sous le clair de lune tout en parlant des fluctuations boursières imprévisibles et des pièges à coyotes ?

Elle sourit du bout des lèvres et ramène ses longues jambes bronzées sous ses fesses, amusée par ma piètre tentative d'humour.

– Non plus, mais je ne pense pas être la seule, pour le coup…

Je lui décoche un clin d'œil joueur et poursuis sur ma lancée :

– Pas de paris illégaux dans les caves humides des bas quartiers de Vegas avec des *bookmakers* peu recommandables qui se donnent des surnoms de Tortues Ninja ?

Cette fois-ci, elle éclate de rire, son faux livre serré contre son cœur. Le soleil persiste à l'illuminer d'un feu doré qui m'aveuglerait presque si je n'étais pas aussi avide de sa chaleur.

– Non, se marre-t-elle, les yeux pétillants de malice. Et je tiens à ma vie, merci bien ! En plus, je n'ai pas de chance et j'ai toujours préféré les Power Rangers.

Son sourire est communicatif, et je me surprends à me dire que je pourrais peut-être l'emmener faire le tour des casinos de la ville pour jouer à la roulette ou au blackjack. La chance, c'est un concept qui n'existe pas à Las Vegas. Tout est fait pour qu'au final, les gens repartent avec les poches vides et la certitude d'avoir frôlé le jackpot du bout des doigts. Il faut être plus malin que la banque, insensible aux manipulations subtiles des croupiers et pas trop gourmand pour savoir à quel moment se retirer avant de tout perdre. Mon père n'a jamais compris le vice des jeux d'argent, mais j'ai grandi en le voyant faire tous les pires choix possibles, et j'en ai tiré quelques leçons qui m'aident à joindre les deux bouts lors des fins de mois difficiles…

– Pas de baise rapide et intense dans les toilettes d'une fraternité au beau milieu d'une soirée alcoolisée ? dérapé-je, sans réfléchir à la pertinence de ce que je viens de lui demander.

Bien sûr, elle ne répond pas, trop embarrassée de reconnaître sa totale inexpérience en la matière. En fait, elle rive les yeux sur un petit fil blanc qui dépasse de l'ourlet abîmé de son short et marmonne quelque chose qui résonne comme : « Encore faudrait-il que je sorte… »

– Tu n'es jamais allée à une soirée étudiante, c'est ça ? deviné-je.

Elle s'entête à fuir mon regard avant d'avouer de mauvaise grâce :

– On n'a jamais pensé à m'inviter.

Mon cœur fait une embardée à l'intérieur de ma poitrine.

– Mon ange… chuchoté-je, attendri. Tu as des amis, hein ?

Vexée, elle relève vivement la tête et s'écrie avec fougue :

– Bien sûr ! Jony et João, des jumeaux infernaux, qui vivent juste à côté de chez moi ! On n'a jamais fréquenté les mêmes écoles, mais je passe beaucoup de temps avec eux pendant les vacances.

Elle fait la moue et ajoute avec une amertume corrosive :

– Je ne suis pas une pestiférée !

J'effleure très doucement son épaule pour m'excuser.

– Pardon, je ne voulais pas te blesser. Je suis juste un peu… étonné. Pourquoi tes amis ne t'ont-ils pas emmenée en soirée ?

Une lueur chagrinée passe fugitivement dans ses prunelles vertes. Je tire sur ma clope pour m'empêcher de la prendre dans mes bras et de faire un geste complètement stupide – comme un câlin ou un bisou.

Dans son cou, juste sous l'oreille, là où bat son pouls que j'ai très envie de mordre.

– Mon père est très… commence-t-elle avant de s'interrompre pour reformuler sa phrase. En fait, j'ai perdu ma mère dans un accident de voiture quand j'avais treize ans. Et depuis, je veille sur ma famille en essayant de tenir la maison, de faire à manger et de m'occuper de Nobu, le chien de maman que mon père ne peut pas voir en peinture et qui a une passion pour la démolition à grande échelle. Du coup, je n'ai pas beaucoup de temps libre…

Bordel ! Cette fille me tue…

Je suis obligé de m'allumer une deuxième cigarette avant même d'avoir terminé la première pour me retenir de l'étreindre.

– Et toi, mon ange ? Qui veille sur toi ?

Elle semble presque aussi surprise que moi par ma question. Je ne sais pas pourquoi, mais ça me tord l'estomac. J'inspire profondément, à plusieurs reprises, les lèvres scellées autour de ma clope qui se consume d'elle-même. Des cendres grises maculent le bout de mes doigts. Je garde la fumée le plus longtemps possible à l'intérieur de mes poumons. Ça me brûle, ça me souille, et en même temps, ça me purifie en m'éclaircissant les pensées.

Je ne peux pas être le renard qui croquera ce lapin.

Pas après ce qu'il s'est passé à Seattle. Pas après ce qu'il s'est dit sur moi. Pas après ce à quoi j'ai dû renoncer. Et surtout pas avec une fille issue du même milieu *qu'elle*…

– Je n'ai besoin de personne, me répond-elle, le plus naturellement du monde. J'ai pris l'habitude d'être celle qui prend soin des autres, et j'aime ça. Enfin, ça ne me dérange pas.

Le pire, c'est que je suis sûr qu'elle n'a même pas conscience de mentir en prononçant cette phrase. Cela dit, ses yeux me racontent une tout autre histoire – et beaucoup moins jolie que celle qu'elle essaie de me faire gober en simulant l'indifférence.

Ne dit-on pas qu'ils sont le reflet de l'âme ?

Et les siens s'ouvrent sur un abîme de solitude.

– Et puis, je m'amuse bien, malgré tout ! feint-elle de s'enthousiasmer. J'adore lire, les fanfictions sur les One Direction et Harry Potter sont inépuisables – je suis team Larry et Dramione, bien sûr... –, et parfois, il m'arrive d'avoir des conversations plutôt intéressantes avec des inconnus assis sur les mêmes bancs que moi.

Je ricane en regardant l'extrémité rougeoyante de ma cigarette – mensonge, mensonge, mensonge...

Chérie, ton nez s'allonge encore plus qu'une certaine extrémité de ma personne.

Mais je ne la juge pas. Moi aussi, je mens à tout le monde, à commencer par moi-même.

– Pas si inconnu que ça, mon ange. Je suis presque sûr de t'avoir déjà vue quelque part...

Elle se redresse, un large sourire sur les lèvres.

– Oui, c'est vrai ! On étudie dans la même fac, me confirme-t-elle, toute guillerette. Le bâtiment où l'on enseigne la musicologie est situé en face de la bibliothèque, et j'y passe la majeure partie de mon temps de pause entre midi et deux. Je t'y ai aperçu plusieurs fois.

Si je l'ai déjà croisée à la fac, alors je ne l'ai pas vue – c'est impossible. Parce que je ne serais jamais passé à côté d'elle sans essayer de la draguer, comme aujourd'hui ni, d'une façon ou d'une autre, tout faire pour obtenir bien plus que son numéro de téléphone portable.

– Oh, je vois que tu es bien renseignée sur moi ! Cette rencontre n'est peut-être pas une simple coïncidence, finalement...

– Pas du tout ! Je suis juste physionomiste, nie-t-elle, avec une parfaite mauvaise foi.

Mais c'est vraiment une piètre menteuse, et la tournure que prend notre conversation m'amuse comme un petit fou.

– Tu protestes un peu trop pour être honnête, mon ange, la taquiné-je, dans le seul but de la faire rougir. En revanche, c'est sûr que ce n'est pas à la fac qu'il me semble t'avoir déjà vue…

J'écrase le mégot de ma cigarette sur la semelle de ma chaussure tout en réfléchissant à l'endroit et, surtout, au moment où j'ai pu la croiser sans que je puisse être tenté de la séduire.

– Eh ! Mais j'y suis ! Tu n'aurais pas tourné dans un film ?

Son sourire s'évanouit et elle bondit sur ses jambes, prête à détaler. Étonné par la virulence de sa réaction, je tends le bras dans l'espoir de la retenir et attrape sa main tremblante, qu'elle m'arrache dans un geste de mauvaise humeur.

– Non ! s'écrie-t-elle, écarlate. Je n'ai jamais tourné dans un film.

Une colère noire et tempétueuse transforme son visage jusqu'alors paisible, un peu triste, en un masque barbare qui me fait frémir, autant de désir que d'incompréhension. Ses yeux verts me poignardent en plein cœur, comme deux lames sculptées dans le jade néphrite – ma mère ne jure que par ces conneries de pouvoir des pierres et d'influence de la lune, si bien que je m'y connais un peu trop bien…

– Eh ! Désolé ! Je ne voulais pas te vexer. Ce n'était pas méchant, tenté-je de me justifier, sans comprendre ce qui a bien pu la plonger dans une telle rage. Je me suis trompé, *mea culpa*.

– Oui, grince-t-elle, amère, tu t'es trompé.

Comme elle ne fait pas mine de se rasseoir près de moi, je reprends sa main dans la mienne et caresse le cœur de sa paume d'un lent mouvement involontairement sensuel. Ses joues s'enflamment, mais sa bouche se pince, et c'est avec une mélancolie criante de désespoir qu'elle me dit :

– C'était trop beau pour être vrai, de toute façon. J'aurais dû m'en douter.

Je fronce les sourcils, interdit.

– Tu m'as perdu là, mon ange.

Son regard plonge dans le mien, et même si elle se rapproche physiquement de moi, je la sens se retrancher à l'intérieur d'elle-même, là où les idiots dans mon genre ne peuvent plus l'atteindre. C'est comme si elle essayait de dissimuler une blessure dont elle aurait profondément honte.

Et je m'y connais plutôt bien, en secrets honteux.

Évidemment, la curiosité me dévore les entrailles, mais je ne veux pas qu'elle s'en aille en étant fâchée contre moi. Tout comme j'ignore pourquoi je tiens tellement à être son ami, ou plus si affinités.

– Oui, j'ai toujours perdu à ce petit jeu-là, me confirme-t-elle, sibylline. Rien de nouveau sous le soleil.

Tu es bien mystérieuse, mon ange…

Tout comme son livre qui n'en est finalement pas un, cette jolie brune aux yeux changeants est pleine d'énigmes que je crève d'envie d'élucider une par une, pour *notre* plus grand plaisir. Malheureusement, elle ne semble plus être dans le même état d'esprit que moi.

– Bon ! Il faut que j'y aille, déclare-t-elle subitement, en avisant une vieille guimbarde d'un rouge délavé qui se gare à cheval sur le trottoir d'en face, devant l'église. Ravi d'avoir fait ta connaissance.

Je jette un rapide coup d'œil à la voiture bosselée et couverte de crasse qui a probablement connu des jours meilleurs dans les années quatre-vingt-dix. Le chauffeur agite sa main dans notre direction, puis il lève son bras et tapote sa montre – le signe universel pour dire d'une façon à peu près polie : « Bouge-toi le cul, je n'ai pas que ça à faire. » Il a l'air un chouïa plus âgé que nous, peut-être vingt ou vingt et un an, très musclé, la peau bronzée et les cheveux bruns. Il n'y a pas besoin d'être diplômé de Harvard pour deviner que c'est son grand frère et qu'il n'en a rien à faire qu'elle traîne avec des mecs louches, tatoués et dragueurs. L'air distrait, il pianote sur son téléphone en écoutant de la musique pop rock hyper-commerciale qui est presque pire que celle des One Direction pour mes oreilles. Globalement, il semble plutôt sympa, l'archétype du mec basique, bien qu'un peu macho sur les bords, mais pas de mauvaise volonté.

– Attends ! m'exclamé-je, en la retenant. Comment tu t'appelles, mon ange ?

Elle hésite à me répondre, sa main toujours prisonnière de la mienne, et ça me fout le cafard.

– Olaïna McLaren, consent-elle à me révéler. Mais tout le monde m'appelle Ola.

– Ola, répété-je, en faisant tourner son prénom sur ma langue comme une friandise. Moi, c'est Saint.

Comme quatre-vingt-dix pour cent des gens, elle tique en entendant mon prénom.

– Saint Hunderson, précisé-je, avant de lui expliquer l'origine d'un tel paradoxe. À la base, ma mère, d'origine française, voulait m'appeler Thomas, mais mon père était tellement torché quand il est allé déclarer ma naissance au bureau de l'état civil qu'il ne s'en souvenait plus. Tout ce dont il se souvenait à travers la brume du whisky, c'était qu'elle comptait me donner le prénom d'un saint. Le reste appartient à la légende…

Un sourire légèrement réticent retrousse la commissure de ses lèvres, ce que je ne peux m'empêcher de considérer comme une petite victoire.

– Pourquoi ai-je l'impression que tu es tout… sauf un saint ?

Mon sang s'échauffe dans mes veines. J'essaie de faire abstraction du coup de klaxon impatient de son frère qui s'acharne sur sa montre.

– Première leçon, mon ange : sache que je suis le plus grand des pécheurs… et le plus vil des tentateurs.

Un courant électrique passe de sa peau à la mienne et hérisse tous les petits cheveux à l'arrière de ma nuque. Une sensation d'apesanteur me soulève l'estomac. Les fleurs de lys accrochées à ses oreilles captent un rayon de soleil fugace et m'éblouissent l'espace d'une brève seconde durant laquelle j'oublie tous mes problèmes. Tous mes secrets. Tous mes mensonges. Et cette tristesse indicible qui me ravage le cœur depuis trois longues et interminables années.

Je ne crois pas au coup de foudre. Je suis trop expérimenté pour ça… mais j'ai foi en la passion.

Olaïna McLaren est ma nouvelle musique préférée, et pour elle, j'ai hâte de me mettre à chanter.

– Tu as dit que c'était la première leçon… Cela implique-t-il le fait qu'il y en aura d'autres ?

Tentative de flirt numéro 6 : *c'est dans la poche, les mecs !*

– Il me semble qu'il te faut quelqu'un pour mettre un peu de piment dans ta vie, non ? Et il s'avère que j'ai très envie de te faire passer du côté obscur de la force.

Elle sourit, sauf que ce n'est plus le même sourire que tout à l'heure. Il est plus à distance, toujours aussi sublime, mais sur la défensive et tout en prudence.

– À la prochaine, Saint Hunderson… murmure-t-elle en tournant les talons.

Les yeux rivés sur sa nuque – bon, OK : sur ses fesses… – tandis qu'elle s'éloigne à pas lents et mesurés, je m'entends lui crier d'une voix pressée :

– Il y a une fête jeudi soir à la fraternité des Kappa Sigma. J'espère t'y voir, mon ange !

Sur une impulsion que je qualifierais moi-même de stupide, j'ajoute :

– Il y aura des clopes et de l'alcool ! Larry et Dramione s'en remettront si tu les abandonnes pendant une soirée, mais pas moi !

Ola s'immobilise à quelques mètres de la voiture de son frère, qui risque de se faire éclater une veine à force de s'énerver comme un fou furieux sur son volant. Puis elle se retourne pour me gratifier d'un regard incandescent de plaisir par-dessus son épaule, m'obligeant à quitter des yeux ses fesses charnues. Le feu qui se propage dans mon organisme va probablement finir par me transformer en torche humaine.

– Mets une jolie robe, conclus-je, pour éviter qu'elle refuse mon invitation comme elle semble sur le point de le faire.

– C'est genre… comme un rendez-vous galant ?

Je suis partagé entre l'hilarité et l'incrédulité – encore. Ola ne sait vraiment pas comment flirter avec un mec et, bizarrement, c'est mignon. Elle n'a pas non plus conscience du fait que le mot « rendez-vous galant » dans la bouche d'une fille aussi gentille qu'elle est la dernière chose qu'un mec aussi vilain que moi a envie d'entendre. C'est à se foutre une pression monstrueuse, et d'une manière ou d'une autre, si c'est ce qu'elle espère vivre avec moi, elle sera forcément déçue. Je ne sors pas avec les filles. Moi, je veux bien être leur ami, et cela va de soi, leur amant, mais je ne suis pas du tout intéressé par ces conneries de relations amoureuses et de romantisme à la mords-moi le nœud. J'ai essayé une fois, et plus jamais…

L'amour, ce n'est pas pour moi. Et Ola le comprendra bien assez tôt.

– Jeudi soir, à vingt et une heures à la fraternité Kappa Sigma. Je t'y attendrai, biaisé-je, sans répondre à sa question.

Elle est sur le point d'ajouter quelque chose lorsque son frère sort la tête de sa voiture et beugle d'une voix de stentor qui réussit à la faire sursauter :

– Grouille-toi, Olalita ! Je dois retourner au boulot, moi.

– J'arrive, Cian ! réplique-t-elle avec une pointe d'agacement, avant de regarder une dernière fois dans ma direction et de dire avec plus de douceur : À plus, Saint.

Ce n'est pas un oui, ce n'est pas un non. Et ça m'étonne, je l'avoue. D'habitude, les filles me tombent toutes cuites dans le bec.

– Rêve de moi, mon ange, plaisanté-je – *ou pas*.

Parce que moi, je rêverai d'elle, ce soir.

Tu n'as pas le droit de la prendre, Saint, me réprimande la voix de ma conscience que je mets en sourdine avec un joint extirpé de la poche arrière de mon pantalon. *Elle est beaucoup trop bien pour ce que tu as à offrir.*

Et c'est la stricte vérité. Ola McLaren est un joyau, et moi, je n'ai le droit qu'à des cailloux. C'est ma faute : je ne sais pas prendre soin des choses précieuses. Je suis trop destructeur, trop indomptable, trop… pitoyable. Tout ce qu'il y avait de bon en moi est mort à Seattle, enterré dans la boue et le sang avec les larmes que ma mère a versées sur mon corps brisé, en suppliant à genoux pour qu'on m'épargne, qu'on me laisse une chance de partir et de refaire ma vie ailleurs. Loin du drame que j'ai causé parce que je suis incapable de résister au chant de la luxure, à l'appel du péché.

Il a compris la leçon ! a-t-elle hurlé, en m'offrant un rempart de ses bras malingres. *Je vous le jure sur tout ce que je possède. Il a compris la leçon.*

Mais c'était un mensonge, et dans ce terrain vague du sud de Seattle, je n'ai rien appris que je ne savais pas déjà : dans la vie, et surtout en amour, il ne faut faire confiance à personne. Jamais. Ceux qui peuvent te sacrifier pour s'en sortir n'hésiteront pas une seule seconde à te passer la corde au cou. On vient au monde seul, et on meurt seul. C'est pour ça qu'il ne faut pas prendre la vie trop au sérieux, comme Ola. Il n'y a pas de paradis pour les braves, pas d'enfer pour les mécréants. Juste un long et profond silence qui confine au néant le plus total, au vide le plus absolu.

D'une main distraite, je caresse la cicatrice rugueuse qui déforme le côté supérieur gauche de mon crâne, près de ma tempe, et qui est toujours dissimulée par mes longs cheveux blonds. Cela faisait longtemps que je ne m'étais pas autorisé à exhumer les fantômes de mon passé, et je ne suis pas surpris de constater qu'ils sont toujours aussi douloureux… et affamés du sang frais qu'ils boivent directement à mes veines.

J'ai vu la mort en face, et lorsqu'elle m'a rendu mon regard, je n'y ai rien trouvé du tout.

Pas de lumière. Pas même d'ombres. Pas d'anges. Pas de démons. Ni apaisement ni soulagement, et encore moins de rédemption.

Rien. Du. Tout.

Et à quoi bon être un saint dans un monde de pécheurs? songé-je sombrement, en inhalant la fumée de mon joint.

L'apathie et la dépression reviennent planter leurs griffes acérées dans mon cœur abîmé. Dans une pensée morose, je me dis que, dans tous les cas, rien ne peut être pire que ce que j'ai vécu à Seattle.

Là, mon téléphone se met à sonner – c'est ma mère. À cause de mon père, j'ai plus d'une heure de retard à son traditionnel repas du dimanche, et je sais que je vais avoir droit à un long sermon haut en couleur.

– Désolée, m'man, soupiré-je en décrochant. Ton ex-mari m'a totalement zappé!

Silence à l'autre bout du fil. Puis un reniflement et un sanglot étranglé si douloureux que mon propre cœur se rétracte de souffrance.

– Saint? Où es-tu? me demande-t-elle, en larmes.

Mon pouls s'emballe dans ma gorge, et l'angoisse, aussi puissante qu'aveugle, me compresse la cage thoracique. C'est comme si j'avais une enclume posée sur la poitrine, qui chercherait à m'écraser.

– Pourquoi?!

– C'est ton père, il… il est… bégaie-t-elle, à bout de souffle. C'est inutile de l'attendre, Saint. Il ne reviendra plus… jamais…

Mon joint m'échappe des mains et roule sur l'herbe sèche, roussie par le soleil et le sable du désert.

Mon père est mort.

– Maudit soit le jour où l'on s'est installés à Las Vegas! s'écrie-t-elle d'une voix brisée par le chagrin.

Sa colère pleine de désespoir met en exergue l'horreur que je ressens en prenant conscience que ma vie ne sera plus jamais la même – encore une fois. Et par ma faute – comme toujours. Un brasier de sentiments noirs et virulents s'allume dans le fond de mon ventre.

Je ferme les yeux.

La douleur me coupe le souffle.

L'effroyable vérité s'inscrit en lettres sanglantes sur mon âme.

Mon père est mort.

Mon cœur se brise dans ma poitrine. Je peux presque sentir des morceaux enflammés tomber à mes pieds pour s'immoler devant l'église où je n'ai plus rien à confesser. Toute mon existence s'achève sur cette ultime phrase qui me démolit de l'intérieur…

– Il a été pris dans une rixe pour un jeton de cent dollars et…

Et même si ma mère ne le dit pas à haute voix, je l'entends dans son silence accusateur : « Et tout est ta faute, Saint. »

Parce que c'est à cause de moi qu'on a dû quitter Seattle et s'installer à Las Vegas.

La ville du péché. L'antre de ma ruine. Le cimetière de mes rêves assassinés.

4

Proposition indécente

Ola

10 janvier 2021

– Qu'est-ce que tu veux dire par : « Il s'est énervé et m'a volé mon carnet avant de claquer la porte de mon appartement » ? m'interroge Jony, les sourcils froncés, en reposant mon fer à boucler sur le rebord du lavabo. En quoi ça le concerne, putain ?

Roulée en boule dans mon lit, je jette un regard morose à ma meilleure amie tout en poussant un long soupir de lassitude.

Si seulement je le savais… Cela m'aurait peut-être permis de dormir plus d'une heure d'affilée. Mais tous mes rêves ont été hantés par Saint, sa colère, ses lèvres cruelles, Ary et Clayton. Dès que j'avais le malheur de fermer les yeux, ils étaient là… à se moquer de moi, à railler ma liste et à me comparer à toutes ces autres filles tellement plus jolies que moi.

– Je crois que c'est un truc de mec, lui expliqué-je, pas tout à fait convaincue. Je suis l'ex-copine de son meilleur ami, ce qui fait qu'à ses yeux, je n'ai pas le droit de recommencer à vivre, ou un truc dans le genre…

Vautré à côté de moi, João renifle d'un air blasé, légèrement caustique, une main plongée dans un paquet de chips et une autre enroulée autour de ma taille. Depuis que je lui ai raconté ma désastreuse fin de soirée en compagnie d'Ary, il ne me lâche plus d'une semelle, aussi collant qu'un chewing-gum dans les cheveux.

C'est comme s'il craignait que je m'écroule ou que je fonde en larmes – ce que j'ai déjà fait après le départ de Saint. Et je sais qu'à l'instant où il sortira de mon appartement, il ira retrouver Ary pour finir ce que mon insupportable voisin a commencé.

João n'est pas un ami exemplaire – tant s'en faut, d'ailleurs. Mais il tient vraiment à moi, et ainsi qu'il s'amuse à le répéter lorsqu'il a un coup dans le nez, je suis comme une deuxième sœur pour lui. Son échec d'hier soir l'a d'autant plus ébranlé qu'il avait réellement confiance en Ary. Un fait plutôt rare, dans la mesure où João part du principe que tout être doté d'un pénis est incapable de loyauté.

– Saint a toujours eu envie de coucher avec toi, Ola, intervient-il, sans mâcher ses mots. Rien de nouveau sous le soleil. S'il s'est énervé quand il a vu ta liste, c'est parce qu'il a compris que tu étais libre, mais qu'il ne pouvait toujours pas te mettre dans son lit. Enfin, pas sans briser son amitié avec l'autre couille molle.

Surprise, je manque de recracher la gorgée de lait chocolaté que j'étais en train de boire et m'étouffe en essayant tout de même de l'avaler. João s'empresse de me venir en aide en me balançant de grandes tapes dans le dos sous le regard réprobateur de Jony, qui semble à deux doigts d'étrangler son jumeau. Quant à moi, il me faut une bonne minute pour réussir à respirer sans avoir l'impression de me noyer dans le chocolat chaud du Starbucks.

– Tu es malade ?! m'écrié-je, en le repoussant à l'autre bout du lit. Tu as failli me tuer, là !

– Désolé ! s'excuse-t-il, même si je vois bien qu'il se retient difficilement d'éclater de rire. Je ne m'attendais pas à ce que tu réagisses comme si tu ne le savais pas. Je veux dire… Ça a toujours été évident, pour moi ! Hein, Jo ?

Agacée, Jony roule des yeux et sort de la salle de bains pour s'immobiliser devant moi, les poings plantés sur les hanches dans une attitude de défi. Avec sa salopette retroussée à hauteur des chevilles, ses bouclettes vertes qui partent dans tous les sens et son sac banane noir passé en travers de sa poitrine, je dois bien avouer que c'est compliqué de la prendre au sérieux. Elle a toujours eu un style excentrique, un peu décalé, mais aujourd'hui, elle bat tous les records, bien qu'elle réussisse l'exploit d'être aussi belle qu'adorable.

Si j'essayais de m'habiller comme mon amie, j'aurais l'air d'une junkie à la recherche de sa prochaine dose de crack…

– Je t'interdis de sortir avec Saint, Olaïna ! m'ordonne-t-elle, en agitant un doigt accusateur sous mon nez. Ôte-toi tout de suite cette idée de la tête, jeune fille !

Je reste bouche bée pendant quelques secondes avant de m'exclamer, sur la défensive :

– Hein ? Quoi ? Mais ça ne m'avait jamais effleuré l'esprit, voyons !

Non, jamais. Pas même à l'université. Et surtout pas à cette soirée durant laquelle il m'a fait croire qu'il pouvait être intéressé par moi, lui aussi.

– Saint n'est pas un gars pour toi ! insiste-t-elle, avec une lueur qui ressemble étrangement à de l'appréhension dans les yeux. S'il te plaît, promets-moi que tu ne t'intéresseras jamais à lui de cette façon-là.

Interloquée par son comportement, je me tourne vers João, tout aussi perplexe que moi. Quelque chose se noue dans mon estomac – un mauvais, *très* mauvais pressentiment. Lui aussi, il dévisage sa sœur comme s'il venait de lui pousser une deuxième tête particulièrement hideuse sur l'épaule.

– Promets-le-moi ! répète-t-elle, fébrile.

– Est-ce que tu as consommé de la drogue avant de venir, Jo ?

Jony lance un regard d'avertissement à son frère avant de riposter :

– Ola est la femme la plus affectueuse, gentille, serviable et adorable du monde. Est-ce que tu as vraiment envie qu'un autre connard nombriliste et infidèle lui brise le cœur ?

Ses yeux pivotent vers moi tandis qu'elle ajoute d'une voix plus douce :

– Oui, je crois aussi que Saint a un faible pour toi. Et oui, j'ai vu l'étincelle qui a traversé ton regard lorsque cet idiot de João a jugé bon de t'en informer. Mais non, ce n'est pas une bonne idée, Ola. Ne te venge pas de Clay en utilisant Saint, s'il te plaît. Parce que si tu fais ça, c'est toi qui finiras par avoir mal. Pas eux, mais toi…

– Mais… commencé-je, avant de m'interrompre de moi-même en me rendant compte que je suis sur le point de proférer un mensonge. Je ne dois rien à Clayton. Il m'a quittée pour ma sœur, bordel ! Tout ce que Charity touche devient absolument répugnant à mes yeux.

Le bras de João se raidit autour de mes épaules. Il échange un long regard de connivence avec Jony, et j'ai beau sentir qu'une chose importante est en train de m'échapper, je n'arrive pas à mettre le doigt dessus…

– Jony a raison, déclare-t-il à brûle-pourpoint. Je n'aurais pas dû en parler, j'ai fait le con. Oublie tout ce que je t'ai dit, s'il te plaît.

Perdue, je reste muette, les bras ballants. João se relève, le regard fuyant, et m'embrasse sur le front. Jony fulmine en silence, encore énervée. L'atmosphère devient tellement tendue que je suis soulagée de les entendre dire qu'ils doivent retrouver Catalina pour le déjeuner. Lorsqu'ils me proposent de me joindre à eux, je décline gentiment leur invitation et les accompagne jusqu'à la porte en essayant de ne pas relancer le sujet « pas touche à Saint ». J'ignore pourquoi Jony semble si réticente à l'idée que je puisse succomber aux charmes de mon voisin, mais j'avoue que ça m'intrigue. Elle l'a toujours apprécié, bien qu'elle n'ait jamais été particulièrement intéressée par lui. Pour elle, c'est le meilleur ami de Clayton – et rien de plus. Elle ne l'a jamais considéré comme un pote ou un flirt potentiel. Elle ne sautait pas de joie lorsque je l'invitais à se joindre à nous, mais elle ne râlait pas non plus. Ils discutaient de tout et de rien ou s'ignoraient sans la moindre animosité, parfaitement indifférents l'un à l'autre. Bref, rien qui justifie qu'elle se mette dans tous ses états en m'imaginant avec lui.

– À demain, Olalita. Et encore désolé pour Ary, marmonne João en me serrant une dernière fois dans ses bras. Je te jure que je vais m'occuper de son cas.

Je hoche la tête, trop obnubilée par Saint pour me préoccuper du sort d'Ary.

– Appelle-moi ce soir, pétasse ! conclut Jony, en retrouvant sa bonhomie habituelle.

Adossée au chambranle, je les suis du regard tandis qu'ils s'éloignent et disparaissent à l'angle du couloir pour rejoindre la cage d'escalier, en se chahutant comme ils en ont l'habitude… et comme s'ils ne venaient pas de me mettre la tête complètement à l'envers.

Un million de questions tournent en boucle dans mon esprit embrouillé par des suppositions toutes plus rocambolesques les unes que les autres. Sur une impulsion stupide, je me surprends à refermer ma porte et à traverser le palier pour venir me planter devant celle de Saint.

Je lève le bras et toque à trois reprises avant de prendre conscience que je suis en pyjama, les cheveux coiffés à la va-vite et le visage dénué du moindre soupçon de maquillage. L'espace d'un instant, j'hésite à opérer un demi-tour et à retourner chez moi pour me refaire une beauté. Mais aussitôt que cette pensée ridicule me vient à l'esprit, la porte s'ouvre à la volée et un Saint mal réveillé, torse nu et uniquement vêtu d'un caleçon blanc apparaît devant moi.

Ma première réaction – et je n'en suis pas fière… – est de baisser les yeux vers la bosse qui se dresse entre nous.

Ma gorge s'assèche, mes yeux s'écarquillent, et oui, je l'avoue, mon bas-ventre se contracte d'une envie tout à fait déplacée… et complètement indécente.

– Tu es sérieuse, Ola ? Il n'est même pas midi ! C'est le beau milieu de la nuit ! éructe Saint d'une voix contrariée, avant de tourner les talons et de me planter là, au milieu du couloir. Ramène ton cul et referme la porte derrière toi !

Un peu perturbée par cet accueil houleux, j'entre d'un pas craintif et tire sur mon tee-shirt Titi et Grosminet pour dissimuler la tache de chocolat que je viens de remarquer sur le haut de ma cuisse.

L'appartement de Saint n'a pas changé depuis l'université, et je le connais aussi bien que le mien, puisqu'il lui est identique en tout point, sauf un : il n'a pas de lit, mais un canapé convertible qui est justement déplié devant le plus grand écran de télévision que j'aie pu voir de toute mon existence.

Contrairement à Clayton, Saint n'est pas un féru de ménage, et même si l'on ne pourrait pas le qualifier de bordélique, il y a un joyeux chaos ambiant qui respire la vie et insuffle de la chaleur aux murs uniformément blancs. La décoration tourne autour d'un seul thème : la musique. Posters de divers groupes de hip-hop, vinyles de collection, instruments et caissons de basse, la passion de Saint se devine dès le premier coup d'œil. Depuis toujours, il vit musique, parle musique, mange et dort musique – une véritable obsession. Je n'ai jamais compris pourquoi il n'ose pas se lancer une bonne fois pour toutes dans ce milieu qui le fascine, d'autant plus qu'il possède un diplôme en la matière et qu'il joue de la guitare comme un dieu.

Mais je ne lui ai jamais posé la question, parce que la seule fois où j'ai essayé d'aborder le sujet, j'ai bien cru qu'il allait m'arracher la tête…

Soudain, j'entends de l'eau se mettre à couler tandis qu'une porte s'ouvre, puis se referme, et qu'un nuage de vapeur moite s'échappe par l'interstice.

– Ne me dis pas que tu prends ta douche ? m'exclamé-je, inexplicablement troublée à la pensée qu'il soit nu dans la pièce d'à côté. Saint ?

Un grognement exaspéré me parvient par-dessus le bruit de l'eau et me réduit au silence.

Incapable de rester là, immobile près de son lit aux draps défaits qui sentent l'après-rasage et la lessive, j'englobe d'un rapide coup d'œil ce qui m'entoure, à la recherche de mon journal intime. Je trouve des paquets de clopes, une poignée de briquets, un cendrier en forme de crâne et un tas de jetons d'un dollar qui proviennent tous du casino du bout de la rue… mais il n'y a pas la moindre trace de mon carnet.

La poisse… Il pourrait être n'importe où dans ce chaos.

De plus en plus agacée, je me dirige vers la cuisine et, en désespoir de cause, j'entreprends de ranger son plan de travail en furetant à droite et à gauche pour retrouver ce qui m'appartient. De fil en aiguille, j'en viens à nettoyer sa table qui croule sous les plats chinois à moitié mangés et les revues musicales, telles que *Diapason* et *Uncut*. Puis je débarrasse sa vaisselle sale que je lave à la main. C'est la tâche ménagère que je déteste le plus au monde, au point où Clayton a dû m'offrir un lave-vaisselle lors de notre deuxième Saint-Valentin parce qu'il en avait marre de m'entendre râler… et surtout, de la faire à ma place.

– Qu'est-ce que tu fabriques ? me demande près de mon oreille Saint, que je n'avais pas entendu se faufiler dans mon dos. Je croyais que tu détestais laver la vaisselle.

À croire qu'il sait tout de moi…

Ses mains tatouées se posent de part et d'autre de mes hanches sur le plan de travail et m'emprisonnent dans la cage brûlante de ses bras. Coincée entre l'évier dégoulinant de mousse et le corps musclé de Saint, je sens mon cœur s'affoler à l'intérieur de ma poitrine et manque de laisser tomber une assiette. Les paupières lourdes, je me presse contre le meuble pour tenter de lui échapper, mais son odeur et sa chaleur me poursuivent où que j'aille et s'obstinent à m'embrouiller l'esprit.

– Attention avec ça, Ola. Tu risques de te couper un doigt…

Dans un état second, je le vois m'ôter un couteau des mains et le reposer près de l'assiette que j'ai failli briser en deux. Son mouvement l'amène encore plus près de moi, et tout à coup, la seule chose que je sens, c'est lui. Ainsi que son souffle ardent qui me balaie l'arrière de la nuque, l'effleurement involontairement sensuel de son torse contre mes omoplates à chaque fois qu'il inspire et le parfum légèrement boisé de son shampoing. Une partie de moi se demande s'il s'est habillé, ou s'il porte seulement son caleçon blanc. S'il est toujours mouillé ou s'il a pris le temps de se sécher. J'essaie de refouler l'excitation qui commence à me tordre l'estomac, mais Saint ne me facilite pas la tâche lorsqu'il me demande à voix basse :

– Alors comme ça, tu n'as jamais eu d'orgasme ?

Un long frisson dévale ma colonne vertébrale.

– Est-ce que tu as couché avec Jony ? riposté-je, le cerveau en vrac.

Les muscles de ses bras se crispent autour de moi. Il se raidit dans une attitude hostile. Malheureusement, il ne se recule pas et, au contraire, se rapproche encore pour murmurer tout contre ma joue :

– Non. Moi, je n'ai pas baisé ta meilleure copine.

Le soulagement qui me submerge est tellement intense que je suis obligée de baisser la tête pour éviter qu'il surprenne mon sourire. C'est peut-être ridicule, mais j'admets qu'après le petit numéro complètement délirant de Jo, c'est l'une des premières hypothèses qui me soient venues à l'esprit.

– Et toi ? insiste-t-il, un peu plus sèchement. Pourquoi as-tu écrit dans ton journal que tu n'avais jamais connu la véritable jouissance ?

Ma respiration devient de plus en plus difficile.

J'ai tellement chaud, je me sens si…

Je secoue la tête et m'assène une violente gifle mentale.

Arrête ça tout de suite, Ola !

– Parce que c'est la vérité, m'entends-je lui répondre, au comble de l'embarras.

Son torse musclé se plaque contre mon dos tandis que son bas-ventre se presse contre mes fesses. Son poids m'écrase, son odeur m'oppresse, et je n'arrive plus à respirer, parce qu'à chacune de mes inspirations, c'est comme s'il entrait en moi.

– Menteuse, souffle-t-il avec colère. Tu n'es qu'une sale petite menteuse, mon ange.

Mon ange.

Mon cœur se décroche et tombe en chute libre dans ma poitrine. Saint se recule d'un bond – enfin ! – et pivote sur lui-même pour ouvrir l'un des tiroirs qui se trouvent près de la gazinière. Il en extirpe mon journal intime qu'il jette rageusement sur la table.

Cela faisait une éternité qu'il ne m'avait plus appelée comme ça… mon ange… et lorsque je trouve enfin le courage de me retourner pour lui faire face, je comprends que, loin d'être un gage de paix, c'est une véritable déclaration de guerre. Alors que ses yeux noirs plongent dans les miens, il déclare d'une voix grondante :

– Que les choses soient bien claires entre nous, Ola : tu ne feras rien de ce qu'il y a sur cette putain de liste !

Son timbre plein de fiel me lacère la peau.

– Et surtout pas après ce qu'il s'est passé hier soir avec l'autre connard !

Ivre de colère, et toujours en caleçon, Saint ébauche une série de pas saccadés dans ma direction, les poings tellement serrés que toutes les veines de ses bras semblent sur le point d'éclater sous la pression. Je déglutis avec difficulté, sous le choc et dans l'incompréhension la plus totale.

– Et encore moins sans moi ! conclut-il, les yeux enténébrés d'une folie qui menace de me faire perdre la tête, à moi aussi.

– Pardon ? m'horrifié-je, en récupérant mon journal. Mais tu n'as décidément plus ta raison, Saint !

Il ricane d'un air sombre, si sombre…

– C'est plutôt toi qui as perdu la mémoire, Ola !

Je feins de ne pas comprendre ce qu'il sous-entend et contre-attaque :

– Tu n'es pas mon père ! Je ne t'appartiens pas, à ce que je sache, et je suis libre de faire tout ce que je veux, de la manière dont je le veux et avec qui je le veux !

Saint soulève un sourcil blond dans une expression sardonique ne me disant rien qui vaille.

– Parlons-en, de ton père ! Si tu t'obstines à vouloir poursuivre cette folie sans moi, je me verrai dans l'obligation d'aller lui en toucher deux mots. Et si je ne peux pas te faire renoncer à ces bêtises, je sais qu'il n'aura besoin que d'un regard pour te convaincre de mettre un terme à cette foutue crise d'adolescence à retardement.

Je me sens partir en arrière, un peu comme s'il venait de me décocher un violent uppercut dans l'estomac. La douleur dans mon ventre est la même que s'il m'avait rouée de coups, et je peux presque sentir l'arrière-goût du sang se répandre sur ma langue. Mais je ne devrais pas être surprise, c'est Saint : il sait toujours très exactement où me frapper pour me démolir d'une seule phrase...

« Je ne ressens rien pour toi, Ola. Désolé de t'avoir induite en erreur, mais tu t'en remettras vite... »

– Je t'emmerde, Saint Hunderson ! Tu n'es qu'un connard arrogant et égocentrique qui s'imagine qu'il peut contrôler ma vie sous prétexte que je suis sortie avec son meilleur ami.

Je serre mon carnet contre mon cœur, comme un bouclier, et me dirige vers la porte lorsqu'il se dresse devant moi pour me barrer le chemin.

– Mais qu'est-ce que Clayton vient foutre là-dedans, putain ?!

Je plisse les yeux, contaminée par sa fureur.

– C'est à cause de lui que tu insistes autant pour détruire mes projets !

Saint a toujours eu envie de coucher avec toi, Ola.

Un léger doute s'insinue dans mon esprit.

– Non ?

Un rire sans joie s'échappe de ses lèvres retroussées sur ses dents blanches. Je ne l'avais jamais vu aussi peu maître de lui-même, proche du point de rupture, et le résultat est pour le moins terrifiant. J'ai l'impression de ne plus le reconnaître, de ne plus le comprendre, si tant est que je l'aie déjà compris un jour ; et d'être en face d'un animal blessé, prêt à mordre à la jugulaire pour se défendre.

– C'est parce que je m'inquiète pour toi, espèce d'idiote !

– Ce n'est que du sexe ! m'écrié-je, au comble de l'exaspération, tout en levant les bras au-dessus de ma tête dans un geste d'impuissance. Une chose que tu pratiques depuis plus de dix ans sans qu'il te soit jamais rien arrivé.

Saint s'avance vers moi, m'acculant une nouvelle fois contre un meuble de sa cuisine. Il me domine de sa fureur, m'envoûte de sa colère. Et de façon plus générale, il me rend complètement folle. Je ne sais plus si j'ai envie de lui sauter au cou ou de lui arracher les yeux. Sûrement un savant mélange des deux.

– Tu n'en sais strictement rien, Ola, me contredit-il, furibond. Et de toute façon, ce n'est pas de moi que l'on parle, mais de toi… et je n'en démordrai pas : sans moi, pas de liste !

C'est qu'il a l'air sérieux, le bougre !

Piégée dans l'angle de la pièce, je le dévisage par-dessous mes cils en essayant d'évaluer la situation. Qu'entend-il réellement par : « Sans moi, pas de liste » ? Est-ce qu'il veut m'aider à trouver des partenaires fiables pour réaliser mes défis ? Ou… est-ce qu'il compte les mettre en pratique lui-même ?

Tout à coup, une excitation malsaine me saisit à bras-le-corps. Je tremble, le souffle court, les pupilles dilatées et le bas-ventre ravagé par un feu liquide.

Je crains d'avoir compris sa proposition indécente de travers…

– Et comment comptes-tu m'aider, exactement ?

Sans attendre sa réponse, j'ouvre mon journal intime et déniche ma *sexlist* que j'entreprends de lire à haute voix, d'une façon totalement aléatoire :

– Jouer au strip-poker. Faire l'amour par téléphone. Lire un livre érotique. Le faire avec les yeux bandés…

Je lui colle mon carnet sous le nez et l'interroge d'une voix caustique :

– De quelle façon peux-tu m'être utile, mon très cher Saint ? À part me fournir en capotes, je t'avoue que je ne vois pas très bien !

Pour la deuxième fois en moins de cinq minutes, mon journal intime vole à travers la pièce pour finir par s'écraser contre la porte d'entrée.

– Tout ce que je veux, c'est que tu sois en sécurité et qu'aucun cinglé n'essaie d'abuser de toi, comme la nuit dernière !

– Oh ! persiflé-je, en tâchant de ne pas lui montrer à quel point il vient de me vexer. Tu vas donc me dénicher une tripotée de mecs gentils comme un… quoi… une espèce de maquereau pour célibataire en manque de sexe ?

Je bafouille, à la recherche d'une repartie plus cinglante. Mais c'est le néant dans ma tête. Saint vient de m'attraper par le bras et de plaquer un doigt en travers de mes lèvres. Réduite au silence, je ne peux que le foudroyer du regard en priant pour qu'il cesse de me toucher.

Et surtout, pour qu'il arrête de me faire aimer ça…

– Arrête. De. Parler ! martèle-t-il en s'inclinant sur moi dans une posture menaçante.

Sa main puissante se resserre autour de mon biceps. Je ne respire pas, mais je n'en ai plus besoin. Je n'ai jamais été aussi excitée qu'à cet instant-là, dans les bras de cet homme que la morale m'interdit et qui me domine de toute sa hauteur en s'imaginant qu'il a le droit de contrôler le moindre de mes faits et gestes. La sensualité se déchaîne dans le cœur chaud et moite de ma féminité, et je la sens… la tension… la passion… l'envie sauvage et incontrôlable de coucher avec lui, debout contre le mur ou à quatre pattes sur le sol…

Je n'avais jamais rien éprouvé d'aussi fort et lancinant de ma vie. Un désir qui flirte avec la douleur tant il est viscéral, presque maladif, et incontestablement toxique.

– On va y aller en douceur, mon ange, me glisse-t-il à l'oreille tandis que son doigt délaisse mes lèvres humides. Et pour commencer, je vais te donner ce qu'il faut pour que tu puisses accomplir le numéro 12 de ta liste.

Saint bat en retrait, et le froid qui déferle sur mon corps enflammé est d'autant plus douloureux que j'ai désespérément envie de lui.

Si j'osais m'avouer la vérité à moi-même, je reconnaîtrais que j'ai toujours eu envie de Saint. Que l'entendre raconter à mi-voix ses prouesses sexuelles à Clayton ne m'a jamais laissé indifférente. Que le voir à moitié nu les trois quarts de l'année m'a souvent troublée. Et qu'il m'est déjà arrivé de rêver de lui. De sa bouche. Et de ses mains tatouées, alourdies par ses fidèles bagues en acier.

Il s'avère que Saint Hunderson a été un fléau pour mon couple de mille et une façons différentes.

– Clayton m'a dit qu'il t'avait laissé la télévision, mais qu'il t'avait repris l'ordinateur. C'est vrai ?

Cette mention inattendue de mon ex-fiancé a le mérite de me dégriser d'un seul coup et de m'éclaircir les idées. Les brumes du désir se dispersent et les nuages menaçants de la colère reviennent obscurcir mon ciel d'une teinte écarlate.

– Oui, dis-je en grinçant des dents. Et ne crois pas que j'aie fait une affaire ! La télé est cassée depuis un bail.

Les épaules de Saint se tendent et le tatouage d'ange déchu qui recouvre l'intégralité de son dos s'étire en une expression redoutable.

– Quel chien, murmure-t-il, plus pour lui-même que pour moi. Tiens. Prends le mien.

Saint traverse son studio pour aller chercher son ordinateur portable posé sur un caisson de basse. Il récupère aussi le chargeur, branché derrière sa monstrueuse télévision, et fourre le tout dans un sac en plastique floqué du logo de son restaurant chinois préféré – des baguettes plantées dans un bol de riz qui se fend la poire en fumant un rouleau de printemps.

– Le mot de passe, c'est : « Cassandra ».

– Le prénom d'une fille ? m'étonné-je, en sentant les crochets venimeux de la jalousie m'inoculer une dose de poison.

Saint fait un geste indolent de la main.

– Ma première chatte.

– Pardon ?! m'exclamé-je, outrée.

Saint me fixe d'un air perdu avant de rectifier dans un bruyant éclat de rire :

– Mon premier animal de compagnie, Ola. La femelle du chat. Rien à voir avec la chose à laquelle tu penses !

Soulagée, et un peu embarrassée, je pose une main sur mon cœur qui bat à toute vitesse.

– Elle était très câline et adorait me réveiller en se frottant contre mon visage, continue-t-il à plaisanter, les yeux pétillants de malice. Je l'adorais…

– Je ne savais pas que tu aimais les animaux, dis-je, penaude, en attrapant maladroitement le sachet qu'il me fourre dans les bras.

– Pas les animaux. Juste les chattes, précise-t-il, pince-sans-rire.

Je lève les yeux au plafond en comptant jusqu'à dix, même si un petit sourire étire le coin de mes lèvres. Cela faisait une éternité que je n'avais plus entendu Saint faire des blagues perverses et déplacées. Ces derniers mois, c'est à peine si l'on s'est croisés, tous les deux. Il s'ingéniait à m'éviter par tous les moyens possibles et imaginables, et moi, je lui rendais la pareille, secrètement blessée qu'il lui soit aussi facile de tirer un trait sur notre amitié. Avec le recul, je crois savoir pourquoi il a senti le besoin de prendre ses distances – il n'est pas idiot de penser qu'il savait déjà que Clayton me trompait.

Une partie de moi se demande depuis combien de temps je suis cocue… et une autre s'en fiche comme de sa première culotte.

La trahison de Clayton est déjà tellement atroce qu'elle ne peut plus être pire…

– Pourquoi me donnes-tu ton ordinateur, au fait ? l'interrogé-je, en reprenant mes esprits. J'en ai un, au boulot.

Le sourire moqueur de Saint me met instantanément sur la défensive.

– Parce que j'ai enregistré deux ou trois films pour toi, hier soir. Et je ne pense pas que ce soit le genre de divertissement que tu t'autorises sur ton lieu de travail.

Plus énigmatique, tu meurs.

– Il me semble qu'on n'a pas du tout les mêmes goûts, toi et moi. J'aime les dessins animés, les mangas et les…

– C'est du porno, mon ange, m'interrompt-il, avec une jubilation évidente. Pour t'aider à te débarrasser du numéro 12 de ta liste : « Regarder un film pornographique. »

Je jette un regard oblique vers l'ordinateur, tout en ressentant une inexplicable curiosité. Savoir qu'il a choisi trois films rien que pour moi est aussi déstabilisant qu'excitant, et je me demande s'il a compris pourquoi je n'ai jamais regardé de porno jusqu'à ce jour…

– Ne t'en fais pas, il n'y en a aucun avec ta sœur.

Sidérée par son insolence, je manque de m'étrangler avec ma salive.

– J'espère bien !

Il me pousse du coude, l'air joueur.

– Trop tôt pour les blagues ?

– J'ai une subite envie de te casser la gueule, là !

Je vois bien qu'il lutte contre un fou rire, ce qui m'énerve d'autant plus que ça me ferait presque sourire, moi aussi. Dans quelques années, peut-être. Ou pas.

Sacré Saint…

Ce mec est toujours aussi incompréhensible qu'à l'université, et ça m'agace. J'ai beau essayer de cerner sa personnalité, je n'arrive jamais à en saisir toutes les nuances, à en englober toutes les facettes.

Il est extrêmement lunatique, et je crois qu'il adore me faire tourner en bourrique.

– Tu es devenue tellement violente… et obstinée… et rebelle… murmure-t-il, avec des étincelles dans les yeux, qui ravivent le brasier ardent dans mon bas-ventre. Je suppose que je n'arriverai pas à te faire renoncer à cette liste, hein ?

– Tu supposes bien, réponds-je, sûre de moi.

Il soupire et passe une main sur son torse nu. Je dois mobiliser toute ma volonté pour ne pas le toucher. Entre ses piercings aux tétons et au nombril, ses tatouages qui racontent une histoire que je meurs d'envie de découvrir et la cicatrice en forme d'étoile qui s'étire au-dessus de son os iliaque, c'est extrêmement difficile de ne pas se laisser distraire.

– Dommage…

Il penche la tête sur le côté.

– Ou pas.

Une vague de chaleur me recouvre le corps d'un voile de sueur moite.

– Bon ! Il est temps que je m'en aille, moi ! décrété-je, le dos trempé. J'ai des trucs sympas à regarder, hein !

Je soulève l'ordinateur avant de me rappeler qu'il s'agit de films pornographiques et de me mettre à rougir comme une jeune vierge à un concert des One Direction – eh oui, je parle par expérience…

Saint se marre en m'accompagnant jusqu'à la porte, devant laquelle repose mon journal intime aux pages cornées. Je me penche en avant pour le ramasser, et j'ignore pourquoi, je tends les jambes et lève les fesses en exagérant ma cambrure naturelle. Un rapide coup d'œil par-dessus mon épaule me confirme que Saint a les yeux rivés sur mon postérieur. Soudain, je me sens belle, désirable et puissante. Comme si, en reprenant possession de mon corps, je découvrais aussi comment obtenir l'ascendant sur les hommes qui m'entourent.

Un savoir dangereux… et étonnamment séduisant.

Des pensées audacieuses flottent à la lisière de ma conscience, où des fantasmes d'une époque oubliée me supplient d'être exhumés.

Sois une vilaine fille, Ola…

Je me redresse en évitant de croiser le regard de Saint, terrifiée à l'idée de ce qu'il pourrait lire dans mes yeux… ou découvrir sur mon visage.

– Je te le rendrai demain, après le travail.

– Prends ton temps, mon ange.

Mon ange.

S'il continue à me surnommer de la sorte, je risque d'oublier pourquoi c'est une très, ***très*** mauvaise idée de l'autoriser à m'aider à réaliser tous les défis de ma liste.

Me prendre en levrette. Sous la douche. Sur la plage. Dans un hôtel au beau milieu de la journée. M'attacher ou l'attacher à la tête de lit.

Ouais, c'est la pire idée que j'aie pu avoir de toute ma vie… et la plus tentante, aussi.

– Tu n'en parleras pas à mon père, n'est-ce pas ?

Les traits de Saint deviennent plus sévères, moins détendus et agréables. Son masque de mauvais garçon.

– Tant que tu ne fais rien sans moi, je serai aussi muet qu'une tombe.

Je suis tentée de lui faire remarquer qu'il ne pourra pas m'avoir à l'œil vingt-quatre heures sur vingt-quatre, mais c'est inutile : il lit en moi comme dans un livre ouvert.

Encore une fois.

– Je ne vais pas te lâcher d'une semelle, Ola. Plus vite tu capituleras, moins de temps tu perdras à essayer de me faire changer d'avis.

Quel connard !

– Je ne comprends toujours pas pourquoi tu te sens aussi concerné par ma vie sexuelle !

Saint s'abstient de répondre et m'ouvre la porte pour que je puisse sortir de son appartement – et le laisser en paix, ce que je fais en traversant le palier à la vitesse de l'éclair, pressée de retourner chez moi et de… hum, changer de petite culotte.

– Tu te souviens de la promesse que je t'ai faite, à la soirée des Kappa Sigma ? me demande brusquement Saint, alors que je suis sur le point de pénétrer à l'intérieur de mon appartement. À moins que tu aies complètement effacé ce moment de ta mémoire ?

Je me fige – un pied dedans, un pied dehors. Le choc de l'entendre évoquer d'une façon aussi directe cette nuit-là tétanise tous les muscles de mon corps.

– Non, mens-je, la gorge serrée. Je ne me rappelle pas.

Je me souviens de tout. Dans les moindres détails. De chaque minute de chaque seconde.

– Je t'avais promis que je ne laisserais jamais aucun garçon te faire du mal, chuchote-t-il dans le silence obscur de notre corridor. Et je me suis vautré. À deux reprises.

Je serre la poignée de la porte dans mon poing jusqu'à faire blanchir le bout de mes doigts, transcendée par la souffrance de ce fragment du passé qui vient de se planter dans mon cœur, à l'instar d'un tesson de verre aussi brisé que moi.

– Il n'y aura pas de troisième fois, Ola.

J'expire un léger soupir qui vient mourir sur la main que je presse sur ma bouche pour m'empêcher de dire quelque chose de stupide.

Non, il n'y aura pas de troisième fois, songé-je, triste à mourir. *Parce que je n'aurai plus jamais confiance en toi, Saint.*

Et rien ne pourra changer ça…

– À plus, Saint, me contenté-je de répondre, avant de refermer la porte derrière moi.

– À demain, mon ange, l'entends-je tout de même murmurer dans la pénombre.

Seigneur ! Je suis dans la merde ! Et jusqu'au cou…

5

Plaisir nocturne

Ola

14 janvier 2021

Cela fait six jours que Saint m'a prêté son ordinateur. Et six jours que je n'ai pas osé l'allumer pour regarder les films qu'il m'a téléchargés. Je me suis donné plusieurs raisons pour tenter de justifier ma couardise : la première, ma préférée, c'est que je n'ai tout simplement pas eu le temps jusqu'à présent… Mais c'est un mensonge. Dimanche dernier, j'ai passé mon après-midi au lit, à me refaire l'intégralité de la saga d'*Harry Potter* en grignotant les chips laissées par João. La deuxième, et c'est celle qui s'approche le plus de la vérité, c'est que j'ai été tellement excitée par ma dernière entrevue avec Saint qu'une seule étincelle aurait suffi à me faire jeter mon bon sens par la fenêtre… et à me convaincre de me glisser, toute nue, dans son lit pour réaliser le défi numéro 29.

« Passer toute la journée à faire l'amour. »

Ce soir, et après une journée particulièrement harassante de boulot où mes collègues semblaient s'être donnés le mot en vue de me surcharger de travail, je n'ai plus aucune énergie pour faire des galipettes !

Et je l'avoue, j'ai très envie de valider mon défi de la semaine…

D'autant plus que regarder du porno, c'est probablement l'une des choses les plus faciles et les moins gênantes de ma liste – surtout quand je pense à ce que cet abruti de João s'est amusé à y ajouter contre ma volonté.

C'est pourquoi je trouve enfin le courage d'attraper l'ordinateur de Saint et de le brancher à la prise située au-dessus de ma table de chevet. Après m'être allongée sur mon lit dans mon pyjama préféré, la nuisette en satin rose des grandes occasions, je l'allume tout en retenant ma respiration.

Je suis stressée, et même si je sais que c'est ridicule, j'ai l'impression de faire quelque chose d'interdit ou de moralement déviant, ce qui est complètement stupide lorsque l'on sait à quel point l'industrie de la pornographie s'est démocratisée avec l'émergence d'Internet et des réseaux sociaux. Rien qu'aux États-Unis, elle rapporte plus de treize millions de dollars par an et près de quarante millions d'adultes assument le fait d'en consommer de façon régulière, à hauteur d'une femme sur trois. Des statistiques qui me confirment à demi-mot que le problème vient de moi… et de cette peur insensée que je finisse par aimer ça, à l'instar de ma sœur.

Charity s'est lancée dans le porno à dix-huit ans. Moi, j'en avais treize, et très vite, j'ai cessé d'être « Ola, la coincée » pour devenir « Ola, la petite sœur de Cha-Cha, la reine de la pipe ». Une transition plutôt rude qui m'a marquée à vie… et qui s'est produite seulement deux mois après le décès de ma mère. J'ignore si Charity a choisi cette voie pour combler le vide laissé par son absence ou pour se rebeller contre l'autorité de mon père, qui lui mettait une pression infernale afin qu'elle l'aide à « tenir » la maison. Tout ce que je sais, c'est qu'un soir, elle a pris ses affaires pour emménager chez son petit ami du moment, acteur lui aussi, et qu'elle s'est mise à enchaîner les tournages avec un succès retentissant.

En moins de cinq ans, elle est devenue l'actrice pornographique la plus célèbre de Las Vegas, et dix ans plus tard, elle est une référence à l'international, hyper-populaire sur les réseaux, avec une fortune personnelle estimée à plus de cinq millions de dollars.

Elle habite un superbe appartement qui donne sur le Strip. Elle tient de nombreuses conférences sur la liberté sexuelle des femmes modernes devant plusieurs milliers de personnes. Elle a des milliers de fans à travers le monde.

Et maintenant, elle se tape aussi mon ex-fiancé…

Et dire que je n'avais jamais détesté ma sœur jusqu'à ce qu'elle franchisse cette ultime limite.

Avant, j'essayais simplement de prendre du recul sur la situation en me rappelant que ce n'était pas à moi de juger ses choix de vie. Je me disais que tant qu'elle était heureuse, je pouvais supporter les moqueries, les regards insistants des mecs qui s'imaginaient que j'étais comme elle et les allusions lourdingues à ses films.

Je n'irai pas jusqu'à dire que l'on avait de bonnes relations, car mon père a toujours refusé que je passe du temps en sa compagnie et elle a souvent dû voyager d'un bout à l'autre du pays pour les tournages, mais elle m'appelait de temps en temps, et je lui répondais toujours avec un grand plaisir.

À Noël dernier, je l'ai même invitée chez les parents de Clayton pour qu'elle puisse passer les fêtes en famille. Elle m'avait dit que ça lui manquait, et ça m'avait émue – d'autant plus que mon père avait refusé de l'accueillir pour le réveillon.

J'imagine que c'est à partir de là que les choses ont dérapé…

Ce n'était pas la première fois qu'elle rencontrait Clay – ni Saint, d'ailleurs. Nous avions déjà passé quelques soirées chez elle, dans son superbe loft, avec ses amies toutes plus délurées les unes que les autres, de l'alcool à tire-larigot et des drogues sur lesquelles j'évitais de m'attarder. Mais à cette époque, tout se passait très bien entre Clay et moi, et ce milieu-là l'effrayait plus qu'autre chose.

Même Saint, le plus grand hédoniste que je connaisse, n'était pas très à l'aise et restait collé à moi, avant de se mettre à décliner systématiquement les invitations.

Puis le vent a tourné, Clayton et moi, nous nous sommes éloignés, et Charity s'est engouffrée dans la brèche…

Un an plus tard, j'ai le cœur brisé, plus d'ordinateur ni de grille-pain, pas plus que de micro-ondes, et la chose que je redoutais le plus dans la vie s'est produite : on m'a encore abandonnée.

Clayton m'a rayée de son existence avec une facilité déconcertante tandis que ma sœur a juste… cessé de m'appeler. Et moi aussi, j'ai arrêté d'attendre ses coups de téléphone.

Ses explications.

Ses – *putain* – d'excuses !

J'étouffe un soupir douloureux en tapant le mot « Cassandra » dans la barre de saisie pour mots de passe. L'ordinateur de Saint se déverrouille sur une petite musique électronique qui détonne avec l'ambiance morbide de mon appartement. Un peu intimidée, je m'adosse contre le mur et…

Oh, putain !

L'oxygène déserte mes poumons.

Je n'ai plus d'air.

Je n'arrive plus à respirer.

Mes yeux écarquillés parcourent le visage rieur de Clayton, à la fois si familier et si différent de mes souvenirs qu'un nœud se forme dans mon estomac. Avec sa peau noire, ses cheveux coiffés en tresses collées sur le crâne, son diamant dans le nez à la Tupac Shakur et son grand sourire tout en dents blanches et alignées… Il est beau, l'enfoiré. Et il l'a toujours été, d'ailleurs. Mais ce n'est pas grâce à son physique plutôt avantageux qu'il m'a séduite. Ce que j'aimais vraiment chez lui, c'était sa patience. Peu importe ce qui arrivait, il restait toujours calme et serein, à l'écoute de ses proches. Il mettait un point d'honneur à se tenir prêt à tendre la main à quiconque pouvait avoir besoin de lui. Et il était généreux, aussi. Un homme de bien, comme le disait mon père, que je croyais fidèle et sérieux…

Je ne sais pas quand il a cessé d'être le gentil garçon dont je suis tombée amoureuse pour devenir l'inconnu froid et cynique qui s'en est allé en claquant la porte sur une insulte, mais je pense que c'est en partie ma faute.

J'aurais dû le quitter dès que j'ai senti qu'il ne m'aimait plus et compris qu'il n'avait pas le courage de l'admettre.

J'aurais dû avoir la force de me dire que je méritais mieux qu'un homme qui restait avec moi par habitude, et non plus par amour.

J'aurais dû écouter la voix dans ma tête qui me conseillait de partir avant de l'obliger à me faire du mal, et non pas celle qui me suppliait de l'attendre…

Encore un peu, et encore un peu, et *toujours de trop*…

Malheureusement, il est impossible de réécrire le passé, songé-je, morose, en sentant mes yeux se perdre sur l'image du fond d'écran – une photo de Clayton, Saint et moi, prise il y a trois ans, au retour d'une excursion en kayak dans la grotte d'émeraude, sur le fleuve Colorado.

Ce voyage, c'était une idée de Saint pour fêter de façon originale son anniversaire – et l'un des meilleurs moments de ma vie. Je n'ai jamais autant ri que ce jour-là, trempée de la tête aux pieds et à l'étroit dans ma petite embarcation qui prenait l'eau de tous les côtés.

Malade à cause de sushis pas frais achetés à une pompe à essence louche du bord de l'autoroute, Clayton a dû rester à l'hôtel pour vomir ses tripes en toute tranquillité. Du coup, Saint et moi avons passé l'après-midi à pagayer avec Simon, un jeune Français venu en vacances dans la région. Il nous a appris un tas d'insultes hilarantes, et en échange, Saint lui a promis de lui faire visiter Las Vegas. C'était un adorable casse-cou de notre âge, et tous les trois, on a rigolé comme des baleines. Il y a juste eu quelques minutes de malaise lorsqu'il m'a demandé si Saint était mon petit ami, en ajoutant qu'on formait un très beau couple et qu'il avait une « chance de cocu, putain ! ».

En fin d'après-midi, après une excursion de plus de cinq heures, Saint et moi sommes retournés à l'hôtel, dans la chambre que l'on partageait avec Clay, et on s'est écroulés de fatigue dès que nos têtes ont touché l'oreiller. Endormis l'un à côté de l'autre dans le grand lit *king size*, on ne s'est réveillés qu'au petit matin, face à face – et beaucoup trop près… Clayton, lui, était toujours roulé en boule sur le carrelage de la salle de bains et n'a pas voulu descendre pour prendre le petit déjeuner avec nous.

Ç'a été l'un des meilleurs week-ends de ma vie… et l'un des rares que je n'aie pas passé avec mon fiancé.

– Bon, allez ! Arrête de tergiverser et passe à l'action, Ola ! m'encouragé-je à haute voix.

Résolue, j'interromps ma contemplation du fond d'écran et ouvre le ficher intitulé « Porno soft pour Ola ».

Un sourire me retrousse le coin des lèvres. Je n'arrive pas à déterminer si je trouve ça mignon ou flippant. Un peu des deux, je crois.

Trois vidéos sont enregistrées. La première se nomme *Vilaine étudiante aux gros seins punie par son professeur sexy*. Je lève les yeux au ciel et passe à la suite – *Demi-sœur bandante d'humeur coquine après les cours*. J'étouffe un rire, les yeux écarquillés, et jette un coup d'œil à la troisième – *Désolé mon pote, je suis venu chez toi et j'ai baisé ta meuf*.

J'éclate d'un rire franc, presque pliée en deux par l'hilarité. Je me demande si ce sont de vrais titres ou si c'est Saint qui m'a joué un mauvais tour. Dans tous les cas, ça m'a l'air d'être du porno amateur, à l'opposé de ce que fait ma sœur – et oui, je l'admets, ça me plaît.

Après un court moment d'hésitation, je lance la vidéo numéro 3…

La paire de fesses bronzées et musclées d'un jeune bellâtre apparaît en travers de l'écran. Grand et blond, avec des tatouages tribaux sur les bras et dans le dos, il culbute une jolie brune à forte poitrine sur un transat, sous un parasol, face à une piscine qui doit bien faire trois fois la taille de mon appartement. Au comble de la jouissance, la fille pousse des gémissements tellement aigus et surjoués que ça me donne envie de hurler de rire…

– Mets-la-moi bien profond, Charles !

Mais qui dit ça ?! songé-je, aussi amusée qu'horrifiée, tandis que le dénommé Charles frôle une luxation de la hanche en éclatant le derrière de la copine de son ami.

Les bruits si caractéristiques du sexe emplissent mon appartement, et loin de m'exciter, ça me coupe toute envie de faire l'amour dans un avenir proche.

En désespoir de cause, je passe à la vidéo numéro 2, qui est tout aussi irréaliste. Sans parler du sexe ridiculement énorme du mec et des seins siliconés de sa « demi-sœur », il n'y a aucun scénario, pas de préliminaires et une succession de positions toutes plus inconfortables les unes que les autres.

Par curiosité, je visionne quelques minutes de la dernière, et même si c'est un peu mieux en termes de jeu d'acteur, ce n'est pas fameux non plus…

Déjà, quelle étudiante accepterait de se balader sur le campus avec une jupe aussi courte, des talons aussi hauts et une chemise échancrée jusqu'au nombril ? Et ensuite, pourquoi un professeur prendrait le risque de tringler une élève dans une salle de classe, en pleine journée et avec une telle… hum, intensité vocale ?

Lassée, j'éteins le film et, même si je sais que c'est mal, je me mets à fouiller dans les dossiers de Saint.

Lui, il s'est bien permis de lire mon journal !

Ce n'est qu'un juste retour des choses, après tout…

Hélas, il n'y a rien de croustillant à se mettre sous la dent. La plupart de ses dossiers contiennent des morceaux de musique, des partitions, des extraits de beat et des débuts de chansons laissés à l'abandon. Il possède aussi une immense bibliothèque de films et de séries, et comme je le savais déjà, nos goûts sont diamétralement opposés en matière de cinéma. Il aime les thrillers, les documentaires, les films d'action à gros budget et les parodies sarcastiques, tandis que je préfère les Disney et Pixar, les animés japonais, les dramas coréens et les sitcoms humoristiques.

Je suis à deux doigts de refermer l'ordinateur lorsqu'un dossier nommé « HOLÀ ! » retient mon attention. Curieuse, je l'ouvre et…

Et je ne comprends pas ce que je vois.

Enfin, si… mais ça n'a rien à faire là !

Trois photos de moi sont enregistrées – des clichés privés que j'ai faits pour la Saint-Valentin et que j'ai envoyés à Clayton en espérant naïvement que ça sauverait notre couple.

Sur la première, je suis assise au bord du lit, les jambes croisées, vêtue d'une nuisette – celle que je porte actuellement, d'ailleurs ! –, et je regarde l'objectif avec un petit sourire qui se veut assuré et sensuel. La deuxième est du même genre, sauf que l'une de mes bretelles est tombée sur mon bras et qu'on devine l'ombre de mes tétons en transparence de la soie. Quant à la troisième, elle est plus… coquine, dirons-nous. Je suis complètement nue, dos à l'objectif, et je me cambre pour lui décocher un regard provocateur par-dessus mon épaule.

Comment Saint a-t-il fini par les avoir en sa possession ? Et surtout, pourquoi les a-t-il gardés ?!

On va y aller tout en douceur, mon ange.

Le nœud dans mon estomac se resserre sous l'effet d'une excitation crue et brutale. J'éprouve le même sentiment d'euphorie qu'à mes dix-huit ans, à la fête de la fraternité Kappa Sigma, lorsque Saint ne regardait que moi, qu'il ne dansait qu'avec moi et qu'il ne flirtait qu'avec… moi.

Pendant une nuit entière, il m'a fait croire que j'étais tout son univers, son début et sa fin, la seule chanson qu'il voulait écouter pour le restant de ses jours, et que plus rien n'existait autour de nous. Dans ses bras, j'ai frôlé le bonheur absolu… Une sensation sauvage, pleine de fougue et tellement excitante qu'elle m'a fait perdre toute notion de prudence.

Je me suis révélée en tant que personne.

Je me suis épanouie en tant femme.

Et je me suis cassé la gueule.

Mais je ne suis plus une adolescente naïve et crédule. Je ne suis plus cette fille idéaliste qui recherche sa propre version d'un conte de fées. J'ai eu le cœur brisé – deux fois. J'ai tout perdu d'un seul coup et… bon, je ne m'en suis pas encore remise, mais c'est en bonne voie.

Et plus que tout, je me sens enfin de taille à affronter mon désir insatiable pour Saint Hunderson.

Je le veux… et je l'aurai.

Forte de cette résolution, je repousse l'ordinateur sur le côté du lit, enlève ma nuisette sous laquelle je suis nue, attrape mon téléphone portable et me lève pour me placer devant le miroir sur pied installé dans ma salle de bains. Sans m'accorder le temps de réfléchir, j'active l'appareil photo et le cadre de manière à n'avoir que mon corps dénudé dans le champ visuel. Puis je croise les jambes, cambre le dos, et de ma main libre, j'agrippe l'un de mes seins dont le téton rosé ressort entre mes doigts.

Un sourire provocateur scotché sur le visage, je prends des clichés. D'abord de face. Puis de dos. Et j'en reprends un dernier de ma bouche ourlée sur un rictus qui murmure dans le silence de mes péchés les plus intimes : « Viens jouer avec moi, joli cœur. »

Et parce que je suis probablement devenue folle, je les enregistre toutes dans le dossier « HOLÀ » de Saint, que je renomme « HOT-LÀ ».

Saint veut m'aider à réaliser ma liste ? OK.

Je crois bien que ça me va…

6

Maintenant, tu es libre…

Ola

15 janvier 2021

Mon père me jauge de ses grands yeux froids. Mal à l'aise, je me trémousse sur ma chaise. Une expression sévère durcit son visage anguleux dont les traits bourrus me font inévitablement penser à ceux de ce boxeur irlandais très connu, Conor McGregor. Sous son regard perçant, je me sens redevenir la petite fille triste et perdue qui ne sait plus quoi faire pour obtenir l'approbation de son papa. Mon estomac se contracte dans mon abdomen avant de se gorger d'une bile acide. Des larmes brûlantes s'accumulent sous mes paupières mi-closes et j'ai beau essayer de grimacer un sourire, ma bouche tremblote comme la gelée de fruits que l'on distribue dans les maisons de retraite.

– Je ne dis pas ça pour te faire de la peine, Ola.

Alors pourquoi le dis-tu, papa ?!

À deux doigts de répliquer, je baisse la tête vers mon assiette à moitié vide, le feu aux joues, et repousse mes brocolis trop cuits du bout de ma fourchette. Comme tous les vendredis soir, je dîne avec mon père, dans la maison de mon enfance qui n'a pas changé d'un iota depuis le décès de ma mère. D'habitude, j'arrive toujours à convaincre l'un de mes amis de venir manger avec nous, ou mon père invite un membre de sa paroisse à nous rejoindre.

Mais pas ce soir.

Nous sommes assis l'un en face de l'autre dans la vieille cuisine qu'il a transformée en autel dédié à la mémoire de sa défunte – et encore tant aimée… – épouse, et l'ambiance est à couper au couteau. J'endure depuis plus d'une heure un long sermon sur le désastre de ma vie amoureuse. Et de ma carrière professionnelle, par-dessus le marché. Sans pitié, à la limite de la cruauté, mon père me dresse la liste de toutes les erreurs que j'ai commises avec Clayton et mes collègues. Et même si ça me désole de l'admettre, il n'a pas complètement tort.

– Tu as vingt-cinq ans, désormais. Et tu n'as toujours pas de mari ni d'enfants. Tu vis dans un studio lugubre, à peine meublé, en plein cœur d'un quartier malfamé où il y a plus de casinos que d'écoles ou de pharmacies. Et je suis désolé, ma chérie, mais ton job actuel n'est pas à la hauteur de tes compétences.

Merci de remuer le couteau dans la plaie, papa.

– Mon appartement n'est pas lugubre !

Pour le reste, en revanche…

– Et je suis correctrice dans un magazine très réputé de Las Vegas.

À la rubrique des faits divers, en plus ! C'est la plus prisée de la rédaction et je l'ai obtenue après deux ans de bras de fer avec trois autres correcteurs tout aussi doués que moi.

– Tu mérites mieux, insiste-t-il, d'un ton qui n'admet pas la moindre réplique. Tu devrais être rédactrice en chef et je ne comprends pas pourquoi tu te contentes d'aussi peu…

– Je n'ai que vingt-cinq ans, papa, et je sors à peine de l'école ! Personne de sensé ne m'engagerait à la tête d'un magazine aussi vite, voyons. Je dois déjà faire mes preuves !

Mon père vit parfois sur une autre planète, dans sa petite bulle, comme Alice au pays des merveilles.

– Le journal de la paroisse te l'a bien proposé, lui ! contrattaque-t-il, en pointant les dents tordues de sa fourchette vers moi.

Je me retiens de lever les yeux au ciel, exaspérée qu'il mette encore une fois le sujet sur le tapis. Je crois qu'il ne se remettra jamais de mon refus catégorique de bosser pour des clopinettes dans le « journal paroissial », une feuille de chou de quelques pages qui alternent entre sermons et ragots du quartier.

– Quant à Clayton, il t'a fait vivre dans le péché pendant six ans, Ola. Si tu m'avais écouté, il n'aurait jamais pu te ruiner pour aller se vautrer dans la fange avec ta sœur.

Charity est toujours *ma* sœur, jamais *sa* fille. Comme si c'était sur mes épaules, et non sur les siennes, que reposait le poids de ses péchés. Depuis qu'elle est partie de la maison, papa n'a plus jamais prononcé son prénom, l'effaçant de sa vie avec une facilité qui m'a toujours un peu terrifiée.

M'oublierait-il si facilement, moi aussi ? Si je péchais et le décevais à mon tour, me rayerait-il de son existence d'un simple claquement de doigts ? Comme Clayton ? Cian et Charity ? Et ma mère elle-même, d'une certaine façon ?

– Si je m'étais mariée à Clay, j'aurais un divorce très compliqué sur les bras, ce qui signifie des frais d'avocat que je ne peux pas me permettre de payer et l'obligation de le revoir après avoir appris tout ce qu'il a fait dans mon dos. Pas sûr que ce soit mieux, papa !

Il soupire tout en m'accordant ce point d'un bref hochement de la tête.

– J'avoue que c'est peut-être un mal pour un bien. Clayton n'a jamais été à ta hauteur. J'apprécie ses parents, ce sont des gens respectables, mais ils ont échoué dans l'éducation de leur fils.

Ce n'est pas ce que tu disais avant qu'il me quitte, papa, songé-je, avec un goût amer dans la bouche. *Tu le traitais comme le fils que tu aurais voulu que Cian soit…*

Si mon père a toujours été fier de la carrière militaire de mon frère, il n'a jamais accepté le fait qu'il se soit engagé pour le fuir, et non par dévotion envers notre nation.

– Maintenant, tu es libre de sortir avec Billy.

Je. Vais. Me. Flinguer.

Billy, c'est le fils cadet de notre voisin. Et comme son père, il s'est lancé dans une carrière ecclésiastique – ce qui est d'autant plus surprenant lorsqu'on connaît son inclinaison naturelle pour la picole et les machines à sous. Pour les orthodoxes, le célibat et la continence ne sont imposés qu'aux moines, et chez eux, ce n'est pas tombé dans l'oreille d'un sourd : ils enchaînent les mariages !

Désormais, mon père va probablement essayer de me caser avec tous les jeunes premiers du quartier libres de convoler en justes noces – et le plus déprimant, c'est que ce Billy est le moins pire du lot.

– Je vais passer mon tour, merci bien, marmonné-je, avant d'ajouter sur un coup de tête : De toute façon, j'ai déjà quelqu'un en vue…

C'est faux, évidemment. Mais c'est aussi ma seule chance de ne pas finir par porter un autre nom de famille d'ici quelques mois. Mon père est extrêmement doué pour m'imposer des choses que je ne veux pas, et dans mon état émotionnel plus que déplorable, je risquerais de lui céder avant même de m'en apercevoir.

– Ah ? grogne-t-il, en esquissant déjà une grimace de dégoût. Je le connais ?

Prise de court, je bredouille :

– Euh… oui. Enfin, non. Peut-être un peu, mais pas complètement. Sur les bords, quoi…

Mon père hausse un sourcil.

– Sur les bords de quoi ?

– Je ne sais pas, avoué-je, incapable de continuer à lui mentir.

Ses yeux se plissent tandis qu'il me dévisage avec une expression suspicieuse qui me donne envie de prendre mes jambes à mon cou. Je déteste être obligée de lui cacher des choses ou de dénaturer certains événements pour éviter de m'attirer ses foudres. Ça m'a toujours brisé le cœur de ne pas pouvoir être honnête à cent pour cent avec lui, mais je n'ai pas eu d'autre option que d'apprendre à me protéger à ses dépens. C'est la seule façon que j'aie trouvée de sauver notre relation avant qu'elle ne finisse par s'étioler, faner et mourir…

– Ne me dis pas que tu penses à João ?! s'exclame-t-il, dans un cri de protestation qui provient du fond de son cœur.

J'ouvre de grands yeux horrifiés.

– Bien sûr que non ! Il est comme un frère, pour moi !

Et je pourrais me mettre à vomir rien qu'à m'imaginer au lit avec lui. *Beurk, beurk, beurk !*

– Tu me rassures ! s'écrie-t-il, avant de se rigidifier d'un seul bloc. Attends, tu ne parlais tout de même pas de l'autre, là ?!

« L'autre, là… »

Il n'y a qu'un homme dont il s'entête à refuser de prononcer le prénom.

– Saint ?

Mon père pince les lèvres comme s'il venait de croquer dans un citron particulièrement acide, puis il acquiesce d'un petit mouvement du menton qui me met au défi de répondre par l'affirmative. Une partie de moi que je ne connaissais pas, et qui sème de plus en plus le trouble dans mes pensées, meurt d'envie de se rebeller et de lui faire croire que c'est bel et bien lui qui m'intéresse. Mais je juge plus prudent de m'abstenir de jouer à ce petit jeu sournois avec mon paternel aux tendances légèrement surprotectrices.

La maison est déjà bien assez vide comme ça…

– Non, je ne faisais pas référence à Saint Hunderson.

Mon père expire longuement par le nez.

– Bien, bien. Tu m'en vois soulagé !

– Je pensais que tu l'aimais bien, me sens-je tout de même obligée d'ajouter. Tu n'as jamais refusé de le recevoir ici.

– Ce n'est pas quelqu'un de désagréable, j'en conviens. Mais soyons honnêtes, s'il te plaît : quel genre de père voudrait de lui pour beau-fils ? Il travaille dans le milieu de la nuit, un environnement extrêmement toxique et malsain, il est plein de vices, de secrets et de mensonges. Et il ne vient même pas à l'église !

C'est sûrement le pire des crimes aux yeux de mon père.

– En plus, je n'ai jamais aimé sa manière de te regarder.

Je m'entends parler avant même d'avoir pu ordonner à ma bouche de se taire.

– Pourquoi ? Comment tu crois qu'il me regarde, papa ?

Mon père gonfle les joues avant de détourner les yeux et de se frotter la nuque avec un malaise plus que palpable. La seule fois où je l'ai vu aussi gêné, c'était quelques jours après que je lui ai annoncé que je sortais avec Clayton, lorsqu'il a essayé de me parler de sexe et qu'il m'a offert deux anneaux de chasteté.

Clay a joué le jeu, au début. Quant à moi, je n'ai jamais porté le mien.

– Il… Il te regarde comme s'il avait envie de… hum… de te… bégaie-t-il, écarlate. Enfin…

Puis il inspire un bon coup avant de déclarer d'un ton que l'on ne peut que qualifier de mélodramatique :

– Il te regarde comme s'il avait envie de te faire subir tous les outrages possibles et imaginables.

Je dois mobiliser la force de ma volonté pour ne pas sourire – ou plutôt, éclater de rire comme après m'être soûlée au vin blanc. La tristesse morose que je ressens toujours en venant dîner chez mon père se transforme subitement en excitation incontrôlable. Subitement, j'ai envie de courir, de danser, de chanter et d'avouer à mon père que ça ne me dérangerait pas tant que ça d'être la prochaine victime de la concupiscence décomplexée de Saint…

Pour éviter de le traumatiser jusqu'à la fin de ses jours, je feins l'indifférence et poursuis d'une voix neutre :

– Ah. C'est étonnant.

Et tellement excitant, putain !

– Est-ce que tu veux que je t'aide à laver la vaisselle ? demandé-je pour changer de sujet.

– Oui, accepte-t-il, aussi pressé que moi d'en finir avec cette discussion. Tu débarrasses, et je lave, comme au bon vieux temps.

Un bon vieux temps ni vraiment vieux, ni tout à fait bon, mais je ne fais pas la moindre réflexion et entreprends de débarrasser la table. En silence, je rapporte nos assiettes toujours à moitié pleines jusqu'à l'évier, puis je range les condiments et les boissons dans le réfrigérateur tandis que mon père lave la vaisselle sous l'œil vigilant de ma mère. Le silence est paisible, mais pas aussi naturel qu'à l'accoutumée. Malgré une certaine jovialité, quelque chose me tracasse, et il me faut plusieurs minutes pour parvenir à mettre le doigt dessus.

– Papa ? Pourquoi tu ne t'es jamais remarié ?

Maman est décédée depuis plus de douze ans, maintenant. Et pourtant, il n'a pas essayé de se mettre avec une autre femme. Pas de rendez-vous, pas de flirt ou de liaison éphémère, pas même une allusion à une potentielle rencontre. Rien du tout. Juste le souvenir omniprésent de celle qu'il a perdue et qu'il n'oubliera sans doute jamais…

– C'est une question très personnelle, Ola, me réprimande-t-il, l'air brusqué, mais sans être sur la défensive.

Je m'essuie les mains et range le torchon à sa place, sous l'évier, tout en jetant un rapide coup d'œil au portrait de ma mère. Belle brune aux yeux verts, avec un teint de poupée d'une riche couleur d'or foncé, héritage de ses origines indiennes, elle regarde l'objectif avec un étrange petit sourire aux lèvres qui m'a toujours intriguée. Un peu comme la Joconde de Léonard De Vinci. Savait-elle déjà qu'elle allait hanter l'homme de ses rêves ? Ils s'étaient promis de s'aimer pour la vie et jusqu'à la mort, mais mon père n'a jamais cessé de l'attendre... Et n'est-ce pas un peu triste, finalement ?

– Parce que je pourrais vendre mon âme pour passer ne serait-ce qu'une journée de plus en sa compagnie, me répond-il au bout de quelques secondes. Tout était tellement plus simple lorsqu'elle était là...

Les larmes me brûlent les yeux et je comble la distance qui nous sépare pour l'enlacer aussi fort que je le peux. Mon père n'est pas l'homme le plus facile du monde, et plus d'une fois, je l'ai maudit de toutes mes forces, mais ce n'est pas quelqu'un de mauvais. Je ne pourrai jamais lui tourner le dos. Et malgré tous ses défauts, je l'aime plus que tout.

C'est lui qui m'a accompagnée à la pharmacie lorsque j'ai eu mes premières règles et que je n'avais plus ni mère ni sœur pour m'aider à franchir cette nouvelle étape dans ma vie de femme. C'est lui qui a séché mes larmes lorsque je suis revenue, humiliée et désillusionnée, de ma première et dernière soirée étudiante. C'est lui qui a payé mes études et m'a encouragée à trouver ma voie. C'est lui qui m'a veillée pendant trois jours non-stop lorsque j'ai attrapé une infection après une opération qui s'est mal passée. Et c'est aussi lui qui m'a serrée dans ses bras et promis que tout irait bien lorsque les médecins sont venus nous annoncer que maman n'avait pas survécu.

« Tu n'as pas à t'inquiéter, Ola. Moi, je suis et serai toujours là. »

Ce jour-là, j'ai prêté le même serment que lui : « Je ne t'abandonnerai jamais, papa... et pas seulement parce que tu n'as plus que moi. »

– Est-ce que tu ressens la même chose pour Clayton, Olalita ? chuchote-t-il dans mes cheveux. C'est pour ça que tu me poses la question ? Parce que tu as peur de ne jamais réussir à refaire ta vie ?

Je ferme les yeux et plonge le visage dans son cou pour respirer à pleins poumons son odeur si caractéristique que j'associe toujours à mon « chez-moi » – un mélange de savon à la lavande, d'après-rasage à l'eau de Cologne et des légumes qu'il s'entête à cuire à la vapeur depuis qu'il a lu quelque part que c'était le meilleur moyen de vivre jusqu'à plus de quatre-vingts ans.

Non, je n'ai jamais ressenti un tel dévouement envers Clayton, papa.

Et je ne suis même pas sûre de le comprendre…

– Ça va aller, papa, réponds-je à la place. Tu verras. Tout ira mieux demain.

Je ne sais pas si je dis ça pour lui ou pour moi. Dans tous les cas, ça n'a pas la moindre importance. Je crois qu'on a tous les deux besoin de l'entendre. Et comme il l'a dit plus tôt : maintenant, je suis libre.

Je sens mon téléphone se mettre à vibrer dans la poche arrière de mon pantalon et l'en extirpe maladroitement en brisant l'étreinte de mon père. Il se détourne un peu gauchement et dissimule son visage derrière sa main. J'ouvre la bouche pour lui dire quelque chose, je ne sais même plus quoi, mais…

Soudain, j'oublie tout ce qui m'entoure et mon cœur s'emballe comme un fou furieux dans ma poitrine.

C'est un message de Saint.

> 21 heures, chez moi. J'ai une surprise pour toi. Passe le bonjour à ton père.

L'excitation me calcine les entrailles. Une image de l'enfer m'ouvrant ses portes enflammées s'imprime sur mes rétines et je repense à cette citation d'un auteur dont je ne me souviens plus du nom : « Qui nous dit que l'enfer, tout comme le ciel, n'a pas aussi ses saints[3] ? »

> Compte sur moi. (Ce n'est pas ton plus grand fan, désolé.)

Et je me dis que, oui, peut-être… à une autre époque, dans une autre vie… j'aurais pu vendre mon âme pour une journée de plus avec Saint.

Hélas, je ne suis plus cette fille-là.

Désormais, ce sont ses nuits que je convoite…

---

3. Phrase de Hjalmar Bergman, romancier suédois.

7

Poker Face

Ola

Je jette un rapide coup d'œil à ma montre tout en faisant un crochet par chez moi pour récupérer l'ordinateur de Saint. Vingt et une heures et dix minutes. Je suis un peu en retard, mais je ne pense pas qu'il m'en tiendra rigueur. Il connaît mieux que moi les aléas des embouteillages qui saturent le centre-ville dès lors que la nuit éveille ses vieux démons sur le Strip.

En passant devant mon miroir, j'aperçois mon reflet essoufflé, et ce n'est pas joli-joli…

Je suis en nage et échevelée, pas du tout à mon avantage. Figée sur le seuil de ma salle de bains, j'hésite à me changer, ou au moins, à me remaquiller. Je porte encore mon tailleur-pantalon gris anthracite du boulot et mon chignon est complètement à la ramasse. En même temps, si je me rends chez Saint avec une petite robe noire, des sandales à brides croisées et pomponnée de la tête aux pieds, il risque de croire que j'ai pris son invitation pour un rencard.

Être un peu négligée ou trop apprêtée ?

Un véritable dilemme… que je résous en coupant la poire en deux. Je démêle mes cheveux avec mes doigts et troque mon chemisier pour un débardeur minuscule, d'une couleur rose vif assortie à mon soutien-gorge, et dont le sous-ton orange met en valeur l'éclat mordoré de mon teint. Mon décolleté est plutôt modeste, mais l'effet push-up me fait gagner plus d'une taille de bonnet, ce qui n'est pas rien. Je me débarrasse aussi de mon pantalon et de mes bottes cavalières que je remplace par un short de sport et une paire de Vans – un style passe-partout qui s'applique à n'importe quelle situation. Puis je passe un coup de blush pêche sur mes pommettes rondes et applique une légère touche de gloss pailleté sur mes lèvres avant de m'asperger de parfum à la vanille.

Pas très chic, mais ça fera l'affaire pour ce soir…

Avec une boule au ventre pas tout à fait désagréable, j'attrape le sac en toile dans lequel j'ai calé l'ordinateur de Saint, le carnet qui contient ma *sexlist*, un paquet de chips et une bouteille de vin blanc que je suis allée acheter avant de rentrer à la maison. Deux secondes plus tard, ma porte se referme derrière moi et je traverse le palier en priant pour que mon cœur cesse de battre aussi fort.

Je toque trois fois, comme à mon habitude. Toc, toc, toc. La porte s'ouvre à la volée, si vite que mon bras n'a même pas le temps de retomber le long de mon corps.

Par pitié ! Je suis sûre qu'il le fait exprès…

Ma bouche s'assèche presque instantanément lorsque je constate que Saint sort à peine de la douche. Vêtu d'une simple serviette blanche nouée à la va-vite autour de sa taille, il frotte ses cheveux trempés tout en me libérant le passage pour que je puisse le suivre à l'intérieur de son appartement.

– Hum… Tu sens le gâteau…

Je rougis – *Crétine.*

– Ça t'arrive de t'habiller ? marmonné-je dans ma barbe, perturbée par la vision de son dos, large et musclé, et de l'ange déchu qui y pleure toutes les larmes de son corps.

Son ricanement, un tantinet moqueur, me fait relever les yeux vers son visage à la séduction irrésistible. À moitié tourné vers moi, il passe une main sur son torse et murmure avec du feu sur la langue :

– Et toi, Ola ? Ça t'arrive de te déshabiller ?

Pas plus tard qu'à l'instant, ai-je envie de répliquer, en ôtant mes vêtements rien que pour le plaisir de lui river le clou. Hélas, je ne suis pas encore assez téméraire pour tenter de tirer le tigre par la queue… enfin, métaphoriquement parlant, hein !

– Tu ne devrais pas être au night-club ? riposté-je, plantée comme une idiote dans l'entrée. Ou est-ce que tu commences plus tard, ce soir ?

– Je ne bosse plus au Guilty depuis un bail, mon ange.

– Ah bon ? m'étonné-je, en avançant d'un pas. Comment ça se fait ? Tu as trouvé un autre bar où dispenser ta sagesse ?

Saint est un excellent barman. Il possède les trois qualités requises pour le poste : la beauté, un franc-parler agréable et une dextérité exceptionnelle pour les cocktails. Son patron l'a toujours traité comme un roi, et je ne compte plus le nombre de fois où des bars concurrents ont essayé de le débaucher.

Le Guilty Pleasure est le terrain de chasse préféré de Saint. Toutes les filles qu'il ramène chez lui viennent de là-bas. Une situation ambiguë qui n'a pas manqué de provoquer quelques disputes et bagarres très divertissantes. Le retour du karma, comme il l'admet de lui-même. En effet, il s'avère que c'est plutôt difficile de se débarrasser d'une fille pas très stable qui sait à la fois où tu habites et où tu travailles.

Ah, les aléas des coups d'un soir…

Maintenant que je m'y connais, moi aussi, j'admets que ce n'est pas une tâche aisée que de juger une personne sur un seul rendez-vous. Ary m'avait semblé être un homme tout à fait charmant avant que l'on arrive chez moi.

– Non, me détrompe-t-il, en attrapant une pile de linge propre dans sa commode. Ma flamboyante carrière de barman est définitivement terminée.

J'en reste comme deux ronds de flan.

– Sans blague ? finis-je par m'écrier. Mais je croyais que tu adorais ton job.

Sans faire attention à moi, Saint se penche pour enfiler son caleçon par-dessous sa serviette. J'ai comme une sensation de déjà-vu plutôt ironique. Embarrassée – et embrasée par le désir, je l'avoue –, je lui tourne le dos et me dirige vers la cuisine, où je prends soin de déposer mon sac sur la table avant d'aller me servir un grand verre de thé glacé.

C'est qu'il fait une de ces chaleurs, dans cet appart !

– Il est temps pour moi de passer aux choses sérieuses.

Un frisson indécent dégringole le long de mon échine.

– Tu te lances enfin dans la musique ?

La tête plongée dans le frigo totalement vide, j'attends que Saint finisse de se rhabiller en comptant jusqu'à dix, puis vingt et trente. Arrivée à quarante, et parce qu'il n'a toujours pas répondu à ma question, je lève un œil craintif et manque de tomber à la renverse en le voyant se tenir si près de moi qu'un simple souffle me sépare de ses lèvres gourmandes.

Une bouche que je meurs d'envie de sentir entre mes cuisses…

Les bras croisés en travers de son torse couvert d'un tee-shirt blanc, il me dévisage avec un rictus perfide qui déclenche toutes mes alarmes internes.

– Tu es mignonne quand tu rougis.

Piquée au vif, je fronce le nez et referme la porte du réfrigérateur pour l'affronter du regard.

– Et tu n'es pas du tout mignon quand tu évites de répondre à mes questions.

Loin de se laisser impressionner par ma rebuffade, il me pousse jusqu'à une chaise, sur laquelle il me force à m'asseoir avant de s'installer à ma droite.

– Alors… commence-t-il, en extirpant son ordinateur de mon sac. Comment as-tu trouvé les films que j'ai sélectionnés rien que pour toi ?

Je m'empourpre en repensant aux photos coquines que je lui ai faites, ainsi qu'au nom de fichier complètement immature dans lequel je les ai cachées. Les prunelles de Saint se mettent à luire d'une flamme obscure dans la semi-pénombre. Il a flairé l'entourloupe…

– Est-ce que tu te lances dans la musique ? redemandé-je, obstinée à gâcher l'ambiance.

Et comme à chaque fois que j'aborde ce sujet si épineux pour lui, il se braque :

– Pourquoi tiens-tu tellement à parler de ça ? On s'en fout, non ? Il n'est pas marqué : « Casser les couilles à Saint » sur ta fichue liste, à ce que je sache !

La moutarde me monte au nez vitesse grand V. Et soudain, je me souviens de la deuxième raison pour laquelle Saint et moi avons fini par nous éloigner l'un de l'autre…

Il n'a jamais fait l'effort de s'ouvrir à moi.

À bien y réfléchir, je ne sais presque rien de sa vie privée, de ses sentiments et de ce qu'il a vécu avant d'arriver à Las Vegas. Son passé n'est qu'une vaste étendue de ténèbres sur laquelle il a toujours refusé de faire la lumière. Malgré toutes ces années d'amitié, notre relation est restée en surface, bloquée à un niveau superficiel.

– Corrige-moi si je me trompe, OK ? Tu peux te montrer hyper-intrusif avec moi, mais je n'ai pas le droit de te poser la moindre question un tant soit peu personnelle, c'est ça ?

Face à son silence plus qu'éloquent, je m'énerve et hausse le ton :

– Tu te fiches de moi, Saint ?

Il penche la tête sur le côté pour me gratifier d'une œillade effroyablement arrogante.

– Tu m'as dit de te corriger si tu te trompais. Mais il n'y avait rien de faux dans tes paroles.

S'il n'était pas aussi sexy avec ses cheveux mouillés, sa bouche à la courbe sensuelle et son attitude provocante, j'aurais très certainement changé d'avis à propos de son aide pour ma liste.

– Et si mes souvenirs sont exacts, tu as vraiment adoré que je sois aussi... hum... intrusif... avec toi, mon ange, raille-t-il, à la limite de la cruauté.

– Tu sais quoi ? m'énervé-je, humiliée et prête à m'en aller. Va te faire foutre !

Je bondis de ma chaise, si furieuse que j'en ai les narines qui palpitent, et me fracasse le front contre le torse musclé de Saint qui se dresse en travers de mon chemin, la mâchoire crispée et l'œil noir. Sans un mot, il m'oblige à me rasseoir et menotte mes poignets de ses grandes mains avant de rabattre ma chaise vers la sienne pour bloquer mes jambes sous la table. Je ne peux plus bouger, et loin de me calmer, son attitude dominatrice me pousse à lui montrer les dents, comme un animal blessé, acculé et pris au piège.

– Tu deviens de plus en plus têtue, Olaïna, et je ne suis pas certain d'aimer ça, finalement !

Un voile de colère écarlate embrouille mon champ de vision.

– Si tu ne me lâches pas très vite, je vais te mordre, le préviens-je.

Saint a le culot de se mettre à rire.

– Ah, soupire-t-il, en se léchant les lèvres d'une façon obscène. Ne me tente pas, mon ange...

Je le gratifie de mon regard le plus furibond et me débats avec fougue pour échapper à l'étau de ses bras. Hélas, il est beaucoup plus fort que moi et il n'a visiblement pas l'intention de me relâcher de sitôt...

– Tu ne peux pas tout avoir dans la vie, Saint Hunderson ! Sache-le !

Il ricane – encore. Et j'ai envie de le mordre – plus fort.

– Crois-moi, je n'ai pas eu besoin que tu me le dises pour le comprendre.

Il y a une telle acidité dans sa voix qu'elle creuse des tonnes de petits trous dans mon cœur.

– Alors, lâche-moi ! m'écrié-je, en refusant de me laisser attendrir. Je ne te confierai plus rien tant que tu n'auras pas fait l'effort de t'ouvrir un peu à moi, toi aussi.

Une infime hésitation transparaît dans son expression plus tout à fait fermée, un fragment d'incertitude qui ouvre une brèche dans sa muraille, et je m'empresse de m'y faufiler en insistant :

– C'est donnant-donnant, Saint. Si tu veux que je t'en dévoile encore plus, il va falloir que tu arrêtes d'être aussi secret et renfermé sur toi-même.

Le sous-entendu est évident et totalement volontaire. Ses lèvres s'entrouvrent sur une inspiration sifflante, légèrement humide, qui parvient à mettre tous mes sens en émoi. Un courant électrique virevolte de sa main à la mienne. Une chair de poule particulièrement tenace se diffuse sur l'intégralité de mon corps, à l'instar d'un doux poison qui parcourrait mes veines pour transformer mon sang en miel. S'il ne cède pas très vite…

C'est moi qui risque de craquer.

– Je n'ai rien trouvé de sérieux, pour le moment… consent-il enfin à me répondre. Mais à partir de lundi, je vais donner des cours trois fois par semaine dans un lycée pas trop nul, pas très loin de chez ma mère. Et il y a ce gosse qui veut apprendre à jouer de la guitare pour impressionner les filles. Bref, ce n'est toujours pas le job de mes rêves, mais j'ai un loyer à payer et très peu d'argent de côté.

C'est sûrement stupide, mais tout s'adoucit à l'intérieur de moi à ses aveux arrachés. J'aimerais le prendre dans mes bras pour le rassurer sur son avenir. Lui dire que je suis fière de lui et qu'il a tellement de talent qu'il sera bientôt la tête d'affiche de son propre show. Que le plus difficile a déjà été fait et qu'il n'a plus qu'à s'accrocher. Et que je crois en lui – de toutes mes tripes, putain ! Malheureusement, ce serait franchir l'une des limites que je me suis toujours imposées avec lui ; pas de câlins.

La seule fois où j'ai dérogé à cette règle, c'était à mon anniversaire, l'année dernière, après une dispute avec Clayton et… disons que ça a rouvert de vieilles blessures qui n'ont jamais vraiment réussi à cicatriser.

– J'ignore ce qui t'a motivé à sauter le pas, mais je pense que tu as pris la bonne décision.

Saint me fixe durant un long moment, les bras croisés en travers de sa poitrine comme s'il cherchait à se protéger de moi. Puis il m'offre une réponse à laquelle je ne m'attendais pas :

– C'est Clayton.

Une courte pause, pleine de doutes et de regrets… et le voilà qui m'assène un horrible coup de couteau dans le bide.

– Le voir remettre de l'ordre dans sa vie m'a aidé à ouvrir les yeux sur plein de trucs.

Avec un rire forcé pour masquer toute la profondeur de mon affliction, je palpe mon abdomen d'une main tremblante et demande à mi-voix :

– Est-ce que je saigne ? Non ? Parce que j'ai l'impression d'avoir pris une putain de balle perdue !

– Ola… lâche-t-il, réceptif à ma détresse. Ce n'est pas ce que je voulais dire, et tu le sais.

L'espace d'une folle seconde, je crois qu'il va s'arrêter là, et peut-être même s'excuser de m'avoir blessée, mais ça aurait été trop beau…

– Votre couple n'existait plus bien avant qu'il ne s'en aille. Il a juste officialisé les choses en prenant ses cliques et ses claques pour vous laisser une chance de retrouver le bonheur chacun de votre côté.

L'indignation me coupe le souffle tandis que j'essaie de contrôler la violence de ma réaction. Le sang frappe à mes tempes comme des baguettes sur le cuir tendu d'un tambour – boum, boum, boum ! Je me sens à vif, presque écorchée, et prête à exploser pour détruire ce qui m'entoure. À commencer par moi-même.

– Oui ! persiflé-je, proche du point de rupture. Quel héros, ce Clayton ! Baiser ma sœur et me le cracher à la figure en emportant la quasi-totalité de nos affaires, c'est tellement courageux !

J'éclate de rire à défaut de fondre en larmes.

– Dire que je le dégoûte, que tout est ma faute, que je ne suis qu'une allumeuse frigide, et qu'à la fin, je n'arrivais même plus à le faire bander, c'est encore plus inspirant pour toi, Saint ?

Mon ami – ou pas… – prend une vive inspiration qui semble dérober mon souffle à l'intérieur de mes poumons.

– Il t'a vraiment dit ça ?

Je détourne les yeux, en proie à une honte abyssale. L'humiliation me prend à la gorge et la colère me gonfle le cœur d'un sentiment nocif, comme une tumeur obscure qui dévorerait toute ma lumière pour en recracher des petits bouts noirs et ensanglantés. Je m'en veux d'en avoir trop dit… et je lui en veux encore plus de m'avoir poussée à le faire.

– Entre autres choses, oui…

– Putain ! Quel connard ! J'hallucine !

Ces mots enragés me font le même effet qu'un petit pansement appliqué sur mes plaies infectées, qu'un tendre baiser déposé sur ma joue empourprée.

C'est mignon et… presque… suffisant.

Mais en vérité, ça ne l'est pas.

Et finalement, ça fait toujours aussi mal.

– Je vais y aller, m'entends-je lui répondre, le cœur lourd.

Saint fait volte-face, les yeux étrécis dans une expression menaçante qui me cloue à ma chaise.

– Hors de question ! Tu restes ici, avec moi !

– Saint… me lamenté-je, abattue. Tu es le meilleur ami de Clayton, et je ne sais pas comment j'ai pu l'oublier durant ces derniers jours. Toi et moi, c'est juste…

… Impossible. Trop douloureux. Complètement vain. La pire idée du monde.

– Tu es mon amie, toi aussi.

Son regard me cherche, le mien le fuit.

– C'est différent, m'obstiné-je, sur mes gardes. Je ne te connais pas aussi bien que lui.

Et ça me tue de me dire qu'il connaît sûrement mieux Clayton que moi, lui aussi. C'est comme si j'avais gaspillé sept longues années de ma vie pour du vent, de la poussière, une illusion de bonheur.

– OK, j'ai une proposition à te faire, déclare-t-il de but en blanc, en se relevant pour aller chercher quelque chose dans le placard de son meuble de télévision. Toi et moi, on va jouer à un jeu…

Saint revient dans la cuisine avec un paquet de cartes écornées à la main.

– Avant toute chose, je crois qu'il va me falloir un grand verre de vin… marmonné-je.

Je me redresse et m'accoude à la table pour attraper la bouteille dans mon sac tandis que Saint s'empare de deux verres propres et d'un tire-bouchon automatique. Il m'ôte le vin des mains et l'ouvre en un clin d'œil avant de nous servir à ras bord. Puis il attend que je sois bien assise pour se réinstaller près de moi en collant sa cuisse à la mienne. Nerveuse, je bois une gorgée en le dévisageant en silence, trop chamboulée pour parler, trop triste pour sourire et trop seule pour rentrer chez moi.

Même si ça me fait mal d'être là, c'est toujours plus agréable que la solitude glacée de mon appartement.

– Numéro 25 de ta liste : « Strip-poker »… chuchote-t-il, comme s'il craignait de me faire fuir en élevant la voix. À chaque pli remporté, le perdant devra se délester d'un vêtement… et répondre la vérité, et rien que la vérité, à une question posée par le gagnant.

Mon cœur loupe un battement, puis un autre, et encore un autre, si bien que ça finit par en devenir douloureux. Je suis sous le choc… et si excitée que j'en ai des papillons dans le ventre.

– Alors, mon ange ? Ça te dit de jouer avec moi ?

Putain, oui ! Oui, oui, oui ! Et mille fois oui !

– D'accord. Distribue les cartes.

Une faim vorace aiguise les traits ciselés de son visage.

L'espace d'une folle seconde, j'ai l'impression que je vais me noyer dans le lac noir de ses prunelles enténébrées. Mais il subsiste encore un peu de lumière dans les ombres tumultueuses de Saint, et c'est à cause de cette lueur vacillante, presque évanescente, que j'ai si peur de succomber à la tentation qu'il incarne depuis toujours à mes yeux.

Il lui serait si facile de me blesser…

Encore une fois.

– À tes ordres, mon ange.

En réponse, mon bas-ventre se contracte dans un écho oublié de sa bestialité. Mon corps se souvient de tout, et je ne peux plus me mentir à moi-même : il est en manque de lui.

Une passion oubliée m'accable d'images toutes plus indécentes les unes que les autres.

– Détends-toi, mon ange. Laisse-moi te prouver à quel point je peux être vertueux avec la bonne fille…

Des doigts joueurs descendent le long de mon ventre et effleurent le ruban rose sur le devant de ma culotte. Saint confond vice et vertu, et je ne sais pas si je survivrai à cette nuit sans perdre mon âme – ou au moins, mon innocence. Je dissimule une partie de mon visage sous mon bras replié, le cœur serré par le désespoir.

– J'ai tellement peur de te décevoir, Saint !

Il se fend d'un gloussement rauque.

– Si tu te voyais à travers mes yeux, tu comprendrais à quel point ce que tu viens de dire est grotesque. Je n'ai jamais autant brûlé de désir pour une femme. Tu sens comme je suis chaud ? C'est tellement douloureux que c'en devient bon !

Son corps est brûlant contre le mien et il m'immole la peau d'une fièvre intense.

– Laisse-moi te couper les ailes, mon ange.

Une dernière hésitation, puis…

– Oui, cédé-je, transportée au-delà de la tentation. Vas-y, Saint. Arrache-les-moi.

Un lent clignement de paupières, et me revoilà dans le présent, où je sirote une longue gorgée de vin blanc tout en le regardant mélanger le paquet de cartes d'une main experte.

– Excellent doigté, commenté-je, sans réfléchir à l'ambiguïté de mes paroles. Euh, je veux dire…

Il rit tout bas.

– Et tu n'as encore rien vu, mon ange.

Le désir se propage tel un feu de forêt à travers mon organisme.

Je brûle, *c'est si bon*, je fonds, *c'est si chaud*, je me consume, *c'est si vrai…*

Jouer avec Saint me procure le sentiment de renaître de mes cendres. C'est comme si, jusqu'à présent, je somnolais, pas tout à fait éveillée, et que d'un seul coup, j'ouvrais les yeux et retrouvais goût à la vie. Tout est beaucoup plus clair, plus beau et plus… *réel* lorsqu'il est là, près de moi. La frontière entre le bien et le mal s'efface et les barrières qui m'emprisonnent depuis mon enfance s'écroulent pour me libérer de moi-même.

– Tu es prête ?

Encore un peu de vin, toujours plus de courage.

– Oui. Vas-y, Saint.

Il baisse brièvement la tête, comme s'il n'en croyait pas ses oreilles, et ses doigts bagués s'immobilisent sur le tranchant usé d'une reine de cœur. Une légère rougeur se diffuse sur ses joues, avant de remonter vers ses tempes et de redescendre dans son cou.

– J'adore quand tu dis ça…

Sur ces paroles sibyllines, il se met à battre le paquet à l'américaine, en *riffle-shuffle*, comme il me l'a déjà expliqué à de multiples reprises en essayant de m'apprendre à jouer, lorsque Clayton et lui organisaient des tournois de poker chez moi. Le paquet est coupé en deux, et les moitiés sont effeuillées pour que les cartes puissent s'enchevêtrer les unes aux autres en retombant par la force de la gravité. Enfin, et avec l'expertise d'un véritable croupier, il termine en coupant le jeu plusieurs fois d'affilée. Mes yeux tentent de suivre le rythme et le mouvement de ses mains, mais il est bien trop rapide et ses tatouages me perturbent…

De tous les poèmes de Lord Byron, pourquoi a-t-il choisi celui-là ?

Mais yeux s'égarent sur les lettres noires.

« Je ne méprise pas les hommes, mais je préfère la Nature… »

Ça ne colle pas du tout à la personnalité frondeuse de Saint, qui fait ce qu'il veut, quand il le veut, de la façon dont il le veut et sans se soucier des conséquences. C'est comme si, pour lui, le temps s'écoulait d'une manière différente, à la fois plus chaotique et moins graduelle. Il s'arrange toujours pour avoir le contrôle de la situation tout en gardant un désordre soigneusement maîtrisé autour de lui. Rien ne peut le déstabiliser, tout parvient à le surprendre. Il est un paradoxe ambulant.

– Première manche.

Saint distribue les cartes une par une, face cachée. Deux cartes pour moi, et deux pour lui. OK, c'est un poker *Texas Hold'Em*. Pas le plus facile à jouer, mais le plus populaire dans les WSOP[4] de Vegas.

– Tu peux prendre connaissance de ta main.

La bouche sèche, le cœur battant à toute vitesse, je retourne précautionneusement mes cartes et jette un rapide coup d'œil à mon jeu

4. World Series of Poker, les championnats du monde de poker.

– un six de trèfle et un as de cœur. Pas très bon, mais pas catastrophique. Je me compose un visage impassible avant de relever les yeux vers Saint qui me jauge d'un long regard scrutateur.

– On n'a rien à miser, lui fais-je remarquer.

Il se penche vers moi pour me rappeler :

– C'est un strip-poker, Ola.

Et il ôte l'une de ses bagues, qu'il laisse négligemment retomber devant lui comme s'il s'agissait d'un jeton de dix dollars du casino.

OK, je crois que je me suis fait berner !

Entre ses bagues, ses bracelets, ses colliers et ses piercings, Saint a deux fois plus de bijoux que je n'ai de vêtements sur le corps.

– Tu triches ! m'exclamé-je, furieuse. Ce n'est pas une fringue !

Le sourire de Saint ressemble à celui qu'un lion pourrait esquisser juste avant de dévorer la stupide petite antilope qui a cru être plus rapide que lui.

– Tu te couches ? Tu suis ? Ou tu relances ?

Si c'est comme ça qu'il veut la jouer…

– Je suis, grogné-je, en me délestant du lacet de l'une de mes chaussures. Brûle une carte.

La carte sur le dessus du paquet est dévoilée – un trois de carreau. Rien de dramatique, je suis toujours dans la course.

– Ne souris pas comme ça, me prévient-il. Ou ce sera très facile pour moi de te mettre à poil.

Ça l'a toujours été, Saint…

Je pince les lèvres pour faire disparaître mon rictus satisfait. Le bluff, ce n'est pas vraiment ma tasse de thé.

– Tais-toi et dévoile le *flop*.

Sans rien ajouter, il étale trois cartes au milieu de la table, retournées de façon à être visibles. Un deux de pique, un cinq de trèfle et… l'as de pique. L'euphorie me gagne si vite que je n'arrive pas tout à fait à dissimuler mon sourire. Heureusement, mes cheveux détachés me servent de voile pour soustraire mon visage trop expressif aux yeux perçants que Saint laisse traîner sur moi.

– Je relance, annonce-t-il, sûr de lui, en retirant une bague et un bracelet. Et toi, mon ange ?

En silence, je lui tends mon autre lacet et une boucle d'oreille. Il ricane en les plaçant entre nous, au centre de la table.

– J'ai bien envie de voir un peu de ta peau satinée. Je relance encore.

Une troisième bague, un autre bracelet et un collier atterrissent sur mes lacets entremêlés. À ce rythme, je risque de tout perdre avant la fin du premier round. Je n'ai plus de subterfuge, qu'une seule boucle d'oreille et… mes deux chaussures que j'ai enfilées sans prendre la peine de mettre de chaussettes.

En désespoir de cause, et pour garder de quoi temporiser à la prochaine manche, j'en mets une dans le pot commun.

– Pas suffisant, décrète-t-il, le nez froncé.

Je hausse un sourcil.

– Et selon qui ? le piqué-je.

– Selon moi. Enlève ton autre boucle d'oreille ou couche-toi et réponds à ma question.

– Quelle question ?

La fourberie qui filtre sous son air innocent m'excite presque autant que le doigt qu'il promène sur l'extrémité de sa lèvre inférieure.

– Couche-toi et tu le sauras.

Hors de question ! J'ai une paire d'as et je suis *presque* sûre qu'il bluffe pour m'obliger à renoncer avant qu'il n'ait besoin de dévoiler la médiocrité de son jeu.

– Non, tranché-je, en ajoutant ma boucle d'oreille. Je ne me couche pas. À ton tour.

– Très bien, se réjouit-il. J'aurai ton débardeur au prochain tour, dans ce cas. Et ta petite culotte juste après…

Sur un coup de tête, je lui tire la langue, comme une enfant mal élevée. Son regard se braque immédiatement sur ma bouche et s'y attarde plus longtemps que la décence ne l'autorise. Sa pomme d'Adam roule dans sa gorge tandis qu'il déglutit en se mordant l'intérieur de la joue. Mon pouls s'emballe, mon cœur manque un battement, et tout à l'intérieur de moi se met à fondre.

– Check.

Cela signifie qu'il n'exige pas de somme supplémentaire dans le pot. Il est l'heure de montrer ce que l'on possède – ou pas. Triomphante, je retourne mes cartes et expose fièrement ma paire d'as. J'ai toujours été très malchanceuse au poker, mais ne dit-on pas : « Malheureux en amour, heureux au jeu ? »

– Jolie paire, mon ange, me félicite Saint, volontairement équivoque.

Ses prunelles étincelantes vagabondent sur ma poitrine à l'étroit dans mon soutien-gorge trop serré. Il me dévoile ses cartes.

– Mais ça ne suffit pas à battre ma quinte…

J'ouvre de grands yeux ronds devant la suite de cinq cartes qu'il étale devant moi. Elles ne sont pas toutes de la même couleur, et j'ai beau être une véritable néophyte en la matière, je sais que c'est très largement suffisant pour envoyer ma minable paire d'as aux oubliettes.

Il a gagné, j'ai perdu… et ça n'a aucune importance, parce que je m'amuse plus que jamais.

– Bon, soupiré-je avec un rire nerveux. Il semblerait que je sois à la fois malheureuse au jeu *et* en amour. La poisse. Je vais éviter d'acheter un ticket de loterie.

Saint ne rit pas à ma blague – au contraire.

Soudain, il devient si concentré et sérieux que je n'ai plus du tout l'impression de jouer à un jeu…

– La vérité, rien que la vérité, me rappelle-t-il à mi-voix.

Je déglutis difficilement mon excès de salive.

– Oui, je sais. Pose-moi ta question.

Fais-moi mal, Saint. Force-moi à braver mes limites.

Comme un pansement que l'on arracherait d'un coup sec pour éviter à quelqu'un de souffrir inutilement, Saint exige de savoir :

– Pourquoi n'as-tu jamais rien fait de ce que tu as marqué sur ta liste avec Clayton ?

Je ne suis absolument pas surprise par cette question. Je savais qu'il me la poserait dès qu'il le pourrait en ayant l'assurance que j'y réponde sans mentir, et je peux le comprendre : c'est une énigme à laquelle j'ai longuement réfléchi, moi aussi.

– Il y a plein de raisons différentes, avoué-je, en fuyant son regard. Déjà, il y a des trucs que Clayton ne voulait pas faire avec moi. Des actes qu'il jugeait dégradants pour lui et… pour moi, aussi.

Les joues me brûlent lorsque je m'entends préciser :

– Il refusait que je… euh… m'installe sur lui pendant le sexe. Il ne voulait pas non plus m'embrasser là, en bas. Du coup, je n'avais pas très envie de le faire pour lui, tu vois ?

Saint hoche la tête sans rien dire, et son absence de réaction me pousse à lui confier :

– Il n'aimait pas les préliminaires. On faisait très peu l'amour, et lorsque ça arrivait, il…

Je me mords la lèvre avant de lui révéler ce qui me fait le plus peur, dans le sexe. Ma plus grande crainte, dans l'amour.

– La vérité, rien que la vérité, *toute* la vérité, insiste-t-il, la voix basse et grave.

L'épine dorsale parcourue de frissons, je m'enfile le reste de mon verre de vin blanc. La semi-pénombre crée une ambiance intimiste, légèrement trompeuse, qui m'enivre presque autant que l'alcool et apaise une partie de mon trouble, tout en me procurant suffisamment de courage pour m'aider à vider mon sac.

– Clayton ne m'excitait pas.

Et voilà, je l'ai enfin dit à quelqu'un d'autre qu'à moi-même. La vérité, laide et cruelle, dénuée d'artifices ou de mensonges. Douloureuse à entendre, et encore plus blessante à admettre à haute voix. J'avais beau aimer Clayton du plus profond de mon cœur, je ne le désirais pas.

Au début de notre relation, je parvenais à me mettre dans l'ambiance et à prendre un peu de plaisir par-ci, par-là. Mais plus le temps passait, et moins j'appréciais l'acte en lui-même. Comme Clay me l'a suffisamment répété, le problème venait de moi, de ma « frigidité », et mon incapacité à le résoudre me donnait de moins en moins envie d'y être confrontée. Je ne faisais pas assez d'efforts, je n'essayais pas de le comprendre et je n'arrivais pas non plus à me convaincre de simuler pour lui faire croire que tout allait pour le mieux, entre nous. Je me disais qu'après, il voudrait sûrement le faire de plus en plus souvent, et cette pensée me donnait un mélange de dégoût envers moi-même et d'effroi vis-à-vis de lui.

Moins je le touchais, et mieux je me sentais…

Au bout du compte, le sexe a fini par devenir une corvée, un sujet tabou, un *obstacle* à notre bonheur. Et bien sûr, ça nous a détruits de l'intérieur, à l'instar d'une tumeur que l'on n'aurait rien fait pour soigner.

– Je veux dire… c'est ma faute… je suis… froide, au lit.

Le mutisme acharné de Saint menace de me faire péter les plombs, aussi comblé-je son silence par des bredouillements incohérents entrecoupés de grosses lampées de vin blanc et quelques poignées de chips.

– Ça le mettait tellement en colère que l'on a fini par arrêter de… hum, faire l'amour. Moi, ça me convenait très bien comme ça. Et quand il avait vraiment trop envie, je… m'arrangeais pour juste… lui donner ma main, ou bien… je le laissais se frotter contre mes fesses. Ça faisait l'affaire, il était content et on passait à autre chose.

Saint hoche une nouvelle fois la tête, les mâchoires tellement crispées que ses molaires grincent à l'intérieur de sa bouche. Une longue minute s'écoule dans une atmosphère si électrique qu'elle me picote toute la couche supérieure de l'épiderme.

Je commence à regretter d'en avoir autant dévoilé au sujet de ma vie – *pas du tout* – sexuelle lorsqu'une chose semble craquer à l'intérieur de lui et qu'il éructe avec colère :

– Tout ce que tu me dis là, ce sont des conneries !

Surprise, j'ai un brusque mouvement de recul qui manque de me faire basculer de ma chaise.

– Quoi ? m'offensé-je, blessée qu'il rejette mes confidences d'une manière aussi brutale. Non ! C'est la stricte vérité !

Saint éclate d'un rire sans joie.

– Toi, froide ? Putain, mon ange ! Si seulement c'était vrai, mes nuits seraient beaucoup moins douloureuses !

Il secoue la tête et appose ses paumes de chaque côté de mes hanches, se penchant si près de moi que nos visages se retrouvent à moins d'un centimètre l'un de l'autre, à peine séparés par le souffle tremblant que je retiens en priant pour qu'il happe mes lèvres avec les siennes.

– Moi, je n'ai jamais oublié qu'en m'enfonçant en toi, j'ai trouvé le paradis le plus chaud, le plus moite et le plus doux qu'un homme aussi peu méritant que moi puisse espérer découvrir avant de mourir et de brûler en enfer.

Satisfait de son petit laïus qui me laisse haletante, privée de ma voix et, c'est vrai, complètement fiévreuse, il se redresse en reprenant les cartes pour entamer une nouvelle partie.

– Prête pour la suite, mon ange ?

Non, pas du tout ! C'était quoi ça, putain ?

Mais pour obtenir la réponse à cette question, je n'ai pas le choix : il faut que je remporte la prochaine manche.

À tout prix. N'importe lequel…

– Cette fois, c'est moi qui coupe ! l'arrêté-je, en lui ôtant le paquet de cartes des mains. Et je distribue, aussi !

– Fais-toi plaisir, mon ange. Mais ça ne changera rien : je te prendrai ton débardeur dans moins d'une minute.

Je le défie du regard tout en mélangeant les cartes avant d'en distribuer deux pour moi et deux pour lui. Sans un mot, je prends connaissance de mon jeu – un valet de carreau et un cinq de cœur. Encore une main en demi-teinte, de mon côté. Et Saint est trop doué pour laisser filtrer la moindre information compromettante.

– Prête ?

– Et toi ? riposté-je, le menton relevé.

Il se fend d'un rictus ironique.

– Je vais te coucher tout en douceur, mon ange.

Et je m'allongerai avec plaisir, Saint…

– C'est ce qu'on va voir ! fanfaronné-je, en plaçant le flop devant moi après avoir brûlé le dix de carreau. Montre-moi ce que tu as dans le ventre, Hunderson !

Et c'est tout vu : il me rétame en moins de temps qu'il n'en faut pour dire « eh, merde ! ». Je perds ma deuxième boucle d'oreille, ma dernière chaussure et, comme il l'avait prédit, mon débardeur. Ma minable paire de cinq ne fait pas le poids face à son impressionnant brelan de rois.

– Fais chier ! grommelé-je, alors que des fourmillements suspects parcourent le renflement de mes seins. OK, c'est le jeu. J'enlève le haut.

Je fais comme si ça ne me gênait absolument pas de me déshabiller devant lui, dans son petit appartement dans lequel nous sommes seuls, lui et moi. Libres de faire tout et n'importe quoi. Surtout n'importe quoi. Alors qu'en vérité, je suis mortifiée de lui dévoiler mon corps sur lequel je complexe depuis une dizaine d'années, maintenant… Toutefois, un simple coup d'œil à son expression tandis que mon débardeur atterrit dans le pot commun suffit à me faire changer d'avis. J'ai bien fait d'accepter son invitation. Cela faisait une éternité qu'un homme n'avait pas reluqué mes seins comme s'il rêvait d'y enfouir le visage jusqu'à finir par s'y étouffer.

– Joli soutif, réagit-il avec un temps de retard, les yeux scotchés sur ma poitrine. Cette couleur orangée te va à ravir.

– Merci, c'est un cadeau de…

Je laisse le reste de ma phrase mourir dans un silence éloquent. Inutile de lui préciser qui me l'a acheté. Il doit s'en douter.

Soudain, il y a comme un fantôme dans la pièce. Et bien sûr, il porte le visage traître de mon ex-fiancé.

– Je veux ma revanche, relancé-je, pour détourner son attention de mes seins.

C'est un échec. Il ne les quitte pas des yeux, comme s'il craignait qu'ils disparaissent.

– Attends un peu, mon ange. Je ne t'ai même pas encore posé ma question.

Zut! Je pensais que mon décolleté allait lui faire oublier cette partie-là de notre deal. Mais il se pourrait que j'aie légèrement surestimé l'attrait de mes atouts.

– Je t'écoute.

– Pourquoi es-tu restée aussi longtemps avec Clayton? Je ne suis pas certain de comprendre…

Bien sûr que tu ne comprends pas, Saint.

J'ai besoin de plusieurs secondes pour réussir à trouver mes mots, et là encore, le vin est d'une efficacité redoutable pour me délier la langue.

– Je l'aimais. Pour de vrai, précisé-je, comme s'il y avait un *faux* amour. J'aimais sa façon de me tenir la main lorsqu'on se promenait dans la rue. Son sourire du matin, toujours un peu endormi, mais plein de joie et d'entrain. Son visage si doux et ses yeux si bruns. J'aimais aussi le son mélodieux de sa voix et l'odeur musquée de sa peau. Et lorsqu'il m'embrassait, je me sentais chérie et aimée, protégée de toutes les mauvaises choses qui se passent dans le monde. Il a toujours été très attentionné – enfin, sauf les deux dernières années. Il me couvrait de fleurs et de bijoux, au début. Il adorait m'accompagner partout où j'allais et il était toujours fier de me présenter comme sa petite amie. On pouvait discuter pendant des heures et des heures. De sport, de politique, de voyages ou d'éducation. On n'était pas d'accord sur tout, mais il n'essayait jamais de m'imposer sa vision des choses. Avec lui, je ne me suis jamais sentie…

Je m'arrête afin de ravaler la boule qui obstrue ma gorge. Les larmes ne viennent pas, mais une profonde tristesse m'accable de son angoissante lassitude.

– Tu ne t'es jamais sentie… répète Saint, pour m'inciter à poursuivre.

Je me fais violence pour achever ma phrase :

– *Seule*. Avec lui, je n'ai jamais eu l'impression d'être seule ou mise à l'écart. C'était à la fois mon meilleur ami et l'homme de ma vie.

Saint secoue la tête, l'air complètement perdu.

– Et pourtant, tu ne le désirais pas.

Ce n'est pas une question, mais une affirmation. Et comme elle est exacte, je ne trouve rien à lui répondre.

– J'ai beau essayer de toutes mes forces, je n'arrive pas à concevoir l'amour sans un minimum de sexe, m'explique-t-il, penaud. Pour moi, ce n'est que de l'amitié.

Et c'est une vision biaisée de l'amour partagée par un très grand nombre de personnes, à l'heure actuelle.

– Mais le sexe sans l'amour, ça ne te pose pas de problème, n'est-ce pas ?

Il me décoche un regard qui signifie à la fois : « Bah ouais, logique ! » et : « J'avoue, c'est con. »

– Et toi, Ola ? embraye-t-il, en changeant d'angle d'attaque. Tu as forcément besoin d'aimer un mec pour avoir envie de le baiser ? Ou de te faire baiser par lui ?

Saint est volontairement cru dans ses propos, comme s'il essayait de me heurter, de me choquer ou de me pousser à bout. J'ignore pourquoi il s'est mis sur la défensive, tout à coup, mais je sens un peu de colère dans ces paroles vulgaires qui m'émoustillent – et me dégoûtent aussi, je dois bien l'avouer.

– Tu devras attendre de gagner un autre pli pour que je réponde à cette question.

Il fait claquer sa langue contre son palais dans un bruit sec.

– Très bien, mon ange. Troisième manche.

Celle-là, je la remporte haut la main en détruisant sa paire de six avec une couleur de cœur – et peut-être est-ce un signe…

Certes, j'y ai laissé mon short et je me retrouve en petite culotte devant lui. Mais c'est à son tour de me dévoiler une partie de son âme.

Loin de s'en réjouir, Saint crispe les poings sur ses genoux et aboie :

– C'est difficile de se concentrer en face d'une femme à moitié nue !

Je pars d'un grand éclat de rire aviné. J'avais oublié que Saint est le pire des mauvais perdants ! Il ne supporte pas l'échec et s'énerve dès qu'il sent que le vent tourne en sa défaveur. Un simple jeu comme le Monopoly peut se transformer en troisième guerre mondiale, avec lui.

– Accepte ta défaite avec classe, joli cœur ! Sur ce coup-là, j'ai simplement été plus chanceuse et rusée que toi !

Je hausse les sourcils pour le taquiner et ris encore plus fort en le voyant se renfrogner.

– Dit la fille en slip… me tacle-t-il, en se tortillant sur sa chaise, mal à l'aise de s'être fait dépouiller de toute sa quincaillerie.

La prochaine fois, ce sera à son tour de faire apparaître un soupçon de sa peau bronzée, tatouée et si… *tentante*.

– La blanche du crapaud n'atteint pas la bave de la colombe ! riposté-je, en me rendant subitement compte que j'ai terminé la bouteille à moi toute seule. Oups, on n'a plus de vin !

Saint me décoche un regard désabusé, une main fourrageant dans le désordre maîtrisé de sa chevelure blonde.

– On ? Je n'ai même pas encore touché à mon verre ! me fait-il remarquer, en repoussant mes doigts qui tentent de le lui dérober. Ça suffit, l'alcool. Je refuse de me faire laminer par une fille *presque* nue et *totalement* bourrée. Ce serait trop mauvais pour mon image !

Je m'incline sur la table pour lui susurrer à mi-voix :

– Ce qui se passe à Vegas reste à Vegas, joli cœur…

Les yeux plongés dans mon décolleté, Saint déglutit à de multiples reprises avant de parvenir à rétorquer :

– Pose-moi ta question, mon ange. Avant que tu ne puisses plus parler…

J'ai envie de lui dire que je ne suis pas soûle à ce point-là, mais à bien y réfléchir, je n'ai pas l'impression que ce soit l'alcool qui lui fasse remettre en doute ma faculté à me servir de ma bouche dans un avenir proche. Peut-être a-t-il en tête des jeux autrement plus… *silencieux*.

– J'en ai quatre.

– Mais tu n'as remporté qu'une manche, me rappelle-t-il, intransigeant.

– Je n'arrive pas à choisir laquelle je veux te poser en premier !

Il me nargue en sirotant une lampée de vin tiède. Une goutte nacrée reste suspendue à sa lèvre, et j'ai tellement envie de la lécher que j'en perds momentanément le fil de la conversation. Cette situation devient de plus en plus dangereuse. Notre attirance est dévorante, presque étouffante et indéniablement fatale. Si on lui cède, notre amitié mourra, sacrifiée pour la satisfaction d'un plaisir éphémère. Et peut-être même qu'elle en tuera une autre, dans la foulée. Pourtant, je sais déjà que je ne lui résisterai pas, et que Saint, lui, n'hésitera pas à la concrétiser par un acte charnel.

Notre rapprochement est temporaire, comme à l'époque de l'université. Dès qu'il aura obtenu ce qu'il veut de moi, je redeviendrai invisible et inintéressante. Une fille parmi tant d'autres, un agréable souvenir, la bonne copine que l'on présente à l'un de ses amis. J'aurai droit à ses sourires et à ses grandes tapes dans le dos, mais ce sera tout… Parce que Saint n'a rien à offrir de plus à une femme. Ce qui me ramène à la question que j'ai le droit de lui poser.

Hélas, il y a beaucoup trop de choses que j'ai envie de savoir…

Depuis combien de temps sais-tu que Clayton me trompe ?

Pourquoi refuses-tu de te lancer dans la musique ?

Quelle est ta dernière pensée avant de t'endormir ?

Pourquoi n'arrêtes-tu pas de parler de la seule soirée que l'on a passée ensemble, alors que c'est toi qui m'as suppliée de l'oublier ?

Ces questions se bousculent à l'intérieur de ma tête, se chevauchent sur ma langue, prêtes à sortir, lorsqu'une cinquième s'invite à la fête et remporte la couronne de reine du bal.

– As-tu déjà été amoureux ?

Saint prend une gorgée de vin blanc et je me retrouve hypnotisée par le mouvement involontairement sensuel de sa pomme d'Adam. Toutefois, son silence finit par me déconcentrer, parce qu'il résonne d'une façon étrange… et peut-être un peu agacé.

– C'est ça, ta question ? Tu es sûre de toi ?

Sa tentative de fuite est si grossière qu'elle exacerbe ma curiosité.

– La vérité, rien que la vérité, chantonné-je.

Il pique un fard. C'est tellement mignon que je me surprends à lui faire du pied sous la table. J'effleure sa cheville dans un lent mouvement de va-et-vient qui me rappelle ce fameux repas d'Halloween au cours duquel je l'ai confondu avec Clay. J'ai passé la soirée à me frotter à la mauvaise jambe, et si ça avait fait rire mon petit ami, Saint, lui, n'avait pas du tout trouvé ça drôle.

Pour ma défense, ils portaient des costumes similaires et j'avais légèrement abusé du punch antillais de João.

– Une fois.

– *Toute* la vérité, lui signalé-je. Ne m'oblige pas à te tirer les vers du nez, joli cœur !

Une lutte acharnée semble faire rage chez Saint. Il a envie de jouer avec moi – je le vois à la chaleur qui brûle dans ses prunelles sombres. Mais il déteste parler de lui, et c'est encore plus flagrant lorsqu'il est obligé de le faire pour continuer à respecter les termes de notre accord.

– Joli cœur ? relève-t-il, d'un ton à la légèreté forcée. J'aime bien ce surnom. Ça veut dire que tu me trouves beau, hein ?

– Ne change pas de sujet.

Il roule des yeux.

– Bon, OK ! Je ne suis tombé amoureux qu'une fois, une fois de trop. Et j'ai juré que ça ne se reproduirait jamais. Je n'aime pas ça. Je déteste les sentiments que ça me fait éprouver. Je ne supporte pas le fait que ça sature mon esprit, au point de me rendre obsédé et prêt à tout – même les pires folies. Et surtout, je ne pense pas que l'amour soit la chose la plus importante dans la vie.

Waouh.

C'est la seule pensée qui parvienne encore à transpercer le brouillard alcoolisé qui flotte dans mon esprit.

Waouh.

– Je la connais ? La fille qui t'a fait connaître une telle… passion débridée ? Je l'ai déjà rencontrée ? m'entends-je lui demander d'une voix lointaine.

Mon pied s'immobilise contre sa cheville. Je n'arrive plus à bouger, à réfléchir ou à éprouver autre chose que cette affreuse et ignoble… ***jalousie***.

– C'est très personnel comme question, Ola. Et tu sais très bien que je n'aime pas parler de mon passé.

Une réponse sèche, un ton coupant. J'ai compris le message : il ne veut pas que j'insiste. C'est dommage pour lui, parce que moi, je suis incapable de m'arrêter.

– Ça date de l'époque où tu habitais à Seattle, c'est ça ?

Saint se raidit sur sa chaise.

– Tu vas devoir enlever ton soutif et me montrer tes petits seins pour que j'accepte de répondre à cette question, mon ange.

Sa voix claque comme un coup de fouet enflammé dans la pièce surchauffée. Il me provoque à dessein pour que je lâche l'affaire et change de sujet. Et je l'aurais sûrement fait, si j'avais été sobre…

Malheureusement pour lui, l'alcool me rend plus téméraire.

– Je croyais qu'on était amis. Et entre amis, je pars du principe que l'on peut tout se dire sans se juger !

En le voyant sur le point de ricaner avec dédain, je m'empresse de lever toutes ambiguïtés :

– Je n'ai jamais refusé de me confier à toi.

– Menteuse, m'accuse-t-il, les yeux étrécis dans une expression menaçante. Tu ne réponds qu'aux questions qui ne te dérangent pas, et moi, je ne te pose que celles qui, je le sais, ne te blesseront pas.

– C'est faux !

Il me regarde droit dans les yeux, comme s'il essayait de sonder les tréfonds de mon âme.

– Tu cherches juste une excuse à ta lâcheté.

Dès que ces mots sortent de ma bouche, je sais que je viens de commettre une grossière erreur.

Vexé de voir sa virilité remise en question, Saint m'attaque droit à la jugulaire.

– Je ne t'ai pas demandé pourquoi tu n'es pas allée affronter ta sœur après ce qu'elle a osé te faire. Je ne t'ai pas non plus interrogée sur cette étrange relation que tu entretiens avec ton père, comme si tu savais que la véritable « toi » n'était pas digne de son amour. Et je ne mentionne jamais le décès de ta mère ou le départ de ton frère, ni la dépendance affective et la peur de l'abandon que ça a déclenchées chez toi. Tu vois ? crache-t-il, délibérément cruel. Je ne parle jamais de ta famille qui ne t'aime pas.

Waouh. Encore. *Waouh*.

– On a tous notre jardin secret et des sujets tabous, résume-t-il, froidement. Moi, je l'assume, c'est tout. Rien à voir avec de la lâcheté.

Peut-être est-ce le vin blanc qui me joue des mauvais tours. Ou peut-être est-ce la colère bouillonnante qui s'accumule en moi depuis plusieurs mois et qui déborde d'un seul coup, carbonisant les dernières bribes de mon self-control. Je n'en sais rien, c'est difficile à dire. J'ignore comment justifier ma soudaine et brutale perte de sang-froid…

Mais la déflagration est dévastatrice.

Action.

Réaction.

Explosion.

Ses paroles accusatrices, d'une sincérité à me briser le cœur, m'ont piquée au vif. Je suis tellement aveuglée par la fureur que je me redresse d'un bond pour me planter devant lui et ôter mon soutien-gorge, que je laisse retomber sur le sol, à nos pieds. Les seins nus et les tétons raidis par la colère, je le repousse contre sa chaise, grimpe sur ses cuisses puissantes et passe les bras autour de son cou avant de lui glisser à l'oreille :

– Et toi ? Pourquoi as-tu tellement peur d'aimer et d'être aimé ? C'est parce que tu sais que tu ne le mérites pas ?

Puis je roule des hanches contre son sexe bandé. Il est tellement dur que c'en est indécent. Ça me rappelle tant de bons souvenirs… et encore plus de déceptions.

« Tu m'oublieras vite, Ola. Tu verras. Ce n'était qu'une nuit, rien d'important. »

Tout en s'arc-boutant sous moi, Saint gémit dans mes cheveux détachés et tente de m'attraper par la taille en vue de me forcer à recommencer, mais je me relève pour échapper à ses mains calleuses et m'empare de son tee-shirt que j'enfile à la va-vite. Rhabillée, j'attrape les clés de mon appartement et marche à reculons jusqu'à la porte d'entrée, les yeux rivés à ceux de Saint, qui me dévisage avec une lueur de folie presque effrayante tant elle est passionnée et véhémente.

Capable d'enflammer de la glace. D'assécher un océan. De liquéfier un brasier.

Torse nu et échevelé, le visage ravagé par la luxure, Saint a la respiration haletante et… une main posée sur toute la longueur de son érection. Dans cette position, il incarne la tentation la plus suprême à laquelle j'aie été soumise, le vice le plus redoutable auquel j'aie été confrontée. À la fois une malédiction céleste et une offrande démoniaque.

– Va te faire foutre, Saint Hunderson !

Je brandis mon majeur dans un ultime effort avant de tourner les talons et de sortir de son appartement, en laissant derrière moi toutes mes affaires et l'homme aux lèvres aussi douces que cruelles sur lequel je ne devrais pas fantasmer.

Ce soir, et comme je m'en doutais, il a fini par me blesser.

Ce soir, et comme je le craignais, il a rouvert toutes mes plaies.

Ce soir, et comme tous les autres soirs depuis sept longues années, je vais me coucher en lui accordant ma toute dernière pensée.

Pourquoi as-tu le cœur aussi froid, Saint ? Et pourquoi ai-je l'impression que tu es le seul homme capable de lire à l'intérieur du mien ?

8

Nouveau jouet !

Ola

16 janvier 2021

– Ola ! Ceci est un SOS ! J'ai fait une boulette magistrale, hier soir…

Ah, toi aussi ?! ai-je envie de répondre à Catalina, dont l'appel extrêmement matinal vient de me tirer d'un sommeil agité dans lequel un démon blond à la langue de feu me léchait jusqu'à l'orgasme.

Pourquoi a-t-il fallu que je me réveille ?

L'esprit encore embrumé par la fatigue, je roule sur le dos, le téléphone coincé entre l'oreille et l'épaule, et marmonne avec humeur :

– Il est neuf heures du matin !

Un grognement retentit à l'autre bout du fil :

– Je ronge mon frein depuis minuit ! Remercie-moi plutôt d'avoir tenu jusque-là.

Connaissant son tempérament volcanique et son incapacité notoire à garder quoi que ce soit pour elle, je sais qu'elle dit la vérité et je suis soulagée qu'elle n'ait pas débarqué au beau milieu de la nuit pour tout me déballer de vive voix. Après ma partie de strip-poker explosive avec Saint et les paroles blessantes que l'on a échangées comme si c'étaient des jetons de dix dollars, je n'aurais jamais réussi à feindre d'être dans mon état normal.

– Qu'as-tu fait de si terrible ? Manger tout un pot de glace au chocolat et foutre en l'air ton régime ? Dézinguer le chihuahua de ta voisine parce qu'il n'arrête pas de gueuler ? Enfin avouer à Jony que c'est toi qui as cassé le rétroviseur de sa voiture en t'appuyant dessus pour vomir après la soirée de Nouvel An ? Tu sais, elle finira par le savoir. Je suis presque sûre qu'elle ne croit pas à cette fausse histoire d'héritage venu d'Europe et qui correspond tout pile au montant de sa facture.

Catalina grommelle dans sa barbe :

– Jony me tuerait si elle apprenait que c'était moi ! Elle m'avait prévenue de ne pas m'approcher de son bolide. Quant à Snoopy, ne t'inquiète pas. Je ne vais pas tarder à m'occuper de son cas, à ce petit clébard de pacotille qui aboie à s'en péter le rectum de minuit jusqu'à l'aube…

Je glousse en m'appuyant contre la tête de lit. De ma main libre, je frotte mes yeux gonflés et dégage les mèches bouclées qui me tombent devant le visage. Le long tee-shirt blanc de Saint dans lequel j'ai cru bon de dormir se relève sur mon ventre et dénude mes cuisses. Un pincement me tiraille la poitrine. Après ce qu'il s'est passé hier soir, il va sûrement disparaître pendant quelques jours, comme à chaque fois que l'on se dispute.

Et c'est peut-être tout aussi bien.

Il m'a vraiment blessée en parlant de ma famille.

– Free Snoopy, Lina. Le problème, c'est sa maîtresse, pas lui.

Visiblement à court de patience, mon amie grogne d'une voix à la fois bougonne et stridente :

– On s'en fout de Snoopy, Ola ! J'ai couché avec João, putain !

– C'est un petit chien très mignon qui… commencé-je, le temps que l'information monte jusqu'à mon cerveau. Attends, quoi ?! Qu'est-ce que tu as fait ?!

Tu parles d'une boulette ! songé-je, les yeux si écarquillés qu'ils sont à deux doigts de rouler en dehors de leurs orbites. *C'est encore pire que si elle avait flingué le pauvre chihuahua !*

– Je sais ! se lamente-t-elle dans un bruit sourd qui m'indique qu'elle s'est très probablement jetée sur son lit – ou qu'elle a sauté de son balcon.

– Lina ? Tu es toujours vivante ? demandé-je, partagée entre l'inquiétude, la fatigue et un fou rire nerveux.

– Non, je suis morte.

Je me mordille la lèvre pour m'empêcher d'éclater de rire. Entre João et elle, ça n'a toujours été qu'une question de temps avant que les choses n'en viennent à déraper sous la couette. Leur attirance est plus forte que leur antagonisme mutuel, et dès que Catalina s'est mis à trimballer son nouveau petit copain sous le nez de João, j'ai su que mon ami d'enfance allait tout faire pour séduire ma collègue.

L'attrait du fruit défendu combiné à la puissante attraction du désir – il n'avait plus aucune chance de lui résister.

– Et alors ? la relancé-je, dévorée par la curiosité. Comment…

Comment est-ce que ça s'est passé ? Comment est-ce que c'était ? Comment vas-tu t'en remettre ? Et comment ça va se passer, maintenant ?

J'ai tellement de questions que je n'arrive pas à en choisir une seule !

– J'étais avec Jules, hier soir, et…

– Euh, Jules ? C'est qui, lui ? la coupé-je, interloquée.

Elle s'agace :

– Mon copain !

Je me frappe le front – il faut vraiment que je sois plus attentive à ce qu'elle me raconte durant nos pauses à la machine à café. Pour ma défense, elle change si souvent de petit ami que c'est très dur de retenir leur nom. Et pas très utile, d'ailleurs.

– Ah oui ! C'est vrai ! m'exclamé-je, un peu honteuse. Continue, je t'écoute.

– OK. Jules et moi, on s'apprêtait à sortir pour faire un tour au casino…

– Au casino ? l'interromps-je une nouvelle fois. Mais tu détestes les jeux d'argent ! En plus, tu es aussi malchanceuse que moi !

Un gros soupir fait grésiller la ligne.

– Ola, si tu me coupes encore une fois, je te jure que je ne t'accompagnerai pas au Hunk Oasis, samedi prochain !

Je referme instantanément la bouche pour éviter qu'elle mette sa menace à exécution. Le Hunk Oasis est un club de strip-tease masculin où les femmes peuvent expérimenter les joies sensuelles d'une danse exotique tout en sirotant des cocktails roses et hyper-sucrés. Le paradis des célibataires ! C'est ma sœur qui m'en a parlé à l'époque où… eh bien, où je ne savais pas encore qu'elle se tapait mon fiancé. Elle me l'a chaudement recommandé pour aller m'« encanailler un peu » et « voir des beaux mecs », comme elle le disait.

J'avoue que l'idée m'a trotté dans la tête pendant un moment, et après avoir dressé ma liste de défis, je me suis dit que ça pouvait être marrant d'y faire un tour avec Lina et Jo.

– Bien, reprend-elle, satisfaite par mon silence. Je disais donc que Jules et moi étions sur le point de quitter mon appartement lorsque João s'est pointé avec un méchant coquard au coin de l'œil. Il a dit que son rencard s'était mal passé et que le mari de la fille était rentré plus tôt que prévu. Qu'il n'avait plus rien à faire de la soirée puisque Jo bossait, et que toi, tu ne répondais pas au téléphone.

Je fais la moue, secrètement amusée par le mensonge de João pour justifier que sa première envie après avoir été fichu à la porte de son coup d'un soir, ait été d'aller retrouver Lina. Le salaud ne m'a pas appelée une seule fois, et quand bien même il l'aurait fait, il se serait directement rendu chez moi s'il en avait vraiment eu envie puisqu'il savait que je ne faisais rien de ma soirée.

– Moi, j'étais là, en mode : « OK, Cacanova s'est enfin fait casser la gueule, c'est génial », continue-t-elle, et je peux presque la voir sourire à travers le téléphone. Mais cet abruti de Jules l'a pris en pitié et l'a invité à se joindre à nous pour la tournée des casinos. J'étais folle de rage, et j'avais beau taper du pied comme une gamine, ils sont devenus les meilleurs amis du monde en moins de trois secondes.

Ouais, c'est le superpouvoir de João : se lier d'amitié avec n'importe qui en un clin d'œil.

Et foutre la merde partout où il passe, bien évidemment.

– Au fil de la soirée, cette petite fouine de Cacanova a tellement fait picoler Jules qu'il n'arrivait même plus à marcher droit. On a dû le raccompagner chez lui avant minuit, tu imagines ? J'étais tellement énervée…

– Hum, hum, compatis-je, sans oser l'interrompre.

Magic Mike est l'un de mes films préférés. Je veux vraiment aller au Hunk Oasis.

– Et voilà-t-il pas qu'il me baratine avec des : « Ce n'est pas prudent de rentrer toute seule », « Laisse-moi te raccompagner chez toi », « Les rues ne sont pas sûres pour les jolies filles, et c'est pareil pour les filles comme toi. » Pardon, mais ça veut dire quoi ça, putain ?

Qu'il essaie de te rendre folle parce qu'il sait que tu adores ça, songé-je, de plus en plus amusée.

– Je suis une bombe de taille 46 avec un maxi-pétard, et je l'emmerde !

Je confirme :

– Tu es incroyable, Lina. J'adore tes fesses.

– Merci, souffle-t-elle, à fleur de peau. Tu comprends pourquoi j'ai dû coucher avec lui, Ola ? Il fallait que je lui fasse avouer que je lui plaisais !

C'est un raccourci un peu facile avec une logique franchement spécieuse pour nier l'évidence : ils s'adorent. En fait, ils sont en train de tomber amoureux, et ce serait vraiment génial, si seulement leur *ego* surdimensionné n'empêchait pas chacun d'eux d'être le premier à avouer ses sentiments à l'autre...

Mon petit doigt me souffle qu'ils vont continuer à se faire tourner en bourrique jusqu'à me refiler des nausées, ces deux-là.

– Euh, oui. Je suppose, bredouillé-je, prise de court.

Catalina pousse un soupir à fendre l'âme.

– Mais il n'a pas voulu l'admettre. Ni avant, ni pendant, ni après ! Il n'a rien dit ! Pas un seul compliment ou, je ne sais pas moi... Quelque chose comme : « Ravi d'avoir copulé avec toi, tu suces vraiment comme une déesse et je t'aime. » Non, mais où va le monde ?

Ce n'est pas très étonnant. João n'est pas un homme généreux sur les compliments et il ne supporte pas de parler de ses sentiments – un peu comme Saint, d'ailleurs. C'est probablement l'un de ces trucs de mecs que les filles ne peuvent pas comprendre. Vénus et Mars, tout ça, tout ça...

– C'était la partie de jambes en l'air la plus incroyable de toute mon existence, et je l'ai faite avec un homme qui ne me trouve même pas jolie.

J'ouvre la bouche pour la contredire lorsqu'elle fond en larmes. Des sanglots profonds et douloureux qui me font bondir hors de mon lit.

– Je m'habille et j'arrive ! décrété-je, en cherchant un pantalon propre à enfiler.

Encore une chose que je n'ai plus depuis que Clayon m'a quittée : une machine à laver. Oh, pas qu'il l'ait embarquée... Non, il ne l'a juste pas réparée comme il me l'avait promis, et depuis, je n'ai pas eu le temps, ni les moyens financiers, de la remplacer. Bon, ce n'est pas très grave dans la mesure où notre immeuble possède sa propre buanderie en sous-sol, mais j'avoue que j'ai souvent la flemme de descendre les trois étages et d'attendre pendant une heure que le linge soit enfin propre, et une heure de plus pour qu'il soit sec.

– Non, c'est bon ! Jules ne devrait pas tarder à arriver. Il faut que je lui dise pour hier soir et que je mette un terme à notre relation.

– Oh, chérie… murmuré-je, désolée pour elle. Tu m'appelles dès que tu veux que je sois là, OK ?

– Bien sûr, souffle-t-elle en reniflant. S'il te plaît, ne dis rien à Jony. D'accord ?

Je déteste avoir à garder des secrets, mais ce n'est pas la seule chose à s'être passée hier soir dont Jony ne doit absolument rien savoir.

– João lui en parlera, tu le sais.

Catalina se mouche avant de répondre d'une voix larmoyante :

– Non, c'est lui qui a insisté pour qu'on n'en parle à personne. Je crois qu'il a honte de moi…

C'est fou à quel point on peut être aveugle lorsqu'on est amoureux.

– Ne dis pas n'importe quoi. Il s'est sûrement dit qu'on allait constamment être sur son dos si on l'apprenait, et il ne doit pas avoir envie de devoir se justifier d'un truc qui lui file très certainement la pétoche.

Connaissant l'animal, il est probablement en train de tout refouler en bloc en s'autopersuadant que ce n'était qu'une nuit parmi tant d'autres. Un coup d'un soir facilement oubliable. Le genre de truc anodin dont on ne parle à personne.

J'ai hâte de le voir tomber de haut…

– De quoi aurait-il peur ?

– De toi, lui réponds-je avec sincérité. Des sentiments qu'il a pour toi et de l'alchimie volcanique qui existe entre vous.

– Tu dis ça pour me réconforter.

Je ris en essayant de trouver les mots justes pour lui faire entendre raison.

– Il ne m'a pas appelée, hier soir.

– Quoi ? Et alors ?

Tout en me faisant couler un café, je lui explique :

– Catalina, réfléchis deux secondes. Jony finissait à vingt heures et la seule chose qu'elle avait prévu de faire, c'était un marathon de sommeil pour récupérer de son horrible semaine. Quant à moi, je n'ai reçu aucun appel de João, parce qu'il n'avait aucunement l'intention de passer la soirée en ma compagnie – ni avec sa jumelle. Tout ce qu'il voulait, c'était avoir une excuse pour être avec toi.

Et gâcher ta soirée avec Jules par pure jalousie et esprit de contrariété, ajouté-je en mon for intérieur.

– Tu crois que j'ai fait quelque chose de stupide en couchant avec lui ?

Une question épineuse à laquelle je n'ai pas de réponse. Pas dans l'immédiat.

– Je pense, avancé-je prudemment, que tu es incroyable et que n'importe quel homme assez fou pour te laisser lui filer entre les doigts est un véritable idiot.

Catalina glousse de plaisir, et ce son mélodieux parvient à transformer ma matinée loupée en journée merveilleuse. Le bonheur de mes amis, c'est un peu mon bonheur à moi aussi.

– Je t'aime, Olalita.

Si tu savais comme j'avais besoin d'entendre ça…

– Moi aussi, je t'aime.

Heureusement que j'ai mes amis auprès de moi. Sans eux, je n'aurais pas donné cher de ma peau. Ils sont devenus ma famille, mon frère et mes sœurs de cœur. Les seuls qui m'aiment pour de vrai, envers et contre tout.

– Et toi, Ola ? s'enquiert Catalina. Ton dîner avec ton père s'est bien passé ? Qu'est-ce que tu as fait, après ?

J'ai flirté avec Saint lors d'une partie de strip-poker qui s'est terminée par un concours d'insultes que j'ai remporté en lui montrant mes seins.

Je manque de m'étrangler avec une gorgée de café brûlant en chassant de mon esprit les dernières pensées qui s'y sont invitées.

– Oh, je… j'ai… euh…

Deux coups de sonnette me coupent dans mes bredouillements insipides.

Sauvée par le gong !

– Désolée, Lina ! Quelqu'un vient de sonner à ma porte, dis-je, en dissimulant difficilement mon soulagement.

Mon amie éructe d'une voix suraiguë :

– Si c'est João, ne lui dis surtout pas que je t'ai appelée !

Je lève les yeux au ciel.

– C'est sûrement une mamie qui vient me réclamer du sucre ou un membre d'une secte prêt à m'ouvrir les portes du paradis en échange de cent dollars par mois.

Je la rassure une dernière fois avant de raccrocher et de me diriger vers la porte, que j'ouvre sans prendre la peine de regarder par l'œilleton.

– Oh…

Ce n'est pas une grand-mère ni un membre d'une secte.

Pas de prêcheur, juste un pécheur.

– Est-ce que je peux entrer ?

Je cligne des yeux, pas certaine de pouvoir leur faire confiance. Mais, non. Il est bien là. *Saint*… Mon insupportable voisin qui a reluqué ma poitrine pas plus tard que la veille, et qui se tient devant moi avec un plateau chargé de viennoiseries, de jus d'orange et d'une boîte à cadeau ornée d'un énorme ruban rouge.

– Mon ange, insiste-t-il, les yeux cernés par la fatigue. S'il te plaît. Il faut qu'on parle.

Je n'hésite qu'une seconde.

– D'accord.

Mais c'est juste pour le paquet-cadeau…

– Tu es bien matinale, commente-t-il, en me suivant à l'intérieur de mon appartement. Je pensais que j'allais te réveiller.

Sans le regarder de crainte de sentir ma colère se mettre à faiblir, je me dirige vers la machine à café, que je remplis de grains torréfiés de chez Starbucks – c'est ma drogue à moi, une version liquide du bonheur.

– Joli tee-shirt, au passage. Ça te fait un super pyjama.

Je rougis en m'agrippant à mon plan de travail. Les paupières closes, je m'accorde une brève seconde afin de me lamenter sur mon sort. Pourquoi faut-il que je ressemble à un épouvantail à chaque fois qu'il débarque chez moi ? Pourquoi n'ai-je pas pensé à jeter ce fichu tee-shirt à la poubelle ? Et surtout, pourquoi suis-je à ce point heureuse de le voir ?!

Je pensais qu'il allait m'ignorer, comme il le fait toujours après une engueulade…

Mais quelque chose a changé chez Saint.

Quelque chose de dangereux pour moi.

– Je le laverai avant de te le rendre, lui dis-je froidement.

– Tu peux le garder, réplique-t-il du tac au tac. Il te va mieux qu'à moi.

Je l'entends poser le plateau sur la table, puis des pas lourds résonnent derrière moi tandis qu'il se rapproche. Un courant d'air chaud s'écrase sur ma nuque et deux mains tatouées jaillissent sur les côtés pour me retenir prisonnière de son étreinte. Dos à lui, les yeux rivés sur le long filet d'or noir qui s'écoule de la machine, j'essaie de me persuader que son comportement est entièrement normal. Pas du tout ambigu ni incohérent. Et que je ne suis pas en train de retomber sous le charme du premier garçon à m'avoir démoli le cœur à coups de batte de base-ball.

Peine perdue.

– Je suis désolé, souffle-t-il dans mes cheveux.

Choquée, je prends une vive inspiration. Saint ne présente pas d'excuses, d'habitude. C'est comme si c'était un paramètre par défaut que le programme défaillant de son cerveau ne possédait pas. Je l'ai vu se prendre la tête avec Clayton un nombre incalculable de fois. Et même s'il a été en tort dans plus de cinquante pour cent des cas, il ne s'est JAMAIS excusé. Et à bien y réfléchir, Clayton non plus. Leur amitié a toujours été bizarre. Ils s'ignoraient pendant quelques jours, et d'un coup de baguette magique, comme par enchantement, ils redevenaient les meilleurs amis du monde et partaient en randonnée pour – *officiellement* – passer un peu de temps ensemble.

Officieusement, ils cherchaient juste un prétexte pour aller faire du camping sauvage et fumer des joints sans que je sois là pour leur casser les pieds.

– Ne dis plus jamais que ma famille ne m'aime pas, s'il te plaît… chuchoté-je, en serrant les poings autour de la cafetière. Même si c'est vrai, je ne suis pas assez forte pour l'entendre.

En réponse à mon aveu déchirant, Saint dépose un chaste baiser sous mon oreille, là où bat mon pouls affolé par sa proximité. Ses lèvres tièdes, si douces, provoquent un véritable raz-de-marée à l'intérieur de mon corps. Le désir s'abat telle une vague destructrice qui pulvérise toutes mes défenses, les unes après les autres. Mon rêve revient me coller à la peau, comme une substance gluante et visqueuse, et si je me concentre suffisamment, je peux presque sentir sa langue agile remonter tout doucement le long de ma cuisse, vers mon entrejambe emperlé par la passion…

– Je ne le pensais pas. Je voulais juste te rendre la monnaie de ta pièce.

– Rendre le mal pour le mal, c'est une preuve de faiblesse, lui dis-je, sans pouvoir me retenir de le provoquer.

– Touché, mon ange.

Saint rit dans mon cou et se rapproche encore un peu de moi, comme s'il ne pouvait pas s'en empêcher, lui non plus. J'ignore s'il le fait exprès ou si c'est instinctif, mais je sens sa virilité se déployer contre la rondeur de mes fesses, aussi dure que les paroles que nous avons échangées la veille. Ma température corporelle grimpe en flèche, et j'ai beau essayer de rester concentrée sur la préparation de mon café, je n'ai plus qu'une idée en tête : jouer avec le feu.

Me brûler les ailes.

Nous consumer l'un et l'autre jusqu'à la déraison pour répandre les cendres de notre concupiscence à travers les draps.

– Saint… le préviens-je, avec un avertissement ostensible dans la voix.

– Oui, mon ange ? susurre-t-il. Tu vas encore me sermonner ? Vas-y. Tu sais bien que je suis un pécheur impénitent.

Je compte jusqu'à dix pour m'éviter de balancer un truc stupide, du genre : « J'aimerais plutôt te sucer ! » Rien que pour le plaisir de voir sa tête. Mais ce n'est pas le bon moment. Un rire nerveux s'étrangle dans ma gorge tandis que je le repousse et passe sous son bras pour attraper une autre tasse dans le placard situé au-dessus de l'évier. J'ai si chaud qu'un filet de sueur dégouline entre mes seins, dont les pointes tendues se devinent sous mon tee-shirt.

– Qu'est-ce qu'il y a dans la boîte ? lancé-je pour changer de sujet.

Et tenter de faire redescendre la pression érotique qui s'est installée dans mon petit appartement jusqu'à rendre l'air presque liquide *– et incontestablement inflammable.*

Saint soupire d'une voix dans laquelle je discerne une légère trace de déception :

– C'est un cadeau. Pour toi.

Je fronce les sourcils tout en l'invitant à s'asseoir, ce qu'il consent à faire de mauvaise grâce en choisissant la place préférée de Clayton

– celle située près de la fenêtre avec vue sur le square d'en face où la municipalité a récemment fait construire des jeux pour enfants. Mon cœur marque un temps d'arrêt lorsque je le regarde, si à l'aise, s'installer là où je ne pensais plus jamais voir un autre homme. Soudain, une douleur inattendue menace de me faire suffoquer et je m'empresse de la camoufler en apportant les tasses et le café à table.

– Ce n'est pas mon anniversaire, lui fais-je bêtement remarquer. Et Noël est déjà passé.

– Je sais.

Une réponse laconique. Un air blasé. Comme si c'était tout à fait banal.

– Je suis passé devant une boutique avant-hier matin en revenant de chez ma mère, et j'ai vu quelque chose qui m'a fait penser à toi.

Mes yeux se braquent instantanément sur le paquet et n'en bougent plus jusqu'à ce que Saint réplique :

– Eh bien, vas-y. Ouvre-le.

Il me sourit d'un air malicieux.

– J'ai hâte de voir ta réaction.

Intriguée par sa provocation, j'attrape la boîte et défais le ruban de satin, que je prends soin de ne pas abîmer et de mettre de côté afin de m'en faire un joli bandeau pour les cheveux. Le paquet n'est pas très lourd, mais pas léger non plus, et trop grand pour contenir un bijou ou une babiole fantaisiste. D'une main impatiente, je l'ouvre et repousse le papier de soie rose qui dissimule un…

– Gode ! m'exclamé-je, incrédule.

Saint glousse en ajoutant trois sucres dans son café.

– Ouais, c'est le bon mot, mon ange.

Trop surprise pour réagir à sa blague pourrie, je renverse la boîte sur la table et examine le vibromasseur de plus de vingt centimètres qui roule devant moi. D'une couleur rouge foncé, aussi réaliste qu'une vraie et nervurée sur toute la longueur, la bite en silicone semble prendre un malin plaisir à me narguer en se mettant à vibrer si vite et si fort que je sens les palpitations remonter le long de mes jambes, puis de mes cuisses et…

Saint Hunderson vient de m'offrir un sextoy !

Et pas n'importe lequel, mais un énorme gode flexible qui filerait une tonne de complexes à ce pauvre Clayton.

– Il est…

Pléthore d'adjectifs tous plus ridicules les uns que les autres me viennent à l'esprit.

– Gros ! conclus-je, les joues empourprées. Gigantesque ! Massif ! Et… hum, colossal !

Ma liste non exhaustive déclenche immédiatement l'hilarité de Saint.

– Je t'ai pris une taille XL, admet-il, après avoir retrouvé un semblant de sérieux.

– Pourquoi ? m'étonné-je, mortifiée à l'idée de faire pénétrer une telle chose à l'intérieur de mon corps.

Un sourire mystérieux soulève la commissure de ses lèvres pulpeuses. Tout en moi s'enflamme lorsque je le surprends à me dévisager par-dessous ses longs cils noirs, d'une façon si… *intense*, si animale et presque cruelle, que ma bouche s'assèche sous l'effet de la panique.

– Pour t'habituer, mon ange.

Je le fixe, interdite.

– M'habituer à quoi ?

– Tu verras, répond-il, plein de mystères.

Saint attrape le vibromasseur, qu'il éteint avant de me le mettre dans la main, là où il trouve étonnamment bien sa place. Nos doigts se referment sur la tige d'une douceur insensée, ce qui me fait rougir encore plus fort. Toutefois, ce sont ses ongles couverts d'un vernis noir et écaillé qui m'obligent à serrer les cuisses l'une contre l'autre pour tenter de juguler le flot de mon excitation.

Je suis en train de me liquéfier sur ma chaise.

Littéralement.

– À quoi ça sert ? m'entends-je lui demander, le cerveau embrumé par une ardeur inextinguible.

Saint marque une pause avant de répliquer :

– C'est pour ta Cassandra, mon ange.

Pour ma chatte ? Sans blague…

Je ferme brièvement les yeux tandis qu'un petit sourire amusé fleurit sur mon visage.

– Merci bien ! Je ne suis pas stupide à ce point-là, le rembarré-je.

Puis je désigne l'espèce de petit crochet qui s'élève à la base du vibromasseur.

– Je parlais de ce truc-là…

– Ah… souffle-t-il, en resserrant ses doigts autour des miens. Cette partie-là sert à stimuler ton clitoris pendant que tu fais aller et venir la tige dont la forme bombée est conçue pour frotter directement ton point G.

Ma respiration se raréfie à mesure qu'il avance dans son explication. Des spasmes très agréables font tressaillir mon bas-ventre.

J'ai chaud, si chaud…

– C'est le nirvana assuré avec ton nouveau jouet préféré, résume-t-il, en faisant remonter nos mains jusqu'à l'extrémité si réaliste que j'ai l'impression d'empoigner un vrai pénis. Je t'ai aussi pris du lubrifiant pour t'aider à… enfin, tu vois ce que je veux dire…

Je déglutis, la gorge serrée.

– Je ne crois pas que j'en aurais besoin, riposté-je, sans réfléchir.

Saint prend une brusque inspiration qui me fait prendre conscience de l'énormité de ce que je viens de lui avouer – *quelle cruche !*

Embarrassée, je tente de récupérer ma main, mais il m'en empêche et passe un bras autour de mes épaules pour me serrer contre son torse. Tout le côté droit de mon corps s'enflamme à son contact.

Ce n'est plus un simple jeu dangereux, c'est devenu un véritable piège mortel.

Si délicieusement destructeur que je sens déjà tout se briser à l'intérieur de moi.

– Tu veux que je te montre comment il faut l'utiliser pour avoir un orgasme ?

C'est avec toi que je veux jouir, espèce d'infâme tentateur !

Au lieu de répondre une telle bêtise, je me compose une expression distante, parfaitement placide. Puis je relève la tête pour le regarder droit dans les yeux et déclarer avec fermeté :

– Je ne doute pas de ton expérience en la matière, mais je vais apprendre toute seule, si ça ne te dérange pas.

Refroidi par ma rebuffade, Saint recule en délivrant *enfin* ma main de l'emprise de la sienne. Le vibromasseur retombe mollement sur la table, près de ma tasse de café désormais froide.

– Je vois.

Il se rassoit sur sa chaise, les bras croisés en travers de son torse.

– Non, en fait… je ne vois pas ! Je me suis excusé et je t'ai offert un cadeau, me rappelle-t-il, comme si cela suffisait à tout arranger.

Qu'est-ce qu'il te faut de plus pour que tu arrêtes de me faire la gueule ?

Rien du tout.

Dans un sens, c'est bel et bien suffisant. Je ne lui en veux plus du tout pour ce qu'il s'est passé hier soir. Mais il reste un problème de taille à résoudre…

– Tu es le meilleur ami de Clayton.

Ce n'est pas comme si je n'étais sortie que deux ou trois fois avec Clay. Ou que l'on n'avait pas été amoureux. On a passé sept ans ensemble. On a grandi et mûri l'un avec l'autre. On a vécu dans le même appartement et fait un tas de projets pour l'avenir.

On s'est fiancés, putain !

Bien sûr, et dans les circonstances de notre séparation, je sais bien que je ne lui dois plus rien. Pas de loyauté ni de respect. Hélas, ce n'est pas le cas de Saint.

– Ola… soupire-t-il, en détournant les yeux pour observer la rue à travers la fenêtre. Je vais te dire ça de la façon la plus douce et gentille possible…

Tout en moi se fige tandis que je me prépare à encaisser un sale coup – encore un. Honnêtement, j'ai fini par m'y habituer, et même si ça fait toujours aussi mal, il devient de plus en plus facile de s'en remettre. D'encaisser et de se relever. Comme le dit si bien mon père : « C'est dans l'adversité que l'on trouve sa véritable force. » Les épreuves forgent le caractère. Et ces dernières semaines ont contribué à recouvrir mon cœur d'un mélange de titane, de briques et de ciment brut. Bientôt, plus rien ne pourra l'atteindre et le faire saigner.

Eh oui, quelque part, je trouve ça un peu triste.

– Clayton n'en a plus rien à faire de ce que tu fais.

Mon souffle se bloque à mi-chemin de mes poumons. Je sens mon visage blêmir et changer de couleur. Malheureusement, Saint refuse de s'arrêter en si bon chemin…

– Si je te baisais là, tout de suite, dans votre lit et sous ses yeux, il ne trouverait rien à y redire.

Waouh.

Je ne vais pas mentir, ça fait mal. Très mal. Et je ne m'y attendais pas, même si ça ne me surprend qu'à moitié. Si Clayton éprouvait encore un minimum d'amour ou de considération envers moi, il n'aurait jamais foutu le camp avec ma sœur et les trois quarts des objets de notre appartement.

Mais quand même…

Waouh !

– Tu es sûre que c'était la façon la plus douce et gentille de me l'annoncer ? feins-je de plaisanter, en vidant d'une traite mon café, aussi froid et amer que le goût de trahison que j'ai dans la bouche. Parce que ça pique, putain !

Saint fait la moue.

– Peut-être pas, en effet, concède-t-il. Mais c'est la vérité, et si tu veux vraiment aller au bout de ta liste, il va falloir que tu l'intègres : tu es libre, Ola.

Je le savais déjà, Saint ! C'est pour toi que je m'inquiète, espèce de connard ! ai-je envie de lui cracher à la figure.

Sauf que je ne le dis pas et que je garde mes inquiétudes pour moi. Il est assez grand pour faire ses propres choix et une partie de mon âme se consume d'un désir irréfrénable pour lui.

– La liberté n'a jamais eu une saveur aussi dégueulasse, lui avoué-je, en rangeant le sextoy dans sa boîte, près d'un flacon de lubrifiant à la fraise et d'une boîte de préservatifs taille XL.

Puis je commence à manger, comme si de rien n'était.

Saint passe un long moment à me fixer avant d'abdiquer et de prendre une biscotte, qu'il tartine de confiture. Nous déjeunons en silence, l'un à côté de l'autre, mais le cœur séparé par des années-lumière de distance. C'est pesant, bien que pas forcément désagréable. Il me laisse digérer sa révélation sans insister ou chercher à tout prix à savoir comment je vais. Il ne tente pas de disséquer mes sentiments, comme l'aurait sûrement fait Jony ou Catalina. Et pour ça, je lui suis reconnaissante…

– J'ai une question à te poser.

Mais peut-être plus pour longtemps.

– Le jeu des questions-réponses, ça ne fonctionne pas très bien entre nous.

Saint ne me contredit pas.

– Tu peux m'en poser une, toi aussi. Enfin, si tu veux.

Je me tourne vers lui, déjà plus intéressée par son offre. Les rayons du soleil qui percent à travers la fenêtre illuminent sa peau d'une chaude lueur dorée et soulignent les traits noirs de ses tatouages. Il est tellement beau que j'en ai mal dans la poitrine. Et même s'il a l'air épuisé, il y a quelque chose de farouche dans ses yeux noirs, qui suffit à faire s'emballer les battements de mon cœur.

– Je peux commencer ?

Il hoche la tête.

– Pose-moi ta question, mon ange. Puis tu répondras à la mienne.

– OK ! accepté-je, fébrile. Quand tu me dis que je ne peux pas continuer ma liste sans ton aide... Tu parles de m'accompagner là où je peux rencontrer des hommes qui réaliseront tous mes fantasmes ?

Saint se raidit sur sa chaise. L'espace d'une infime seconde, je suis sur le point de me dégonfler, de me taire et de passer à un autre sujet. Mais j'ai vraiment *besoin* de savoir où je mets les pieds et dans quelle galère je m'embarque avec lui.

– Ou alors... Est-ce que tu comptes le faire avec moi ?

Ses prunelles enténébrées se rétrécissent jusqu'à se transformer en pics acérés qui me poignardent en pleine poitrine.

– Changement de règle : réponds d'abord à ma question, puis je répondrai à la tienne.

Je souffle par le nez pour lui signifier l'étendue de mon agacement.

– Pourquoi faire simple lorsque l'on peut faire compliqué, hein ?

Il ignore ma question, purement rhétorique, et assène d'une voix chargée de tension :

– Est-ce que tu te sens capable de séparer le sexe des sentiments, mon ange ?

Prise par surprise, j'ai un mouvement de recul et je cligne des yeux pour tenter d'éclaircir mes pensées. Une centaine d'idées fourmillent dans mon esprit où règne en maître la déception... ainsi qu'une vive excitation. Je ne comprends pas toujours tout, avec Saint. La plupart du temps, j'ai l'impression qu'on ne parle pas la même langue, lui et moi. Mais là, j'ai capté le message cinq sur cinq : oui, il a très envie de coucher avec moi.

Mais non, il ne veut surtout pas d'une relation.

Malgré un petit pincement au cœur, je ne le prends pas personnellement et refoule très vite mon sentiment de déception. C'est Saint Hunderson, le plus terrible des libertins, un célibataire endurci qui m'a dit qu'à ses yeux, l'amour n'avait pas la moindre importance. Depuis sept ans que je le connais, il n'a jamais eu de petite amie ni de liaison un tant soit peu sérieuse. En fait, la seule relation stable dans sa vie, c'est son amitié avec Clayton.

Et avec moi, par extension.

– Oui, lui affirmé-je, sûre de moi. Je crois que je suis prête à séparer le sexe des sentiments.

Une déferlante de chaleur émane de lui et menace de me carboniser de la tête aux pieds.

– Alors, arrêtons de tourner autour du pot : c'est avec moi, et moi seul, que tu réaliseras tes défis.

Une pause, puis…

– Je vais donner vie à tous tes fantasmes, mon ange.

9

Cry Me a River

Saint

26 septembre 2013

Ce matin, j'ai enterré mon père. Ce soir, je noie mon foie dans un fût de bière. *Drôle de vie.* En plus, la bière n'est même pas bonne. Fade et coupée à l'eau, elle a un arrière-goût de pisse tiédasse franchement dégueulasse, mais je suppose que je n'ai pas à me plaindre.

Moi, je suis vivant.

Enfin, je crois…

L'esprit embrumé par les trois shots de vodka que j'ai enchaînés dans les cinq minutes qui ont suivi mon arrivée à la soirée Kappa Sigma, j'avale une longue gorgée directement au goulot et manque de la recracher sur la jolie blonde qui se trémousse sur moi. Mon estomac barbote dans l'alcool. J'ai chaud, je suis en nage, l'arrière de mon tee-shirt blanc est collé à mon dos et un filet de sueur dégouline le long de ma tempe. Je n'aurais peut-être pas dû descendre une bouteille de whisky, cet après-midi. Ni sauter le repas d'après les funérailles.

– Saint ? m'appelle la blonde, en roulant des hanches contre mon sexe flasque. Tu es sûr que ça va ?

Je dodeline de la tête sans lui répondre, puis je tire une taffe sur mon joint. Le cannabis imprègne mon cerveau de sa douce et tendre langueur. L'objectif est simple : me défoncer jusqu'à effacer l'intégralité de mes souvenirs de ces cinq dernières journées. Anesthésier mon corps.

Insensibiliser mon âme. Faire en sorte que la douleur s'arrête, une bonne fois pour toutes.

Oui, arrêter de souffrir, ne serait-ce qu'une seconde…

– Mec, tu devrais peut-être arrêter de boire ? Ou de fumer, au moins ? s'inquiète Clayton, en tentant de m'ôter la bouteille des mains. Je ne t'avais jamais vu aussi fracassé.

C'est parce que tu ne me connaissais pas à l'époque de Seattle, songé-je, dans un ultime éclair de lucidité. *J'étais bourré du matin au soir…*

Et c'est d'ailleurs à cause de ça que j'ai eu autant de problèmes. Que personne ne m'a cru et que tous mes « amis » ont préféré se rallier à elle plutôt qu'à moi.

Et dire que je croyais bien faire !

Je souris en reprenant une taffe et expire en recrachant la fumée dans un grand éclat de rire sinistre.

Ça m'apprendra à vouloir jouer les preux chevaliers, tiens ! Moi, je suis le méchant dragon qui empêche les héros de s'aimer, pas le mec au super brushing et au sourire ultra-bright qui fait une tripotée d'enfants à la fille si belle qu'elle ne s'en rend même pas compte.

– Les princes dans les contes de fées, on est d'accord pour dire que ce sont tous des connards, hein ? lancé-je à la cantonade, à personne en particulier.

La musique n'est pas suffisamment forte pour couvrir le son de ma voix, si bien que tous mes potes se tournent vers moi pour me dévisager avec un mélange de pitié et de compassion qui me renvoie en pleine tête la disparition de mon paternel.

C'est à cause de toi qu'on a déménagé à Las Vegas, Saint ! Arrête de te plaindre, cesse de jouer les fiotes pour une nana et lâche-moi la grappe !

Y'a pas à dire, les derniers mots de mon père résument parfaitement mon existence.

Tout est ma faute. Je ne suis qu'une merde. Et les belles filles sont mon fléau personnel.

– Moi, j'aime bien le prince Éric, intervient une petite brune avec une peau et des yeux sombres. Il est si beau !

Je fronce le nez, dégoûté, et repousse la blonde vers Clayton, qui l'aide à se rasseoir convenablement sur ses genoux.

– C'est le pire, putain ! Le mec est tellement con qu'il ne reconnaît même pas l'amour de sa vie parce qu'elle n'a plus de voix ! Et à cause de lui, elle a failli se faire buter par une pieuvre en surpoids et deux anguilles consanguines !

La petite sirène est le plus nul de tous les Disney. La sirène est niaise, le prince est chiant, le poisson est débile, la pieuvre est moche, et la seule chose qui relève un tant soit peu le niveau, c'est le crabe qui fout la merde tout le long du dessin animé.

– Moi, c'est l'autre benêt dans *La Belle au bois dormant* que je ne peux pas me piffrer ! s'exclame Clayton, en redirigeant l'attention sur lui pour me laisser le temps de me reprendre. Avec ses collants et son chapeau ridicule, il n'en glande pas une, mais c'est lui qui rafle la meuf ! Quelle image de la société cela renvoie-t-il à nos enfants, je vous le demande ?!

Sa tirade enflammée marque le point d'orgue d'un long et bruyant débat, qui passionne autant les filles que les garçons. Très vite, le ton monte et les rires fusent de toutes parts à travers le salon bondé et surchauffé, si bien que je commence à avoir mal à la tête. Une sensation de claustrophobie m'enserre la cage thoracique. Je vois double, et même triple, et dès que je cligne des yeux, la pièce se met à tourner dans tous les sens autour de moi, comme si j'étais accroché, la tête à l'envers dans un manège à sensations fortes.

Trop fortes, d'ailleurs.

La nausée me soulève l'estomac. J'ai un haut-le-cœur qui manque de me faire dégobiller sur mon pantalon. Dans un état second, je me lève, trébuche sur la chaussure de Clayton et manque m'étaler de tout mon long sur le sol. Par miracle, je parviens à me rattraper au dossier d'un fauteuil, non sans renverser l'intégralité de ma bière, et à me stabiliser avant de m'éclater la tête contre le mur. Mon meilleur ami se redresse pour me venir en aide, mais je lui fais signe de se rasseoir et lui ordonne de continuer sa soirée.

– Je vais prendre l'air sur la terrasse, lui confié-je, en feignant un semblant de sobriété. Ne t'inquiète pas, je gère !

En vérité, je ne gère rien du tout, et il le sait, mais il me laisse me voiler la face, parce qu'il sait aussi que je ne supporterais pas qu'il me traite comme un enfant. Pas aujourd'hui. Ni jamais. Je ne tolère pas la moindre ingérence dans ma vie. Mes parents n'ont jamais été particulièrement autoritaires – sauf ma mère, en de rares occasions. J'ai l'habitude d'être le seul aux commandes de ma destinée, de prendre mes propres décisions et d'en assumer les conséquences. Je n'ai besoin de personne…

Et personne n'a besoin de moi.

C'est tellement plus facile d'être son propre bourreau. Au moins, lorsque les choses tournent mal – ce qui arrive inévitablement, d'une façon ou d'une autre – vous ne pouvez vous en prendre qu'à vous-même.

Mon père l'avait pigé bien avant moi, ça…

Comme l'a dit ma mère après l'enterrement : « J'ai toujours su qu'il finirait par nous abandonner. » Et elle n'a pas tort, c'était écrit quelque part dans le ciel et je m'y suis préparé durant toute mon existence. Néanmoins, j'avoue que je n'aurais jamais cru que ce serait par ma faute qu'il finirait par mettre les voiles.

Une drôle de vie, oui… et tellement pas drôle, finalement.

Tout en m'appuyant contre les murs, je traîne ma carcasse alcoolisée qui semble peser une demi-tonne jusqu'aux toilettes du rez-de-chaussée, dans lesquelles je m'enferme pour essayer de vomir le trop-plein de gnôle qui me torture les tripes. Malheureusement, ça ne sort pas. Le mal refuse de me quitter. La souffrance s'entête à me dévaster. La tête penchée au-dessus de la cuvette, je respire fort, la bouche ouverte et dégoulinante d'une salive acide. Je bave comme un gamin de deux ans à la recherche de sa tétine, mais je perds mon temps et ça m'épuise. Aussi préféré-je me relever pour brinquebaler jusqu'au lavabo et m'asperger le visage à l'eau froide.

Après quelques minutes, je parviens à redescendre de mon doux nuage de *weed* et ma vision s'éclaircit suffisamment pour que je puisse constater par moi-même à quel point j'ai mauvaise mine. L'étendue des dégâts est significative. J'ai les yeux gonflés, les joues creusées, le teint blême et les cheveux en bataille, on dirait que j'ai fait la guerre. Et que je l'ai perdue.

Tu parles d'une déculottée, putain !

Ce n'est pas complètement faux, dans un sens. La bataille que je livre contre mon cœur blessé est perdue d'avance, mais je suis trop lâche pour l'admettre et renoncer à l'illusion de bonheur que me procure la drogue. Ainsi que l'alcool et le sexe sans attachement émotionnel. En fait, tout ce qui représente de près ou de loin l'attrait d'un plaisir éphémère.

C'est reparti pour une tournée de shots, hein !

Avec cette idée plus qu'alléchante à l'esprit, je sors des chiottes, bouscule un gars qui me reconnaît, mais dont j'ai complètement oublié le prénom, et me dirige vers la cuisine lorsqu'une longue chevelure brune capte mon attention. Une courte robe blanche et une superbe paire de jambes galbées déclenchent une violente poussée d'adrénaline à travers mon organisme.

Pincez-moi, je rêve...

– Je suis désolée, murmure l'ange tout droit sorti d'un rêve à un grand mec à la silhouette efflanquée qui lui tend un gobelet rouge. Mais je ne suis pas venue pour ça. Je cherche Saint.

Elle se frotte les bras, mal à l'aise, et précise :

– Saint Hunderson.

Le gars ricane en la reluquant d'une manière éhontée, puis il se rapproche d'un pas et répond d'une voix qu'il espère sans doute sensuelle :

– Toutes les chattes de cette ville cherchent Saint Hunderson, ma poulette.

La colère me fait redresser les épaules.

Bon, OK : ce n'est pas faux, mais... Quel connard ! Tout ça pour me casser mon coup.

RIP la solidarité masculine.

Elle gît au fin fond d'un cercueil.

Comme mon père.

Je serre les poings, blessé par cette dernière pensée, et avance jusqu'à coller mon torse contre le dos d'Ola, qui sursaute à ce contact inattendu. Elle opère une volte-face fulgurante, comme si elle s'apprêtait à s'enfuir. Toutefois, lorsqu'elle me reconnaît, un petit sourire que je ne mérite pas vient éclairer son visage, aussi adorable que dans les souvenirs qui n'ont pas cessé de me hanter au cours de ces derniers jours.

– Saint ! s'exclame-t-elle avec un plaisir innocent, presque trop pur.

Sous le charme, je plonge dans ses yeux ni verts, ni bruns, ni noirs, mais les trois à la fois et rehaussés d'une pointe de jaune. Et là, ma douleur s'apaise, mon vague à l'âme s'allège et le monde redevient beau. Un peu. Pas totalement, mais juste assez pour me donner envie de m'accrocher encore une journée de plus. Et peut-être une nuit, aussi.

– Bonsoir, mon ange, murmuré-je, comme envoûté, avant de me reprendre et de braquer un regard assassin sur l'autre connard qui lui colle toujours aux basques. Toi, tu dégages ou je redécore les murs avec des morceaux de ta cervelle !

Je suis sûrement trop défoncé pour me battre, mais il ne le saura jamais, parce qu'il s'enfuit en courant, la queue entre les jambes. Pourtant, je n'ai pas la réputation d'être un grand bagarreur. Moi, je suis plutôt du genre conciliant, à prêcher la bonne entente, comme Clayton – c'est d'ailleurs pour ça que l'on s'entend aussi bien, tous les deux. J'aime que les gens soient heureux et s'amusent lorsque je suis dans les parages. Mais là… je ne suis définitivement pas dans mon état normal. J'aurais vraiment pu lui faire du mal. Et pour rien.

– Je crois que tu lui as fait peur, commente-t-elle, amusée.

Olaïna McLaren se tourne complètement vers moi, et soudain, j'en ai la preuve vivante sous les yeux : les dieux existent. Ce n'est pas possible autrement. Cette fille est beaucoup trop jolie pour être l'œuvre d'un simple mortel. Avec sa robe blanche au corsage moulant qui met en valeur sa poitrine, sa peau brunie par le soleil, ses prunelles lumineuses et ses boucles folles retenues en arrière par un long ruban en satin rouge, elle m'en donnerait presque le tournis.

– Tu es venue, dis-je bêtement.

Une étincelle de malice se met à pétiller dans son regard envoûtant. Même si elle ne semble pas très à l'aise, j'admire le sang-froid avec lequel elle se tient devant moi, comme si c'était une habituée des lieux et de ce genre de soirées pour le moins différentes de ses journées à la bibliothèque. Alors que je sais pertinemment que ce n'est pas le cas… et que c'est sa première fois.

Ici.

Avec moi…

– Et j'ai mis une nouvelle robe, achetée spécialement pour l'occasion, plaisante-t-elle, en opérant un tour complet sur elle-même pour me permettre de la reluquer sous tous les angles.

Ou plutôt pour me montrer sa robe, en fait.

– Avec ou sans, tu es magnifique.

Elle rougit en défroissant un pli imaginaire sur le bas de son corsage.

– Tu ne m'as jamais vue sans, me rappelle-t-elle, avec une candeur qui me fascine. Mais c'est gentil, Saint. Merci.

Argh ! Encore ce putain de mot dans cette merveilleuse bouche.

– Tu es venue avec tes amis ?

Elle lève un regard interrogateur vers moi.

– Tu voulais que j'amène les jumeaux ici ?

– Euh, non… suis-je forcé d'admettre, avec l'impression d'avoir été pris à mon propre piège. Mais une fille vient rarement seule à ce genre de soirée.

Ola semble de plus en plus perplexe. Et je peux la comprendre, parce que moi non plus, je ne vois pas du tout où je veux en venir…

– Pourquoi ? C'est… mal ?

Ah, mon ange… soupiré-je en mon for intérieur. *Si toi tu es vilaine, qu'est-ce que je suis, moi ?*

– Non, la rassuré-je, c'est juste que c'est toujours un peu stressant de débarquer dans un endroit où tu ne connais personne.

Ola hausse les épaules dans un geste fataliste qui fait rebondir sa poitrine. Hypnotisé, je perds momentanément le fil de mes pensées. Ah, toutes les choses coquines que j'ai envie de lui faire, à cette fille…

J'avale ma salive de travers, le corps aussi chaud qu'une fournaise.

– Tu es là, toi. Je n'ai besoin de personne d'autre pour me sentir bien.

Oh, putain !

La gentille fille de la bibliothèque flirte aussi bien qu'une pom-pom girl bourrée au Jelly Shot à la vodka.

Je. Suis. Foutu !

Et ça tombe plutôt bien, parce que je n'ai aucune envie de lui résister.

– Ah, mon ange… soufflé-je, en l'attirant dans mes bras. Tu n'aurais jamais dû me dire ça…

Ola ne repousse pas mon étreinte. Au contraire, elle se cale contre mon flanc, comme si elle y avait trouvé sa nouvelle place préférée, et lève ses grands yeux sombres vers moi tandis qu'elle me demande :

– Pourquoi ?

Parce qu'après avoir essayé en vain de m'abrutir avec un excès d'alcool et de drogue, je n'ai plus qu'une échappatoire : le sexe.

– Eh bien, parce que je crois que moi aussi, je n'ai besoin que de toi pour me sentir bien.

Mais je ne peux pas t'avoir comme je voudrais te prendre, mon ange, et ça… c'est douloureux…

Un large sourire s'épanouit sur son visage angélique.

– Alors, je compte sur toi pour rendre ma première soirée étudiante absolument inoubliable !

Je réprime un éclat de rire sinistre et placarde un sourire forcé sur mes lèvres avant de répliquer :

– En parlant de première fois… est-ce que tu as déjà goûté les Jello Shots ?

C'est une question purement rhétorique. Et sans attendre sa réponse, je l'entraîne dans la cuisine, où je nous sers à tous les deux une série de quatre petits verres de gélatine rouge arrosée d'un alcool blanc.

Ola, j'peux pas. Vodka, il ne me reste plus que toi…

Et advienne que pourra, hein.

***

Une heure plus tard, trop de bières pour compter et autant de shots à ajouter sur la liste, je suis encore plus bourré qu'en début d'après-midi… et tellement excité que j'en ai mal au ventre.

– J'ai la langue bleue ?

Affalée à côté de moi sur la chaise longue qui borde la piscine, Ola me tire la langue, sans se rendre compte à quel point c'est dangereux. Ses pommettes sont rouge vif, tout comme le bout de son nez et le blanc de ses yeux, signe qu'elle en tient une sacrée couche, elle aussi. Les jambes emmêlées aux miennes et vautrée sur mon torse, elle me traite comme un chaton inoffensif… alors que je suis un tigre affamé.

Et je sais bien que je devrais la prévenir, la mettre en garde contre les mecs comme moi qui ne pensent qu'à une chose, mais je n'en ai pas la force. Pas tout de suite. J'aime trop la sentir contre moi, dans mes bras, et me laisser bercer par les inflexions chantantes de sa voix si douce qu'elle parvient à m'apaiser.

Plus efficace que l'alcool.

Plus forte que la drogue.

Olaïna McLaren et son corps de sirène.

Pas de doute, si c'était elle que Walt Disney avait choisie pour incarner Ariel, j'aurais défoncé la gueule du prince Éric et transformé le poulpe maléfique en sushis, avant de lui faire découvrir toutes les choses délicieuses qu'un homme peut faire à une femme qui possède deux jambes à la place d'une queue d'écailles.

– Oui, mon ange. Tu as la langue toute bleue, le nez rouge et…

Je m'arrête avant de lui dire qu'elle a de jolis tétons roses que j'arrive à entrevoir à travers la finesse de son corsage lorsque la luminosité s'y prête. Je n'ai pas envie de l'embarrasser…

Et bon, OK : je ne veux pas qu'elle les cache.

– Il fait chaud, dit-elle, en s'éventant d'une main qui frôle mon visage d'à peine un centimètre. J'aurais dû prendre mon maillot de bain.

Ola regarde les étudiants qui barbotent dans la piscine avec une envie qui fait germer une idée incongrue dans mon esprit. J'essaie de faire taire ma bouche, mais mon cerveau est à la ramasse et les mots s'enchaînent sur ma langue avant même que je puisse lui ordonner de les retenir :

– Si tu veux, y'a un Jacuzzi en haut, dans la chambre que mon pote m'a prêtée. Il est parti en vacances et m'a laissé les clés.

Ses yeux s'agrandissent de plaisir tandis qu'une ombre plane au-dessus de notre chaise.

– Eh, Saint ! Tu viens danser avec moi ?

L'un comme l'autre, on ignore la belle rouquine en minirobe rouge qui tente de me parler.

– Je n'ai jamais essayé ! s'exclame Ola.

Mais elle se renfrogne presque instantanément en esquissant une moue chagrine que je me retiens à grand-peine d'effacer d'un baiser.

– Sauf que ça ne résout pas mon problème de maillot de bain…

Mes neurones dysfonctionnels s'emballent et je m'entends lui proposer :

– Tu n'es pas obligée d'en mettre un, mon ange. On ne sera que tous les deux. Et promis, je ne regarderai que d'un œil !

Attends, quoi ? Qu'est-ce que je viens de dire, là ?

Une bouffée de chaleur m'empourpre le front et les oreilles. Malgré la tiédeur de l'atmosphère, j'ai l'impression que mon corps abrite un volcan sur le point d'entrer en éruption. Mon sang est aussi ardent et épais que de la lave en fusion. Et si l'on m'ouvrait l'abdomen, je suis presque certain qu'il en jaillirait des flammes.

Ce serait si bon de me perdre en elle.

Un peu comme si je m'égarais hors du temps et de l'espace.

– Euh… bredouille-t-elle, intimidée. Je pourrais peut-être garder ma culotte et t'emprunter ton tee-shirt, plutôt. Non ?

– Si ! m'écrié-je avec beaucoup trop d'enthousiasme, en faisant sursauter un mec avec des dreadlocks qui s'apprêtait à s'allumer un bang. J'envoie un message et on décolle, mon ange.

Ola se contente de sourire, si heureuse que j'en oublie de m'apitoyer sur mon sort. Puis elle pose sa tête sur mon épaule, le plus naturellement du monde, et ferme les yeux. Comme si elle l'avait déjà fait des milliers et des milliers de fois. Et je ne sais pas pourquoi, mais à moi aussi, ça me semble être une évidence.

Sa confiance en moi est absolue.

Absolument terrifiante, putain !

– Mon ange ?

– Hum ? soupire-t-elle avec indolence.

Je lui caresse les cheveux tout en extirpant mon téléphone portable de la poche de mon jean noir, déchiré sur les genoux. L'esprit ailleurs, j'envoie à Clayton un message succinct dans lequel je lui dis de ne pas m'attendre, que je compte utiliser la chambre de Ruben et passer la nuit ici. Puis je me reconcentre sur l'ange dont je risque de froisser à tout jamais les belles ailes blanches.

– Fais très attention avec moi, Olaïna.

Elle rouvre un œil, l'air confuse.

– Pourquoi ? Tu ne te sens pas bien ?

Si innocente… si douce… si *pure*. Je ne devrais même pas la toucher tellement je me sens sale et hideux, en comparaison. Un misérable crasseux. Une véritable cause perdue.

– Non, je veux dire… commencé-je, avant de m'interrompre pour chercher les mots justes. Ne me laisse pas te faire du mal, OK ? Arrête-moi dès que tu le peux.

Interpellée par le sérieux de ma voix, Ola se redresse en position assise. Dès qu'elle me quitte, sa chaleur me manque, comme un membre fantôme.

– Tu dis ça comme si tu projetais de me faire souffrir, Saint… observe-t-elle, sans méfiance, mais avec prudence.

Je préfère jouer la carte de l'honnêteté – et peu importent les conséquences.

– C'est parce que je me connais, mon ange. Moi, je ne suis bon qu'à faire du mal aux autres. Et même quand j'essaie de bien faire les choses, je me vautre dans les grandes largeurs en blessant mon entourage.

Ola se mordille la lèvre inférieure tout en analysant mes paroles tandis que je refoule une énième fille venue me réclamer un peu d'attention. Ce soir, je n'ai d'yeux que pour celle qui me regarde comme si elle me connaissait pour de vrai… alors qu'elle n'a strictement aucune idée de la mauvaise personne que je suis réellement au fond de moi.

– OK, finit-elle par répliquer d'une voix distraite.

L'alcool doit biaiser son jugement, parce qu'au lieu de me fuir comme il faudrait qu'elle le fasse, elle enchaîne :

– Ça veut dire pas de Jacuzzi ?

Tu adores jouer avec le feu, mon ange.

– Si tu me suis, je t'y emmène.

Elle n'hésite pas une seule seconde avant de répondre :

– Allons-y !

Elle se lève et tend sa petite main aux ongles vernis de rose pâle vers moi. Dans ma tête, j'ai une vision sinistre d'un ange trop crédule sur le point de pactiser avec le diable. Ou de cette pauvre Eve en train de croquer dans le fruit défendu sur les encouragements machiavéliques du serpent.

Le péché originel.

La tentation absolue.

Enfin, pour ceux qui y croient… *et moi, je n'ai plus foi en rien depuis longtemps.*

C'est pourquoi je prends sa main dans la mienne, me lève à mon tour et la guide jusqu'au second étage de la résidence, là où se trouve la chambre de mon ami. En chemin, je croise des filles avec lesquelles je me suis bien amusé l'année dernière et durant tout l'été. Elles tentent de me parler – sûrement pour me réconforter de la perte de mon père… – mais je les ignore et feins de ne pas les entendre, malgré leur insistance et les regards interrogateurs que me jette Ola par-dessus son épaule. La montée de l'escalier est particulièrement difficile en raison de mon état d'ébriété. Je trébuche et me cogne contre les gens plus d'une fois, mais Ola m'aide toujours à me remettre d'aplomb et je finis par me dire qu'elle est peut-être moins soûle qu'elle ne le laisse transparaître…

Et peut-être même qu'elle sait pertinemment ce qu'elle fait, en me suivant là-haut.

Cette pensée troublante me poursuit jusqu'à mon arrivée devant la porte verrouillée de la chambre de Ruben, le « leader » de la fraternité, de trois ans mon aîné et l'un des meilleurs footballeurs de sa génération. Il me devait un service, et même si je ne me souviens plus pourquoi je lui avais demandé de me prêter sa piaule avant son départ en Espagne, je me surprends à remercier tous les saints auxquels je ne crois pas pour cette heureuse coïncidence.

Ou plutôt, ce dangereux hasard…

Je cherche le trousseau à tâtons dans mes poches et flippe durant quelques secondes avant de me rappeler que je l'ai accroché à la chaîne qui dépasse de mon pantalon. J'insère la clé dans la serrure et ouvre la porte à la volée pour permettre à Ola d'entrer avant moi. Un pote me balance une grande tape dans le dos pour me féliciter de ma « prise alléchante », et je manque de me rétamer en lui claquant la porte au nez.

– Ce n'était pas très sympa, ce qu'il a dit… me fait remarquer Ola avec une surprenante timidité tandis que j'actionne l'interrupteur.

Elle prend sûrement conscience que nous sommes désormais seuls, elle et moi, dans une chambre qui contient un énorme lit *king size.*

– Les mecs sont rarement gentils, mon ange. Je t'ai prévenue, la dernière fois.

Elle hoche la tête.

– Tu as encore à boire ?

– Tu es sûre d'avoir envie de picoler ici ? Attends, c'est parce que tu es nerveuse ? m'inquiété-je, prêt à rouvrir la porte pour la laisser sortir et rentrer chez elle. On peut redescendre, si tu veux, et garder le Jacuzzi pour une prochaine fois.

Ola met un temps incroyablement long à me répondre. Ses yeux vagabondent à travers la pièce bien rangée, très propre et aussi spacieuse que la suite royale d'un grand hôtel du Strip. La décoration transpire le luxe à outrance qui détonne avec le reste de la maison. Le père de Ruben est l'un des plus célèbres joueurs de poker du monde, et sa fortune personnelle est estimée à plusieurs dizaines de millions de dollars. Pour son fils, il dépense sans compter et exige toujours le meilleur, ce qui se ressent partout où je pose mon regard flouté par la bière.

La chambre est plus grande que mon appartement et occupe les trois quarts du deuxième étage. C'est à la fois très sobre et trop tape-à-l'œil avec le minibar et le Jacuzzi à quatre places installés sur la petite terrasse privative par laquelle on accède grâce à une baie vitrée en verre fumé. L'éclairage d'ambiance fait très… film de boules, pour être honnête. Dans les teintes rouges et chaudes qui me font penser à un *after* dans un club de strip-tease malfamé.

– Je veux rester ici, avec toi, me dit-elle enfin. Mais oui, je suis un peu nerveuse, désolée. C'est juste que… c'est encore une première, pour moi.

– De te retrouver seule dans une chambre avec un homme qui ne soit pas ton père ou ton frère ?

Elle acquiesce dans un bref mouvement de tête qui fait valser son joli ruban rouge sur le sol.

– Ou João.

– C'est qui, lui ? m'enquiers-je avec un froncement de sourcils.

Ola me tourne le dos pour ouvrir la baie vitrée. Je la suis, incapable de résister à la tentation de braver toutes les limites et de voir jusqu'où elle est prête à me laisser aller avec elle.

– Mon meilleur ami.

J'ignore pourquoi je me sens si agacé, tout à coup…

Aussi préféré-je m'occuper les mains en actionnant les jets du Jacuzzi et en sortant deux bouteilles de Bud du minibar. Je les décapsule en regardant l'eau se mettre à chauffer, puis à bouillonner, au plus grand ravissement d'Ola, qui sautille tout autour comme une enfant surexcitée.

– Ah ! J'en ai toujours rêvé !

Sans un mot, je pose les bières sur le bar et fais passer mon tee-shirt par-dessus ma tête. La température a commencé à fraîchir, si bien que mon torse se couvre d'une chair de poule qui hérisse tous les poils de mon corps. Les diamants à mes tétons et à mon nombril brillent sous l'éclat fluorescent des néons. J'entends Ola prendre une brusque inspiration choquée et s'approcher à pas feutrés, l'air hypnotisée par mes piercings. Lorsqu'elle frôle celui de mon mamelon droit, c'est moi qui me retrouve à chercher mon souffle, coincé quelque part au milieu de ma poitrine.

– Ça t'a fait mal ?

– Un mal de chien, confirmé-je, en serrant les dents pour éviter de lui rendre la pareille. C'était un pari stupide après une soirée trop alcoolisée.

Ses doigts vont et viennent sur mon torse nu, de mes tétons à mon nombril cerclé d'une fine ligne de poils dorés, qu'elle caresse avec une telle assurance que je me sens durcir comme l'acier.

– Mon ange… la supplié-je, essoufflé.

– J'adore, murmure-t-elle, inconsciente de l'effet que ses petites attentions provoquent sur mon entrejambe. Dans une autre vie, si j'avais été une autre fille, j'aurais fait les mêmes que toi.

Savourant ce doux supplice comme un brave, j'endure avec stoïcisme les nouvelles caresses qu'elle prodigue à mes tatouages, cette fois. D'abord mes mains, puis mes épaules et le côté de ma nuque, où j'ai fait graver le prénom de ma grand-mère.

Paix à son âme.

– Sky ?

– Skyler, lui expliqué-je. Ma mamie.

Le visage d'Ola s'adoucit d'une expression sur laquelle je me refuse à mettre des mots.

– La mienne s'appelait Brindya. Mais tout le monde l'appelait Birdy, parce qu'elle adorait tous les animaux à plumes. Je ne l'ai vue qu'une fois, elle avait l'air gentille.

Cette anecdote lui arrache un sourire qui n'est pas tout à fait joyeux. Pour l'effacer sans avoir à reconnaître que j'ai senti sa tristesse, je lui tends mon tee-shirt et l'invite à se changer tandis que je me retourne pour lui offrir un maximum d'intimité.

– Je vais enlever mon pantalon, la préviens-je, toujours dos à elle. Ne flippe pas.

– J'ai ôté ma robe, dit-elle, beaucoup trop naïve pour ma santé mentale. Je vais la poser dans la chambre pour éviter de la froisser. Tu veux que je rentre ton jean, aussi ?

– Ouais, vas-y…

Franchement, je n'en ai rien à foutre, mon cerveau est passé en mode pilotage automatique dès que je l'ai imaginée seins nus. Mon sexe est tellement dur que je ne l'attends même pas pour entrer dans le Jacuzzi, avec nos bières à la main, afin de dissimuler mon émoi sous les remous. Quelques secondes plus tard, elle me rejoint, seulement vêtue de mon tee-shirt qui lui tombe à mi-cuisses. Les cheveux détachés, si belle que j'en ai la bouche inondée de salive, elle enjambe le rebord en m'offrant une brève vision de sa culotte avant de plonger dans l'eau chaude. Le ravissement transcende ses traits.

– C'est l'extase !

Je lui tends sa bière.

– À la tienne, mon ange.

On trinque en silence, les yeux rivés l'un à l'autre, et je le jure : je n'ai jamais été aussi excité de toute ma chienne d'existence. À tel point que ça fait mal…

– Parle-moi de ta mère, m'entends-je lui demander, en espérant que ce sujet soit assez sérieux pour m'empêcher de me jeter sur elle.

Ola détourne le regard et descend une longue gorgée de sa Bud.

– Il y a tellement de choses à dire que je ne saurais même pas par où commencer…

Je l'imite et arrose mon foie d'une nouvelle rasade d'alcool.

– Et si on commençait par la fin, pour une fois ?

Elle réfléchit, la tête renversée en arrière pour observer le ciel étoilé. La musique et les éclats de rire en provenance du rez-de-chaussée animent la nuit. Une langueur agréable s'empare de mon corps. Je me sens *presque* bien, pour la première fois de la journée.

– Quand elle est morte, commence Ola, tout est parti en vrille. Notre famille a explosé. Oh, elle n'était déjà pas très soudée avant ça, pour être honnête. Mais après son enterrement, quelque chose de fondamental s'est brisé, chez nous. Et je crois… oui, je crois que je la déteste pour ce qu'elle nous a infligé. Pour avoir roulé trop vite. Pour être allée sur la mauvaise route. Pour ne pas être rentrée à la maison comme elle l'avait promis.

Soudain, une boule de chagrin m'enserre la gorge et m'embue les yeux. C'était un très mauvais choix de conversation. Je n'aurais pas dû lui poser une question aussi personnelle, qui résonne un peu trop avec ma situation actuelle.

– Mon ange… soupiré-je, en cherchant ce que je pourrais lui dire pour la réconforter.

Quel mensonge parviendrait à alléger sa peine ?

On m'en a tellement balancé aujourd'hui que je ne sais même pas lequel choisir en premier…

– Je les déteste tous, avoue-t-elle tout à trac, le regard hanté. Ma mère, pour n'être jamais revenue. Ma sœur, pour s'être servi de sa mort comme d'un prétexte pour s'enfuir de la maison. Mon père, pour avoir reporté le poids de toutes ses responsabilités sur mes épaules. Mon frère, pour s'en foutre royalement. Et moi, aussi, pour supporter toutes ces conneries, alors que je n'ai plus qu'une envie : prendre un sac et me tirer loin d'ici.

Des larmes plein les yeux, elle renifle en jouant avec les courants mouvants de l'eau. C'est plus fort que moi, j'abandonne ma bière, fais taire la voix dans ma tête qui me hurle que c'est une idée de merde et avance jusqu'à elle pour la prendre dans mes bras. Son petit corps se moule à la perfection contre le mien tandis qu'elle se coule dans mon étreinte, plus chaude que l'eau, la peau aussi douce que du satin.

– Oui, je les déteste presque autant que je les aime, conclut-elle, le visage niché dans mon cou. Et ça fait tellement mal, Saint… parce que je sais que ça ne s'arrêtera jamais. C'est ma famille, c'est ma vie, et c'est comme ça…

J'opine du menton et repousse les cheveux qui lui tombent devant les yeux.

– Ne sois pas triste, mon ange.

Une supplique aussi vaine qu'inutile, j'en ai bien conscience.

– Ne me demande pas l'impossible, Saint.

Je passe une main légèrement tremblante le long de sa colonne vertébrale, ce qui la rapproche encore un peu de moi. Sa hanche cogne contre mon sexe toujours aussi gonflé par l'excitation.

– Tu mérites mieux.

Et je ne parle pas seulement de sa famille… mais de moi, aussi. Et des pathétiques miettes que j'ai à lui offrir.

Bien sûr, elle ne capte pas le double sens de ma phrase.

– C'est quoi, mieux ?

J'admets dans une lente expiration :

– Honnêtement, je n'en sais rien, moi non plus.

Puis je me fends d'un rire sans joie.

– Mais mieux qu'eux et… mieux que moi, déjà, c'est sûr et certain !

Ola s'humecte les lèvres tout en nouant ses bras autour de mon cou pour me serrer contre elle. Dans la manœuvre, elle se retrouve face à moi et s'assoit sur mes hanches, si proche d'un baiser que je ne parviens plus à regarder autre chose que sa bouche.

– Alors ne sois pas triste, toi non plus.

Un frisson parcourt mon échine, et je me surprends à répliquer :

– Ah, mais je ne mérite que ça, mon ange !

Elle secoue la tête, comme si elle n'en croyait pas un mot. Son corps frotte contre le mien. C'est bon, si bon, *trop* bon… et tellement dangereux, putain ! Je n'en peux plus, je suis à vif, écorché jusqu'à l'os et sur le point d'exploser en mille morceaux. Prêt à tout envoyer balader pour pénétrer en elle et lui voler l'innocence qu'elle possède et que j'ai perdue il y a bien longtemps…

– Je n'y crois pas, réfute-t-elle, en s'agitant sur moi pour mieux me torturer. Tu es une bonne personne, Saint Hunderson.

Elle redresse les épaules, ce qui fait remonter ses petits seins hors de l'eau. Mon tee-shirt blanc est devenu transparent et il la colle comme une seconde peau, si bien que je vois *tout* et plus encore…

Ma tête tombe vers l'avant et vient cogner contre son front. Au supplice, je murmure contre sa bouche :

– Tu te trompes, Olaïna McLaren. Et le fait que je sois là, dans ce Jacuzzi avec toi, la queue aussi raide qu'une matraque, tend à le prouver. Tu ne crois pas ?

Elle déglutit plusieurs fois en rougissant, mais… qu'on me vienne en aide, par pitié ! Parce qu'elle ne recule pas. Elle ne s'enfuit pas en courant. Elle ne me traite pas de pervers. Et pire, elle se rapproche encore un peu de moi pour riposter d'une voix éraillée par le désir :

– Et je suis là, moi aussi. Qu'est-ce que ça peut bien signifier, pour toi ?

Je suis vaincu.

Je suis perdu.

Et je suis désolé, Ola…

– Que je vais t'embrasser jusqu'à te faire saigner, mon ange.

Car je compte bien prendre ce que tu n'aurais jamais dû accepter de me donner.

10

Le sel de ta peau

Ola

20 janvier 2021

Il est plus de vingt et une heures lorsque je rentre du travail, les bras chargés de courses et le corps brisé par la fatigue. Ces trois dernières nuits, j'ai dû dormir dix heures à tout casser, et le manque de sommeil commence à me rendre malade. J'ai froid, le nez qui coule et un chat dans la gorge qui refuse de se laisser attendrir malgré tous les breuvages à base de miel que j'ingurgite. Ma peau est tellement sensible que le moindre effleurement m'arrache des frissons pendant de longues minutes. J'ai probablement une fièvre de cheval, mais…

Il s'avère que Clayton a aussi embarqué le thermomètre.

Et qu'il se l'enfonce bien dans le cul, ce connard !

Prise de vertige au beau milieu de l'escalier, je trébuche sur ma propre chaussure et tombe sur les genoux en me rattrapant *in extremis* à la rambarde. Mon sac m'échappe des mains et projette l'intégralité de son contenu sur le sol. Impuissante, je regarde mes pommes et mes bananes dégringoler en bas des marches tandis que mes yaourts et ma miche de pain échappent de peu à la catastrophe.

Ma vie est un enfer.

Je sens les larmes poindre sous mes paupières et me brûler les yeux. Au-delà de l'épuisement, j'envisage de tout laisser en plan pour me traîner jusqu'à mon lit lorsqu'une idée brillante surgit dans mon esprit. Ni une ni deux, je sors mon téléphone de ma poche et compose le numéro de Saint, que j'ai effectué tant et tant de fois au cours de ces derniers jours, mais sans jamais être allée jusqu'au bout des choses, que j'ai fini par le connaître par cœur.

Depuis que l'ambiguïté de notre relation a été levée et qu'il a admis qu'il comptait bel et bien m'apporter une aide… hum, plus charnelle, dirons-nous… je meurs d'envie de le rappeler pour passer à l'acte.

Maintenant.

Tout de suite.

Et peu m'importe que je sois au beau milieu de la cage d'escalier !

Mais Saint n'a pas l'air très pressé de concrétiser les choses, ce qui est passablement vexant. J'ai cru qu'après m'avoir offert Thor – c'est le nom que j'ai donné à l'énorme godemiché qui vibre aussi fort qu'une machine à laver –, il me sauterait dessus pour faire la bête à deux dos à même le sol de ma modeste cuisine. Mais non ! Que nenni ! Il m'a allumée avec sa proposition indécente, puis il a déposé un chaste baiser sur ma joue et il s'est tiré comme si j'avais été le proprio venu lui réclamer sa part de loyer.

Sa dernière phrase avant de mettre les voiles ?

« Si tu tiens vraiment à te brûler à la flamme qui flambe entre nous, réfléchis bien à ce qui t'attend… »

Ça ressemblait presque à une menace.

– Mon ange ?

Sa voix grondante résonne dans mon oreille et vibre jusqu'à ma petite culotte. Le sang déjà échauffé par la fièvre, je suis contrainte de poser le front contre le mur de béton glacial pour réussir à faire baisser ma température corporelle de quelques degrés.

– Tu es chez toi ?

Un court moment de flottement ponctue ma question tout à fait innocente. Il me semble percevoir un éclat de rire féminin, suivi du grognement agacé d'un homme plus âgé et du pépiement joyeux d'un jeune enfant. Mais je suis tellement dans les vapes que je n'arrive pas à être certaine de ce que je crois entendre.

– Non, finit-il par répondre. Pourquoi ?

La déception est si violente qu'elle me ravage le cœur.

– Oh, pour rien. Ce n'est pas grave. À plus.

Je suis sur le point de raccrocher lorsqu'il réplique :

– Tout va bien ? Tu as une voix bizarre.

Je m'assois, le téléphone coincé entre l'oreille et l'épaule pour me libérer les mains et ramasser mes courses. Une brusque nausée me plie en deux. Je presse un poing contre ma bouche et attends que la sensation se soit dissipée avant de lui expliquer :

– Je crois que je suis malade.

– C'est-à-dire ? Quels sont tes symptômes ?

Toujours dérangée par des crampes abdominales, je range mes yaourts, mon pain et mes fruits dans mon sac et franchis le dernier escalier qui me sépare de notre palier en lui dressant la liste de mes maux :

– Je n'arrive plus à dormir, j'ai chaud, mal au ventre et envie de vomir. Ma poitrine me fait mal, aussi. Rien que là, j'ai failli tourner de l'œil dans le couloir.

Un bruit sourd retentit à l'autre bout du fil, un peu comme s'il venait de lâcher son téléphone. Puis je l'entends marmonner d'une voix blanche :

– Rassure-moi, mon ange : tu n'es pas enceinte ?

Je suis tellement surprise par sa conclusion alambiquée que je manque de refaire tomber mon sac et mes clés devant la porte de mon appartement.

– Thor est fort, m'exclamé-je, mais peut-être pas à ce point !

Silence glacial. Puis :

– Qui est Thor, Ola ?

– Bah, tu sais…

Après une longue bataille acharnée contre ma serrure, je rentre *enfin* chez moi, le front moite de sueur et la langue aussi sèche qu'après une excursion dans le désert. Sans ménagement, je balance mes courses sur la table de la cuisine, abandonne mes chaussures dans l'entrée et m'effondre, encore tout habillée, sur mon lit aux draps défaits.

– Non, je ne sais pas.

Il me faut plus de trois secondes pour reconnecter mes neurones.

– C'est ton cadeau. Tu sais, le… euh… truc qui vibre quand on l'allume.

Une partie de moi meurt de honte en m'entendant déblatérer comme une imbécile trop pudibonde tandis qu'une autre se marre toute seule de cette description ridicule. Deux salles, deux ambiances. J'ai sûrement attrapé un virus qui me dévore le cerveau.

– Tu l'as appelé Thor ? rigole-t-il, en claquant une série de portes les unes après les autres, comme s'il se mettait à l'écart d'un groupe de personnes.

Là, j'en suis sûre : j'entends la voix douce et mélodieuse d'une femme – et pas la même que tout à l'heure. Plus vieille et rauque, elle lui demande s'il désire un autre cupcake. Ce à quoi il répond que oui, mais plus tard.

– Tu es au boulot ?

Saint met presque une minute à me répondre :

– Non. Je ne suis pas au travail.

Et il n'ajoute rien, si bien que je comprends le message implicite ; *Ce ne sont pas tes affaires, Ola.*

– Ah, OK. Tu as l'air occupé, je vais te laisser tranquille.

Je n'ai pas du tout envie de raccrocher – bien au contraire. Je veux qu'il me dise où il est, avec qui et à quelle heure il compte rentrer à la maison. Et qu'il vienne chez moi, aussi, pour que l'on puisse regarder un film sur son ordinateur – pas un porno, hein. Juste un truc sympa et bourré d'action.

Bref, je suis malade, je me sens seule et il me manque.

Trois choses qui craignent à mort.

– Je passe quand je rentre, si tu veux.

J'ai trop le vague à l'âme pour l'attendre comme une idiote énamourée, et quelque chose me dit que ce serait une très mauvaise idée dans tous les cas.

– Non, laisse tomber. Je vais appeler João. Lui non plus, il ne fait rien, ce soir.

Je ne sais trop comment, Jony a appris que mon frère est de passage en ville pour quelques semaines, et depuis, elle campe chez sa mère, qui est la voisine de mon père, dans l'espoir de tomber « par inadvertance » sur lui.

Il faudrait peut-être que j'aille lui rendre visite, moi aussi…

Mouais. Bof.

Quant à Catalina, elle ne répond plus à son Cacanova et fait une grève du sexe qui se traduit par un enfermement quasi total de son petit cul à la salle de sport. Madame s'est mis en tête de soulever des haltères, de faire des tractions et de ramer dans le vide pour n'aller nulle part.

Il faudrait peut-être que je me mette au sport, moi aussi…

Mouais. Bof.

– C'est l'une des choses qui tapaient sur le système de Clayton.

Bien que deux mois se soient déjà écoulés, entendre le prénom de mon ex-fiancé est toujours aussi douloureux.

– De quoi ?

– Ton amitié avec João, explicite Saint plutôt sèchement. Ça lui mettait les nerfs.

J'active le haut-parleur et pose le téléphone sur mon oreiller, près de ma tête. Les yeux rivés sur les lézardes au plafond, je retire mes chaussettes, puis mon pantalon et mon pull-over, que je roule en boule et jette à l'aveuglette quelque part dans la pièce.

– João est comme mon frère, dis-je pour la millième fois – *au moins.*

Un léger soupir fait grésiller la ligne.

– João a le physique d'une star de cinéma.

Comme toi, joli cœur…

– Et alors ? C'est mon ami, et j'adore être avec lui.

João et Saint n'ont jamais été potes. Ils s'entendent relativement bien, mais ils sont comme l'huile et l'eau : incapables de se mélanger. Et pour une raison très simple, comme le résume si bien Catalina : il ne peut pas y avoir deux coqs dans une même basse-cour, ou plutôt, deux taureaux dans le même enclos.

– Alors pourquoi ne t'aide-t-il pas avec ta liste, lui aussi ?

Je grimace.

– Parce que ce serait dégoûtant ! On est trop proches ! Il est comme mon frère !

Et j'en ai marre de devoir le répéter, encore et encore, à longueur de journée.

– Et moi, mon ange ? Je ne suis pas assez proche de toi ?

Je frissonne – *encore la fièvre…*

– Toi, murmuré-je, tu n'as jamais été qu'un simple ami, pour moi.

Un aveu dangereux. Bien trop mystérieux.

– N'oublie pas ce que tu m'as pris, ajouté-je dans un moment de folie, avant de le regretter. Bref, je te laisse profiter de ta soirée. Bonne nuit, Saint. Bisous.

– Attends ! Qu'est-ce que…

Je n'attends pas qu'il finisse sa phrase et lui raccroche au nez – sans le moindre scrupule. J'en ai trop dit, et plus que tout, je ne peux pas repenser à cette soirée-là sans avoir la gorge qui se serre et le cœur qui s'emballe à vive allure.

J'étais si confiante, à l'époque… si innocente… et *tellement* stupide.

Heureusement, Saint a été très clair, cette fois-ci : pas de sentiments. Et si je lui ai assuré que ce serait le cas, c'est parce que je sais que je ne pourrais jamais lui redonner le même pouvoir sur moi qu'à cette fameuse soirée chez Kappa Sigma.

– Mon cœur bat à mille kilomètres heure, Saint.

– Le mien aussi, mon ange…

Mais c'était un mensonge. Il ne ressentait rien du tout pour moi. Et la seule chose qu'il voulait, c'était oublier sa douleur dans les bras d'une fille qui la comprenait tout aussi bien que lui.

L'espace d'une nuit, la mort nous a rapprochés, et le lendemain matin, la vie nous a séparés…

Inexplicablement triste, j'active le mode avion sur mon téléphone et me glisse sous les couvertures. Mes paupières se ferment dès que ma tête se pose sur l'oreiller, et très vite, le sommeil l'emporte sur les centaines de questions qui m'accablent depuis que Saint s'est mis en tête de chambouler une nouvelle fois le cours de mon existence.

Je le maudis presque autant que je le désire.

Comme à l'époque où il m'a présentée à Clayton…

Ce jour-là, j'avais enfilé ma plus jolie robe avant de me rendre à la fac, à la fois fébrile et pleine de méfiance, parce que je voulais lui parler. Naïve, trop crédule pour un séducteur de son acabit, j'avais élaboré tout un discours pompeux dans lequel je lui pardonnais ses paroles cruelles tout en lui confessant à demi-mot mon amour enflammé.

Je ne m'attendais pas du tout à ce qu'il m'accueille en disant :

– Ola ? Je te présente, Clay. Mon meilleur ami. Si tu es libre ce soir, il adorerait t'emmener dîner chez Paul. Et avant que tu le demandes : oui, c'est un rencard.

Mon cœur brisé et moi, on a réussi à bredouiller un seul et unique mot :

– OK.

Je n'en avais pas envie. Pas du tout ! Mais sur le moment, c'était aussi tout ce dont j'avais besoin : un tête-à-tête avec un garçon qui s'intéressait véritablement à moi.

Et pas seulement au plaisir éphémère que mon corps serait capable de lui prodiguer.

J'ai mis plusieurs semaines à accepter ne serait-ce qu'un baiser de Clay. Et autant de mois avant de coucher avec lui. Mais il a attendu patiemment, sans jamais me mettre la pression, et il s'est comporté de la façon dont j'aurais aimé que Saint agisse envers moi. Avec tellement de douceur, une telle prévenance…

Je pense que c'est la raison pour laquelle j'ai autant de mal à digérer notre rupture : je sais qu'il m'a *vraiment* aimée, ce qui est d'autant plus dur à oublier que j'ignore quand son amour a fini par se transformer en lassitude, puis en obligation, et presque en haine, au bout du compte.

Parce qu'il ne peut que me détester pour tout ce qu'il m'a infligé au cours de ces derniers mois.

Le silence, les mensonges, les insultes, la trahison.

Et comment être sûre que ça ne se reproduira pas avec le prochain ? Comment éviter d'en arriver là une seconde fois ? Aurai-je seulement le courage de refaire confiance à un homme ?

Au fond, Thor possède tout ce qu'il faut pour me rendre heureuse… et il a même du rab, hein…

Je m'endors avec un sourire sur les lèvres, mais une balafre invisible sur le cœur. Le temps se met à défiler à la vitesse de la lumière, et plusieurs heures se condensent en un clignement de paupières, lorsqu'une douce caresse sur mon bras relevé au-dessus de ma tête m'extirpe d'un rêve flou.

Trop fatiguée pour paniquer, j'ouvre les yeux et bats des cils en me tournant vers l'homme nonchalamment allongé près de moi. Blond et beau, tatoué et séduisant, Saint s'est installé sur le côté, par-dessus les couvertures, et me couve d'un regard qui réveille des choses profondément interdites au fond de mon ventre.

– Comment es-tu entré ? chuchoté-je dans la pénombre.

Son doigt remonte le long de mon bras et jusqu'à mon épaule.

– Tu dois faire réparer ta porte, mon ange.

Je le note dans le seul coin de ma tête qui ne soit pas déjà occupé à fantasmer sur Saint – une parcelle d'un millimètre, à peine, qui nécessiterait un microscope pour être visible à l'œil nu.

– J'ai chaud.

– Tu as de la fièvre, me confirme-t-il, avant de poser un linge frais et humide sur mon front. Tu as dû attraper froid.

Je ricane et savoure la fraîcheur de la serviette qu'il descend vers ma nuque.

– C'est toi qui te balades constamment à poil et c'est moi qui tombe malade.

– Il n'y a pas de justice, mon ange. Tu le sais, non ?

Oui, déploré-je en mon for intérieur. *Rien n'est juste, à Las Vegas. Tout n'est qu'une question de hasard.*

– Es-tu vraiment là ? Ou est-ce que j'hallucine ?

C'est au tour de Saint de se mettre à glousser.

– Tu n'es pas assez malade pour avoir des hallucinations.

Je fais la moue.

– Qu'est-ce que tu en sais, toi ? Depuis quand es-tu médecin ?

La serviette effleure mes seins. Dans un mouvement involontaire, Saint tire sur le drap et découvre ma poitrine recouverte d'une vieille brassière de sport effilochée au niveau du décolleté.

Plus sexy, tu meurs.

Note pour moi-même : acheter un bel ensemble de lingerie chez Victoria's Secret.

Et tant pis si je n'ai plus assez d'argent pour une télévision et un micro-ondes.

– Tu as mangé avant de te mettre au lit ? me demande-t-il, la voix étrangement enrouée.

– Non.

– Tu as faim ?

– Non.

Il soupire.

– Qu'est-ce que je peux faire pour toi, mon ange ? Je n'aime pas de voir dans cet état-là…

Saint se penche sur moi et s'approche jusqu'à ne laisser plus qu'un souffle infime sur nos lèvres entrouvertes. Ses mains se posent sur mes hanches, qu'il presse tout doucement jusqu'à ce que nos corps se frôlent. Torse contre torse, si proche… *mais encore trop loin.* Un frisson de concupiscence dévale mon échine – tandis qu'une décharge électrique induite par sa proximité vient me titiller la pointe des seins. Son odeur, une fragrance envoûtante de mâle et d'après-rasage, m'oblige à serrer les cuisses l'une contre l'autre pour résister à l'onde brûlante qui me traverse de part en part et ramollit mes muscles intimes.

D'aussi près, et malgré la pénombre environnante, ses yeux ressemblent à deux gemmes étincelantes pleines de malice et de convoitise.

Son regard incandescent met le feu à ma peau.

Son visage n'est pas seulement beau, il défie aussi les lois de la perfection. Avec ses cheveux blond doré, qui bouclent légèrement sur les tempes et au-dessus des oreilles, ses pommettes ciselées, son nez à l'arête tranchante, ses lèvres charnues et son menton volontaire, il est le prince auquel mon cœur meurtri d'adolescente a rêvé dans le silence de ses nuits froides. Et le bourreau que la femme blessée que je suis devenue craint plus que toute autre chose sur terre. Un fantasme qui m'inspire du sexe débridé, des mots cochons et de vilaines morsures.

Et la fièvre doit être beaucoup plus intense qu'il ne le croit, parce que je m'entends lui répondre avec une assurance plutôt inhabituelle, chez moi :

– Fais-moi un bisou magique, Saint.

Embrasse-moi. Par pitié. Touche-moi. Transforme ma fièvre en euphorie. Guéris-moi de ma solitude et soigne-moi de toi.

– S'il te plaît… le relancé-je, moins d'une seconde avant que ses lèvres tièdes ne s'écrasent sur les miennes.

Oh, mon Dieu… oui, enfin !

Sa bouche ravage la mienne avec une indécence si *délicieuse* que je sens mes orteils se recroqueviller de plaisir. Son baiser est d'une exigence folle, si totale et absolue que je le sens me déposséder de moi-même.

Il me vole mon souffle.

Il me dérobe mon cœur.

Il m'atteint jusqu'à l'âme…

Et c'est dangereux.

La terre se met à trembler – ou peut-être est-ce juste moi. Mais j'ai l'impression que c'est beaucoup trop fort pour que cette violence érotique parvienne à se contenter des limites de mon corps, sacrifié à sa cause sur l'autel de la luxure, pour le meilleur du pire – le sexe sans amour. C'est comme si tout mon univers s'effondrait pour se rebâtir d'une façon plus solide, plus stable et logique. Toutes les pièces de mon puzzle semblent trouver leur place. Et c'est d'une beauté à couper le souffle qu'il expire sur mes lèvres, encore et encore, par l'intermédiaire de sa langue empoisonnée.

À chaque baiser qu'il me donne, je reviens à la vie. Je redécouvre mon corps. Je réapprends à *ressentir* plutôt qu'à *subir*. Et c'est tellement bon…

Que ça m'effraie plus que tout ce que m'a fait endurer Clayton.

Pourquoi est-ce toujours aussi fort, avec Saint ? Pourquoi est-il le seul qui parvienne à me faire gémir de plaisir, sans aucune honte ni réserve ?

Il n'a jamais été question d'amour, pour lui…

Alors pourquoi est-ce aussi… évident, *pour moi ?*

Intérieurement, je suis dévorée par la peur de revivre un énième abandon, mais je reste là, je ne m'enfuis pas et je garde mes craintes pour mon journal intime.

Piégée sous lui, c'est là que je me sens le plus libre.

Et je traduis ce sentiment de liberté en crochetant mes jambes autour de sa taille pour l'y enfermer avec moi tandis qu'il continue à me démolir avec sa langue, à me briser avec ses baisers et à me disloquer avec ses caresses.

J'en ai tellement rêvé, de ce moment parfait, de cette étreinte torride, de cette passion irréfrénable.

De cet homme interdit…

Ses mains passent sur mes seins, qu'il empaume avec rudesse, avant de les tordre par-dessus mon soutien-gorge. Sa langue s'enfonce plus loin à l'intérieur de ma bouche et ses hanches viennent cogner contre les miennes pour mieux me torturer d'une exquise allégresse. C'est fort, c'est brutal et c'est exactement tel que je savais que ce serait : trop bon pour être vrai.

– Ça fait si longtemps que j'attends ça… anhèle-t-il, les lèvres humides et gonflées.

Mes veines se dilatent sous l'effet d'une euphorie croissante. Sa voix grondante porte les échos d'un désir qu'il ne m'est plus possible d'ignorer tandis qu'il presse durement sa virilité contre mon entrejambe.

– Moi aussi, lui confessé-je avec une sincérité qui me tétanise d'effroi. J'attendais ça depuis une éternité!

Et depuis bien avant ma rupture avec Clayton, songé-je avec une pointe de culpabilité qui disparaît presque aussi vite qu'elle est apparue.

C'est un secret que je préfère garder pour moi – les conséquences seraient trop redoutables. Et pour être honnête, j'ai toujours plus ou moins désiré Saint Hunderson. Même quand je croyais le haïr de toutes mes forces, je ne pouvais pas m'empêcher d'être attirée par lui comme un papillon par une flamme. Rien n'a jamais réussi à amoindrir le feu sombre qui brûle entre nous – ni Clayton ni Saint lui-même et encore moins les fragments de mon cœur brisé.

– Tu feras tout ce que je te dis de faire. Hein, mon ange?

Son exigence lubrique menace de me faire perdre la tête. Une bouffée de chaleur immole mes reins et embrase mon sang déjà exalté par la fièvre. Tout à l'intérieur de moi se consume pour cet homme dont le cœur ne pourra jamais être réchauffé.

– Oui. Tout.

Et plus encore, si tu savais…

– Gentille fille, souffle-t-il à mon oreille.

Puis il vient frôler ma bouche de ses lèvres cruelles, ourlées pour les plaisirs les plus décadents, et toutes mes hésitations sont réduites à néant. Sa langue a un goût de café amer et de vanille sucrée, une association redoutablement efficace sur mes sens et qui tourneboule mes hormones en folie. Avide de ses caresses, je me cambre sous lui tout en lui réclamant:

– Plus fort, s'il te plaît.

Embrasse-moi plus fort. Ne t'arrête plus jamais…

– Tu penses que ce sera suffisant, Ola?

Je n'en aurai jamais assez de toi, Saint! ai-je envie de m'écrier, le cerveau embrumé. *Tu ne comprends pas à quel point c'est dangereux?*

Au lieu de ça, je me hisse sur les coudes, ce qui le force à se redresser, et entreprends de faire passer son tee-shirt gris par-dessus sa tête. Toutes ces (nombreuses) fois où il s'est baladé torse nu sans que je puisse le toucher…

L'heure de la revanche a sonné!

La vision de son torse musclé, tatoué à hauteur de la clavicule et jusqu'au renflement du pubis, m'assèche instantanément la gorge.

Ses abdominaux étirent sa peau dorée, absolument parfaite, bien que couturée d'infimes cicatrices d'une teinte rosée. À mes yeux, il a toujours incarné la perfection faite mâle, d'une virilité à embraser les sens, et par un quelconque miracle, c'est dans mon lit qu'il se retrouve, ce soir…

– Réponds-moi.

Un frisson de volupté me parcourt l'échine tandis que les doigts joueurs de Saint descendent le long de mon ventre pour se faufiler sous l'élastique de ma culotte. La fébrilité de ses caresses, maîtrisées à grand-peine, accentue mon désir au point de consumer les ultimes vestiges de ma raison. Je me languis de lui, corps et âme. Et lorsqu'il trouve et titille la crête névralgique de mon plaisir, je dois lutter pour reprendre mon souffle. D'une brusque poussée, son majeur pénètre à l'intérieur de moi. L'acier glacé de sa bague malmène mon clitoris et fait se révulser mes yeux.

Là, oui, juste là !

– Tu aimes ça, mon ange ? Me sentir en toi ?

Il me nargue avec un sourire malicieux, en remuant le doigt d'avant en arrière. Et oui, j'adore ça…

– Oui.

Satisfait de ma réponse, il se penche pour m'embrasser du bout des lèvres. Sa bouche se plaque avec une douceur presque innocente contre la mienne, ce qui contraste étonnamment avec la pression implacable de ses longs doigts *sur* et *dans* mon intimité. Une onde de plaisir me transperce de part en part et me fait gémir d'extase.

– Merde ! Tu me rends complètement fou ! halète-t-il en ajoutant un deuxième doigt. Le plaisir te rend encore plus belle, mon ange.

Sur ces mots si tendres, Saint cesse de parler et fond à nouveau sur mes lèvres tandis que mes mains se promènent sur ses joues râpeuses, ses mâchoires tranchantes et sa nuque noueuse, avant de revenir sur son torse musclé.

Il bouge en moi.

Oui, oui, oui, enfin !

Je remue contre lui.

C'est si bon, si bon…

J'ai beau y réfléchir avec tout ce qu'il me reste de cerveau, je n'arrive pas à me souvenir d'avoir déjà éprouvé une sensation aussi violente, aussi intense qu'elle en flirterait presque avec les limites de la douleur. Le moindre de ses effleurements me provoque des tremblements convulsifs, si bien que je ne contrôle plus rien, pas même mon propre corps, qui semble bien décidé à l'ériger en maître incontesté.

Dans un recoin de mon esprit, je songe vaguement à lui retourner ses attentions, mais je me découvre un petit penchant égoïste lorsqu'il s'agit de Saint, et j'ai trop envie de profiter au maximum du plaisir qu'il m'offre pour me risquer à l'interrompre. Je *mérite* de connaître l'orgasme avec quelqu'un d'autre que Thor – ou que mes doigts à moi. Aussi, je serre les draps entre mes poings et écarte plus largement les jambes. Si ma reddition complète le surprend, il n'en laisse toutefois rien paraître et accélère le mouvement de sa main, toujours aussi arrogant et fier dans la manière qu'il a de prendre possession de mon corps.

– Tu es tellement mouillée, mon ange…

De sa main libre, il soulève mon menton pour que je puisse le regarder droit dans les yeux. Ses pupilles sont si dilatées que je ne les discerne plus de ses iris brun foncé.

– Comment as-tu pu croire que le problème venait de toi ? s'interroge-t-il, en ajoutant un troisième doigt qui m'écartèle délicieusement les chairs. Regarde comme tu es réceptive à mes caresses. Tu sens la pression qui augmente dans le bas de ton ventre, hein ? Et la chaleur liquide qui s'écoule le long de tes cuisses ?

Un rire sombre, profondément masculin, agite sa poitrine.

– Je pourrais presque boire ton orgasme, si je le voulais, mais je préfère me réserver ce délice pour une autre nuit de débauche…

Puis il m'ordonne d'entrouvrir les lèvres, ce que je fais sans y réfléchir à deux fois, et il glisse sa langue aussi loin qu'il le peut dans ma bouche, mimant l'acte sexuel en un enchaînement torride de va-et-vient qui fait s'entrechoquer nos dents.

C'en est trop pour moi, je rends les armes et pousse un long râle de félicité qui finit par vider tout l'oxygène de mes poumons.

– Plus tard, ta jolie bouche se refermera autour de ma queue, souffle-t-il avec une voracité qui me marque l'âme au fer rouge. Hein, mon ange ? C'est un autre point de ta liste, non ? Et pendant que tu me suceras, moi, je te lécherais.

Je me contente de hocher la tête, incapable d'imaginer un autre que lui me faire découvrir ces sombres, sombres plaisirs…

– Gentille fille, me complimente-t-il à nouveau.

Avec un sourire presque aussi narquois que le sien, je mobilise toute ma volonté pour lui répondre :

– Tu sais que dire à quelqu'un qu'il est gentil lui donne très envie de devenir vilain ?

Les échos de notre première rencontre se prolongent dans chacune de mes paroles. Avec ces mots, je lui prouve que moi non plus, je n'ai rien oublié, et que tout comme lui, j'aimerais pouvoir retrouver un peu de cette complicité innée que l'on a éprouvée cette nuit-là.

– Tu t'en souviens, alors ? s'étonne-t-il.

Sa question est chargée d'une telle vulnérabilité que j'ai l'impression d'avoir réussi à entrouvrir durant quelques instants fugaces sa boîte de Pandore. Mais elle se referme presque aussitôt tandis qu'il retrouve un visage impassible.

– Dans les moindres détails.

Malheureusement, ajoute dans ma tête une petite voix que je m'empresse de mettre en sourdine.

– J'ai eu envie de te faire ça dès que je t'ai vue, me confie-t-il, en me pénétrant plus en profondeur. Vêtue tout en blanc, comme un ange… Il fallait que je te possède, Olaïna. C'était devenu une obsession. Prendre ta lumière pour m'éclairer un peu le cœur.

Je rejette la tête en arrière et mords l'intérieur de ma joue pour me retenir de hurler – et j'ignore ce que j'aurais pu lui répondre. Des étoiles multicolores explosent en rafale sous mes paupières mi-closes tant le plaisir est viscéral, d'une brutalité à m'en tordre les entrailles. Je suis trop heureuse de le laisser poursuivre son exploration de mon corps pour ne serait-ce qu'esquisser un geste, et lorsqu'il se recule afin de m'observer avec une lueur prédatrice dans le regard, je m'entends geindre de dépit.

– Numéro 44 ?

Je cligne des yeux, perplexe.

– Quoi ?

Saint me gratifie d'un sourire envoûtant, la promesse d'une délicieuse menace, puis il passe la pointe de sa langue rose sur ses lèvres gonflées, humidifiées par le mélange de nos salives. Et soudain, je comprends où il veut en venir…

– Non. Pas ce soir. S'il te plaît.

Il hausse un sourcil.

– Pourquoi ?

– J'ai peur de ne pas… aimer…

C'est faux. En vérité, je ne me sens pas prête à aller jusque-là, quand bien même j'en meurs d'envie. Ce n'est tout simplement pas le bon moment, et je ne veux pas me mettre de pression. Pas ce soir.

Saint rit à voix basse.

– Tu me fais confiance, mon ange ?

Non, Saint. Plus jamais.

– Une autre fois, résisté-je, en resserrant les cuisses.

Mais Saint se recule, le regard un peu fou.

– Tu me fais confiance, hein ?

Tiraillée par mon besoin de continuer ce que l'on vient de commencer et mon incapacité à lui mentir, je triche en lui offrant une demi-vérité :

– Tu ne peux pas tout avoir dans la vie, Saint.

Ses doigts me quittent, le plaisir s'envole, et j'en meurs un peu…

Pourquoi faut-il toujours qu'il complique tout ?

– Ça ne peut pas marcher si tu n'as pas confiance en moi, Ola.

Soyons honnêtes : ça ne marchera pas dans tous les cas. La seule chose que je peux contrôler, c'est mon degré d'implication dans toute cette mascarade pour limiter au maximum les dégâts. Il a décidé de mettre des limites, et j'entends bien les respecter – *mais selon mes propres termes.*

– J'y étais presque, me plains-je, en changeant de sujet. S'il te plaît, Saint. Donne-moi mon premier orgasme… ou alors, laisse Thor prendre ta place.

C'est une provocation totalement délibérée, et bien sûr, elle fonctionne : il a trop d'*ego* pour ne pas aller au bout des choses et se laisser remplacer par un jouet en plastique.

– On en discutera plus tard, me prévient-il, avant de remettre sa main dans ma culotte.

Puis il fait rouler mon clitoris sous son pouce et je le vois à son regard fixé sur mes yeux : *Finis de jouer, Ola*. Il va me punir par le plaisir, se venger par le sexe. Je suis à deux doigts de me mettre à ronronner, parce que c'est exactement ce que je voulais : les subir, lui et sa violence refoulée, pour qu'il me dépossède de toute ma retenue et me brise sur le mur de cette jouissance que je n'ai jamais connue ailleurs que dans mes rêves…

Il introduit une nouvelle fois ses doigts en moi, repoussant mes lèvres pour mieux me combler de sa présence. Nos regards ne se quittent pas, verrouillés l'un à l'autre par des chaînes invisibles qui m'obligent à me libérer de celles de mon passé. Il voit tout, je ne lui cache rien, et le plaisir s'en retrouve décuplé. Il va et je viens. Il vient et je vais. Comme une danse qui se chorégraphie sur la mélodie créée par nos deux souffles entremêlés. Je me cambre, m'adapte à son rythme, me soumets à sa férocité. Tant de non-dits et de secrets restent en suspens entre nous que c'est comme jouer à celui qui refusera le plus longtemps d'accepter la vérité : rien d'autre que ça n'est possible, pour lui et moi.

Son pouce caresse mon clitoris, le titille et l'écrase tandis que ses deux autres doigts se recourbent en moi pour me toucher juste *là*… À cet endroit que je découvre et qui me fait éclater en mille morceaux.

Je hurle son nom dans une litanie entêtante :

– Oh, oui ! Saint ! Saint ! Saint !

Je me contorsionne, les draps froissés entre mes poings et le corps soulevé du matelas par la force de ma jouissance. Je vibre à n'en plus finir, tout mon être réduit aux terminaisons nerveuses de mon sexe qui palpite au rythme de cette main experte, aussi chaude qu'enchanteresse, incontestablement redoutable et alourdie des bagues épaisses qui cognent contre l'entrée de ma féminité.

Je jouis pour la première fois avec un homme.

Et là, je comprends mieux pourquoi certaines personnes deviennent accros à cette sensation euphorisante qui transcende les barrières du temps et de l'espace.

Rien n'est meilleur que ça…

Que ses doigts repliés…

En moi.

Et qui m'emmènent loin…

Si loin…

Hors de moi.

Il me faut plusieurs longues minutes pour reprendre conscience, quitter le septième ciel et redescendre sur terre, et lorsque je rouvre les yeux, je plonge directement dans ceux de Saint, véritable allégorie de la luxure. Assis à califourchon sur mes hanches, il lape avec vigueur le miel de mon désir qui lui englue le bout des doigts.

– C'était facile, susurre-t-il avec fiel, et rapide.

Il arbore un petit sourire prétentieux qui me donnerait presque envie de le gifler, si seulement mes membres n'avaient pas été transformés en gelée…

– Et qu'est-ce qu'il faut en déduire ? marmonné-je, essoufflée.

Un éclat indescriptible aiguise ses prunelles noires.

– Que ton corps, lui, n'a jamais oublié à qui il appartient…

Sur ces mots délibérément cruels, il se relève d'un bond, prêt à s'en aller. Comme si, ça aussi, c'était facile et rapide. Me quitter après m'avoir fait monter assez haut pour me décocher une flèche en plein cœur.

– Où vas-tu ?

Quelque chose de mauvais remue dans l'abysse insondable de ses yeux.

– Je m'en vais avant de te retourner sur le ventre pour te prendre si vite et si fort que tu ne serais plus capable de marcher pendant une semaine.

La brutalité de sa réponse me cloue à mon lit.

– Et si je n'ai pas envie que tu partes ?

– Et si je n'ai pas envie de rester tant que tu n'admettras pas que tu n'as aucune confiance en moi ? riposte-t-il du tac au tac.

C'est là que je me rends compte qu'à ma façon de le fuir pour me protéger, de le repousser par peur de souffrir, je l'ai vraiment blessé, moi aussi.

– Pourquoi est-ce si important, Saint ?

Je me redresse tout en attrapant ma couverture pour dissimuler mon corps exposé à son regard prédateur. Une angoisse subite m'oppresse la cage thoracique, si bien que je commence à avoir du mal à respirer.

– Tu as peur de moi ! s'horrifie-t-il, en reculant de plusieurs pas.

Ce n'est pas une question, mais une affirmation, et elle est exacte : oui, bien sûr que j'ai peur de lui.

Mais pas de la manière dont il semble le croire…

– Saint, s'il te plaît : arrête de tout compliquer.

Arrête de tout faire pour que je ne puisse plus te résister, ce n'est pas juste !

N'ai-je pas déjà assez souffert par sa faute ?

– Je ne peux pas faire ça, lâche-t-il brusquement, en secouant la tête de gauche à droite, comme s'il voulait en faire sortir de mauvais souvenirs.

Un petit rire dément lui agite les épaules.

– Tu sais quoi ? Oublie tout ce que je t'ai dit, Olaïna. Je ne peux pas faire ça…

Je le contemple, bouche bée.

– Attends… Quoi ?

– Je ne peux pas faire ça, répète-t-il, l'air agité, en récupérant ses clés et son téléphone portable sur la table. Pas si tu as peur de moi. Pas si tu ne me fais pas confiance !

La tête qui tourne, prise de nouveaux vertiges, je tente de me remettre debout pour le suivre, mais mes jambes sont si faibles qu'elles ne supportent plus mon poids et que je manque de m'écrouler sur le sol, près de mes vêtements sales.

– Saint ? Qu'est-ce que tu racontes ? Attends !

Hélas, il ne m'écoute pas. Et sans un regard en arrière, il sort de mon appartement en claquant la porte, non sans murmurer une dernière phrase qui me trouble au plus haut point :

– Je ne peux pas revivre ça…

Revivre quoi ? Je l'ignore.

Et je crois que je ne suis pas près de le découvrir.

11

Définir les limites

Ola

25 janvier 2021

– Tu te sens mieux ?

Surprise par l'arrivée inopinée de Catalina dans mon minuscule bureau situé entre le placard à balais et la pièce à archives, je sursaute et manque de renverser mon gobelet de café brûlant sur mon clavier d'ordinateur. Les yeux fatigués après avoir corrigé pas moins de vingt-deux articles, j'ôte mes lunettes de lecture et frotte mes paupières enflées. J'ai fini la semaine dernière au fond de mon lit, avec une fièvre de cheval, des maux de tête carabinés et des nausées ininterrompues, si bien que j'ai séché le boulot et fait la planche tout le week-end en feignant de ne pas me morfondre auprès de Saint. Je ne suis même pas allée dîner chez mon père, préférant me faire livrer une méga-pizza hawaïenne que j'ai dévorée en regardant *N'oublie jamais* sur mon téléphone… et vomi à cinq heures du matin en pestant contre la musique assourdissante en provenance de l'appartement de mon voisin.

Est-ce que je me sens mieux ? Non.

Est-ce que je vais mieux ? Oui.

Encore une fois, mon corps s'est remis plus vite que mon esprit.

– Je commence à peine à me débarrasser de ce fichu rhume, dis-je à Catalina, avant d'admirer sa tenue. Waouh, Lina ! Tu es resplendissante, dans cette robe !

Mon amie rougit en passant une main sur le tissu légèrement satiné de sa courte robe baby doll dont le décolleté en forme de cœur amplifie la plénitude de ses courbes pulpeuses.

Catalina est toujours jolie, mais aujourd'hui plus encore que tous les autres jours.

– Merci, chérie. Jony m'a invitée à voir la course de ce soir avec elle, et je me suis dit que si je refusais, elle trouverait ça bizarre.

Ou comment sauter sur le premier prétexte pour revoir João.

– Tu as raison, elle sait que tu es une fan enragée des courses automobiles, la taquiné-je. Et pas du tout la groupie d'un certain pilote qui aime conduire ce genre de bolide.

Elle s'empourpre derechef et esquisse une moue ronchonne si mignonne que je suis obligée de sourire, quand bien même le cœur n'y est pas…

– Je ne vois pas de quoi tu parles, ment-elle effrontément.

Je glousse.

– Tu as le nez qui s'allonge, Pinocchio. Mais, c'est OK ! Et du coup, je suppose que tu n'as pas du tout envie de savoir ce que m'a dit João hier soir lorsque je l'ai eu au téléphone.

– Tu es une petite garce sadique, Olaïna McLaren.

Je lui décoche mon plus joli sourire.

– Tu connais la chanson : *All the good girls go to hell!*

C'est à son tour d'éclater de rire, bien qu'elle semble un peu troublée. Je n'ai pas eu l'occasion de lui parler en tête à tête depuis son dernier coup de téléphone, mais j'ai l'impression que sa cure de sport ne lui a pas fait autant de bien qu'elle le claironne sur notre groupe WhatsApp.

– Billie a aussi chanté *Lost Cause*, tu sais.

Oh, je le sais sûrement mieux que tu ne le crois…

– João n'est pas une cause perdue.

– Lui peut-être pas, admet-elle, mais moi, si.

Je fronce les sourcils, dubitative, et ouvre la bouche pour lui demander ce qu'elle entend par là lorsque notre rédacteur en chef, Mason, entre dans mon bureau – sans frapper, lui non plus.

Je pense que je suis la personne dont les gens respectent le moins l'espace personnel.

– Catalina ? grince-t-il d'une voix sévère. Tu as déjà fini ton article ?

– Pas encore ! avoue-t-elle, penaude.

Il hausse un sourcil lapidaire, l'air de dire : « Eh ben alors, qu'est-ce que tu fous là ? »

– J'y retourne, chef ! s'empresse-t-elle de lui répondre, en comprenant le message implicite. Tu es sûre que tu ne veux pas venir ce soir, Ola ?

Je secoue la tête.

– Je ne me sens pas suffisamment bien, désolée.

En vérité, je pourrais tout à fait y aller, mais j'ai une flemme de compétition internationale, et je l'admets : les courses automobiles, ça me gonfle. La nourriture y est infecte, et la bière, imbuvable. Bref, j'ai mieux à faire de mon lundi soir que de regarder des voitures tourner en rond sur un circuit en forme de huit.

Exemple : m'apitoyer sur mon sort auprès de Thor, qui m'écoute et m'accepte comme je suis…

– Bon, tant pis. À demain.

Je lui adresse un petit signe de la main tandis qu'elle sort en me laissant seule avec Mason. Ce dernier me fixe de ses yeux aussi bleus que ceux d'un husky sibérien. Avec ses cheveux noirs coupés au carré qu'il plaque vers l'arrière de son crâne, sa barbe de trois jours et ses costumes hors de prix, il a des airs à la fois de Jared Leto, dans les traits de son visage, et de Jamie Dornan, dans la musculature très développée de sa silhouette. S'il n'était pas aussi désagréable et hautain, toutes les filles du bureau seraient à ses pieds.

Mais Mason est un petit con.

Cela dit, ça n'empêche pas certaines personnes de fantasmer sur lui.

Eh oui, ça m'est peut-être déjà arrivé une ou deux fois…

– Tu as réussi à rattraper ton retard ?

– Oui, Mason, réponds-je d'une voix faussement soumise. Je t'en ai d'ailleurs informé par mail. Je suis passée aux corrections de la journée, et je devrais avoir terminé avant la fin de l'heure d'impression.

Un rictus arrogant soulève la commissure de ses lèvres fines.

– Andy a chopé la crève, lui aussi. Il vient de rentrer chez lui. Tiens.

Mason dépose une clé USB sur mon bureau, juste à côté de mon téléphone portable.

– Ce sont les articles qu'il n'a pas pu finir. Je compte sur toi pour achever ce qu'il a commencé, puisque tu es visiblement le patient zéro et que ton virus semble se propager partout ici…

Sans m'attarder sur ses reproches à peine voilés, j'attrape la clé et l'insère dans le port USB pour voir à quelle sauce Mason a décidé de me manger.

Pimentée, putain !

Il n'y a pas moins de trois heures de boulot, et comme il est déjà seize heures passées, je ne risque pas de rentrer chez moi de sitôt…

– Génial, soupiré-je. Je crois qu'il va me falloir un autre café.

– Si tu arrives à tout corriger ce soir, je t'offre des sushis.

Je fais la grimace – le poisson cru, c'est bizarre, avec ou sans riz. Et d'ailleurs, la proposition de Mason l'est tout autant : ce n'est vraiment pas son genre d'utiliser la carotte pour faire avancer le bourricot. Il est plutôt du style à brandir la menace du bâton.

– Tacos ? réessaie-t-il, en jouant avec l'épingle de sa cravate, comme s'il était nerveux.

Je réfléchis quelques secondes avant de me plier à son chantage. Manger à l'œil, c'est toujours un bon plan. Surtout quand on se retrouve à devoir assumer tous les frais de la vie quotidienne que l'on avait pris l'habitude de diviser par deux.

C'est tellement cher de vivre, mine de rien !

– Deal !

Mason esquisse l'un de ses rares sourires qui font apparaître deux adorables fossettes sur ses joues.

– Deal, approuve-t-il.

Je le fixe d'un regard légèrement suspicieux jusqu'à ce qu'il sorte de mon bureau en sifflotant d'un air heureux, comme s'il ne venait pas de me surcharger de travail. Puis je descends une longue gorgée de café, fais craquer mes doigts, remets mes lunettes et passe en mode Terminator de la faute d'orthographe. Le nez collé à l'écran de mon ordinateur, je parviens à corriger tous mes articles en moins de quarante-cinq minutes avant de passer à ceux d'Andy, qui s'occupe de la rubrique événementielle du magazine. De loin, j'entends la plupart de mes collègues prendre congé et se souhaiter une bonne soirée avant de partir vaquer à leurs occupations. L'étage où sont situés nos bureaux se vide peu à peu, et très vite, la nuit tombe sur le quartier de Fremont Street.

Il me faut deux heures pour terminer les corrections d'Andy et vingt minutes pour me relire une dernière fois – ce qui n'est pas du luxe, dans la mesure où je retrouve une faute immonde dans l'un de mes articles.

À ma décharge, *six* heures et *sex* heures… c'est difficile à différencier lorsqu'on n'a plus les yeux en face des trous !

Et bien sûr, mes pensées en profitent pour dériver automatiquement vers Saint, qui ne m'a pas donné de nouvelles depuis la débâcle de la dernière fois. Pas de message, pas d'appel. Rien. C'est le silence total, l'embargo sur le sexe.

La poisse !

Ma *sexlist* est au point mort, et ce n'est pas près de changer, parce qu'après avoir de nouveau goûté à la sensualité torride de Saint, je ne suis plus très sûre d'avoir envie de relever les défis avec un autre homme.

Avec lui, tout est tellement plus… facile.

– Ola ? Tu as fini ?

L'intervention de Mason me tire de mes rêveries.

– Oui, chef !

Je bascule tout mon travail sur la clé USB, que je lui tends avant d'éteindre mon ordinateur et d'enfiler mon manteau.

– On est les derniers, commenté-je, en sortant de mon bureau à la suite de Mason. Ça me fait toujours bizarre de me retrouver seule dans l'open space.

Mon rédacteur en chef hausse les épaules et glisse la clé USB dans sa poche.

– Je le savoure, ce silence. C'est toujours trop bruyant, en journée. C'est à ne plus s'y entendre penser, parfois.

– Surtout lorsque Catalina déniche un scoop, plaisanté-je, étonnée de le découvrir sous un angle plus sympathique, moins autoritaire. Mais je ne suis pas une grande amatrice du silence. Moi, ça me rappelle juste à quel point je suis seule.

C'est en prononçant la dernière phrase à haute voix que je me rends compte du point auquel elle est triste. Et vraie, aussi. Si *douloureusement* sincère.

Depuis que Clayton m'a quittée, je ne me suis jamais sentie aussi vide. Même lorsque j'étais une adolescente paumée et esseulée, je n'avais pas l'impression d'être aussi dévorée par la solitude. À cette époque, j'avais mon père comme pilier, d'une certaine façon, et je n'avais pas encore goûté à la sensation merveilleuse d'avoir toujours quelqu'un auprès de soi. Une personne avec laquelle construire son futur, bâtir des projets et avancer main dans la main. Un homme qui prenne soin de moi quand je tombe malade et qui ne s'enfuie pas à toutes jambes à la moindre contrariété.

– Oui, j'ai appris pour ta rupture, réplique Mason avec prudence.

Je m'engouffre dans l'ascenseur en essayant de ne pas croiser son regard que je sens chargé d'une pitié à laquelle je n'ai pas envie de me confronter.

– Je suis désolé.

Sûrement pas autant que moi.

– Ça arrive, marmonné-je, pour combler le silence. C'est la vie.

Concentrée sur mes pieds, je manque de sursauter en sentant la main de Mason se poser au creux de mes reins. Un geste doux, mais un tantinet intrusif, et tellement inhabituel venant de lui que je ne sais pas du tout comment l'interpréter…

– Mason ? l'interrogé-je, interdite.

Au même instant, les portes de l'ascenseur s'ouvrent sur le hall complètement vide à cette heure-ci de la soirée. Mason profite de ma distraction pour se pencher vers moi, si grand et ténébreux que j'en ai l'estomac noué d'une façon pas tout à fait désagréable.

– Je suis désolé pour lui, Ola, précise-t-il, en me guidant vers la sortie.

Ses paroles me troublent presque autant que le contact physique prolongé qu'il maintient jusqu'à l'extérieur de l'immeuble.

Et même *après*.

– J'ai une très bonne adresse pour des tacos, mais elle est située à l'autre bout de la ville. Ça te tente ?

Bizarre – c'est ma première pensée.

Pourquoi pas ? – ma deuxième.

Qu'en penserait Saint ? – ma dernière et celle de trop.

Saint vient de me prouver qu'il se fiche pas mal de moi. Que je ne suis qu'une distraction temporaire dans son existence, dont il peut très facilement se débarrasser, comme j'en ai toujours eu plus ou moins conscience depuis cette horrible soirée à l'université.

C'est constamment la même rengaine, avec lui : il me fait me sentir spéciale, il me couvre d'attention et de mots doux jusqu'à ce que je ne puisse plus rien faire d'autre que penser à lui, puis il me largue comme une vieille chaussette sans la moindre explication et disparaît de ma vie par la petite porte.

Et j'en ai marre, d'être abandonnée.

D'être remplacée.

Pire, d'être *remplaçable*.

C'est tellement blessant que j'en viens à douter de ma propre valeur en tant que personne.

– Oui, accepté-je. Ça me tente plutôt bien.

Mason sourit une nouvelle fois, et là encore, ce que je ressens n'est pas complètement dénué d'arrière-pensées salaces. Je ne dis pas que je vais le ramener chez moi pour cocher tous les défis les plus indécents de ma liste, mais… un petit flirt innocent, ça ne peut pas me faire de mal, n'est-ce pas ?

– Parfait ! se réjouit-il, les yeux assombris par ce qui ressemble fort à du désir.

Pour moi, je crois…

– Je suis garé près du square Saint-James. Tu me suis ?

Intimidée par la tournure que prennent les événements, je me contente de hocher la tête et de marcher droit devant moi, le cœur battant à tout rompre… et l'esprit enfumé par une volute de culpabilité que je n'arrive pas à faire disparaître.

Arrête tes conneries, Ola ! me tancé-je, excédée.

La main de Mason reste sagement posée dans le bas de mon dos tandis que l'on remonte la rue animée, si proches l'un de l'autre que son corps musclé effleure parfois le mien. Ça suffit à me faire perdre tous mes moyens.

Mon expérience des hommes est pour le moins… désastreuse.

En dehors de mes premières sorties avec Clayton, durant lesquelles je lui répétais sans cesse que nous ne serions jamais plus que des amis, je n'ai pas eu de vrai rencard ou de flirt avec un homme depuis… eh bien, toujours !

Évidemment, je ne compte pas mon interlude plus que bref avec « Ary Forceur », comme l'a renommé Jony. Avec lui, ce n'était qu'une question de sexe. Un coup d'un soir pour relancer la machine. Vite fait, bien fait. Ou pas, en l'occurrence. Quoi qu'il en soit, c'était loin d'être aussi délicat qu'un tête-à-tête avec mon patron – un homme à la fois beau et intelligent à qui je semble plaire pour des raisons qui m'échappent.

Mason me parle du boulot, et je réponds par des onomatopées presque grossières qui doivent lui faire regretter son invitation impulsive. Heureusement, il est trop poli pour me faire la moindre réflexion, et il nous faut un peu moins de dix minutes pour arriver à sa voiture, une superbe Porsche Carrera vintage d'un bleu assorti à ses yeux.

– Oh, elle est belle !

– Merci. C'est un cadeau du nouveau mari de mon grand-père.

Lorsqu'il m'ouvre la portière pour me permettre de m'installer sur le siège passager, je suis à deux doigts d'hyperventiler tant je suis stressée.

Pourtant, c'est exactement le genre d'expérience que je souhaitais vivre en ébauchant les grandes lignes de ma *sexlist*.

Un rencard avec son patron.

N'est-ce pas excitant ?

C'est un trope de littérature romantique que j'affectionne tout particulièrement, d'habitude. Et le début de plus d'un de mes fantasmes, pour être honnête. Alors pourquoi me sens-je aussi… mal à l'aise ?

– Tu vas bien, Ola ? s'inquiète-t-il, en s'insérant dans la circulation. Tu ne parles pas beaucoup.

Et pour cause, j'ai l'impression que ma langue pèse une demi-tonne et que mes dents se sont transformées en petits cailloux.

– On devrait peut-être attendre que tu sois complètement guérie ?

Sa prévenance parvient à me détendre suffisamment pour que je puisse formuler une phrase entière, avec sujet, verbe et complément.

– Je suis désolée, c'est juste que je ne te connais pas aussi bien que je le pensais. Au bureau, tu es beaucoup moins sympa !

Je m'empourpre en prenant conscience que je viens plus ou moins de le traiter de connard.

– Enfin, je veux dire… tu es très exigeant et j'ai toujours peur de ne pas être assez bonne pour te satisfaire.

Oh. Mon. Dieu.

C'est encore pire.

Mason rit à gorge déployée, la tête renversée en arrière.

– Ola, crois-moi si je te dis que tu es très bonne dans ton domaine et que tu me procures entière satisfaction.

Je rougis comme une adolescente et enfouis mon visage brûlant dans les paumes de mes mains jointes.

– Ça ne se voit peut-être pas, grogné-je, mais je suis mortifiée.

Il glousse, et ça me fait sourire, moi aussi.

– Je l'avais deviné, oui…

Puis il me tapote gentiment la cuisse et ajoute :

– Ne sois pas nerveuse. Je sais qu'au bureau, j'ai l'air d'un ours mal léché. Mais en vérité, je suis un mec agréable qui aime partager de bons repas en compagnie de gens sympas.

Rassérénée, je relève la tête et croise son regard bleuté à travers le rétroviseur.

– Surtout lorsqu'il s'agit d'une jolie fille sur les jambes de laquelle il m'arrive de loucher un peu trop longtemps, en réunion…

Il me décoche un clin d'œil joueur et un sourire qu'il sait pertinemment irrésistible – maudites fossettes. Toutefois, je parviens à conserver mon sang-froid et à feindre l'agacement en levant les yeux au ciel… parce que mon sentiment de culpabilité est devenu si fort qu'il étouffe toute sensation d'embrasement dans ma poitrine.

– Arrête tes bêtises et concentre-toi sur la route, s'il te plaît.

– Oh ? Tu ne serais pas un peu mal léchée, toi aussi ?

Exaspérée par son petit numéro de charme, je lui frappe le bras en dissimulant un sourire désabusé derrière mes cheveux défaits.

– Ah, ah, très drôle, Mason.

Il éclate de rire, et je me joins à lui pour dissimuler mon trouble.

Mon rire à moi est un peu jaune sur les bords, parce que c'est justement à cause du numéro 44, un plaisir dont je rêve depuis longtemps, mais que j'ai eu peur d'expérimenter ce soir-là, que Saint s'est vexé et qu'il a décrété que plus rien n'était désormais possible, entre lui et moi…

– J'arrête de te taquiner, souffle Mason, en retrouvant son sérieux. Parle-moi de toi. Est-ce que tu te sens bien, au bureau ?

La conversation reprend une tournure plus classique, si bien que je ne vois pas le temps passer et que l'heure qu'il nous faut pour arriver jusqu'au restaurant défile en un clignement de paupières.

– Bienvenue au Yucatan Bar & Grill ! nous accueille-t-on avec bonne humeur.

À l'intérieur de l'établissement, une petite horloge très kitsch en forme de sombrero indique qu'il est plus de vingt et une heures et je comprends mieux pourquoi je meurs de faim, mais je suis heureuse d'avoir pu découvrir une autre facette de la personnalité de Mason. Il s'avère que nous avons énormément de points communs.

– Moi aussi, j'adore le cinéma asiatique ! lui confié-je avec un sourire de connivence. Par contre, rassure-moi : tu n'as rien compris à la série *Alice in the Borderlands*, hein ? Ou je suis vraiment la seule à ne pas avoir pigé le truc ?

Tout en bavardant, nous suivons la jeune fille brune qui nous conduit à la seule table encore disponible, près de la fenêtre où…

– Ola ?

Oh, putain de merde !

Tout, à l'intérieur de moi, se fige d'effroi. Et de rage. Et de chagrin. Et d'incompréhension. Et d'une sacrée dose d'agacement, aussi. Parce que… *vraiment ? Ai-je un karma aussi pourri que ça, l'univers ?! Qu'ai-je bien pu faire pour mériter ça ?*

Sûrement une chose particulièrement atroce et immorale, à n'en pas douter.

Une peau noire, des yeux d'un joli brun automnal, un crâne rasé, des dents du bonheur parfaitement alignées et une silhouette massive.

– Clayton… lâché-je entre mes mâchoires serrées, les mains fermement agrippées au biceps musclé de Mason.

Je déglutis en croisant le regard fuyant de mon ex-fiancé qui a l'air d'être prêt à se carapater à toutes jambes, puis je me tourne vers la personne qui l'accompagne et qui me dévisage avec deux mitraillettes à la place des yeux.

– Saint, ajouté-je. Quelle…

… horrible…

– Surprise !

Saint esquisse un sourire acéré qui s'aiguise sur ma gorge comme s'il rêvait de me la trancher, d'une oreille jusqu'à l'autre, pour y graver son rictus ensanglanté.

– Olaïna, susurre-t-il d'une voix empoisonnée. C'est une… surprise, en effet.

Et pour lui non plus, elle n'a pas l'air d'être particulièrement agréable.

12

Sous haute tension

Ola

– Est-ce que tout va bien ? intervient Mason à mi-voix, tout en veillant à se pencher vers moi pour que je sois la seule à l'entendre. On peut changer de restaurant, si tu préfères.

Clayton fronce les sourcils en me voyant aussi proche de mon patron, qu'il a déjà rencontré à de multiples reprises lors de repas organisés par le comité des fêtes du travail, tandis que Saint reste stoïque, d'une indifférence glacée qui me poignarde en plein cœur. Quelque chose de mauvais remue au fond de mes entrailles et la colère me rigidifie la colonne vertébrale.

– Non, c'est bon, réponds-je à Mason, en me détournant de Saint et Clayton. Tu as dit que c'étaient les meilleurs tacos de la ville, et j'ai très envie de goûter à tout ce que tu me proposes.

Cette fois, le sous-entendu est volontaire – même s'il n'est pas très subtil, je le concède. Un éclat malicieux virevolte dans les prunelles de mon patron.

– Je te promets que tu vas adorer ça, ma belle, réplique-t-il, en jouant le jeu.

Oh, mais j'y compte bien…

Avec un sourire mutin, presque coquin, j'effleure la main de Mason et enlève ma veste, que je dépose sur le dossier de ma chaise en jetant un rapide coup d'œil par-dessus mon épaule ; Saint et Clayton n'en perdent pas une miette.

Hum, hum…

Mon estomac se noue sous l'effet de l'appréhension, mais ma détermination, elle, s'en trouve renforcée tandis que je me chantonne à moi-même :

You better learn how to treat us right
Cause once a good girl goes bad
We die forever[5].

Mon patron me frôle en allant s'installer à sa place, et une étincelle de lubricité s'allume dans le fond de mon ventre – hélas, j'ignore si elle me vient de lui ou du regard incandescent de Saint qui me brûle la nuque. Dans tous les cas, j'évite de me poser trop de questions et je m'assois à mon tour, tournant le dos à ces deux hommes si différents et pourtant si semblables qui ont délibérément choisi de me briser le cœur.

– C'est bon, je me souviens de qui m'a parlé de ce putain de restaurant… marmonne Clayton dans sa barbe. Il faudrait peut-être qu'on bouge, non ?

– Comme tu veux, lui répond Saint, d'un ton abrupt qui m'écorche la peau jusqu'à l'os. C'est toi qui as voulu venir ici. Moi, je te suis.

Trop concentrée sur leur discussion, j'ai besoin de plus d'une dizaine de secondes pour me rendre compte que Mason a déjà commandé ce qu'il souhaite boire et que la serveuse m'observe avec un regard insistant.

– Une eau minérale, s'il vous plaît.

Elle hoche la tête, pas aimable pour un sou, et demande d'une voix grinçante si l'on sait déjà ce que l'on veut manger.

– Tu me fais confiance, Ola ? susurre Mason, l'œil pétillant de malice, en me décochant son plus beau sourire à fossettes.

Pourquoi tous les hommes me posent-ils cette question ?

Je ne suis même plus sûre d'avoir confiance en moi, bordel ! Et j'ignore si je pourrais de nouveau ressentir ça pour quiconque sur cette fichue planète Terre…

– Oui, mens-je, par pur esprit de vengeance. Je te fais confiance, Mason, ajouté-je, à haute voix.

5. Tu ferais mieux de nous traiter correctement/Car quand une gentille fille devient vilaine/On meurt pour toujours.

Parce que je sais pertinemment que Saint m'écoute et que je veux le blesser tout autant qu'il m'a blessée en m'abandonnant derrière lui, nue sur mon lit, comme autrefois… et comme il le fera probablement toutes les fois suivantes, si je lui laisse *encore* l'occasion de s'amuser à mes dépens.

Mason passe la commande pour nous deux, et dès que la serveuse s'éloigne, il s'empare de ma main, comme si c'était le geste le plus naturel du monde. Son regard plonge dans le mien lorsqu'il déclare d'une voix suffisamment forte pour être entendue à plusieurs tables à la ronde :

– Tu es très belle, aujourd'hui.

Je ris sous cape, amusée par son petit manège et secrètement ravie qu'il m'aide à me venger. Ses longs doigts pâles, dépourvus de bagues et de tatouages, jouent avec les miens, et même si je ne me sens pas forcément très à l'aise, je fais comme si de rien n'était en essayant de me convaincre que c'est exactement ce que je veux…

Et oui, ça l'est bel et bien, d'une certaine façon. Je veux leur rendre la monnaie de leurs pièces, j'ai des choses à prouver, je suis revancharde et orgueilleuse, enivrée à l'idée de leur faire goûter à leur propre poison. Mais je sais aussi que la douceur de ma vengeance ne sera jamais aussi douloureuse que la blessure qui s'agrandit à l'intérieur de moi.

Rendre le mal pour le mal, ça ne répare malheureusement pas ce qui a été cassé…

– Tu mens, mais c'est gentil.

Mason arque son épais sourcil noir.

– Sache que je ne mens jamais, Olaïna.

La façon délibérément séductrice qu'il a de prononcer mon prénom, comme si c'était une espèce de bonbon sucré qu'il prenait un plaisir fou à faire tourner sur sa langue, me réchauffe le visage.

– Il me semble t'avoir déjà entendu mentir une ou deux fois, au boulot.

– Le boulot et la vie perso, ce sont deux choses complètement différentes.

Il hausse les épaules dans une attitude nonchalante, et je penche la tête sur le côté, intriguée par la dualité manifeste de son caractère.

– Pas pour moi. Je suis exactement la même au bureau que…

Soudain, je m'interromps et me mordille la lèvre avant d'achever ma phrase par la première pensée qui m'a traversé l'esprit – et qui n'a décidément rien de sage.

C'est alors que j'entends Saint riposter à une question que lui a visiblement posée Clayton :

– Oui, la fille était vraiment mignonne, mais trop prise de tête. Je me suis tiré en quatrième vitesse !

Je reçois un violent – *et très vilain…* – coup au cœur. Et le diablotin sur mon épaule en profite pour reprendre le contrôle de mes cordes vocales.

– Désolée, j'ai été distraite, soufflé-je à Mason, dans un état second. Je disais donc que j'étais exactement la même au bureau qu'au lit.

Le regard de mon patron s'étrécit sur une flamme obscure, et tout à coup, je crains d'avoir poussé le bouchon un peu trop loin. Toutefois, la caresse discrète de son pouce contre la chair étonnamment sensible de mon poignet me rassure presque aussitôt et apaise la tension nerveuse qui me raidit le dos. Je me détends, soulagée, et continue à jouer avec lui.

– Là-bas, tu m'obéis au doigt et à l'œil, me fait-il remarquer, à juste titre, tout en se penchant au-dessus de nos assiettes pour se rapprocher de ma bouche, qu'il lorgne avec une avidité gourmande. Et d'ailleurs, j'adore quand tu dis : « Oui, *chef.* Tout ce que tu veux, *chef.* À ton service, *chef.* »

Je déglutis, aussi rouge que la nappe damassée qui recouvre les tables du restaurant.

Mais je ne fais pas marche arrière.

Ce soir, me promets-je en mon for intérieur, *je vais être courageuse. Pour une fois dans ma vie, je ne m'enfuirai pas.*

– Je te l'ai déjà avoué dans la voiture : rien ne compte plus à mes yeux que de tout faire pour te satisfaire, *chef.*

Les yeux clairs de Mason s'enflamment d'un désir vorace, presque hors de contrôle, qui outrepasse les règles tacites de notre jeu de dupes. Il avale sa salive de travers, les mains tremblantes et la respiration heurtée, tandis que des rougeurs colorent les traits de son visage sévère, recouvert d'une légère barbe noire qu'il caresse pour se redonner une certaine contenance.

Cette fois, j'en suis sûre, je suis bel et bien allée trop loin dans mon rentre-dedans.

– Ah, ma belle…

Il étouffe un rire légèrement essoufflé, si troublé que je parviens à sentir son excitation dans l'odeur changeante de sa peau pâle. Plus musquée, moins civilisée, avec un soupçon de transpiration trahissant la chaleur languide qui se dégage de son corps, elle s'incarne dans toutes les pensées intensément sexuelles qui se bousculent dans son regard et me crient : « C'est toi que j'ai envie de manger, Ola ! »

– Vos rafraîchissements ! intervient la serveuse, en les déposant avec brusquerie sur la table.

Des gouttes de bière se répandent dans nos assiettes.

– Vous tombez à pic, mademoiselle, plaisante Mason, en descendant une longue gorgée de sa chope. J'ai un petit coup de chaud, là.

J'attrape mon verre d'eau pour me désaltérer tandis que la serveuse s'éloigne d'un pas martial. La sueur ruisselle le long de mes tempes et colle mes petits cheveux à ma peau moite. Je me sens tout aussi échauffée que lui, mais sûrement pas pour les mêmes raisons. En effet, je viens de recevoir un message de Saint, et j'ai beau savoir que c'est mal, je ne peux pas m'empêcher de le lire.

Tu devrais te mettre à genoux et te glisser sous la table pour le sucer, ma belle. Regarde-le. Aie pitié de lui. Il n'attend que ça…

Je crispe les poings sur mon téléphone, le cœur serré par un sentiment d'humiliation inexplicable. Un arrière-goût amer se distille sur ma langue. Je discerne la colère de Saint et son envie d'en découdre avec moi au travers de ces quelques mots ironiques qu'il a ciselés rien que pour le plaisir de me faire du mal. Il veut que je sache qu'il a tout entendu et qu'il s'en fiche.

Bien sûr qu'il s'en fout…

Ce n'est que moi. Olaïna McLaren. Un amusement temporaire. Une fille facilement remplaçable.

Mais tu ne sais pas faire ça, hein ? C'est vrai que je n'ai pas eu le temps de t'apprendre à manipuler une queue, ma belle.

Le second message me fait froncer les sourcils et grincer des molaires – quel connard ! Ses provocations puériles commencent à m'énerver plus qu'elles ne me blessent, et c'est mauvais signe : il sait pourtant qu'il ne faut pas me pousser à bout…

– Je voulais t'inviter à dîner depuis longtemps, me confesse soudain Mason, en traçant des formes imaginaires sur le dos de ma main.

– Longtemps ? m'étonné-je. C'est-à-dire ?

– Eh bien, tu te rappelles la fois où je t'ai proposé d'aller prendre un hot-dog à la pause du midi ?

Je hoche la tête.

– C'était lors de mon premier jour au bureau. Tu es d'ailleurs le seul à m'avoir adressé la parole, ce jour-là.

Soit trois ans plus tôt – une petite éternité, si l'on considère toutes les choses qui se sont passées et qui ont bouleversé le cours de mon existence. Ma vie si bien rangée, dans laquelle je croyais avoir réussi à tout calculer, a totalement volé en éclats.

– J'étais tellement stressée que je n'ai rien pu avaler de toute la journée !

– Oui, c'est ce que tu m'as expliqué, rit-il, en remontant ses effleurements sensuels le long de mon poignet et jusqu'au milieu de mon avant-bras. Et tu as ajouté que ton petit ami t'avait préparé un sandwich et que je n'avais pas besoin de te rapporter quoi que ce soit…

Ce souvenir me noue la gorge d'une émotion étrange, à la fois douce et amère. À l'époque, Clayton s'amusait à me surprendre en me préparant des repas rigolos les jours où il savait que je n'avais pas trop la pêche. Sandwich qui tire la grimace, salade de toutes les couleurs, bento inspiré de mes *dramas* préférés. Il y mettait du sien et se pliait en quatre pour me faire sourire le temps de ma pause du midi – le seul moment libre de ma journée où il ne pouvait pas être là, avec moi, et où je me sentais seule, comme avant l'université.

Puis tout a changé. *Il* a changé. Et petit à petit, les surprises ont cessé, les silences se sont éternisés, les rires se sont essoufflés, et j'ai su que je l'avais perdu bien avant qu'il réussisse *enfin* à s'en aller…

– Tu as été la première et la dernière femme que j'aie essayé de draguer au bureau. Chat échaudé craint l'eau froide, comme on dit ! se moque Mason, en retirant sa main de mon bras pour se frotter la nuque. Du moins, jusqu'à ce soir…

– Jusqu'à ce soir, répété-je, sensible à sa flatterie. Je n'en avais aucune idée, Mason. Je n'avais pas compris que c'était de la drague.

– Oui, rit-il. J'ai remarqué que tu avais du mal avec le concept. Je ne suis pas le seul malheureux que tu aies envoyé bouler sans même t'en rendre compte !

Je lui souris, mais c'est forcé : je n'avais pas compris que je lui plaisais *autant*… et je me sens très coupable de jouer avec lui.

Comme pour remuer le couteau dans la plaie, mon téléphone vibre contre mon verre d'eau.

> Mets un terme aux souffrances de ce pauvre type, s'il te plaît. C'en devient pathétique.

Il est de Saint, bien évidemment…

Encore lui. Toujours lui.

> Vas-y, ma belle.

Mon estomac chute à l'intérieur de mon abdomen. Et mon cœur, cet organe ridicule et inconséquent, se met à dégringoler, lui aussi. L'amertume consume mes entrailles.

> Allez. Fais-le. Il n'attend que ça…

J'ai envie de pleurer, de hurler à m'en déchirer les cordes vocales, de demander pardon à Mason et de dire à Saint d'aller au diable. Ma tête se met à tourner tant les pensées qui s'y entrechoquent me donnent mal au crâne.

> Tu en as envie aussi, non ? Pourquoi te retiens-tu ? Il pourrait t'aider pour ta liste. Je croyais que tu avais confiance en lui.

Acculée par les messages provocateurs de Saint, poussée à bout par l'attente qui brille dans les yeux de Mason, accablée par les souvenirs de ma relation avec Clayton, je sens quelque chose se briser à l'intérieur de moi et bondis de ma chaise comme si j'étais montée sur des chaussures à ressorts.

– Il faut que j'aille aux toilettes, m'excusé-je, incapable de soutenir plus longtemps le regard trop gentil de Mason. Je reviens.

Il hoche la tête, l'air perplexe.

– D'accord.

Je récupère mon téléphone portable que je range dans ma poche, et sans un regard pour Saint et Clayton, je m'enfuis à toutes jambes en direction des sanitaires, situés de l'autre côté du restaurant. Ma respiration est saccadée, ma cage thoracique, oppressée par l'angoisse, et mes mains tremblent tandis que je pousse la porte des toilettes qui contiennent deux box, un meuble en bois avec une double vasque en céramique et un grand miroir éclairé par des néons d'un jaune maussade. Je n'ai aucune envie pressante à soulager, si ce n'est celle de fuir le désastre que j'ai moi-même provoqué en m'entêtant dans la mauvaise voie, pour les mauvaises raisons.

Plantée devant le miroir, je m'observe d'un air hagard, les yeux trop écarquillés, la bouche pincée en une fine ligne blanche et les poings serrés de part et d'autre de mes hanches. L'éclairage ne flatte pas mon teint. Ma peau dorée semble fanée, d'une triste nuance de beurre rance qui serait resté trop longtemps dans le réfrigérateur. Quant à mes cheveux bruns, ils ont perdu tout leur volume et retombent mollement sur mes épaules raidies par la frustration. Même mon rouge à lèvres s'est fait la malle, comme s'il savait qu'il n'arriverait pas à redonner un tant soit peu d'éclat à mon visage.

– Qu'est-ce que tu fais, Ola ? m'interrogé-je, perdue.

Soudain, la porte des toilettes s'ouvre. Je m'empresse de fermer les yeux. Quelqu'un tourne le verrou pour nous enfermer – *et je sais… oui… je sais…* C'est pourquoi j'ai le vertige et la nausée. Un silence pesant tombe dans la pièce. Je déglutis. Deux mains m'attrapent par la taille et me plaquent contre un torse musclé d'où s'échappe un souffle rauque. J'ai une conscience aiguë de qui est là, avec moi. Et même lorsqu'il s'appuie durement contre mes fesses, je ne bouge pas d'un millimètre… mais je garde les paupières obstinément closes, trop furieuse pour faire face à la vérité, beaucoup trop faible pour lutter contre l'homme qui me fait tourner la tête dans tous les sens, comme dans un manège – et ça, depuis plus de sept longues années.

– Alors, tu passes une bonne soirée, ma belle ?

La colère gorge mon estomac d'une bile acide.

– Ne m'appelle pas comme ça…

Saint commence à mordiller le lobe hypersensible de mon oreille. Un frisson me remonte l'intérieur des cuisses et vient se nicher dans mon entrejambe.

– Pourquoi ? Tu avais l'air d'aimer ça, avec ton chef.

Ses morsures deviennent plus cruelles, incontestablement plus douloureuses. Sa rage est comme un feu vengeur qui dénude mes nerfs pour les mettre à vif. Il m'envahit de sa haine et de sa jalousie. L'électricité court sous ma peau tendue à l'extrême sur mes os aussi fragiles que du verre. D'un mouvement, d'une parole, il pourrait me briser, et je le déteste pour l'ascendant que je l'ai autorisé à prendre sur moi en à peine quelques semaines.

– Hein, *ma belle* ?

Il me mord.

Fort.

Je gémis.

Faible.

Et nos prunelles s'entrechoquent à travers le miroir lorsque je rouvre les yeux pour admirer ses grandes mains tatouées, alourdies par ses fidèles bagues argentées, prendre mes seins en coupe et les écraser avec rudesse entre ses doigts. Il les presse d'une façon bestiale, comme s'il voulait me punir, et je me cambre contre lui, à la recherche de ce plaisir coupable qui flirte de si près avec la douleur que je me sens souillée.

Sale et vilaine.

Si excitée… que je rends les armes avant même d'avoir commencé à me battre.

– Je te déteste, Saint ! geins-je, alors que sa bouche suce la base de mon cou, là où bat mon pouls, jusqu'à le faire rougir et gonfler. S'il te plaît !

Ses lèvres pulpeuses, brillantes de salive, s'étirent en un sourire pervers contre ma peau endolorie.

– S'il te plaît *quoi* ?

Je me trémousse contre lui, incapable de lui échapper – non parce qu'il me tient, mais parce que je n'ai aucune envie de lui résister. Mes fesses se frottent contre toute la longueur de son érection. Je suis obligée de nouer mes mains à l'arrière de sa nuque pour ne pas perdre l'équilibre et m'aplatir contre le meuble. Mes doigts s'emmêlent dans ses cheveux ébouriffés, son parfum m'enivre, et tous mes autres sens se retrouvent submergés par sa présence.

Seigneur, il m'a tellement manqué !

Saint continue à me sucer, à me marquer, à me *revendiquer* comme s'il voulait à tout prix me faire sienne…

Alors que c'est lui qui m'a quittée !

– Parle-moi, ma belle. Dis-moi ce que tu veux… me torture-t-il, de sa belle et douce voix de velours. Si tu es honnête, peut-être que je te le donnerai, finalement…

Ses doigts continuent à me malaxer les seins tandis que sa langue virevolte dans mon cou déjà meurtri par un énorme suçon. C'est à la fois trop et pas assez. J'en veux plus tout en luttant pour que ça s'arrête. C'est le chaos dans ma tête, et je n'arrive plus à réfléchir à quoi que ce soit d'autre qu'à sa bouche rouge, menaçante, pleine de vaines promesses.

– Ou peut-être pas.

Une autre morsure sur mon épiderme échauffé. L'apesanteur dans mon cœur. Et le désir, comme une flèche empoisonnée, me traverse la poitrine.

– Saint ! m'écrié-je, brisée par la douleur, grisée par le désir. S'il te plaît !

L'une de ses mains passe dans l'ouverture de mon tee-shirt, se faufile sous mon soutien-gorge en dentelle et agrippe mon sein avec une telle vigueur qu'elle pourrait presque être qualifiée de cruelle. Son pouce rugueux caresse la pointe de mon téton turgescent, qu'il finit par pincer à trois reprises, si fort que je dois hurler contre mon bras pour étouffer le bruit de ma complainte érotique.

Mais il ne s'arrête pas là.

Oh, non ! Il n'en a pas encore terminé avec moi…

Fou de rage, ou de passion, il me mord cruellement le côté de la mâchoire jusqu'à faire s'entrechoquer nos dents. Mon clitoris palpite entre mes cuisses, je suis trempée et un vide douloureux se creuse dans mon bas-ventre.

Je n'ai jamais été aussi excitée de toute ma vie.

Et je n'ai jamais été aussi furieuse.

Quant à Saint, il semble bien décidé à me pousser dans mes derniers retranchements, au-delà de la colère, et je ne fais rien pour l'en empêcher, trop enivrée par le reflet de nos deux corps enlacés pour songer à riposter. À lui rendre coup pour coup. Ses cheveux blonds sont hérissés dans tous les sens et se mélangent aux miens, si foncés en comparaison, alors qu'il parsème mon menton de petits coups de langue et de légères morsures.

– Dis-le, m'ordonne-t-il d'un ton abrupt. Tout de suite. Ou je le jure : je vais te croquer jusqu'à te dévorer tout entière, ma belle !

J'ignore ce qu'il veut entendre, mais je sais ce que j'ai envie de lui dire…

Va te faire foutre !

– Ah, mais oui ! s'exclame-t-il, acide. J'ai failli oublier : tu n'as pas assez confiance en moi pour être honnête !

Sa main sort de mon tee-shirt, son corps s'éloigne, sa bouche me quitte. Tout à coup, j'ai si froid que je claque des dents en grelottant dans mon tee-shirt déchiré au niveau du col.

– Moi, je te fais peur. Moi, je suis obligé de jouer le jeu de cette foutue liste pour obtenir les quelques miettes que tu veux bien me balancer. Moi, je ne suis pas assez bien pour toi, m'accuse-t-il, implacable.

Perdue, je titube sur la gauche pour m'éloigner de lui tout en plaquant une main tremblante sur mon cou, de plus en plus gonflé et d'un violet inquiétant.

– Je n'ai jamais dit ça ! me défends-je, sans comprendre d'où il sort ces accusations ridicules.

Je ne l'ai même jamais pensé, d'ailleurs !

– Oh, mais tu n'as pas eu besoin de le dire, ma belle, raille-t-il en s'approchant de moi, dans une attitude volontairement menaçante.

Excédée, je finis par sortir de mes gonds et le repousse avec violence jusqu'à ce qu'il se cogne l'arrière du crâne contre la porte. Je vois rouge, la couleur de la passion qu'il m'inspire, puis noir, la valeur négative de ses pupilles tellement dilatées qu'elles ont dévoré l'intégralité de ses prunelles.

– Ne. M'appelle. Pas. Comme. Ça !

Je ne le supporte pas…

– Pourquoi ? riposte-t-il, prêt à en découdre, lui aussi. Ma belle, c'est mignon, non ? Ça ne te donne pas envie de tout faire pour me satisfaire ?

Je pivote sur moi-même, à la recherche d'une échappatoire, les poings plaqués sur mes tempes qui bourdonnent sous l'afflux de l'adrénaline.

– Parce que je déteste ça, Saint ! Je déteste, tu m'entends ? Et je te déteste, toi aussi !

Oui, je le hais pour la facilité qu'il a à me rendre complètement folle, si déchaînée que je ne suis même plus capable de réfléchir ou de prendre une bonne décision.

– Et moi, je déteste te voir avec lui ! hurle-t-il en retour, les yeux exorbités et les pommettes empourprées. Tu es contente, Ola ? Je l'ai dit !

Nos visages sont si près l'un de l'autre que j'inspire l'air qu'il expire, et vice versa. Nos respirations se mélangent pour former un gaz toxique qui m'empoisonne de l'intérieur et me monte à la tête. J'ai le vertige. Il devient mon point de gravité. Plus rien n'a de sens, et je m'en fiche : ça n'a pas d'importance tant que ça ne m'empêche pas de le toucher. De le prendre dans mes bras. Tant que ça ne l'empêche pas d'enfouir ses doigts tout au fond de moi.

– C'est ce que tu voulais, non ? Me rendre fou, hein ? Alors, tu es contente ? me redemande-t-il, comme si c'était lui qui avait une bonne raison de m'en vouloir.

Et non l'inverse...

– Non, Saint. Je ne suis pas contente ! Je ne suis pas DU TOUT contente !

Il ricane d'un air sombre, et là, je la ressens dans mon âme : son affliction. Son besoin viscéral de me repousser, le plus loin et le plus vite possible, pour retrouver un semblant de contrôle avant de poursuivre cette conversation – ou plutôt, cette dispute.

Saint a laissé tomber le masque.

Et il panique.

– Pourquoi ? Tu aurais préféré que ce soit lui qui te suive dans les chiottes pour te prendre contre le meuble ?

La douleur me coupe le souffle.

– On n'est pas dans un des pornos de ta sœur, ma belle ! Si tu as tellement envie de te déniaiser, saute l'étape du resto et passe directement à la casserole !

Ma main part si vite que je n'ai même pas le temps de réfléchir à ce que je suis en train de faire. Je le gifle si fort que sa tête bascule sur le côté, comme s'il était une espèce de pantin désarticulé. Le claquement résonne dans toute la pièce. Des fourmillements remontent le long de mon bras. Ma paume me brûle. J'ai mal aux doigts. Et pire que tout, j'ai mal au cœur, putain…

– Oh, mon Dieu ! m'horrifié-je, en constatant qu'une trace rouge colore sa joue. Saint ! Merde ! Je suis désolée !

Comme à chaque fois que la colère m'emporte dans ses tourments aveugles, je m'exprime par la violence et me retrouve totalement démunie lorsque je reprends mes esprits. C'est un aspect honteux de ma personnalité que je déteste de toute mon âme et contre lequel j'essaie tant bien que mal de lutter, mais il finit toujours par me rattraper…

Quand j'étais encore une jeune enfant influençable et que mon père s'énervait tellement qu'il finissait par tout détruire à la maison, je me faisais inlassablement la même promesse : « Ne réagis jamais par la violence, Ola. » Malheureusement, elle s'est ancrée à l'intérieur de moi, et lorsqu'une émotion est trop difficile à gérer, c'est elle qui s'empare de mon corps.

Mon frère s'est enrôlé dans l'armée pour apprendre à contrôler ses humeurs, et ma sœur, elle, a toujours réussi à canaliser ses colères en refoulant ses sentiments dans une débauche de sexe.

Mais moi… je suis la fille à son papa.

– Je ne voulais pas te blesser, lui assuré-je, bourrelée de remords. Je suis désolée !

Saint ne répond pas. En fait, il ne me regarde même pas, la tête baissée vers ses pieds, une main plaquée sur sa joue rouge et sa lèvre tuméfiée. J'en suis tellement malade que je cherche frénétiquement un moyen d'endiguer le léger saignement. Hélas, il n'y a pas de trousse de secours dans ces maudites toilettes, et la seule chose que je trouve, c'est un peu de PQ mouillé et roulé en boule que je m'empresse de tapoter contre sa plaie.

– Saint… Dis quelque chose…

Je m'applique à nettoyer sa blessure, les larmes aux yeux.

– Qu'est-ce que tu veux que je te dise, Ola ? soupire-t-il, fatigué. Soyons honnêtes, je l'ai bien mérité. Ne t'inquiète pas pour moi.

Ses yeux s'obstinent à me fuir, et ça me fait presque aussi mal que s'il m'avait retourné ma gifle.

– Non, le détrompé-je, anéantie. Je n'aurais jamais dû te frapper… Je suis allée trop loin. Si les rôles étaient inversés, tout le monde crierait au scandale !

Il hausse les épaules dans un geste fataliste.

– J'ai l'habitude de m'en prendre plein la gueule.

Cette phrase me fait tiquer.

– Tu as l'habitude de te faire gifler par des femmes ?

– Oui, dit-il, avec une simplicité qui me désarçonne. Tu n'es pas différente des autres, Olaïna.

Je recule d'un pas, le souffle *encore* coupé, et laisse retomber ma compresse de fortune sur le sol carrelé.

– Non, admets-je. Il faut croire que non.

Et c'est pour ça que l'on n'arrête pas de m'abandonner, de me tromper, de me repousser. Parce que je suis facilement remplaçable, *oubliable*. Moi, la gentille fille qui ne connaît rien à rien, et qui, l'espace d'un battement de cœur, a cru que s'il se montrait aussi jaloux de Mason, cela signifiait que j'étais spéciale…

Au moins pour lui.

Mais il est juste possessif avec son nouveau jouet.

– Pousse-toi, s'il te plaît. J'aimerais sortir de là.

Les yeux noirs de Saint dérivent jusqu'à un point situé quelque part au milieu de mon cou.

– Tu ferais peut-être mieux de te faire une écharpe en PQ avant d'y retourner. Je ne suis pas sûr que ton chef ait toujours envie de jouer à *Cinquante nuances de Grey* avec toi quand il apercevra le magnifique suçon que je t'ai fait.

Je porte vivement une main à ma gorge, de plus en plus humiliée, de moins en moins lucide.

– Eh ! s'exclame-t-il, faussement jovial. Tu pourras cocher le numéro 19 !

Un rictus narquois s'invite sur ses lèvres blessées et ravive son saignement.

– Tu trouves ça drôle ?! m'écrié-je, alors que quelqu'un tente d'entrer dans les toilettes. Et dis-moi… qu'en pensera Clayton, à ton avis ?

Saint esquisse un petit geste indolent qu'il accentue d'un ricanement hautain.

– Il est parti. Dès que tu t'es levée, il a pris la poudre d'escampette par la petite porte. Il n'est pas encore prêt à t'affronter.

Je ne l'avouerai jamais à haute voix devant Saint, mais cette nouvelle me soulage d'un poids énorme.

– Tu aurais dû le suivre, riposté-je, pour lui ôter son sourire de tête à claques.

– J'aurais plutôt dû dire à ton chef qu'il est à un cheveu du harcèlement sexuel.

C'est à mon tour de rire – *jaune*.

– Mason ne me force à rien, contrairement à toi !

Saint sursaute comme si je venais de lui décocher une seconde gifle. Puis il me regarde *enfin*, pour de vrai. Il inspecte mon cou enflé et violacé, mon tee-shirt déchiré, les rougeurs sur ma mâchoire, et son visage devient aussi blanc qu'un cachet d'aspirine.

– Ne dis pas ça ! me supplie-t-il, avec une lueur de panique au fond des yeux. Je ne te forcerai jamais à rien ! Je te le jure !

Il fait volte-face, se décale de la porte pour me libérer le passage et tourne le verrou dans un bruit sinistre qui m'arrache un grincement de dents.

– Pars, va-t'en ! Si c'est ce que tu veux, je ne te retiendrai pas.

Je me frotte le cou, là où la peau me démange.

– Tu ne me retiens jamais, Saint, lui dis-je, en passant devant lui. C'est bien ça, le problème.

Il fronce les sourcils, l'air désorienté.

– Qu'est-ce que tu veux dire par là ? Ce qu'il s'est passé ici, tu ne le voulais pas ? s'inquiète-t-il, le teint verdâtre.

J'hésite à lui répondre, prête à partir, à le rayer définitivement de mon existence. Mais quelque chose me retient – sûrement une étincelle de folie. Ce soir, je me suis fait la promesse d'être courageuse, de ne pas fuir à la moindre contrariété, et c'est le moment de prouver que je ne suis plus la gamine lâche et faible qui l'a laissé s'échapper beaucoup trop facilement, la première fois.

– La seule chose que je voulais, c'était toi. Selon tes conditions, ça ne me posait pas de problème, du moment que tu me laissais définir mes propres limites. Mais tu es incapable de gérer ce qu'il y a entre nous, Saint…

La main sur la poignée, je prends une profonde inspiration et poursuis d'une voix triste :

– Je n'ai pas confiance en toi parce que je n'ai pas confiance en moi.

– Ola… souffle-t-il, estomaqué, en tendant la main devant lui.

Mais je me dérobe avant qu'il parvienne à me toucher. À m'attraper. À me faire faiblir et tout oublier.

– Eh oui, j'ai peur, admets-je, la poitrine douloureuse. Mais pas de toi. *Jamais* de toi, Saint. Et tu ne prends rien de force avec moi, parce que je suis toujours prête à tout te donner.

J'ai peur du pouvoir que je lui offre sur mon cœur. J'ai peur des sentiments que j'éprouve pour lui et dont il ne veut pas. J'ai peur de me faire moi-même souffrir en cédant au plus sombre de tous mes désirs. Et j'ai peur d'aimer ça quoi qu'il advienne de nous par la suite…

– Mon ange, dit-il – *enfin*.

Malheureusement, c'est trop tard…

– Bonne soirée, Saint. Et encore désolée pour la gifle.

Sans un mot de plus, je ramène toute ma chevelure sur le côté marqué de mon cou, puis je sors des toilettes et m'en vais retrouver un autre homme.

13

Délicieux enfer…

Ola

26 janvier 2021

Il est plus de minuit lorsque Mason se gare en double file devant l'entrée de mon immeuble. Un sentiment d'intense soulagement me cueille aux tripes tandis que je boutonne ma veste, prête à mettre un terme à ce rencard pour le moins… eh bien, raté.

Et c'est totalement ma faute.

Quand je suis sortie des toilettes, Clayton n'était plus là et Saint ne s'est pas attardé, lui non plus. La tête haute, il a récupéré son blouson aviateur en cuir noir négligemment abandonné sur une chaise, payé l'addition et disparu dans la nuit, comme un fantôme.

Non sans m'envoyer un dernier message.

Je crois que c'est moi qui ai peur de toi, mon ange. Tout est trop fort, avec toi…

La tête à l'envers, le corps en feu, je me suis rassise en face de Mason, qui a directement compris qu'il s'était passé quelque chose, mais qui n'a pas posé la moindre question à ce sujet. Pourtant, je sentais bien que la curiosité lui dévorait les entrailles. Son regard n'a pas arrêté de se perdre sur mon cou, mon tee-shirt déchiré et les rougeurs sur le bas de mon visage. Mes lèvres gonflées par les baisers de Saint me faisaient souffrir dès que j'ouvrais la bouche pour tenter d'alimenter la conversation banale que l'on a entretenue en dégustant les meilleurs tacos de cette ville, puis en roulant jusque chez moi.

– Je suis désolée, Mason, dis-je, en le regardant enfin dans les yeux. Ce n'est sûrement pas ce que tu avais en tête lorsque tu m'as invitée à sortir.

Il se fend d'un petit rire dénué de méchanceté ou d'amertume. Sa désinvolture me trouble, mais je n'oserais pas m'en plaindre – du moins, pas avec un suçon de la taille du Rhode Island dans le cou !

– Non, en effet, consent-il à reconnaître. J'aurais préféré des sushis, finalement.

Malgré mon embarras, sa piètre tentative d'humour parvient à me faire sourire.

– Je crois que moi aussi.

Un silence légèrement pesant s'immisce dans l'habitacle surchauffé.

– Est-ce que je peux te poser une question ?

Évidemment.

Je savais que je ne pourrais pas y couper.

– Seulement si tu me promets que ça ne sera pas bizarre entre nous, demain matin, au bureau.

Mason met la radio en sourdine avant de détacher sa ceinture de sécurité pour se tourner vers moi.

– Pourquoi ça serait bizarre ? Ola, tu as vingt-cinq ans, et j'en ai trente. Toi comme moi, on est arrivés à un âge où l'on se traîne des casseroles. C'est inévitable.

– Tu n'as pas tort… admets-je, soulagée qu'il réagisse avec une telle maturité.

Une sagesse qui m'a complètement fait défaut, ce soir.

– Pose-moi ta question.

Il inspire, les yeux rivés sur mon cou que je ne cherche plus à lui dissimuler. Ce serait faire offense à son intelligence que d'essayer de lui mentir en niant ce qu'il s'est passé dans les toilettes du restaurant.

– Ce n'est pas Clayton qui s'est lancé à ta poursuite quand tu es partie, observe-t-il, l'œil curieux. Et ce n'est d'ailleurs pas lui qui a passé tout le début du repas à me mitrailler d'un regard noir en te harcelant de messages.

Mon cœur s'emballe, pour une raison complètement stupide qui me donnerait envie de me coller des baffes à moi-même.

– Le meilleur ami, hein ? souffle-t-il à mi-voix.

– Je ne suis pas sûre de comprendre ta question, articulé-je avec difficulté, en repensant aux baisers brûlants de Saint et à son désespoir muet lorsque ça a été à mon tour de l'abandonner. Ce n'est pas la cause de notre rupture, si c'est ce que tu sous-entends. Je n'ai pas trompé Clayton avec Saint.

Pas tout à fait, corrige dans ma tête une petite voix que je feins de ne pas entendre.

Mason ricane.

– Drôle de prénom pour un gars qui m'a l'air d'être un véritable expert dans l'art du péché !

Là encore, je ne peux pas lui donner tort. Aussi préféré-je ne pas répondre et attraper mon sac à main, posé près de mes pieds.

– Vous êtes ensemble, tous les deux ? finit-il par me demander à brûle-pourpoint. Est-ce que ça vaut le coup que je t'invite un autre soir ?

Estomaquée, je cligne des yeux à plusieurs reprises et tente de trouver un sens à ses paroles délirantes.

– Tu voudrais encore sortir avec moi après cette soirée ?

– Est-ce que tu t'es déjà regardée dans une glace, Olaïna ? réplique-t-il du tac au tac.

Son compliment délivré d'une façon si spontanée me fait rougir de la tête aux pieds.

– La beauté ne fait pas tout, Mason.

– Non, en effet, m'accorde-t-il avec un sourire. Mais tu n'es pas seulement belle. Tu es aussi intelligente, douce et moins gentille que ton apparence si soignée le laisse supposer au premier coup d'œil. Bref, ça me plaît. Tu me plais.

Le regard fuyant, je plaque une main sur le suçon encore douloureux qui orne mon cou.

– Saint ne veut pas de moi, mais ça n'empêche pas le fait qu'il existe quelque chose… d'indéfinissable entre nous, lui expliqué-je. Ma vie est un véritable bordel, en ce moment. Tout est cassé, plus rien ne tient debout. Et honnêtement, je n'ai pas très envie d'y faire le ménage, pour l'instant…

Je n'irai pas jusqu'à dire que j'aime le chaos qui m'entoure, mais j'y trouve une forme de liberté qui me fascine presque autant que Saint lui-même.

– Je suis désolée.

Mason étouffe un soupir, mais le sourire contrit qu'il me décoche et le chaste baiser qu'il dépose sur ma joue enflammée me rassurent sur ses sentiments – il ne m'en tient pas rigueur.

– Fais-moi signe si jamais tu changes d'avis, OK?

Je hoche la tête.

– Tu seras le premier à en être informé! lui assuré-je, en ouvrant ma portière. Bonne nuit, Mason.

– Bonne nuit, ma belle. À demain.

Je sors de la voiture, le cœur à la fois trop lourd et plus léger, et pénètre à pas lestes dans mon immeuble plongé dans une douce pénombre. Des milliers de questions s'entremêlent sous mon crâne pour y former un véritable sac de nœuds. Mon cerveau me fait un mal de chien. Je n'ai plus qu'un désir: me coucher dans mon lit pour tout oublier.

– Tu es rentrée tôt.

Je sursaute, prise de court par cette voix rocailleuse qui s'élève dans la semi-obscurité. Quelques secondes s'écoulent avant que mes prunelles parviennent à s'adapter au manque de luminosité, et c'est là que je le vois…

Saint.

Il est assis dans le noir sur la dernière marche du premier étage, les épaules voûtées, une cigarette calée au coin de la bouche et une rose blanche à la main.

– Qu'est-ce que tu fais là? murmuré-je, en avançant vers lui. Tu m'attendais?

Ses yeux noirs luisent dans les ténèbres, comme ceux d'un félin en chasse, prêt à bondir sur sa proie.

Et à l'égorger.

– Tu ne l'as pas invité à dormir chez toi? feint-il de s'étonner. Il doit être terriblement déçu…

Je monte l'escalier en gardant les yeux obstinément rivés sur lui. Le bout de sa cigarette rougeoie tandis qu'il tire une taffe et recrache la fumée sur les pétales duveteux de la fleur, qu'il brandit devant lui comme s'il s'agissait d'une épée.

– Tu pensais vraiment que j'allais coucher avec lui après ce qu'il s'est passé entre nous dans les toilettes?

Une question purement rhétorique. Saint me connaît assez pour savoir que je ne l'aurais jamais invité à venir chez moi, dans tous les cas. Pas le premier soir. Pas mon patron. Pour dormir, baiser ou juste boire un verre. J'ai beau vouloir me dévergonder un peu, je n'ai pas encore totalement perdu la tête…

– J'espérais que non, m'avoue-t-il, en inhalant une autre bouffée de fumée toxique. Mais je n'aurais rien pu dire si tu l'avais fait. Je me suis comporté comme un gros con. J'aurais mérité d'être puni.

Je m'immobilise à quelques centimètres de lui, si bien qu'il est obligé de lever la tête pour pouvoir soutenir mon regard. Et pour constater que je suis toujours en colère après lui – et excitée, aussi.

– Toi, tu es peut-être capable de coucher avec n'importe qui, n'importe quand et dans n'importe quelle situation, riposté-je sèchement. Hélas, ce n'est pas mon cas.

Saint se redresse d'un bond souple. Dans la manœuvre, sa cigarette lui échappe des mains et roule sur le sol, à nos pieds, mais il n'a pas l'air de s'en soucier, aussi l'écrasé-je sous le talon de ma botte pour éviter qu'elle ne mette le feu à l'immeuble.

– C'est faux.

S'il y a bien une chose que Saint ne peut pas renier, c'est sa réputation de libertin.

– C'est vrai, et tu le sais pertinemment… soupiré-je, en le contournant pour gravir les dernières marches qui me séparent de mon appartement.

Saint me suit en silence, l'ombre de mon ombre.

– Inutile d'essayer de me mentir. Je te connais, Saint. Depuis longtemps. J'étais là quand tu te vantais de tes exploits. J'étais là quand tu ramenais des filles différentes tous les week-ends. Et j'étais là, au restaurant, quand tu as dit à Clayton que la fille était mignonne, mais pas assez pour que tu restes avec elle.

Il m'écoute sans rien dire jusqu'à ce que l'on arrive à notre étage. Sans le regarder, j'appuie sur l'interrupteur, sors mon trousseau de clés de mon sac à main, déverrouille ma porte et rentre chez moi.

Pendant tout ce temps, j'ai une conscience aiguë du fait qu'il me suit et je ne fais rien pour l'en empêcher…

Il entre avec moi.

Il referme *ma* porte derrière lui.

– Je n'ai pas touché une autre fille que toi depuis la soirée où j'ai découvert ta foutue liste, mon ange, me confie-t-il à mi-voix, alors que je me débarrasse de mes affaires de travail et que j'allume ma lampe de chevet pour éviter de me cogner à un meuble. Je n'en ai même pas ressenti l'envie…

Avec un pincement au cœur, j'entre dans ma microscopique salle de bains et fais couler l'eau pour qu'elle puisse chauffer avant que j'aille prendre une longue douche brûlante.

– Félicitations, persiflé-je d'une voix moqueuse. Dix-neuf jours d'abstinence, c'est fou ! Je comprends mieux pourquoi tu es si tendu.

Je m'attache les cheveux avec le premier élastique que je trouve dans mon tiroir et ôte mon tee-shirt déchiré, que j'entreprends d'aller jeter à la poubelle, dans la cuisine. Le regard prédateur de Saint me pourchasse à travers la pièce, et j'ai du mal à faire comme s'il ne m'écorchait pas la peau.

– Je ne fais que penser à toi, Ola… chuchote-t-il en m'attrapant par l'avant-bras lorsque je passe devant lui, uniquement vêtue de mon soutien-gorge. Tu hantes toutes mes pensées, toutes mes nuits, et ça me rend encore plus con que d'habitude.

La fierté me pousse à essayer de lui résister lorsqu'il m'attire dans ses bras puissants, mais je n'en ai pas vraiment envie, et il le sent.

– Saint…

Par pitié, cesse de me dire toutes ces choses qui me font si peur, à moi aussi !

– Quand je t'ai vue avec ce mec, souffle-t-il à mon oreille, j'ai repensé à cette putain de fois où, sept ans plus tôt, je suis tombé sur Clay et toi, après l'un de mes cours. Vous étiez à la pizzeria, en train de rire et de bavarder comme si vous vous connaissiez depuis toujours, alors que toi et moi, on avait…

Il cherche ses mots, perdu dans le passé, et moi, je reste suspendue à ses lèvres, les yeux fixés sur la rose blanche dont il se sert pour me caresser le ventre et la poitrine. Ma respiration s'accélère, mes jambes tremblent, et je me surprends à m'accrocher à lui pour garder les pieds sur terre – lui qui persiste à mettre mon monde sens dessus dessous.

À faire de mon triste paradis un délicieux enfer.

– Et je me suis dit que ça allait recommencer. Qu'un autre gars, bien mieux que moi, t'avait mis le grappin dessus et que j'allais probablement devoir attendre encore sept ans avant d'obtenir rien qu'un tout petit moment avec toi.

La rose effleure mon téton qui pointe effrontément sous la dentelle noire de mon sous-vêtement. La fleur de l'amour se promène sur mon cœur qui en meurt tant il en veut…

– Cette pensée m'a rendu fou de rage, mon ange.

Puis elle remonte dans mon cou, et jusqu'à mes lèvres entrouvertes, qu'elle effleure avec une sensualité qui transforme mon sang en lave incandescente.

– Parce que je te veux, moi aussi. Je te veux si fort que ça me fait mal au ventre.

Ces mots… Je ne sais pas s'il en a conscience, mais ce sont exactement les mêmes que ceux qu'il m'a susurrés au creux de l'oreille, dans ce Jacuzzi bouillonnant où j'ai cru avoir enfin fait la rencontre de mon âme sœur, de l'homme de ma vie, le futur père de mes enfants.

Le lendemain, sa douleur s'était estompée sur la douceur de mon corps, et ce que j'avais pris pour de l'amour s'en était allé avec elle…

– Même si tu n'as pas confiance en moi, ou plutôt, en toi, et que je suis terrifié à l'idée de te faire souffrir, continue-t-il à chuchoter dans mes cheveux. Et crois-moi, je me déteste pour ce que je m'apprête à te proposer, mais je ne peux pas encore te perdre.

Saint frotte le bouton de rose contre ma bouche, un peu comme s'il imaginait que c'était la partie de son anatomie dont je sens le relief contre l'intérieur de ma cuisse. Une épine acérée égratigne mon téton tandis qu'il fait aller et venir la tige entre mes seins lourds, légèrement douloureux, mais ça n'a pas la moindre importance. Parce que moi aussi, j'imagine que c'est lui à la place de la rose, et que ça me rend toute molle et chaude.

– Accorde-moi une année pour t'aider à réaliser ta liste de défis et donner vie à tes fantasmes, mon ange.

Hein ? Attends… quoi ?

Sous le choc, je fais volte-face pour échapper à son étreinte et balaie la rose d'un large revers du bras, si bien qu'une autre épine m'entaille la nuque, pile à l'endroit où il m'a fait un suçon.

– Qu'est-ce que tu racontes ? m'exclamé-je, ahurie. Tu as perdu la tête, ou quoi ?

– Une année, Ola ! insiste-t-il, en me ramenant vers lui. Juste toi et moi, une débauche de sexe et aucune complication.

Saint se penche sur mon cou et, avec la pointe de sa langue traîtresse, retrace les contours de mon estafilade.

– Je respecterai toutes tes limites. Je te donnerai tout ce que tu désires. Je te le jure…

Un baiser, un coup de langue.

Une exquise douleur dans le bas-ventre.

Un coup de langue, un baiser.

Comment pourrais-je réfléchir lorsqu'il m'embrasse avec une telle douceur que je le sens me briser en mille morceaux ?

– Je croyais que tu avais peur de moi, Saint… lui rappelé-je, dans un vain espoir de me raccrocher à la réalité. Que tu ne pouvais pas faire ça avec moi. Que je n'avais rien de spécial.

Ses bras s'enroulent autour de ma taille. Il me presse contre lui, m'enferme dans sa folie, tout en butinant mon décolleté d'un millier de baisers sucrés.

– Ta fragilité m'effraie, c'est vrai. Et faire ça avec toi, ce n'est probablement pas la meilleure idée du monde, j'en conviens. Mais tu es spéciale, mon ange.

– En quoi ? me lamenté-je, accrochée à son cou.

Pendue à son cœur.

Saint happe l'un de mes tétons dans sa bouche chaude, presque brûlante, avant de me répondre :

– Près de toi, je ne suis plus triste. Avec toi, je me sens presque… trop vivant.

Un jour, il m'a confié qu'il était incapable d'éprouver autre chose que de la tristesse. À cette époque, son père venait de mourir, et j'ai pensé que c'était à cause de ce tragique événement qu'il était aussi malheureux. Qu'il enchaînait les femmes, les soirées alcoolisées et les drogues récréatives.

Mais peut-être qu'il y a autre chose.

– C'est toi qui m'ignores, Saint ! me défends-je, la fièvre au corps. C'est toi qui me repousses ! C'est toi qui me rends triste !

Sensible à ma détresse, il prend mon visage en coupe dans l'une de ses grandes mains calleuses et presse ses lèvres sur les miennes, en un mouvement lent et sensuel qui me recroqueville les orteils de plaisir.

– J'essaie tout simplement de te protéger, avoue-t-il, entre deux inspirations laborieuses.

Je papillonne des cils.

– De quoi ?

– De moi, me répond-il, comme si ça suffisait à tout expliquer. Je casse absolument tout ce que je touche, et tu es bien trop précieuse pour que je me risque ne serait-ce qu'à t'ébrécher !

Je ferme les yeux et appuie mon front contre le sien.

Il m'a vaincue.

– Juste toi et moi, pendant un an ? récapitulé-je, sans en croire mes oreilles.

Une année à avoir Saint rien que pour moi ? Un rêve autant qu'un cauchemar. Ce sera tellement difficile, pour ne pas dire impossible, de ne pas (re)tomber amoureuse de lui…

– Oui, approuve-t-il, en me glissant la rose blanche dans les doigts. Juste moi. Pas d'autre mec.

– Et pas d'autre fille ? m'assuré-je, pour être certaine que l'on soit bien sur la même longueur d'onde.

– Non plus, mon ange.

Puis il me gratifie d'un long baiser si sauvage qu'il me provoque des frissons des épaules jusqu'aux chevilles. Un goût de rouille agrémente nos salives tiédies par la passion. Son sang que j'ai moi-même fait couler se mêle à nos jeux de langues, et c'est si bon que c'en est presque indécent.

– Si j'accepte, haleté-je en reculant, il faudra que l'on fixe trois règles.

Je connais le dicton : négocier, c'est déjà capituler. Mais la vérité, c'est que je le veux au point d'en avoir mal au ventre, moi aussi.

– Je te l'ai déjà dit, mon ange. Je te donnerai tout ce que tu veux.

Non, pas tout. Pas ton cœur. Pas ton avenir. Pas ton nom. Pas tes enfants.

– Je veux surtout que tu respectes ce que je ne veux pas, le préviens-je, en brisant son étreinte pour m'éclaircir l'esprit. Première règle : personne ne doit être mis au courant de ce qu'il se passe entre nous.

Saint fronce les sourcils, l'air contrarié. Toutefois, je ne cède pas d'un pouce, car c'est un point non négociable. Si mes amis

– ou pire, mon père – apprenaient que j'ai accepté ce genre de marché avec Saint, ils me feraient tellement la morale que j'en deviendrais très probablement sourde. Et peut-être même me conduiraient-ils à l'hôpital psychiatrique le plus proche pour m'enfermer jusqu'à ce que je retrouve mes esprits.

– Deuxième règle : c'est moi qui décide quand et comment je veux réaliser mes défis. C'est mon aventure. Mon expérience. Et je veux la vivre comme bon me semble.

Il n'a déjà que trop interféré dans mes projets. Au départ, ça devait être simple et amusant. Et voilà que ça tourne à la tempête émotionnelle avec présage de dommages irréversibles…

– Cela va de soi, opine Saint, avec une mine légèrement pincée qu'il n'arrive pas tout à fait à me dissimuler.

– Bien.

J'inspire à pleins poumons pour m'armer de courage. Puis j'annonce ma dernière, et plus importante, revendication.

– Troisième règle : si tu t'avises de m'abandonner encore une fois, et sans aucune explication, ne reviens plus jamais, c'est compris ?

Saint ne bronche pas, aussi muet qu'une tombe.

– Parce que je ne te reprendrai pas, Saint. Tu m'entends ? insisté-je. Les coups de colère et les disputes, je peux les gérer. Tes secrets, je n'en veux pas. Tu peux te les garder. Mais si tu pars, sois-en sûr, je ne te pardonnerai pas.

Je l'ai déjà trop fait…

– Et alors, tu n'auras plus qu'à m'oublier.

Les yeux de Saint s'étrécissent tandis qu'il me jauge avec une méfiance que je lui retourne en m'accrochant à la rose, et surtout à ses épines, pour éviter de voir ma détermination faiblir.

– D'accord, finit-il par capituler, à l'issue d'une longue minute qui me fait l'effet d'une petite éternité. Mais j'ai une condition, moi aussi.

– Ça me semble raisonnable, approuvé-je avec un soulagement palpable. Je t'écoute.

Nos regards se croisent, et je surprends une infime lueur de peur dans ses prunelles enténébrées.

– Quoi qu'il arrive par la suite, promets-moi que tu resteras mon amie. Que je ne te perdrai pas.

Je ne m'attendais pas à une telle requête et j'en ai le souffle coupé. C'est comme si des poings invisibles venaient de s'enfoncer dans ma cage thoracique.

Ce qu'il me demande de lui promettre n'est pas juste.

Pas juste du tout.

– Saint…

Il s'empresse de m'interrompre :

– Quand tu es sortie avec Clayton, tu m'avais promis que l'on serait toujours amis, mais… tu as fini par t'éloigner de moi, par me fuir comme si j'avais la peste et me repousser dès que j'essayais de t'approcher. On aurait dit que j'étais une espèce de monstre qui te terrifiait. Je ne veux pas que ça se reproduise, Olaïna.

Évidemment, espèce de triple idiot ! ai-je envie de m'écrier, ivre de frustration. *J'étais folle amoureuse de toi et le fait de t'avoir constamment sous le nez m'empêchait de tourner la page !*

– Je ne peux pas te promettre une telle chose, Saint ! m'entêté-je. Le sexe compliquera forcément la donne. Et puis, est-ce que tu as pensé à mon prochain petit ami ? Comment pourrait-il accepter la situation ? À sa place, j'en serais malade de jalousie !

Ce dernier argument ne convient pas du tout à Saint.

– Pourquoi aurait-il besoin de le savoir ? Tu n'auras qu'à me faire passer pour un João 2.0 !

– Parce que je ne veux pas avoir à mentir ou à cacher quoi que ce soit à l'homme qui partagera ma vie, m'emporté-je, agacée.

Saint esquisse une moue dédaigneuse.

– Pourtant, tu n'as rien dit à Clayton pour la nuit que l'on a passée ensemble, à la soirée des Kappa Sigma, me fait-il judicieusement remarquer. Ni pour ce qui est arrivé l'année dernière, à ton anniversaire.

Je détourne les yeux, confrontée à mes propres contradictions. Comme je l'ai assuré à Mason : je n'ai jamais trompé Clayton. Mais… j'ai peut-être fait un léger écart de conduite, dans une période de faiblesse. Entre deux cuites au vin blanc et pour célébrer mon quart de siècle.

– Il ne s'est rien produit, l'an dernier.

Saint ricane d'un air caustique avant d'aller couper l'eau :

– Toi et moi, on n'en a pas gardé les mêmes souvenirs, alors…

– On ne s'est même pas touchés ! réfuté-je, avant de froncer les sourcils. Qu'est-ce que tu es en train de faire, là ?

Saint ôte son tee-shirt, puis ses chaussettes et son pantalon cargo beige, qu'il balance négligemment dans mon panier de linge sale. À moitié nu et totalement sublime, il me regarde droit dans les yeux avant de déclarer :

– J'en ai marre de parler.

Sa main tatouée, dépourvue de la moindre trace de vernis, se pose sur l'élastique de son caleçon bleu et attire mes yeux bien trop curieux sur le renflement qui en déforme toute la partie avant.

– Viens là, mon ange.

– Pour quoi faire ?

C'est la seule chose un tant soit peu intelligente que je trouve à lui répondre. Et Saint se contente de sourire d'un air énigmatique en se délestant de son dernier vêtement.

Bien sûr, mes yeux suivent le mouvement et…

– Oh, merde !

14

Ouvre la bouche…

Ola

– Qu'est-ce qu'il y a, mon ange ? susurre Saint, en me gratifiant d'un long regard concupiscent. Tu es troublée par ce que tu vois ?

Sa main se referme sur son érection qui pointe effrontément vers moi. Ma bouche s'assèche tandis que je la fixe avec de grands yeux écarquillés.

– Elle est percée, m'entends-je haleter dans un murmure choqué. Tu es fou !

Et ça me rend folle… *de désir*, si bien que j'avance vers lui, envoûtée par la tentation irrésistible qu'il m'offre en se tenant là, complètement nu et si à l'aise avec son corps que j'en suis un peu jalouse.

Moi aussi, j'aimerais être aussi fière de moi. Avoir une telle confiance en ma capacité de séduction.

Du plus loin que je m'en souvienne, j'ai toujours été fascinée par les piercings et les tatouages. La modification corporelle exerce une attraction particulièrement puissante sur mes sens. La première fois que j'ai vu Saint, l'encre noire sur ses mains a fait s'envoler un millier de papillons hystériques dans mon abdomen. Je n'avais plus qu'une envie : les voir parcourir mon corps lisse et vierge, une toile si pâle pour y tracer les contours de ses rêves rebelles. Ensuite, à la soirée Kappa Sigma, ce sont ses piercings aux tétons et au nombril qui m'ont fait perdre la tête. Les diamants scintillaient dans la pénombre et je me sentais inexplicablement attirée par leur éclat multicolore, à l'instar d'une pie qui convoiterait un sombre trésor.

Si j'étais une femme plus courageuse – ou disons plutôt que si j'avais moins peur de la réaction de mon paternel –, j'aurais des piercings et des tatouages sur tout le corps. Des fleurs, des étoiles, des mots. Des *barbels*, des plugs, des anneaux. J'apprécie tout ce qui ajoute de la personnalité à la beauté, du piquant à la douceur, de la liberté à la vie.

– Tu l'aimes ? m'interroge-t-il en bougeant la main le long de sa hampe, sur un rythme exagérément lent. Tu la veux, mon ange ?

J'entrouvre les lèvres, incapable de regarder ailleurs qu'à cet endroit-*là*…

À l'image du reste de son corps, constitué de peau dorée et de muscles saillants, son sexe est magnifique. Absolument parfait, bien que légèrement terrifiant, il me donnerait presque envie de le dessiner tant il est alléchant, d'une couleur à la fois douce et sombre, et couronné d'un gland rose au pourtour charnu, percé à deux endroits par des barres argentées, d'où ressortent quatre boules en résine noire sur lesquelles sont dessinées des flammes.

– C'est la combinaison d'un *ampallang* et d'un *apadravya*, m'explique-t-il, les yeux pétillants de malice. Et on appelle ça la croix magique.

Je prends une vive inspiration tout en me laissant tomber à genoux devant lui, à moins de cinq centimètres de l'objet de tous mes tourments. Une excitation farouche tortille mes entrailles. Mes reins brûlent d'un feu avide. Et si j'en juge par les spasmes qui viennent de parcourir sa chaire durcie, Saint est dans le même état de fébrilité que moi.

– Magique ? répété-je, en l'observant par-dessous mes longs cils maquillés. En quoi ?

Il déglutit, les joues empourprées, le front couvert d'une fine pellicule de sueur.

– Tu comprendras très vite pourquoi on les nomme ainsi, mon ange. Et après, tu ne pourras plus jamais t'en passer. Crois-moi.

Cette menace exalte quelque chose de sauvage à l'intérieur de moi. Je reprends le cours de ma contemplation extatique et pousse l'audace jusqu'à promener mes mains innocentes sur ses mollets fermes, parsemés d'un fin duvet qui me chatouille le bout des doigts.

Son sexe est sillonné d'une grosse veine saillante qui souligne à la fois l'épaisseur et la longueur de sa tige bien dure. Il penche légèrement vers la gauche… *comme celui de Clayton*, me surprends-je à penser, rougissante.

Face à Saint, je me retrouve avec la bave aux lèvres, des frissons sur l'intérieur des cuisses et le besoin de combler ce vide si douloureux qui s'est creusé entre mes jambes tremblantes.

Et je sens qu'il a parfaitement conscience de mon impatience. Oh, oui ! Il sait à quel point je le trouve beau et désirable, ainsi déployé dans toute la gloire de sa virilité. De sa nudité assumée. Ma faim de lui est si dévorante qu'elle en devient presque douloureuse. D'autant plus qu'elle se ressent dans mes yeux scotchés aux siens, mes mains caressantes qui remontent tout doucement vers l'endroit où l'on se désire tous les deux, et le mouvement involontairement sensuel de ma langue qui passe et repasse sur ma lèvre inférieure.

– Je ne sais pas quoi faire, lui avoué-je.

Et c'est sûrement pour cette raison qu'il s'exhibe si fièrement devant mon visage, avec un petit sourire en coin, comme s'il agitait une jolie sucette sous le nez d'une vilaine gourmande.

Très, très vilaine gourmande.

– Ouvre la bouche, mon ange.

À l'aide de son pouce, il exerce une légère pression sur mon menton qui suffit à me faire écarter les lèvres. Je suis tellement à l'aise avec lui que je n'ai même pas besoin de réfléchir à la façon dont je dois m'y prendre, de quelle manière il faut que je le touche, ou à ce que je pourrais faire pour qu'il y prenne autant de plaisir que moi. Tout est parfaitement naturel, dépourvu du moindre sentiment de gêne ou d'humiliation – contrairement aux fois où Clayton a essayé de m'amadouer pour que je le prenne dans ma bouche.

Une émotion douce-amère me contracte la cage thoracique. Il me faut quelques secondes pour assimiler le fait que je ne suis finalement pas une garce froide et frigide, incapable d'éprouver du désir pour les hommes qui partagent son lit…

Il semblerait que rien ne dysfonctionne, chez moi. Je ne suis pas une poupée cassée. Je ne suis plus condamnée à une existence stérile, dénuée de plaisir. Et je n'ai pas de problème – ou plus exactement, je ne *suis* pas le problème.

Ma bouche palpite du besoin de le goûter, de le savourer, de le faire fondre sous ma langue.

– Tu n'es pas obligée de le faire si tu n'en as pas envie ou si tu ne t'en sens pas capable, mon ange, me rappelle-t-il, d'une voix éraillée par l'excitation. On peut aller prendre une douche et se coucher, si tu veux. Ça me convient aussi.

Je n'ai pas l'impression que ça lui coûte de me dire une telle chose, de m'offrir la possibilité de me débiner et d'en rester là. Il le pense vraiment, et ça me donne encore plus envie d'aller jusqu'au bout. Non pas pour lui prouver que j'en suis capable ou pour relever un quelconque défi. Mais parce que je me sens prête à essayer. Assez en confiance pour m'ouvrir à de nouvelles pratiques. Et tellement excitée que c'est sûrement moi qui en souffrirais le plus si l'on s'arrêtait en si bon chemin.

Mon seul problème, c'est que… j'ignore comment m'y prendre. Ou plutôt, comment le prendre, *lui*.

Toutefois, Saint n'a pas l'air de se préoccuper de mon inexpérience, puisqu'il se dirige avec délicatesse vers ma bouche. Il l'effleure d'avant en arrière, puis de gauche à droite, le souffle court et l'œil flou. Les boules de ses piercings sont plus froides que sa peau brûlante, mais plus tièdes que ce à quoi je m'attendais. C'est agréable, et un peu déroutant, je dois l'admettre. J'ai envie de les sucer, de les faire cliqueter contre mes dents.

– Ouvre la bouche, m'ordonne-t-il à nouveau d'une voix plus sèche, moins joueuse, alors que je souffle tout doucement sur son extrémité rougissante, d'où perle une petite goutte translucide. Pitié, ouvre ta foutue bouche, mon ange !

Le cœur battant à toute vitesse, je prends une profonde inspiration… et referme mes lèvres humides autour de son gland, à l'arrière-goût piquant, légèrement salé. Sa peau glabre est délicieusement veloutée. C'est agréable. Il sent bon, aussi. Une odeur de savon qui se mélange à des notes plus musquées, avec une pointe terreuse qui me rappelle le parfum du bois de santal. La sensation de sa dureté satinée qui s'enfonce à l'intérieur de moi est *presque* trop érotique. Mon clitoris palpite furieusement entre mes cuisses. Je mouille avec une telle abondance que ça transperce le coton de ma petite culotte blanche. Les effluves épicés de mon désir s'élèvent dans l'air saturé par la tension et me montent jusqu'aux narines, ajoutant une dimension encore plus sexuelle à mes mouvements de va-et-vient. Les paupières mi-closes, j'enroule goulûment la langue autour de son extrémité percée de métal, presque trop large pour ma bouche. Il se met instantanément à grossir, à enfler comme s'il allait doubler de volume, tandis que Saint rugit frénétiquement en ondulant des hanches.

– Putain ! C'est parfait.

Enhardie par un sentiment de toute-puissance, je l'aspire profondément à l'intérieur de ma bouche et creuse les joues pour accentuer la pression.

– Ola ! s'écrie-t-il, sexy en diable, les mains enfoncées dans mes cheveux. C'est trop bon, putain ! Suce-moi aussi fort que tu le peux, mon ange !

Ses gémissements éplorés m'encouragent à accélérer la vigueur de mes succions. Je le suce, je l'avale. Je l'avale, je le suce. Ma salive le lubrifie, si bien qu'il glisse presque tout seul jusqu'au fond de ma bouche. Et je m'applique tellement que je finis par en avoir un peu mal à la gorge, là où ses piercings viennent cogner lorsqu'il perd le contrôle de ses mouvements. Mais c'est une douleur agréable, intensément érotique, qui m'envoie des décharges électriques dans le bas-ventre.

Au bout de quelques minutes à ce rythme quasiment insoutenable, Saint attrape ma main pour l'enrouler autour de son sexe luisant de ma salive.

– Branle-moi ! gronde-t-il, les muscles si tendus que ses veines semblent à deux doigts d'éclater. Et n'hésite pas à le serrer très fort avec les doigts !

J'applique à la lettre ses conseils en l'astiquant avec mes deux mains, tout en faisant tournoyer ma langue autour de son gland écarlate, mais… mon esprit se met à divaguer, et je ne peux pas m'empêcher de m'inquiéter du nombre de femmes magnifiques qui l'ont déjà sucé avant moi – et sûrement mieux que moi, en plus… Il y en a probablement trop pour les compter ! Saint est un être profondément charnel, aussi libéré dans son présent que je suis bridée par mon passé. Avec sa gueule d'ange et son allure de mauvais garçon, c'est un véritable aimant à filles ! Il est si beau que c'en frise le ridicule. Et j'aimerais dire que je m'en fiche, mais ce serait un mensonge.

Moi aussi, je suis jalouse. Et possessive. *Surtout avec lui.* Ce qui, en plus d'être incroyablement stupide, et aussi très dangereux.

Parce que dans moins d'un an, ce sera une autre fille qui se mettra à genoux devant lui. Et qui l'avalera jusqu'à se faire saigner.

– Suce-la plus fort, mon ange. Ah, putain ! Tu l'avales presque entière, c'est dingue ! éructe-t-il, le corps recouvert d'une fine pellicule de sueur. T'es sûre de n'avoir jamais fait ça ?

Son compliment édicté d'une voix essoufflée me procure un tel plaisir que je m'applique encore plus à tout mettre en œuvre pour le satisfaire. À l'orée de la jouissance, il agrippe une pleine poignée de mes cheveux pour guider le mouvement de ma tête et contrôler le rythme de ses coups de boutoir – parce que je ne le suce plus, là. Il me baise *littéralement* la bouche. À chaque poussée qu'il m'inflige en creusant les reins, sa queue percée vient marteler le fond de ma gorge. J'ai l'impression d'être à deux doigts d'étouffer, de ne plus pouvoir respirer tant il me remplit de lui. Et paradoxalement, je trouve la sensation d'asphyxie si excitante que je suis moi-même prête à jouir. Mon entrejambe, inondée d'un nectar brûlant à l'odeur musquée, fourmille d'une voluptueuse extase.

– Ola, mon ange ! C'est bon, c'est bon ! Si bon ! psalmodie Saint, en équilibre précaire sur ses deux jambes. Ça vient ! Je vais jouir !

Moins d'une seconde plus tard, un liquide tiède et sirupeux gicle sur ma langue et dans ma gorge tandis qu'il éjacule en hurlant mon prénom. Sa semence a un goût douceâtre, inexplicablement masculin, plaisant et addictif, que je savoure tout en essayant de l'avaler aussi vite que je le peux. Mais c'est difficile, car Saint me submerge de son essence, encore et encore, qui finit par déborder par-dessus mes lèvres et me couler sur le menton, dans le cou et sur les seins. Et lorsque mon amant tombe en arrière, sur le lit, comme s'il était incapable de rester plus longtemps debout, j'en ai encore tellement dans la bouche que je finis par tout recracher sur la rose blanche, près de mes genoux.

L'image qui s'imprime sur mes rétines est aussi belle que tragique. Une jolie fleur souillée, abandonnée aux pieds d'un homme qui n'en gardera bientôt plus le moindre souvenir, alors qu'elle portera à jamais la trace meurtrie de son passage.

À cet instant, je me sens comme elle, à la fois heureuse *d'avoir été* et mélancolique *de ne plus être*. Marquée pour toujours par un garçon qui n'a pas d'éternité à partager…

Juste des plaisirs égoïstes et éphémères.

– Bordel de merde ! renâcle-t-il, hors d'haleine, en m'attrapant par le cou pour me ramener près de lui. Ta bouche, c'est mon nouvel endroit préféré sur terre !

Sans se soucier du fait que je n'ai pas eu le temps de me rincer la bouche, il se redresse sur les coudes et se penche vers moi pour m'embrasser fougueusement, mélangeant nos salives et sa semence dans un baiser pervers qui achève de me faire perdre la tête.

– Je vais te baiser, Olaïna. Tellement fort que tu ne seras pas capable d'aller au travail, demain matin, me promet-il, les yeux menaçants… et étrangement rouges. Après, j'enfoncerai ma langue dans ta petite chatte pour te soulager.

Un doute affreux s'immisce dans mon esprit. La respiration heurtée, je tente d'oublier la lancinante douleur qui pulse à l'arrière de ma gorge et qui éraille mes cordes vocales pour lui demander :

– Saint… Est-ce que tu es défoncé ?

Il a l'air défoncé, en tout cas. Et je me déteste de ne pas l'avoir remarqué plus tôt… Tous les signes étaient là, pourtant ! Et même ses vêtements empestent l'herbe et la fumée.

– J'ai peut-être pris deux ou trois joints, c'est vrai. Pour apaiser ma colère. Mais c'est tout. Je sais ce que je fais, Ola.

Je pince les lèvres et recule pour échapper à ses mains baladeuses. Il sait que je déteste la drogue – j'ai suffisamment fait de scènes à Clayton à cause de son addiction au cannabis pour qu'il connaisse mon opinion tranchée sur le sujet. Le chauffard qui a percuté la voiture de ma mère était complètement défoncé, lui aussi. Les flics ont retrouvé pas moins de dix grammes d'herbe planqués dans un compartiment secret de sa boîte à gants. Et certes, c'est ma mère qui a grillé le stop, mais s'il avait été en totale possession de ses capacités mentales, l'accident aurait pu être évité. Je le sais parce que mon père l'a dit et répété tout au long de mon adolescence tandis que ma sœur se roulait joint sur joint, rien que pour le plaisir de le provoquer, et que mon frère carburait aux opiacés, après son opération des ligaments croisés.

La drogue, c'est la pourriture de l'âme. Un dérivatif dangereux qui pousse les gens à prendre les mauvaises décisions.

– Viens là, mon ange.

Saint tente de m'attirer sur le lit, avec lui. Hélas, je ne suis plus du tout d'humeur à batifoler. Je me sens sale, fatiguée, et j'ai envie d'une longue douche pour délasser mes muscles qui se sont contractés jusqu'à m'en donner mal à la nuque.

– Non, refusé-je d'une voix méconnaissable. Je vais à la douche. Tu peux rester là, si tu veux.

Sans ajouter un seul mot, je me relève, piétine la rose qui perd tous ses pétales et cours m'enfermer dans la salle de bains. Les mains tremblantes, je fais de nouveau couler l'eau avant de me déshabiller et d'essuyer les giclées de sperme encore chaud qui me maculent le bas du visage. J'ai la tête qui tourne lorsque je pénètre dans la cabine de douche. Une partie de moi a une furieuse envie de se mettre à pleurer, alors qu'une autre lutte contre un début de fou rire nerveux.

J'ai pris énormément de plaisir à sucer Saint, et je sais que je recommencerai dès que possible. En même temps, j'aimerais qu'il disparaisse de mon appartement et oublier jusqu'à son existence.

Parce que je le déteste pour tout ce qu'il me fait ressentir. Et que je n'ai pas le droit de l'aimer… *pour tout ce qu'il me fait éprouver.*

Une année avec lui ? Putain ! Quel délicieux enfer !

Le plus compliqué, ce ne sera sûrement pas l'anulingus, la sodomie ou le plan à trois.

Non, ce sera de ne pas (re)tomber amoureuse de lui.

Et de ne pas le haïr à chaque fois que je me rappellerai qu'il n'est là que pour mes pétales, en se fichant royalement de mes épines et de ce qu'elles protègent. Qu'il ne veut que mon corps, et non mon cœur. Qu'une année, et rien de plus. Du sexe sans complications, l'amour sans émotion, comme une musique sans refrain.

– Putain… gémis-je, le front pressé contre le mur, la bouche gonflée et la langue à vif. J'aurais vraiment dû aller manger des sushis !

15

Dernière chance

Saint

26 septembre 2013

– Je ne suis pas aussi innocente que tu sembles le croire, Saint ! s'agace Olaïna, les bras noués autour de ma nuque et les jambes écartées de part et d'autre de ma taille pour mieux me chevaucher. Si je suis là, avec toi, seule dans cette chambre avec Jacuzzi, c'est parce que j'en ai très envie, moi aussi. Pas parce que je suis une gamine stupide qui ignore ce qu'elle fait sous prétexte qu'elle ne possède aucune expérience.

Les cheveux relevés en chignon bancal sur le sommet de son crâne, la mine résolue et absolument divine dans mon tee-shirt blanc devenu aussi transparent qu'une plaque de verre, Olaïna McLaren me soumet à une torture indicible en se trémoussant sur moi comme si elle savait *réellement* ce qu'elle faisait…

Hélas, ce n'est pas le cas. Et putain, j'en suis le premier désolé. Elle croit sûrement que je vais me contenter de l'embrasser une ou deux fois et de lui effleurer les seins d'une main tremblante avant de la raccompagner chez elle, saine et sauve. Aussi vierge qu'au jour de sa naissance. C'est probablement comme ça que l'on flirte dans ses fanfictions sur les One Direction. Mais c'est la vraie vie, là. Et moi, je suis bourré, triste à mourir, défoncé et excité par tout ce qu'elle fait – et tout ce qu'elle me dit avec une confiance presque irréelle. Si j'en viens à céder à mes plus bas instincts, je sais que je prendrai tout ce que son corps peut offrir à un homme.

Enfin, soyons honnêtes : à ce stade, ce n'est plus *si*, mais plutôt *quand* !

– Tu es tellement innocente, Olaïna, me lamenté-je, les reins immolés par le désir. Tu es même l'innocence incarnée, putain !

Et je pense que c'est ce qui me plaît le plus, chez elle : sa pureté si lumineuse qu'elle met en exergue toutes mes ombres. Avec elle, je ne peux plus me cacher ou fuir la vérité. Je suis obligé de me dévoiler et d'être aussi sincère qu'elle l'est avec moi. C'est effrayant, mais en même temps, ça me fait beaucoup de bien, aussi.

Cela fait si longtemps que je me cache derrière un masque.

– Tu te trompes, s'écrie-t-elle, en levant les bras en signe de frustration. Je ne suis pas une innocente jeune fille qu'il faut à tout prix protéger du grand méchant loup.

Elle le prend comme une insulte, alors que ce n'est pas du tout péjoratif. C'est juste la réalité des choses. Olaïna est une âme pure. Et moi, je suis un vil pécheur voué aux flammes de l'enfer. Ce qui fait que l'on n'a rien à faire ensemble. À la fin du conte de Charles Perrault, le loup ne se tape pas le petit chaperon rouge.

Non, il la dévore toute crue et c'est lui qui finit par en payer les conséquences. Parce que c'est dans sa nature d'être mauvais, et qu'il est détesté à cause de ça…

Même s'il se déteste pour ça, lui aussi.

– J'ai raison, et tu le sais.

– Non ! insiste-t-elle d'un ton farouche, si désirable que j'en frissonne dans l'eau chaude.

Le mouvement involontairement sensuel de son corps qui se frotte contre le mien menace de me faire perdre le contrôle d'un instant à l'autre. Je suis au bord du précipice, à un millimètre de la falaise, et je n'ai plus qu'une envie : partir en chute libre. Tout lâcher pour m'écraser avec elle.

– Je suis venue jusqu'ici en toute connaissance de cause, Saint !

Plus que sceptique, je plisse les yeux pour l'observer à travers mes paupières mi-closes.

– Mon ange… soupiré-je, les mains crispées sur ses hanches pour faire cesser la torture. Ce genre de soirée ne se finit pas comme dans tes histoires à l'eau de rose, hein. Par un mariage et des enfants. Je ne vais pas me contenter de t'embrasser avant de te ramener à la maison. Si tu me laisses faire, je vais te baiser comme un fou !

Sous le choc, Olaïna ouvre de grands yeux hébétés et reste bouche bée. Avec un peu de chance, elle aura *enfin* compris que ce n'est pas du tout une bonne idée de titiller la queue d'un tigre affamé.

– Oh, Saint ! s'exclame-t-elle, écarlate.

Et à ma plus grande surprise, elle éclate d'un profond rire de gorge qui broie tout à l'intérieur de moi. Mon cœur. Mes poumons. Mes tripes. Elle me réduit en bouillie, organe après organe, et je ne sais même pas pourquoi je réagis avec une telle violence. Mais ça fait mal. Un mal de chien qui, paradoxalement, me procure un bien fou.

Je n'ai plus envie de lutter.

Je n'ai plus envie d'essayer de la sauver.

Je n'ai plus envie de faire comme si ce n'était pas déjà trop tard.

Je la veux, *elle*.

L'ange innocent qu'un destin inconscient a placé sur mon chemin pour m'aider à traverser la deuxième plus dure épreuve de ma vie.

Oui, je veux boire son rire jusqu'à étancher ma soif de bonheur, dévorer son corps pour combler le vide dans mon abdomen et festoyer avec elle jusqu'au petit matin. Dans le Jacuzzi ou sur le lit, peu m'importe. Tant que je reste dans ses bras pour ne plus être le seul à supporter le fardeau d'une telle douleur…

– Mon père en ferait une attaque, s'il t'entendait.

Elle glousse encore un peu, légèrement soûle et amusée par le côté irrévérencieux de ma personnalité. Celui-là même qui va la faire souffrir dans très peu de temps. Cet aspect de moi que je déteste du plus profond de mon âme et qu'elle semble inexplicablement apprécier.

– Si ton père était là, riposté-je, provocateur, je pense que son plus gros problème, ce serait plutôt ce que j'ai l'intention d'infliger à sa fille chérie.

Je vais te baiser, mon ange. Oui, je vais être le salaud qui te prendra ta virginité et je le paierai tôt ou tard, bien évidemment…

Parce qu'Olaïna ne sera pas la seule à perdre, cette nuit. Ni toutes celles qui succéderont à notre coup de folie. Il n'y aura pas de gagnant, dans cette histoire. Aucun vainqueur, aucune gloire. Ma putain de conscience et moi, on continuera à se livrer une guerre d'usure qui m'épuise, et je sais déjà qu'arracher les ailes de ce petit ange me donnera sûrement envie de me fracasser le crâne contre les murs.

– Alors, c'est bon ? relance-t-elle. Tu vas enfin m'embrasser ?

Mon corps s'exclame : « Viens par là, chérie ! » Ma bite se dresse au garde-à-vous dans mon caleçon, raide comme un piquet, et mes mains s'envolent d'elles-mêmes vers son visage pour le prendre en tenaille. Mais une brève lueur de lucidité m'empêche encore de commettre l'irréparable.

Si je l'embrasse, c'en est fini de moi… Elle est trop belle, si désirable, et dans mon état, je ne pourrai jamais me contenter d'un simple baiser.

– C'est une très mauvaise idée, Olaïna.

Fuis-moi. Rentre chez toi ! Ne me laisse pas te prendre ta virginité ! Empêche-moi d'être le salaud que je suis depuis toujours, ou presque… ai-je envie de lui hurler, le cœur en vrac, incapable de faire quelque chose de bien, pour une fois dans ma vie. *Change-moi, mon ange. Redonne-moi foi en l'humanité !*

Mais c'est trop en demander à une inconnue. Malgré le fait que j'ai l'impression de la connaître depuis une éternité, comme si elle avait toujours fait partie intégrante de mon quotidien, il est vrai que je ne sais presque rien d'elle… et qu'elle en sait encore moins à mon sujet. Elle ne comprend pas à quel point c'est dangereux pour elle d'être là, avec moi. Elle ignore que je suis une bombe à retardement, prêt à tout dévaster sur mon passage, et que je me suiciderai probablement avant de souffler ma trentième bougie. Elle n'a aucune idée des choses horribles que j'ai vécues – et pire, provoquées à cause de mon incapacité notoire à résister aux jolies filles.

J'ai tout perdu, mon ange. Mon père est mort par ma faute, et désormais, ma mère me déteste en silence.

Tout ce qu'Olaïna voit de moi, c'est un joli blondinet un peu rebelle sur les bords, qui étudie la musique, joue au football avec ses amis et picole le week-end.

Le mensonge d'un homme complètement instable. L'illusion d'un petit garçon terrifié. Les états d'âme d'un adolescent paumé et piégé entre le bien et le mal.

– Accordons-nous plutôt sur notre désaccord, OK ? marmonne mon petit ange, en citant *Men in Black* avec une moue boudeuse.

Ses doigts mouillés jouent avec les petits cheveux qui frisent sur ma nuque à cause de l'humidité. Son corps oscille contre le mien dans un lent mouvement de balancier. Mes testicules sont tellement contractés que j'ai l'impression d'avoir deux sacs de sable d'une vingtaine de kilos accrochés entre les jambes.

– C'est une réplique de film, et tu ne connais pas les règles.

Ne pas s'attacher. Ne pas trop espérer de moi. Ne pas s'attendre à de l'amour en échange d'une baise, aussi bonne soit-elle. Ne pas se mettre à me suivre comme un petit toutou à l'université. Et surtout, ne pas croire que je risque de changer d'avis et de tomber miraculeusement amoureux de toi.

Je devrais peut-être prendre le temps de les lui souffler au creux de l'oreille. Oui, ce serait la moindre des choses et l'attitude la plus fair-play. Par malheur, je suis toujours la même merde qu'à Seattle et je choisis de garder le silence, tronquant la vérité dans le sinistre espoir de récolter les fruits de mon mensonge.

– Je veux que tu m'embrasses, Saint ! s'exclame-t-elle, en me prenant de court. Je meurs d'envie de sentir tes lèvres se refermer sur les miennes. Ta langue pénétrer dans ma bouche. Tes mains caresser mon corps. Et…

Sa voix s'essouffle et mon cœur fait une violente embardée à l'intérieur de ma poitrine.

– Et ? reprends-je, haletant d'un désir irréfrénable.

Ses pommettes s'empourprent et ses yeux d'un vert de mousse se voilent d'une passion lascive, un brin provocatrice.

– Et j'aime bien la sensation que j'éprouve dans le fond de mon ventre lorsque je bouge contre toi.

Je craque. Olaïna vient de lancer une allumette dans une flaque de pétrole. Et le retour de flamme est d'une telle intensité que toutes mes bonnes résolutions s'envolent en cendres dans le ciel de minuit.

– Comme ça, tu veux dire ?

Je resserre ma prise autour de ses hanches et plaque son entrejambe contre ma queue raidie, dont l'extrémité charnue tente déjà de se frayer un chemin jusqu'à l'entrée de sa féminité.

– Oh oui ! gémit-elle d'extase, la tête renversée en arrière. C'est tellement…

Des milliers d'étoiles multicolores explosent derrière le voile de mes paupières tandis qu'elle me chevauche comme une Amazone, fière et libre, encore et encore… *et encore…*

– Bon ? proposé-je, alors que des dizaines d'adjectifs beaucoup plus intenses et poétiques assaillent mon esprit embrumé. Jouissif?

– Oui ! hurle-t-elle, en se frottant plus vite, plus *fort*. Quand tu fais ça, il y a quelque chose en moi qui palpite.

Je crispe les mâchoires, à deux doigts d'éjaculer dans mon caleçon comme un puceau qui n'aurait jamais touché de femme.

– C'est ton clitoris, mon ange, grondé-je, les abdominaux contractés pour me retenir de baisser sa culotte. Tu sais déjà ce que c'est, hein ?

Olaïna s'immobilise quelques secondes et la pression dans mon sexe redescend – *juste un peu…*

– Bien sûr ! se vexe-t-elle.

Puis elle se remet à remuer les hanches, comme si elle était incapable de s'en empêcher, et ondule contre moi jusqu'à ce que mes yeux se révulsent à l'intérieur de mes orbites.

– Hier soir, vient-elle me murmurer à l'oreille, je l'ai caressé en pensant à toi.

Black-out cérébral.

– Ton clito ? m'étranglé-je, frappé de stupeur.

Sa bouche rose s'entrouvre sous l'effet combiné du plaisir et de l'amusement. Mon petit ange – *pas si angélique que ça, finalement…* – est sur le point de jouir.

– Oui, avoue-t-elle, sans hésitation. Je ne le fais pas souvent, parce que j'ai toujours honte et peur d'être surprise, mais j'étais si excitée à la pensée que j'allais te revoir que je n'arrivais pas à m'endormir.

Et moi, je ne dormirai plus jamais à partir de maintenant. Olaïna et ses petits doigts qui s'agitent entre ses cuisses hanteront mes nuits pour l'éternité.

– Putain, tu me tues, mon ange !

Je déglutis convulsivement pour tenter de réhydrater ma bouche sèche, mais c'est peine perdue, aussi m'emparé-je d'une bière que je descends d'une traite avant de la jeter quelque part dans la chambre.

– Je sais bien que je suis un peu naïve, râle Ola, proche du point de non-retour, et qu'il m'arrive de ne pas tout comprendre à ce que l'on me raconte. Les sous-entendus coquins ont tendance à me passer au-dessus de la tête parce que je n'ai jamais appris à les déchiffrer. Mais ça ne signifie pas que je ne pense pas au sexe, ou que j'en ai peur.

– Tu es si honnête… m'émerveillé-je, ébahi par sa franchise. Si courageuse !

À côté d'elle, je passe pour un putain de lâche.

– Je te veux, Saint. De la façon dont tu me veux, toi aussi.

Je ne peux plus lutter. Je n'en ai plus la force.

– Tu en es sûre ? gémis-je, dans un ultime coup d'éclat.

Olaïna me sourit avec une sérénité qui apaise momentanément ma conscience. Et *enflamme* mon imagination.

– J'en suis certaine.

– Mais…

Ses doigts se crispent sur ma nuque. Elle me tire les cheveux. La douleur m'excite presque autant que ses petits seins qui pointent sous mon tee-shirt. En proie à une fièvre soudaine, je parviens néanmoins à percevoir la lueur d'interrogation qui illumine fugitivement ses prunelles vertes – comme si elle avait deviné que je venais d'avoir des pensées indécentes et qu'elle mourait d'envie de les connaître.

– Pas de mais, Saint ! tranche-t-elle, à bout de patience. Et maintenant, embrasse-moi, je t'en su…

L'esprit saturé par une brusque décharge d'adrénaline, je fonds sur elle, avale sa supplication et plaque mes lèvres contre les siennes pour envahir sa bouche de ma langue.

L'espace d'un battement de cœur, elle bande ses muscles et devient inerte, me remettant les commandes. Puis elle s'apaise et s'alanguit dans mon étreinte. Ses lèvres sont douces et chaudes sous les miennes, aussi enivrantes qu'un shot de vodka pure. Comprenant qu'elle ne va rien tenter jusqu'à ce que je l'embrasse pour de bon, je me rapproche encore, frôle sa poitrine de mon torse et appuie plus fort avant de laisser courir la pointe de ma langue le long de sa lèvre inférieure.

Un gémissement rauque lui échappe tandis que ses mains tremblantes s'agrippent à mes épaules.

C'est son premier baiser, me rappelé-je, étrangement ému. *Elle ne sait pas comment s'y prendre…*

Alors je pousse contre sa bouche et j'entrouvre moi-même ses lèvres pour me frayer un passage. Je lui lèche délicatement la langue et, très vite, je ne suis plus le seul à participer à ce baiser. Ola bouge tout doucement les lèvres et vient enrouler sa langue autour de la mienne. Je goûte son haleine de Jelly Shot, de bière et d'elle, plus simplement. Notre baiser s'intensifie à mesure que l'on se découvre, se cherche et se trouve…

Soudain, une violente chair de poule parcourt son corps frémissant et je sens les pointes durcies de ses seins contre mon torse.

Moi aussi, je me rigidifie sous elle, plus raide que le bâton de la justice. Je resserre les doigts autour de ses fesses mouillées, alors que je ne me rappelle même pas les avoir posés là. Nous sommes à présent corps contre corps, peau contre peau. Et je ne me souviens pas non plus qu'elle ait passé les bras autour de ma taille.

Bordel, qu'elle embrasse bien pour une fille inexpérimentée qui célèbre son tout premier baiser dans ma bouche !

Et sa langue… c'est la meilleure des drogues. Elle sait déjà parfaitement s'en servir, comme si elle avait fait ça toute sa vie. Le simple fait de l'imaginer en train de l'utiliser sur moi déclenche un feu lubrique sous mon épiderme et me consume intérieurement. Je pourrais exploser d'une seconde à l'autre, mais je m'en contrefiche.

Tout ce qui compte, c'est le goût de ses lèvres et la douceur de ses fesses…

La pression s'accentue entre mes jambes. Un sentiment d'urgence et de frustration enfle dans mon membre. Il m'en faut plus. Beaucoup plus. *Je le savais.* L'une de mes mains l'attrape par la nuque tandis que je plaque mon genou contre le milieu de sa cuisse pour la forcer à écarter un peu plus les jambes.

Une complainte intensément érotique s'élève de ma gorge… et elle me repousse subitement, les mains pressées contre mon torse.

La disparition de sa bouche est si brutale qu'elle en est presque douloureuse. Comme une blessure ou une balafre. Il me faut une bonne minute pour réussir à m'extirper de ma torpeur et constater qu'elle me dévisage, les yeux écarquillés, la respiration heurtée.

Belle, si belle…

Le monde réel émerge de la brume rougeâtre dans laquelle j'ai été plongé par ce baiser sauvage, d'une intensité folle. Déstabilisé, je serre les poings pour endiguer les tremblements de mes doigts et ne pas lui montrer avec quelle incroyable facilité elle vient de mettre le feu à tout mon univers.

– Mon cœur bat à mille kilomètres heure, Saint… halète-t-elle, incrédule.

Je ne réfléchis même pas à ce que je dis avant de lui avouer :

– Le mien aussi, mon ange.

Oui, mon cœur bat… pour *elle.*

Et je déteste ça !

Complètement affolé, je la repousse d'une main ferme et sors du Jacuzzi, le sexe si dur et lourd que chaque pas vers la chambre est un supplice. Dans mon dos, je l'entends qui m'interpelle d'une voix surprise, aussi perdue que moi :

– Saint ? Où vas-tu ?

Pitié…

– Il faut que je sorte de là !

De cette putain de chambre. Non, de cette foutue maison dans laquelle je n'aurais jamais dû l'inviter. Et peut-être même de cette maudite ville qui me vole tous mes rêves pour les transformer en cauchemars. Bref, il faut que je mette le maximum de distance entre elle et moi. C'est urgent.

– Attends ! s'exclame-t-elle, en sortant à son tour, faisant clapoter l'eau par-dessus le rebord du Jacuzzi. Saint !

Trempé et si excité que j'en tremble, je presse mon front moite de sueur contre la baie vitrée et tente de compter jusqu'à dix, puis jusqu'à vingt pour faire redescendre mon érection. Les bruits de la fête me parviennent de loin. Malheureusement, c'est un combat vain que je mène contre moi-même… et contre Olaïna, aussi, qui n'a visiblement pas dit son dernier mot.

– Tu es malade ? me demande-t-elle, soucieuse.

Sa petite main humide se pose sur mon épaule et son geste de sollicitude me fait tressaillir comme si je venais de me brûler.

Je ne résisterai pas une seconde de plus si elle persiste à me toucher…

– Enlève ta main, la préviens-je, d'une voix éraillée. Tout de suite.

Olaïna recule d'un bond, et je n'ai pas besoin de me retourner pour voir l'expression douloureuse qui chiffonne les traits de son beau visage. Je la sens à même ma peau, comme un coup de griffe ou de rasoir. Elle m'écorche jusqu'à l'os.

– Je… euh… je suis désolée, bégaie-t-elle. Est-ce que j'ai fait quelque chose de mal ?

La naïveté de sa question m'apporte une nouvelle preuve irréfutable de son innocence. S'il m'en fallait encore une…

– Non, me sens-je obligé de la rassurer, mais je vais être aussi direct que possible : si tu ne dégages pas très vite de cette chambre, je vais t'arracher ton tee-shirt, t'ôter ta culotte, t'écarter les jambes et te baiser jusqu'à t'en faire hurler.

De douleur ou de plaisir – là est la véritable question.

Olaïna garde le silence durant un si long moment que j'ai presque réussi à me convaincre qu'elle n'est plus là lorsqu'elle murmure d'une petite voix timide :

– En fait, c'est ton tee-shirt.

Je ferme les yeux en grondant de frustration et presse l'entièreté de mon visage contre la vitre glacée, sur laquelle mon haleine alcoolisée crée un nuage de condensation. Tout est bon pour essayer de faire baisser ma température corporelle avant que je ne parte en combustion spontanée.

– Mon ange, l'avertis-je, bourré et en perte de contrôle. Arrête.

Une pause, puis…

– Saint, retourne-toi.

Je ne peux pas accéder à son injonction. Si je la regarde, je vais définitivement perdre la tête.

– Non.

– S'il te plaît, persévère-t-elle, si convaincante que je finis par jeter un rapide coup d'œil par-dessus mon épaule. Tiens, je te le rends, ajoute-t-elle en me tendant mon tee-shirt. Je ne voudrais pas que tu le déchires.

Mes yeux exorbités passent de son visage à mon tee-shirt froissé dans son poing, puis ils dérivent vers toute cette étendue de peau nue et dorée qui brille d'une douce lueur de miel dans la pénombre du désert.

– Bordel de merde ! soufflé-je, en faisant volte-face. Olaïna !

Ses petits seins ronds sont couronnés d'une pointe beige sable, légèrement plus rosée à l'extrémité, et se dressent sous mon nez avec une arrogance qui inonde ma bouche d'un flot de salive à l'arrière-goût de vodka. Son cou est long et fin, ses épaules, athlétiques et satinées, et sa taille, si marquée que je pourrais en faire le tour avec mes deux mains.

Olaïna n'est pas seulement belle, elle est parfaite. Tout chez elle semble avoir été dessiné par les doigts d'anges farceurs, dans le but de m'offrir l'ultime perfection emballée dans un joli petit paquet que je n'ai pas le droit de déballer.

Même sa culotte blanche de jeune fille de bonne famille m'apparaît comme la plus irrésistible des tentations.

– C'est la première fois que je me montre aussi peu vêtue devant un garçon, me signale-t-elle à mi-voix. Et je t'avoue que je suis un peu intimidée par ton silence.

– Tu m'as coupé le souffle, mon ange, la rassuré-je, en me laissant retomber le long de la baie vitrée. Laisse-moi juste une seconde…

Elle hoche la tête, nerveuse, et ôte son élastique, ce qui fait cascader sa longue chevelure brune sur ses épaules et sa poitrine. Une boucle noire s'enroule autour de son téton rose. À cette vision de rêve, mon sexe est parcouru d'un spasme douloureux tant il est intense.

– Je suis foutu, gémis-je, la tête entre les mains. Tu viens de perdre ta dernière chance de sortir d'ici avec ta virginité, Olaïna.

Elle se dandine d'un pied sur l'autre, mal à l'aise. Pourtant, sa nudité est le plus précieux de tous les cadeaux. C'est comme si elle n'avait peur de rien, tout en ayant peur de tout – une ambivalence non calculée qui me fascine autant qu'elle m'excède.

Comment pourrais-je lui résister lorsque je suis incapable d'anticiper la moindre de ses paroles ? La plus infime de ses pensées ?

J'aurais essayé de t'épargner, mon ange…

– Alors, toi aussi, tu as envie de faire l'amour ?

Je. Meurs. Putain. De. Merde.

Un éclat de rire incongru me secoue les épaules et jaillit de ma gorge sans que je puisse rien faire pour le réfréner. Je ris si fort et si longtemps que je m'en fais mal aux mâchoires. Les genoux repliés devant moi pour dissimuler ma queue raidie, je me frotte les yeux pour y chasser les larmes de mon hilarité.

De plus en plus stressée, Olaïna dissimule ses seins derrière son bras replié et rougit en me regardant tristement, comme si elle croyait que je… *me moquais d'elle ?*

– Viens là, mon ange.

Je lui tends la main, prêt à lui expliquer que je ne fais pas l'amour, moi. *Je baise*. Et c'est sacrément différent. Mais elle secoue la tête, les joues écarlates, et rentre dans la chambre sans m'accorder une seconde de plus de son attention. Avec des gestes frénétiques, elle cherche sa robe blanche, posée sur la chaise près du lit. J'hésite *réellement* à la laisser s'en aller sans démentir sa certitude que je viens de rire à ses dépens.

Ce serait sûrement mieux que tout ce que j'ai à lui proposer, d'ailleurs…

– Où crois-tu aller, mon ange ? grondé-je, en me redressant pour courir dans la chambre et lui confisquer sa robe des mains.

Je la soulève au-dessus de ma tête, bien trop haut pour qu'elle puisse la récupérer.

– Rends-la-moi ! s'offusque-t-elle, délicieusement nue jusqu'à la taille. S'il te plaît !

– Non.

Un seul mot. Une condamnation. L'apogée de ma folie. Le début de ma fin.

– Arrête de te moquer de moi ! me supplie-t-elle, les larmes aux yeux. Ça fait mal !

Sans aucune hésitation, je balance sa robe à l'autre bout de la chambre et attrape l'élastique de mon caleçon détrempé qui me colle aux fesses et dont je me débarrasse en deux temps trois mouvements.

Totalement nu, je recule d'un pas et ouvre grand les bras pour lui permettre de m'admirer sous tous les angles, de m'analyser sous toutes les coutures. Mon sexe se dresse fièrement devant moi, à l'instar d'une épée prête à la transpercer, et bien sûr, c'est le premier endroit où elle pose le regard…

– Je ne me moquais pas de toi, Ola. C'était nerveux.

Elle déglutit à plusieurs reprises, le regard braqué sur mon entrejambe qui palpite de désir. Je m'attends à ce qu'elle m'insulte ou qu'elle panique. Et bien évidemment, ce n'est pas ainsi qu'elle réagit.

– Elle a l'air grosse, non ?

Je souris.

– Un peu plus que la moyenne, oui. Mais pas non plus énorme.

– C'est la première fois… commence-t-elle, avant de s'interrompre devant l'évidence de sa déclaration.

– Oui, je sais, dis-je simplement. Maintenant, à ton tour d'enlever ta culotte, mon ange.

Elle secoue vivement la tête tout en s'asseyant sur le lit, les jambes croisées, sa magnifique poitrine toujours dissimulée derrière son bras.

– Éteins la lumière, d'abord.

J'incline la tête et caresse mes abdominaux avant de descendre vers ma queue. Ses yeux de biche suivent le moindre de mes mouvements.

– Tu ne veux plus la voir, mon ange ? Elle te fait peur, c'est ça ?

Olaïna entrouvre les lèvres, le souffle court. À trop jouer avec mes nerfs, elle a excité la bête en moi, et maintenant, nos rôles se sont inversés : c'est elle qui fuit, et c'est moi qui la traque. Malheureusement pour elle, je suis très doué à ce petit jeu et plus que jamais déterminé à la faire mienne.

– Non, ce n'est pas ça…

– Alors, c'est quoi ? la relancé-je, en m'empoignant d'une main rude. Moi, je crois bien que tu as peur.

Et c'est déroutant parce que ça me brise le cœur de lui inspirer un tel sentiment, mais ça n'amoindrit absolument pas mon désir pour elle. Mon corps s'en fiche comme d'une guigne. Tout ce qu'il veut, c'est pénétrer en elle. Et ça me dégoûte de moi-même à un point qui me donnerait presque envie de vomir.

– Je n'ai pas peur de toi, réfute-t-elle, en me cherchant du regard. Mais c'est vrai que je suis un peu pudique et nerveuse…

– Détends-toi, mon ange… susurré-je, en la rejoignant sur le lit avant de m'allonger sur elle. Laisse-moi te prouver à quel point je peux être vertueux avec la bonne fille.

Je fais descendre des doigts joueurs le long de son ventre plat, piqueté de minuscules grains de beauté, jusqu'à finir par effleurer le délicat ruban de satin rose cousu sur le devant de sa culotte. À l'aide de son deuxième bras, l'autre étant toujours rabattu sur sa poitrine, Olaïna me dérobe une partie de son visage rougissant.

– La vérité, c'est que j'ai peur de te décevoir, Saint.

Je me fends d'un gloussement rauque, éraillé par le désir qu'elle m'inspire et que je respire à même sa peau de pêche.

– Si tu te voyais à travers mes yeux, tu comprendrais à quel point ce que tu viens de dire est grotesque. Je n'ai jamais autant brûlé de désir pour une femme. Tu sens comme je suis chaud ? C'est douloureux tellement c'en devient bon !

Mon corps est brûlant contre le sien, tout aussi fiévreux et impatient que le mien. À nous deux, on doit être responsables de la moitié des dégâts du réchauffement climatique.

– Laisse-moi te couper les ailes, mon ange.

Une brève lueur d'hésitation, puis…

– Oui, chuchote-t-elle en me transportant au-delà de la réalité, à l'orée d'un rêve éveillé. Vas-y, Saint. Arrache-les-moi.

16

Dernière chance

Saint

Je prie pour qu'elle soit sûre de sa décision. Pour qu'elle en ait la même envie que moi – bien que je doute que cela soit humainement possible. Une petite voix dans ma tête déplore le fait que l'étrange attraction qui existe entre nous n'ait aucune chance de survivre à cette soirée, mais je suis déjà trop excité pour m'arrêter là et renoncer à prendre ce qu'elle est prête à me donner. De toute façon, cela reviendrait à reculer pour mieux sauter : elle et moi, c'est inévitable.

Il faut que je goûte à Olaïna McLaren.

Ne serait-ce qu'une fois.

– Qu'est-ce qu'il faut que je…

Mes lèvres se posent sur les siennes, si douces et veloutées, pour la contraindre au silence. Ce qui devait n'être qu'une caresse, un léger effleurement, se transforme très vite en calvaire lorsqu'elle se met en tête de me rendre mon baiser. Sa langue caresse mes dents. Ses doigts se referment sur mes fesses. Ses ongles se plantent dans mon épiderme. Elle continue à me torturer avec ses provocations innocentes, et cette fois, j'en suis bel et bien persuadé : elle le fait exprès.

Échouant à me contenir plus longtemps, je pince son menton et enfonce ma langue jusqu'au fond de sa gorge pour faire fusionner nos bouches.

La passion s'entremêle au désespoir, la tristesse, à la lubricité, et sous toutes mes ombres, j'entrevois une infime étincelle de lumière…

– J'adore t'embrasser, Saint ! m'avoue-t-elle, entre deux inspirations maladroites. Je crois que c'est ce que je préfère au monde, désormais…

Moi aussi, songé-je, dans un élan de panique qui me force à reculer.

Mais ce que je vois me retient prisonnier d'une toile inextricable. Elle s'enflamme au contact de mes doigts. Plus libre que je ne le serai jamais, elle respire la vitalité, le bonheur et la confiance. Autant de sentiments qui me sont étrangers. Depuis toujours et à jamais. Sa beauté s'est affûtée comme une lame qui ne chercherait plus qu'à me poignarder en plein cœur, et je crois que j'aime le danger qu'elle représente pour moi. Ses petites dents blanches luisent dans la pénombre tandis que ses bras s'enroulent autour de ma nuque pour me ramener près d'elle. Sur elle. En elle. Là où, et comme elle l'a judicieusement fait remarquer, on se veut si fort, tous les deux…

Putain de merde !

– J'ai besoin de te toucher, OK ?! anhélé-je contre ses lèvres gonflées, lorsque c'est à son tour de reculer pour reprendre sa respiration.

Ses pupilles se dilatent sous l'effet de l'anticipation.

– Oui. Vas-y. Fais-le.

J'ai la tête qui tourne à cause de mon sang qui a déserté toute la partie supérieure de mon corps pour irriguer l'érection massive que je presse contre sa cuisse. Je n'arrive plus à réfléchir. L'unique chose dont je suis encore à peu près sûr, c'est qu'elle me rend complètement fou, et que l'on va continuer à s'embrasser pour le restant de la nuit.

Parce que c'est trop bon, putain ! C'est si bon…

Comme si elle m'avait entendu penser, Olaïna part à la recherche de ma bouche et suce ma lèvre inférieure avec l'intention manifeste de me torturer, parce qu'elle a l'air d'adorer ça…

Je gémis à haute voix, le corps à la fois si dur et si fragile qu'un simple coup pourrait me faire voler en éclats. Puis je remue les hanches contre elle, en proie à une faim primitive, et resserre l'étau de mes mains sur sa taille tandis qu'elle caresse l'intérieur de ma bouche avec sa langue. Un désir électrique crépite dans mes veines et sature mes nerfs hypersensibles. Je ressens tout avec beaucoup trop de force, mais avant de succomber à la jouissance, je veux être sûr qu'elle est submergée par la même folie lubrique que moi.

Aussi m'appliqué-je à ne pas aller trop vite, à lui rendre le moindre de ses baisers et à prendre le temps de préparer son corps à mon invasion.

Je fais descendre mes doigts fébriles le long de sa poitrine mouillée, puis de son ventre humide, jusqu'à venir effleurer son clitoris engorgé.

Mais elle sursaute et se dérobe à ma main.

– Je suis désolée, rit-elle contre mes lèvres enflées, en se crispant légèrement sous moi. Je suis nerveuse…

Comme moi, mon ange.

– Dis-moi que tu en as envie, l'imploré-je, agité. Dis-moi que tu es parfaitement consciente et consentante.

C'est la seule chose que j'aie besoin d'entendre avant de la pénétrer de mes doigts.

– Évidemment, déclare-t-elle, comme si j'étais cinglé d'en douter.

Si elle savait…

– Fais-moi l'amour, Saint.

Encore ces mots.

Toujours la même erreur.

J'entrouvre les lèvres pour la détromper lorsqu'elle ajoute :

– Je t'en supplie !

Et alors, toute pensée cohérente s'envole de mon esprit embrumé par une ardeur presque animale. Elle suffoque sous mon poids lorsque je la plaque contre le matelas en ondulant des hanches dans un lent mouvement sensuel avant de lui écarter impudiquement les jambes.

– Est-ce que ça va faire mal ? me demande-t-elle, l'air inquiète.

Nos yeux descendent vers son entrejambe, dont les lèvres soyeuses et le pubis recouvert d'un fin duvet de poils noirs me donnent instantanément envie de la dévorer jusqu'à l'orgasme. Ainsi offerte à mon regard affamé, elle est si désirable que j'en perds la raison.

– Sûrement… réussis-je à articuler, le cerveau au point mort. Je n'ai jamais couché avec une vierge.

Ma réponse semble parvenir à la détendre.

– Alors, c'est un peu une première fois pour tous les deux ?

– Oui, mon ange.

Elle me sourit.

– J'en suis heureuse.

Et sans transition, elle attrape ma main et la pose d'elle-même sur son sexe. Je suis enivré par la douceur de ses chairs roses et mouillées, et mon sang commence à cogner dans mes tempes, mon sexe se met à grossir – encore. Je serre les dents jusqu'à risquer de m'en faire éclater les molaires pour ne pas rejoindre le club des éjaculateurs précoces. Et lorsqu'elle s'enhardit jusqu'à enrouler sa petite main brûlante autour de ma verge, je ne résiste plus à l'envie de donner un puissant coup de reins qui lui arrache un hoquet de stupeur.

C'est tellement bon de l'avoir sous moi, de me sentir palpiter entre ses doigts innocents, que je sais déjà qu'il y aura une prochaine fois.

– C'est doux… s'émerveille-t-elle, en manipulant ma verge avec une maladresse adorable. C'est comme de l'acier gainé de velours. J'ai presque envie de la lécher…

– Si tu t'avises de faire ça, je te préviens tout de suite que j'en mourrai.

Si elle essaie de me sucer, il y a de fortes chances pour que mon cœur ne tienne pas le coup et que je rejoigne mon père dans sa tombe.

– Plus tard, décrète-t-elle, en faisant aller et venir sa main.

Tant que tu ne me fais pas attendre trop longtemps, mon ange…

J'abandonne toute retenue, et sans patienter plus longtemps, j'insère un doigt en elle.

– Ah, c'est… c'est une sensation bizarre… gémit-elle, en crispant ses muscles internes.

– Mais c'est bon, hein ? la taquiné-je, alors qu'elle dégouline littéralement de plaisir sur ma main.

– Oui.

Une réponse inutile. Sa petite chatte satisfaite me dit déjà tout ce que j'ai besoin de savoir.

– Je vais en ajouter un deuxième, et tu verras, ce sera encore meilleur pour…

Avant que je puisse finir ma phrase, elle s'empare de mes lèvres pour un long baiser insatiable, absolument dévastateur. Un peu comme si ma bouche recelait l'antidote aux maux silencieux de son âme. Ceux-là mêmes que j'entends dans cette solitude si intense que l'on semble partager.

– J'ai besoin de te prendre, mon ange ! la supplié-je, à bout de souffle. Je n'en peux plus de me retenir, il faut que j'entre en toi !

Mes doigts s'enfoncent plus profondément dans son sexe. Elle geint à haute voix en me sentant juste là, à cet endroit qu'elle n'a probablement jamais caressé et qui portera pour toujours la marque de mon passage. Une fine membrane de peau élastique m'empêche d'aller plus loin, et ça me fait tressaillir. Sa virginité n'est plus un concept intangible, et la voilà, juste au bout de mon doigt.

– Dis mon prénom, mon ange. Dis que tu me veux.

– Saint ! s'époumone-t-elle, avec ardeur. Oh oui, Saint ! Je ne veux que toi !

Du pouce, je titille le petit bouton innervé de son clitoris, ce qui la fait trembler et frissonner. Les yeux écarquillés, la bouche entrouverte, elle semble incapable de s'arrêter de gémir.

Un bruit sourd gronde comme le tonnerre au centre de ma poitrine. Je ne vais pas tarder à la prendre, avec ou sans orgasme sous mes doigts. Mes caresses deviennent de plus en plus désespérées. Elles perdent en douceur, gagnent en intensité. Il faut à tout prix que je passe aux choses sérieuses avant de me ridiculiser en giclant sur sa jambe.

C'est comme si, elle non plus, elle n'avait jamais rien espéré d'autre que ça… que ce moment-là… avec moi…

Olaïna est parfaite, si libre qu'elle m'emprisonne en elle. Et finalement, ce n'est pas moi qui la prends, mais elle qui se donne. Une preuve de confiance si absolue qu'elle réussirait presque à me guérir de mon passé.

Presque.

Parce que je n'oublie pas que tout ça n'est qu'un leurre, un mensonge. Un acte de folie temporaire qui se retournera contre moi dès lors qu'elle prendra conscience que je ne suis pas un prince charmant venu pour la délivrer de sa tour d'ivoire.

Je ne suis même pas le méchant dragon ou la vilaine grenouille.

Non, moi, je suis une erreur de parcours qui n'a rien à foutre dans l'histoire. Une note de bas de page. Un chapitre écrit à l'arrache et ajouté à la dernière minute.

Et tant pis pour elle…

Aussi excités l'un que l'autre, nous laissons nos mains brûlantes se découvrir et se dévoiler en caressant nos corps entremêlés l'un à l'autre, comme les deux dernières pièces d'un puzzle trop compliqué. Je me gorge du plaisir éphémère de la sentir contre moi, sous moi, et d'avoir un aperçu du véritable bonheur.

– Une seconde !

Olaïna roule sur le côté. Mon regard se promène sur ses seins ronds, son ventre légèrement vallonné sur lequel mes ongles ont laissé de longues estafilades rouges. Puis il s'égare plus bas, là où ses lèvres satinées brillent d'un succulent miel sucré.

Pour moi. À moi.

Pris d'une violente bouffée de chaleur, je me mords l'intérieur de la joue, aussi frustré qu'excité, le cœur battant à toute berzingue.

– Une seconde, c'est déjà trop…

Ça sonne comme une menace. En réalité, c'est une supplique.

– Je suis désolée, s'excuse-t-elle, la mine déconfite. J'ai eu peur de…

– N'aie jamais peur de moi, l'interromps-je, d'une voix ardente. Je ne te ferai jamais de mal. Je te le promets !

Elle relève vivement la tête. Son regard étonné croise le mien, à la fois méfiant et sceptique, un peu comme si elle savait qu'elle ne pouvait pas me faire confiance, mais qu'elle n'arrivait pas à comprendre pourquoi son instinct la mettait en garde contre moi…

– Ce n'est pas toi qui me fais peur, explicite-t-elle, avec un léger temps de retard. C'est juste… la situation. La puissance de ce que je ressens. C'est si…

Elle cherche ses mots, et moi, je garde le silence, le corps à l'agonie, le cœur au bord des lèvres.

– C'est si beau, et nouveau, et intense, aussi, que je n'ai pas envie que ça se termine trop vite, tu vois ?

Un sourire malicieux s'épanouit à la commissure de mes lèvres. La tension qui rigidifie mes épaules s'envole comme par magie. Je suis à deux doigts d'éclater de rire, mais je me retiens de crainte de la vexer – encore une fois. Pour ma défense, elle dit des trucs si mignons qu'il est difficile de garder son sérieux.

– Je ne finirai pas trop vite, mon ange. Ne t'en fais pas pour ça…

Moi, j'ai plutôt la trouille de ne pas réussir à terminer avec toutes ces interruptions.

– Quand ce sera fini… est-ce que je devrai rentrer tout de suite à la maison ? Ou est-ce que l'on restera encore un peu ensemble ?

Sa question d'apparence innocente me noue l'estomac d'une angoisse insupportable.

– C'est à toi de voir… m'entends-je lui répondre, alors que ce serait le moment parfait pour lui expliquer les règles et mettre les choses au clair. Pourquoi ?

Toi non plus, tu n'as pas envie de rentrer chez toi ? lui demandé-je en mon for intérieur, tiraillé par mon besoin de fuir toute forme d'attachement émotionnel et mon désir inexplicable de la protéger. De lui donner tout ce qu'elle veut dans l'espoir trop niais de la faire sourire.

– Je ne m'attendais pas à ce que ça soit aussi bon, admet-elle, si belle ainsi cachée derrière ses bras minces que j'en suis chamboulé. Je crois que je ne m'étais jamais sentie aussi vivante que dans tes bras, et je ne veux pas que ça s'arrête.

Elle hésite, puis ajoute :

– S'il te plaît, laisse-moi encore vivre un peu comme si j'étais vraiment libre d'être moi-même.

La chute va être brutale, mon ange. Autant pour toi que pour moi.

– D'accord.

Pauvre idiot, s'exclame amèrement ma conscience. *Tu le paieras !*

Avec cette pensée accablante en tête, je me rallonge sur Olaïna pour me frayer un chemin entre ses jambes, qu'elle écarte d'elle-même lorsque je caresse l'intérieur de ses cuisses. Mes mains se rejoignent à la jonction de sa féminité, sur ses lèvres mouillées qui frémissent à l'effleurement de mes doigts. Avec le peu de patience qu'il me reste, j'en insère deux en elle sans la quitter des yeux. Nos regards sont verrouillés l'un à l'autre, son innocent plaisir contre ma sensuelle perversion, et c'est tellement érotique que je sais que je ne pourrai plus jamais la regarder sans penser à ce moment-là. Celui où elle s'ouvre pour moi et engloutit voracement le bout de mes doigts.

– Maintenant, la préviens-je d'une voix âpre, on va jusqu'au bout. OK?

Je la pénètre plus profondément pour lui faire comprendre qu'elle est à moi. Pour le restant de la nuit. Que c'en est fini de tourner autour du pot. Cette prise de conscience lui arrache un cri de plaisir guttural qu'elle s'empresse d'étouffer dans son poing. En réponse, je bouge les hanches en avant pour lui faire sentir tout le désir qu'elle m'inspire, si bien qu'elle est obligée de se retenir à ma taille, enivrée par l'avalanche de sensations nouvelles et lubriques.

– Dis que tu es d'accord.

Éperdue, elle acquiesce d'un hochement de tête qui manque de m'assommer.

– Gentille fille, la complimenté-je, en accélérant mon va-et-vient.

Elle frissonne.

– Parle-moi encore, continué-je, fiévreux. Raconte-moi tes fantasmes. Est-ce que ça te plaît ? Tu en veux encore ? Hein ? Ou est-ce que tu te sens prête à expérimenter quelque chose de plus… gros ?

Tout en lui parlant, je plonge le visage dans son cou et mordille le lobe si sensible de son oreille.

– Plus, accepte-t-elle, aventureuse. Toi. C'est toi qu'il me faut !

C'est toi qu'il me faut, répète une voix discordante sous mon crâne. *Toi.*

Ma cage thoracique se contracte autour de mes poumons. Ce qu'elle me réclame avec tant de naïveté dépasse de très loin tout ce que j'ai à lui offrir – c'est-à-dire, pas grand-chose. Pourtant, j'obtempère comme si j'en étais réellement capable. Pire, comme si j'en avais vraiment envie, moi aussi. Un mensonge de plus, une illusion de trop.

– Dès que je t'ai vue, j'ai été hypnotisé, confessé-je, en perdant tout contrôle. Avec tes longues jambes et tes petits seins qui rebondissaient sous ta chemise. Il m'a fallu moins d'une demi-seconde pour décider que j'allais tout faire pour t'avoir, mon ange…

Incapable de me répondre, elle se contente d'un petit mouvement de la tête et d'une plainte suave.

– Puis tu m'as parlé du principe de ton faux livre, de ta passion pour les fanfictions, et là, j'ai compris que je n'arriverais jamais à me contenter d'un petit coup vite fait, comme j'en ai l'habitude. Putain, tu n'as sûrement rien remarqué, mais je bandais tellement fort que je n'arrivais plus à croiser les jambes devant moi ! Tu étais là, belle à couper le souffle, juste à portée de main, si naïve que tu ne comprenais rien à ce que j'essayais de te raconter, et la seule chose à laquelle je pensais, c'était : « Seigneur, qu'est-ce qu'elle est jolie, cette fille ! »

Olaïna me dévisage entre ses paupières mi-closes, les lèvres entrouvertes sur un souffle haletant.

– Toi non plus, tu n'as pas remarqué à quel point j'étais envoûtée par toi. Ma culotte… j'ai dû la changer dès que je suis rentrée à la maison.

Sous le charme, et un peu surpris par son audace, je m'étrangle avec ma salive.

– Tu t'es caressée en pensant à moi, ce jour-là ?

Ce jour de malheur où j'ai perdu mon père a peut-être changé ma vie de plus d'une façon…

– Oui, acquiesce-t-elle. Sous la douche. Et après, j'avais tellement honte que j'ai passé l'après-midi à aider la vieille dame un peu cinglée qui habite au coin de ma rue. J'ai rempoté des plantes pendant trois heures…

Elle fait la moue, et c'est plus fort que moi : j'éclate de rire, le visage pressé contre sa poitrine où j'ai dessiné une guirlande de suçons rouges.

– N'aie jamais honte de ton désir pour moi, mon ange. Jamais. C'est la plus belle chose au monde.

– Je n'ai pas honte, m'assure-t-elle. Pas de toi. Je te veux trop fort pour renoncer à ce que l'on partage…

L'entendre affirmer son désir avec une telle fougue m'excite comme si c'était la première fois, pour moi aussi. J'ai le souffle court, mon sang rugit à mes tempes et mon cœur produit son propre concert. À l'instar d'Olaïna, je ne me suis jamais senti aussi libre. Aussi puissant. *Presque* heureux.

– Promis ?

– Promis, me jure-t-elle. Je suis prête, Saint. Vas-y.

Enfin, enfin, enfin !

Face à face, peau contre peau, les yeux dans les yeux, je me positionne à l'entrée de sa féminité, toujours malmenée par mes doigts. Je ne l'ai pas encore fait jouir, mais je n'en ai plus la patience. J'ai trop besoin de connaître la sensation de mon corps pénétrant à l'intérieur du sien. Et plus que tout, je crève d'impatience à l'idée de la sentir se contracter et se relâcher autour de mon membre à l'agonie tandis que le plaisir l'emporte au-delà de cette réalité qui ne nous convient ni à l'un, ni à l'autre.

– Saint…

Je pose la main sur sa hanche pour m'introduire en elle lorsqu'une pensée urgente me revient à l'esprit. Je m'immobilise, horrifié d'avoir oublié un détail très important. Le genre de truc capable de détruire une vie. Accablé par ma bêtise, je me rue hors de lit. Elle proteste quand je l'abandonne, nue et offerte, si confiante que j'en suis inexplicablement touché.

– Toujours se protéger, mon ange, lui dis-je.

Elle me bouleverse tellement que j'ai failli oublier de mettre un préservatif. Une erreur de débutant que je m'étais pourtant promis de ne jamais réitérer. La panique s'intensifie dans mon cœur, le passé revient parasiter mon présent, mais je suis bien trop excité pour en rester là…

Avec des gestes impatients, je récupère mon portefeuille dans la poche de mon pantalon et retire la guirlande de capotes que j'y ai rangée avant de venir à la soirée. J'en déchire une et l'ouvre en faisant attention à ne pas l'endommager. Puis je pince le réservoir et le déroule sur mon membre douloureux. Cela me prend moins d'une seconde – la force de l'habitude, je présume.

Cela étant fait, je me rallonge sur Olaïna, qui m'accueille en enroulant ses bras autour de ma taille tandis que mes doigts s'emmêlent dans ses cheveux bouclés.

– Merci, Saint.

Ne me dis surtout pas ça, mon ange.

– Chut…

Mes lèvres affamées s'abattent sur les siennes. On s'embrasse durant une minute presque interminable. Ses longues jambes se nouent autour de ma taille et me ramènent à l'entrée de sa féminité.

Je suis prêt à la faire mienne.

Tout à coup, je reçois un coup au cœur en prenant conscience que c'est peut-être un peu plus que du sexe, pour moi…

Et pour elle aussi, sans le moindre doute.

Hélas, cette pensée terrifiante disparaît de mon esprit dès lors qu'Olaïna se frotte contre moi. Les mâchoires serrées, le cerveau embrumé par la passion, je me surprends à marmonner :

– Tu es à moi pour toujours, désormais.

Et sur ces mots stupides, ces paroles trop dangereuses, je la pénètre d'un premier coup de reins. La résistance de son corps cède presque trop facilement face à mon intrusion.

Mon petit ange pousse un gémissement éperdu, mélange de plaisir et de douleur, les ongles enfoncés dans mes fesses. Je bouge très légèrement en elle pour l'habituer à la taille de mon sexe. Les larmes aux yeux, elle resserre la prise de ses jambes autour de mes hanches tandis que je m'applique à bouger le plus doucement possible.

Malheureusement pour elle, le plaisir commence à me faire baisser la garde, à l'emporter sur ma retenue, et je remue de plus en plus vite, allant de plus en plus loin…

– Mon ange ! m'écrié-je, en m'enfonçant jusqu'à la garde. Désolé, désolé, désolé…

J'ai un hoquet en sentant l'étroitesse de sa féminité qui me compresse comme un poing. Ses ongles s'enfoncent dans ma chair jusqu'à me faire saigner, comme si elle tenait à me partager à la fois son plaisir et sa douleur. C'est si bon, si parfait, juste ce qu'il me fallait pour que je retrouve momentanément goût à la vie. Une partie de moi souhaiterait que cela puisse durer pour toujours, mais le plaisir est si fort, et la jouissance, si près…

Un peu étourdi par la violence de mes émotions, je vais et je viens en elle. Nos peaux recouvertes de sueur glissent l'une contre l'autre dans un bruit obscène que j'aime à la folie et qui m'inspire de sombres, sombres mélodies…

– Oh ! Saint ! pleurniche Olaïna. J'ai mal, mais c'est bon, aussi…

Je relève légèrement la tête pour la regarder se perdre dans la jouissance alors que je la prends de toutes mes forces. Le monde cesse d'exister à mes yeux, plus rien n'a d'importance en dehors d'Olaïna qui se cambre sous moi pour mieux me sentir en elle.

– Je ne croyais pas… que ça pouvait être… aussi… douloureux… et bon… en même temps…

Moi non plus, mon ange. Moi non plus… songé-je, subjugué par des sensations toutes plus extrêmes les unes que les autres.

– Dis-moi encore que tu aimes ça. Dis-moi à quel point ta petite chatte adore ma queue.

Dis-moi que tu m'appartiens. Dis-moi que toi, contrairement aux autres, tu ne m'abandonneras jamais…

Horrifié par la tournure que prennent mes pensées, je les chasse très vite de mon esprit et perds le rythme de mes coups de boutoir.

– J'adore tout de toi, Saint Hunderson ! Tout !

Et merde ! C'est parfait, putain !

J'aurais voulu prendre mon temps et être le meilleur souvenir de sa vie. Hélas, c'est trop pour moi, elle m'a terrassé avec ces quelques mots si... importants. Je perds la raison, j'abdique, et je me mets à aller et venir en elle aussi vite et aussi fort que je le peux sans la blesser. Accrochée à mes épaules, elle halète tandis que je me penche sur elle pour survoler sa bouche de la mienne. Nos souffles se mêlent et nos sueurs se mélangent...

Elle est moi, je suis elle.

Et c'est toujours aussi parfait.

Prêt à jouir, je me tends, prisonnier de ses chairs humides, et relâche la pression dans un grognement animal qui résonne à travers toute la chambre. Mes paupières se ferment sous l'afflux d'une émotion indescriptible qui me terrifie tout en me submergeant d'une vague de pure extase.

Je vais et je viens dans sa chaleur moite.

– Tu me tues, mon ange... Je vais mourir dans tes bras... et j'y serai enfin heureux, putain !

– Saint !

Soudain, j'ai l'impression que tout mon univers s'écroule autour de moi. Le temps s'enroule sur lui-même, comme un élastique, et me revient en pleine gueule lorsqu'un orgasme d'une rare puissance me coupe le souffle. Le vide se fait à l'intérieur de moi quand je la remplis de tout ce que je suis, de tout ce que je possède.

Mais je ne m'arrête pas pour autant, et une légère incompréhension embrouille l'expression de son visage. C'est là que je m'aperçois qu'elle est en train de pleurer...

– Putain... Je t'ai fait mal, mon ange ?

Elle renifle et murmure d'une voix chevrotante :

– Embrasse-moi encore, Saint.

J'abaisse la tête et trouve ses lèvres meurtries. Notre baiser se fige dans une seconde d'éternité, et lorsque je n'ai plus d'oxygène, j'incline son menton jusqu'à ce que nos regards soient au même niveau – trop de choses brillent dans ses yeux. Avec plus de précautions que je n'en ai prises pour la baiser, je me retire de son corps moelleux et scande d'une voix essoufflée :

– Merci, Olaïna. Merci de m'avoir fait confiance.

À bout de forces, je retombe sur elle et l'écrase de tout mon poids contre le matelas. Elle m'embrasse dans le cou et me murmure des mots doux que je n'arrive pas à entendre à cause du sang qui frappe toujours furieusement à mes tempes.

Il me faut quelques secondes pour reprendre mes esprits. Olaïna est toujours nichée contre moi, blottie comme un petit chaton dans mes bras. Derechef, une panique soudaine et brutale éclate à l'intérieur de ma poitrine. Et elle est encore plus intense que le plaisir que je viens d'éprouver. Comme foudroyé, je bondis hors du lit, jette le préservatif usagé dans les toilettes de la salle de bains attenante et attrape mes vêtements, que j'enfile à la va-vite avec une seule idée en tête : fuir, et vite !

– Saint ? m'interrompt Olaïna, perdue. Où vas-tu ? Tu avais dit que tu resterais avec moi.

Je ne peux pas lui faire ça… je ne peux pas…

Accablé par ma lâcheté, je me tourne vers elle et reçois un second coup au cœur. Nue sur les draps froissés, elle me regarde avec des yeux tristes, encore brillants de larmes douloureuses.

Je ne peux pas…

– Tiens, capitulé-je, en lui tendant mon tee-shirt, qu'elle enfile sans prononcer le moindre mot. Tu veux une bière, mon ange ?

Sur la défensive, elle se contente d'un bref hochement de la tête. Alors je décapsule deux bières, puis je sors un paquet de chips salées et, pour combler le silence, j'attrape la guitare dont Ruben se sert pour draguer les filles qu'il parvient à inviter dans sa chambre.

Je retourne sur le lit, lui donne sa bouteille et dépose la mienne sur la table de chevet avant de m'adosser contre le mur, les jambes écartées.

– C'est quoi, ta chanson préférée ?

Olaïna croise les siennes devant elle en tentant de me dissimuler sa grimace de douleur – et la tache rouge près de mon genou. Peine perdue. Je suis incapable de les quitter des yeux, elle et le sang que j'ai fait couler en toute connaissance de cause.

Je n'ai même pas réussi à la faire jouir…

– *Cry Me a River*, de Justin Timberlake.

Je hausse les sourcils.

– C'est la mienne aussi ! avoué-je, surpris. Viens dans mes bras, mon ange. Et laisse-moi te chanter une chanson.

La reconnaissance qui anime son visage me brûle de l'intérieur tandis qu'elle s'installe contre mon torse, entre mes jambes, si petite et fragile que je me sens de plus en plus merdique. Et monstrueux. Tout en sirotant sa bière, elle se pelotonne contre mon torse et lève ses grands yeux innocents vers moi. Mon putain de cœur se serre dans ma poitrine. La gorge nouée, j'entame la musique en grattant du bout des doigts les cordes sèches de la guitare.

You were my sun,
You were my earth,
But you didn't know all the ways I loved you...
No...

Comme d'habitude, la musique parvient à me calmer, à m'apaiser. Les notes s'élèvent dans la chambre et m'aident à faire redescendre la pression.

So you took a chance
And made other plans
But I bet you didn't think that they would
come crashing down, no...

Absorbée par la mélodie, Olaïna se met à me caresser l'avant-bras. Tout doucement. Avec tendresse... et une autre émotion plus viscérale sur laquelle je préfère éviter de m'appesantir.

You don't have to say, what you did,
I already know, I found out from him,
Now there's just no chance, for you and me, there'll never be,
And don't it make you sad about it.

Plus la musique m'absorbe, moins j'ai besoin de réfléchir. Des souvenirs désagréables en profitent pour me revenir en mémoire. L'enterrement de mon père. Le regard accusateur de ma mère. L'absence de tous mes amis d'enfance qui me détestent, désormais. Et le dégoût de plus en plus virulent que j'éprouve envers moi-même.

You told me you loved me
Why did you leave me, all alone
Now you tell me you need me
When you call me, on the phone...

Alors pour les garder à distance, je ferme les yeux. Et je chante. Plus fort. Encore plus fort. Jusqu'à m'en irriter les cordes vocales.

I know that they say

That some things are better left unsaid

Mais ça ne suffit pas à effacer les erreurs de mon passé, à repousser mes vieux démons.

The damage is done

So I guess I be leaving

Oui, le mal est fait. Oui, je ferais mieux de partir.

Cry me a river

Cry me a river, oh

Cry me a river, oh[6]...

Et oui, je pourrais en pleurer une rivière. Là, maintenant. Tout de suite. Malgré le court moment de répit que m'a offert mon petit ange, je suis toujours le même gamin paumé qui a flirté d'un peu trop près avec la mort et qui ne se remettra probablement jamais de ce qui lui est arrivé...

– *Cry me a river*, terminé-je, en esquissant la dernière note. Ça va mieux ?

N'obtenant pas de réponse de sa part, je baisse les yeux sur Olaïna. Roulée en boule, les genoux repliés sur le côté et la bière calée contre sa poitrine, elle s'est endormie dans mes bras, avec un air si paisible sur le visage que je ne peux pas m'empêcher d'en être jaloux.

Finalement, je crois que ce n'est pas elle qui aura le plus de regrets, demain matin.

Ce sera moi.

– Dors, mon ange... chuchoté-je, en entamant une nouvelle chanson. Cette nuit, je veillerai sur tes rêves.

---

6. Tu étais mon soleil, tu étais ma terre, mais tu ne connaissais pas toutes les façons dont je t'aimais, non. Alors tu as pris un risque et tu as suivi d'autres projets, mais je suppose que tu n'imaginais pas qu'ils exploseraient en vol, non. Pas la peine de me dire ce que tu as fait, il me l'a déjà dit, maintenant nous n'avons plus aucune chance ensemble, et il n'y en aura plus jamais. Tu m'as dit que tu m'aimais, pourquoi tu m'as laissé seul, maintenant tu dis que tu as besoin de moi au téléphone. Je sais qu'on dit qu'il vaut mieux ne pas tout dire. Mais le mal est fait, alors je pense que je vais partir. Verse des torrents de larmes.

Et moi, je subirai le courroux de mes cauchemars. Ceux-là mêmes qui m'obligeront à lui briser le cœur, à son réveil. Parce qu'elle mérite mieux qu'un gars qui n'a plus ni père ni honneur, et qui, à Seattle, est accusé d'être un violeur.

17

Le cœur en bandoulière

Ola

27 janvier 2021

Quand je me réveille, mon lit est vide, les draps sont froids, Saint n'est plus là… et je suis tellement à la bourre qu'il n'y a absolument aucune chance pour que j'arrive à l'heure au boulot.

– Merde, merde, merde !

Prise de panique, j'attrape mon téléphone, constate que je n'ai plus de batterie, d'où l'absence de réveil, et le mets à charger sur la table de chevet avant de sauter dans ma douche pour une toilette rapide. En deux temps trois mouvements, je me nettoie le corps, me brosse les dents et m'habille au hasard avec les premiers vêtements que je tire de mon placard. Pas de café, ni de petit déjeuner. Pas le temps pour ça. J'ajoute une touche de mascara sur mes cils et une pointe de gloss sur mes lèvres, puis j'enfile mes baskets, attrape mon sac à main et sors de mon appartement en courant comme une dératée.

Par je ne sais quel miracle, je parviens à dévaler les marches trois par trois sans me rompre la nuque, et grâce à un sprint d'anthologie qui me laisse aussi essoufflée qu'une fumeuse de cinquante ans, je me glisse dans le bus que je prends habituellement après être passée chez Starbucks.

Calée contre la fenêtre, j'inspecte ma tenue d'un œil curieux et grimace en avisant mon accoutrement pour la journée – hum, ouais… ce n'est vraiment pas fameux ! J'ai assorti un débardeur vert bouteille à une veste de sport rouge qui appartient à João et à un pantalon cargo noir, deux fois trop grand pour moi. Quant à mes baskets, elles ne sont plus blanches depuis longtemps, et leur couleur indéfinissable semble hésiter entre le vert kaki et le marron caca.

Avec un soupir de consternation, je fouille mes poches, à la recherche de mon téléphone. Mais il n'y est pas. Alors je ratisse le contenu de mon sac à main… et rien ! Pas l'ombre d'un portable, et pour cause, je le revois parfaitement sur ma table de chevet en train de charger.

– Journée de merde ! me lamenté-je, en posant la tête sur mes genoux repliés contre ma poitrine.

Tout en parlant, je constate que ma bouche me fait un mal de chien. Toujours gonflée, aussi rouge qu'un camion de pompier, mes exploits de la veille se sont imprégnés sur mes lèvres et dans la douleur lancinante qui pulse au fond de ma gorge, là où les piercings de Saint ont frotté jusqu'à m'en irriter le haut du palais.

Mais ça en valait la peine, décrété-je, le feu aux joues, en me rejouant le film classé X de ma soirée.

Je ne regrette rien de ce qu'il s'est passé avec Saint, si ce n'est cette stupide promesse de lui accorder une année de ma vie. Enfin, je n'ai pas tout à fait accepté. Parce que je n'ai pas dit oui à sa seule condition, celle de rester amis après tout ça…

Comme si c'était possible, putain !

Saint et moi avons réussi à maintenir une entente cordiale, la première fois. Mais seulement parce que Clayton m'a obligée à tolérer la présence de son meilleur ami. Au début, je le fuyais comme la peste, repoussais toutes ses tentatives de copinage et faisais comme si je ne le connaissais pas lorsque je le croisais sans être accompagnée de Clay. Puis j'ai compris que si je voulais sauver mon couple, j'allais devoir faire contre mauvaise fortune bon cœur, et l'inclure dans mon quotidien. Ça n'a pas été facile. Mon attirance pour lui a été une véritable torture, au début. J'avais tellement envie de lui que je me sentais… sale et impure dès qu'il entrait dans une pièce.

Plus je voulais Saint, moins j'arrivais à m'enthousiasmer des caresses de Clayton.

Et puis, le temps a passé, les choses se sont aplanies, mon attirance n'a pas résisté au défilé de filles qu'il mettait dans son lit, et lorsqu'il a proposé à Clay de récupérer son appartement pour qu'il puisse emménager dans celui d'en face, plus moderne et doté d'une cuisine équipée, j'ai fini par accepter l'idée que j'allais être l'amie du mec qui m'avait dépucelée tout en sachant qu'il me briserait le cœur.

Une fois, pas deux! me promets-je, renfrognée.

J'ignore où va me conduire cette histoire plus que bancale avec Saint, mais une chose est certaine: s'il me refait du mal, je ne le lui pardonnerai pas.

Bien sûr, je vais tout faire pour séparer le sexe des sentiments. Je ne suis pas masochiste et j'ai bien compris qu'il n'avait aucune envie de s'établir avec une seule et unique femme. Mais si je n'y arrive pas, je ne culpabiliserai pas et je mettrai fin à notre relation.

J'ai beau tenir à lui plus qu'à la majorité des gens qui partagent mon existence, je ne veux plus jamais me retrouver dans le même état qu'il y a sept ans, lorsqu'il m'a arraché le cœur de la poitrine en souriant comme s'il en avait l'habitude.

Forte de cette résolution, je descends du bus et remonte la rue d'un pas martial, le cœur en bandoulière et prête à affronter n'importe quelle catastrophe.

Enfin, ça… c'est ce que je croyais avant d'arriver à mon bureau avec une quinzaine de minutes de retard et de tomber directement sur Mason, qui sort des toilettes situées à proximité de ma petite cage à poule, loin de l'open space que se partagent mes collègues.

– Tu es à la bourre, McLaren! me houspille-t-il, les sourcils froncés. Ce n'est pas parce que je t'ai payé des tacos que c'est la fête au village! Et c'est quoi, ces fringues?

Un petit sourire m'incurve les lèvres.

Le connard est de retour!

– Désolée, chef. J'ai loupé mon réveil.

Les yeux bleus de mon patron tombent sur ma bouche meurtrie et s'y attardent durant de longues secondes. L'ambiance change du tout au tout, comme sa posture, moins rigide et sévère. L'air devient plus dense, presque électrique.

– Oh… souffle-t-il, étrangement troublé. Je vois.

Effectivement, je crois qu'il en voit même plus que je ne souhaite lui en montrer.

– Putain de tacos! grommelle-t-il en se penchant vers moi, les yeux rivés sur mes lèvres qu'il caresse d'un regard ardent. Sushis, ce soir?

Je ris en le repoussant du coude.

– Arrête! Tu es bête!

– Je sais, et crois-moi, je m'en mords les doigts, plaisante-t-il, avant de me gratifier d'un petit coup d'œil joueur. Allez, au boulot, ma belle!

On échange un sourire complice, puis il retourne à son bureau, et moi, au mien. Mais là encore, un obstacle de taille se dresse sur mon chemin en la personne de Catalina, qui me dévisage avec des yeux ronds comme des soucoupes.

– C'était quoi, ça? chuchote-t-elle d'une voix tout de même forte, en refermant la porte de mon bureau derrière elle. Olaïna McLaren! Est-ce que tu t'envoies en l'air avec Mason Pickman?

Je m'empourpre en déposant mes affaires sur la table et me laisse choir sur ma chaise, épuisée par mes folles cabrioles de la veille. Après ma douche, lorsque je suis retournée au lit, j'y ai trouvé Saint endormi au-dessus des couvertures, aussi nu qu'au jour de sa naissance. J'ai hésité à le réveiller, mais il avait l'air si paisible que je n'ai pas osé interrompre son sommeil. Et même si c'était une très mauvaise idée, je l'ai protégé d'une couverture et je me suis allongée près de lui… avant de le regarder pendant un si long moment que j'ai failli me mettre à pleurer, sans aucune raison particulière. Juste parce que c'était Saint et qu'il était là, à portée de main. Lui qui m'a toujours semblé tellement inaccessible.

Ne pas mélanger le sexe et les sentiments, hein?

– Je ne vois pas du tout de quoi tu parles, Lina.

Sans la regarder de crainte de me trahir, j'allume mon ordinateur et entreprends de ranger le capharnaüm qui règne sur mon bureau.

– Ah bon? persifle mon amie. Et le méga-suçon dans ton cou, il a été fait par le Père Noël?

Et merde! Je l'avais complètement oublié, celui-là!

Honteuse, je plaque une main sur ma gorge et balbutie d'une voix à peine articulée:

– C'est… c'est… euh…

Les yeux de Catalina se mettent à pétiller de malice.

– La chance ! Il est tellement canon ! Presque autant que João !

Je plonge le visage dans mes mains en grommelant, prise la main dans le sac, tandis qu'elle se lance dans un comparatif exhaustif de leurs atouts physiques.

– Jony va être tellement soulagée de l'apprendre ! s'exclame-t-elle tout à coup, en déclenchant une alarme sous mon crâne. Elle flippait grave pour toi !

– Quoi ? Pourquoi ?

Je relève la tête pour la jauger d'un œil suspicieux.

– Eh bien, tu sais… marmonne-t-elle, penaude. À cause de Saint.

Encore !

Pourquoi faut-il que tout dans ma chienne de vie tourne autour de lui ?

– Quoi, Saint ? reprends-je, sur la défensive.

Catalina se dandine d'un pied sur l'autre, mal à l'aise.

– Jony avait peur que tu… hum, jettes ton dévolu sur lui et qu'il te brise le cœur. Tu as toujours l'air d'un agneau innocent quand il rôde dans les parages, et lui, d'un loup affamé qui a très envie de se goinfrer de ta délicieuse chair blanche.

Jony n'est pas ma meilleure amie pour rien : elle me connaît un peu trop bien.

– Et alors ? Qu'est-ce qu'il y aurait de mal à ça ?

Catalina me fixe d'un air éberlué, comme s'il venait de me pousser une deuxième tête sur l'épaule.

– Ola… c'est bien Mason qui t'a fait ce suçon, n'est-ce pas ?

Si je dis oui, je mentirai à ma meilleure amie. Mais je préserverai le secret de ma relation plus que controversée avec Saint. Si je réponds par la négative, je m'attirerai les foudres de Jony et ne pourrai plus rien faire sans l'avoir sur le dos. Un dilemme épineux.

– Il m'a invitée au restaurant, hier soir. Et j'y suis allée. C'était bien.

Pas un mensonge. Pas une vérité non plus.

– Oh, mais c'est génial ! Tu as la bouche tout enflée, et ce suçon… Mon Dieu ! Je n'aurais jamais cru qu'Iceberg Pickman, comme on l'appelle dans son dos, serait aussi chaud bouillant !

Je hausse une épaule, le regard fuyant.

– C'était vraiment chaud, oui…

– Quel défi t'a-t-il aidée à rayer de ta liste ? me demande-t-elle, finaude.

– Eh bien, disons que je sais maintenant ce que cela fait d'en avoir plein la bouche, avoué-je, crûment.

Catalina renverse sa jolie tête blonde en arrière pour éclater d'un rire contagieux, qui me remet un peu de baume au cœur.

– Je suis tellement heureuse pour toi, ma chérie ! s'exclame-t-elle. J'avais si peur que tu te renfermes sur toi-même après toutes les merdes que tu as accumulées, l'année dernière. Mais, non ! Plus le temps passe, et plus je te trouve…

Elle marque une pause, semblant chercher le terme adéquat pour décrire la nouvelle version de moi. J'ai envie de lui dire que je me sens complètement paumée, en ce moment. Que ma vie est un bordel innommable et que j'ai peur de me perdre sur le mauvais chemin. Mais je préfère garder le silence, parce que ce ne serait pas tout à fait la vérité. L'anarchie de mon quotidien a quelque chose d'étrangement euphorisant. Et la liberté qui l'accompagne est comme une drogue à laquelle je suis en train de devenir accro.

J'en veux plus. Il m'en faut encore.

Une autre dose de Saint.

Jusqu'à l'overdose.

– Épanouie, décrète-t-elle, satisfaite. Tu as l'air beaucoup plus épanouie, et ça te rend si belle que j'ai presque envie de te demander en mariage.

Je m'esclaffe tandis qu'elle fait mine de s'éventer le visage avec ses mains parfaitement manucurées

– Tu m'en diras tant !

– Non, vraiment. C'est bien. Je suis contente pour toi et j'espère que tu connaîtras enfin ton premier orgasme.

Je rougis jusqu'à m'en brûler les oreilles.

– Non ?! C'est déjà fait et tu ne m'as même pas appelée pour me le dire ? s'indigne-t-elle. Je suis à deux doigts de te retirer ton badge de meilleure amie, là !

– Désolée, c'est que ça fait un moment que l'on ne s'est pas réunis, tous ensemble et…

Sauvée par le gong !

La sonnerie de mon téléphone de bureau coupe court à mon explication plus que laborieuse. Avec un regard d'excuses complètement bidon, je décroche sans même jeter un coup d'œil à l'identité de mon interlocuteur.

– Olaïna McLaren. J'écoute.

Un ange passe.

– Tu fais quoi, ce soir ?

Je fronce les sourcils, incapable de mettre un visage sur cette voix familière. Basse et grondante. Indubitablement masculine.

– C'est qui ?

Un rire rauque qui, là encore, ne m'est pas inconnu.

– Ah, c'est sympa comme réponse. Tu ne reconnais même pas ton propre frère, Olalita ?

Sous le choc, je manque de tomber de ma chaise.

– Cian ! Mais comment as-tu eu ce numéro ?

– C'est Jo qui me l'a donné. Tu ne répondais pas sur ton portable.

Je n'ai pas parlé à mon frère depuis… pfiou, au moins six mois. Et honnêtement, je ne tenais pas vraiment à ce que ça change. Lui et moi, on n'a rien en commun. Il a toujours été beaucoup plus proche de Charity, même s'ils ont fini par s'éloigner à cause de leurs métiers respectifs, et le peu de temps qu'il avait à me consacrer à l'adolescence se comptait à peine en secondes. Si Jony n'en était pas tombée éperdument amoureuse, j'aurais oublié jusqu'à son existence.

– Je l'ai laissé à la maison.

– OK.

Longue pause. Catalina me fait de grands signes que j'ignore en me concentrant sur la dizaine de mails qu'il me faudra traiter en urgence.

– Tu voulais me dire quelque chose d'important ?

– Oui. Viens manger chez papa.

Je comptais rendre visite à mon père dans tous les cas, aussi ne suis-je pas trop prise de court par cette proposition inattendue.

– Quand ?

– Ce soir, répond-il, laconique.

Cian n'a jamais été du genre loquace, mais je vois que ces six années à l'armée n'ont rien arrangé à ses problèmes de communication.

– OK, dis-je à mon tour. C'est tout ?

– Non. Ramène Jony.

Ah… Y aurait-il anguille sous roche ? Ne suis-je donc pas la seule à cacher des choses à mes amis ?

– Je vais le lui proposer, mais je ne garantis rien.

Jony et son emploi du temps de ministre sont parfois difficiles à gérer. Surtout à la dernière minute.

– OK.

Silence.

– OK, répété-je, dans le seul but d'avoir le dernier mot. On se voit ce soir. À plus.

Je raccroche en même temps que mon frère, puis je garde les yeux fixés sur le combiné, prise d'un mauvais pressentiment.

– Dis voir, Lina… il s'est passé des choses récemment, entre Jony et mon frère ?

Ma blonde préférée est une piètre menteuse.

– Je ne vois pas du tout de quoi tu parles…

– Mais bien sûr ! soupiré-je. Je m'en fiche comme de ma première culotte, tu sais. S'ils forniquent, grand bien leur fasse ! Ce ne sont pas mes histoires.

Je gonfle les joues, tout de même un peu agacée à l'idée d'avoir été tenue à l'écart. À ma décharge, j'ai été tellement accaparée par Saint que j'en ai délaissé mes amis. Une erreur de jugement que je compte bien rectifier dès maintenant.

– Bref. Tu veux venir, toi aussi ?

– João sera là ?

– Il y a de fortes chances, oui, confirmé-je. Pourquoi ?

Catalina fait mine d'inspecter ses ongles pour ne pas avoir à croiser mon regard.

– Hier soir, il était avec une pouffe. Blonde avec des jambes de douze kilomètres et un décolleté à ras la foufoune. Pas trop moche, hein. Mais bon…

J'ai un pincement au cœur pour elle qui s'était faite toute belle afin d'aller voir sa course. João est un pauvre con. Et à ce rythme-là, il risque de perdre le plus beau cadeau que lui ait offert la vie.

– Viens ce soir, et venge-toi en flirtant avec mon père ! plaisanté-je, rien que pour le plaisir de la faire rigoler à mes pitreries.

Ce qui ne manque pas de fonctionner. Catalina part d'un grand rire de gorge et contourne mon bureau pour m'embrasser sur la joue.

– Non, merci. Mais c'est gentil de me l'avoir proposé.

Ma gorge se contracte sous le coup d'une émotion douce-amère.

– Tu es incroyable, Catalina. Ne l'oublie pas à cause de João, OK ?

Elle hoche la tête et trace une croix sur son cœur bien trop généreux pour l'égoïsme revendiqué de mon ami.

– Promis, juré, craché. Maintenant, il faut que j'aille bosser.

Elle me décoche un clin d'œil.

– Moi, je ne couche pas avec le patron !

– Lina ! m'horrifié-je, en lui balançant un bloc de Post-it. N'en parle à personne ou je te massacre !

Mon amie sort de mon bureau en se moquant ouvertement de moi. Je sais bien qu'elle n'arrivera jamais à tenir sa langue, et qu'avant la fin de la journée, Jony et João seront au courant de tout ce qu'elle croit avoir surpris dans le couloir. Mais je m'en fiche. Et mieux, j'y compte bien. Tout, plutôt que de les voir se mêler de mon désastre avec Saint…

Ce petit mensonge de rien ne fera du mal à personne de toute façon, n'est-ce pas ?

18

Le goût de la trahison

Ola

Quand João gare sa voiture flambant neuve devant mon immeuble, il est presque dix-huit heures, et je sais déjà que mon père va râler de nous voir arriver si tard pour manger. Il aime avoir tout fini avant son émission du soir pour pouvoir la regarder tranquillement. Rien n'est plus sacré pour lui que ce moment qu'il passe devant sa petite télévision qui doit bien dater des années quatre-vingt-dix.

– Promis, je fais vite ! dis-je à l'intention des jumeaux terribles, qui écoutent du rock'n'roll vintage en secouant leurs têtes dans tous les sens. Je récupère mon téléphone, j'enfile des vêtements plus convenables et je reviens !

– Magne-toi, pétasse ! grommelle Jony pour toute réponse. J'ai faim !

Je lève les yeux au ciel en m'abstenant de faire une remarque sur le fait qu'on est en retard par sa faute. J'ai pu quitter le travail à dix-sept heures et rejoindre l'appartement des jumeaux en moins de cinq minutes, mais Jony a mis trois plombes à choisir sa tenue – un bleu de travail détourné en salopette criblée de pin's qu'elle a elle-même fabriqués.

– J'en ai pour cinq minutes !

Je sors de la voiture et m'engouffre dans le hall pour grimper les marches deux par deux, presque aussi vite que je les ai descendues ce matin. J'ai eu beau insister toute la journée, Catalina n'a pas voulu m'accompagner, et lorsqu'elle a failli se mettre à pleurer, j'ai préféré cesser là mes piètres tentatives d'entremetteuse. João a merdé – *encore*... – et il va devoir sortir le grand jeu pour se faire pardonner. Ce qu'il n'a pas l'air très pressé de faire, soit dit en passant. Au point que j'ai fini par vraiment culpabiliser d'utiliser le portable de Lina pour coordonner le repas de ce soir, tant l'indifférence de João était palpable.

Les hommes sont décidément incompréhensibles.

Arrivée devant ma porte, je marque un temps d'arrêt en lorgnant du côté de chez Saint.

J'ai envie de le voir...

Mais je m'empresse de chasser cette pensée extravagante de mon esprit et pénètre dans mon appartement. Sans perdre de temps, j'ôte mes vêtements et les balance dans le panier à linge sale, plein à ras bord et qui semble me supplier de faire une machine, avant de revenir dans mon salon où je manque d'écraser la rose que Saint m'a plus ou moins offerte, hier soir. Avec un curieux pincement à la poitrine, je la ramasse et examine d'un œil triste ses pétales délicats qui ont flétri durant la nuit. Elle n'est plus ni belle ni parfaite. Et pourtant, je ne la jette pas. Au contraire, j'attrape un livre au hasard et la cale entre ses pages pour la faire sécher. Puis j'ouvre le dernier tiroir de ma commode et, pour une raison qui m'échappe, je m'empare de la petite boîte en bois que j'y ai cachée lors de mon emménagement.

D'une main tremblante, j'en caresse le couvercle finement ouvragé que je pousse tout doucement pour en révéler le contenu secret. Ma mère me l'a rapportée de l'un de ses rares voyages à Mumbai, sa ville natale. Et depuis, j'y dissimule soigneusement tous mes souvenirs les plus intimes. *Voire les plus honteux*, songé-je, en avisant le tee-shirt blanc et froissé qui y est roulé en boule, et sur l'ourlet duquel une petite trace de sang a noirci le tissu.

Avec un nœud dans la gorge, j'y dépose le livre et range la boîte à sa place, tout au fond du tiroir, sous une pile de papiers jaunis que je n'ai jamais trouvé le temps de classer.

– Tu es une idiote, mon ange, me murmuré-je à moi-même, avant de me relever pour enfiler un sweat-shirt gris, un legging de sport de la même couleur et une paire de Vans.

Ensuite, je récupère mon téléphone et jette un rapide coup d'œil à mes messages. Plusieurs de mon frère, chose incroyable, quelques-uns de mes amis avant que je ne les prévienne de mon oubli, et… *aucun* de Saint.

Une douleur aiguë me transperce l'abdomen. C'est si brutal que je manque de pousser un cri de détresse. Déçue, l'humeur sombre et défaitiste, je récupère toutes mes affaires et mets les voiles, non sans jeter un dernier regard à la porte close de Saint, tout aussi verrouillée que son cœur.

Non, vraiment… je ne comprendrai jamais rien aux hommes.

Cela faisait plus de six mois que je n'avais pas vu mon frère, et il a tellement changé que je mets plus d'une dizaine de secondes à le reconnaître. Il a l'air à la fois plus grand et plus musclé, comme si sa jeunesse s'en était allée pour révéler l'homme dur et sûr de lui qu'il a toujours été sous toutes ses couches de bêtise juvénile. Les bras recouverts de tatouages, les cheveux rasés à blanc, les joues dissimulées sous une épaisse barbe noire, il a sur l'arcade sourcilière une plaie fraîche qui semble avoir été faite par un tesson de bouteille et un œil au beurre noir. Avec son treillis militaire, sa chemise kaki et ses bottes renforcées de plaques en acier, il ferait passer n'importe quel homme de ma connaissance pour un minable gringalet.

– Je sens la virilité quitter mon corps, grommelle João, debout près de moi. Il s'est shooté aux hormones de croissance ou quoi ?

Je réfrène une subite envie de rire et esquisse un rapide signe de tête à l'intention de mon grand frère.

– Cian ! Désolée pour le retard.

– Ouais, ne t'inquiète pas.

Son regard dévie en direction de ma meilleure amie.

– Jony ! s'exclame-t-il de sa voix caverneuse. Je ne pensais pas que tu accepterais de venir après notre conversation de l'autre soir…

Ma meilleure amie hausse une épaule nonchalante, l'air de se foutre royalement de sa sollicitude. Mais je sais bien que c'est faux, parce que ses pommettes sont devenues toutes rouges. Et même si je suis ravie qu'elle ait enfin réussi à attirer l'attention de mon frère, un arrière-goût amer se distille sur ma langue lorsque je comprends le réel motif de cette invitation à dîner.

Mon frère se fiche comme d'une guigne de me voir après une si longue absence. Ce qu'il veut, c'est faire du gringue à Jony pour se faire pardonner une quelconque offense.

Le cœur lourd, je noue mes doigts à ceux de João, passe devant cet inconnu dont je partage le sang et qui n'a rien d'un frère, et entraîne mon ami à l'intérieur de la maison de mon enfance, qu'il connaît déjà par cœur et dans laquelle il est aussi à l'aise que moi.

– Ça va, Olalita ? me glisse João à l'oreille.

– Toujours, feins-je de sourire. Quand Jony a-t-elle vu Cian ? Et qu'est-ce qu'il s'est passé ?

João gonfle les joues avec un agacement palpable.

– Va savoir ! Tu sais bien qu'elle le traque dès qu'il pose les pieds sur le sol américain. C'est marrant de voir que les rôles semblent s'inverser, pour une fois.

Oui, c'est « marrant ». Mais ça ne me fait pas rire. Ma meilleure amie me fait des cachotteries sur tant de choses que je ne suis même plus sûre d'avoir confiance en elle, et ça commence vraiment à me fâcher. Si je ne détestais pas autant les conflits, elle passerait un sale quart d'heure.

Bon, il est vrai que j'en fais autant de mon côté, cela dit...

Trop en colère pour épiloguer sur le sujet, je n'ajoute rien et retrouve mon père dans la cuisine, occupé à dresser la table comme s'il recevait le président des États-Unis et tous ses ministres.

– Bonjour, papa.

Il se tourne vers moi, l'air épuisé. Son regard vert, si semblable au mien, se braque immédiatement sur ma main jointe à celle de João et une grimace de désapprobation étire sa bouche dans un sourire à l'envers qui provoque l'hilarité de mon ami.

– Ne vous faites pas de bile, monsieur McLaren, s'amuse-t-il, en me relâchant. Votre fille est suffisamment intelligente pour refuser mes avances.

– Et tu m'en vois soulagé, marmonne-t-il en réponse, avant de faire le tour de la table pour m'embrasser sur le front. Tu vas mieux, Ola ?

J'acquiesce.

– Bien, souffle-t-il, la mine sombre. Asseyez-vous, les enfants. Vous êtes en retard, ça va être froid.

Nous nous installons à table et sommes très vite rejoints par mon frère et Jony, qui affiche un sourire incisif. La tension entre eux est électrique, et si chaude que je ne suis pas la seule à y être sensible.

Mon père se rembrunit davantage et João plisse les yeux, suspicieux. Je n'ai pas la moindre idée de ce qu'il s'est récemment passé entre Jo et Cian, mais ce nouveau rapprochement ne semble pas plaire à son jumeau. Et bien sûr, personne ne se soucie de mon avis sur la question, aussi le gardé-je pour moi en me servant une généreuse portion de frites et une aile de poulet à la sauce curry – mon plat préféré.

Une étrange conversation s'engage entre Jony et Cian, et je comprends aux réactions outrées de mon père que le sous-texte m'échappe complètement, comme à mon habitude. Alors, je me ferme à tout ce qu'il se passe autour de moi, et je me concentre sur mon assiette, que je vide en moins de temps qu'il n'en faut pour dire : « Waouh, c'est la soirée de l'angoisse, là ! » J'ai presque réussi à me convaincre que je ne suis pas déçue de l'attitude détachée de Cian – qui n'est pas différente de celle qu'il affectait déjà au cours de notre adolescence – lorsqu'il annonce de but en blanc :

– Au fait, Ola, je reste en ville jusqu'au mariage, qui aura lieu dans à peu près deux mois.

Mon père se fige, le teint livide et la fourchette suspendue à mi-chemin de sa bouche, tandis que mon frère s'échine à dépiauter son aile de poulet, l'air de rien, comme s'il ne venait pas de lâcher une bombe. Quant aux jumeaux, ils échangent un long regard qui me rassure et m'inquiète tout à la fois – João semble aussi perdu que moi, mais Jony affiche un air coupable. Le très mauvais pressentiment que j'ai ressenti plus tôt dans la matinée revient me plomber l'estomac.

– Le mariage ? répété-je, en reposant mon verre d'eau sur la table. Le mariage de qui, Cian ?

Mon père intervient avant que mon frère puisse me répondre :

– Ça suffit, Cian ! Je t'avais interdit d'en parler !

Non, non, non…

– Quel mariage ?! insisté-je avec une pointe d'hystérie, bien que je connaisse déjà la réponse à ma question.

– Caïn ? murmure Jony, en utilisant le surnom de « dangereux rebelle » que mon frère aimait se donner avant de partir à l'armée, juste pour le plaisir de faire enrager notre père. Tu m'avais promis…

La fêlure dans la voix de mon amie me blesse tant elle ressemble à celle qui vient de s'ouvrir dans mon cœur. J'imagine que mon frère lui avait promis de ne rien me dire ou qu'il a peut-être sous-entendu qu'il restait plus longtemps pour elle. Une sorte de serment intime qu'il viendrait de bafouer en toute connaissance de cause.

– Sors de table ! Immédiatement ! s'insurge mon père, en tapant du poing.

Les assiettes et les couverts s'entrechoquent dans un bruit de porcelaine brisée qui me parvient de très, *très* loin. Parce qu'au même instant, Cian relève le tête et croise mon regard avant de déclarer d'une voix mesurée :

– Charity et Clayton vont se marier. Elle est enceinte.

Tout l'air est expulsé de mes poumons tandis que l'onde de choc se répand à travers mon organisme. La déflagration est tellement puissante que j'en suis soufflée vers l'arrière. Sur ma gauche, j'entends João se mettre à déverser en espagnol un chapelet de jurons qui ferait bondir mon père de sa chaise, en temps normal. Mais là, il se contente de prendre sa tête entre ses mains ridées, si abattu qu'il me ferait presque de la peine. Hélas, je suis trop égoïste pour compatir à quoi que ce soit d'autre qu'à ma propre douleur.

Soudain, le goût de la trahison s'intensifie sur ma langue – « Je vais te dire ça de la façon la plus douce et gentille possible : Clayton n'en a plus rien à faire de ce que tu fais. Si je te baisais là, tout de suite, dans votre lit et sous ses yeux, il ne trouverait rien à y redire » – et devient absolument immonde lorsque je comprends que Saint était forcément au courant, lui aussi, et qu'à l'instar de Jony, il a choisi de me maintenir dans l'ignorance.

– Pourquoi suis-je là, Cian ? l'interrogé-je, anesthésiée. Ça te plaît de m'humilier de la sorte ?

Le regard de ce frère que je ne connais décidément pas se durcit comme de l'onyx.

– Non. Tu es là parce que, et contrairement aux gens qui prétendent tenir à toi, j'estime que tu es assez forte pour entendre la vérité.

Il jette un coup d'œil lapidaire à Jony qui se ratatine sur sa chaise.

Cette trahison-là aussi est difficile à avaler.

– Tu n'es plus une enfant. Et même si tu as toujours été la petite chouchoute, naïve et surprotégée par tout le monde, je sais que tu as les épaules assez solides pour faire face à ça…

Je crois que c'est un compliment, mais il est tourné d'une façon si péjorative que je ne peux pas m'empêcher de l'assimiler à une critique.

– Je le suis, en effet… affirmé-je, sans trop savoir si je mens ou dis la vérité. Mais ce qui m'intrigue, c'est… Et toi ? Tu es d'accord avec ça ? Ça ne te dérange pas que Charity soit tombée enceinte de mon ex-fiancé et qu'elle compte l'épouser moins de trois mois après notre séparation ?

Cian me fixe durant une si longue minute que j'ai le temps de me ressaisir. De repousser les larmes qui menaçaient de couler et d'occulter le fait que ma meilleure amie et mon père m'ont jugée trop faible pour encaisser la triste nouvelle.

Tout comme l'homme qui s'est endormi dans mon lit, hier soir. Et qui n'a décidément rien d'un saint.

Puis je saisis à quel point je ressemble à mon frère. Nos traits sont étonnamment similaires, tout comme ce petit tic au coin des lèvres qui s'agite dès lors que l'on ne sait plus quoi répondre…

– Que je sois d'accord ou non… Qu'est-ce que ça change, au final ?

– Tout, soufflé-je, touchée en plein cœur. Ça aurait tout changé pour moi.

J'étouffe un éclat de rire incongru en évitant à la fois le regard de mon père, qui semble privé de la parole pour la première fois de sa vie, et de Jony, qui n'en mène pas plus large que lui.

– Merci de m'avoir annoncé la grande nouvelle. J'espère que tu ne m'en tiendras pas rigueur, mais je vais y aller. Bizarrement, je n'ai plus très faim…

Je me tourne vers João en repoussant ma chaise dans un grincement sinistre qui alourdit encore un peu plus l'atmosphère déjà électrique. Mon ami s'empresse de sauter sur ses pieds, la mine aussi sombre que ses yeux tempétueux. Mon père fait mine de vouloir intervenir, mais un regard à mon expression ombrageuse suffit à l'en dissuader. Hélas, Jony ne possède pas la même lucidité d'esprit que lui, et lorsqu'elle se redresse, je sens quelque chose d'extrêmement vindicatif se manifester dans ma poitrine.

Avec un doigt accusateur pointé sur elle, j'éructe :

– Non ! Toi, tu restes ici !

Elle recule, offusquée.

– Ola ! Je pensais que…

– Arrête de penser à ma place ! m'écrié-je, au bord de la crise de nerfs. Arrêtez de vouloir toujours me protéger de tout et n'importe quoi ! Arrêtez de penser que je ne sais pas gérer ma vie ! Et putain, arrêtez de me dire quoi faire, comment le faire et avec qui le faire ! Je ne suis plus une enfant !

Et je n'ai jamais été une enfant. La mort prématurée de ma mère et le tempérament exagérément strict de mon père m'ont privée de ce luxe. La petite « chouchoute » que mon frère s'est amusé à décrire était en réalité la seule à se soucier plus des autres que d'elle-même. Et à vouloir sauver cette famille, coûte que coûte.

– Olalita…

Les larmes aux yeux, Jony pose une main sur sa gorge, comme si elle voulait ajouter quelque chose, mais qu'elle n'osait pas aller jusqu'à formuler les mots qui semblent l'étouffer de l'intérieur. C'est une grande première. Jony est sans filtre, d'habitude. Comme mon père. Et pourtant, ils restent muets l'un comme l'autre, ébahis par l'intensité de ma diatribe pleine d'un fiel que je retiens depuis bien trop longtemps.

– Ma gentillesse n'est pas de la faiblesse, conclus-je, en récupérant mes affaires. Et ce n'est pas parce que je n'aime pas les conflits que je ne suis pas capable de mener mes propres batailles.

J'enfile ma veste et essuie la larme traîtresse qui a glissé le long de ma joue.

– Oh ! Et Cian ? Je t'emmerde ! Fourre-toi ta fausse bienveillance dans le cul, espèce de connard !

À ma plus grande stupéfaction, mon grand frère se fend d'un rire sincère, profondément satisfait, tandis qu'une lueur de fierté illumine ses prunelles claires.

– Sors les griffes. Bats-toi ! me félicite-t-il, presque admiratif. Il était temps que tu exploses, putain ! On pourra peut-être enfin faire ta connaissance.

Sa dernière phrase me trouble au plus haut point, mais je n'ai pas le temps de m'y attarder. João s'empare de ma main et me traîne en dehors de la maison, presque aussi furieux que moi. Il continue à jurer dans la langue natale de sa mère et écrase sans scrupule les quelques rhododendrons que mon père a réussi à faire pousser le long de l'allée en gravier blanc. La pollution de l'air me prend au nez et me brûle les narines pendant que je chemine en silence jusqu'à la voiture, le cœur inexplicablement plus léger qu'à mon arrivée.

Est-ce que j'en veux à Jony et mon père ? Bordel, et comment !

Est-ce que je vais tout de même leur pardonner ? Oui, aussi.

Pas tout de suite, cela dit.

Je ne peux pas leur en vouloir d'avoir cru qu'il faille me mentir pour me protéger lorsque j'ai passé plus de la moitié de ma vie à tout faire pour éviter de me confronter à la réalité.

Quant à Saint…

Ah, lui ! Ce n'est pas sa première trahison, et je crois que j'ai fini par m'habituer à l'idée qu'il va constamment me décevoir. D'une façon ou d'une autre. Comme il me l'a certifié lors de notre première nuit, il est très doué pour blesser les gens qui tiennent à lui. Dans ces conditions, ce sera sûrement plus facile que je ne le pensais de ne pas (re)tomber amoureuse de lui.

– Je suis désolé, Olalita. Je te jure que je n'en savais rien ! s'indigne João, alors que l'on s'installe dans sa voiture qu'il fait démarrer au quart de tour. Je n'en reviens pas qu'elle ne m'ait rien dit !

Et je commence à mieux comprendre pourquoi elle avait si peur que je me rapproche de mon insupportable voisin.

– Je sais, le rassuré-je, en croisant mon propre regard dans le rétroviseur. Elle a merdé.

Et moi aussi.

La fille qui m'observe dans le miroir m'apparaît comme une étrangère… inexplicablement familière.

Peut-être qu'il n'y a pas que les hommes que je ne comprends pas. Peut-être faut-il que je découvre qui je suis de plus d'une façon… et pas seulement sexuelle. Oui… Peut-être qu'il est temps d'entamer une deuxième liste.

– João ? Est-ce que ça te dérangerait de faire un petit détour avant de me ramener ?

Mon ami me jette un bref regard interrogateur.

– Où veux-tu aller ?

Mon cœur s'emballe lorsque je lui réponds :

– Conduis-moi à Paradise Road, s'il te plaît.

Au même instant, mon portable se met à vibrer dans mon sac à main. Je n'ai pas besoin de regarder l'écran pour savoir que c'est Saint, puisque j'ai personnalisé sa sonnerie. Ma détermination se raffermit à mesure que les vibrations s'enchaînent et s'accumulent sans que je ne fasse rien pour y mettre fin.

Il veut une année de sexe amusant, sans sentiments ni aucune complication ? Avec des mensonges et des secrets ? OK. Il aura ce qu'il veut.

Puis il s'étouffera avec…

19

J'habite un cœur brisé

Ola

27 janvier 2021

– Montre-les moi encore, s'te plaît ! baragouine João en se laissant tomber sur mon lit. Pfiou ! Ça désaltère, la vodka !

Je ris tout doucement en l'aidant à retirer sa veste et ses chaussures, que je range dans le placard situé à l'entrée à côté de mes propres affaires. Une vive douleur au niveau de la poitrine et du nombril me tire une petite grimace. Je reviens dans le salon et souris en voyant João qui s'amuse à faire un ange comme dans la neige en plein milieu de mes couvertures.

– Tu es complètement bourré, mon pauvre !

Il glousse et repousse ses cheveux noirs vers l'arrière afin de me décocher un clin d'œil espiègle.

– Ça faisait longtemps que je n'avais pas bu autant d'alcool ! acquiesce-t-il tout en relevant la manche de son pull vert. Mais regarde ce beau tatouage ! Les meufs vont toutes craquer pour moi. Je ne vais plus savoir où donner de la tête !

Je me fends la poire en me dirigeant vers la cuisine, dans laquelle j'entreprends de me faire couler un grand café bien corsé pour recharger un peu mes batteries – et contrebalancer l'alcoolémie absolument aberrante qui pollue mon organisme. La soirée de la veille ne s'est pas du tout déroulée comme je l'avais prévu, et je n'en suis même pas désolée. Cela faisait longtemps que je n'avais pas autant rigolé, et même si l'amertume de la trahison s'attarde encore sur ma langue, je l'ai noyée sous une telle quantité d'encre, de sang et d'alcool que je n'arrive plus à m'en soucier.

– Comme si ce n'était pas déjà le cas !

Mon ami était juste censé m'accompagner chez la tatoueuse préférée de Jony, dont le *shop* se trouve en plein cœur d'une rue piétonne où les bars et salons de tatouages pullulent comme des champignons sur une souche pourrie. Malheureusement, trois cocktails Vesper chargés en absinthe, une piètre imitation de James Bond et une rencontre pour le moins intéressante dans la rue adjacente où il fumait une clope l'ont amené à reconsidérer sa position. Et alors que je sortais de ma propre séance d'une heure et demie, le corps fraîchement percé et tatoué, je l'ai retrouvé torse nu et assis à califourchon sur le fauteuil d'un gros *biker* pourvu d'une énorme barbe rousse.

Je suis presque sûre que João va faire une attaque, demain matin, en découvrant la jolie pin-up blonde tout en formes harmonieuses qui lui souffle un baiser coquin depuis le centre de son avant-bras.

– Tu veux un café, ou tu as eu ta dose de liquide pour ce soir ?

João grommelle des mots inintelligibles en roulant sur le côté, déjà prêt à s'endormir à poings fermés. Pendant que j'avais le dos tourné, il s'est débarrassé de son pull et de son pantalon. Son caleçon à l'effigie de la voiture rouge du dessin animé *Cars* manque de me faire éclater de rire tant ses petites fesses rondes ont l'air ridicules, là-dedans.

– T'as bien garé mon bolide, hein ? s'assure-t-il pour la dixième fois, au moins. Cette voiture m'a coûté la peau de mes deux testicules, tu sais.

– Je sais, tu me l'as déjà dit ! m'exclamé-je, en sirotant mon café. Et oui, je l'ai garée à l'ancienne place de… hum, de Clayton.

Le dernier mot m'arrache un rictus de dégoût qu'il ne voit pas puisqu'il a les yeux fermés, mais qu'il devine à l'aigreur qui a subitement dénaturé ma voix. Mal au cœur. Vague à l'âme. Tout en moi est douloureux comme à chaque fois que je pense à… *eux*.

– Ne sois pas triste, Olalita. Il ne te mérite pas.

Je soupire.

– Ça aussi, je le sais.

Il n'empêche que ça fait un mal de chien de voir que les gens qui vous ont fait souffrir ne sont pas toujours punis pour leurs mauvaises actions.

– Je suis fatigué, reprend-il, à moitié endormi. Je vais faire une petite sieste de deux minutes, OK?

Je termine mon café en quelques gorgées et rince ma tasse dans l'évier avant de la poser sur l'égouttoir, où la vaisselle propre commence à s'entasser.

– Vas-y. Je vais prendre une douche et je mettrai le réveil pour demain.

Pour toute réponse, le ronflement sonore de mon ami résonne entre les murs de mon petit appartement, plongé dans une semi-pénombre réconfortante.

Je ne le lui ai pas dit, mais le fait qu'il tienne à rester à mes côtés me soulage d'un poids énorme. Je n'aurais pas supporté ma solitude, ce soir. Pas en imaginant Clay et ma sœur vivre leur parfaite histoire d'amour, avec ce futur enfant à naître et la promesse d'un mariage heureux bâti sur les ruines de mon cœur brisé. L'humiliation était déjà complète avant que j'apprenne à quel point leur futur s'annonce radieux. Tout ce que j'ai toujours voulu est à portée de *leurs* mains. Au bout de *leurs* doigts. Et ce n'est vraiment pas juste.

Moi, je dois me contenter des quelques miettes que consent à me jeter Saint. Du sexe sans lendemain, avec tant de secrets et de mensonges que c'en est indigeste.

J'ai l'impression de ne pas avoir avancé d'un centimètre en sept ans. J'en suis toujours au même point qu'au moment où j'ai quitté cette maudite chambre de la fraternité des Kappa Sigma.

Le cœur en vrac. Ne sachant plus qui je suis. Avide de vengeance. Partagée entre l'envie de briller pour tous les transformer en cendres et celle de m'éteindre pour devenir invisible et ne plus être blessée.

Toujours la même petite fille perdue qui se demande : « Que vaut l'amour, de nos jours ? Et quand est-ce que l'on m'aimera enfin pour de vrai ? »

Encore les mêmes réponses douloureusement familières qui n'en sont pas : « Pourquoi as-tu si désespérément besoin d'être aimée ? Que cherches-tu à combler ? »

Le vide dans mon cœur. Le trou dans mon âme.

Si seulement j'y arrivais...

En faisant le moins de bruit possible, je m'enferme dans la salle de bains et fais couler l'eau chaude jusqu'à inonder la pièce d'une vapeur presque suffocante. Tout en me plaçant devant le miroir éclairé par des néons d'une légère teinte rosée, je commence à me déshabiller en prenant garde à ne pas accrocher mes trois nouveaux piercings. Mon tee-shirt gris tombe sur le sol, puis mon soutien-gorge et mon pantalon l'y rejoignent dans un froissement de tissu qui me donne l'impression de me libérer de moi-même, et je me vois *enfin* telle que je l'ai toujours espéré sans jamais trop y croire, dans mes rêves de monde idéal.

Mon regard embué de larmes qui refusent de couler se rive presque instantanément sur les boules en argent qui enserrent mes deux tétons enflés, aussi rouges que des cerises bien mûres. C'est encore trop douloureux pour que je puisse y toucher, aussi me contenté-je d'effleurer le bijou en acier chirurgical qui sort de mon nombril et qui me fait directement penser à Saint – comme si je ne pensais pas déjà constamment à lui...

C'est tellement beau que j'ai du mal à me dire que c'est à moi.

Que *c'est moi*, tout simplement.

Mes yeux remontent lentement vers le creux entre mes seins où un tatouage tout neuf, mon premier et sûrement pas le dernier, est recouvert d'un film plastique que je retire en essayant de ne pas frôler mes tétons. C'est une fleur de lys, mes préférées, dont la tige a été entremêlée à la toute première phrase que j'ai écrite dans mon journal intime : « J'habite un cœur brisé », et qui s'ancre à jamais sur ma peau dorée. Tout en finesse, avec des lignes féminines et délicates, mais suffisamment épaisses pour bien vieillir, dans un mélange d'encre noire et blanche qui souligne autant ma fragilité que ma force.

Oui, c'est bel et bien moi.

Loin de me changer, le tatouage me donne le sentiment de m'être *enfin* trouvée. Comme s'il m'avait aidée à m'approprier mon corps, une bonne fois pour toutes.

Après un ultime regard à mon reflet dans le miroir qui disparaît sous la buée, j'entre dans la cabine de douche et opère une toilette rapide en veillant à ne pas me mouiller les cheveux. En moins de cinq minutes, je suis propre, séchée et…

Et merde !

Tout à ma précipitation, j'ai oublié d'emporter des vêtements propres.

Enroulée dans une serviette blanche qui s'arrête sous la courbe de mes fesses, j'entrebâille la porte et jette un rapide coup d'œil en direction de mon lit. João dort toujours comme une enclume, étalé de tout son long au-dessus des couvertures. Son dos large et musclé se soulève au rythme de ses inspirations profondes. Soulagée, je trottine jusqu'à la commode où sont rangés mes pyjamas lorsque ma porte d'entrée s'ouvre à la volée. Saisie d'effroi, je sursaute en opérant une volte-face qui manque de me faire lâcher ma serviette. Malgré la faible luminosité, je n'ai aucun doute sur l'identité de l'homme qui vient de pénétrer chez moi comme en terrain conquis.

Saint.

Évidemment.

– Il faut que je te… commence-t-il avec une certaine fébrilité avant de s'immobiliser à quelques pas de mon lit.

Ses yeux sombres font des allers-retours entre moi, à peine vêtue d'une minuscule serviette-éponge, et João, confortablement installé et tout aussi dévêtu que moi. Une expression meurtrière apparaît sur son visage blême, et alors qu'il rive son regard au mien, j'ai le temps d'apercevoir la lueur de détresse qui traverse fugitivement ses prunelles. La déception s'incarne sur ses traits rongés par la colère et acérés par sa certitude *presque* absolue que j'ai failli à ma promesse.

L'espace d'une seconde, je me réjouis de sa faiblesse, de sa tristesse, de son *erreur*. Je trouve un certain réconfort dans le fait qu'il goûte à son tour à la cruelle amertume de la trahison. Ce n'est qu'un juste retour des choses, si l'on y réfléchit bien. J'ai encore la saveur empoisonnée de tous ses mensonges sur le bout de la langue.

Sauf que je ne suis pas comme lui…

– Ce n'est pas ce que tu crois, me justifié-je à mi-voix. Il a trop bu et il s'est endormi là.

Les yeux de Saint restent obstinément fixés sur moi. Une petite veine pulse sur sa tempe tandis qu'un tic nerveux agite l'une de ses paupières. Ses poings sont si serrés que les veines de ses bras ressortent sous sa peau tatouée.

– Je suis allée prendre une douche et j'ai oublié mon pyjama. Il ne s'est rien passé de ce que tu sembles croire. Détends-toi.

Sans lui laisser le temps de me répondre, ou de remettre ma parole en doute, je m'empare d'un débardeur taché et d'un short noir tout effiloché.

– Tu ferais mieux de t'en aller, maintenant. Je suis fatiguée, je vais aller me coucher, moi aussi.

Je me tourne vers lui pour accentuer mes propos d'un petit hochement dédaigneux de la tête lorsqu'il m'attrape par le bras et me plaque contre la commode. La rapidité de son mouvement me prive de mon souffle – ou bien c'est le choc. Les bibelots qui décorent le meuble vacillent avant de rouler à nos pieds. Ma serviette m'échappe des mains et tombe sur le sol, avec mes vêtements de rechange.

Saint ne me fait pas mal, mais… ses doigts me serrent… ses yeux me transpercent… sa colère me brûle… et mon cœur cesse de battre.

– Non ! soufflons-nous en même temps, pour des raisons complètement différentes.

Tout son corps tremble tandis qu'un calme presque surnaturel envahit le mien. Je n'ai pas peur de lui. Ce qui est d'autant plus étrange qu'il semble absolument terrifié par moi.

– Lâche-moi, exigé-je, après m'être assurée que João ne s'est pas réveillé. Tout de suite.

La main qui m'enserre le poignet se détend et remonte vers mon épaule, mais Saint ne recule pas d'un pouce. Je le sens toujours aussi tourmenté, vibrant d'une violence qu'il n'arrive visiblement pas à contrôler. Loin de m'impressionner, son attitude possessive et jalouse m'exaspère plus qu'autre chose…

– Je te l'ai déjà dit, mais je vais me répéter : tu ne peux pas tout avoir dans la vie, Saint.

Il tressaille comme si je venais de lui décocher une gifle.

Faisant fi de ma nudité, les yeux toujours plongés dans les siens, je carre les épaules et bombe le torse, prête à l'affronter.

– Il n'y a qu'une chose que je veuille *vraiment*… murmure-t-il avant que je puisse lui ordonner de sortir de mon appartement. Et j'ai beau savoir que je ne l'aurai jamais, je ne peux pas m'empêcher de tout faire pour me convaincre du contraire.

Sa pomme d'Adam roule dans sa gorge. Il déglutit avec une difficulté qui m'en dit long sur la souffrance qu'il intériorise. Puis, et comme si c'était plus fort que lui, ses yeux descendent sur mon corps offert à son regard et la stupéfaction le laisse bouche bée. L'air un peu sonné, il m'examine sous toutes les coutures, et même si je me sens vulnérable, je ne me cache pas. *Je ne me cacherai plus jamais…* Sa main tremblante quitte mon épaule pour décrire un arc de cercle autour de mon téton percé, à la fois trop loin pour me faire mal et trop proche pour ma tranquillité d'esprit. Sa respiration s'accélère, la mienne s'apaise. Une chair de poule particulièrement tenace a recouvert ses avant-bras. Je souris. L'un de ses doigts effleure l'ovale de mon sein et s'arrête près de mon tatouage, où perle une minuscule goutte de sang mélangée à de l'encre noire.

– J'habite un cœur brisé, chuchote-t-il, alors que son propre bras recouvert de fleurs de lys me maintient plaquée contre la commode. C'est magnifique, mon ange.

Son doigt décrit de lents cercles sous la courbe sensible de mon sein, parsemant ma peau d'une traînée de feu liquide.

– Mais c'est triste, aussi.

– Je suis triste, avoué-je, sans aucune honte. Je l'ai toujours plus ou moins été…

J'ai juste fini par m'y habituer. Même avec Clayton, je n'ai jamais été *complètement* et *totalement* heureuse. Trop de choses dans ma vie m'empêchaient de savourer pleinement le bonheur simple qu'il s'évertuait à m'offrir. Et quel terrible fardeau cela devait-il être pour lui. Avec le recul, je regrette de ne pas avoir su dire stop avant qu'il choisisse de me trahir de la pire des façons. J'aurais dû trouver le courage de me défaire de la sécurité que je croyais avoir trouvé auprès de lui. C'était une illusion qui nous rendait très malheureux, l'un comme l'autre. Le fantasme d'un amour pur et parfait qui n'était là que pour me faire oublier les erreurs du premier homme à m'avoir réellement brisé le cœur.

Pas Saint, non.

Mais ce père qui m'a toujours fait comprendre que son amour n'était disponible qu'à certaines conditions. Et qui, par extension, m'a fait croire que c'en serait toujours ainsi, avec les gens.

– Ne dis pas ça.

Les cercles se resserrent et s'approchent toujours plus de là où je voudrais qu'ils soient… et qu'il sait qu'il n'a pas le droit de toucher.

– Je ne supporte pas de me dire que tu es triste lorsque tu es avec moi.

C'est bien là tout le problème, Saint, songé-je, morose. *Quand tu es là, je ne le suis pas. Mais lorsque tu t'en vas, je le suis encore plus qu'avant.*

Le cercle se rétrécit dangereusement. C'est un jeu de patience voué à l'échec dans lequel on vient de se lancer à l'insu de João, qui dort toujours à poings fermés.

– Arrête de faire comme si ce que je ressentais, ou non, avait de l'importance pour toi !

Saint ose afficher un air surpris.

– Bien sûr que ça m'importe ! s'exclame-t-il en élevant la voix.

Je jette un bref regard paniqué à João.

– Moins fort ! m'agacé-je. Tu vas le réveiller !

– Et alors ? s'énerve-t-il à son tour. Tu n'es pas avec lui. Qu'est-ce que ça pourrait lui foutre que je sois là ? Que je te touche ?

Sa main enveloppe l'un de mes seins qu'elle pétrit tout en veillant à ne pas trop faire bouger mon piercing. C'est douloureux. C'est délicieux. Je n'arrive pas à trancher ; encore un peu ou c'en est-il assez ?

– Que je te prenne ? ajoute-t-il, la voix rauque. Que je t'embrasse ?

Saint se penche sur mes lèvres, sûr de lui, les yeux noirs d'un désir qui pourrait bien me consumer, corps et âme, si je ne fais pas plus attention à moi. Mais il ne mérite pas que j'embrasse sa bouche pleine de mensonges. Et lorsqu'il est sur le point de prendre possession de mes lèvres, c'est avec cette pensée en tête que je me tourne sur le côté et murmure avec une colère dissimulée sous un voile trompeur de sensualité :

– Tu veux m'embrasser, Saint ?

Il hoche la tête, presque frénétique.

– Putain, oui ! Je te l'ai dit : je ne veux qu'une chose dans la vie, mon ange… et c'est toi.

Menteur. Traître. Idiot !

Je m'efforce de ravaler ma bile et, tout en relevant l'une de mes jambes pour l'enrouler autour de sa taille, j'assène :

– Alors, vas-y. Descends.

Sans même y réfléchir à deux fois, Saint se laisse tomber à genoux devant moi dans un bruit assourdi par la serviette qui recouvre le parquet. Ma respiration s'accélère, mes pupilles se dilatent. Je me sens audacieuse, ce soir…

Mais jusqu'à quel point ?

– C'est là que tu veux que je t'embrasse ? souffle-t-il, en hissant ma jambe nue sur son épaule. Tu es si belle, mon ange. Tellement désirable. Ta petite Cassandra est déjà toute mouillée !

Maintenant qu'il n'est plus là pour obstruer mon champ de vision, j'ai une vue dégagée sur mon appartement – et João, en particulier. Dans mon cœur, l'excitation se dispute à la honte, et je suis à deux doigts de tout arrêter lorsque Saint glisse sa main tatouée entre mes jambes pour me caresser tout doucement, avec lenteur, jusqu'à ce que je me mette à ronronner de plaisir.

– Tu le veux ici, mon ange ? Là où tu sens mes doigts ?

Sa voix insupportablement rauque me provoque des frissons le long de la colonne vertébrale.

– Oui !

– Tu le sais déjà, mais tes désirs sont des ordres, pour moi.

Et mes sentiments, Saint ? Que sont-ils pour toi ?

Soudain, il remplace ses longs doigts par sa bouche brûlante, d'une chaleur presque irréelle. Le choc thermique me fait rejeter la tête en arrière, si bien que je m'écorche le crâne contre l'une des aspérités du mur pas tout à fait lisse. La douleur est infime tant le plaisir est fulgurant, d'une troublante intensité. C'est divin. Et probablement scandaleux, si l'on y réfléchit bien. Je suis terrifiée à l'idée que João se réveille, et inexplicablement excitée, aussi, à la pensée qu'il puisse découvrir la tête blonde de Saint entre mes cuisses tandis qu'il me dévore, à genoux devant moi. Je n'aurais jamais cru que risquer de me faire surprendre en pleine action soit aussi… *sexy*. Mes tétons pointent si fort qu'ils me font mal, j'ai envie de me caresser les seins pour accentuer le plaisir que je ressens, mais je n'ose pas. Aussi me contenté-je de regarder mes piercings et mon tatouage, ravie de me découvrir aussi… téméraire.

– Oh… gémis-je, éperdue. Oui…

Saint me suçote avec une patience qui met la mienne à rude épreuve, comme s'il avait l'éternité devant lui pour m'offrir cet orgasme que j'appelle de tous mes vœux. Mes mains viennent s'emmêler dans ses cheveux blonds tandis que la jambe qui supporte tout mon poids commence à trembler, prête à lâcher.

– Chut… souffle-t-il contre ma chair mouillée, qui frémit à cette douce caresse. Il ne faudrait pas que tu réveilles ton si *bon* ami.

Il y a une pointe d'ironie mesquine dans sa voix, mais je ne m'en formalise pas. J'ai le pouvoir, je contrôle la situation. Et ce que je veux, c'est jouir. Pas me disputer avec lui ni écouter ses discours alambiqués sur ce qu'il considère comme du « sexe sans complications ».

La bonne blague…

Ça n'a jamais été aussi compliqué, entre nous. Et s'il refuse de le reconnaître, c'est son problème. Pas le mien. Moi, je sais que la chute sera douloureuse. À lui de voir comment il compte s'y préparer, mais ça ne sera pas au détriment de ma nouvelle et enivrante liberté.

– Tais-toi et lèche-moi ! lui ordonné-je dans un murmure autoritaire.

Arrête de mentir. Arrête de faire comme si tu tenais à moi. Arrête de me blesser. Arrête d'être le même garçon paumé qu'autrefois, celui que je ne peux pas m'empêcher de vouloir soigner avec mon amour.

Saint dépose un chaste baiser sur l'intérieur de ma cuisse, puis il me mord si fort que j'en sursaute et me tortille contre la commode pour les fuir, lui et sa maudite bouche. Toutefois, ses mains puissantes m'en empêchent et me maintiennent contre lui, si bien que je ne peux rien faire d'autre que subir ses délicats baisers entrecoupés de cruelles morsures. Le plaisir et la douleur s'entremêlent jusqu'à former une boule de feu dans le bas de mon ventre.

– Tu es si tendre, râle Saint, encore plus excité que moi. Ça me donne envie de te dévorer !

Son souffle toujours plus ardent me fait tressaillir lorsqu'il ajoute à mi-voix, comme pour lui-même :

– Pourquoi faut-il que ce soit toujours aussi intense, avec toi ?

Une question très perturbante qui me taraude moi aussi.

Quelque chose se noue dans mon abdomen. C'est si profond, tellement intime, et beaucoup trop… *secret* pour que je parvienne à mettre des mots sur ce qui me chamboule.

– Pourquoi ? répété-je, troublée.

Pourquoi agis-tu comme si j'étais spéciale tout en m'assurant du contraire ?

Sans plus attendre, comme s'il ne m'avait pas entendu, Saint écarte les replis satinés de ma chair pour me frôler et me caresser du bout de ses doigts diablement habiles. Des éclairs crépitent sous ma peau, et je roule des yeux, extatique. Puis il soulève ma jambe encore plus haut, calant mon pied plutôt que ma cuisse sur son épaule, et tout à coup, c'en est trop : je ferme les paupières, submergée par la passion, déjà si proche du point de rupture que j'en éprouve des difficultés à respirer.

Saint lèche mon intimité avec une telle gourmandise que j'en frémis d'allégresse. Sa langue s'insinue entre les pétales trempés de mon sexe et s'enroule autour du petit bougeons où vient éclore le plus beau de tous les plaisirs. Il aspire mon clitoris et le suce aussi fort qu'il le peut. Je me cambre pour venir à la rencontre de ses lèvres brillantes, accoudée à la commode qui cogne tout doucement contre le mur tandis que je plaque ma paume moite contre ma bouche pour étouffer mes gémissements. Un véritable brasier flamboie dans mes veines, embrase mon sang et calcine ma raison.

J'ai envie de lui.

J'ai besoin de Saint.

D'une main exigeante, il me maintient écartelée rien que pour lui, et de l'autre, il m'explore et me torture en enfonçant ses doigts là où le plaisir devient si intense que je me tords follement de désir.

– Saint ! haleté-je, avant de me mordre les lèvres pour retenir un cri. Merde…

– Tu adores ça, mon ange. Hein ?

Je ris en silence, des larmes au bord des yeux tant la jouissance est proche. Juste au bout de *ses* doigts. De *sa* langue.

– Oui !

Il gronde, satisfait. Puis il se remet à me lécher, à m'aspirer en lui, à me tourmenter jusqu'à m'anéantir. Sa bouche cruelle ne m'offre pas la moindre seconde de répit. Il ne m'accorde aucune pause ni preuve de clémence. Sa langue tournoie autour de mon clitoris qui palpite furieusement, comme s'il était sur le point de prendre feu. Je n'aurais jamais cru que ce serait aussi bon. Aussi sauvage et sensuel. Tout mon corps vibre au diapason de ses caresses, au rythme de sa respiration. Je murmure son prénom comme une litanie, une lamentation. Il n'y a pas que dans l'art du mensonge qu'il excelle, et ça ne m'étonne qu'à moitié. Lorsqu'il s'agit de sexe, Saint a toujours été le plus dévoué de tous les pécheurs.

– J'ai très envie de te faire hurler, mon ange, avoue-t-il en se reculant de quelques centimètres pour parler contre ma chair rosée. J'aimerais que João se réveille et qu'il me voie en train de te faire jouir avec ma langue et mes doigts. Oh, oui! Je veux qu'il sache que tu m'appartiens...

Je ricane d'un air moqueur, la peau emperlée par la sueur.

– Je ne t'appartiens pas, Saint.

Il arque un sourcil dédaigneux, les ongles si profondément enfoncés dans ma peau que des croissants de sang fleurissent sous le bout de ses doigts aux phalanges blanchies.

– Pour un an, tu es à moi, Olaïna.

C'est un rappel sec et grinçant qu'il me fait en griffant mes cuisses de sa fureur pour le moins inappropriée.

– Ce n'est qu'un prêt, lui opposé-je, en appuyant sur sa tête blonde afin qu'il se remette au travail. Un jour, je compte bien me donner totalement et irrévocablement à un homme. Mais seulement parce qu'il fera de même, lui aussi. Il sera autant à moi que je serai à lui. Et nous serons aussi heureux qu'il est possible de l'être.

Vexé par l'honnêteté de ma tirade, Saint détourne le regard, mais j'ai le temps d'apercevoir la colère haineuse qui embrase ses yeux noirs. Ainsi que sa tristesse muette qu'il camoufle sous un rictus de pure méchanceté avant de marmonner :

– Je le déteste déjà, ce parangon de vertu à la bite toute molle.

Moi, c'est toi que je déteste pour ça...

Pour ces sept années passées à se mentir, à essayer de s'oublier, à se désirer à notre corps défendant en se blessant l'un et l'autre pour tenter de guérir les plaies infectées de notre adolescence malheureuse. Tout ce temps perdu pour en arriver là : lui, à genoux devant moi, et moi, aussi paumée et déboussolée que lui.

Quel beau gâchis !

– C'est un gars comme ton patron que tu veux, hein ?

Je lève les yeux au ciel.

– Je n'ai pas très envie de parler de Mason, là… grincé-je, frustrée.

– Tu as raison. (Ses yeux s'assombrissent à être inondés de ténèbres.) Et je vais te faire oublier jusqu'à son putain de nom !

Cette sombre promesse, prononcée d'une voix plus perverse que jamais, relève l'exploit de m'exciter encore davantage, ce que je n'aurais pas cru possible. Ses doigts, sa bouche et sa langue se remettent à bouger, à me fouiller, à me faire *presque* hurler. Un ballet ensorcelant de lubricité s'enchaîne et m'amène aux portes d'un paradis moite, où le vice n'est rien d'autre qu'une forme extravagante de vertu. En sentant la faiblesse qui s'empare de mon corps, Saint me soulève les hanches pour me soutenir et s'abreuver directement à la source de tous mes désirs, de toutes les transgressions que je m'accorde pour défier cette vie qui ne me convient plus…

Impudique, je me frotte contre lui et tire sur ses cheveux pour le manœuvrer selon mon bon plaisir. Je coule, je transpire. C'est si bon que je pourrais en mourir.

– Ne t'arrête pas, glapis-je. J'y suis presque !

Saint ne s'arrête pas. *Au contraire*. Il me suce plus fort. Il me pénètre plus loin. Il m'envahit de tout son être, et je le laisse me prendre comme il le veut, parce que j'adore le sentir se perdre en moi. Et lorsque la tension dans mon bas-ventre devient insupportable et que je tombe dans un puits de ténèbres sans fond, il intensifie encore ses insatiables caresses. Brisée par la jouissance, je tressaute contre ses lèvres, emportée par une extase glorieuse, d'une force inouïe – pour ne pas dire inespérée. C'est le plus bel orgasme de ma vie, et il me fait oublier tout ce qui m'entoure et tout ce qui me fait du mal – Jony, Clay et ma sœur. Rien ne compte plus que Saint, le diable de mes rêves, l'ange gardien de mes nuits. Et sa bouche merveilleuse, nappée du miel de mon désir, si outrageusement habile que je sais déjà qu'il me faudra recommencer, encore et encore, jusqu'à l'overdose. Les vagues du plaisir qui déferlent à travers mon corps me noient sous une houle tempétueuse de bonheur.

Je ne suis plus triste, sous cette langue.

Je ne me sens plus brisée, sous ces doigts.

Et lorsque je remets les pieds sur terre, cette prise de conscience me terrifie tellement que c'est à mon tour de tomber à genoux, droit dans les bras de Saint qui en profite pour me serrer contre lui.

– Il dort encore, murmure-t-il dans mon cou, qu'il parsème de baisers. Viens chez moi, mon ange. Après le numéro 44, j'ai bien envie de rayer le 17…

Mon cerveau ankylosé fait une rapide recherche pour tenter de comprendre ce à quoi il fait référence.

L'amazone.

Saint veut que je le chevauche jusqu'à l'orgasme.

– Je pourrais mater tes jolis seins percés et ce superbe tatouage qui sublime ta peau de pêche, sur laquelle j'ai très envie de me répandre. Si tu savais comme ça m'excite, putain…

Je l'entends à sa voix, si fiévreuse qu'elle me brûle, et à l'érection qu'il frotte sans vergogne contre ma hanche.

– Et j'ai envie de t'en dessiner un…

– Un tatouage ? m'étonné-je, en le repoussant pour attraper mon pyjama.

– Oui. Je veux te laisser une marque que rien, pas même le temps, ne pourra effacer.

C'est déjà fait, Saint…

Les jambes flageolantes, j'enfile mon short et mon débardeur, avant de me relever. Persuadé que je vais l'accompagner chez lui pour l'y baiser comme une Valkyrie des temps modernes, Saint me suit jusqu'à la porte d'entrée en me caressant les fesses d'une main possessive. Il m'embrasse sous l'oreille, puis sur le côté de la mâchoire, et ouvre la porte en me répétant qu'il faut à tout prix que j'embauche un serrurier.

– Oh, crois-moi ! Je m'en occupe dès demain matin, persiflé-je, en le laissant passer devant moi.

Saint sort de mon appartement. Je ne le suis pas. Et ce n'est qu'une fois arrivé devant sa porte qu'il finit par remarquer mon absence.

– Mon ange ? dit-il, interloqué.

Je le regarde droit dans les yeux, le cœur serré, mais l'âme résolue.

– Je te l'ai dit, je suis fatiguée.

Fatiguée de tes mensonges.

– Bonne nuit.

Et sur ces mots froids, *sans complication*, je referme la porte et la verrouille à double tour en essayant d'effacer de ma mémoire le beau visage si blême de Saint.

Ça me fait mal, mais c'est nécessaire.

L'esprit embrumé par une flopée de souvenirs douloureux, je rejoins mon lit et m'allonge aux côtés de João, en tirant sur la couette pour tenter d'en grappiller quelques centimètres.

Et là, il me faut moins d'une seconde pour me rendre compte qu'il ne ronfle pas. Et qu'il est beaucoup trop raide pour un mec censé dormir à poings fermés.

Oh, non !

Le souffle haletant, le cœur battant à tout rompre, je m'entends lui demander du bout des lèvres :

– Tu dors ?

Une pause. Puis…

– Non.

Une sensation d'apesanteur me soulève les entrailles jusqu'à m'en donner des vertiges.

– Depuis quand es-tu réveillé ?

Il déglutit, toujours aussi crispé.

– Disons que je suis ravi de savoir que tu connais désormais la sensation de plaisir absolu que procure un orgasme.

Je grogne en pressant les poings contre mes yeux, comme si ça pouvait m'aider à le faire disparaître.

– Je suis morte de honte !

João glousse, même si je sens bien qu'il est toujours un peu tendu.

– Pas de stress, Olalita. Je ne dirai rien à personne.

– Tu me le jures ? m'exclamé-je, soulagée.

Il hoche la tête en se laissant rouler sur le dos. Les yeux rivés au plafond, il me rassure :

– Ton frère a raison : tu es assez grande et suffisamment forte pour savoir ce qui est le mieux pour toi. Ce n'est pas à nous de te dire ce que tu dois faire. Et en l'occurrence, tu m'as l'air de parfaitement maîtriser la situation.

Ses compliments me vont droit au cœur, si bien que j'ose lui jeter une petite œillade gênée.

– Merci.

João me sourit.

– Après, si tu veux tester le numéro 17, je suis chaud comme la braise !

J'éclate de rire tout en froissant le nez de dégoût et me retourne sur le côté pour attraper mon téléphone qui vibre sur ma table de chevet.

– Arrête ! Ça me répugne !

– De toute façon, j'suis trop bourré pour faire quoi que ce soit ! se marre-t-il, d'une voix ensommeillée. Et mon petit chat sauvage me tuerait !

Je souris à cette allusion à peine voilée à Catalina, et ouvre le message que je viens de recevoir.

Il est de Saint.

Bien sûr.

J'étais venu te dire que je vais devoir m'absenter quelques jours.

Mon hilarité s'estompe aussi vite qu'elle est apparue.

OK. À plus tard.

Ma réponse est laconique. J'aurais un millier de questions à lui poser. Et presque autant d'inquiétudes à lui soumettre. Mais je ne supporte pas qu'il me mente. Alors je refuse de le placer dans une situation où je sais qu'il préférera le mensonge à la vérité.

Ce qui fait que l'on aura beaucoup moins de sujets de conversation, à l'avenir…

Je penserai à toi tous les jours, mon ange.

Une autre vibration.

Alors ne m'oublie pas trop vite.

Sans lui répondre, je repose mon téléphone sur la table de chevet.

– João ?

– Olalita ? réplique-t-il, presque endormi.

– Pourquoi tu ne dis pas à Catalina que tu l'aimes, tout simplement ?

Le corps de mon ami se rigidifie comme celui d'une statuette en métal. Il met un long moment à me répondre :

– Elle mérite mieux que ce que j'ai à lui offrir.

Toujours les mêmes excuses. Toujours les mêmes conneries.

– Tu es stupide, le tancé-je.

Il soupire.

– Je sais.

Et je crois que c'est ça, le pire : qu'il en soit conscient. Mais je ne peux pas le dire à João, car mon téléphone vibre encore une fois.

Et ne me remplace pas.

Je n'ai qu'une parole, Saint.

Et *plus* qu'une seule année à lui donner.

20

In da Club

Ola

13 février 2021

Le Plaisirs coupables, le night-club où Saint travaillait jusque très récemment, s'est paré des couleurs de l'amour pour rendre un vibrant hommage à la Saint-Valentin. La décoration est magnifique, élaborée sans être trop ostentatoire, mais pas non plus *cheap* ou ringarde. Le personnel s'est surpassé pour offrir à sa clientèle une soirée à thème qui en met plein la vue. De gros ballons rouges en forme de cœur et des guirlandes, d'un joli rose pastel, parsèment les murs blancs tandis que des statuettes de Cupidon et des fontaines de champagne sont éparpillées aux quatre coins de la boîte. La musique aux sonorités chaudes et latines qui se déverse sur la piste est assez forte pour que l'on puisse danser, mais pas trop intrusive, si bien que l'on n'est pas non plus obligé de hurler pour s'entendre.

C'est incontestablement mon night-club préféré, et je suis contente que Catalina ait décidé d'y organiser mon anniversaire surprise.

Ce soir, j'ai officiellement vingt-six ans.

Et je l'avoue, la pilule est plutôt difficile à avaler, dans la mesure où, l'année dernière, je m'étais fixé un tas d'objectifs que je sais désormais que je ne concrétiserai pas – du moins, pas dans un avenir proche.

À l'époque, en soufflant les vingt-cinq bougies piquetées dans mon gâteau au chocolat, le cœur gorgé d'espoir, j'avais formulé un vœu simple, profondément sincère : (re)vivre le grand amour.

Ou plutôt : (re)trouver la flamme de mes débuts avec l'homme que je prenais encore pour le futur père de mes enfants.

Clayton, en l'occurrence.

Notre couple battait de l'aile depuis plus d'un an, et je m'accrochais déjà à lui de toutes mes forces, mais c'est vraiment à compter de cette soirée-là que tout s'est mis à partir à vau-l'eau. Nous sommes allés de catastrophe en catastrophe. De blessure en blessure. Pour achever notre parcours sur la pire de toutes les trahisons.

Dans la continuité de la philosophie du verre à moitié plein que j'essaie d'appliquer depuis quelques jours, je tente de me convaincre que cette énième désillusion aura au moins eu le mérite de me faire admettre une bonne fois pour toutes que les vœux d'anniversaire ne sont pas fiables – même si je l'avais déjà plus ou moins compris après le décès de ma mère.

Je me disais simplement que je ne priais pas assez fort pour que mon père change, que ma sœur s'assagisse et que mon frère s'adoucisse.

Alors que là, j'ai *vraiment* tout fait pour sauver ma relation avec Clay.

Enfin, *presque* tout. À un écart près, une petite minute d'égarement entre les bras du plus pervers de tous les tentateurs.

Et en parlant du loup…

Cela fait plus de dix jours que je ne l'ai pas vu – *une putain d'éternité.* Si au début, il m'envoyait quelques messages par-ci, par-là, la communication s'est complètement rompue lorsqu'il est revenu à Las Vegas, en milieu de semaine. Pour sa défense, il faut dire que je n'ai rien fait pour aller vers lui. J'ai à peine répondu à ses textos, et le soir de son retour, lorsqu'il s'est pointé chez moi vers une heure du matin, j'ai fait comme si je dormais à poings fermés et que je ne l'entendais pas jurer comme un charretier tandis qu'il essayait de forcer ma toute nouvelle serrure inviolable – qui, soit dit en passant, m'a coûté tellement cher que j'ai dû la financer à l'aide d'un petit crédit.

Plus le temps passe, et plus je suis en colère contre lui.

Son silence est comme une épine dans mon cœur.

Et pour la première fois en sept ans, il a oublié mon anniversaire.

– Efface-moi cette vilaine ride de ton front, Ola ! m'ordonne Catalina, pimpante dans son costume de Cupidon qui consiste en une micro-robe blanche à paillettes et une grande paire d'ailes duveteuses. C'est ton anniversaire ! Profites-en !

Je placarde un large sourire hypocrite sur mes lèvres en me resservant une flûte de mon vin blanc préféré. Pour une raison indéterminée, Catalina a décidé qu'il fallait à tout prix que l'on soit déguisés pour fêter mon approche de la trentaine, aussi suis-je la Reine de Cœur, ce soir. Mais pas la version tout public, comme Jules, le mec de Lina, et son costume assorti de Cupidon. Ou João et sa jupette d'Apollon assortie à ses sandales de cuir brun.

Oh, non !

Moi, je suis censurée pour les moins de dix-huit ans. Avec mes cuissardes à talons de quinze centimètres, mes bas en résille, ma minijupe rouge qui s'arrête au ras de mes fesses et laisse deviner la lisière dentelée de mon porte-jarretelles, ainsi que mon corset en cuir noir sur lequel j'ai moi-même cousu un énorme cœur brisé, je suis plus sexy que jamais… et je me sens un tantinet ridicule, il faut bien que je l'admette. D'autant plus que mon cavalier porte un élégant costume trois pièces griffé Yves Saint Laurent qui doit valoir une petite fortune.

– Elle a raison, me confirme Mason, avec un sourire énigmatique. Tu peux braver tous les interdits, ce soir. Cette nuit t'appartient et elle est placée sous le signe de… *hum*, l'amour.

Mon patron me décoche un clin d'œil coquin qui fait exulter de joie ma meilleure amie. Par ma faute, elle est persuadée que nous sommes en train de vivre la plus torride et scandaleuse des liaisons clandestines. Je n'ose pas la détromper de crainte qu'elle découvre mon véritable secret, et résultat : voilà qu'il est l'invité d'honneur de ma soirée d'anniversaire.

Je suis déjà bien assez mortifiée que João soit au courant de mon aventure plus qu'irresponsable avec Saint…

En parlant de lui, mon ami tire une tronche de six pieds de long, les bras obstinément croisés devant lui dans une attitude défiante qui me laisse un brin perplexe. C'est l'image même du mec qui viendrait de croquer dans un citron en croyant qu'il allait manger une délicieuse mangue bien sucrée. Le dégoût le dispute à la consternation dans son regard noir, et je n'arrive pas à déterminer si c'est Jules ou Mason qui lui inspire de tels sentiments négatifs.

– Je suis supposée entrer dans l'âge de la sagesse, dis-je en me tournant vers Mason, dont les yeux bleus pétillent d'amusement. Mais je crois que je suis un peu trop pompette pour trouver le bon chemin.

J'étouffe un rire grinçant, pas tout à fait sincère. J'ai si mal au cœur que j'ai forcé sur le vin – *ça commence à devenir une mauvaise habitude, hein ?*

Ce n'est pas contre Catalina, mais je n'aurais jamais cru que mon vingt-sixième anniversaire se déroulerait ainsi, dans une boîte de nuit qui me rappelle trop de souvenirs d'une vie perdue, sans Jony à qui je ne parle toujours pas, sans Clayton qui va bientôt passer la bague au doigt de Charity, sans mon père qui s'est contenté d'un simple « Bon anniversaire » par SMS, et sans Saint qui n'a même pas pris la peine de traverser le palier pour me dire…

Que je lui manque autant qu'il me manque.

Qu'il pense à moi tous les jours.

Qu'il est désolé d'être un tel connard.

Qu'il fera mieux à l'avenir.

Qu'il me veut tellement qu'il en souffre.

Toutes ces choses merveilleuses qu'il m'a glissées à l'oreille, l'année dernière, mais que je n'étais pas encore prête à entendre.

Un feu brûlant immole mes entrailles. Les regrets sont comme des flammes qui me lécheraient le corps de l'intérieur pour mieux me faire pleurer des larmes au goût de cendres.

Les yeux rivés sur le profil patricien de Mason, je sens mon esprit se mettre à divaguer dans les eaux sombres et mouvementées d'un passé que je donnerais tout pour oublier. Hélas, il me hante comme un membre amputé et m'empêche de connaître *enfin* la paix…

Assise à l'écart de la fête, sur la dernière marche de l'escalier qui mène au toit de mon immeuble, j'écoute distraitement la musique trop festive en provenance de l'appartement de Saint, qu'il a transformé en piste de danse éphémère pour mon anniversaire. Mes amis et ceux de Clayton ont privatisé tout l'étage en vue de célébrer mon entrée fracassante dans le quart de siècle. Pour l'occasion, j'ai eu droit à un énorme gâteau au chocolat, à une flopée de cadeaux merveilleux et à un baiser presque *sincère de mon petit ami.*

Mais le presque *a tout gâché, et sur ses lèvres au goût prononcé de bière et de chips salées, j'ai senti à quel point notre lien était devenu fragile.*

Il m'a embrassée comme s'il y était obligé.

Je l'ai embrassé comme si je l'y obligeais.

Et il n'a même pas osé me toucher. Ses bras sont restés ballants le long de son corps, ses mains, inertes au fond de ses poches, et dans ses yeux, il sait bien que je l'ai vue… cette ombre fugace… cette lueur éphémère… cette amère prise de conscience…

Le début de notre fin.

Si la mort de l'amour devait être représentée par une couleur, je lui imputerais ce brun presque noir des prunelles de Clayton tandis qu'il me regardait comme s'il ne reconnaissait plus la fille dont il était tombé amoureux.

Moi non plus, je ne la reconnais plus, cette fille qui n'existe désormais plus que dans mes souvenirs. Celle qui était heureuse quand elle était avec lui, celle qui a cru qu'il lui suffirait d'y croire très fort pour que son couple fonctionne, celle qui a tout fait pour être la petite amie qu'elle pensait qu'il voulait.

Celle qui s'est épuisée, encore et encore, à feindre d'être parfaite.

Et celle qui, fatalement, a fini par se lasser de paraître sans être, de jouer sans éprouver, de sourire sans rire, d'aimer les autres sans s'aimer elle-même.

Je retiens un ricanement amer en pressant mon front brûlant contre le mur de béton glacé. Les yeux fermés, repliée sur moi-même, j'essaie de faire taire mon cerveau, de mettre en sourdine mon cœur et de lutter contre ce mauvais pressentiment qui m'agite les entrailles.

Non, il n'est pas trop tard…

Non, ce n'est pas déjà fini…

Non, je dois continuer à y croire.

Oui, je peux le convaincre de ne pas m'abandonner !

– De qui te caches-tu, mon ange ?

La voix éraillée de Saint résonne dans ma tête. Ses mots s'imprègnent dans mon âme. Sa question, loin d'être innocente, verse du sel sur mes plaies à vif. J'ai bien envie de lui dire d'aller voir ailleurs si j'y suis, mais je n'ai même pas le temps de lui répondre qu'il s'est déjà installé à mes côtés, si proche de moi que je me retrouve noyée sous son odeur de mâle rehaussée d'une pointe de musc ambré. Sa chaleur contagieuse empire la fièvre qui malmène mon corps tremblant. Les paupières mi-closes, je risque un rapide coup d'œil dans sa direction.

Torse nu et échevelé, les joues rouges et l'œil flou, il me regarde comme si…

Nous n'avions jamais quitté ce putain de Jacuzzi.

Cette pensée sortie de nulle part me coupe le souffle. Cela faisait si longtemps que je ne m'étais pas autorisée à repenser à cette nuit-là que j'en suis complètement chamboulée. Les mains crispées sur l'ourlet de ma petite robe blanche, je déglutis mon excès de salive dans l'espoir d'apaiser le feu qui m'assèche la gorge.

– Cette robe, c'est pour me punir, hein ? souffle-t-il.

– Je ne vois pas de quoi tu parles.

Il rit. Mais ce n'est pas un rire. C'est un reproche déguisé, une insulte enrobée dans le miel de son aigreur.

Saint effleure la bretelle de ma robe du bout des doigts.

– Elle me rappelle une autre nuit, un autre endroit… une autre fille…

Je détourne les yeux, touchée en plein cœur par cette dernière phrase qu'il m'a balancée à la figure comme s'il s'agissait d'un horrible petit caillou pointu.

– Je ne vois pas de quoi tu parles, persisté-je à nier. C'est juste une robe blanche. Remets-toi.

Le visage de Saint se durcit jusqu'à transformer ses traits si virils en arêtes dures et incassables sur lesquelles, je le sens du plus profond de mes tripes, je ne vais pas tarder à me fracasser.

– Vraiment ?

Sa main se pose sur ma cuisse nue, qu'il serre si fort que je pousse un gémissement inarticulé. Mi-plaisir, mi-douleur. Totalement inapproprié.

– Ne me touche pas ! le supplié-je, plus que jamais consciente de la faiblesse qui m'envahit lorsqu'il m'approche. S'il te plaît…

Saint fait la sourde oreille, trop occupé à humer le parfum de mes cheveux.

– Te voir avec lui, ça ne me plaît pas, finit-il par avouer, l'air aussi enivré par moi que par l'alcool. Alors, non. Je n'enlèverai pas ma main de là où, on le sait aussi bien l'un que l'autre, tu la veux aussi fort que moi.

J'essaie de fuir son regard enténébré, mais il m'enchaîne à lui et me retient prisonnière de nos erreurs passées. Aussi triste que cela puisse paraître, je n'ai pas la force de me détourner de Saint lorsqu'il me fixe comme si les six dernières années n'avaient été qu'un mauvais rêve, qu'une ellipse dans le temps qui nous mènerait à la conclusion d'un très mauvais roman.

– La robe blanche, reprend-il, en se penchant sur la peau nue de mon cou. Le ruban rouge dans tes boucles brunes. Dès que je ferme les yeux, je te revois comme si c'était hier ; allongée sur le dos, toute nue dans les draps blancs, les jambes écartées et si mouillée que je sens encore ta moiteur sur le bout de mes doigts…

– Saint !

– Oui, gémit-il, à bout de souffle. Tu as bien crié mon nom, cette nuit-là ! Hein, mon ange ? Tu t'en souviens ?

Il niche sa tête dans le creux de mon cou. Sentant à ma reddition silencieuse que je suis trop troublée pour le repousser, il en profite pour m'acculer contre le mur et m'envahir de son corps dont je garderai à jamais le souvenir. Tout à coup, j'ai si chaud que j'en viens à ne même plus supporter le coton si délicat de ma culotte et le tissu légèrement satiné de ma robe préférée.

– Arrête ! l'imploré-je, au supplice. Qu'est-ce qu'il te prend, à la fin ?!

– Je suis bourré, avoue-t-il, sans mâcher ses mots. Et je n'en peux plus…

– De quoi ?

– De toi. Je n'en peux plus de toi.

Je frissonne, partagée entre le plaisir de savoir que je le tourmente autant qu'il m'a tourmentée par le passé, et la douleur, aussi, d'entendre une telle affliction dénaturer sa voix. Et je ne sais pas trop à quel moment mes mains ont cessé de le repousser pour l'étreindre et le serrer contre moi, mais je sens que je suis sur le point de commettre une grosse bêtise.

– C'est mon anniversaire, Saint. Sois gentil avec moi.

Sa main traîtresse remonte le long de ma cuisse pour se faufiler sous ma robe. Je me raidis, mais je ne bronche pas.

– Gentil à quel point, mon ange ?

– Ne m'appelle pas comme ça.

Il en a perdu le droit lorsqu'il m'a jetée dans les bras de son meilleur ami dans l'évidente intention de se débarrasser de moi.

– Tu me manques.

Il marque une pause. Mon cœur loupe un battement.

– Je pense à toi tous les jours, Olaïna.

Saint se rapproche encore un peu de moi, si bien qu'il finit par m'écraser complètement contre le mur. Je sens les contours de son sexe à travers nos vêtements. La bosse qui s'enfonce dans ma hanche liquéfie mes entrailles à l'intérieur de mon abdomen.

– Je suis désolé d'être un connard, mais je n'en peux plus de me retenir.

Ses lèvres humides effleurent ma joue, puis le cartilage de mon oreille, et se faufilent dans mon cou, qu'il picore de baisers moites et sensuels. Je ferme les yeux lorsque sa langue trace une vague sur ma clavicule et prend la direction de mes seins aux pointes érigées, comme si cela rendait notre comportement moins répréhensible. Tout en me laissant bercer par le rythme de son souffle haletant, par les battements hésitants de nos cœurs désynchronisés, j'essaie de me persuader que je ne fais rien de mal, qu'il n'est pas en train de me séduire, de me charmer, de me déchirer l'âme avec ses baisers qui portent encore la saveur d'une promesse inachevée, mais je sais bien que je ne leurre personne…

– Tu me tortures le jour, tu me hantes la nuit.

Tais-toi, pitié ! Ne me dis pas ce que Clayton ne me dit plus !

– Tu es si belle, mon ange. Si douce sous mes doigts.

C'est plus fort que moi. Je gémis en me tortillant pour accentuer la pression de sa main sur mon épiderme surchauffé.

– J'ai tellement envie de toi que j'en ai mal au ventre !

Je souffre, moi aussi. Le manque me lacère le bas-ventre.

– Tu dis ça parce que tu es soûl, lui opposé-je, dans un vain espoir de me raccrocher à la réalité. Demain, tu auras honte de ce que tu fais là et tu me briseras de nouveau le cœur.

Sa main s'immobilise à quelques centimètres de mon entrejambe. J'en suis soulagée. J'en suis dévastée. Je ne sais plus ce que je veux, je ne sais plus qui je suis. Je ressens trop et trop vite. Plus rien n'a de sens lorsque Saint s'empare de moi… sans jamais me prendre complètement, délaissant des pans entiers de mon existence, se contentant des facettes les plus complaisantes de ma personnalité.

– Je t'ai déjà brisé le cœur, mon ange ?

Il y a de la tristesse dans sa voix. Et de la surprise, aussi. Cette dernière me donne envie de le frapper au visage et de lui coller mon poing dans la tronche.

– Moins de vingt-quatre heures après m'avoir dépucelée, tu m'as présentée à Clayton en ironisant sur le fait que l'on formerait un couple parfait.

Je ricane avec une aigreur corrosive.

– Briser, c'est encore trop gentillet. Je ne sais pas ce que tu lui as vraiment fait, à mon cœur, mais il n'a plus jamais fonctionné depuis que tu t'en es servi pour te torcher les fesses…

Ma voix résonne dans la cage d'escalier, si bien que Saint est obligé de plaquer sa main sur ma bouche pour me faire taire. La respiration sifflante, je le mitraille du regard, hors de moi, et griffe son avant-bras pour le forcer à me relâcher. Et lorsqu'il s'exécute, l'oreille aux aguets, comme s'il surveillait quelque chose, je profite de son inattention pour passer sous son bras et descendre une marche. Dans la manœuvre, ma robe remonte sur mes cuisses tendues et expose le coton trempé de mon sous-vêtement. Évidemment, les pupilles dilatées de Saint se rivent presque immédiatement sur mon entrejambe, à l'instar d'un requin qui viendrait de flairer l'odeur du sang frais, et il me dévore d'un regard beaucoup trop possessif pour ma santé mentale.

– De qui te caches-tu réellement, mon ange ? me redemande-t-il, implacable. De Clay ? De moi ?

Ses yeux noirs sont comme des flèches qui me transpercent de part en part…

– Ou de toi-même ?

Je le dévisage avec l'impression d'avoir été mise à nu par des mains cruelles et impitoyables.

– Par pitié, Saint… l'exhorté-je, en me relevant avec peine. Arrête.

Ses doigts me cherchent, mais cette fois, je ne les laisse pas me trouver.

– Reste là, mon ange.

– Non, refusé-je, alors que tout l'alcool que j'ai consommé au cours de la soirée menace de ressortir sous une forme beaucoup moins plaisante. Laisse-moi en paix.

Un voile de remords assombrit son visage, qu'il chasse promptement pour une mine beaucoup plus obstinée qui ne me dit rien qui vaille.

– Jamais.

Une pause.

– Tu ne seras jamais débarrassé de moi, Olaïna.

Je pousse un soupir de lassitude.

– Tu sais ce que j'aurais dû faire comme vœu d'anniversaire, ce soir ?

C'est une question purement rhétorique, aussi n'attends-je pas de réponse de sa part pour lui en donner une de moi-même :

– Celui de ne jamais t'avoir rencontré, Saint. Pour enfin avoir le plaisir de goûter à une vie sans toi et tous les malheurs que tu m'as apportés !

Loin de se vexer, il me rit au nez avant de se laisser tomber sur les coudes pour me jauger avec arrogance, les paupières mi-closes, comme un prédateur indolent. C'en est trop pour moi. Je dévale l'escalier pour retrouver mes amis. Mon petit ami. Et plus globalement, la raison.

– Est-ce que tu ranges aussi Clayton dans cette catégorie ? Parmi les malheurs que je *t'ai apportés ?*

Je crois bien que oui.

Cette pensée aberrante me cloue sur place, à mi-chemin du troisième étage.

Le rire de Saint s'accentue lorsqu'il prend conscience qu'il vient de mettre le doigt sur l'une de mes faiblesses. La poitrine compressée par la douleur, je me tourne une dernière fois vers lui. Il a l'air si malheureux, lui aussi, que je me reconnais en lui plus qu'en quiconque de ma connaissance. Et cela inclut mon propre reflet dans le miroir.

– Olaïna… Il est peut-être temps d'arracher le pansement, tu ne crois pas ?

– Je l'ai déjà fait, Saint… murmuré-je. Et c'est pour ça que c'est moi qui m'en vais, cette fois.

Une lueur de compréhension passe sur ses traits. Sa respiration saccadée soulève ses épaules de plus en plus vite. Ses poings sont tellement serrés que les veines qui courent le long de ses avant-bras semblent sur le point d'exploser. Il me dévisage d'un air impénétrable, comme s'il attendait désespérément que j'ajoute quelque chose.

Peut-être le coup de grâce ? Peut-être des excuses ?

Je m'humecte les lèvres avant d'achever :

– Bonne nuit, Saint.

Son regard se glace.

– Joyeux anniversaire, mon ange, dit-il, juste pour avoir le dernier mot.

Tandis que je dégringole l'escalier, les premières notes de la chanson Cry Me a River *retentissent deux étages plus bas. Comme un rappel du destin. Un pied de nez du karma. Lorsque Saint se met à chanter, je sens mon cœur dégringoler tout au fond de ma poitrine et je sais… oui, je sais… que l'on fera comme si l'on avait tout oublié, demain matin, et que l'on n'en parlera plus jamais.*

Parce que c'est trop tard, pour lui et moi.

La seule chose que je peux encore sauver, c'est ma relation avec Clay.

– Eh, ma belle ! Je crois que je t'ai perdue, là.

La voix traînante de Mason m'extirpe de mes pensées douces-amères. Un bras passé en travers de mes épaules, il me regarde avec une pointe d'amusement émoussée par une légère inquiétude. Sans que je m'en rende compte, la musique latine a été remplacée par un rap violent pour une ambiance incontestablement plus décomplexée. La sensualité a cédé la place à l'obscénité, l'amour s'efface au profit du sexe, et tout à coup, j'ai envie de sortir d'ici…

– Fais-moi danser, Mason.

Une partie de moi a du mal à croire que je viens de formuler cette demande plus qu'ambiguë à mon patron. Une autre s'en fiche éperdument. Il est presque minuit, et dans moins d'une heure, ce sera officiel ; Saint aura bel et bien oublié mon anniversaire.

– Avec plaisir, se réjouit-il, en m'aidant à me relever sans avoir à exposer mes sous-vêtements à toute l'assemblée. Viens là, ma belle.

Sous le regard désapprobateur de João, et celui plus qu'enchanté de Catalina, j'entremêle mes doigts à ceux de Mason et le laisse me guider jusqu'à la piste de danse, sur laquelle je me fais la promesse d'oublier le passé.

Au rythme licencieux d'*In da Club* de 50 Cents, je frotte mon corps contre celui de Mason pour chasser de mes pensées l'homme qui, année après année, m'a poursuivie sans jamais faire l'effort de m'attraper.

Ce soir, c'est terminé. Et comme le dit si bien l'un de mes rappeurs préférés…

I'm into havin' sex, I ain't into makin' love
So come give me a hug, if you into getting rubbed[7]

Je laisse l'ambiance festive de la boîte, pleine d'ivresse et d'une sensualité à fleur de peau, me transporter en dehors de ma sinistre réalité. Les corps souples et chauds des autres danseurs se pressent contre mon dos tandis que je m'accroche aux épaules de Mason pour ne pas perdre l'équilibre. Ses mains puissantes me tiennent fermement par les hanches. Il sourit. Moi, je n'y arrive pas.

7. Moi, c'est le sexe, je n'aime pas faire l'amour, alors viens dans mes bras si tu aimes te frotter.

J'ai envie de pleurer, mais pas tout à fait de tristesse.

C'est beaucoup plus complexe que ça…

Je me sens à la fois forte, triste et flattée. Forte d'avoir réussi à rebondir après cette fin d'année terrible. Triste de ne pas avoir tous les gens que j'aime à mes côtés pour fêter mon anniversaire. Et flattée de l'intérêt sincère que me porte Mason, quand bien même je lui ai déjà signifié à deux reprises au cours de la soirée qu'il n'y avait rien à espérer de plus qu'une franche et solide amitié de ma part.

À l'heure actuelle, je n'ai plus rien à donner à un homme. Saint m'a tout pris et il n'a rien laissé qui puisse me permettre d'être avec un autre que lui sans avoir l'impression d'être une horrible garce infidèle.

Et dire qu'il n'est même pas là…

Je m'empresse de chasser cette pensée morose de mon esprit et je me mets à danser, danser et danser jusqu'à ne plus sentir mes orteils.

Jusqu'à ne plus savoir l'heure qu'il est, ni où je suis et où je voudrais être.

Jusqu'à ne plus me rappeler pourquoi je me sens si mélancolique.

Jusqu'à ne plus attendre qu'il arrive, comme s'il était le héros d'un putain de conte de fées.

– Toujours aucune chance que je te ramène chez toi, ce soir ? me glisse Mason à l'oreille.

Son souffle est si ardent qu'il me brûle la peau. Je le sens de plus en plus fébrile, de moins en moins patient. Le pauvre, je malmène ses nerfs et je n'en suis même pas désolée.

– Non, lui confirmé-je, en essayant de reculer.

Mais il ne me laisse pas reprendre mes distances, et au contraire, il me rapproche de lui jusqu'à aligner nos corps pour que je le sente comme jamais je n'aurais cru le sentir. Excité. Prêt à tout. Beau, aussi. Avec ses cheveux noirs, sa peau blanche et ses yeux bleus. Le fait qu'il soit plus âgé que moi est aussi étrangement sexy. Et l'espace d'une brève seconde, je doute de moi. De ma promesse. De la raison pour laquelle j'endure encore les mêmes problèmes, toujours les mêmes détresses.

– C'est dommage, ma belle.

Ma belle. Pas mon ange. Tout à coup, ma détermination se raffermit. Ce n'est pas le bon surnom. Ce n'est pas non plus la bonne personne.

– Tu ne préférerais pas que l'on arrête de danser ? lui demandé-je, tout en continuant de remuer les hanches au rythme de l'emblématique *Température* de Sean Paul. Je ne veux pas te faire de mal, Mason.

C'est peut-être un gros con au boulot, mais il est adorable dans la vraie vie. Et s'il n'y voit pas d'inconvénient, j'aimerais vraiment que l'on devienne amis. Il est drôle, charmant et très mature dans son approche des relations humaines. Par certains aspects, il me fait penser au Clayton de l'université : toujours de bon conseil, souriant et à l'écoute.

– Ola ! s'esclaffe-t-il, le visage niché dans le creux de mon cou. J'ai très envie de te baiser, et je ne vais pas te mentir, ton costume me fait bander comme un malade.

Sans aucune forme de gêne ou d'embarras, il presse son érection contre le bas de mon ventre. Dure et longue. Mais pas autant que celle de Saint. Je me sens rougir de la tête aux pieds, troublée par la chaleur qu'il dégage et les pensées qui me submergent.

– Mais je ne suis pas amoureux de toi, reprend-il, le regard rieur. Tu ne vas pas me briser le cœur ou je ne sais quelle autre connerie du même genre. Tout ne doit pas être aussi sérieux, dans la vie. Ôte-toi cette idée stupide de la tête. C'est ta soirée, ma belle. Danse avec moi et baise-moi, ou fais-le avec n'importe quel autre mec, ici présent. On s'en fout ! Mais s'il te plaît, amuse-toi !

Mason a raison. J'ignore pourquoi j'ai si peur de le blesser alors que l'on se connaît à peine, dans le fond.

Enfin, si. Je sais très bien *pourquoi*. Saint n'a eu besoin que d'une nuit pour me briser le cœur. Et sept ans plus tard, j'en garde encore une affreuse balafre sur l'âme.

– Mais…

Mason presse un doigt en travers de mes lèvres, afin de me forcer à me taire et à garder pour moi toutes mes vaines hésitations. Soudain, l'atmosphère devient électrique, légèrement instable et orageuse. J'ai si chaud qu'un filet de sueur moite dégringole le long de ma colonne vertébrale. Et lorsqu'il avance aussi près de moi qu'il le peut, si grand que je dois basculer la tête en arrière pour continuer à le regarder dans les yeux, je me rends compte qu'il sait très bien ce qu'il fait.

C'est un joueur. Un véritable expert.

Et si je n'avais pas été à ce point accaparée par Saint, les baisers du gentil garçon auraient fini par me dévoiler les crocs du grand méchant loup qu'il dissimule sous un masque d'affabilité d'une étonnante justesse. J'ai été naïve de croire que j'avais le contrôle. Si Mason a directement reconnu le vice de Saint, c'est parce qu'il est lui-même habité par cette flamme obscure, cette part d'ombre sinueuse. Par cette sensualité dévorante qui consume les femmes aussi candides que moi.

Aussi bêtes que romantiques.

Avec un rictus que je ne peux que qualifier de sournois, Mason murmure à quelques centimètres de ma bouche entrouverte par un souffle saccadé :

– Le meilleur ami est là. Et il n'est pas content du tout…

Il me faut moins d'une demi-seconde pour comprendre où il veut en venir. Et alors, les muscles de mon corps se tétanisent tandis que je m'immobilise au beau milieu de la piste, le cœur battant à tout rompre, des papillons hystériques s'envolant par milliers à l'intérieur de mon abdomen. Mon rythme cardiaque s'accélère jusqu'à me provoquer une étrange douleur dans la poitrine. Les yeux écarquillés, je tente de me retourner pour chercher Saint d'un regard hagard, mais Mason m'en empêche en saisissant mon visage d'une main rude, comme s'il s'apprêtait à m'embrasser à pleine bouche.

– Tu le veux vraiment ce gars, hein ?

Dans un état second, je hoche imperceptiblement la tête.

La vérité, aussi triste et pathétique soit-elle, c'est qu'il n'y a rien que je désire plus que Saint Hunderson.

– Oui.

Une étincelle malicieuse virevolte dans les yeux d'un joli bleu pervenche de mon patron, et peut-être aussi mon ami. Finalement, je crois que c'est autant un connard dans la vraie vie qu'au bureau. Il l'exprime juste d'une manière totalement différente. Et infiniment plus drôle.

– Tu veux que je t'aide à le rendre dingue ?

Je l'admets, cette proposition perfide m'arrache un petit sourire. La vengeance est un jeu dangereux au parfum enivrant. Et j'y succombe avec un délice presque malsain.

– Oui.

– Alors danse avec moi, ma belle.

Je ne réfléchis pas. Le bien, le mal. Je laisse tout derrière moi, là où je me promets à moi-même de ne pas regarder pour éviter de flancher. J'obéis à Mason et ondule du bassin en suivant le rythme endiablé qu'il impose à nos deux corps étroitement enchevêtrés. J'avance, il recule. Entre-temps, on se heurte et on se bouscule, on se mêle et on s'emmêle, ses mains nouées dans mes cheveux, et les miennes, dans son cou autour duquel il a attaché une cravate d'un rouge qui rappelle mon cœur brisé.

Très vite, la température grimpe en flèche, la cadence s'accélère et ma peau se retrouve emperlée par une fine pellicule de sueur. Je respire fort, et lui aussi. Nos souffles se perdent l'un dans l'autre, et chacune de nos inspirations participe à notre mélange. Je me libère en lui, il se déverse en moi. Et quand il me ramène contre son torse, en face à face, je lui souris pour lui dire : « Merci d'être là. » Ce à quoi il finit par me répondre :

– Accroche-toi. Ça ne fait que commencer !

Sur cet unique avertissement, de grandes mains puissantes et alourdies par de grosses bagues en acier se posent sous mes seins et enserrent ma cage thoracique jusqu'à extraire la moindre particule de mes poumons. Un corps chaud à l'odeur extrêmement familière se plaque contre mon dos pour me presser sans aucune forme de pitié contre Mason. Prisonnière et écrasée, étouffée sous une flambée irrespirable de testostérone, je suis… *excitée comme jamais…* et c'est avec un plaisir plus que coupable que je me laisse emporter dans cette lente et infernale danse en triolisme, cédant mon corps à ces deux hommes qui se défient à travers moi.

Pendant des heures, et peut-être même des jours, je tournoie dans les bras de Mason, puis dans ceux de Saint, avant de perdre complètement pied et de fermer les yeux pour savourer la rudesse de mes partenaires.

L'un est joueur, l'autre est brutal.

Il n'y en a qu'un qui retient réellement mon attention.

Je sens la douleur dans l'étreinte de Saint. Le désespoir dans ses gestes brusques. Le chagrin, aussi, qui vibre dans chacune de ses inspirations. Et je me gorge de sa tristesse qui se reflète comme en fragments dans sa sensualité hors de contrôle, sa passion muette et tourmentée.

Sans avoir besoin d'écouter le son de sa voix, c'est au mouvement de son corps que je l'entends le mieux… tous ses espoirs, tous ses rêves… tout ce qu'il garde pour lui, tout ce qu'il refuse de partager avec moi… un battement de cœur, puis deux et trois… Ça lui fait tellement de mal de me voir prendre du plaisir dans d'autres bras…

Les mains tatouées de Saint sont partout sur mon corps. Celles de Mason restent accrochées à mes hanches. Les miennes sont divisées, séparées ; l'une est enroulée autour de la cravate de mon patron tandis que l'autre s'est glissée dans le dos de Saint pour y attraper l'un des passants de son jean.

Ils me poussent l'un vers l'autre, en avant et en arrière, allant et venant alors qu'ils me malmènent et se démènent pour m'avoir un peu plus… puis un peu moins… et encore, s'il te plaît… toujours plus, je t'en prie… parce que ce n'est jamais assez, pour eux comme pour moi. Ce n'est pas suffisant.

Il n'y aura pas de vainqueur dans ce jeu.

Que des tourments fort malheureux qui m'excitent bien malgré moi…

J'inspire.

Ils expirent.

Je me cambre.

Ils gémissent.

Je danse.

Comme si l'on faisait l'amour.

Mais sans le plaisir, seulement avec la frustration et la mélancolie.

Soudain, les lèvres boudeuses de Saint m'effleurent la peau lorsqu'il me chuchote à l'oreille :

– Tu le veux ?

À cette heure-ci de la nuit, intriguée par le goût exaltant de l'interdit, il y a beaucoup de choses que je désire. Mauvaises et bonnes. Entre douleur et plaisir. Vérités et mensonges.

– Quoi ? feins-je de ne pas comprendre, en me tournant pour planter mon regard dans celui, si torturé, de mon amant.

– Ce mec ! s'écrie-t-il, frottant avec hargne son sexe bandé contre mes fesses, ce qui m'empale un peu plus sur l'érection de Mason. Numéro 29. C'est ça que tu veux ? Lui devant, moi derrière ?

Je l'ai déjà dit, mais il n'y a *rien* que je désire plus que Saint. Pas même cette ébauche de plan à trois qu'il ne me faudrait qu'un mot pour concrétiser. Chez moi ou ailleurs. Dans un lit ou sur la piste. Si je le voulais, je pourrais rayer ce défi de ma liste. Sortir ce fantasme de ma tête. Transformer le rêve en réalité.

Mais... il y a toujours un *mais*.

– Si tu le veux, mon ange... articule difficilement Saint, la langue meurtrie par l'acidité de sa jalousie, alors, c'est OK pour moi.

Il déglutit à plusieurs reprises, les doigts repliés sur mes seins hypersensibles.

– Je te donnerai ce que tu demandes.

Puis il reste immobile de longues secondes qui me font l'effet de durer toute une éternité, à la recherche de son souffle, en pleine lutte contre lui-même. Lorsqu'il semble être parvenu à reprendre un tant soit peu le contrôle de ses émotions, il fait glisser ses mains le long de mon ventre et jusqu'à mes hanches, qu'il empoigne avec rudesse. Ses doigts redeviennent cruels. Ils s'enfoncent dans ma chair endolorie, par-dessus les mains de Mason, tandis qu'il me serre plus fort, d'une façon encore plus pressante.

Les jambes flageolantes, je pose les miennes sur ses épaules, sentant les battements frénétiques de son cœur qui frappe durement contre mon dos.

– Pourquoi ?

Pourquoi accepterais-tu de me partager avec un autre lorsqu'il est évident que ça te fait souffrir ? Pourquoi recommences-tu ces bêtises qui nous ont déjà fait tellement de mal ?

– Je t'ai promis que je t'aiderais à réaliser tous tes fantasmes tant que tu me laisserais une place à tes côtés.

Saint expire, nerveux. À l'agonie.

– Je préfère être là quand tu le fais, plutôt que de l'autre côté du palier, à feindre de ne pas être complètement brisé par ce que j'entends...

Des mots si forts. Une déclaration tellement puissante.

Comme l'a dit plus tôt Mason, je ne peux pas lui briser le cœur, puisqu'il ne m'aime pas. Mais Saint vient d'admettre de lui-même que je détenais cet incroyable pouvoir sur lui.

Se pourrait-il... cela signifierait-il... *qu'il m'aime ?*

Peut-être pas à la folie, comme je l'aimais moi-même par le passé, mais juste assez pour que j'aie le droit d'y croire sans redevenir cette idiote trop naïve qu'il a démolie d'un seul baiser ?

Tout à coup, j'ai tellement peur que j'en ai le cœur transpercé d'épines.

Accrochée aux épaules de Saint, je tourne le visage et cherche le regard de Mason, qui me sourit comme s'il avait déjà tout compris et qu'il s'amusait de nos tourments. Ce n'est pas une moquerie méchante ou sournoise. C'est plutôt… amical et taquin. Il a l'air de me répéter avec les yeux : « Amuse-toi, c'est ta soirée. »

Et il a raison.

Toutefois, Mason n'a pas la patience d'attendre que je prenne une décision. Avec un petit rire coquin, il fonce sur mes lèvres, déterminé à me voler un baiser.

Ou du moins, déterminé à le faire croire à Saint.

Sauf qu'une main tatouée surgit subitement devant moi pour l'attraper par la gorge tandis qu'une autre me ceinture à la taille et m'éloigne de cette bouche qui me réclame.

– Reste à ta place ! gronde Saint, le corps vibrant d'une chaleur qui fait grimper d'un cran mon niveau d'excitation. Elle n'a pas encore dit oui.

Mason éclate d'un rire rauque, avec l'air d'être aux anges. Ses doigts effleurent mes bras, puis mes épaules et les contours de ma mâchoire pour achever leur course effrénée près de mes lèvres sur lesquelles ils effacent toutes les traces du rouge que j'y ai minutieusement appliqué. Ensuite, il les porte à sa bouche et les suce avec une gourmandise perverse sous le nez de Saint, dont la fureur se répand comme un incendie au cœur d'une forêt asséchée par la canicule – vite et fort.

– C'est vrai, ça… riposte-t-il d'une voix forte pour couvrir la musique, avant de me décocher un clin d'œil que j'ai des difficultés à interpréter. Mais dis-moi, Saint : elle est où, ta place, à toi ?

Soudain, je comprends ce que Mason cherche à faire dire à Saint. Et je sais aussi qu'il le fait pour moi. C'est un beau geste, une attitude vraiment fair-play qui me laisse sans voix.

– Avec elle ! réplique fébrilement Saint, en tombant dans le piège de sa provocation. En elle. Sur elle. Sous elle. Partout où elle est et partout où elle me veut !

Mason sourit comme un chat sur le point de tailler en pièces un pigeon.

– Alors, un petit conseil, l'ami : si tu fais l'erreur de la partager avec des gars comme moi, je te prie de me croire lorsque je te dis que nous n'aurons aucun scrupule à te la piquer. Et tu devras attendre très, très longtemps avant de récupérer la place que tu sembles si déterminé à occuper.

– Comme si je ne le savais pas déjà ! crache Saint d'un ton furieux.

Le temps d'un battement de cœur, le fantôme de Clay s'immisce entre nous, à l'instar d'une ombre sur la piste, d'une tache sur nos cœurs. Et c'est comme s'il était venu là rien que pour gratter une allumette.

D'un seul coup : l'étincelle enflamme la poudre.

J'écarquille les yeux lorsque je sens le bras de Saint me tirer vers l'arrière pour m'arracher à l'étreinte de Mason. Ce dernier ne fait rien pour me retenir. Au contraire, il me gratifie d'un nouveau clin d'œil avant de mimer avec les lèvres : « Joyeux anniversaire, ma belle ! » Puis il se tourne vers une jolie brune qui, je ne le remarque que maintenant, lui fait les yeux doux.

Quant à moi, je n'ai pas le temps de dire ou de faire quoi que ce soit, parce que Saint est désormais hors de contrôle et qu'il me traîne à travers la boîte comme s'il avait occulté le fait que j'ai cru judicieux de me jucher sur des talons de quinze centimètres.

Sans m'accorder le moindre répit, il m'oblige à grimper deux par deux les marches qui mènent au carré VIP, dans lequel il entre sans même prendre la peine d'adresser un mot au vigile. Mais il ne s'arrête pas en si bon chemin, et alors que je pensais avoir un peu de temps pour reposer mes pieds en souffrance, il continue de me tirer à sa suite et traverse la pièce jusqu'à une seconde porte dissimulée dans une alcôve et verrouillée à l'aide d'un digicode électronique.

Il est tellement furieux que l'on dirait presque qu'il entre le code à coups de poing. La porte ne résiste qu'une seconde, puis elle s'ouvre dans un chuintement métallique qui fait courir un frisson sur toute la face interne de mes membres. J'ai un moment d'hésitation en croisant le regard fou de Saint tandis qu'il m'emmène à l'intérieur. S'il ne m'avait pas fermement retenue par la main, je crois bien que je me serais écroulée de tout mon long sur la moquette d'un étonnant rose bonbon.

J'ai le temps d'apercevoir un lit aux draps recouverts de pétales de rose, et plus loin, un bar équipé d'une pompe à bière, ainsi qu'un Jacuzzi calé devant une énorme baie vitrée qui offre une vision globale sur la piste de danse lorsque Saint enroule sa main autour de mon bras et me ramène vers lui.

– Eh, doucement ! m'écrié-je, alors que la musique disparaît dans le silence de cette pièce hermétiquement close.

Les yeux noirs de Saint se fixent sur mes lèvres barbouillées de rouge, et ses pupilles se dilatent jusqu'à être réduites à la taille d'une tête d'épingle. Il me plaque contre la porte qui vient de se refermer derrière moi – et qui ne s'ouvre qu'à l'aide d'un code de ce côté-ci, aussi.

Tout à l'intérieur de moi *tremble d'appréhension.*

Tout à l'intérieur de moi *fond de désir.*

De son autre main, il extirpe un briquet de sa poche, qu'il soulève à hauteur de mon visage avant d'en tourner la molette. L'odeur du gaz me prend à la gorge. Une flamme surgit près de ma bouche. Mon souffle haletant la fait danser comme une ballerine sur la pointe des pieds.

– Joyeux anniversaire, mon ange.

Comme un fait exprès, l'horloge accrochée au-dessus du bar se met à sonner les douze coups de minuit.

Il n'a pas oublié, finalement.

– Souffle ta bougie et fais un vœu.

Les commissures de ses lèvres se soulèvent dans un rictus menaçant.

– Mais, attention : inutile de le gaspiller en souhaitant d'être débarrassé de moi, poursuit-il dans un écho à mes propres pensées, à nos plus douloureux souvenirs. Je te l'ai déjà dit : aucune force au monde ne pourra me convaincre de te laisser en paix, mon ange. Il n'y a que toi qui en as le pouvoir, et on sait tous les deux que tu n'en veux pas.

C'est à mon tour de lui sourire en prenant une profonde inspiration qui fait doubler de volume ma cage thoracique.

Oh, mais j'y compte bien, Saint…

Minuit se rapproche, coup après coup, et il n'en reste plus que six lorsque je ferme les yeux et souffle tout en réclamant à l'univers : « S'il vous plaît, je vous en prie… Faites que Saint ne m'abandonne plus jamais ! »

La flamme vacille.

Trois coups.

Je souffle plus fort.

Deux coups.

Saint mêle son souffle au mien.

Un coup.

La flamme s'éteint. Minuit résonne. Nos lèvres se trouvent. Nos langues s'effleurent. Et même s'il n'est probablement pas encore prêt à l'admettre, je le sens dans son baiser…

Le goût aphrodisiaque de l'amour.

L'aveu involontaire d'un cœur amoureux.

Il m'aime un peu, lui aussi.

21

Bisou magique

Saint

27 septembre 2013

C'est la nausée qui me réveille, mais c'est le corps chaud et délicieusement féminin pressé contre mon dos qui me fait prendre conscience de mon énorme – *et redoutable* – gueule de bois. En effet, il me faut plus d'une minute pour réussir à me souvenir du prénom de la fille allongée à mes côtés. Et lorsqu'il me revient en mémoire, j'ai l'impression que tout explose autour de moi. Une déflagration d'une puissance dévastatrice qui me fait bondir hors du lit comme un personnage de dessin animé.

Bordel, c'est la merde !

Une panique intense me saisit à la gorge. Mon cœur s'affole et fait s'emballer tous les autres organes de mon corps, si bien qu'une nausée me submerge et que je commence à suer à grosses gouttes. J'ai du mal à respirer tandis que je me lance à la recherche de l'interrupteur de la lampe de chevet. Mes mains tremblent, je ne vois rien, et lorsque je trouve enfin la lumière, je suis tellement à l'envers que j'ai les yeux qui se croisent, ce qui m'empêche de voir à plus de vingt centimètres devant moi.

Une remontée acide me brûle l'œsophage. J'ai à peine le temps d'atteindre la salle de bains que je vomis mes tripes dans les toilettes, plié en deux au-dessus de la cuvette que j'arrose d'un flot d'alcool mal digéré et de salive visqueuse. La bière, la vodka, le whisky, *ma putain de dignité.* Tout finit au fond des cabinets tandis que je tousse et crache jusqu'à m'en irriter les cordes vocales. Des larmes humiliantes me montent aux yeux. L'odeur âcre et piquante est si prégnante qu'elle en devient insoutenable. J'en mets partout : sur mes vêtements, dans mes cheveux, sur le sol carrelé et les murs blancs. Et lorsque je crois que c'est *enfin* terminé, une violente crampe me frappe à l'estomac et me fait rejeter tout ce que j'ai pu manger au cours des quinze dernières années.

Je vomis tellement que je n'arrive plus à respirer.

Inspirer et expirer ? Impossible.

Bah, ce n'est pas si grave…

Ça me plairait bien de crever, de toute façon !

– Putain de vie de merde, crachoté-je, en tirant la chasse d'eau. Ça craint…

Soudain, des mains d'une douceur à briser un cœur plus endurci que le mien se posent sur mon dos nu, couvert de frissons. Une caresse le long de ma colonne vertébrale, puis un baiser sur le sommet de mon crâne me font régresser d'une bonne dizaine d'années. J'ai l'impression d'avoir de nouveau huit ans lorsqu'Olaïna McLaren se colle contre moi pour me murmurer d'une voix légèrement endormie :

– Chut, ça va aller… Respire… Je suis là…

Oui, elle est là. Et elle me tient dans ses bras alors que je vomis comme une merde parce que je n'ai pas su gérer ma consommation d'alcool.

– Va-t'en ! m'écrié-je, la voix abominablement rauque, aussi éraillée qu'une vieille chaîne de vélo. Retourne dans la chambre !

Sans tenir compte de ma désapprobation, ni des éclaboussures nauséabondes que j'ai répandues tout autour de moi, Ola s'installe à mes côtés et continue à me bercer contre son corps à moitié nu, dont la pudeur n'est préservée que par mon tee-shirt blanc.

– Laisse-moi, la supplié-je, mort de honte.

– Non, répond-elle, catégorique.

L'une de ses mains fraîches se glisse dans mes cheveux trop longs, qu'elle repousse vers l'arrière de mon crâne et finit par attacher à l'aide de son joli ruban rouge. J'essaie de le lui rendre, de la forcer à le reprendre, mais elle insiste et je suis trop faible pour lutter. Et pour être honnête, je n'en ai pas la moindre envie.

Plus elle me touche, moins je me sens mal…

Ce qui est plutôt ironique dans la mesure où, dès qu'elle m'effleure, la culpabilité de lui avoir dérobé son innocence m'étouffe comme si l'on m'avait enfoncé une main barbare dans le gosier pour m'extirper les entrailles par la bouche.

– Ça pue.

Je la sens plus que je la vois hausser nonchalamment une épaule. Puis elle se relève pour attraper l'un des gants de toilette qui traînent sur le rebord du lavabo. Sans se plaindre ni émettre la plus infime critique à mon égard, elle l'humidifie et entreprend de me nettoyer le visage avant de descendre vers mon cou, le haut de mon torse, mes bras et mes mains serrés autour de la cuvette. Les yeux fermés pour éviter d'avoir à croiser son regard, je me laisse manipuler comme une poupée de chiffon en priant pour qu'une météorite s'écrase sur la chambre et m'explose en pleine gueule.

– Tu n'as pas à avoir honte, me rassure-t-elle, en retournant le couteau dans la plaie. C'est quelque chose que je fais souvent…

J'entrouvre une paupière pour lui jeter un coup d'œil sceptique.

– Tu nettoies souvent la gerbe de tes coups d'un soir, mon ange ?

Eh merde ! Quel gros con ! m'insulté-je presque instantanément, le cœur serré, en la voyant rougir et plisser les yeux comme si la formulation plus que maladroite de ma question l'avait blessée.

Ce qui est sûrement le cas : je viens de traiter la jolie fille naïve que j'ai baisée moins de deux heures auparavant de « coup d'un soir ».

Que quelqu'un m'achève, par pitié !

– Non, réplique-t-elle avec un temps de retard. Mais mon grand frère fait la fête tous les week-ends, et ce n'est pas mon père ou ma sœur qui nettoieraient derrière lui. Alors, comme ma mère n'est plus là, c'est moi qui m'y colle…

Tout à l'intérieur de moi se retourne sous l'effet de la douleur qui vient de me poignarder le cœur, si bien que je me retrouve une nouvelle fois avec la tête au fond des toilettes, à vomir un mélange de bile qui m'enflamme la cage thoracique.

Olaïna m'encercle de ses bras trop tendres, si réconfortants que je pourrais en chialer comme un môme, et tandis que je me ridiculise de la pire des manières, elle persiste à me serrer contre sa poitrine. Dans son étreinte, j'ai l'impression d'être la chose la plus précieuse du monde. La personne la plus chère de toute son existence. Et dans ce chaos malodorant et humiliant, son âme si pure trouve la mienne, tellement plus vile et noire, et toutes les plaies qui la défigurent se referment – oh, pas totalement, bien sûr ! Mais juste assez pour m'apaiser le temps d'un battement de paupières…

Elle me dit que ça va aller, et je la crois.

Elle me dit que je me sentirai mieux après avoir laissé sortir tout ce qui m'empoisonne de l'intérieur, et je l'écoute.

Et lorsqu'elle me murmure avec une compassion que je suis loin de mériter :

– Si seulement je le pouvais, je prendrais ta douleur pour t'en soulager. Dis-moi comment faire pour t'aider, Saint. S'il te plaît.

Là, je tombe amoureux.

Ça arrive juste comme ça, d'un seul coup, alors que je vomis plus sur mon caleçon et le carrelage que dans le trou des toilettes. Mon connard de cœur s'emballe. Un sentiment d'apesanteur me soulève l'estomac. Ma cage thoracique se resserre autour de mes poumons. Et tandis que j'essaie de reprendre le contrôle de ma respiration, ma volonté de préserver un semblant de fierté vole en éclats et je me retrouve à sangloter comme un bébé, roulé en boule sur le sol, incapable de m'arrêter.

Loin de s'en offusquer ou de prendre peur, Olaïna m'attire sur ses genoux et me console avec des paroles d'une beauté qui me brise, d'une pureté qui me profane, d'une douceur qui m'écorche jusqu'à l'os.

– Mon père vient de mourir, m'entends-je lui avouer. Et c'est ma faute, mon ange… C'est ma faute…

– Laisse tout sortir, Saint. Je suis là. Je ne te jugerai pas. Dis-moi tout.

Sans trop savoir comment j'en suis arrivé là, je me surprends à lui déballer tous les événements qui se sont déroulés au cours de ces six derniers jours.

L'appel de ma mère. L'annonce inattendue du décès de mon père. La visite à la morgue pour identifier son cadavre. Son corps bleuté, découpé et recousu du nombril jusqu'au menton, allongé sur une table en acier comme une pièce de viande dans la vitrine d'un boucher. Les questions des enquêteurs. Le regard vide du gars qui lui a fracassé le crâne pour un jeton de casino. L'enterrement dans la ville du vice, la capitale des péchés. Et pour finir, le dîner organisé après les funérailles, avec tous les regards accusateurs braqués sur moi.

– C'est ma faute, reniflé-je, le visage enfoui contre sa cuisse nue. Ils n'ont pas osé le dire, mais je l'entendais dans leurs yeux. Et même dans ceux de ma mère. Ils me hurlaient que tout était ma faute.

Sans moi, mon père n'aurait pas été obligé de fuir Seattle. Il n'aurait donc jamais mis les pieds à Las Vegas et découvert les casinos, les machines à sous et le black jack. Il n'aurait pas contracté des dettes un peu partout dans la ville ni emprunté de l'argent à des gens fort peu recommandables.

Et pour finir, il n'aurait jamais croisé la route de ce cinglé qui lui a explosé le lobe frontal à coups de batte de base-ball.

– Non, ce n'est pas ta faute, tente-t-elle de me rassurer, alors qu'elle ne connaît qu'une fraction infinitésimale de ma triste histoire. C'était son heure. Son destin. La voie qu'il a choisi lui-même de suivre.

Je renifle, le nez plein de morve.

Putain, je ne pourrai plus jamais la regarder en face, cette fille…

– Tu y crois vraiment, toi, à ces conneries ?

Olaïna met quelques secondes à me répondre :

– Oui, Saint. Je crois au destin. Je crois au Karma. Je crois en… peut-être pas en l'existence d'un Dieu omniscient et omnipotent, comme le décrit la Bible de mon père, mais en une forme de justice divine qui nous dépasse et nous transcende pour exiger le meilleur de nous-mêmes. Et nous punir du pire, aussi.

Je presse mon visage contre sa peau chaude pour lui dissimuler le fait que mes larmes viennent de redoubler d'intensité.

Alors, c'est bel et bien ma faute si mon père est mort : j'ai détruit la vie de Judy. Et la justice divine, n'ayant pas réussi à me tuer la première fois qu'elle l'a essayé, m'a puni en me privant de mon papa qui avait tout sacrifié pour moi.

Ce n'était pas le meilleur des pères ou le plus impliqué des maris. Mais il m'a toujours soutenu, et moi, je n'ai jamais fait que le décevoir…

– Ne pleure pas, Saint ! m'implore mon petit ange, les doigts emmêlés dans mes cheveux. S'il te plaît. Ça me brise le cœur !

Pas encore, mon ange. Pas encore…

– Je suis détruit, Olaïna, lui avoué-je, entre deux inspirations laborieuses. La vie m'a démoli. Tu comprends ce que ça veut dire ?

Est-ce que tu comprends pourquoi, dès qu'on franchira la porte de cette chambre, je serai obligé de te rayer de mon existence ?

– Oui, je comprends.

– Vraiment ?

– Oui, acquiesce-t-elle, avant de me repousser.

C'est exactement la réaction que j'attendais d'elle. La prise de conscience qu'il lui fallait pour ne pas me pleurer. Et paradoxalement, c'est aussi celle que je redoutais le plus…

Le cœur en miettes, je me redresse sur les genoux et me retourne pour lui faire face – une dernière fois. Sa beauté angélique me décoche une flèche en pleine poitrine. Je me prépare à son départ, mais Olaïna me prend complètement au dépourvu lorsqu'elle se penche vers moi et dépose un petit baiser au milieu de mon torse, dans le creux situé entre mes pectoraux.

Elle ne part pas.

Elle m'embrasse.

Moi, le mec bourré qui lui a sauté dessus dès le premier soir et qui chiale comme un môme, roulé en boule dans sa gerbe.

– Mais qu'est-ce que tu…

– Bisou magique ! s'exclame-t-elle, en m'embrassant une nouvelle fois, toujours au même endroit. Et voilà. C'est réparé !

Je la fixe d'un regard incrédule, partagé entre l'hilarité et l'agacement.

– Et s'il le faut, reprend-elle, le plus sérieusement du monde, je t'en donnerai un chaque jour que Dieu fait pour te prouver que, non, tu n'es pas brisé, Saint Hunderson.

Ses grands yeux verts se lèvent vers moi, et le vide qui s'ouvre au centre de ma poitrine est tellement immense que j'en ai le vertige.

– Tu es un peu esquinté, mais ce n'est pas grave. Ça ne me dérange pas.

Sa petite main se recroqueville autour de la mienne.

– Je te vois, moi aussi. Et j'aime tout ce que tu me montres. Je suis là, maintenant. Tu n'as plus besoin d'endurer ça tout seul.

Et je tombe…

Tombe…

Tombe…

Amoureux.

Et je chute…

Chute…

Chute…

Jusqu'à finir par m'écraser. Pour la toute première fois. Je suis vaincu, je suis perdu. Elle m'a fracassé.

Et plus je tombe, plus je m'écrase.

– Mon ange…

Pars. Va-t'en. Disparais. S'il te plaît. Laisse-moi crever en paix. Ne me fais pas connaître ce sentiment destructeur qu'est l'amour. Pas alors que j'ai réussi à y échapper jusqu'à présent.

Hélas, un autre baiser me réduit au silence.

– N'aie pas peur, souffle-t-elle. Ça va aller, maintenant.

Non, c'est faux, mon ange.

Mais tant que l'on reste dans cette chambre, je suppose que je peux faire comme si c'était vrai…

***

Dix minutes plus tard, allongé de tout mon long dans la baignoire de Ruben, je me sens redevenir à peu près humain, presque totalement moi-même. L'eau chaude qui coule le long de mon corps endolori me fait un bien fou. Ma tête a cessé de tourner dans tous les sens. Je n'ai plus la nausée – ou juste quelques remontées acides. Quant à mon estomac, même s'il a été bien abîmé par mes excès de la veille, il ne dérive plus sur un flot tumultueux de vodka coupée au whisky et aux Jelly Shots.

C'est le pied total.

Ou peut-être est-ce le corps nu d'Olaïna, pressé contre mon dos tandis qu'elle me lave les cheveux, qui m'apaise à ce point…

Les paupières lourdes, je laisse ma tête retomber en arrière, sur son ventre doux, et murmure en la lorgnant d'un œil gourmand :

– Si tu pouvais faire un vœu, n'importe lequel… Qu'est-ce que tu souhaiterais, mon ange ?

J'ignore pourquoi je lui pose cette question stupide. Elle tombe comme un cheveu sur la soupe, et surtout, elle est franchement injuste. Olaïna risque de croire que la réponse m'intéresse. Et oui, c'est le cas, d'une certaine façon. Hélas, ça ne changera rien à ma décision de couper court à ce qu'il se passe entre nous. Je n'ai pas le droit d'entraîner cette fille dans les ténèbres qui assombrissent ma vie.

Elle est si douce, si pure…

Putain, elle mérite tellement mieux que moi !

– Je fais le même à chacun de mes anniversaires, me confie-t-elle, en prenant soin de ne pas me mettre de shampooing dans les yeux. Malheureusement, il ne s'est pas encore réalisé, et je commence à croire qu'il ne se réalisera jamais.

Son soupir profondément meurtri m'effleure l'oreille d'une tendre caresse pleine de mélancolie.

– C'est quoi ?

Elle rougit, le regard fuyant, avant de me répondre :

– Je donnerais tout pour avoir une vraie famille.

Encore une fois, je reçois un coup au cœur. Il y a une telle vulnérabilité dans sa voix, dans son vœu pieux d'enfant paumé, que ça me fait un mal de chien, à moi aussi.

Tant de solitude condensée dans une phrase d'à peine quatre mots, c'est tellement triste…

Malgré tous les malheurs qui me sont arrivés, toutes les injustices et toutes les catastrophes que j'ai moi-même provoquées, je n'ai jamais douté du fait que mes parents m'aimaient – à leur manière parfois un peu rude. Et même si je suis fils unique, je n'ai jamais ressenti de manque d'affection ou de sentiment d'isolement, parce que ma mère s'est toujours pliée en quatre pour m'emmener à mes cours de musique, à mes séances de sport et à n'importe quelle autre activité qui me plaisait sur le moment.

Avant de faire la connaissance de Judy et de tomber sous son charme, j'étais le plus heureux de tous les adolescents de quinze ans.

Alors, oui, le couple dysfonctionnel que formaient mes parents n'était pas toujours facile à supporter – ou à comprendre. Mais j'avais des dizaines d'amis et deux fois plus de petites copines, toujours prêtes à me distraire et à me faire passer au bon moment. Tous les week-ends, je répétais avec un groupe de rock alternatif composé de mecs plus âgés qui me traitaient comme un des leurs, et un soir sur deux, après les cours, je jouais au foot avec mes meilleurs amis. Partout où j'allais, les gens m'accueillaient avec joie et me donnaient une grande tape dans le dos. J'avais beau enchaîner les conneries, boire comme un trou dès que mes parents avaient le dos tourné, fumer des joints à longueur de journée et traîner avec des gars peu recommandables qui m'attiraient des problèmes avec la police, il me suffisait d'un sourire pour tout arranger et me faire pardonner.

La vie était facile.

Trop facile.

Si bien que, lorsque le pire m'est arrivé, je n'étais pas préparé à y faire face. Pas prêt à l'affronter. Pas suffisamment armé pour me défendre sans risquer d'y laisser ma peau.

J'étais une coquille vide, si facile à écraser…

– Ne désespère pas, mon ange. Ils finiront peut-être par comprendre qu'ils passent à côté d'un véritable joyau.

Ses doigts s'immobilisent dans mes cheveux tandis qu'elle se penche vers moi pour presser son front contre le mien. Ses paupières mi-closes drapent son regard embué de larmes dans une vaine tentative de dissimuler l'émotion douloureuse que j'ai tout de même le temps d'apercevoir dans ses yeux. Une longue minute s'écoule dans un silence complice, presque déjà familier, aussi apaisant que le bruit de l'eau qui clapote autour de nous.

Ce moment que l'on vit tous les deux est si différent de ce à quoi on semble s'être habitués, elle et moi, qu'il a un petit goût d'irréel.

De trop beau pour être vrai.

– Dans mon cœur, et d'une certaine façon, j'ai déjà tiré un trait sur eux.

Elle relève très légèrement la tête pour m'embrasser avec douceur entre les sourcils, là où ma peau s'est plissée pour creuser une petite ride de contrariété.

– Je n'attends plus rien de leur part.

– C'est triste.

Elle hausse les épaules, nonchalante. Ses lèvres pulpeuses parsèment mon visage humide de baisers papillons.

– Je me suis fait une raison. Ils ne m'aimeront jamais aussi fort que je les aime. Et c'est comme ça…

– Mais tu mérites d'avoir une famille qui t'adore, mon ange ! me rebellé-je, agacé par son fatalisme. Merde, alors ! La vie n'a pas le droit d'être aussi cruelle envers toi !

Ses bras se resserrent autour de moi, et même si je me sens inexplicablement en colère, je m'alanguis dans la chaleur de son étreinte. Elle me tient comme si elle n'allait plus jamais me relâcher. Et loin de m'effrayer, je me surprends à poser les mains sur les siennes et à jouer avec ses longs doigts fins, dénués de bijoux.

Je crois que c'est la première fille que je rencontre à ne pas avoir au moins une bague, ou juste un petit bracelet. Alors que moi, j'ai les mains et les poignets saturés de quincaillerie et d'encre noire.

L'espace d'un instant, j'hésite à lui glisser l'une de mes bagues au doigt…

Mais, non!

C'est vraiment le genre de pensée délirante qu'il faut à tout prix que j'évite, avec elle.

– La vie est cruelle avec tout le monde, me rappelle-t-elle dans un murmure. Mais cela ne signifie pas que j'abandonne l'idée d'avoir une véritable famille, un jour. Je dis simplement que j'ai fini par comprendre que je ne la cherchais pas au bon endroit.

Toujours allongé sur elle, et alors que l'eau commence à refroidir, j'attrape l'une de ses jambes pour l'enrouler autour de ma taille. Sa présence me réchauffe de l'intérieur et apaise toutes mes douleurs. D'elle-même, Olaïna noue l'autre dans la même position, si bien que je me retrouve complètement enveloppé par la tiédeur plus qu'agréable de son corps.

Cette fois-ci, j'en suis sûr et certain, rien ne peut être meilleur qu'un câlin d'Olaïna McLaren.

– Je ne suis pas sûr d'avoir compris.

– Tu vas sûrement trouver ça un peu mièvre, mais je crois encore à l'âme sœur. J'espère vraiment que je finirai par rencontrer cet homme qui m'est destiné. Celui qui me comprendra sans que j'aie besoin d'avoir à tout lui expliquer et qui ne me jugera pas lorsque je me perds dans mon monde à moi. Il sera l'amour de ma vie, mon futur mari et le père de mes enfants. Avec lui, je ne me sentirai plus jamais seule et je bâtirai les fondations d'une véritable union. Il sera mon tout, et je serai le sien. Et plus tard, nos enfants vivront dans l'amour, chaque minute de chaque jour. Jusqu'à la fin.

Je ferme les yeux et presse les pouces contre mes mâchoires pour m'empêcher d'ouvrir ma gueule et de répondre par quelque chose de stupide. Voire de cynique. Ou plutôt, d'insultant et bourrelé de jalousie.

Cet homme, ce n'est pas et ça ne sera jamais moi…

Les dernières paroles un tant soit peu sensées de Judy avant qu'elle mette à exécution toutes ses menaces flottent dans ma tête.

Putain, mais c'est parce que tu ne mérites pas d'être heureux, Saint ! Tu es la pire des choses qui me soit arrivée dans la vie. Ton cœur est une prison froide dans laquelle tu enfermes les femmes jusqu'à les rendre incapables d'éprouver de l'amour ! Tu crois que tu aimes, mais tu détruis ! Tu crois que tu es là, mais tu es toujours ailleurs. Tu crois que tu es bon, mais tu n'es qu'un putain de menteur qui m'a brisé le cœur.

La nausée revient, le paradis s'éloigne, le froid m'envahit.

Peut-être, oui… mais je ne t'ai pas violée, Judy. Dis-leur la vérité ! Dis-leur que je ne suis pas ce monstre que tu as décrit à ta famille !

– Tu vis dans un rêve, Olaïna.

Ma voix est froide, distante. Tout à coup, j'ai envie de sortir du bain, de me rhabiller et de dormir jusqu'à demain, ou peut-être même le lendemain. Mais je n'en ai pas le courage. Parce qu'elle me tient, aussi fort qu'elle le peut, comme si j'étais toujours le garçon heureux de Seattle. Celui qui n'avait pas *encore* mis Judy dans son lit. Celui qui n'avait pas *encore* préféré rompre du jour au lendemain avec la jolie fille dont il savait pertinemment qu'elle était folle amoureuse de lui. Celui qui n'avait pas *encore* préféré fuir plutôt qu'assumer ses responsabilités. Celui qui n'avait pas *encore* été visé par des accusations infondées de viol… mais qui méritait *déjà* de se faire lyncher pour ses erreurs.

Un saint qui a tout d'un pécheur.

Rien d'une âme sœur.

– Et tu vis dans un cauchemar, Saint.

Oh, si seulement elle savait à quel point ce qu'elle vient de me dire est proche de la vérité ! Mais ce n'est pas un simple cauchemar, c'est un véritable enfer dans lequel je me perds au quotidien.

– Au moins, ça m'évite d'être déçu ou blessé.

Elle glousse. Un rire sans joie.

– Cette fois, c'est toi qui es naïf, si tu crois que c'est possible…

Je tique, piqué dans ma fierté.

– Tu n'as pas une expérience suffisante de la vie pour te permettre de me juger.

Et comme à chaque fois que je me sens attaqué, je montre les dents et riposte en visant la jugulaire.

– Non, c'est vrai, admet-elle, sans émotion particulière. Mais j'en sais assez pour te dire que tu ne serais pas aussi triste si tu ne pouvais pas être déçu ou blessé par ce qui t'entoure. En fait, je crois que c'est justement parce que tu l'es en permanence que tu as si mal au cœur…

Je ricane en me redressant d'un bond qui fait basculer la moitié de l'eau savonneuse sur le sol carrelé de la salle de bains.

– On ne se connaît même pas, Olaïna ! Garde ta putain de psychologie de comptoir pour les petites bites molles que tu dragouilles à la fac !

On a beau être deux étrangers l'un pour l'autre, elle me comprend déjà si bien que c'en est effrayant. Et horrible. Et si tentant, aussi. J'en suis presque à me dire que je pourrais… peut-être… je ne sais pas… tout lui raconter et lui demander de me croire. De me pardonner. Et pourquoi pas, de m'aimer.

S'il y a bien un cœur suffisamment généreux pour accomplir un tel miracle, c'est le sien !

– À l'heure actuelle, tu es sûrement la personne qui me connaît le mieux au monde, Saint… chuchote-t-elle d'une voix fragile. Ne me dis pas que tu ne la ressens pas aussi, s'il te plaît. Cette connexion. Cette certitude. Cette… *alchimie* qui me fait croire qu'il existe sûrement quelque chose d'encore plus fort, entre nous.

Je ferme les yeux et m'extirpe de la baignoire dans un mouvement tremblant. Puis j'attrape une serviette que je noue autour de mes hanches avant de sortir de la pièce. Je ne supporte plus d'être à poil, devant elle. Nu dans tous les sens du terme. Je me sens trop vulnérable, j'ai le cœur trop grand ouvert et l'âme si effeuillée qu'il n'en reste plus que quelques copeaux de papier cigarette.

– C'était juste de la baise, Olaïna. Rien de plus ! Ne fais pas l'erreur de confondre le sexe et l'amour, ou tu risques de tomber de trop haut pour t'en relever !

Sans émettre le moindre mot, elle sort à son tour de l'eau, aussi tentante qu'une sirène, et s'empare d'une serviette blanche, qu'elle enroule autour de son corps parfait. Toujours sans un bruit, elle me rejoint dans la chambre, où je fais les cent pas en essayant de juguler la panique irrationnelle qui m'aveugle à toute forme de bon sens. Mes pieds creusent une ligne alambiquée dans la moquette. Pas à pas, j'avance sur le chemin de la destruction sans savoir comment revenir en arrière…

– Écoute, commencé-je, en tressaillant lorsque je la vois s'asseoir au bout du lit sur lequel je l'ai prise. Toute cette histoire est allée beaucoup trop loin.

Je m'immobilise devant elle pour lui faire comprendre d'un regard suppliant que je ne peux pas être ce qu'elle veut que je sois pour elle. Ce n'est pas moi. Je ne suis pas son âme sœur ou je ne sais quelle autre connerie du même genre. Mais ses yeux trop brillants et le tremblement presque imperceptible de sa lèvre inférieure me prennent complètement au dépourvu, si bien que je me retrouve démuni et… *déjà* vaincu.

– J'ai dit quelque chose de mal ?

Bien sûr, Olaïna a si peu confiance en elle, et aucune conscience de sa valeur, qu'elle s'imagine directement que le problème vient de ce qu'elle m'a dit.

– Non, mon ange, soupiré-je, la gorge nouée. C'est juste que…

Je suis un sale lâche.

Un putain de trouillard.

Un violeur pour tous ceux qui habitent Seattle.

Et face au visage à la fois si beau et si triste d'Olaïna, c'est une autre fille que je vois. Blonde plutôt que brune. En colère plutôt que défaite. Avec de la haine dans les yeux et de la rage dans le cœur.

Ma plus terrible erreur…

– Dis-leur, Judy. Par pitié, la supplié-je, terrifié d'être aperçu en sa compagnie, alors que l'on m'a interdit de l'approcher. Dis-leur que je suis innocent ! Que tu étais consentante ! Que tu as toujours adoré ce que l'on faisait et que je ne t'ai jamais forcée à rien !

D'un mouvement leste, Judy arrache son bras de la main que j'ai nouée autour d'elle et m'assène une violente gifle en pleine figure. Des milliers d'étoiles dorées éclatent sous mes paupières tandis que le goût amer du sang se mêle à celui de ma salive. Je ne suis plus que l'ombre de moi-même, ces derniers jours. Ce coup ne me fait plus rien. J'en ai déjà trop encaissé. Mon corps est sur le point de se briser. Et si je n'avais pas déjà pleuré toutes les larmes de mon être, je crois que c'est à ce moment-là que je me serais écroulé pour rendre grâce et réclamer une mort rapide.

– Si j'avais su que tu serais incapable de me rendre ce que je te donnais, je n'aurais jamais accepté de coucher avec toi ! Alors, si : tu m'as violée, Saint. Tu as abusé de mon cœur !

Plus percutants qu'une gifle. Plus destructeurs que des balles. Ces mots me saignent à blanc.

– Ne dis pas ça, Judy. Par pitié. Ne dis plus jamais ça ! Je ne suis pas un monstre !

– Non, crache-t-elle, tu es pire que ça, Saint. Et je veux que tout le monde le sache pour que tu ne puisses plus jamais faire à une autre femme ce que tu m'as fait !

À bout de nerfs, j'agrippe mes cheveux à pleine poignée et tire dessus jusqu'à les arracher de mon crâne. La douleur est subsidiaire. Presque inexistante. Je préfère me mutiler pour éviter de l'attraper par le cou et la secouer dans tous les sens jusqu'à faire tomber quelques miettes de bon sens de son cerveau.

– Mais je ne t'ai rien fait, Judy. Putain ! Rien du tout !

– Justement, hurle-t-elle. Tu ne m'as jamais aimée ! Pourquoi devrais-je sacrifier ma vie pour sauver la tienne, hein ? Si mes parents apprenaient la vérité…

Elle pose une main sur son ventre et détourne le regard. Ses yeux bleus sont pleins de larmes. Soudain, je me sens comme une merde, et plus que tout, je m'en veux de ne pas avoir plus de pitié pour la plus grande victime de toute cette tragédie.

– Judy… Tu ne peux pas continuer à mentir pour essayer de protéger quelque chose qui n'existe plus…

Elle me foudroie du regard, au-delà de la fureur.

– J'ai perdu mon enfant à cause de toi, parce que tu as préféré fuir. Je ne te laisserai pas me prendre aussi mes frères et mes parents.

Sur cette promesse mouchetée de mon sang, elle tourne les talons et remonte l'escalier qui mène à son appartement. Abattu, privé de ma dernière lueur d'espoir, je tombe à genoux, et tout doucement, je l'admets enfin à moi-même…

J'ai bel et bien gâché la vie de Judy.

Son amour n'a jamais compté pour moi.

Alors peut-être n'est-ce que justice qu'elle mette un terme à la mienne.

– Saint ? murmure une voix mélodieuse qui me ramène dans le présent. C'est juste que… quoi ?

La main d'Olaïna se pose sur ma joue. C'est là que je me rends compte que je suis littéralement tombé à genoux devant elle, comme je l'ai fait par le passé pour essayer de raisonner Judy.

– Tu es trop douce pour moi, Olaïna. Je brise tout ce que je touche. S'il te plaît, ne m'en veux pas, mais je ne peux pas te donner ce que tu attends de moi.

Cette partie-là de mon être n'existe plus. Elle a disparu dans ce terrain vague où les frères et le père de Judy m'ont presque enterré vivant.

À cause d'un mensonge.

À cause d'une vérité.

Je ne suis peut-être pas un violeur, mais je suis bel et bien ce gamin de quinze ans qui a complètement paniqué lorsque sa copine lui a annoncé qu'elle était tombée enceinte. Puis qui l'a quittée sur un coup de tête, trop honteux d'avoir à avouer sa bêtise à ses parents, trop terrifié à l'idée de devoir assumer une telle responsabilité. Et qui, fatalement, a été soulagé d'apprendre qu'elle avait fini par faire une fausse couche, loin de se douter que cette perte allait aussi marquer le début de la sienne.

Non, je ne suis pas un violeur.

Mais oui, je suis un monstre.

Un monstre qui ne mérite ni amour ni douceur. Ni pardon ni rédemption.

Et surtout pas Olaïna McLaren.

Le cœur à vif, je repousse sa main qui retombe mollement sur ses genoux tremblants. Puis je me relève, et tout en gardant le silence, j'enfile mon pantalon, mes chaussettes, mes baskets, et comme je ne trouve plus mon tee-shirt, j'en emprunte un à Ruben avant de récupérer mon briquet et mon paquet de cigarettes.

– On se verra à la fac, me surprends-je à lui dire d'une voix détachée, dans un état second. À plus tard, Olaïna. Passe une bonne journée.

Elle ne répond pas.

Évidemment.

Et moi, je sors de la chambre.

Malheureusement.

De retour dans mon cauchemar éveillé, je m'autorise une brève seconde de lucidité durant laquelle je me jure solennellement que d'une façon ou d'une autre, je réparerai ce que je viens de faire à Olaïna.

Je lui trouverai son âme sœur.

Je lui dégotterai le prince charmant.

Je lui offrirai celui qui sera digne de déposer un petit bisou magique sur son joli cœur afin de le lui réparer.

Et je veillerai sur elle. De loin. Tous les jours.

De l'autre côté de la porte, j'entends un premier sanglot, puis un second et un troisième. Pendant un instant, je crois que c'est elle… mais une perle tiède s'écrase sur le dos de ma main lorsque je glisse une cigarette entre mes lèvres, et là, je comprends que c'est moi qui pleure.

Pour Judy.

Pour le bébé.

Pour mon père.

Et aussi… pour Olaïna. Et pour tout ce que l'on aurait pu représenter l'un pour l'autre, si seulement on s'était rencontrés avant que je devienne le monstre qu'une autre fille a vu en moi.

Pardonne-moi, mon ange… car je n'en vaux plus la peine.

22

La Reine de Cœur

Ola

14 février 2021

– Une suite avec Jacuzzi ? Ici ? m'étonné-je, en repoussant Saint pour examiner la vaste chambre d'un peu plus près. Ça me rappelle des souvenirs.

Note première et dernière nuit ensemble, pour être plus exacte. Une nuit durant laquelle je lui ai offert plus que mon corps, et peut-être même plus que mon cœur, un fragment de mon âme esseulée, en croyant naïvement qu'une telle passion ne pouvait qu'être l'expression d'un amour réciproque. D'une alchimie exceptionnelle. D'une romance ancrée à jamais dans des plans d'éternité.

Oh, mon joli rêve brisé…

– Où crois-tu aller comme ça, mon ange ? gronde-t-il, en me rattrapant par les hanches pour m'empêcher d'aller jeter un coup d'œil au lit *king size* situé sur notre gauche. Reste là. Je n'en ai pas encore fini avec toi !

C'est bien ça le problème : nous n'en aurons jamais fini l'un avec l'autre, Saint…

Le dos plaqué contre son torse, je me sens rougir de plaisir, tiraillée par le bonheur simple d'être dans ses bras et la peur irréfrénable de trop m'attacher à lui. De trop m'habituer à sa présence, à ses baisers, à sa tendresse. Et de finir par accepter les quelques miettes qu'il daigne me balancer par-ci, par-là, en oubliant que je mérite mieux qu'un arrangement temporaire.

C'est d'autant plus terrible que la promesse d'un amour hors du commun qu'il me fait miroiter sans même s'en rendre compte m'apparaît comme le plus doux des supplices.

Il pourrait me briser d'une simple caresse. M'abattre d'un seul baiser. Me détruire d'un unique sourire.

J'aspire désespérément à son amour.

J'inspire plus que tout à chacun de ses souffles.

Oui, je veux qu'il m'aime… *autant que je l'ai toujours aimé, année après année, en silence et avec culpabilité, dans le cœur noir et oublié de mon âme solitaire.*

– C'est pour moi que tu as réservé cette chambre, non ? murmuré-je, en lui effleurant les avant-bras du bout des doigts. Pour mon anniversaire ?

Sa respiration s'accélère à mesure que je le touche. Son souffle brûlant serpente le long de ma mâchoire, avant de s'en aller flirter avec le lobe de mon oreille et de descendre vers cette petite zone de mon cou qui me provoque toujours une intense chair de poule lorsqu'on l'effleure.

Il me respire.

Profondément.

Je manque d'air.

Viscéralement.

Une inspiration après l'autre, je me dissous en lui pour mieux l'enfermer en moi. Son odeur envoûtante me colle à la peau. Son parfum masculin tourmente mes sens. Une expiration après l'autre, je me rapproche de lui et m'accroche à l'illusion d'amour qu'il m'offre avec toute la force de sa passion.

– Je voulais te faire une surprise, admet-il, la voix rauque, comme s'il en avait honte. Mais je ne m'attendais pas à te retrouver en si charmante compagnie.

Le sous-entendu est aussi acéré qu'une lame, et il se plante dans mon cœur avec une justesse alarmante. Droit dans sa cible. Soudain, le poids de la culpabilité menace de me faire suffoquer et les regrets se distillent en moi comme du poison.

– Je n'ai rien fait.

– Ah, Olaïna… ricane-t-il avec une pointe de méchanceté. Je vais t'arracher ta jupe et t'écarter les cuisses pour enfoncer mes doigts en toi !

Olaïna, pas mon ange.

Saint ne joue pas, ce soir. Et il est visiblement furieux après moi.

– Et si je découvre que tu es mouillée… Je vais me mettre très, très en colère.

Ses dents cruelles se referment impitoyablement sur mon pouls qui palpite comme un fou dans ma gorge sèche, à l'agonie sous ma peau échauffée. Je gémis en renversant la tête en arrière, les jambes serrées l'une contre l'autre.

– S'il te plaît…

Je tente de le repousser, mais mon corps ne partage pas le même avis que mon cerveau et il lui hurle : « Oui, vas-y ! »

– Oh, j'aurai la même pitié que tu as eue pour moi durant toutes ces années, mon ange ! persifle-t-il, avant de m'attraper par les hanches pour m'amener contre l'immense baie vitrée. Regarde-le. Ton patron est juste là, et visiblement, tu lui manques.

Plaquée contre la vitre glacée, écrasée par le corps tendu de Saint, je parcours d'un regard écarquillé la foule suante de noceurs, trop excitée pour réfléchir d'une façon plus rationnelle, pour agir d'une manière plus posée. Il me faut dix bonnes secondes pour repérer Mason, assis à l'écart de la piste de danse, une expression morose sur le visage tandis que la jolie brune de tout à l'heure déploie des trésors d'imagination pour tenter de le séduire.

– Saint, pitié ! Dis-moi que la vitre est teintée !

Son érection se cale entre mes fesses et me pousse encore plus fort contre la baie vitrée, si bien que je commence à avoir du mal à respirer. Lorsqu'il promène ses lèvres sur le cartilage hypersensible de mon oreille, je frissonne de la tête aux pieds, incapable de retenir la contraction de mes muscles intimes, à la recherche de…

De tout ce que Saint est capable de me donner.

– Numéro 4 sur ta liste : baiser devant un ou des inconnus.

Saint dépose un baiser ardent sur l'arrière de ma nuque.

– Eh bien, ma Reine de Cœur va être servie, ce soir.

Sans aucune transition et sans début d'avertissement, il attrape la dentelle qui encadre mon décolleté et la déchire jusqu'à me dénuder entièrement la poitrine. Mes seins jaillissent de leur corsage, lourds et gonflés. Et alors qu'il s'abat de nouveau sur moi, mes tétons percés se cognent contre la vitre, provoquant une gêne qui ne parvient qu'à accroître mon excitation.

– S'ils lèvent la tête, tous ces gens verront tes petits seins aux pointes tendues et ta jolie bouche pulpeuse qui réclame ma queue comme une tétine.

La peur me liquéfie les entrailles.

C'est bon.

C'est interdit.

Je suis déjà à bout de souffle, prête à braver de nouvelles limites.

– Tu mens !

Un rire sombre, enfumé de ténèbres, s'élève tel le chant barbare de la conquête dans mon dos.

– J'ai envie que l'autre bâtard lève les yeux vers toi. Je veux qu'il te surprenne comme ça… totalement folle de moi… tremblante d'impatience à l'idée de te soumettre au moindre de mes désirs… et qu'il cesse de te regarder comme s'il avait déjà réussi à se faire une place dans ton lit.

Une pause furieuse. Un souffle torride.

– Mais il a bien failli y arriver, n'est-ce pas ?

Je ne réponds pas, ce qui semble l'agacer au plus haut point. Tout à coup, il perd patience et, comme il me l'a promis à peine quelques secondes plus tôt, il arrache ma jupe, écarte mon string et enfonce deux doigts à l'intérieur de moi.

– Alors, c'est pour lui ou pour moi ?

Bien sûr, je suis déjà complètement trempée. Et peut-être même n'ai-je jamais été aussi excitée de toute ma vie. Hélas, il se méprend totalement sur la raison de cette extrême excitation.

Son corps. Son souffle. Ses mots. Ses doigts. Ses lèvres. Sa voix.

C'est lui.

C'est *mille fois* lui.

– Tu mouilles tellement que je pourrais te boire, crache-t-il, au-delà de la fureur. Tu dégoulines littéralement sur mes doigts !

Je déglutis, le corps en feu. Incapable de reprendre ma respiration ou de faire autre chose que de bouger contre lui pour accentuer la pression de sa main sur moi.

– Saint…

C’est le seul mot à peu près cohérent qui parvienne à franchir la barrière de mes lèvres tandis qu’il initie un lent mouvement de va-et-vient avec ses doigts.

– Regarde-le ! insiste-t-il, en faisant un signe du menton en direction de Mason. Imagine que c’est lui qui te touche… que ce sont ses mains qui te caressent… que c’est lui qui te murmure toutes les choses qu’il a envie de te faire pendant qu’il te doigte en se frottant contre tes fesses…

Une morsure. Un baiser. Une griffure. Un coup de langue. Plaisir et douleur entremêlés. Le saint et le pécheur s’accordent une trêve pour me forcer à réclamer ma pénitence.

– Je ne peux pas faire ça… je ne peux plus faire ça… haleté-je, sans réfléchir à ce que je lui confie d’une voix essoufflée. C’est tellement mal…

Mais je ne parle pas de Mason et de ce qu’il me fait – ou plutôt, de ce qu’il ne me fait pas – ressentir.

Et fort heureusement, Saint ne le saura jamais.

J’en mourrais de honte !

Toutes ces nuits où je me suis caressée en pensant à lui. Toutes ces soirées où je l’ai imaginé à la place de Clayton. Toutes ces fois où j’ai espéré qu’il me fasse exactement ce qu’il me fait là, et où j’ai fini par en vomir, malade à l’idée d’être infidèle, ne serait-ce que par la pensée. Toutes ces nuits où j’ai pleuré en silence en acceptant les avances d’un homme que j’aimais du plus profond de mon cœur, mais que mon corps n’arrivait pas à désirer.

Je m’en voudrai pour le restant de mes jours…

Et c’est aussi pour ça que j’en veux tellement à Clayton.

Lui, il n’a pas eu autant de scrupules.

– Je ne suis plus capable de penser, Saint !

Et tout ça, c’est à cause de lui et de ces quelques mots qui ont causé ma perte au cours d’un bel après-midi ensoleillé, au milieu d’une journée banale, alors que je voulais juste m’asseoir sur un banc pour profiter de la chaleur en attendant mon grand frère.

Moi, je te vois…

Oui, c’est à partir de là qu’il m’a rendue aveugle.

Aveugle à tout ce qui n’est pas lui.

Saint Hunderson.

Le beau garçon brisé qui n'a pas envie d'apprendre à aimer.

– Pourtant, ça a l'air de beaucoup t'exciter, mon ange. Tu fonds comme du beurre. Tu miaules comme une chatte. C'est pour moi ou pour lui ? redemande-t-il, avec plus de fougue. Toute cette douce humidité ? À qui la doit-on ?

Ses doigts bougent de plus en plus vite, avec de moins en moins de délicatesse. Un filet de sueur dégouline entre mes seins nus, toujours pressés contre la baie vitrée, brûlant ma peau tatouée. Et lorsqu'il les recourbe très légèrement pour former un arc de cercle venant frotter pile à l'endroit qui menace de me rendre folle, je pose le front contre la vitre et gémis jusqu'à la recouvrir d'une épaisse buée blanche.

– Tu vas jouir, hein ?

Une question purement factuelle. Il le sent aux tremblements convulsifs de mes membres, aux contractions spasmodiques de mes muscles internes, à ma respiration saccadée et à cette litanie lancinante qui s'échappe de ma bouche meurtrie.

– Pitié, pitié, pitié…

Mais Saint ne connaît pas la clémence. Il n'a d'yeux que pour la justice. Et dans cette chambre, sous les mains tatouées de cet homme, je ne suis plus qu'une âme en disgrâce qui mérite d'être punie.

– Tu es tout au bord du précipice, hum ? me raille-t-il, en titillant mon clitoris d'une rotation du pouce.

Une longue complainte s'élève dans ma gorge pour s'incarner sur mes lèvres entrouvertes.

– Oui, Saint. Je viens !

D'un lent mouvement des hanches, il fait rouler son érection contre mes fesses, et…

– Non !

Ses doigts me quittent. L'orgasme se défile. Le plaisir devient douleur.

– Tu croyais que ce serait aussi facile ? se moque-t-il, avant de me décoller de la vitre pour me pousser vers le lit. Je vais me faire un plaisir de te mettre à quatre pattes, mon ange !

Je trébuche, le pas mal assuré à cause de mes talons de quinze centimètres, et tombe à genoux sur le bouquet de roses dépouillées de leurs pétales qu'il a déposé au pied du lit.

Les épines acérées pénètrent sous ma peau.

Mon sang décore les tiges nues et effeuillées.

Et alors que je tente de me redresser, Saint se déploie dans mon dos, se débarrasse de mon sous-vêtement et me plaque le haut du corps contre le matelas avant de me saisir par les hanches.

– Dernière chance, Olaïna : c'est lui ou c'est moi qui te fait mouiller comme une folle ?

Pourquoi tiens-tu tellement à l'entendre, Saint ?!

Je n'ai pas envie de lui répondre. Je n'ai pas envie de lui confesser mes péchés, de lui exposer mes faiblesses, de lui avouer toute l'étendue de ma vulnérabilité. C'est trop tôt… et d'un autre côté, c'est aussi trop tard.

– Très bien. Si tu le prends comme ça…

– Comment ? le raillé-je à mon tour, en remuant les fesses et en accentuant la cambrure naturelle de mon corps. Montre-moi, Saint. Comment crois-tu que je doive être prise ?

Je l'entends prendre une brusque inspiration. Un rictus victorieux me relève la commissure des lèvres. Je suis à deux doigts d'exiger qu'il me fasse jouir, et tout de suite, lorsqu'il abat sa grande main sur moi.

– Oh, mon Dieu !

Saint me claque les fesses si fort que je sens l'intégralité de mon sang affleurer à la surface de mon épiderme pour redessiner les contours de sa paume. L'empreinte de ses doigts doit sûrement se lire sur ma peau écarlate.

Douleur. Plaisir.

Encore et toujours.

C'est un jeu de pouvoir, une lutte de volonté, et même s'il pense être capable de me soumettre, il se trompe. J'ai beaucoup plus à perdre que lui, et plus que tout, j'ai appris de mes erreurs de la dernière fois.

C'est pourquoi je me le promets à moi-même : c'est lui qui me dira ce que je veux entendre.

Et pas l'inverse.

– C'est tout ce que tu as dans le ventre ? le provoqué-je, en faisant fi de la sensation de brûlure qui se répand de ma fesse jusqu'à l'intérieur de ma cuisse. Je suis sûre que tu peux faire mieux, Saint.

La seconde claque me fait un mal de chien.

Je jubile de plaisir.

Il perd le contrôle.

– Plus fort ! le poussé-je à bout, en m'alanguissant sur les draps, la tête dans les pétales et les genoux empalés sur les épines. Allez ! Vas-y ! Prouve-toi à toi-même que tu parviens à maîtriser la situation ! Que tu n'es pas mort de jalousie et que tu arriveras à me laisser partir dans moins d'un an pour aller le rejoindre !

Et prouve-moi que ce n'est pas une erreur que de te laisser malmener mon corps dans l'espoir que tu épargnes mon cœur…

– Mon ange, rit-il, en effleurant la marque que sa main a laissée sur mon postérieur. Je suis même jaloux de l'air que tu respires, alors tu te doutes bien que ton petit numéro m'a fait mourir de l'intérieur. Et d'ailleurs, je n'ai pas honte de l'admettre…

Agrippée aux draps comme si ma vie en dépendait, j'écarquille les yeux face à tant d'honnêteté. Ce n'est pas dans les habitudes de Saint que d'être aussi direct sur ce qu'il ressent.

– Clayton… João… Mason…

L'un de ses doigts remonte le long de ma colonne vertébrale. Un frisson de volupté dévale mon échine et je me cambre pour venir à sa rencontre.

– Ils me rendent tous… *fou* de jalousie, parce que tu leur donnes toujours plus que tu ne m'en offres à moi.

Je suis sur le point de protester, de lui dire qu'en plus d'être complètement faux, c'est incroyablement stupide, mais il me fait rouler sur le dos et s'empare de ma main pour la glisser dans son caleçon.

– C'est la seule chose que tu veuilles encore de moi, n'est-ce pas ?

Je frémis.

Il veut de l'honnêteté ? OK, il va en avoir…

– C'est surtout la seule chose que tu acceptes de partager avec moi, lui fais-je remarquer, en refermant les doigts autour de lui.

Il feule comme un chat en colère.

– Tu ne me le pardonneras jamais, hein ?

Je lève les yeux vers lui.

– Est-ce que je le devrais, Saint ?

Je ne sais même pas de quoi l'on parle, tous les deux. J'ai l'impression de ne pas avoir toutes les pièces du puzzle à ma disposition et de regarder une image parsemée de petits trous.

– Non, avoue-t-il, les yeux sombres. Non, tu ne devrais pas, mon ange.

Ces mots me font beaucoup plus mal que la fessée qui me brûle encore l'arrière des cuisses.

– Tu es une énigme, soufflé-je, en me rapprochant pour mieux le tenir dans ma main. Un vrai casse-tête.

Son sexe est aussi dur que de l'acier, mais sa peau est lisse et chaude. Les boules métalliques de ses piercings frottent contre ma paume et il me suffit de sentir la pulsation furieuse de son sang à l'intérieur de sa verge pour perdre la tête.

Je n'ai plus envie de parler.

Surtout si c'est pour ne rien dire…

Agenouillée devant lui, seulement vêtue de ma jupe roulée en boule autour de ma taille et de mes cuissardes alors qu'il est encore habillé, je le caresse sur toute la longueur de son érection en le fixant droit dans les yeux. Et lorsqu'il gémit avec abandon, la tête renversée sur le côté et les paupières mi-closes, je lui décoche mon sourire le plus provocateur.

Je suis à genoux, mais c'est moi qui détiens le pouvoir. Les rôles se sont inversés, le chasseur est devenu la proie, et le pécheur, l'innocente victime d'un jeu qu'il a lui-même mis en œuvre.

La Reine de Cœur a délibéré : c'est bien le sien qu'elle va harponner sous le talon aiguille de sa botte, ce soir.

– Tu me rends dingue, mon ange ! anhèle-t-il, les pommettes empourprées. Je n'en peux plus de me retenir, d'attendre, de faire comme si je n'avais pas rêvé de te baiser toutes les nuits pendant sept ans !

Mon cœur se serre dans ma poitrine tandis que je le débarrasse de son pantalon et de son caleçon, qui s'entassent autour de ses chevilles.

– Il y a tellement de choses qui ne vont pas dans ce que tu viens de dire que je ne sais même pas par où commencer !

Ou peut-être, par : *Pourquoi avoir attendu aussi longtemps, alors ? Sept années de souffrance pour un an de plaisir éphémère ? Est-ce que tu es sûr que ça en vaut la peine ?*

– C'est ça, ton problème, me répond-il d'une voix étonnamment sérieuse pour les circonstances. Tu as toujours besoin de tout comprendre, de tout décortiquer. Libère-toi de tes chaînes, mon…

Je le fais taire en avalant son gland percé d'une seule traite. Ses piercings cognent contre le fond de ma gorge, provoquant une sensation de brûlure lancinante à laquelle je commence tout doucement à prendre goût. Saint étouffe un hurlement dans son poing, les yeux révulsés. Puis il pose son autre main sur ma tête et agrippe une poignée de mes cheveux pour mieux se guider à l'intérieur de ma bouche. J'ignore ce qui m'a poussée à faire ça, mais je ne le regrette pas. Au contraire, je le fais aller et venir en moi tout en le masturbant, hypnotisée par sa façon d'onduler des hanches, de gémir en se mordant les doigts et de contracter les muscles dorés de ses avant-bras tatoués.

– Putain, c'est bon… trop bon… Ta bouche, c'est l'endroit que je préfère !

Je continue à le sucer en creusant les joues pour l'avaler aussi profondément que je le peux. Aussi loin que j'y arrive. Ma langue joue avec ses piercings qui, de temps en temps, viennent cliqueter contre l'arrière de mes dents.

– Ah… je ne vais pas tenir longtemps si tu continues à faire ça avec tes mains…

Je retiens difficilement un sourire et resserre l'étau de mon poing jusqu'à sentir les battements de son cœur dans le creux de ma main.

– Stop ! m'implore-t-il, les jambes flageolantes. Arrête-toi là ou je ne pourrai pas te prendre comme tu mérites de l'être.

Avec un large rictus satisfait, je le laisse sortir de ma bouche enflée par la vigueur de mes succions, tout en veillant à le regarder par-dessous mes cils lorsque je pourlèche mes lèvres dégoulinantes de salive. Sans le quitter des yeux, je monte sur le lit et lui fais signe de me rejoindre. Son regard s'obscurcit jusqu'à n'être plus qu'une vaste étendue de ténèbres infernales.

Une passion hors de contrôle se déchaîne dans ses prunelles d'un minuit sans lune ni étoiles.

Plus noir que noir, son désir est une flamme sulfureuse qui immole ma raison, et dans les cendres de mon ancienne prison, j'exhume enfin les ailes de ma liberté.

– Je n'attends plus que toi, Saint. Viens là.

Ni une ni deux, ma jupe et mon string disparaissent tandis qu'il s'allonge sur moi en se débarrassant de ses propres vêtements. Je n'ai plus que mes cuissardes, et lui, ses bagues et sa quincaillerie habituelle. Nos deux corps nus se heurtent sur le matelas, s'entrechoquent au-dessus des draps. Nous revoilà peau contre peau. Lui contre moi. Et c'est parfait – même et surtout parce que ça ne l'est pas…

Soudain, un long doigt me pénètre. J'inspire brusquement et mes muscles intimes se crispent autour de lui. Une vague de volupté déferle sur mes sens en ébullition.

La langue de Saint plonge dans ma bouche.

Il se goûte sur mes lèvres.

Dans ma salive.

– Baise-moi, lui ordonné-je, en reprenant mon souffle lorsqu'il se recule pour me mordiller l'épaule. Maintenant !

Ses dents me laissent une marque – encore une autre…

– Ah, si tu savais depuis combien de temps j'attends que tu me dises ça !

Mon sang s'embrase à l'intérieur de mes veines et se transforme en lave incandescente.

C'en est fini d'attendre !

Il n'est même pas encore en moi que je suis déjà prête à jouir. Extatique, je pousse un long gémissement et me laisse retomber en arrière, sur le dos et la jambe gauche relevée. Et alors que Saint cherche à tâtons un préservatif dans la poche arrière de son pantalon, je tourne la tête vers l'un des murs qui encadrent le lit et sursaute en croisant mon regard.

– Un miroir ! m'étonné-je, ravie. Oh, il y en a partout, même au plafond ! Waouh ! Ils doivent être magiques, parce que j'ai l'air canon !

Le reflet qu'ils me renvoient est celui d'une femme libre, ivre, *amoureuse*.

Pour la première fois depuis très longtemps, je me trouve vraiment jolie – et totalement moi-même. Alors, OK : je ne suis pas le genre de fille qui fera la une des magazines. Mais je suis celle que l'on prendra toujours du plaisir à admirer dans la rue. Parce qu'elle est libre, heureuse et *insouciante*.

Indifférente aux regards des autres.

Car belle à ses propres yeux.

Mes longs cheveux aux mèches brunes entremêlées de filaments rouges sont étendus en corolle de boucles folles autour de ma tête.

Mes joues ont pris une teinte rose vif, comme mes lèvres gonflées et luisantes de salive, ce qui fait ressortir le vert de mes yeux voilés par la luxure. Entre mes seins aux pointes couronnées de métal, l'encre noire de mon tatouage souligne la courbe de ma poitrine et ajoute une certaine délicatesse à ma silhouette.

Je suis enfin la fille que j'ai toujours rêvé d'être…

Et je vais enfin faire l'amour à l'homme que j'ai toujours voulu avoir…

– Prête ? murmure-t-il justement en revenant vers moi, le sexe fièrement dressé et gainé d'un préservatif.

Je déglutis, légèrement intimidée par sa taille.

– Depuis une éternité.

Il attrape mes genoux tout en me décochant un sourire.

– Tu es sublime, ajoute-t-il en m'admirant avec une fièvre contagieuse.

Je tressaille, le souffle court.

– Tu es comme un rêve trop lumineux pour ma sombre réalité.

Il prend mon sein en coupe et effleure mon téton avec son pouce rugueux. Juste un peu, pas trop fort, pour ne pas faire bouger mon piercing.

– Ces seins, putain… Ni trop petits, ni trop gros. Parfaitement adaptés à la taille de ma main. Ça fait des années qu'ils me rendent cinglé. Une véritable obsession. Tu n'imagines pas le nombre de fois où j'ai perdu le fil de ma conversation avec Clay parce que je te regardais et que je les voyais pointer sous ton tee-shirt.

Tout en parlant, il penche la tête vers ma poitrine et attrape la pointe dure de mon mamelon avant de la faire délicatement rouler sous sa langue. Puis il lève les yeux vers moi et plonge son regard dans le mien, comme je l'ai moi-même fait en le suçant.

– Parfois, je te surprenais en train de m'observer, lui confessé-je. Et ça me troublait tellement que je préférais changer de pièce ou sortir de l'appartement. J'avais peur qu'on me surprenne en train de te regarder, moi aussi.

Saint relâche mon sein, conscient qu'il est encore trop sensible, et remonte le long de mon cou pour lécher la peau délicate sous mon oreille.

– Je le sais, je le sentais sur ta peau… l'odeur épicée du désir… Il me fallait mobiliser toute la force de ma volonté pour ne pas me lancer à ta poursuite. Et plus d'une fois, j'ai failli céder à la tentation et t'écarter les cuisses pour enfoncer ma langue en toi.

– Et ? soufflé-je doucement, en lui caressant les cheveux. Pourquoi ne l'as-tu jamais fait ? Pourquoi n'as-tu jamais rien dit ?

– On y viendra plus tard, grogne-t-il, plus du tout d'humeur à s'étendre sur le passé. Je pense que tu n'as plus besoin d'être préparée, mon ange.

C'est l'euphémisme du siècle. Je suis littéralement trempée et plus que prête à l'accueillir.

– Je parie que tu aimerais que je te mette à quatre pattes avec tes fesses toutes rouges en l'air pendant que je te prends par-derrière en te tirant les cheveux.

Sa main se balade sur ma taille, puis sur ma poitrine et il finit par glisser deux doigts dans ma bouche, entre mes lèvres.

– Tu es trempée en bas aussi, hein ? Est-ce que ça te fait mouiller d'y penser ? De m'imaginer en train de te prendre en levrette devant tous ces miroirs ?

Je ne réponds pas. Et pour cause, je n'en suis plus capable avec ses doigts dans ma bouche que je suce pour lui faire comprendre qu'il peut y aller. Que je suis prête. Et impatiente, même.

Avant lui, je n'avais jamais goûté à une telle insatiabilité, à une telle voracité, comme si toute mon âme s'embrasait à son contact. Après lui, je me suis perdue, à la recherche de ce sentiment sauvage, de cette mystérieuse alchimie qui n'est pas forcément liée à l'amour. Je me suis épuisée à essayer de restaurer dans les bras d'un autre ce qu'il m'a fait entrevoir le temps d'un soir. Mais il n'y a qu'auprès de lui que je me sens à ma place. Il n'y a que sous ses doigts que je me dépouille de ma carapace, de mon bouclier, de mes protections.

Je veux lui donner tout ce qu'il peut prendre de moi, et plus encore.

Je veux prendre de lui tout ce qu'il refuse de me donner, et pour toujours.

Saint se soulève sur les coudes, juste assez pour se positionner entre mes jambes, et sans rompre le contact de nos corps, il plonge son regard dans le mien tout en frottant son érection contre mes lèvres trempées. Les boules de ses piercings font courir des éclairs de feu le long de mon clitoris engorgé de sang.

– Maintenant, murmure-t-il d'une voix enflammée, je vais te ruiner, mon ange.

Enfin, il commence à me pénétrer, sur un ou deux centimètres, avant de se retirer et de recommencer. Encore et encore. D'abord son gland, puis sa verge. Chaque coup de reins l'emmène un peu plus loin à l'intérieur de moi, m'étire un peu plus pour m'ouvrir à lui dans un mélange de plaisir et de douleur. Et lorsqu'il s'empare de mes hanches et m'empale complètement sur lui, me remplissant entièrement de sa chair durcie, je ne peux plus retenir le cri d'extase qui se répercute en échos licencieux dans la chambre.

– Merde ! siffle-t-il, en nage. C'est encore meilleur que dans mes souvenirs.

Enivrée, je tourne la tête sur le côté pour l'observer à travers le miroir pendant qu'il va et vient à l'intérieur de moi. Les muscles de son corps se contractent à chacun de ses coups de boutoir, mes seins bougent à chacune de ses ondulations. Ses veines ressortent sous sa peau d'or sombre tandis que mes ongles creusent des estafilades ensanglantées dans son dos. Il est si beau, si parfait. C'est tellement bon. J'ai l'impression de rêver, mais la réalité est encore plus magnifique que tous les fantasmes flous que j'ai essayé de cacher dans les ombres déviantes de mon esprit.

Je laisse enfin cet homme sublime, mais brisé et solitaire, me submerger de sa folie. Me contaminer de son poison. Et c'est absolument délicieux.

Son corps fracasse le mien.

Il me ruine.

Son sexe ravage le mien.

Il me pulvérise.

Son plaisir exacerbe le mien.

Il me réduit à néant.

Pendant des heures, des jours, des siècles.

– Plus fort ! réclamé-je, en me laissant partir en poussière d'étoiles et de diamants. Encore plus fort !

Les mains nouées derrière sa nuque, je m'accroche à lui de toutes mes forces tandis qu'il accélère le rythme et s'enfonce si profondément à l'intérieur de moi que je sens ses piercings dans un endroit jusqu'alors inexploré de mon être.

Le plaisir me tord les entrailles. Très vite, je me sens partir… dériver… et me consumer dans la boule de feu qui enfle entre mes cuisses…

– Putain ! gémit-il en se mordant la lèvre. Je ne croyais pas que tu pouvais être plus belle que tu ne l'es déjà, mais te voir sur le point de jouir alors que ma bite est enfoncée tout au fond de toi, c'est incroyable !

Il tend le bras derrière lui pour replier et soulever ma jambe gauche qu'il cale sur son épaule, modifiant ainsi l'angle de pénétration, ce qui lui permet de s'enfoncer encore plus loin à l'intérieur de ma féminité.

– Saint ! hurlé-je, les ongles enfoncés dans son cuir chevelu, alors que mon corps se met à convulser de plaisir. C'est trop ! Je vais exploser !

– N'aie pas peur, mon ange ! Je serai là pour recoller les morceaux.

Il y va de plus en plus vite, de plus en plus fort, et l'intensité de mon plaisir ne cesse de s'accroître, allant jusqu'à me faire douter de pouvoir y survivre. Chaque va-et-vient est plus profond que le précédent, plus vigoureux que dans toutes mes plus folles espérances. Nous bougeons l'un contre l'autre, ensemble dans la tempête, unis dans l'ouragan, avançant et reculant les hanches au même rythme que nos deux cœurs affolés qui battent à l'unisson.

– Saint ! Oh, Saint ! Je meurs…

Je jouis d'un seul coup, presque par surprise, en gémissant son nom à m'en rompre les cordes vocales, incapable de garder les yeux ouverts. Toutefois, je suis heureuse de lui dissimuler ce que je ressens, parce qu'alors, il verrait à quel point je l'aime et l'ai toujours aimé.

Et ce soir, c'est son cœur qui va se fissurer.

Pas le mien.

– Olaïna ! halète-t-il, plus frénétique que jamais. Mon ange ! Je veux mourir avec toi…

Quand je parviens à reprendre mes esprits, Saint accélère ses coups de reins pour atteindre à son tour l'orgasme dans une flamboyance colorée qui m'éblouit. Je me délecte de son visage empreint de plaisir, de sa voix éraillée par la passion et de cette façon absolument délicieuse qu'il a de répéter mon prénom en se déversant en moi.

Je le serre dans mes bras tandis qu'il poursuit ses mouvements désordonnés, un peu plus lents et indolents – et cela, bien longtemps après son orgasme.

– Je suis morte, finis-je par chuchoter d'une voix cassée. Et je viens de trouver le paradis.

– Ah bon ? se gausse-t-il, en s'immobilisant au-dessus de moi, les yeux brillants et le dos en sang. Moi, je viens enfin de trouver une bonne raison de vivre.

Je reprends mon souffle en lui souriant avec une tendresse criante de vérité qu'il feint de ne pas remarquer – ou plutôt, de comprendre. Mais je sens bien qu'il a entendu mon cœur se mettre à battre plus vite, et plus fort, parce qu'une étincelle de peur s'allume dans ses prunelles et qu'il finit par rouler sur le côté pour ôter le préservatif.

Quand il se lève pour aller le jeter dans la poubelle et qu'il en profite pour actionner les remous du Jacuzzi, je frissonne de tous mes membres, envahie par un froid polaire. Non pas parce que son corps chaud me manque déjà – même si c'est le cas…

Mais parce qu'il est l'heure du deuxième round.

– Au fait, Saint ! l'alpagué-je en me redressant pour le rejoindre à côté du Jacuzzi.

L'exquise douleur entre mes cuisses me fait boiter et m'arrache une grimace que je camoufle derrière un sourire arrogant.

– Quand comptais-tu me dire que ma sœur et Clayton attendent un bébé ? Oh, et qu'ils vont se marier, aussi ?

Saint se fige, la clope au bec.

– Je suppose que ce n'était pas avant de me baiser, du coup… Mais je suis curieuse : est-ce que tu attendais un jour en particulier ? Il est plus de minuit. C'est la Saint-Valentin, aujourd'hui. Pas le moment idéal, je te l'accorde. Toutefois, il faut bien que l'un de nous deux arrête de prendre l'autre pour un con, tu ne crois pas ?

C'est à mon tour de te baiser, joli cœur.

23

Toutes tes premières fois

Ola

– Qui t'a parlé de ça ? s'offusque-t-il, en allumant sa cigarette.

Je ne réponds pas tout de suite, rien que pour le plaisir de le torturer un peu. Sans le regarder, et toujours nue, j'ôte mes cuissardes et pénètre à l'intérieur du Jacuzzi. L'eau tiède accueille mon corps endolori d'une douce caresse lénifiante, aussi réconfortante qu'une étreinte de coton, et parvient à soulager les élancements pas tout à fait agréables qui pulsent entre mes jambes.

Alanguie, je m'adosse au rebord et bascule la tête en arrière pour le dévisager par-dessous mes cils. Lui aussi, il m'observe, assis en face de moi, son corps parfait habillé de volutes d'encre noire, le visage à moitié dissimulée par la fumée de sa clope.

– C'est mon frère, déclaré-je, sans entrer dans les détails de ce maudit repas qui s'est transformé en véritable pugilat.

Les sourcils blonds de Saint se froncent au-dessus de ses yeux sombres et pleins de secrets.

– Toujours là pour foutre la merde, celui-là… marmonne-t-il avec aigreur. Une cigarette ?

– Non, merci.

Je pince les lèvres et esquisse un petit geste indolent de la main pour lui faire signe de l'ôter de sous mon nez, tout en me demandant pourquoi il a l'air de si peu aimer mon frère. Ils ne se sont jamais beaucoup adressé la parole, ces deux-là. La plupart du temps, Cian est à l'autre bout du monde, et lorsque ce n'est pas le cas, Saint est tellement à l'ouest que c'est à peine s'il remarque sa présence. Alors, certes : ils n'ont strictement rien en commun et s'évitent autant que possible. Ce sont même les deux opposés, un peu comme le blanc et le noir, l'eau et le feu. Mais leurs différences ne justifient pas l'aigreur plus que corrosive que je viens d'entendre dans sa voix.

– Je n'aime pas la cigarette.

– Tu as déjà fumé ? s'étonne-t-il.

J'acquiesce en jouant avec les remous de l'eau qui se réchauffe et m'enveloppe dans un cocon de bien-être. La vapeur commence déjà à friser mes cheveux.

– Oui, il y a trois ou quatre ans. C'était avec João, pour le Nouvel An, lui révélé-je, en me détendant. Mais je n'ai pas du tout aimé ça…

C'était même dégueulasse. Le goût âcre du tabac s'est imprégné sur mes lèvres pour le restant de la soirée, si bien que Clayton a refusé de m'embrasser à minuit pour célébrer la fin de l'année et le début d'une autre. Et franchement, il n'avait pas tort. J'ai trouvé ça tellement désagréable, un peu comme si j'avais la langue recouverte d'un million de petits poils malodorants, que je me suis promis à moi-même de ne plus jamais y toucher, ce qui est plutôt ironique, si l'on considère le fait que ça ne me dérange pas du tout avec Saint…

– João… persifle-t-il, renfrogné.

Je lève les yeux au ciel.

– Arrête avec lui, s'il te plaît ! C'est mon ami.

Ses yeux s'enflamment tandis qu'il tire une latte. L'extrémité rougeoyante illumine ses prunelles d'un feu vorace, d'une jalousie enivrante qui me consume jusqu'à me réduire en cendres.

– Je croyais que toutes tes premières fois étaient à moi, mon ange.

C'est plus fort que moi, je ne peux pas réprimer la grimace qui vient de tordre mes lèvres, inexplicablement agacée par ce reproche formulé d'une façon plus ou moins subtile.

– Mon monde ne se résume pas à ta petite personne, joli cœur, lui fais-je remarquer, sur la défensive. Je suis au regret de t'annoncer que plus d'une de mes premières fois t'a échappé.

Un rictus ironique soulève le côté gauche de sa bouche, lui conférant une expression presque… malveillante. Il éteint sa cigarette dans l'eau, et d'une chiquenaude, il projette le mégot sur le sol, près de mes cuissardes.

– Tu me choques.

– J'imagine, oui… marmonné-je, aussi sarcastique que lui. Mais tu ne seras pas le premier à me tromper avec ma sœur. Ni le premier à lui faire un enfant moins de quatre mois après notre séparation. Et certainement pas le premier à la baiser.

Les yeux noirs de Saint se mettent à pétiller d'amusement tandis qu'il m'attrape par le bras pour me ramener près de lui. J'essaie de me débattre, mais j'ai trop envie de me laisser faire pour être crédible, si bien que je me retrouve assise à califourchon sur lui – comme autrefois.

Mon sang s'embrase à l'intérieur de mes veines et ma peau se couvre de chair de poule. Une réaction pour le moins ridicule, dans la mesure où l'on vient à peine de s'envoyer en l'air comme des bêtes.

– Je crois que je m'en remettrai.

Je lui décoche une œillade furibarde.

– Toi, peut-être. Moi, toute cette merde me reste en travers de la gorge.

Le bras de Saint s'enroule autour de mes épaules jusqu'à m'écraser contre son torse. Quelque chose de mauvais traverse son visage à l'expression fermée, presque défiante.

Il vient d'avoir une pensée qui, visiblement, l'a mis hors de lui.

– Est-ce que tu l'aimes encore ?

Ah, j'ai compris…

– Je n'éprouve plus rien pour Clayton, affirmé-je d'un ton résolu. Ni amour ni haine. Ni quoi que ce soit d'approchant l'un ou l'autre de ces sentiments.

Je n'ai plus d'énergie à gaspiller pour cet homme. Il faut que je me rende à l'évidence et que j'avance dans la bonne direction – et celle-ci se trouve à l'opposé d'une quelconque forme d'attachement émotionnel envers Clayton ou ma sœur. Alors, oui, je suis toujours en colère. C'est inévitable. Leur trahison reste une plaie infectée sur mon cœur, un petit trou dans mon âme. Mais au cours de ces dernières semaines, j'ai pris la décision de me détacher de toutes ces ondes négatives qui parasitent mon cerveau et m'empêchent d'être heureuse.

Le bonheur, c'est un effort qui nécessite de la résilience et de la volonté. Il faut le construire de soi-même, comme un puzzle ou un jeu d'assemblage, et se séparer des éléments défectueux qui n'apportent rien ou qui fragilisent le résultat que l'on souhaite obtenir à force de travail.

– Alors pourquoi perdons-nous notre temps à en parler ? s'agace Saint, en cherchant mes lèvres.

Je fuis son baiser et je romps notre étreinte.

La vérité, c'est que je n'ai pas encore décidé de la place que je veux accorder à Saint dans ma vie. Je suis folle de lui, c'est inutile de le nier. Mais je ne suis pas sûre qu'il soit bon pour moi…

– Parce que tu m'as encore trahie, Saint.

– Je ne t'ai jamais trahie ! s'offusque-t-il, l'air sincèrement scandalisé par mon accusation.

Tout en reprenant ma place de l'autre côté du Jacuzzi, je secoue la tête pour lui manifester mon dépit.

– Bien sûr que si. Tu le savais et tu as choisi de ne rien me dire. Encore une fois.

J'insiste. Il se braque.

– Ça n'a rien à voir !

Et ma patience commence à s'effilocher.

– Écoute, je sais que tu es le meilleur ami de Clay, et que notre relation te met dans une situation inconfortable…

– Ça n'a rien à voir ! répète-t-il, d'une voix plus forte, et paradoxalement, moins assurée.

– Mais je suis ton amie, moi aussi, continué-je, implacable, déterminée à aller au bout de cette conversation. Et j'en attends plus de toi.

Il éclate d'un rire gras, pas du tout sincère.

– Mon amie, hein ?

Je fais la moue en haussant un sourcil.

– C'est bien ce que tu veux, non ? Être mon ami, et plus si affinités ?

Pris en faute, il détourne le regard.

Bien sûr qu'il détourne le regard…

Mais alors que je suis à deux doigts d'abandonner et de sortir du Jacuzzi pour aller me rhabiller, il me surprend en marmonnant à mi-voix :

– Pourquoi est-ce toujours à moi de te faire du mal ?

Je penche la tête sur le côté, dans l'expectative.

– Comment ça ?

Ses yeux noirs reviennent se heurter aux miens, pleins de colère, d'angoisse et de… tristesse.

– Je ne t'en ai pas parlé, c'est vrai. Mais ça n'a rien à voir avec une quelconque loyauté envers Clay ou une indifférence mesquine vis-à-vis de tes sentiments, m'explique-t-il, avant de perdre son flegme. Au contraire, putain !

Furieux, ou plutôt frustré, Saint tape du poing contre la surface de l'eau, ce qui m'éclabousse les cheveux.

– Tu m'expliques que tu n'as rien dit parce que tu ne voulais pas me blesser ? résumé-je, en repoussant une mèche humide derrière mon oreille. C'est ça que tu essaies tant bien que mal de me faire comprendre ?

Son regard se braque sur moi, à l'instar d'un flingue chargé et prêt à cracher toutes les balles de son barillet.

– Te voir souffrir pour lui, ça me rend… *malade.*

Coup au cœur. Pincement à l'âme.

Une telle affliction hurle en lui qu'elle parvient à résonner en moi.

– Alors, tu préfères me mentir plutôt que m'avouer la vérité ?

Il ricane, comme si je venais de poser une question complètement stupide.

– La plupart du temps, les gens mentent pour protéger les autres.

Je m'offusque :

– La plupart du temps, les gens sont des connards qui racontent des bobards pour se protéger eux-mêmes !

Et paf ! Dans les dents !

Hélas, Saint n'a pas dit son dernier mot…

– Toutes les vérités ne sont pas bonnes à révéler. Et parfois, il vaut mieux se taire.

– Non, c'est vrai, dis-je, en feignant d'aller dans son sens pour mieux lui river le clou. Mais les mensonges sont toujours des coups de couteau plantés dans le dos de ceux que l'on juge trop faibles pour encaisser la vérité.

Il semble sur le point de me contredire, mais il sait, au fond de lui, que j'ai raison et qu'il a tort. Aussi pousse-t-il un long soupir qui apporte la dernière note au chant de sa défaite.

– Mon ange…

Il est toujours aussi affligé, et encore plus triste, bien sûr, mais j'ai obtenu les réponses à mes questions, même si elles ne me plaisent qu'à moitié. Et pour le moment, je n'ai plus envie de me battre avec lui.

– Tu sais quoi ? Tu as raison, ça n'a pas d'importance. Je connais ceux sur qui je peux compter, maintenant.

J'essaie de grimacer un sourire, mais il sonne tellement faux que Saint le prend comme une insulte.

– Tu es injuste.

Ce n'est pas faux. Et en même temps, ça n'a rien de juste.

Nos choix ont des conséquences. Nos silences, des répercussions. Et nos mensonges, eux, engendrent inévitablement une perte de confiance.

– C'est la vie, Saint. Et je suis sûre que tu t'en remettras.

Ses yeux se posent sur ma bouche, qu'il caresse avec un appétit palpable, toujours aussi vorace qu'au premier jour.

– Je ne me remettrai jamais de toi, mon ange.

Mon sang ne fait qu'un tour dans mes veines.

– Quand tu dis des choses comme ça, j'ai envie de te gifler ! m'exclamé-je, furibonde.

Les joues gonflées, le cœur tourneboulé par la colère, j'attrape l'une des flûtes de champagne posées sur le plateau qui jouxte le Jacuzzi et la descends d'une traite. Le liquide pétillant me chatouille la langue et l'arrière du palais, ce qui parvient à me calmer – un peu.

– Pourquoi ?

Sa question pour le moins stupide exacerbe mon exaspération.

– Parce que tu ne veux pas être avec moi !

Là encore, il pousse l'audace jusqu'à afficher un air surpris.

– Je n'ai jamais dit que je ne le voulais pas.

Ayant besoin d'une nouvelle dose de courage liquide, je me sers un second verre, de plus en plus agacée. C'est un véritable dialogue de sourds, et comme toujours avec lui, j'ai l'impression de regarder un film dans une langue étrangère avec les mauvais sous-titres.

– Qu'est-ce que tu racontes, Saint ? soupiré-je. C'est bien toi qui as fixé ce délai ridicule d'une année, non ?

Ses yeux plongent dans les miens, à la recherche de… je ne sais pas trop… quelque chose qu'il ne trouve pas, en tout cas.

– Il y a une différence entre *vouloir* et *pouvoir*.

Cet homme me file la migraine – ou peut-être est-ce le mélange de vodka, de vin blanc et de champagne. Quoi qu'il en soit, j'ai mal au crâne.

– Sois plus clair, exigé-je d'un ton peu aimable.

Saint avance jusqu'à moi, si proche que je pourrais le toucher rien qu'en prenant une profonde inspiration, mais toujours aussi loin, le cœur à des années-lumière du mien.

– Tu veux des enfants. Tu veux un mariage. Tu veux un amour incroyable. Tu veux trouver ton âme sœur. C'est écrit dans ton journal !

J'oublie toujours qu'il l'a lu, et que ce faisant, il a pu avoir accès à toutes mes pensées les plus intimes, ce qui est doublement injuste, dans le sens où moi, je n'ai même pas le début d'une idée de ce qu'il a derrière la tête.

– Il faudrait d'ailleurs que tu me le redonnes, râlé-je, troublée par sa façon de me fixer sans ciller. Mais là n'est pas la question. Moi, je sais ce que je veux. Tu n'as pas besoin de m'en refaire la liste.

Sa main effleure ma taille sous la surface. La chaleur de sa paume est d'autant plus insupportable qu'elle s'ajoute à celle de l'eau et de la vapeur qui me fait tourner la tête.

– Toutes ces choses que tu désires si fort, chuchote-t-il en se penchant à mon oreille, je ne pourrai pas te les donner, mon ange.

Je fronce les sourcils.

– Parce que tu ne le veux pas.

C'est une affirmation, pas une question.

– Parce que je ne le *peux* pas, me contredit-il, en cherchant une nouvelle fois ma bouche.

Il l'effleure d'un baiser, et j'ignore pourquoi je m'attarde sur le goût du tabac qui agrémente celui, plus doucereux, de sa salive.

Pourquoi tout ce que je déteste devient-il si agréable, avec lui ?!

– Alors, quoi ? explosé-je, trop soûle pour retenir les mots qui s'empilent comme des briques sur ma langue. Tu es stérile ? C'est ça, ton horrible secret ?!

Les larmes aux yeux en songeant à cette terrible éventualité, je tente de le repousser de son côté du bain à remous. Malheureusement, il me bloque les poignets d'une seule main et me plaque contre le rebord du Jacuzzi en exerçant une pression légèrement douloureuse au niveau de ma poitrine pour m'obliger à rester immobile.

– Et si je ne méritais pas d'avoir des enfants ?

Je le dévisage d'un air incrédule.

– Tu peux trouver mieux que moi, Olaïna. Tu *dois* trouver mieux que moi. Parce que je ne peux pas te donner ce que tu veux !

Dit-il en me retenant si fort contre lui qu'il m'empêche de respirer correctement.

Et là, juste comme ça, je craque :

– *Spoiler alert*, connard : je m'en contrefous ! Tu ne *peux* pas avoir d'enfants ? Je m'en fous ! Tu ne *peux* pas te marier ? Je m'en fous ! Tu ne *peux* pas m'aimer ? Je m'en fous ! Et tu ne *peux* surtout pas m'expliquer pourquoi ? Je m'en contrefous aussi, putain ! Je *veux* juste que tu veuilles être avec moi ! Tu comprends, ça ?

Et voilà, j'ai perdu. Je visais son cœur, déterminée à l'ouvrir pour m'y faire une place, mais c'est finalement le mien que je lui ai offert sur un plateau d'argent.

C'était couru d'avance, hein…

Je n'ai jamais été de taille à lutter contre Saint.

– Mon ange… chuchote-t-il, accablé.

Foutue pour foutue, j'insiste :

– Parce que moi, je veux être avec toi.

Puis je l'embrasse sur la joue.

– Tous les jours.

Et je l'embrasse sur le bout du nez.

– Toutes les nuits.

Et enfin, je l'embrasse sur les lèvres.

À pleine bouche.

– Je sais que tu es brisé. Je sais que tu es triste. Je sais que tu n'es tombé amoureux qu'une fois dans ta vie et que tu as détesté ce que ça t'a fait éprouver. Mais je sais aussi qu'il existe quelque chose de spécial, entre nous.

Je pose la main à plat sur son cœur qui bat à toute vitesse contre ma paume.

– S'il te plaît…

Dis-moi que tu ressens la même chose que moi.

– Tu finiras par changer d'avis, objecte-t-il, le regard perdu dans le vide.

Mais il ne recule pas. Il ne fuit pas. Il ne détourne pas non plus la tête. Et pour une fois, il ne contrattaque pas en insinuant du poison dans toutes mes failles les plus intimes pour me forcer à le repousser lorsque lui n'y arrive plus…

– Saint… Je le pense depuis sept longues années, et si je n'ai toujours pas changé d'avis après tout ce temps, c'est parce que ça n'arrivera pas.

Sa main se resserre tellement autour de mes poignets qu'elle m'oppresse.

– Alors pourquoi es-tu sortie avec Clayton ? s'écrie-t-il avec fougue.

Une vérité que j'ai trop longtemps ensevelie sous les ruines de mon cœur brisé jaillit comme une flèche enflammée par l'intermédiaire de ma bouche :

– Parce que tu m'as laissée faire !

Surpris par mon coup d'éclat, Saint a un mouvement de recul. Aussi essoufflé que moi, il me fixe d'un regard écarquillé. Je le scrute, moi aussi. Avec toute la passion que je ressens pour lui. Toute la colère, aussi. Et fatalement, tout l'amour que je me suis obligée à taire, année après année, par peur de le perdre.

– Mon ange.

Encore et toujours. Ce soupir de douleur, criant de désespoir. Comme un rappel à l'innocente jeune fille que je ne suis plus et au vilain garçon qui l'a blessée pour des raisons que ni elle ni moi ne comprendrons jamais.

Le passé empoisonne ce surnom que j'aime et déteste tout à la fois…

– Bref ! me résigné-je, en préférant mettre un terme à cette conversation qui ne sert qu'à jeter du sel sur nos plaies les plus mal soignées. Action ou vérité ?

Désorienté par mon brusque changement de sujet, Saint plisse les paupières et relâche mes avant-bras en reprenant quelques mètres de distance.

– Tu as envie de jouer ? Maintenant ?

Je masse mes poignets endoloris et le provoque d'un sourire malicieux. C'est dur, mais l'alcool m'aide à retrouver une esquisse de bonne humeur.

– Pourquoi pas ? Tu as peur de ce que je pourrais te demander ?

Jouer avec Saint est toujours un pari risqué. Et je sais aussi que c'est davantage à mes risques et périls qu'aux siens.

– Action, me rembarre-t-il, comme je m'y attendais.

Je dissimule un rictus victorieux derrière une fraise nappée de chocolat que je dérobe sur le plateau du Jacuzzi. Saint en prend une, lui aussi.

– Espèce de dégonflé, le taquiné-je, en croquant dans le fruit juteux. Bois une flûte de champagne cul sec !

Il mâche sa fraise en silence, les prunelles voilées par ses paupières, si bien que je n'arrive pas à déchiffrer son expression. Toutefois, je sens son regard lubrique se balader sur ma bouche, puis sur mes seins, qui effleurent à peine la surface, et finalement, sur la dernière flûte de champagne encore à notre disposition.

– Facile ! dit-il, en la vidant d'une seule goulée. Et toi, mon ange ? Action ou vérité ?

Je fais mine d'y réfléchir.

– Hum… Action !

Tout chez Saint s'enflamme de plaisir. D'une voix lourde d'anticipation, il m'ordonne :

– Retourne-toi et penche-toi en avant.

Un frisson lubrique dévale ma nuque et dégringole le long de ma colonne vertébrale jusqu'à finir par me recroqueviller tous les orteils. Docile, je lui obéis sans poser de question, fais volte-face et m'incline vers l'avant, le torse en dehors du Jacuzzi et les mains agrippées au rebord glissant pour éviter de basculer sur le sol. D'une oreille distraite, j'entends le clapotis des vagues et le vrombissement de la pompe à eau. Saint avance vers moi. Les remous de plus en plus agités me font onduler des hanches, et tout à coup, je sens la douceur brûlante de ses lèvres tandis qu'il dépose un chaste baiser dans le creux de mes reins, juste au-dessus de mes fesses encore immergées sous la surface.

Mon entrejambe se met à palpiter.

J'ai encore envie de lui.

– À ton tour, mon ange.

J'aurai toujours envie de lui.

Je pousse une longue complainte de déception lorsqu'il bat en retraite, ce qui lui arrache un gloussement.

– Action ou vérité ? lui demandé-je, en me retournant.

Mes seins aux pointes gonflées lui effleurent le torse d'une façon totalement volontaire lorsque je retrouve ma place dans le Jacuzzi.

– Action, éructe-t-il avec difficulté, tendu comme un arc.

Évidemment.

– Quel froussard, répété-je. Hum… Tu ne m'as pas fait de cadeau d'anniversaire…

– Et cette chambre, c'est quoi ? me coupe-t-il.

Je fais mine de ne pas l'avoir entendu.

– J'ai trouvé ! Offre-moi l'un de tes bijoux !

Sans aucune hésitation, Saint lève l'une de ses mains devant lui, ôte sa chevalière préférée, celle en argent sur laquelle il a fait graver une fleur de lys, symbole des anciens rois français, et me la dépose au creux de la paume pour que je puisse l'enfiler. Ce que je fais en tremblant et en rougissant, sans trop oser y croire, le cœur battant la chamade.

– C'est tout, mon ange ? me nargue-t-il. Tu ne veux pas aussi l'un de mes bracelets ? Ou peut-être l'un de mes piercings ? D'ailleurs, il y en a un que j'aimerais beaucoup mettre sur ta langue…

Comme s'il ne l'avait pas déjà fait !

– Pour l'instant, bredouillé-je, en essayant de reprendre contenance.

La chevalière est trop grande pour mon majeur, si bien que je suis contrainte de la passer à mon pouce.

– Action ou vérité ? continue-t-il à jouer, alors que je suis complètement sens dessus dessous.

Je riposte du tac au tac :

– Vérité.

Saint me regarde droit dans les yeux et m'interroge d'une voix rocailleuse :

– Qu'est-ce qui pourrait te dégoûter de moi ?

– Comment ça ? m'étonné-je. Je ne comprends pas ta question.

Il s'empresse de clarifier :

– Tu as dit que tu te contrefoutais de presque tout ce que tu as pourtant affirmé que tu voulais dans la vie. Ma question est la suivante : est-ce que tu continuerais à m'apprécier si… je ne sais pas, moi… j'étais accusé de viol, par exemple ?

Ses propos sont tellement délirants que je suis obligée d'éclater de rire.

– Tu n'as pas plus grotesque, comme exemple ? pouffé-je, pliée en deux.

Saint se rembrunit.

– Tu n'as pas répondu à la question.

– Évidemment, c'est ridicule !

Il réplique, de plus en plus sombre, avec un tic nerveux au coin des lèvres :

– Et tu ne réponds toujours pas.

Exaspérée, je lève les bras au-dessus de ma tête.

– OK ! C'est stupide, mais je vais te répondre. Si tu étais accusé de viol… *Toi…* je pense que je n'arriverais pas à y croire. En tant que femme, mon premier réflexe serait évidemment de me ranger du côté de la victime. Mais… c'est toi, Saint…

Il se renfrogne, l'air profondément déçu.

– Tu vois ? Tu te mens à toi-même, m'accuse-t-il avec une agressivité latente.

– Non, Saint, me défends-je. Je suis sérieuse. Déjà, *accusé* ne veut pas dire *condamné* ou *reconnu coupable*. Et puis, je te connais ! S'il y a bien sur cette foutue planète un homme incapable de commettre un acte aussi ignoble, c'est toi !

Une lueur de doute traverse ses prunelles enténébrées et fissure le masque de froideur qui s'était invité sur son visage.

– Tu n'y croirais pas ?

J'ignore pourquoi cela le surprend à ce point.

– J'aurais vraiment du mal, lui confirmé-je, sincère. Rien que notre première nuit ensemble me donne raison. J'ai su que je coucherais avec toi dès l'instant où tu m'as prévenue que tu allais enlever ton pantalon avant de te baigner dans le Jacuzzi. Je veux dire : c'était évident, et pourtant, tu tenais tellement à me mettre à l'aise et à ne pas enfreindre mes limites que tu l'as précisé d'une façon complètement spontanée. Et je ne te parle même pas du nombre de fois où tu m'as demandé si tout ce que tu me faisais était OK pour moi. Je me suis toujours sentie en sécurité avec toi. Et je ne peux pas concevoir que ça puisse être autrement. Pour moi comme pour n'importe quelle autre femme que tu te mettrais en tête de séduire. Après, il me faudrait entendre aussi l'autre version des faits, bien sûr. Ce n'est pas une question à laquelle il est facile de répondre, encore moins lorsque l'on sait les dégâts qu'un véritable viol peut causer.

À la fin de ma tirade enflammée, Saint s'avance vers moi et envahit délibérément mon espace personnel. Ses pupilles sont tellement dilatées qu'on ne distingue même plus le contour de ses iris et il semble encore plus furieux que tout à l'heure, avec Mason. Toutefois, il y a autre chose dans son regard : du désir.

Et de la peur, aussi.

Mais il se reprend à la toute dernière seconde et s'immobilise à quelques centimètres de moi pour redemander d'un ton faussement léger :

– Et si j'étais un dinosaure ? Tu continuerais à m'aimer ?

Perturbée, je rentre dans son jeu afin de m'accorder quelques instants de réflexion.

– Quelle espèce, le dino ?

Et pourquoi ai-je l'impression qu'il détourne la conversation ?

– Je ne sais pas, moi… Disons, un ptérodactyle ?

– C'est celui qui vole, non ?

Il hoche la tête, mais son regard braqué sur moi est si intense que j'ai du mal à réfléchir.

– Eh bien, commençai-je, en roue libre. Si tu étais un ptérodactyle, je n'aurais plus besoin de me taper l'angoisse des files d'attente à l'aéroport, donc… Oui, tu me plairais tout autant que maintenant, en chauve-souris préhistorique.

Un sourire redessine un semblant de juvénilité sur le bas de son visage. Soudain, j'ai le sentiment de retrouver le Saint de notre toute première rencontre. Celui qui me taquinait sur les One Direction et mon amour des fanfictions.

– Et si…

Je pose un doigt en travers de ses lèvres.

– Stop, joli cœur. C'est à mon tour, et désolée de te l'apprendre, mais tu me dois une vérité.

Malheureusement, je sens bien que trop de vérités ont déjà été échangées, ce soir, et qu'il n'a plus envie de se montrer coopératif. Ce qu'il veut désormais se lit très clairement dans ses yeux.

– Garde-la pour une autre nuit, mon ange.

Sa main glisse entre nous et il entreprend de masser mon clitoris à l'aide de son pouce.

– Parce que là, je vais te baiser dans le Jacuzzi.

Je déglutis, la gorge sèche.

– Ça fait très cliché de Saint-Valentin.

Sans cesser de me caresser, il insère un doigt à l'intérieur de moi.

– C'est sur ta liste, mon ange.

Ah, oui. C'est vrai. Bizarrement, il connaît mieux ma *sexlist* que moi.

– Prête pour le deuxième round ?

Je lui adresse mon sourire le plus coquin.

– J'étais déjà prête il y a sept ans, Saint. Rien n'a changé pour moi.

– Tout a changé, me détrompe-t-il, brûlant de désir. Mais ce n'est peut-être pas si mal, au bout du compte.

Sur ces paroles sibyllines, il m'attrape par les hanches, me retourne pour me mettre dos à lui et s'empare d'un préservatif judicieusement déposé à côté des fraises et du champagne, avant de me pénétrer d'un seul coup de reins qui m'envoie droit au septième ciel.

Ce n'est pas tout à fait une victoire, songé-je, les yeux rivés sur sa bague passée à mon doigt. *Mais c'est loin d'être une défaite.*

24

Toujours le même refrain

SAINT

28 septembre 2013

Un sang tiède et épais inonde ma bouche. Je ne sens plus rien, mon corps est froid, engourdi, brisé en de multiples endroits. Je reste inerte sur le sol poussiéreux du terrain vague situé à l'arrière de mon immeuble, soulagé d'avoir enfin *une bonne raison de baisser les bras. De lâcher prise. De me laisser aller au néant qui enveloppe mon esprit depuis que Judy a fait de ma vie parfaite un véritable enfer.*

Vaincu, je ferme les yeux et savoure la pluie de coups violents qui s'abat sur mon ventre, mes bras, mes jambes et ma tête.

C'est bientôt fini.

Et je suis prêt.

J'ai envie de mourir. De tout effacer. De tout oublier. Et de trouver la paix.

Ailleurs.

Le plus loin possible de Seattle.

Paradis ou enfer.

Peu importe.

Du moment que l'on m'emporte…

Une botte lestée de métal écrase ma main et émiette mes doigts. Un poing brutal s'enfonce dans mon estomac jusqu'à me donner la nausée. Une gifle sèche me fait cracher un mélange de sang et de salive rosâtre sur l'asphalte.

J'entends quelqu'un hurler mon nom. Dire qu'ils vont me tuer. Qu'il faut que l'on m'aide. Qu'on doit les arrêter avant qu'il ne soit trop tard.

J'espère que personne n'en fera rien…

La mort est là pour moi. Et je veux m'en aller avec elle.

– Il mérite de crever pour ce qu'il a fait à notre sœur, putain!

Je n'essaie même plus de me défendre, de leur répéter pour la énième fois qu'elle a menti, que je ne l'ai jamais touchée sans son consentement et qu'elle a perdu notre enfant par la fatalité des choses. Ils ne m'écouteraient pas. Ils ne m'ont jamais écouté. Dès l'instant où Judy m'a accusé de l'avoir violée, c'est comme si j'avais perdu le droit de m'exprimer. De donner ma version des faits. Ils m'ont condamné avant même de me déclarer coupable, avec pour seule et unique preuve le témoignage de cette fille au visage d'ange.

Le fait qu'on soit sortis ensemble pendant des mois, que je n'ai jamais ne serait-ce qu'élevé la voix sur elle, que j'ai toujours pris soin d'alerter ses parents lorsqu'elle se trouvait dans ses phases suicidaires et qu'elle m'a jeté une fourchette à la figure en menaçant de me tuer quand elle a découvert que je n'avais pas été « tout à fait » fidèle semble avoir été complètement effacé de leur esprit.

Je suis le méchant.

Je suis le monstre.

Je suis… eh bien, pas totalement innocent, en vérité.

Oui, je l'ai trompée. Plein de fois. Non, je ne l'ai jamais aimée. Pas même au début. Oui, j'en avais marre de ses crises, ses reproches et ses engueulades. Mais ça ne m'empêchait pas de coucher avec elle. Oui, j'ai paniqué et je l'ai quittée lorsqu'elle m'a annoncé sa grossesse. C'était trop effrayant. Oui, j'ai ignoré tous ses appels pendant deux jours en essayant de trouver le courage d'en parler à ma mère. Mais je ne l'ai jamais trouvé, parce que je ne suis qu'une petite merde. Et oui, j'ai éprouvé du soulagement lorsqu'elle n'est pas venue en cours, le lundi matin.

Toutefois, je ne l'ai jamais touchée sans qu'elle soit d'accord. Et que Dieu m'en soit témoin, je ne l'aurais jamais fait! Je suis peut-être un lâche, mais j'ai toujours mis un point d'honneur à respecter les limites des autres, et en particulier des femmes.

Et pourtant, malgré le fait que je n'ai jamais été abusif envers qui que ce soit, tout le monde a cru Judy…

Sa famille. Ses amis. Mes amis. Nos professeurs. Nos voisins. Et peut-être même ma propre mère.

Et ce serait vraiment génial… si elle avait été une vraie victime.

– Tu ne comprends pas ? Ça explique tout ! s'est écrié l'un de ses frères, en essayant de faire entendre raison à ma mère. Ses crises, ses scarifications, ses mensonges. Encore hier après-midi, ton fils a essayé de l'agresser au lycée !

– Tu te trompes. Mon fils n'est pas… il n'est pas… tu te trompes…

Mais dans ses yeux du plus joli de tous les bleus, j'ai bien vu qu'il brillait une lueur de doute lorsqu'elle m'a demandé s'il était vrai que j'avais tenté de coincer Judy sous les gradins du terrain de sport.

Le pire, c'est que ça l'était, malheureusement.

J'ai agi sous l'impulsion de la colère et de la peur, suppliant Judy de toute mon âme pour qu'elle accepte de mettre un terme à ses mensonges.

Bien sûr, elle a refusé…

Aucune fille n'est plus têtue que Judy. Et si à une certaine époque, c'était l'une de ses qualités qui me plaisaient le plus, aujourd'hui, c'est bel et bien celle qui signera ma perte.

Un autre coup – de pied, il me semble… – m'atteint à la tempe tandis que ma tête part brutalement vers l'arrière, et là, je l'entends… le glas final… un craquement menaçant… Des étoiles multicolores grignotent mon champ de vision. Une lumière blanche et dorée m'accueille à bras ouverts. Les battements de mon cœur ralentissent, ralentissent, ralentissent…

– Il a compris la leçon ! s'écrie ma mère, alors qu'elle m'offre un rempart de son corps. Je vous le jure devant Dieu ! Il a compris la leçon !

La lumière qui m'attendait avec la promesse d'un profond réconfort s'éteint dès que mon cœur s'arrête de battre.

Soudain, il n'y a plus rien. Juste le vide. La douleur. Le froid. Et la mort, impitoyable. Si cruelle que je comprends dans un dernier éclair de lucidité qu'il n'y aura ni paradis ni enfer. Juste le vide. Et pas de rédemption pour moi.

Personne ne me pleurera. Je resterai à jamais un monstre. Ce petit gars que l'on pensait sympa, mais qui abusait de sa petite amie, si fragile et vulnérable.

Judy a gagné.

Elle m'a tué.

Comme j'ai tué notre enfant en refusant de la soutenir et de la protéger de ses parents trop stricts qui l'auraient sûrement jetée à la rue si elle leur avait avoué la vérité.

– Tu m'as tellement brisé le cœur que mon corps a tout fait pour se débarrasser de toi ! Y compris de ton enfant !

Ces paroles odieuses me poursuivent dans la mort.

– Il m'a violée, papa ! Je ne pouvais pas le dire, j'avais si peur ! Il disait qu'il allait me tuer si j'en parlais à quelqu'un ! C'est pour ça que je n'ai rien dit pour le bébé ! J'avais si peur de lui !

Ces mensonges horribles me pourchassent dans l'inconscient, à l'instar de bêtes sauvages prêtes à me tailler en pièces.

– J'étais amoureuse de lui et il en a profité ! Je ne voulais pas coucher avec lui, mais il ne m'a pas laissé le choix !

Ces mots déforment mes souvenirs jusqu'à me faire moi-même douter de la vérité.

Est-ce que… est-ce que j'ai vraiment fait ça ? S'est-elle sentie obligée de coucher avec moi pour me garder ? Ai-je profité de son amour pour obtenir ce que je voulais d'elle – à savoir, son corps ?

Ça me rend malade rien que d'y penser.

– Réveille-toi ! Réveille-toi ! Réveille-toi !

Non, maman… songé-je, à bout de forces. Je ne veux pas rouvrir les yeux. Laisse-moi partir. Plus rien de bon ne m'attend ici. Je n'ai plus aucun avenir. Plus aucun rêve. Plus aucun espoir. Alors, à quoi bon vivre ?!

Je ne pourrai plus jamais être la rock star que je croyais dur comme fer que je deviendrais. Qui voudrait écouter les musiques d'un mec accusé de viol ? Qui lui donnerait sa chance ?

Je ne pourrai plus jamais faire confiance à une femme. Ni obtenir la confiance d'une femme. Je vivrai et mourrai seul, piégé dans une existence morne et stérile, accablé par la culpabilité.

Je n'ai plus d'amis. À peine une famille. Plus d'honneur, ni de dignité.

Je n'ai plus rien.

Je ne suis plus rien.

– Réveille-toi !

Je sursaute lorsqu'une voix masculine m'éclate le tympan. D'un bond, je me redresse à la verticale, l'esprit encore à moitié enterré dans le terrain vague de Seattle, et manque de tomber de mon lit – Dieu seul sait comment je suis arrivé là, d'ailleurs.

– Hein ? Quoi ?!

Soudain, une nausée persistante m'oblige à me plier en deux. De la bile acide inonde ma bouche. Je ne me suis pas encore remis de ma cuite de la veille, et j'ai probablement l'une des plus horribles gueules de bois de l'humanité.

– Clayton ! Tu veux me tuer ou quoi ?

Je râle en frottant mes paupières collées. Un goût de mort s'attarde dans ma bouche, une odeur pestilentielle émane de ma peau moite de sueur. Je me sens comme une merde, et pour le coup, j'en ai aussi l'apparence.

– Il va bientôt être seize heures, mec. Je t'ai apporté un Big Mac, des nuggets et un litre de Coca light. Mange, décuve et lève-toi. L'entraînement commence dans une heure.

– Tu es un véritable tyran ! m'offusqué-je, en attrapant le sachet brun qu'il me tend. Mais merci pour le McDo, je crève tellement la dalle que j'aurais pu bouffer un pneu avec un peu de mayonnaise.

Clayton grogne en s'asseyant au pied de mon lit. Sa peau noire est plus terne que d'habitude et d'énormes cernes s'étendent sous ses yeux bruns. Lui non plus n'est pas très frais.

– Sacrée soirée, hein ?

J'acquiesce machinalement en refusant de réfléchir à ce que j'ai fait, ou plus exactement, à ce que je n'aurais pas dû faire, la nuit dernière.

– Ouais, c'était du grand n'importe quoi.

– Tu méritais une pause. J'espère qu'elle t'a fait du bien.

Mon ami attrape mon paquet de cigarettes presque vide et s'en allume une, signe qu'il a vraiment pris une très grosse murge.

Clayton ne fume qu'en deux occasions : les lendemains de cuite et les jours où il se croit amoureux.

– Je me sens minable.

Il rit.

– Tu es minable.

– Merci, mon pote.

Il me souffle sa fumée dans la figure, un large sourire aux lèvres. C'est pour ça que j'aime autant ce mec : il arrive toujours à me sortir de mes idées noires. Je ne sais pas trop comment il se débrouille, mais sa présence me fait du bien. C'est le premier ami que je me suis fait à mon arrivée, et c'est le seul que j'aie gardé au fil des années.

Même s'il lui arrive de se comporter comme un gros con, je sais que je peux compter sur lui… comme l'ont prouvé ces six derniers jours de cauchemar durant lesquels il m'a épaulé, contre vents et marées.

– Alors… grogné-je, en dévorant mes nuggets avec de la sauce chinoise. Tu as enfin réussi à perdre ta virginité ?

– Ah, ah. Très drôle.

Je glousse en lui décochant un coup de coude dans les côtes. Clayton n'est pas vierge, mais il couche si rarement que c'est devenu une espèce de blague récurrente.

Monsieur n'aime pas les coups d'un soir. Monsieur a besoin de sentiments pour se sentir à l'aise dans un lit avec une fille. Monsieur croit au grand amour et au coup de foudre. Et bizarrement, c'est loin de plaire aux femmes que l'on fréquente, si bien qu'il passe sa vie à s'astiquer tout seul sur le banc de touche de la *friendzone*.

– La fille avec qui tu parlais avant que j'aille vomir dans les chiottes avait l'air plutôt sympa.

Il hausse les épaules. Avec sa carrure de pilier défensif aussi haut et large qu'un building, ce simple geste suffit à faire trembler tout le lit.

– Elle s'est éclipsée dès que tu t'es cassé. C'est toujours le même refrain, hein !

Je bougonne en continuant à manger ce qu'il m'a apporté de si bon cœur. Ça aussi, c'est un problème récurrent : les filles ne veulent pas du gentil garçon, parce qu'elles préfèrent le *bad boy* qui n'a rien à leur offrir. Aussi s'entêtent-elles à courir après moi au lieu de se poser avec lui.

– Désolé. Elle n'en valait pas la peine.

– C'est vrai. Et de toute façon, je m'en fiche.

C'est ce qu'il dit, mais Clay est un hypersensible, maladroit et introverti. Et je sais que tous ces rejets le rongent au plus profond de lui. Il complexe, il se sent rabaissé, et je ne peux rien faire pour l'aider, parce que ce n'est pas lui, le problème. Dire que je culpabilise serait l'euphémisme du siècle.

– En plus, je pense que… que j'ai eu le coup de foudre…

Je fronce les sourcils.

– Tu crois sérieusement à ses conneries ? À ton grand âge ?

Pour une raison inexplicable, mon cœur s'emballe et je peux presque entendre la douce et tendre voix d'un petit ange me murmurer à l'oreille : « Je te vois, moi aussi. Et j'aime tout ce que tu me montres. Je suis là, maintenant. Tu n'as plus besoin d'endurer ça tout seul. »

Mais je m'empresse de refouler ces pensées bien trop dangereuses et j'enferme mes souvenirs de la veille dans un coffre-fort scellé à double tour, que je balance dans les méandres obscurs et enfumés de mon esprit.

– Je ne sais pas, avoue Clayton. Mais quand j'ai vu cette fille, tout à l'intérieur de moi s'est… ah, laisse tomber ! Tu ne comprendrais pas.

Il tire sur sa clope, l'air à la fois perdu et excité. Avec un soupir impatient, j'ignore mon début de migraine, repose mon Coca et m'en allume une à mon tour.

– Tu as vu une belle meuf et ton petit oiseau s'est émoustillé. Ce n'est pas difficile à comprendre. Ton coup de foudre, c'est juste une belle érection en prévision d'un coup de foutre.

Je lui laisse une petite seconde.

– T'as capté le jeu de mots ? C'est du génie, hein ?

Son brusque éclat de rire résonne comme le tonnerre à travers mon minuscule appartement dépouillé du moindre meuble et à la décoration spartiate. C'est juste une grande pièce presque vide avec un lit, une table, trois chaises et une télé. J'aurais pu le décorer un peu mieux, mais à quoi bon ? Les seules personnes que je ramène ici ne sont intéressées que par deux choses : le lit ou la télévision.

– Un jour, tu rencontreras une fille qui te fera regretter toutes ces paroles cyniques, mon pote !

Je me raidis tellement que ma cigarette manque de m'échapper des doigts. Des yeux verts, une chevelure brune, un sourire d'ange et un corps me traversent l'esprit. Mon cœur se serre violemment dans ma poitrine, et c'est si douloureux que j'ai l'impression d'avoir reçu un coup de couteau dans le bide.

Bisou magique !

Je déglutis, la gorge nouée, les yeux brûlants.

– Ne parle pas de malheur, OK ? Je préférerais mourir plutôt que tomber amoureux !

Même si c'est peut-être déjà trop tard…

– Bref, elle était comment, ta nana ? Et c'est quoi, son petit nom ? Peut-être que je la connais.

Clayton attrape le cendrier sur ma table de chevet et réfléchit longuement avant de me répondre :

– Sans vouloir te vexer, j'espère que tu ne la connais pas, celle-là ! Et je ne connais pas son prénom. Personne n'a su me le dire, d'ailleurs. Ce n'était pas une habituée des lieux. En fait, je ne l'ai croisée qu'une toute petite minute dans l'entrée. Elle venait d'arriver et elle cherchait l'un de ses amis. Je ne sais même pas si elle est célibataire, mais… elle ressemblait à une princesse de conte de fées qui se serait échappée d'un donjon infesté de vilains dragons !

C'est à mon tour d'éclater de rire.

– Mec, putain… Tu es sûr que ton corps produit bien de la testostérone ? Non, vraiment. Ça m'inquiète, là !

– Arrête de te foutre de ma gueule ! renâcle-t-il en rougissant. Tu ne tiendrais pas le même discours si tu l'avais vue avec sa petite robe blanche, ses longs cheveux bruns et ses grands yeux verts…

Il pose une main sur son cœur.

Le mien dégringole à l'intérieur de ma poitrine.

– Elle m'a souri et je me suis dit : « C'est elle ! » Ce qui est encore plus bizarre, c'est que je suis presque certain de l'avoir déjà croisée quelque part, mais impossible de remettre le doigt dessus !

J'ouvre la bouche. Puis je la referme. Avant de la rouvrir. Encore et encore. Sans qu'aucun son parvienne à en sortir.

Non, non, non, non, non !

– Est-ce que… commencé-je, avant de m'interrompre, au bord de la nausée. Est-ce qu'elle avait un ruban rouge dans les cheveux ?

Le visage de Clayton s'illumine.

– Oui ! Tu la connais ?

Tout à coup, mon estomac se tord violemment dans mon abdomen, et j'ai à peine le temps de courir jusqu'aux toilettes avant de me mettre à vomir le Big Mac et les nuggets qu'il m'a rapportés.

Lui, mon meilleur ami.

Lui, le gars bien qu'Olaïna aurait pu rencontrer si je n'avais pas été aussi égoïste.

Lui, qui ne lui aurait jamais volé sa virginité.

Lui, qui aurait pu l'aimer aussi fort qu'elle le réclame.

Lui, qui la mérite tellement plus que moi.

Une grande main brune se pose sur mon épaule tandis qu'une autre presse un linge humide sur mon front.

– Ça va aller, mon pote. J'suis là. Ça va passer.

Non, ça ne passera pas, Clayton.

Parce que je n'aurais jamais dû rouvrir les yeux.

– Il faut que je récupère un truc dans le bâtiment de musicologie, dis-je à Clayton lorsqu'on arrive sur le campus, pile à l'heure pour l'entraînement de football. Dis au coach que je serai là dans quinze minutes.

Le visage de mon meilleur ami s'allonge d'une grimace. Sous certains angles, il ressemble tellement à un mélange de Tupac et de Puff Daddy que c'en est perturbant. J'attends toujours le moment où il va me lâcher une bête de freestyle sur un beat endiablé, mais son truc à lui, c'est plutôt le football, les chips au fromage et les battles sur *Call of Duty*.

– Il ne va pas être content.

– Mon père est mort, mec, lui rappelé-je, sardonique. Alors, je n'en ai strictement rien à foutre !

Ce n'est peut-être pas très sympathique de ma part, d'autant plus que je sais que Clay déteste se mettre le coach à dos, mais il faut à tout prix que j'aille récupérer ma Fender American – une guitare acoustique que ma grand-mère m'a offerte avant notre départ de Seattle, lorsqu'elle m'aimait encore un peu...

Une mélodie aux sonorités sensuelles me trotte dans la tête, et je meurs d'envie de lui donner vie en grattant les cordes sèches de mon instrument préféré. Des paroles encore floues, pas vraiment abouties, flottent par-ci par-là, à l'orée de ma conscience.

Efface mes souvenirs avec ton rire,
Beauté des anges,
La vie se venge...

– Dépêche-toi, capitule-t-il.

– T'inquiète.

Clayton grommelle :

– C'est ton « t'inquiète » qui m'inquiète...

Et il a raison. J'ai autant envie de faire du sport que de me pendre – bon, OK, c'est un mauvais exemple, parce que je ne dirais pas non à une petite asphyxie, là. Contrairement à lui, je considère plus le football comme une espèce d'obligation légèrement agréable que comme un loisir récréatif ou une passion. Je n'en fais que pour augmenter mes chances de valider mon diplôme.

Sans rien ajouter, je chausse ma paire de lunettes de soleil pour protéger mes yeux hypersensibles et repousse Clayton en prenant la direction du bâtiment D, où se déroule la majorité de mes cours principaux.

En chemin, je croise plusieurs connaissances, féminines et masculines, qui essaient de me parler, mais je ne suis pas d'assez bonne humeur pour m'arrêter et faire comme si ma vie n'était pas une vaste blague. En à peine trente minutes, j'ai déjà reçu trois appels de ma mère qui insiste pour que je passe à la maison, ou qu'au moins, je lui donne de mes nouvelles.

Je sais bien que je devrais être davantage présent pour elle, la soutenir dans ce moment si difficile pour notre famille, et bla-bla-bla, mais… putain, je n'en ai pas la force.

Et surtout, je ne supporte pas de faire comme si je ne voyais pas l'accusation et la déception dans son beau regard bleu.

Je l'ai déjà tellement déçue…

Qu'est-ce que ça peut bien faire, maintenant ?!

Cette dernière pensée achève de me déprimer tandis que je dépasse le restaurant universitaire et contourne la bibliothèque pour accéder à l'auditorium.

C'est la fin de journée, les allées sont presque vides, et la chaleur du désert commence à se retirer au profit d'une fraîcheur nettement plus agréable pour un entraînement de sport.

Soudain, une longue chevelure brune et bouclée, à la coupe familière rehaussée d'un joli ruban rouge, capte mon attention. En fait, elle exerce sur mes sens une attraction si violente qu'elle ressemble à s'y méprendre à celle d'un aimant sur de la limaille de fer. Ça m'attire, ça me repousse, et ça me dépossède de moi-même. Une décharge d'adrénaline déferle dans mon organisme. J'ôte mes lunettes et cligne plusieurs fois des paupières, au comble de l'incrédulité, pas certain de comprendre la scène qui se déroule sous mes yeux fatigués.

C'est elle.

Ici.

Olaïna McLaren.

Et elle n'a plus rien à voir avec la déesse virginale qui m'a complètement fait perdre la tête, hier soir. Au contraire, elle est presque… *invisible*, sans parvenir à l'être tout à fait, comme il est évident qu'elle le souhaiterait.

Vêtue d'un large sweat-shirt gris qui dissimule ses petits seins bien ronds, d'une jolie robe d'été et d'une vieille paire de Converse abîmée, elle rase les murs, la tête baissée, en feignant de ne pas entendre les rires moqueurs d'un groupe de filles qui l'interpellent avec une inexplicable méchanceté.

– Eh, Ola ! Mets des glaçons sous tes yeux avant de revenir en cours, demain ! C'est tellement égoïste d'infliger une aussi sale gueule aux autres, se marre une très belle rouquine qu'il me semble reconnaître, avant qu'elle se tourne vers ses copines. Quelle pauvre fille !

En veillant à rester à l'écart, je la fixe avec insistance durant plusieurs secondes pour essayer de me souvenir de l'endroit où je l'ai déjà vue. D'un coup, ça me revient : il y a deux semaines, au casino, puis le lendemain, dans mon lit, et finalement, hier soir, à la soirée chez Ruben, lorsqu'elle m'a invité à danser et que j'ai refusé pour rester avec Olaïna.

Et merde !

– Laisse-la tranquille ! s'agace une petite Asiatique avec une coupe à la garçonne qui met en valeur ses grands yeux étirés sur ses tempes. Elle est super sympa, cette fille.

La rousse esquisse une moue ridicule avant de partir dans la direction opposée à celle d'Olaïna.

– Elle se la pète un peu trop à mon goût. Toujours à se comporter comme si elle était parfaite.

Je vois Olaïna grimacer comme si l'on venait de lui asséner un coup de poing dans le ventre, mais elle ne réplique pas. Au contraire, elle presse l'allure pour les fuir, la tête rentrée dans les épaules et les bras serrés autour de son torse, et…

Eh bien, elle fonce droit sur moi.

– Aïe ! s'écrie-t-elle, en me percutant de plein fouet.

Sous la violence de l'impact, elle titube et effectue quelques pas chancelants sur le côté. Incapable de m'en empêcher, je tends le bras pour l'attraper par le devant de sa veste, l'attire contre moi et regrette presque aussitôt l'impulsivité de mon geste lorsqu'elle relève ses beaux yeux verts, très rouges et très gonflés, vers moi.

Mon petit ange a pleuré.

Beaucoup.

À cause de moi.

– Salut, m'entends-je lui dire, un peu bêtement.

Le choc s'inscrit sur ses traits marqués par un mélange de fatigue et de tristesse. Il lui faut plusieurs secondes avant de parvenir à me répondre d'une voix éteinte :

– Salut.

Un long moment de silence horriblement gênant s'ensuit, et je me sens si coupable que j'en ai des crampes à l'estomac – à moins que ce ne soient encore les conséquences de ma gueule de bois. Quoi qu'il en soit, ma nervosité s'accentue à mesure que les secondes défilent et qu'elle s'obstine à me fixer comme si elle souhaitait de toutes ses forces que je disparaisse dans un nuage de fumée noire.

Et dans d'atroces souffrances, aussi.

– Tu t'es bien remise de la soirée ?

Oh, putain. Quel con !

Autant lui rappeler directement que je me suis cassé de la chambre dès que je l'ai pu après avoir raflé sa virginité comme un putain de voleur.

– Pas trop, non… avoue-t-elle, sans chercher à édulcorer la vérité.

– Ah… euh, OK.

Silence.

Que quelqu'un m'achève, par pitié !

– Tu as fini les cours ? Tu rentres chez toi ?

Plus je parle, moins je suis à l'aise. J'ai envie de me foutre des grosses baffes dans la gueule, mais j'aurais sûrement l'air encore plus débile que je ne le suis à l'heure actuelle.

– Oui et oui.

Silence.

Une corde, et vite !

Olaïna ne perd pas de temps à me retourner la politesse. Et pour cause, elle semble pressée de me fuir, moi aussi. Comme les autres pestes. J'ignore pourquoi je ne la laisse pas s'en aller et mettre un terme à cette conversation aussi pénible pour elle que pour moi.

Je dois être un peu masochiste sur les bords…

Ou amoureux.

Une image d'elle, étendue de tout son long dans la baignoire, aussi nue qu'au jour de sa naissance, me traverse brièvement l'esprit tandis que sa petite voix me susurre à l'oreille : « Tu vas sûrement trouver ça un peu mièvre, mais je crois encore à l'âme sœur. J'espère vraiment que je finirai par rencontrer l'homme qui m'est destiné. »

Olaïna veut une relation de conte de fées. Et moi, je n'ai rien du prince charmant.

– Tu as pu te reposer un peu avant de reprendre les cours ?

J'ignore pourquoi je m'entête à lui parler. C'est vraiment une perte de temps.

– Non, j'avais trop mal à… répond-elle spontanément avant de s'interrompre en faisant les gros yeux. Non, je n'ai pas dormi.

La culpabilité m'étouffe comme si elle venait de passer ses deux mains autour de mon cou pour serrer, serrer, serrer…

– Mon ange…

Elle détourne le regard.

– Ne m'appelle plus jamais comme ça, s'il te plaît.

Tout ce qui s'est passé entre nous vient de trouver la mort sur ses lèvres roses qui me repoussent aussi fort qu'elles le peuvent.

– Je suis désolé.

Je n'ai pas besoin d'expliquer pourquoi je m'excuse, c'est inutile. On le sait aussi bien l'un que l'autre. J'ai profité de sa naïveté pour anesthésier mon chagrin après avoir enterré ce père que mes erreurs ont fini par conduire à la ruine. Je suis *encore* et *toujours* ce gamin de quinze ans, incapable de prendre une bonne décision. Trop lâche pour dire la vérité. Trop faible pour assumer ses erreurs. Et tellement terrifié à l'idée d'aimer et d'être aimé.

– J'imagine, oui… soupire-t-elle, résignée. Et toi ? Tu vas mieux ?

Son regain d'intérêt pour ma personne me surprend tellement que j'en oublie de mentir.

– J'ai envie de crever, je me sens merdique et je suis presque sûr d'avoir définitivement assassiné mon foie avec tout l'alcool que j'ai ingurgité.

Olaïna se fend d'un léger rictus et remet en place la lanière de son sac accroché à son épaule. Soudain, je crève d'envie de la prendre dans mes bras.

– Tu as de la chance, le foie est l'un des rares organes à s'autorégénérer. Si tu arrêtes de faire l'idiot, il guérira tout seul.

Je réplique du tac au tac, sans réfléchir :

– Ça veut dire que je n'ai plus le droit à tes bisous magiques ?

Oh, putain…

Le teint blême, elle pince les lèvres et fuit une nouvelle fois mon regard en pivotant sur le côté pour se cacher derrière ses cheveux. Je n'ai pas besoin d'avoir le QI d'Einstein pour comprendre qu'elle évalue la possibilité de m'assommer avec l'une de ces grosses pierres qui délimitent l'allée des parterres de fleurs brûlées.

– Je ne sais pas jouer à ce jeu, Saint.

Et si j'en avais marre de jouer, mon ange ?

C'est ce que j'aimerais lui répondre, mais je ne suis pas assez courageux, et au fond, je le sais : elle mérite mieux que le joli blondinet brisé qui ne pourra jamais rétablir la vérité sur ce qu'il s'est vraiment passé, à Seattle.

– Mon ange, répété-je, le cœur lourd.

– Stop ! s'écrie-t-elle, en perdant son calme. Arrête !

Puis elle inspire longuement avant de reprendre :

– Je ne veux pas être ce genre de fille pour toi.

Perplexe, je fronce les sourcils.

– Quel genre ?

Son regard heurte le mien, et c'est comme si elle venait de me tirer une flèche en plein cœur.

– Remplaçable.

Je trébuche en arrière lorsque je comprends ce qu'elle a cru que j'insinuais avec ma blague stupide. Et pas drôle du tout.

– Non, je ne voulais pas…

– Je crois en l'âme sœur, Saint.

Comme Clayton, songé-je, morose.

– Je ne veux pas être un coup d'un soir. Une fille interchangeable. Un bon moment, mais sans plus. Moi, je veux tout…

Elle me fixe droit dans les yeux, comme si elle cherchait à ancrer son âme à l'intérieur de la mienne. Quelque chose s'emballe dans ma poitrine. C'est bon. C'est horrible. Je suis à vif, écorché jusqu'à l'os. Puis elle entrouvre les lèvres et je peux presque déjà l'entendre me dire : « Je te veux, toi. »

La musique que mon cerveau n'arrête pas d'essayer de créer revient me tourmenter de ses notes entêtantes.

Efface mes souvenirs avec ton rire,
Beauté des anges,
La vie se venge…
Sur ton corps, mon cœur s'endort…
Je t'aime déjà trop fort,
Dis-moi, ai-je tort…
De croire que j'ai encore le droit de vivre ?

Malheureusement, une voix grave l'interrompt en pleine tirade, si bien qu'elle ne prononcera jamais la suite de sa phrase, et que moi, je n'aurai pas à lutter contre l'enivrante tentation de succomber à ses belles et vaines promesses.

Pendant un instant, j'ai vraiment cru que j'allais y croire, moi aussi…

Mais non, je doute que mon âme sœur existe.

– Eh, salut ! s'exclame Clayton avec beaucoup trop d'entrain.

Et c'est tout aussi bien.

– T'es trop fort, mon pote… ajoute-t-il plus doucement dans mon oreille, avant d'enchaîner à haute voix : Le coach a dit qu'on était dispensés d'entraînement pour ce soir. Trop de gars sont encore bourrés. Vous faites quoi ? Tu me présentes ?

Troublé, je quitte Olaïna des yeux et examine mon meilleur ami qui affiche un immense sourire. Il regarde mon petit ange avec des millions d'étoiles dans les prunelles.

Lui qui déteste les coups d'un soir – *comme elle.*

Lui qui croit à l'âme sœur – *comme elle.*

Lui qui cherche une vraie relation – *comme elle.*

Lui qui la désire déjà plus que tout – *comme moi.*

– Clayton, je te présente Olaïna McLaren, dis-je après m'être éclairci la voix. Une… copine. Olaïna, voici Clay. Mon meilleur ami et…

Je marque une pause, à l'agonie. Le cœur au bord du gouffre. Une épine dans l'âme que je renomme jalousie.

– Et honnêtement, continué-je, en m'assassinant moi-même, ce serait le mec parfait pour toi. Si tu ne fais rien ce soir, tu devrais le laisser t'inviter à dîner. Ce n'est pas toi qui me disais que tu voulais plus d'amis, ici ?

Le souffle d'Olaïna se bloque à mi-chemin de ses poumons tandis que la trahison s'inscrit sur son doux visage.

Quant à moi, je me demande : *Est-ce que le cœur est un organe qui se régénère comme le foie ?*

Parce que je viens d'en perdre un petit bout...

– Il y a une super pizzeria en bas de chez moi, s'enthousiasme Clayton, aux anges. Et promis, je ne suis pas un *serial killer*. Si tu acceptes de m'y accompagner, je te jure que tu passeras un bon moment. Sans me vanter, je connais de super blagues !

– C'est vrai ! confirmé-je, en me fendant d'un rire atrocement strident. Il est bien plus drôle que tes vieux livres et tes fanfictions sur les One Direction.

Je me déteste tellement que j'arrive à peine à supporter le contact de ma propre peau. À bout de nerfs, je serre les poings et esquisse un sourire lorsque mes ongles se plantent dans mes paumes jusqu'à y creuser dix petites lunes de sang.

– Ça tombe bien, j'adore les One Direction ! renchérit Clayton. Zayn et Harry sont les idoles de mes petites cousines. Et j'ignore encore comment, mais elles ont réussi à me traîner à l'un de leurs concerts.

Je me sens mourir de l'intérieur lorsqu'une infime lueur d'intérêt s'allume dans les yeux d'Olaïna.

– Oh, souffle-t-elle. J'adore Harry, moi aussi.

Clay lui décoche un clin d'œil :

– Si tu veux, je te montrerai les vidéos que j'ai faites de leur concert.

La lueur se transforme en flamme.

– Avec plaisir !

Puis en brasier.

Prisonnier de mes souvenirs,
Je n'offre que des larmes.
Parce qu'à trop souffrir,
On baisse les armes.

– Enchantée de faire ta connaissance, Clayton.

Il lui tend la main. Elle s'en saisit.
Beauté des anges,
La vie se venge…
– Ah, Olaïna… C'est moi qui suis enchanté.
Et c'est moi qui pars en cendres.

25

La Belle et le Clochard

Ola

27 février 2021

– Tu as une démarche drôlement chaloupée, *Olalita*… me taquine João, un bras passé en travers de mes épaules.

Écarlate, je m'empresse de jeter un coup d'œil par-dessus mon épaule tandis que l'on se dirige vers notre table fétiche du petit restaurant italien dans lequel on se réunit au moins une fois par mois. La décoration très clichée me fait inévitablement penser à ce dessin animé de Disney, *La Belle et le Clochard*, avec ses nappes à carreaux rouges et blancs, ses pots de gressins à l'huile d'olive, ses bougeoirs accrochés aux murs en briques et le côté intimiste qui fait trop souvent défaut aux endroits plus modernes et huppés. C'est beau, un peu rétro, et pas très loin de chez moi. Bref, c'est l'endroit idéal, à la fois pour une réunion amicale et pour un rendez-vous amoureux.

– Tes chevauchées nocturnes doivent être particulièrement endiablées ! T'aurais pas les jambes un peu arquées ?

Mes joues passent par toutes les nuances de rouge et mes yeux s'écarquillent de terreur.

Ouf ! Dieu soit loué !

Catalina, Jony et Cian sont toujours dans l'entrée, occupés à discuter avec le gérant – un grand ami de Jo qui nous fait de sacrées remises sur les bouteilles de vin blanc.

– Arrête ! sifflé-je, agacée. Je t'ai déjà dit que je ne voulais pas en parler aux autres.

João se gausse en s'asseyant à sa place habituelle, dos à l'entrée, mais pile dans l'axe de l'énorme télévision qui diffuse un match de basketball quelconque. Moi, je dédaigne la mienne, située en face de lui et à côté de celle de Jony, pour venir m'asseoir à sa gauche, le plus loin possible de ma meilleure amie avec laquelle je suis toujours à couteaux tirés. Ce changement pour le moins évocateur fait hausser un sourcil à João.

– Quoi ? Ce n'est pas parce que j'ai accepté de venir que ça signifie que tout est oublié, ou pardonné.

– Je n'ai rien dit, se défend-il, avant de marmonner dans sa barbe. Mais je trouve un peu culotté de ta part que tu baises toutes les nuits avec un mec qui le savait aussi et qui ne t'a rien dit non plus, alors que tu ne veux même pas t'asseoir à côté de Jo…

J'ôte ma veste en jean, déchirée au niveau des manches, et réajuste ma courte robe d'été parsemée de petits coquelicots avant de me tourner vers João.

– Tu as raison, avoué-je, même si ça me fait du mal de l'admettre. Et Jony me manque, mais elle a l'air de s'en foutre royalement, maintenant que Cian est dans les parages.

Ma « meilleure » amie a tenté à deux ou trois reprises de me recontacter, puis elle a simplement lâché l'affaire, sans même essayer de s'expliquer ou de me confronter à la stupidité de notre querelle – alors qu'on se connaît depuis la maternelle.

Cela fait un mois qu'elle ne m'a plus envoyé de messages, qu'elle ne m'a pas appelée, et qu'à l'exception de sa signature gribouillée en bas de ma carte d'anniversaire, ça a été le silence radio, un vide total et absolu. Et j'en connais pertinemment la raison : *Cian*. Quand mon frère est dans le secteur, Jony ne pense plus à rien d'autre qu'à lui. Et pour être honnête, c'est sûrement ce qui me blesse le plus, dans cette histoire.

Ses mensonges ? OK, si les raisons de son silence sont similaires à celles de Saint, je peux m'en accommoder. Mais son indifférence ? Elle fait un mal de chien.

Et la nouvelle Olaïna McLaren en a marre de souffrir.

– Tu sais que ton frère est comme une drogue, pour elle. Quand il est là, Jo n'est plus Jo.

Il grimace en me caressant la joue.

– Et tu connais sa maudite fierté, aussi. Elle t'a blessée, tu l'as blessée, vous boudez comme deux idiotes, et ça commence à me soûler. Je ne vois quasiment plus Cata… se plaint-il avant de s'interrompre de lui-même. Enfin, je veux dire : ça devient compliqué de se réunir tous les quatre, et ça me fait de la peine. Vous êtes ma seule famille. Je ne supporterais pas qu'elle éclate pour des conneries.

Émue, je pose ma main sur la sienne pour la presser plus fort contre mon visage.

João ne parle pas souvent de ses sentiments, mais lorsqu'il le fait, il parvient toujours à me briser le cœur.

– Ce n'est qu'une mauvaise période, et ça finira par s'arranger. On s'aime trop pour se faire la gueule éternellement, espèce de crétin. Il faut juste laisser le temps au temps, comme on dit.

João fait la moue ; on dirait un enfant impatient à qui l'on vient de promettre une glace au lieu de la lui donner simplement.

– Je veux que ça s'arrange tout de suite, grommelle-t-il. Je veux que tout redevienne comme avant que ce connard de Clayton et son sperme de superchampion foutent la merde.

Atterrée par sa formulation plus qu'hasardeuse, je me retiens d'éclater de rire pour ne pas l'encourager.

– João…

– Je veux que ça redevienne comme avant, Olalita, insiste-t-il avec de grands yeux de chien battu. S'il te plaît. Tu m'avais promis qu'on serait toujours amis. Tous les trois pour l'éternité. Tu t'en souviens ?

– Évidemment que je me rappelle !

Comment oublier ce moment à la fois si tragique et tellement beau qui a marqué au fer rouge mon amitié avec João ?

Nous avions quatorze ans, et c'était la nuit du 4 juillet, quelques mois après le décès de ma mère. J'étais assise sur le rebord de ma fenêtre, occupée à observer les feux d'artifice en noircissant les pages de mon journal intime, lorsque des cris en provenance de la maison voisine – celle des Franco, comme d'habitude – avaient remplacé le bruit des pétards.

Une dispute semblait avoir éclaté à cause d'une énième infidélité de M. Franco, le plus bel homme du quartier et un sacré coureur de jupons. Mme Franco, une femme encore très jolie pour son âge, mais trop malheureuse pour être considérée comme aussi séduisante que son mari, hurlait à s'en déchirer les cordes vocales en balançant un tas d'objets à travers leur salon.

J'aurais aimé pouvoir dire que c'était choquant, mais… ça se produisait tellement souvent que j'avais fini par m'y habituer. Tout comme le reste du voisinage.

Quand ma mère était encore là, elle disait souvent que certaines unions étaient bénies par les anges tandis que d'autres étaient conclues par le diable. Que c'était pour éviter d'en arriver là qu'il fallait écouter sa tête plutôt que son cœur.

J'ignorais ce que Mme Franco avait privilégié avant d'offrir sa main à son mari, mais je savais que ma mère n'était pas très juste envers celle qu'elle décrivait comme une « femme perdue ».

Mme Franco était si gentille, si douce et tellement plus à l'écoute que ma propre mère. Je n'arrivais pas à comprendre pourquoi son époux lui faisait tant de mal, et encore moins pourquoi elle restait avec lui lorsqu'il était évident qu'elle méritait mieux…

Je me disais qu'un jour, elle se réveillerait et mettrait fin à ces disputes incessantes pour refaire sa vie avec un autre homme.

Sauf que cette nuit-là, à un moment ou à un autre, les choses avaient fini par déraper sérieusement. Et quelques minutes avant que j'aille me coucher, la police et les secours s'étaient garés sur le trottoir pour emmener M. Franco aux urgences, et Mme Franco, au poste de police.

Tout le quartier était en effervescence, et moi, je cherchais désespérément mes amis tandis que mon père essayait de calmer les sanglots hystériques d'une jolie et jeune femme blonde tout en rondeurs – la maîtresse de M. Franco et l'institutrice des jumeaux, comme je l'apprendrais plus tard.

Finalement, et après avoir ratissé la rue de fond en comble, j'étais retournée à la maison, le cœur lourd et l'estomac noué par l'inquiétude.

Quelle n'avait pas été pas ma surprise de les découvrir tous les deux dans ma chambre, en compagnie de Cian !

Avec toute l'autorité que lui procuraient ses trois années de plus que nous, il tentait de réconforter une Jony bouleversée et un João traumatisé. Les jumeaux, assis l'un à côté de l'autre sur mon lit, étaient transis d'effroi – quant à Jony, elle était aussi et *surtout* recouverte de sang. Ils auraient dû être avec la police ou, au moins, les médecins, mais personne n'avait réussi à mettre la main sur eux.

Là encore, je comprendrais plus tard pourquoi ils avaient préféré fuir…

– Ola ! Enfin, putain ! s'était écrié mon grand frère en m'apercevant. Papa ne doit pas la voir dans cet état. Trouve-lui un pyjama propre pendant que je m'occupe de faire chauffer l'eau de la douche.

Sous le choc, j'avais bêtement acquiescé et fouillé dans le tiroir où je stockais mes vieilles affaires pour dénicher un pyjama à la taille de Jony, assez vieux pour que mon père ne détecte pas trop vite la supercherie.

– Tiens ! avais-je dit à une Jony dont la peau brune avait pris une teinte blême et qui tremblait de la tête aux pieds. Il faut que tu ailles te laver, Jo. Est-ce que ça va aller ?

Une question stupide, mais qui semblait être de rigueur.

– Non, m'avait-elle répondu, la voix cassée. Ça n'ira plus jamais, putain !

Son coup d'éclat m'avait tellement surprise que j'avais failli lâcher les vêtements sur le sol. Sa colère était brûlante, à fleur de peau, et si puissante qu'elle avait l'air capable de raser toute la ville. Et d'ailleurs, elle me prenait de court, car c'était Jony, l'optimiste de la bande, notre rayon de soleil. Son verre était toujours à moitié plein, contrairement au mien. Je ne savais pas quoi lui répondre. Je ne savais pas quoi lui dire. J'ignorais totalement comment la calmer et mon impuissance ne réussissait qu'à me troubler encore plus l'esprit.

Heureusement, mon frère a toujours été plus pragmatique que moi.

– Baisse d'un ton, prends le pyjama et suis-moi. Personne ne doit savoir ce qu'il s'est passé ce soir. Vous m'entendez, les gars ?

João s'était mis à hocher la tête, alors que Jony avait des mitraillettes à la place des yeux. Je ne comprenais rien, mais j'avais suffisamment confiance en Cian pour obéir sans broncher. Il savait ce qu'il fallait faire pour se sortir des ennuis.

– Va te faire foutre ! Ma vie est fichue, putain ! Et je t'emmerde !

Loin de se laisser démonter par la fureur de Jony, Cian s'était accroupi face à elle, l'avait prise par la main, et avec une douceur qu'il ne dévoilait à personne d'autre qu'à Charity, il avait murmuré :

– Ta vie n'est pas fichue, petite tête.

– Si ! s'était-elle écriée, les larmes aux yeux. Mon père est sûrement mort !

– Ma mère est *vraiment* morte, et pourtant, je suis toujours là. Devant toi. Même si ma vie n'est plus aussi géniale qu'autrefois, elle est encore suffisamment intéressante pour que je considère qu'elle en vaut la peine.

Je n'étais pas souvent d'accord avec lui, mais il avait raison : perdre un parent, c'est atroce. Une douleur qui nous change à tout jamais et s'enfonce à l'intérieur de nous comme un coup de couteau. Mais ce n'est pas insurmontable. Parce que, et même si c'est horrible à dire, c'est dans l'ordre naturel des choses.

– Grâce à quoi tiens-tu le coup ?

Les prunelles noires de Jony s'étaient enfouies dans celles, marron vert, de mon frère.

Et je peux le jurer, c'est à cet instant précis que son innocent béguin s'est transformé en véritable obsession.

– Grâce à mes amis, à ma passion pour la mécanique, à ma sœur et aux jolies filles qui me laissent peloter leur poitrine.

Jony s'était mise à glousser avec des étoiles dans le regard plutôt que des mitraillettes. Sans plus chercher à se battre avec lui, elle l'avait docilement suivi jusqu'à la salle de bains, emportant au passage le pyjama que j'avais fini par laisser tomber à ses pieds.

Cian avait dit « ma » sœur. Pas « mes » sœurs.

Et je savais… oh oui, je savais bien qu'il ne parlait pas de moi…

Je n'étais qu'une présence vaguement utile, à ses yeux. Un corps qui partageait le même espace que lui. Pas vraiment une personne, mais pas tout à fait un meuble. Juste un… *truc* qui existe.

Mais ce n'était pas mon terrible moment à moi. Je n'avais pas le droit de pleurer. Pas le temps d'être blessée par l'indifférence glacée de mon frère. Par le désamour décomplexé de ma famille – à l'exception de ce père qui ne m'aimait qu'à certaines conditions bien ancrées dans ma psyché.

Non, c'était le terrible moment de João. Et de Jony.

Mes meilleurs amis.

– Ça va aller, João… avais-je murmuré en reniflant pour lui dissimuler mes larmes. Tu verras, tout va s'arranger.

Je ne le pensais pas vraiment, mais c'était ce que les gens n'avaient pas cessé de me répéter lorsque ma mère était décédée. Je n'avais pas trouvé ça particulièrement réconfortant, parce qu'en vérité, personne n'en savait rien. Tout pouvait aller de mal en pis. De catastrophe en catastrophe. Toutefois, les paroles dénuées de sens étaient encore préférables à de lourds silences et des échanges d'œillades gênées. Et je le devais bien à mes Jo.

– Je n'ai plus de famille, Ola. Elle a éclaté comme un pétard du 4 juillet.

J'avais enroulé les bras autour de son grand corps décharné. João avait poussé d'un coup, si bien que sa silhouette s'était déplumée à mesure qu'il avait gagné des centimètres, jusqu'à lui donner l'air malingre et dégingandé. Il était très mignon, mais si maigre qu'il semblait toujours maladroit et mal à l'aise.

– La famille n'est pas qu'une affaire de sang. Je suis là, moi. Et je serai toujours là pour Jo et toi…

Sa tête s'était nichée dans mon cou. Il m'avait enlacée, si fort que j'en avais eu mal à la cage thoracique.

– Tu le promets ? Qu'on sera toujours tous les trois, quoi qu'il arrive ? Que rien n'arrivera à nous faire éclater ?

– Je te le promets, João.

Plus bas, j'avais ajouté :

– Tu es mon frère.

Le seul dont je sois sûre de l'amour.

Comme s'il avait lu dans mes pensées, João s'était mis à me serrer *encore* plus fort.

– Et tu es ma sœur, Ola.

Puis il avait gloussé avant de murmurer d'une voix railleuse :

– J'ai hâte que tes seins se mettent à pousser. Tu sais, pour aller mieux…

J'avais éclaté de rire, soulagée qu'il ait déjà retrouvé son sens de l'humour, et émue, aussi, qu'il se soit confié à moi. Lui qui était si dur envers lui-même, et encore plus envers les autres. Lui qui avait si peur d'être blessé.

– Rien ne pourra nous séparer, répété-je en revenant au moment présent. Ma promesse est toujours d'actualité.

João ne l'avouera probablement jamais à haute voix, mais je vois bien que j'ai réussi à apaiser une partie de ses craintes.

– Moi, raille-t-il pour détendre l'atmosphère devenue trop solennelle pour lui, comme je m'en doutais déjà à l'époque, je suis vraiment content que tes seins aient autant poussé, Olalita ! J'ai envie d'y fourrer le visage et de faire blop-blop-blop !

Je me fends d'un rire dégoûté tout en repoussant sa tête brune lorsqu'une grande main pleine de bagues se pose sur le dossier de ma chaise et m'écarte si violemment de mon ami que je manque de tomber à la renverse.

– Désolé de vous interrompre ! s'exclame une voix familière qui m'oblige à faire volte-face.

Ma mâchoire est à deux doigts de se décrocher lorsque je croise le regard noir d'un Saint en pétard. D'autant plus qu'il se tient aux côtés de mon frère, de Jony et de Catalina comme s'il avait toujours été convenu qu'il soit là.

– Saint ? m'exclamé-je, choquée.

Mon amant affiche un sourire si crispé qu'il ne monte pas jusqu'à ses yeux, toujours aussi durs et noirs.

Saint est d'une possessivité extrême. Un trait de caractère pas tout à fait agréable, que je n'aurais jamais soupçonné chez lui qui s'est toujours amusé à changer de filles comme de slip.

– Mais qu'est-ce que tu fous là ?

Ce matin, et après une partie de jambes en l'air si épique avec Thor et lui qu'elle m'a mise en retard d'une bonne heure au travail, il m'a dit qu'il comptait passer la soirée avec Clay et que ça ne le dérangeait pas que je ne l'invite pas à se joindre à moi. Depuis ma soirée d'anniversaire, on ne s'est pas quittés d'une semelle, si bien que pour une fois, je ressentais le besoin de prendre un peu de recul afin de faire le point sur notre situation.

Ensemble sans être ensemble. Amis et amants. Moi, folle amoureuse de lui. Lui, toujours aussi distant émotionnellement.

Le plus terrible des chagrins d'amour en devenir…

– Je passais dans le coin, ment-il effrontément, en fusillant João du regard. Et comme je n'avais rien de prévu et qu'il m'avait bien semblé apercevoir ta petite tête à travers la vitrine, j'ai pensé que j'allais te dire bonjour lorsque Catalina m'a proposé de me joindre à vous.

Quel menteur !

– Mais ce matin, tu m'as affirmé que…

Je m'interromps en pleine tirade lorsque je prends conscience que j'ai failli tomber de moi-même dans son piège.

– Enfin, bref ! grogné-je, en avisant son petit rictus satisfait. Comme tu veux !

Catalina me zieute d'un œil interrogateur tandis que Jony et Cian s'installent sans me prêter attention.

Aïe, ça pique…

– J'ai pensé que ça ne te dérangerait pas, s'excuse Catalina, en hésitant à s'asseoir. Vous êtes amis, non ?

Je lui adresse un sourire rassurant.

– Pas de soucis ! Tu as bien fait. Et bien sûr, Saint est un bon copain.

Elle pousse un soupir de soulagement et prend la dernière place disponible, à l'opposé d'un João goguenard qui se moque ouvertement de la grimace de Saint.

– Oui, répète ce dernier, un bon copain, hein ?

Je rougis et hausse une épaule, sans réussir à comprendre ce qu'il fait là.

Puis il pique une chaise à la table voisine qu'il insère de force entre João et moi, le repoussant aussi loin que possible.

– Allez, le beau gosse. Bouge de là.

Il s'assoit en faisant signe au serveur d'apporter un sixième couvert, avant de glisser un bras autour de mes épaules. Tout mon corps se raidit à son contact qui, paradoxalement, me fait fondre de plaisir. Son odeur que je connais désormais mieux que la mienne s'insinue dans mes narines. Ses doigts frôlent ma nuque. Une caresse *et* un avertissement. Je me tends, à la fois agacée et excitée. Quant à lui, il colle sa cuisse à la mienne et envahit délibérément mon espace personnel, qu'il revendique avec plus ou moins de subtilité.

Je ne sais pas à quoi il joue, et même s'il n'a pas arrêté de me répéter qu'il se fichait éperdument que les gens soient au courant de notre liaison, il n'a pas l'air de comprendre que moi, je ne suis toujours pas prête à l'assumer.

– Bon, histoire de briser la glace et parce qu'on se pose tous la question, marmonne mon frère, en s'emparant de la carte des cocktails, est-ce que vous couchez ensemble, tous les deux ?

Cette fois, ma mâchoire se décroche pour de bon.

Au temps pour la subtilité.

– Pardon ? m'écrié-je, écarlate. Non !

Cian fait la moue, prêt à répliquer et à foutre la merde, comme à son habitude, lorsque Catalina vole à mon secours :

– Ta sœur a mis le grappin sur notre boss. Mason Pickman. Une vraie bombe atomique. Avec des yeux d'un bleu… *mama mia* !

Saint et João produisent le même petit bruit de gorge ne me disant rien qui vaille.

– Sans vouloir te vexer, Saint ! ajoute Catalina, en m'enfonçant davantage la tête sous l'eau. Tu es superbe dans ton genre. Vraiment. Mais on parle d'Ola, là. Et Mason, c'est beaucoup plus son… euh… son style, quoi.

J'ai envie de mourir.

– Et c'est quoi, son style ? demande-t-il d'une voix étonnamment douce, alors que je sens bien qu'il est furieux.

J'incline la tête, plus qu'intéressée par la réponse de mon amie.

– C'est le style à renier sa meilleure amie qui ne cherchait qu'à la protéger ! intervient Jony, en me regardant droit dans les yeux. Mais à toujours considérer le meilleur ami de son ex-fiancé comme un « bon pote » !

OK.

Ce repas va être horriblement gênant.

– Jony, commencé-je, en essayant de conserver un timbre neutre. Si je t'en veux à ce point, ce n'est pas parce que tu as essayé de me protéger, mais parce que tu as jugé que j'étais trop faible pour que tu puisses être honnête envers moi.

Une brusque flambée de colère me fait momentanément sortir de mes gonds.

– Et putain, ça me blesse ! Après tout ce que j'ai enduré, tout ce que j'ai dû supporter au fil des années, toi, ma meilleure amie, celle qui est censée me connaître mieux que personne, tu as estimé que je n'étais pas à la hauteur.

Je déglutis, la gorge serrée, et tente de retrouver un semblant de calme face à son regard fuyant, profondément coupable. Elle sait que j'ai raison, mais je la connais, moi aussi : elle ne s'excusera pas. Du moins, pas tout de suite, et certainement pas devant des témoins.

– Pour ce qui est de Saint, oui, je le considère toujours comme mon ami. On a beaucoup discuté, et lui, au moins, m'a donné une justification à son silence. Et non, on ne couche pas ensemble.

Je me fends d'un rire hypocrite, si faux qu'il me ferait presque saigner les oreilles.

– C'est Saint, voyons ! Outre le fait qu'il soit le meilleur ami de Clay, il ne veut pas d'une relation stable. N'est-ce pas ?

Je me tourne vers lui, à la recherche d'un peu de soutien – ou d'une déclaration d'amour éternel qui saurait me convaincre de prendre le risque de tout affronter pour être avec lui.

Malheureusement, je ne trouve qu'un mur de glace noire. Sombre et silencieux, il est renfermé sur lui-même, muet comme une tombe.

– Pas vrai ? insisté-je, désespérée.

Dis-leur que si, tu as envie d'une relation monogame. Qu'un an avec moi ne te suffira pas. Qu'il te faut toute ma vie, tout mon temps, tout ce que j'ai à t'offrir depuis plus de sept ans. Dis-leur que je suis à toi et que tu es à moi.

Le sourire qu'il ébauche du coin des lèvres est si brûlant que je sens mes entrailles se mettre à fondre.

– Non, confirme-t-il, avec une inclination naturelle et stupéfiante pour le mensonge. Pas de monogamie, pour moi. Et surtout pas avec *toi*.

Il rit comme si c'était drôle. Je passe mon tour. Mais soyons honnêtes : *je ne l'ai pas volée, celle-là.*

– Voilà ! conclus-je, en essayant de me rappeler que c'est moi qui l'ai obligé à me blesser avec ces paroles si cruelles. Maintenant, passons à des sujets moins dramatiques. OK ?

Pas de réponse.

Comme s'il était tombé du ciel, un serveur d'à peine dix-huit ans apparaît au bout de notre table. Avec une patience qui confine à la sainteté, il prend le début de notre commande en faisant mine d'ignorer la tension qui alourdit l'atmosphère.

– Vous pouvez ajouter une carafe d'eau plate, s'il vous plaît ? terminé-je, en lui rendant la carte.

Ses joues grêlées de cicatrices d'acné se mettent à rougir et il bredouille quelques mots inaudibles avant de tourner les talons.

– Tu as encore fait une victime, Olalita ! se moque João, en agitant ses épais sourcils vers moi. Je ne sais pas ce que te fait ton patron quand vous n'êtes pas au boulot, mais qu'il continue ! Tu transpires le sexe pour tous les pores de ta peau…

Le sourire railleur de mon meilleur ami combiné au poing serré de Saint me procure une brusque et soudaine envie de violence.

Il le fait exprès, le salaud !

João est un aimant à problèmes. Semer le trouble est une passion, chez lui. Je pense même qu'il a un véritable don, pour ça… Certaines personnes sont capables de peindre des chefs-d'œuvre, de composer des musiques incroyables, d'écrire des livres fantastiques ou de jouer la comédie jusqu'à transcender leurs propres émotions.

João, lui, s'ingénie à foutre la merde.

Et pour une fois, je lui en suis reconnaissante – il fait ce qu'il peut pour désamorcer la conversation, même s'il s'y prend comme un pied. Hélas, mon crétin de frère semble plus que déterminé à mettre le feu aux poudres.

– Tu comptes venir à la maison, dimanche ? attaque-t-il à brûle-pourpoint. Ou tu vas continuer à bouder comme une enfant de deux ans et ignorer papa, en plus de Jo et moi ?

Tout à coup, ça me revient à l'esprit : le 14 mars, ce n'est pas un jour anodin, pour les McLaren. Non, c'est « l'anniversaire » de la mort de ma mère. Et cette année, ce sera officiel, j'aurai vécu autant de temps avec elle… *que sans ma maman*. Désormais, les trois messages non ouverts de mon père prennent un tout autre sens, et je me sens minable d'avoir été si accaparée par Saint que j'en ai oublié ma propre famille.

Ça ne m'était jamais arrivé, avec Clayton…

De toute façon, rien de ce que je vis et ressens actuellement avec Saint ne s'approche un tant soit peu de ce que j'ai vécu avec Clay. Tout est plus intense, réel et… *facile*. Comme si nous avions été écrits pour être ensemble.

– Je serai là.

Cian fait un étrange mouvement de la tête, avec l'air mi-soulagé, mi-agacé.

– Vous n'avez qu'à tous venir, propose-t-il à la ronde, sans émotion particulière. Ce sera toujours moins déprimant qu'être à table dans le silence comme trois idiots qui n'ont rien à se dire et qui se réunissent uniquement par obligation. Le repas sera encore plus long et gênant que celui-là, j'en ai bien peur, mais j'ai réussi à convaincre mon père d'acheter des méga-pizzas.

Un silence de plomb ponctue sa tirade honteusement nonchalante. Catalina fixe son assiette, João brasse de l'air comme un poisson hors de l'eau, Jony se frotte les tempes et Saint… Je l'ignore, car si je me risquais à le regarder, je crois bien que je ferais quelque chose de stupide, comme lui coller une gifle ou l'embrasser à pleine bouche.

Parce qu'il avait raison : *ma famille ne m'aime pas*. Et mon frère, encore moins que les autres.

Mais tant qu'il est là pour moi, tant qu'il me tient la main comme s'il ne voulait plus jamais la lâcher, j'arrive à m'en foutre…

– Il y aura une messe, avant, prévient mon frère. Ce sera long, mais je suppose qu'il y a pire…

La moutarde me monte au nez si vite que je ne prends même pas la peine de réfléchir avant de lui balancer avec une colère passive-agressive :

– Oh, oui ! Il y a pire. Tiens, imagine ces années où nous n'étions que tous les deux, papa et moi, à attendre au moins un coup de téléphone de ta part ou de celle de Charity.

Je marque une pause forcée pour permettre au serveur de nous distribuer nos boissons. Jamais un verre de vin blanc ne m'avait semblé aussi nécessaire qu'à cet instant, si bien que je le vide d'une traite.

– J'étais en mission ! se défend Cian, après le départ du jeune garçon de moins en moins à l'aise.

Je plisse les yeux.

– Tu es *toujours* en mission, Cian. Et ça n'empêche pas de passer un appel ou d'envoyer une putain de carte postale !

En plus de six ans d'engagement dans l'armée, mon frère a dû me téléphoner trois fois et m'envoyer une lettre, tout au plus. Une lettre dans laquelle il me demandait de lui avancer l'argent pour racheter la vieille moto du voisin.

– Et même quand tu es là, tu n'es pas là… grommelle Jony, le nez plongé dans son picon bière.

Mon frère se braque :

– Désolé de vouloir défendre mon pays !

– Tu n'étais pas obligé d'abandonner ta famille pour ça, lui fais-je remarquer. Quoique tu m'aies tourné le dos bien avant de partir, donc je suppose que les milliers de kilomètres n'ont pas changé grand-chose à la distance qu'il y avait déjà entre nous.

– Et merde, ça vire au règlement de comptes… marmonne Catalina, en sirotant sa bière.

João et Saint l'imitent, conscients que l'orage qui couvait depuis le début de ce repas grotesque est sur le point d'éclater.

– Non, m'efforcé-je de tempérer. Pas de règlement de comptes. Juste des faits. Et il vaut mieux qu'on en reste là. Ce n'est pas comme si ça pouvait changer les choses.

Je me tourne vers mon frère et lui demande d'une voix exagérément polie :

– Tu restes encore un mois, c'est ça ? Pour assister au mariage de Charity ?

Cian me fixe durant un long moment avant de répondre :

– Ce n'est pas facile d'être proche de toi, Olaïna.

Je cligne des yeux, perplexe.

– Pardon ?

– Ce n'est pas facile d'être proche de toi, répète-t-il, en accentuant les mots « proche » et « facile ». Quand tu n'es pas dans ton monde, tu te plies en quatre pour satisfaire les exigences irréalistes de papa. Lorsqu'on était enfants, j'avais constamment l'impression que tu me jugeais, comme lui, que tu me surveillais pour rapporter la moindre de mes erreurs. Quoi qu'il dise, tu étais toujours d'accord avec lui. S'il t'avait demandé de sauter d'un pont, tu l'aurais fait sans poser la moindre question.

Le pire dans son petit laïus accusateur ? C'est qu'il a parfaitement raison. Il y a encore quelques mois, j'étais bel et bien cette petite fille soumise et souffrant d'un terrible manque d'affection qu'il décrit avec un tel dédain. Pour l'amour de mon père, j'aurais été prête à tout sacrifier. À mettre le monde à feu et à sang. Peut-être même serais-je allée jusqu'à lui sacrifier mon frère et ma sœur. Rien n'importait plus à mes yeux que l'approbation de mon paternel. Sa souffrance, son désespoir, sa colère – j'absorbais tout à l'intérieur de moi pour essayer de l'apaiser et, par extension, de les guérir de ses maux, lui et notre famille. Je voulais remplacer ma mère pour retrouver ce sentiment de sécurité que j'éprouvais avant son décès. Pour réunir les morceaux épars de notre famille brisée par la perte du seul membre qui parvenait à nous relier les uns aux autres. Pour… eh bien, je suppose que c'était surtout pour être aimée.

J'avais tellement peur qu'il m'abandonne, lui aussi. Qu'il disparaisse et me laisse toute seule.

La solitude m'étouffait déjà si fort…

J'avais tellement honte, aussi. De ne pas être la fille qu'il aurait voulu que je sois, avant *et* après le décès de ma mère : une Olaïna sage et dévouée, à l'écoute et servile, prête à exaucer le moindre de ses souhaits.

Moi qui rêvais d'aventure et de liberté, comme Charity et Cian, j'étais bien trop effrayée à l'idée de perdre le dernier parent qu'il me restait.

Le fait est que la liberté a un prix terrible à payer.

Et je n'étais pas suffisamment courageuse pour m'en acquitter au détriment du bonheur d'autres personnes.

– C'est vrai, admets-je. Je suis une fille à papa. Et il a bien fallu que l'un de nous s'y colle ! Charity et toi, vous n'en aviez rien à faire, de notre famille. Quand maman est partie, c'est comme si vous l'aviez suivie. Vous n'étiez plus là. Vous n'écoutiez plus rien. Les seules choses qui vous faisaient rester à la maison, c'étaient le manque d'argent et de possibilités d'être ailleurs !

Les pommettes de mon frère rougissent sous l'effet de la colère – ou de l'embarras, qui sait ?

– Papa voulait nous contrôler, nous façonner à son image. Il n'en avait rien à foutre, de ce que l'on désirait véritablement faire de nos vies. La seule chose qui lui importait, c'était que l'on fasse ce qu'il estimait être le mieux à ses yeux. Rien ne comptait plus que sa religion, et son église est devenue notre prison.

Je crois que c'est la première fois que je vois Cian perdre son calme et délaisser le sarcasme pour utiliser des reproches plus directs et mordants.

– Quand maman est morte, papa s'est raccroché à la seule chose qui lui permettait de garder l'espoir de la revoir un jour ! m'écrié-je, les larmes aux yeux.

Cian ricane d'un air moqueur.

– Il était déjà complètement aveuglé par tout ça avant que maman casse sa pipe !

– Cian !

– Quoi ?! riposte-t-il. Ose me dire que c'est faux !

J'ouvre la bouche pour le contredire. Mais là encore, il n'a pas complètement tort : mon père a toujours été un homme profondément pieux. Son amour, il l'a voué à Dieu plus qu'à ses enfants.

Toutefois, ma mère était son exception. La voix de toutes ses prières. La lumière pour laquelle il luttait contre ses ténèbres.

– Papa est ce qu'il est, Cian. Je ne te donnerai pas tort sur ce point-là… Mais à la mort de maman, il a sombré dans la dépression, et vous n'avez rien fait pour le comprendre. Il avait perdu l'amour de sa vie. Une seconde, elle était là. Et la seconde d'après, elle avait disparu. Pour lui, c'est comme si le soleil s'était éteint à tout jamais pour le plonger dans le noir et le froid d'une existence solitaire. Peux-tu seulement imaginer sa souffrance ? Ou es-tu trop égoïste pour ne serait-ce qu'envisager que l'on puisse aimer quelqu'un puls que l'on s'aime soi-même ?

Déjà à cette époque, alors que je n'étais qu'une enfant qui ne connaissait rien à l'amour pouvant unir les âmes de deux êtres sincèrement épris l'un de l'autre, je sentais au plus profond de mon cœur que c'était le genre de douleur capable de vous anéantir. De vous ôter à jamais votre joie de vivre. Puis j'ai rencontré Saint, et alors, j'ai compris…

Que c'était encore plus affreux que ce que je pensais.

– Parce que toi, tu le peux ? raille Cian pour cacher son malaise. Arrête de mentir, s'il te plaît ! Tu n'as jamais vraiment aimé Clayton, et certainement pas à ce point-là.

Je réplique sans réfléchir et en oubliant que l'on a un public plus qu'attentif :

– Je le sais, oui ! Et non, je ne parle pas de Clay. Je l'ai aimé, c'est vrai. Il était celui qu'il me fallait pour ne pas mourir de chagrin ! Mais ça n'avait rien à voir avec l'amour que j'ai éprouvé pour mon premier…

Mon souffle se coupe lorsque je prends conscience de l'erreur monumentale que je viens de commettre par la faute de Cian.

Je n'aimais pas Clayton de la même façon que j'ai aimé, j'aime et j'aimerai toujours Saint.

Voilà ce que j'ai failli avouer devant tout le monde…

Saint se fige à côté de moi avec l'air d'une biche prise dans les phares d'une voiture. Complètement déboussolée, je cherche à déglutir, malheureusement, je n'ai plus de salive, et plus de vin non plus, si bien que je finis par m'emparer du verre de Catalina que je sirote du bout des lèvres avant de le lui rendre avec quelques mots d'excuses.

– Bois, ma belle, me répond-elle, étrangement émue. Ne t'inquiète pas.

Mais bien sûr que je m'inquiète : Saint est aussi blanc qu'un cachet d'aspirine. On dirait qu'il va tourner de l'œil d'un instant à l'autre.

– Je rentre la semaine prochaine, finit par dire Cian, en laissant de côté notre discussion houleuse sur l'amour. Le mariage a été décalé après l'accouchement de Charity.

C'est plus fort que moi, je fais volte-face pour chercher le regard de Saint, qui s'obstine à me fuir. J'ai envie de lui demander pourquoi il ne m'a rien dit, mais je le sais déjà : il avait peur que j'en sois soulagée.

Jony pose bruyamment son verre sur la table et s'exclame :

– Tu te fous de ma gueule ? Tu pars la semaine prochaine ?!

– Oui. Je dois retourner à ma vie, et plus rien ne me retient ici, pour l'instant.

Sous le coup de l'emportement, Jony devient écarlate et se relève d'un bond en manquant de renverser la table. Ses grands yeux bruns sont brillants de larmes, et malgré notre querelle, je sens mon cœur se briser pour elle. Sans dire un mot, elle s'enfuit en direction des toilettes, laissant un silence sépulcral dans son sillage.

– Tu n'es qu'un con, m'entends-je dire à mon frère. Tu ne la mérites vraiment pas !

Cian hausse une épaule.

– C'est ma dernière mission. Après, je serai de retour à la maison. Définitivement.

Je pousse un grognement et retiens João lorsque ce dernier fait mine de se redresser – peut-être pour aller réconforter sa sœur ou pour casser la gueule à Cian. Dans les deux cas, c'est une mauvaise idée.

– À la maison ? persiflé-je. Cian… Quelle maison ? Tu viens de blesser l'unique personne à avoir jamais attendu ton retour.

C'est à mon tour de quitter la table, à la suite de ma meilleure amie, lorsqu'une main jaillit de sous la table pour me retenir. Mes yeux plongent dans ceux de Saint tandis qu'il murmure à mi-voix :

– Mon ange ?

Sa voix si douce, pleine de tendresse, me fait frissonner.

– J'arrive. Commande pour moi. Tu sais ce que j'aime.

Un sourire mystérieux ourle ses lèvres, et il est si envoûtant que j'en viens presque à louper la lueur de peur dans ses yeux noirs.

– Oui, je crois l'avoir bien compris…

Un frisson me traverse, mais je préfère tourner les talons sans rien lui répondre, de crainte de me trahir une nouvelle fois. Moi et mon cœur brisé, on a été suffisamment malmenés pour la soirée. Et j'ai encore celui de ma meilleure amie à recoller.

Parce que je suis et serai toujours là pour aider les gens que j'aime. Même et surtout lorsqu'ils ne le méritent pas.

L'amour, c'est envers et contre tout. Pour le meilleur et pour le pire. Dans la joie et la détresse. *Qu'il soit un saint ou un pécheur.*

26

Meri jaan

Ola

Je poursuis Jony jusqu'aux toilettes pour femmes tout en me faisant la réflexion que dans ma vie, un peu trop de conversations importantes se déroulent dans les chiottes pas tout à fait propres de restaurants ou de boîtes de nuit.

Je ne sais pas exactement ce que cela veut dire, mais c'est plutôt un drôle de constat, non ?

Après une profonde inspiration, j'entre sans frapper et referme la porte derrière moi en prenant soin de la verrouiller pour ne pas être dérangée par un employé trop zélé ou une cliente à l'envie pressante. Puis je relève la tête et carre les épaules afin de m'insuffler un peu de courage.

Malheureusement, il me fuit dès que je croise le regard larmoyant de ma meilleure amie dans le miroir moucheté de petites taches blanches. Des larmes noircies par le mascara et l'eye-liner coulent en abondance sur son joli minois qui a l'air d'autant plus enfantin qu'elle a teint ses cheveux en vert et rose, à l'instar d'un Malabar bi-goût, et qu'elle porte une tenue qui ressemble à s'y méprendre à celle de Dorothy dans *Le Magicien d'Oz*.

Sauf qu'elle a troqué les adorables mules rouges contre d'énormes New Rock à plateforme de plus de quinze centimètres.

– Qu'est-ce que tu veux, Ola ? attaque-t-elle, droit à la jugulaire.

– Tellement de choses ! soupiré-je, en me retenant difficilement de rire tant sa question me semble stupide. La fin de toutes les guerres dans le monde. Gagner à la loterie. Revoir ma mère. Mettre un coup de pied dans les vielles baloches de Clayton.

Jony se fend d'un léger gloussement qui parvient à atténuer la tension ambiante.

– Dire ses quatre vérités à ma garce de sœur. Comprendre pourquoi Cian ne m'aime pas. Me défaire des attentes surréalistes de mon père sans compromettre notre relation.

L'amour inconditionnel de Saint. Ses sourires. Son cœur. Sa bouche et sa langue. Son futur. Ses enfants. La promesse ardente d'une éternité à ses côtés.

Mais ce point-là, je le garde pour moi et continue d'une voix douce :

– Et te dire que tu mérites mieux que les miettes que te jette mon frère lorsqu'il se trouve dans les parages.

Une expression de pure souffrance chiffonne le doux visage de Jony. Mais c'est si bref que je n'en suis pas certaine.

– On ne se parle presque plus depuis des semaines, toi et moi, me rappelle-t-elle, comme si j'avais pu l'oublier. Après ce que je t'ai fait et ce que je t'ai dit, ça devrait plutôt te faire plaisir que Cian me largue encore une fois, non ?

Je croise les bras en travers de mon torse tout en m'adossant à la porte fermée.

OK, on va la jouer droit au but.

– Tu sais bien que je ne suis pas comme ça…

Un ricanement amer retrousse ses lèvres glossées d'un mauve pastel. Toujours en larmes, elle s'empare d'une serviette en papier qu'elle arrache du distributeur pour s'essuyer les joues, mais elle étale plus qu'elle nettoie les traces noires de son maquillage.

– La gentille et adorable Olaïna qui fait toujours tout ce qu'il faut, hein ?

Je fronce le nez comme si je venais de renifler une odeur pestilentielle.

– Tu passes définitivement trop de temps avec Cian, ma belle.

Ses paupières se ferment lorsqu'elle m'entend prononcer le prénom de mon frère. Trop de souffrance pour elle. Et ça me fait mal, à moi aussi.

– Ne t'inquiète pas. Ça risque de changer plus vite que je ne l'avais prévu…

– C'est ce que j'ai cru comprendre, en effet.

Une partie de moi meurt d'envie de réduire la distance qui nous sépare pour la prendre dans mes bras et effacer ses larmes avec des câlins et des baisers. Une autre, plus pragmatique et moins patiente, désire l'attraper par les épaules pour la secouer dans tous les sens jusqu'à faire sortir Cian de sa tête.

– Tu l'aimes vraiment beaucoup, m'entends-je lui dire, avec un manque de tact qui m'aurait fait culpabiliser à une autre époque. Encore plus que je l'imaginais, hein ?

Jony renifle d'une façon fort peu élégante qui dénote avec son apparence mi-gothique, mi-baby doll. Pendant un court instant, sa nature rebelle et pleine de fougue affleure à la surface de sa peau brune. Ses yeux noirs s'enflamment de colère, ses épaules se raidissent et ses poings se crispent jusqu'à faire saillir les veines de ses avant-bras tatoués. Mais son chagrin est trop intense, encore à vif, et pour la première fois de sa vie, elle n'essaie pas de lutter. Elle refuse de se battre et dépose les armes, vaincue par elle-même, terrassée par son traître de cœur amoureux.

J'ai connu ça, moi aussi.

Aimer jusqu'à en devenir son propre ennemi.

– Je ne t'ai jamais trouvée faible, Ola.

Jony secoue la tête, comme si c'était une idée particulièrement ridicule. Je ne suis pas certaine de suivre la logique de cette discussion, mais je fais semblant et penche la tête sur le côté pour murmurer :

– Ah non ?

Jony se détourne du miroir pour me dévisager à travers le voile de ses yeux embués.

– Si je ne voulais pas que tu apprennes la vérité au sujet de Clay et Charity, c'est parce que je me suis dit…

Elle inspire vivement par le nez et lève la tête vers le plafond pour inspirer à pleins poumons avant de reprendre :

– Je me suis dit que si j'aimais Cian seulement moitié moins que tu aimais Clayton, je ne me serais jamais remise de le voir se mettre avec une autre femme moins de deux mois après notre rupture. Encore moins si cette femme était ma grande sœur et qu'il l'avait mise en cloque dans la foulée.

Mon cœur fait une violente embardée à l'intérieur de ma cage thoracique.

– J'ai passé… quoi… six mois en tout et pour tout avec Cian… et encore, même pas d'affilée. Pourtant, s'il me faisait un coup pareil, j'en serais irrémédiablement brisée. Anéantie. Alors, dis-moi… comment aurais-je pu t'infliger ça à toi ? Ma meilleure amie ? La *meilleure* personne que je connaisse ?

Elle renifle encore une fois, et moi aussi, je suis à deux doigts de me mettre à pleurer.

Jony n'a pas estimé que j'étais trop faible pour faire face à la vérité. Elle s'est simplement mise à ma place et n'a pas supporté ce qu'elle a ressenti, si bien que…

– C'est moi qui suis faible, Ola. Pas toi. Moi.

Comme Saint.

Je reçois un autre coup au cœur. C'est bizarre, mais elle a raison tout en ayant tort. Elle ne pourrait pas être plus éloignée de la vérité, et paradoxalement, elle en est si proche que c'en est effrayant.

– Jony…

Ses prunelles humides trouvent les miennes pour y ancrer toute sa douleur. Un sanglot secoue ses frêles épaules, et en moins de temps qu'il n'en faut pour le dire, je traverse la pièce et la serre contre moi pour la réconforter tandis que son cœur se brise en mille morceaux dans sa poitrine.

– Il va encore m'abandonner, pleurniche-t-elle, en s'effondrant dans mon étreinte. Il se fout de moi. Il a dit que rien ne le retenait, ici… Ola… je ne représente rien aux yeux du seul homme qui a toujours incarné tout ce que je désire.

Je me mords la lèvre inférieure jusqu'à sentir un arrière-goût de sang se répandre sur ma langue, mais c'est plus fort que moi : je suis obligée de lui rappeler qu'elle mérite mieux que lui.

– Jo… Cian est un connard. Ça a toujours été un enfoiré et le sera toujours. Tu vaux mieux que ça ! Des dizaines de mecs vendraient leurs organes pour un simple rencard avec toi !

– Je sais.

Hélas, ça ne l'empêche pas de l'aimer plus que de raison. Parce que c'est ça aussi, l'amour : l'aveuglement. Une illusion qui froisse la réalité jusqu'à transformer les cauchemars en rêves éveillés. Et inversement.

Parfois, on ment pour protéger les gens que l'on aime. Et d'autres fois, on se ment à soi-même pour continuer à les aimer.

– Et je suis sûre qu'il tient à toi, malgré tout… d'une certaine façon…

– Tu mens, me fait-elle remarquer. Et mal, en plus.

– Peut-être, avoué-je en souriant. Mais qui pourrait passer autant de temps avec toi sans t'aimer, Jo ? Il faudrait être fou ou dénué de cœur.

Tout doucement, je sens que ses sanglots sont en train de s'apaiser, même si elle a toujours le cœur en vrac. C'est en bonne voie, mais je connais Jony : maintenant que les vannes sont ouvertes, ce sera très difficile pour elle de les refermer.

– J'ai été la pire amie possible pour toi, Ola. Pourquoi es-tu toujours aussi gentille avec moi ?

Je me contente de lui dire la vérité :

– Parce que je t'aime. Et qu'en amitié comme en amour, il arrive parfois que les gens vous déçoivent, mais ce n'est pas une raison pour leur tourner le dos. On ne peut pas être tout le temps sur la même longueur d'onde.

Ses mains se crispent sur le tissu vaporeux de ma robe blanche, qu'elle chiffonne dans son poing.

– Comment as-tu réussi à te remettre aussi vite de ce que Clayton t'a fait ? chuchote-t-elle, en se reculant pour me dévisager. Tu es la fille la plus sensible et aimante que j'aie rencontrée de toute ma vie. À ta place, cette histoire m'aurait tuée. Comment…

Jony cherche ses mots, ce qui est un fait assez rare pour mériter d'être souligné.

– Comment as-tu pu soigner ton cœur brisé aussi vite ? Donne-moi ton remède, s'il te plaît !

C'est la question à un million de dollars, et elle a une seule et unique réponse qui ne vaut guère plus que quelques centimes.

– Sur le coup, j'ai vraiment cru que j'allais en crever. Puis j'ai réfléchi et je me suis rendu compte que la douleur que j'éprouvais n'était pas aussi forte qu'elle aurait dû l'être, si l'on considérait la profondeur des sentiments que je croyais avoir pour lui.

Jony fronce les sourcils, l'air un peu perplexe.

– Tout à l'heure, tu as dit que tu avais aimé Clayton, mais qu'il n'était pas ton premier, ni ton plus grand amour.

J'acquiesce en fuyant son regard trop perspicace.

– Il est arrivé à un moment de ma vie où j'avais désespérément besoin de quelqu'un, et je me suis accrochée à lui pour les mauvaises raisons. Alors, oui, bien sûr que je l'aimais. Mais c'était plus mon meilleur ami que mon amant.

Toutefois, sa trahison reste l'une des plus dures et terribles épreuves de mon existence. Parce que j'avais confiance en lui et que je pensais qu'il me respectait assez pour éviter de m'humilier comme il l'a fait, en baisant avec *ma* grande sœur dans *notre* lit.

– Olaïna… persiste Jony. Il y a sept ans, tu m'as dit que Clayton avait été ton premier petit ami.

Son regard soupçonneux semble vouloir percer un trou à l'intérieur de mon crâne pour accéder plus facilement à toutes mes pensées les plus secrètes.

– Il l'a été, oui.

– Mais ce n'était pas ton premier au sens physique du terme, devine-t-elle.

Je manque d'éclater de rire.

– Peut-être…

Ses yeux s'écarquillent tellement qu'elle ressemble à un personnage de dessin animé. Une version plus rock'n'roll et avant-gardiste de Raiponce.

– C'était Saint ! s'écrie-t-elle, en plaquant les mains sur ses joues. J'en étais sûre ! La façon dont il te dévore constamment des yeux… C'est le regard d'un homme qui a déjà vu plus que la petite culotte de la femme qu'il convoite.

L'espace d'une brève seconde, j'envisage de mentir, de continuer à nier, coûte que coûte, pour préserver ce qu'il me reste de dignité. Mais ce ne serait pas crédible, et pour être honnête, je n'en ai plus la force.

– Oui.

Un mot, un aveu, une condamnation.

– Merde, putain ! jure-t-elle comme un charretier, en retrouvant sa prose habituelle. Je crois que tu as des choses à me raconter, jeune fille !

Je lui souris du bout des lèvres.

– Toi aussi, lui remémoré-je.

Elle se renfrogne.

– Oui. Plus tard, c'est ça ?

Je hoche la tête.

– Nos plats vont refroidir, et puis… Je ne crois pas que ce soit très prudent de laisser ton frère à la même table que le mien.

Jony fait volte-face.

– T'as raison ! João serait capable d'en venir aux mains avec Cian, et il se ferait écraser comme une…

Un puissant fracas, mélange de verres brisés et d'exclamations outrées, résonne de l'autre côté de la porte. Je pousse un long soupir.

– Et merde ! m'écrié-je, en m'envolant au secours de João, avec Jony sur les talons. Il semblerait qu'on arrive trop ta…

La scène qui se déroule sous mes yeux incrédules me coupe la chique.

Au beau milieu du restaurant, et sous les regards tantôt excités, tantôt blasés des autres clients, Catalina traîne par l'oreille un João à moitié assommé vers la sortie tandis que Saint et Cian se tiennent par la gorge, prêts à s'en mettre des bonnes sur la tronche. Les chaises à notre table ont été renversées, nos verres se sont éclatés sur le sol et le pauvre serveur âgé d'à peine dix-huit ans court dans tous les sens comme un petit poulet décapité.

– Tu es insortable ! grogne Lina, en traînant João. Et je te signale que Cian fait deux fois ton poids et qu'il est militaire. Tu veux mourir, ou quoi ?!

João marmonne des mots inintelligibles tout en tâtonnant sa pommette qui a triplé de volume. Sans plus réfléchir, Jony se lance à la suite de son frère et… me laisse seule avec la charge de séparer Saint et Cian.

– Vous êtes ridicules ! me plains-je, en attrapant le tee-shirt de Saint pour le tirer en arrière. Allez, lâche-le !

– La prochaine fois que tu lui manques de respect, grogne Saint en m'ignorant, je te ferai avaler tes dents une par une avant de t'arracher la langue !

Cian lui décoche une œillade dédaigneuse.

– Tu ne tiens pas beaucoup à la vie, toi non plus…

Ce n'est pas vraiment de l'arrogance de la part de mon frère, dans la mesure où il est extrêmement musclé et surentraîné par des années passées à combattre dans le désert afghan. C'est une version plus jeune et moderne de *the Rock*[8], avec les cheveux en supplément et le côté sympathique en moins.

– Je suis déjà mort une fois, mon pote. Il t'en faudra plus pour m'effrayer.

– Allez, les gars, c'est ridi… Attends, quoi ? m'étonné-je, toujours accrochée à son tee-shirt. Qu'est-ce que tu racontes ?!

– C'est moi qui lui manque de respect ? rit Cian, en relâchant la gorge de Saint. C'est trop drôle !

Sa grande main a laissé des marques rouges sur la nuque de mon amant qui, pour une raison que j'ignore, persiste à le tenir par le cou.

– Tu devrais plutôt dire ça à ton meilleur pote. Tu sais, celui qui a baisé mes sœurs presqu'en même temps et qui a engrossé la plus stupide des deux.

Je fais la grimace.

– Belle image.

Et étrange compliment.

Cian me décoche un clin d'œil, absolument pas inquiété par le fait qu'une main tente de l'étrangler.

– Tu crois que je ne l'ai pas déjà fait ?

Les jointures de Saint blanchissent tandis qu'il resserre son emprise. Je ne l'avais jamais vu aussi furieux, déterminé à faire couler le sang et à obtenir sa vengeance pour un quelconque affront très probablement stupide, et je l'admets : ça m'angoisse. Plus que je ne saurais l'expliquer de façon rationnelle. Et encore davantage lorsque je constate l'apparition d'une flamme mauvaise dans les yeux vert brun de mon frère.

C'est la même que celle qui illuminait les prunelles de mon père lorsqu'il se mettait en colère et qu'il cassait tout à la maison. Et c'est sûrement celle que mes amis et plus si affinités peuvent admirer dans mon propre regard lorsque je perds le contrôle.

Un ultime avertissement avant la grande explosion.

– Saint… s'il te plaît… le supplié-je. Le patron arrive, il a l'air furieux et j'adore cet endroit.

---

8. Surnom de l'acteur américain Dwayne Johnson.

Sa main tatouée tressaille – oh, juste un frémissement… Mais ça me suffit pour retrouver une lueur d'espoir de le raisonner avant qu'il ne soit trop tard.

– Rentrons à la maison, continué-je à lui dire, en dénouant ses doigts, l'un après l'autre. J'ai très envie qu'on regarde un film sur ton ordinateur. Tu sais, l'un de ceux que tu as téléchargés pour moi. Ça pourrait être marrant…

Cette fois, je parviens à détourner complètement son attention de Cian et à ôter sa main de son cou. Les yeux noirs, mon frère fait un pas en avant, et je me dis que c'en est fini de Saint. Heureusement, Jony apparaît comme par enchantement et se met à l'enguirlander d'une voix suraiguë qui me ferait presque saigner les tympans. Tous les clients nous observent, désormais. Et le patron du restaurant secoue la tête en essayant de se défaire d'une Catalina extrêmement volubile et insistante.

– Tu n'es qu'un sale égoïste, Cian McLaren ! Je te déteste !

Mon frère hausse un sourcil, et j'ai soudain envie de le frapper au visage, moi aussi.

– Tu es sûre de toi, *meri jaan* ?

J'en reste littéralement bouche bée.

Cian n'est peut-être pas aussi indifférent à Jony qu'il le laisse croire…

Je ne parle pas beaucoup l'hindi, mais ma mère m'a appris quelques rudiments. Et je sais que *jaan* signifie « plus que la vie ». C'est l'élément qui fait qu'elle vaut la peine d'être vécue. C'est ce qui nous fait vibrer, ce qui nous rend conscients de l'énergie de la vie, de cette force que nous, les vivants, avons en commun et qui nous relie les uns aux autres. Ça veut aussi dire animation, vitalité, esprit, essence. En résumé, c'est l'amour sous sa forme la plus pure, et c'est ainsi que ma mère surnommait mon père lorsqu'elle se pensait à l'abri des regards.

Et je la comprends, maintenant. Après tout, qu'est-ce qu'aimer si ce n'est sentir son cœur vibrer à l'unisson de celui de notre partenaire ?

– Sûre et certaine, Cian ! le houspille Jony, sans savoir qu'il vient plus ou moins de lui dire qu'il l'aimait. C'est fini ! Ola a raison : je mérite beaucoup mieux que tes miettes de pacotille !

Oups.

– Euh… commencé-je, mal à l'aise.

– Allez, ouste ! s'exclame le patron, en nous jetant dehors, non sans oublier de nous donner nos vestes et nos sacs. Du balai, les gars ! Ce soir, vous n'êtes plus les bienvenus.

Sans trop comprendre ce qui m'arrive, je me retrouve sur le trottoir, plantée à côté d'un Saint mutique qui regarde Jony partir en furie dans la direction opposée à la voiture de Cian tandis que Catalina fourre un João toujours chancelant dans un taxi.

– Quelle emmerdeuse.

Mon frère pousse un autre juron, jette un billet de cent dollars au jeune serveur et marche avec une lenteur presque insultante dans le sillage de ma meilleure amie. Je suppose que c'est plus pour la surveiller que pour la rattraper, mais je suis rassuré de savoir qu'il veille sur elle.

– Je ramène João à la maison, m'informe Catalina, avec l'air désabusé. Je ne sais pas comment il s'est débrouillé, mais il n'a même pas eu besoin que ton frère le touche pour s'assommer lui-même en loupant son coup et en se cognant la tête contre la table !

Quelle étrange soirée…

Saint marmonne dans sa barbe :

– João est peut-être un bon pilote, mais c'est surtout une belle andouille.

– Je ne te le fais pas dire ! s'amuse Catalina, avant de nous souhaiter une bonne nuit. On remet ça à une prochaine soirée. Mais sans les drames, cette fois. OK ?

Je n'ai pas le temps de répondre que son taxi s'éloigne déjà en direction du Strip et qu'un touriste qui a assisté à toute la scène commente d'une voix bougonne :

– Las Vegas ! Une pépinière géante de plus d'une espèce de crétins.

Pas faux.

– C'était…

– N'importe quoi ? propose Saint en attrapant ma main. Oui. Ça te dit qu'on rentre à pied ?

Je fixe nos mains jointes et… je capitule, comme toujours.

– OK.

Nous marchons en silence dans les rues animées de la ville, et j'ignore pourquoi le fait qu'il me tienne par la main me semble beaucoup plus intime que tout ce que l'on a déjà fait. Les levrettes, fellations et autres plaisirs sensuels ont toujours été incroyables, et pourtant, ils me font moins battre le cœur que cette étrange et adorable balade main dans la main.

– Qu'est-ce que tu as voulu dire par : « Je suis déjà mort une fois » ? l'interrogé-je, pétrie de curiosité, lorsque j'avise l'ombre de notre immeuble, au coin du carrefour.

– Que je suis déjà mort une fois, me répond-il, laconique, pour me faire comprendre qu'il est inutile de s'étendre sur le sujet. Dis-moi, pourquoi Catalina semble-t-elle toujours aussi persuadée que tu couches avec Mathias ?

– Mathias ? répété-je bêtement.

– Ton patron, clarifie-t-il de mauvaise grâce.

– Tu veux dire Mason.

– Oui, oui. Mathias, Manson. C'est du pareil au même. On s'en tamponne ! Est-ce qu'il te tourne encore autour, le salaud ?

– Oui, avoué-je franchement, j'ai l'impression que ça l'amuse. Et c'est *Mason*. Manson, c'est le chanteur de métal hyper-flippant qui a été accusé de viol.

Ce dernier mot arrache un long frisson de dégoût à Saint.

– Je ne le savais pas. Et dire qu'il m'arrive d'écouter sa musique…

Je lui caresse le bras.

– Je m'en doute. C'est sorti assez récemment. Manson, R. Kelly, Weinstein. Grâce au mouvement Me Too, les violeurs et autres abuseurs ne sont plus protégés par leur célébrité. Le passé et les méfaits de ces enflures sont enfin exposés au grand public.

Saint grimace.

– Oui, c'est le problème de notre époque : plus rien n'est secret. Tout est exposé au grand jour. Et lorsque tu deviens une star, la moindre tache sur ton CV peut te valoir d'être ostracisé du jour au lendemain.

– Tu dis ça comme si c'était mal…

Saint coule un regard prudent vers moi.

– Ça ne l'est pas. Pas toujours. Mais dans certains cas, l'histoire est beaucoup plus complexe que ce que les rumeurs colportent. Il arrive aussi qu'elle soit complètement fausse.

Je fais la moue.

– Dans ce cas, il n'y a qu'à prouver qu'elles sont erronées.

Saint se met à rire – un son rauque, étouffé et... *étouffant* de noirceur.

– Crois-moi, ce n'est pas toujours possible.

Je plisse les yeux, intriguée. Je ne suis pas aussi bête qu'il semble le croire. J'ai bien compris qu'il avait un problème avec le viol et... si j'y réfléchis... je pourrais presque croire qu'il a été victime d'une fausse accusation qui l'a laissé profondément meurtri. Mais, non : je n'en ai jamais entendu parler. Que ce soit à l'université ou ailleurs. Et ce n'est pas quelque chose qu'il aurait pu cacher à son entourage. Mine de rien, Las Vegas est une petite ville où tout le monde se connaît.

– Donne-moi les sous-titres, Saint. Tu parles par énigmes et ça m'énerve.

Il secoue la tête en signe de dénégation. Aussi fermé qu'un mur. Je n'obtiendrai plus rien de lui. *Pour ce soir.* Car je n'ai pas dit mon dernier mot.

– Laisse tomber, mon ange. Et raconte-moi plutôt ce que *Mason* te fait au bureau.

Je lève les yeux au ciel.

– Eh bien, les lundis, il me broute le minou en salle de conférences. Et si je suis sage, les vendredis après-midi, il me met deux... Aaaaah !

Avec une rapidité presque inhumaine, Saint m'attrape par les épaules et me plaque contre le mur de notre immeuble. Ses lèvres rouges s'abattent sur les miennes avec une passion qui m'excite si vite que je suis déjà prête à le recevoir à l'intérieur de moi.

– Ne plaisante pas avec ça, Olaïna.

– Dieu que tu es jaloux, haleté-je.

Il ne nie pas. Il n'essaie même pas.

– Ce que tu as dit au restaurant...

Tous mes sens se mettent soudain en alerte. J'ai asséné une tonne de choses stupides. Et quelques trucs pas trop bêtes, aussi.

– Je ne vois pas de quoi tu parles, mens-je effrontément, avant même qu'il n'explicite sa pensée. J'ai bu trop de vin.

– Tu n'as bu qu'un verre, me corrige-t-il, en glissant sa cuisse entre mes jambes pour la frotter contre l'endroit chaud et humide qui le réclame de tous ses vœux. Et tu ne sais pas encore de quelle partie de ton sublime discours je suis en train de parler.

Et merde.

Je déglutis, la gorge sèche, et m'accroche à ses épaules pour ne pas perdre l'équilibre.

– Achève-moi.

Il rit, la tête penchée sur ma gorge qu'il parcourt du bout de la langue.

– Avec plaisir, mon ange… mais avant, redis-le.

– Redire quoi ? feins-je de ne pas comprendre.

Ses dents blanches éraflent mon menton. Ses ongles se plantent dans la chair de mes cuisses. Ici, à la vue de toute la rue. Là où n'importe qui pourrait nous surprendre. Et ça ne m'embarrasse même pas !

– Redis-moi à quel point tu as aimé ton premier…

Un poids me plombe l'estomac tandis qu'une douce chaleur se répand dans ma poitrine.

– Redis-moi que tu te fiches de ton patron. Redis-moi que je suis le seul et unique, pour toi. Redis-moi que tu m'appartiens. J'ai besoin de l'entendre, mon ange. Après toutes les balles perdues que j'ai prises ce soir, je le mérite, non ?

Il n'a pas tort. J'ai été particulièrement rude avec lui, au début du repas.

– Je te le redirai peut-être, si tu me dis ce que mon frère a fait pour te mettre en colère et que tu me racontes ta… hum… première expérience avec la mort.

Saint me sourit en empoignant mes fesses pour se frotter contre mon entrejambe. Des étoiles multicolores explosent sous mes paupières tandis que le désir se répand comme une traînée de poudre à travers mon organisme.

– Saint ! Il y a encore des gens dans la rue !

– Je m'en fiche, et ça sera un défi supplémentaire à rayer de ta liste.

– On l'a déjà fait au club.

Il m'embrasse sous l'oreille – pile sur ma zone érogène la plus sensible. Et je me cambre contre lui, plus que jamais consciente du pouvoir qu'il détient sur mon corps.

– J'ai menti : la vitre était bel et bien teintée.

Je le frappe, partagée entre la consternation et l'amusement.

– Saint !

– Je ne laisserai plus jamais un autre homme que moi – sauf éventuellement un médecin – te voir toute nue, mon ange.

J'éclate de rire.

– Espèce de taré !

Il glousse.

– Désolé d'être dingue de toi.

Quand il dit des choses comme ça…

Je ne peux pas m'empêcher de me faire un tas de films. De croire que tout est possible et qu'une fin heureuse est à portée de main.

– Saint Hunderson, je suis complètement folle de toi.

Ses lèvres trouvent les miennes, et il murmure contre ma bouche entrouverte sur un gémissement de plaisir.

– C'est réciproque, mon ange.

Tout à l'intérieur de moi se fige avant de redémarrer en trombe. Mon pouls palpite et mon cœur bat à cent à l'heure. Je ne lui réclame pas de précisions. Je n'essaie pas de savoir s'il joue ou pas. S'il ment ou s'il dit la vérité. S'il parle d'amour ou de folie. Non, je me contrains à laisser tous mes doutes au vestiaire et à profiter de l'instant présent. De cet homme que j'ai attendu pendant plus de sept ans.

– *Meri jaan*, lui soufflé-je dans un baiser.

Parce que c'est comme ça que je l'aime.

Plus que la vie.

Et cette fois, s'il m'abandonne, je serai comme Jony… complètement et irrémédiablement brisée.

27

Une discussion vraiment…

Saint

25 août 2014

– Merci, mec ! Vraiment. Tu assures !

Clayton me colle une grande tape dans le dos tandis que je dépose le dernier de ses cartons sur le sol poussiéreux de mon ancien appartement. Avec un petit pincement au cœur, j'englobe la pièce presque vide d'un regard mélancolique. J'ai beau savoir que je lui ai cédé mon bail pour la bonne cause, je ne peux pas m'empêcher d'en être légèrement attristé. J'ai passé d'excellents moments, ici. Ça a toujours été mon refuge, l'endroit où je pouvais lécher mes plaies à l'écart des charognards.

– De rien.

Un goût amer se distille sur ma langue.

– Non, vraiment ! insiste-t-il, en s'asseyant sur le seul meuble qu'il reste : un canapé convertible qui en a vu des vertes et des pas mûres, avec moi. Sans ton aide, je ne sais pas ce que j'aurais fait. Ola voulait à tout prix se tirer de chez elle. Tu sais, à cause de ses problèmes avec son paternel… Et pour être honnête, j'avais peur qu'on se retrouve dans un taudis à l'autre bout de la ville en échange d'un loyer indécent. J'ai épluché les petites annonces pendant trois mois sans rien trouver d'intéressant, et j'étais à deux doigts de demander à mes parents de nous héberger dans leur garage.

C'est exactement pour cette raison que j'ai magouillé avec le propriétaire de l'immeuble pour céder mon bail à Clayton et récupérer celui de l'appartement d'en face, qu'un jeune dealer vient de quitter pour un long séjour à l'ombre. Je ne supportais plus de voir Olaïna s'éteindre de jour en jour, incapable de se défaire des attentes toujours plus irréalisables de son père.

– Ne t'inquiète pas, le rassuré-je. J'avais besoin de changement, donc ça tombe bien…

– Changement de quoi ? pouffe-t-il. Tu t'installes dans le même appartement, sauf qu'il se trouve de l'autre côté du couloir. D'ailleurs, je ne comprends toujours pas pourquoi tu n'as pas voulu garder celui-là et me refiler l'autre. Ça t'aurait évité d'avoir à bouger.

Tout en m'asseyant près de lui pour attraper la bière tiède qu'il me tend, je réponds sans réfléchir :

– Ola préférera celui-là, tu verras. La fenêtre donne sur un square où les enfants viennent jouer après les cours et il est orienté plein sud. Un détail qui a son importance parce qu'il le rend super lumineux, et tu sais à quel point elle aime le soleil. L'autre est beaucoup plus sombre, il a quelques problèmes d'humidité, une sale histoire de vente de drogue et les odeurs de friture du restaurant d'en face semblent s'accrocher à la tapisserie.

Olaïna mérite ce qu'il y a de mieux, et je ne pouvais décemment pas la laisser s'installer dans le taudis délabré qui fait face à ce petit bijou. Elle en aura sûrement une meilleure utilité que moi, de toute façon. Et puis, pour le peu de temps que je passe à la maison…

– Ça me fait plaisir.

Par-dessus le goulot de ma bière, je jette un coup d'œil perplexe à Clayton.

– Quoi ?

Il rougit légèrement lorsqu'il m'explique :

– De voir que tu apprécies autant ma petite copine. Je sais qu'elle n'est pas toujours… très tendre, avec toi.

Je dois mobiliser toute ma volonté pour ne pas me trahir – ou plutôt *nous* trahir, Ola et moi. Et ce secret qui me pourrit de l'intérieur comme une putain de tumeur.

– J'imagine qu'elle a ses raisons… biaisé-je, les tripes enflammées par la honte.

Olaïna ne l'a jamais dit à haute voix, mais je sais qu'elle me déteste, et c'est tout à fait compréhensible. Je lui ai volé sa virginité en profitant de sa naïveté, puis je l'ai présentée à Clayton pour essayer d'apaiser la morsure cruelle de ma culpabilité, tout en sachant que si leur relation aboutissait à quelque chose de stable, ça la forcerait à me côtoyer au quotidien. Une délicieuse torture, pour elle comme pour moi.

– C'est bien la première fille à ne pas être raide dingue de toi ! se marre Clay, avant de retrouver son sérieux lorsqu'il constate que ça ne me fait pas rire autant que lui. Mais je n'ai pas du tout aimé la façon dont elle t'a parlé, avant-hier. Je le lui ai dit, d'ailleurs. On s'est un peu disputés, et elle a fini par promettre qu'elle ferait un effort pour être moins chiante. J'ai bon espoir que ça s'arrange, entre vous.

N'espère pas trop, Clay… ça pourrait être très mauvais pour toi.

J'écarte cette pensée profondément mesquine en vidant d'une traite ma bière. Peu importe mes sentiments, ou les siens, au demeurant, j'ai tiré une croix définitive sur Olaïna le jour où elle a accepté de sortir avec mon meilleur ami.

– J'ai dépassé les bornes, tenté-je malgré tout de la défendre. C'était ma faute.

Olaïna voulait qu'on passe une dernière soirée sympa avant la reprise des cours, qu'on s'amuse au bowling en dévorant des frites et des hot-dogs tout en alignant les strikes et les parties endiablées de billard. Et comme à mon habitude, je me suis tellement bourré la gueule que j'ai foutu la merde. En plus de débarquer avec deux filles plutôt bêtes et aussi soûles que moi, j'ai déclenché une bagarre avec un autre groupe de mecs lorsqu'une de leurs copines s'est mise à me sourire d'une manière un petit peu trop appuyée à leur goût.

– *Tu n'es qu'un connard, Saint !* m'a-t-elle craché au visage, après s'être interposée entre moi et un gros loubard prêt à me détruire le visage à coups de poing. *Je ne peux plus te supporter !*

Ça m'a fait rire, sur le coup. Parce que moi non plus, je n'y arrive plus…

– C'est vrai, admet Clayton, non sans une certaine réticence, mais tu ne déconnes jamais plus que João. C'est un vrai coureur de jupons, lui aussi. Et peut-être même pire que toi maintenant que tu t'es calmé sur les plans à trois, les coups d'un soir et autres conneries. Pourtant, elle l'adore et passe son temps à le câliner.

En dehors de ma rechute d'avant-hier, j'avais réussi à rester sobre et chaste pendant presque dix mois. En fait, la dernière fille avec laquelle j'avais couché avant de me taper les deux blondes du bowling, c'était…

Ouais, bref!

– Oui, j'ai remarqué… marmonné-je avec une pointe d'agacement. Ça ne te dérange pas, au fait ? Ils sont vachement proches, tous les deux.

João est un mec plutôt cool, si l'on omet le fait qu'il passe sa vie collé aux basques d'Olaïna. Et vas-y que je te prenne dans mes bras, que je t'embrasse sur la joue, que je pose la tête sur ton épaule…

– C'est comme un frère pour elle, me répond Clay, pas perturbé outre mesure par leur étrange proximité.

J'esquisse une moue sceptique.

– Et quoi ? C'est tout ? Tu n'es pas un peu… jaloux ?

Le plus ironique, c'est qu'avant de rencontrer Olaïna, je n'avais jamais éprouvé ce sentiment maudit qui te ronge les tripes comme de l'acide.

Alors qu'elle n'est même pas à moi…

– De João ? s'étonne Clay. Non. Pas du tout. Ils sont *vraiment* amis.

Du côté d'Olaïna, ce n'est peut-être que de l'amitié. Mais João ne dirait pas non si elle lui proposait un petit tête-à-tête coquin.

Moi non plus, cela dit.

– Je ne suis pas sûr de croire en l'amitié fille-garçon. C'est… bizarre. Pour moi, il y en aura toujours un qui essayera de grimper dans la culotte de l'autre.

Clayton ricane d'un air crâne.

– Bah, tu es tout de même ami avec Ola, non ? objecte-t-il, fort à propos. Bon, OK, elle a tendance à t'envoyer chier lorsque tu ramènes trop de filles à nos soirées et que tu fais n'importe quoi avec elles… Mais c'est parce qu'elle a été élevée à la dure, tu sais. Et puis, il y a aussi toute cette merde avec Charity.

Je n'en reviens toujours pas que la sœur d'Olaïna soit une star du porno. Et pas n'importe laquelle, mais Charity Lovely, la reine de la pipe et des gorges profondes, l'une des actrices les plus populaires et prolifiques de notre génération. Et accessoirement, la première fille sur laquelle j'ai fantasmé durant mon adolescence.

Pas étonnant qu'à notre rencontre, j'aie ressenti une forte impression de déjà-vu et qu'elle m'ait envoyé au diable. Je l'ai plus ou moins confondue avec sa sœur.

– Ouais. Je sais. Mais on ne peut pas vraiment dire qu'Ola et moi, on soit… *amis.*

Pas alors que j'ai encore le goût de ses lèvres sur la langue et l'odeur de son désir sur les doigts.

– Je te jure qu'elle ne te déteste pas, tente de me rassurer Clayton.

Je ferme brièvement les paupières et m'accorde une seconde de faiblesse.

– Mais elle ne m'aime pas…

Et ça me tue.

Tous les jours.

Toutes les nuits.

À chaque fois que je la vois avec lui, mon meilleur ami, et qu'elle lui sourit comme elle m'a souri à moi aussi – avec le cœur grand ouvert et la foi en un avenir radieux. Puis je me souviens que c'est tout aussi bien. Qu'elle mérite mieux que le ramassis de conneries que j'ai à lui offrir. Et que je ne veux rien de plus que son bonheur.

Alors ça fait toujours aussi mal, mais… l'essentiel, c'est qu'elle ne souffre pas de la situation.

– Ce n'est pas ta plus grande fan.

Ouais, c'est l'euphémisme du siècle.

Si elle en avait été capable, Olaïna m'aurait fait disparaître de la surface de la terre sans aucune hésitation.

– Peut-être que je vais marquer des points avec cet appartement, relancé-je, avec une infime lueur d'espoir.

– C'est sûr ! confirme-t-il, en me tapotant l'épaule. Tu en gagnes déjà avec moi, mon pote. On va enfin pouvoir avoir une relation de couple normal.

Ah…

Mon estomac fait une chute vertigineuse à l'intérieur de mon abdomen.

– Vous n'avez toujours pas…

– Si, me coupe-t-il, les joues empourprées. On l'a fait chez elle, hier après-midi. Pendant que son père était au travail.

C'est tellement inattendu que j'en ai le souffle coupé. Un peu comme si l'on venait de me décocher un violent uppercut dans le plexus solaire. Le choc me fait grésiller les tympans. Des étoiles multicolores grignotent mon champ de vision. Je me sens… *démoli, putain !*

– Et c'était comment ? m'entends-je demander d'une voix lointaine.

Olaïna a couché avec Clayton.

Mes mains se mettent à trembler.

Olaïna va habiter avec Clayton.

Mon rythme cardiaque s'accélère.

Dans mon appartement.

Ma vue se trouble.

Où ils vont baiser, encore et encore.

La nausée me soulève les entrailles.

Comme un vrai couple.

Ces vérités que j'avais réussi à occulter dans les confins ténébreux de mon inconscient m'explosent à la figure. C'est une véritable déflagration, et tout à l'intérieur est réduit en cendres tandis que je prends conscience que…

C'est grâce à moi.

Je suis l'investigateur de ma propre ruine. L'assassin de mon propre cœur.

– C'était…

Clayton cherche ses mots, m'octroyant quelques secondes de répit.

– C'était perturbant.

Je fronce les sourcils.

– Comment ça ?

Selon ma propre expérience personnelle, j'aurais plutôt opté pour des adjectifs complètement différents, tels qu'incroyable, exceptionnel, *enivrant*. Comme une putain de drogue.

– Eh bien, tu vas me prendre pour un fou, mais j'ai eu l'impression qu'elle n'était pas vierge, m'explique-t-il, rouge comme une écrevisse.

Ce qui est ridicule puisque je sais que je suis son premier copain. Elle me l'a elle-même confirmé.

Premier copain. Pas premier *amant.* Une différence subtile, mais indéniable.

– Ah…

Je n'arrive à rien dire de plus que ça… parce que tout ce qui me vient à l'esprit, c'est : *Pourquoi, mon ange ? Pourquoi ?* Mais je le sais : elle m'a vu avec les blondes, et elle a enfin compris que j'étais un cas irrécupérable, une véritable cause perdue.

– Je veux dire… reprend Clay. Elle savait que je m'en fichais comme de ma première paire de crampons, qu'elle soit vierge ou pas. Elle n'avait pas d'intérêt à me mentir, tu vois ? Mais je ne sais pas, c'était bizarre et génial à la fois. Elle était… eh bien, elle était tellement douce et mouillée que j'ai un peu perdu le contrôle, mais ça n'a pas semblé l'effrayer…

Il se frotte le crâne, comme s'il avait mal à la tête. Je me frotte la poitrine, parce que j'ai le cœur en sang.

– Bon, elle était un peu timide, c'est vrai. Et elle a voulu le faire dans le noir, ou presque. Mais j'ai eu l'impression qu'elle savait très exactement ce qu'elle faisait. Elle n'a même pas saigné, d'ailleurs.

Si, elle a saigné… mais pas avec toi.

– Tu l'avais bien préparée, voilà tout… grogné-je, pour tenter de garder la face. Je sais que ça t'angoissait de coucher avec une fille vierge, mais je t'avais prévenu que ça ne ferait peut-être pas la moindre différence pour toi.

Un mensonge à ajouter sur la liste de mes péchés. Qu'à cela ne tienne ! Ma route pour l'enfer est pavée de morceaux ensanglantés de mon âme et fortifiée par des litres de larmes.

Et pas toujours les miennes.

– Je vais être honnête, Saint : ça faisait dix mois que je n'avais rien fait de plus qu'une petite branlette par-ci par-là, lorsqu'elle acceptait de me toucher un peu sous la ceinture…

Ne vomis pas. Ne vomis pas. Ne vomis pas.

– Alors ça a duré moins de dix minutes, préliminaires inclus ! continue Clay, en accentuant mes nausées. Je ne l'avais pas suffisamment préparée avant de passer aux choses sérieuses, crois-moi.

Je déglutis difficilement l'excès de bile acide qui m'inonde la bouche.

– Si ça ne l'a pas dérangée, je ne vois pas pourquoi ça te perturbe.

Ni pourquoi on en parle encore, ajouté-je en mon for intérieur.

– Je ne sais pas. C'est juste que… je ne sais pas.

Clay pousse un soupir à fendre l'âme, et je me fais violence pour endosser le rôle du bon pote qu'il mérite que je sois pour lui. Après tout, je lui dois bien ça : j'ai couché avec sa copine.

Et il ne le sait même pas.

– Mec, tu réfléchis trop. Tu sors avec la plus belle et la plus gentille fille de toute la ville. Elle est folle amoureuse de toi et vous allez bientôt vivre ensemble. Si tu veux mon avis, tu as le cul tellement bordé de nouilles que c'est un miracle que tu parviennes encore à t'asseoir. Alors, s'il te plaît : mets ton putain de cerveau sur pause et profites-en comme il se doit !

Profites-en comme je n'ai pas su le faire…

– La plus belle, hein ? répète Clay avec un rictus étrange sur les lèvres.

Lorsqu'il se tourne vers moi pour m'examiner d'un regard étonnamment perspicace, je suis à deux doigts de me relever d'un bond pour prendre mes jambes à mon cou. Mais ça signerait ma perte, et par extension, celle d'Ola. Et il est hors de question que je lui refasse du mal, de quelque façon que ce soit…

– Désolé d'avoir des yeux, mec. Eh oui, ta copine est un morceau de choix !

Je. Me. Déteste.

– Je me demandais… enchaîne-t-il, ses yeux trop perçants toujours braqués sur moi.

– Quoi ?

Un mauvais pressentiment me cisaille la poitrine.

– Tu m'as bien dit que tu l'avais rencontrée à l'église, hein ?

C'est bien la seule vérité dans tout le tissu de mensonges que j'ai cousu rien que pour lui.

– Non. Sur le *banc* d'un parc situé en face d'une l'église.

Une précision inutile, et on le sait aussi bien l'un que l'autre. Je ne cherche qu'à gagner du temps.

– Ouais, si tu veux. Mais tu me l'as présentée le jour même où je t'ai parlé d'elle, et je me suis toujours dit que tu l'avais peut-être regretté.

Oui, mon pote. Tous les jours, putain!

– Regretté? T'es fou! feins-je d'être étonné. Pourquoi aurais-je des regrets à avoir présenté mon meilleur pote à l'amour de sa vie?

Parce que j'en suis amoureux comme un dingue, moi aussi, me réponds-je à moi-même d'une voix cynique.

– Parce qu'elle te plaît, à toi aussi.

Il dit ça avec un tel naturel que j'en reste scotché à mon siège.

– Hein? Attends… Quoi?

Pour le coup, je suis vraiment surpris et je n'ai même plus besoin de jouer la comédie.

– Oh, allez! s'exclame-t-il, en levant les yeux au ciel. Saint! On est amis depuis plus de quatre ans, toi et moi! Je sais très bien quand une fille te plaît ou non. Et je ne suis pas aveugle: Ola t'intéresse.

– C'est faux! nié-je du tac au tac. Je…

– Menteur! m'accuse-t-il en souriant pour adoucir la violence de son tacle. Vendredi après-midi, à la piscine, tu n'arrivais pas à détacher les yeux de ses fesses. Et lorsque tu y arrivais plus de quelques secondes, c'est parce que tu les promenais sur ses seins.

Oh, putain! Et moi qui pensais avoir été discret…

Cette journée à la piscine a été une vraie torture. L'une des pires de ma vie. J'ai passé mon temps dans l'eau froide pour essayer de dissimuler mon érection persistante, que j'ai fini par aller soulager dans les chiottes lorsqu'Ola s'est collée à mon dos pour échapper à João qui tentait de lui faire boire la tasse.

À présent, je suis sûr que l'enfer ressemble à une journée à la piscine avec une Ola inaccessible et vêtue d'un minuscule bikini blanc.

– Je…

– Ça ne me dérange pas, m'interrompt-il une nouvelle fois. Je ne dis pas ça parce que je suis jaloux, ni rien. C'est juste que je ne voudrais pas que ça finisse par devenir bizarre, tu vois? Comme on va habiter en face de chez toi.

Ses yeux fouillent les miens, à la recherche de quelque chose, un secret, une vérité. J'ignore quoi, ou pourquoi il ne pose pas la question qui semble lui brûler les lèvres, mais je feins de ne pas le remarquer et gratte l'étiquette de ma bière avec mon ongle.

– Je la trouve jolie, déclaré-je, comme si ça suffisait à expliquer mon comportement déplacé. C'est tout.

– Elle est superbe, confirme-t-il. Aussi bien intérieurement qu'extérieurement. Et elle ne s'en rend même pas compte, ce qui lui donne d'autant plus de charme.

Dans toute cette douleur, je trouve un véritable réconfort dans le fait qu'il soit véritablement amoureux d'elle. La culpabilité devient un peu moins… aigre-douce.

– Je ne regrette pas de te l'avoir présentée, lui assuré-je, sans trop savoir si c'est toujours un mensonge. Vous êtes parfaits, ensemble. Et je sais que tu ne lui feras jamais de mal. Je suis heureux pour vous.

– C'est vrai ?

Non.

– Bien sûr !

Tout à coup, Clayton s'affaisse sur lui-même, l'air intensément soulagé.

– Ouf ! J'avoue que je commençais à flipper. Parfois, tu as l'air… je ne sais pas… et elle te regarde… et je me fais sûrement des films, laisse tomber ! Je suis à la masse !

Il rit en se passant une main sur les yeux, si bien qu'il loupe l'expression dévastée qui ravage mes traits.

Elle me regarde ? Encore ? Vraiment ? Après tout ce temps ?

J'avais presque réussi à me convaincre qu'elle me détestait du plus profond de son âme.

– Tu te fais des films, oui. À cause de mes piercings, je suis resté presque dix mois sans pouvoir baiser, lui rappelé-je, et ça m'a peut-être légèrement détraqué le cerveau.

– Crois-moi, je sais ce que ça fait… glousse-t-il, en me reprenant la bière des mains pour aller m'en servir une autre. Mais tu sais que tu peux tout me dire, hein ? Même le pire, Saint.

Je. Me. Déteste. Encore. Plus. Fort.

Et je ne sais pas pourquoi, mais je le déteste un peu, lui aussi.

– Je sais, Clay.

– Tu es comme mon frère, mec.

Il me donne une nouvelle bière. Je l'attrape par réflexe, alors que je n'en ai même pas envie, et Dieu seul sait comment, je me retrouve à trinquer avec lui.

– À notre nouvelle vie comme voisins, mon frère !

Et à mon nouvel enfer, putain !

28

Avant la chute

Ola

14 mars 2021

Pelotonnée contre le torse de Saint qui parsème mon cou de lents baisers humides, je manque de m'étrangler avec ma glace au citron lorsque le protagoniste de la série que je tente de regarder apparaît complètement nu à l'écran.

– Oh, waouh ! m'écrié-je en toussotant dans mon poing. Mazette ! Elle est énorme !

Je sens le corps de Saint se figer dans mon dos, les muscles de ses bras tendus m'emprisonnant dans une étreinte d'acier qui menace de me couper la circulation sanguine. Amusée par sa réaction disproportionnée, je lève les yeux au ciel et me débarrasse de ma glace. Après tout ce temps passé à le voir faire n'importe quoi avec les plus jolies filles de la ville, je n'aurais jamais cru qu'il se révélerait aussi jaloux et possessif. Deux traits de caractère qui m'ont toujours fait l'effet de gros défauts, mais qui ne me dérangent plus tellement avec lui.

– Hum ? gronde-t-il, en fixant son attention sur l'écran de sa télévision.

Tout en essayant de reprendre un rythme de respiration normale, j'attrape la télécommande sur la table basse et reviens en arrière de quelques secondes pour lui montrer la scène de laquelle je parle, où le héros sort de la douche pour exhiber fièrement la taille de son attirail devant son rival dépité.

– Je crois que c'est la plus grosse que j'aie pu voir de toute ma vie ! m'exclamé-je, le feu aux joues, en me rappelant à moi-même de recommander la série à Catalina et Jony. Et elle est au repos !

Je n'ai pas besoin de me retourner pour voir la grimace excédée de Saint.

– Mouais, renâcle-t-il de mauvaise grâce. À voir si elle est plutôt de sang ou de chair.

Intriguée, je pivote dans son étreinte et l'observe en fronçant les sourcils.

– Hein ? Comment ça ?

Il esquisse un sourire légèrement narquois avant de m'expliquer :

– Si c'est une bite de sang, elle triplera de volume lors de l'érection. Mais si c'est une bite de chair, elle restera comme ça...

Je bats des cils, sincèrement étonnée. C'est bien la première fois que j'entends parler d'un tel... *phénomène* chez les garçons, et je suis à moitié persuadée que Saint se moque de moi. Il aime bien faire ça, le bougre. Profiter de ma naïveté pour me faire avaler toutes les bêtises qui lui passent par la tête. Ça le fait rire, il adore me choquer en parlant d'une façon crue et vulgaire. Et je l'avoue, ça m'amuse aussi de lui faire croire que ça marche, alors que la plupart du temps, je joue le jeu dans le seul but de le faire sourire.

– Donc... Là, ce serait une de chair, si j'ai bien compris. Ce qui veut dire qu'elle ne changerait pas de taille lors de l'érection ?

Il hoche vivement la tête, ce qui fait danser ses boucles blondes au-dessus de ses yeux pétillants de malice.

Cela fait plus de trente-six heures que l'on est enfermés chez lui, trop occupés à faire l'amour, à manger n'importe quoi et à regarder la télévision pour prêter attention au monde réel. Et pourtant, j'ai encore le cœur qui bat à mille kilomètres heures lorsqu'il me regarde comme s'il n'avait jamais rien contemplé de plus beau de sa vie.

– Tout à fait. Et dans ce cas, j'ai mieux à te proposer, mon ange. La mienne, elle est bouillonnante de sang pour toi...

Il agite ses sourcils en pressant son érection contre mes fesses.

– T'aimes bien crâner toi, hein ! le taquiné-je, en riant de sa mimique de pervers. Espèce de crétin !

Lorsque je fais mine de me relever, il m'attrape par le menton et presse rudement ses lèvres contre les miennes avant de me susurrer à l'oreille :

– Ce que j'aime surtout, c'est être tout au fond de toi, mon ange…

Ses doigts alourdis par ses fidèles bagues me massent tout doucement la trachée, comme un rappel silencieux de tous les plaisirs sombres et obscurs auxquels on s'est livrés, hier soir.

Après ce mois de folie avec Saint, il ne me reste plus beaucoup de défis à cocher sur ma liste. En fait, il n'y a plus que ceux qui nécessiteraient quelqu'un d'autre que lui – faire un plan à trois, m'offrir les services d'un strip-teaseur, embrasser (ou plus) un homme deux fois plus âgé que moi… – ou ceux que l'on n'a pas encore eu l'opportunité de mettre en pratique – le faire sur la plage, dans un cinéma, sur la banquette arrière d'une voiture, par téléphone, etc.

Et j'ai bien compris que Saint vouait un amour à ma bouche. Je n'ai qu'à lui sourire ou à me lécher les lèvres pour le rendre fou de désir.

– Garde ça pour ce soir, joli cœur… soupiré-je. Retour au monde réel. Il faut qu'on y aille ! La messe pour ma mère ne va pas tarder à commencer.

J'ai tout fait pour me l'ôter de la tête, pour fuir la réalité et les sentiments ambivalents que me procure cette triste journée. Hélas, il va bientôt être neuf heures, et mon père nous attend à l'église pour un énième hommage à ma mère disparue. Pour la première fois en treize ans, je n'ai pas envie d'y aller. Je n'ai pas du tout envie de rentrer chez moi et de supporter ses regards déçus et ses reproches voilés. De faire semblant d'être sage et mesurée. D'être d'accord avec tout ce qu'il essaie de m'imposer.

Aujourd'hui, je me sens libre. Bien dans ma peau. Heureuse et… oui, *amoureuse*. Et j'ai bien envie de le rester le plus longtemps possible, même si je sais que ma douce euphorie s'envolera dès lors que je prendrai place aux côtés de mon paternel.

– Mais j'ai encore envie de toi… ronchonne Saint, en esquissant une moue boudeuse.

Je chasse ses mains baladeuses et m'empare de la robe que je portais vendredi soir, toute chiffonnée, abandonnée au milieu de nos restes de la veille sur la table basse et tachée d'une horrible trace de sauce aigre-douce.

– Tu es insatiable !

Saint me jette un regard incendiaire tandis que j'enfile l'un de ses tee-shirts – ma robe est trop sale pour être portée ne serait-ce que le temps de traverser le couloir.

– J'ai sept ans de retard à rattraper, Olaïna… me souffle-t-il, incapable de s'empêcher de me caresser la cuisse lorsque je passe devant lui pour récupérer mon téléphone en charge dans la cuisine. Je ne suis pas insatiable, mon ange.

Sa main se resserre sur ma cuisse. Ses ongles pénètrent dans ma chair. J'ai les jambes qui tremblent et le souffle court.

– Je suis *affamé*.

Un baiser moite sur ma peau frissonnante.

– Affamé de toi, Olaïna.

Ma respiration marque un à-coup. Les battements de mon cœur s'emballent sous mes côtes étrangement serrées et mon sang se transforme en lave incandescente.

Dans ses yeux noirs se catalysent tous mes espoirs… et tout son désespoir.

De le conquérir – *enfin*.

De me perdre – *pour toujours*.

– Moi aussi… lui chuchoté-je, en me sentant soudain trop vulnérable.

Ses yeux plongent plus profondément à l'intérieur de moi, et je ne le supporte pas. Ça fait trop mal. C'est encore trop incertain. Aussi préféré-je me pencher pour l'embrasser sur le front, une preuve d'amour qui n'en porte pas tout à fait le nom.

– Mais ça devra attendre ce soir. Là, on n'a plus le temps de faire ce que j'avais en tête…

Il me retient une toute dernière seconde, avant de me laisser aller chercher mon téléphone.

– Un numéro en particulier ?

Il connaît vraiment ma liste par cœur. Et je n'arrive pas à décider si je trouve ça mignon ou flippant.

– Le 69, joli cœur.

Son regard noir s'embrase. Il se mordille la lèvre en me lorgnant par-dessous ses longs cils dorés.

– Il me semblait l'avoir déjà coché, celui-là.

Une pause. Pleins de souvenirs brûlants et une moiteur suspecte au niveau de mon entrejambe.

– Deux fois, précise-t-il. Et c'était incroyable.

Oh, oui… ça l'était !

– Quand on aime, on ne compte pas, lui rappelé-je.

Il se fend d'un rictus mystérieux, puis il me caresse les fesses par-dessus son tee-shirt et fait un signe du menton en direction de sa porte.

– J'adore te voir dans mes fringues, putain ! Mais tu as raison, il faut qu'on se bouge ou on va être en retard.

J'acquiesce en soupirant et récupère mon sac à main. Toutefois, avant de sortir de l'appartement, je me saisis de mon téléphone, déverrouille l'écran et me tourne vers lui pour l'immortaliser dans une série de photos que je compte bien garder pour l'éternité. Lui et ses cheveux en bataille après un marathon de sexe. Lui et sa bouche rougie par mes baisers. Lui et son corps nu, à peine dissimulé par le drap blanc. Lui et ses tatouages si évocateurs de ses tourments. Lui… et tous les sentiments que je ressens à le voir si heureux, si détendu, si… *lui-même.*

– Eh ! s'offusque-t-il en rougissant. Arrête ou viens là, qu'on puisse en prendre une tous les deux !

Je range mon portable dans mon sac.

– Plus tard. Là, j'ai une sale tête.

Deux jours ininterrompus de sexe ne m'ont pas aussi bien réussi qu'à lui. J'ai l'impression d'être passée dans une essoreuse à salade.

Saint grommelle dans sa barbe :

– Comme si c'était possible…

Puis il ajoute plus fort :

– Ne mets pas de robe blanche, s'il te plaît. Ou je risque d'être très, très distrait pendant le repas avec ton père !

Je glousse en prenant la direction de mon appartement.

– Promis !

Évidemment, c'est un mensonge – enfin, *presque.*

Après avoir pris une douche rapide, j'enroule une serviette autour de ma tête pour faire sécher mes cheveux plus vite et enfile un débardeur blanc, ainsi qu'une jupe en lin de la même couleur, assez ample pour me permettre de marcher les deux kilomètres qui me séparent de chez mon père sans avoir à serrer les dents d'inconfort. Ensuite, je sors de ma penderie la chemise assortie à la jupe et branche le fer à vapeur pour la défroisser. Cela me prend plus de temps que je ne l'escomptais, si bien qu'après un coup d'œil angoissé à l'horloge, je choisis de sauter l'étape du maquillage et me contente de boucler mes cheveux, dans lesquels je noue un large ruban argenté pour les dégager de mon visage. Un collier amulette, des créoles et des sandales plates viennent compléter ma tenue. Un peu de parfum, une touche de mascara, une pointe de baume à lèvres, et me voilà prête à partir.

Et à affronter mon père.

Pas tout à fait sereine, j'attrape ma chemise, que je plie avec mille précautions sur mon bras, mon sac à main et mon téléphone, et je retourne chez Saint qui m'attend en grattant les cordes sèches de sa guitare.

Lorsque je le vois, si beau et mélancolique dans le clair-obscur de cette fin de matinée, assis sur son lit que je viens à peine de quitter, il me faut une bonne minute pour apaiser les battements frénétiques de mon cœur.

– « Beauté des anges, chantonne-t-il, sans me regarder, trop concentré sur son instrument pour prêter attention à moi. La vie se venge. Tu es le cadeau que je ne mérite pas. Le supplice que je ne combats pas. Ma punition préférée, mon souhait inavoué. Ah, si seulement je pouvais tout avouer… me libérerais-tu de toi ? »

Ces paroles, cette musique, ce refrain déchirant. Ils trouvent un écho terrible à l'intérieur de ma poitrine. Ce n'est pas la première fois qu'il les chante, et à chaque fois qu'il le fait, je sens mon âme se mettre à saigner pour lui. Pour son affliction si intense qu'elle m'en brûle les entrailles.

Dans une pensée jalouse, je me demande s'il a écrit cette chanson pour la seule fille dont il est tombé amoureux. Celle qui lui a fait croire que l'amour n'était pas la chose la plus importante et qui l'a tellement brisé qu'il n'est plus capable de s'estimer à sa juste valeur.

Cette fille, je la hais plus que je déteste Clay et Charity…

– « Beauté des anges, la vie se venge… », termine-t-il, sur une note si douce et fragile que j'en ai les larmes aux yeux.

Saint a la plus belle voix du monde – mais je ne suis peut-être pas très objective. Et il est devenu tellement rare de l'entendre chanter que je me sens comme la plus privilégiée de toutes les femmes. Pourtant, je sais qu'il adore ça : écrire des chansons et les interpréter après y avoir apposé une mélodie de son cru ou une déjà existante. Sa réinterprétation de *Take me to Church*, d'Hozier, qu'il a chantée l'année dernière après une soirée particulièrement arrosée, m'a fait pleurer à chaudes larmes. J'ai dû aller m'enfermer dans les toilettes du bar où l'on était pour me cacher de Clay et de mes amis.

Saint avait modifié quelques paroles d'une façon si subtile qu'il m'avait fallu plus d'une minute pour me rendre compte que ce n'était pas la version officielle. Et lorsque je l'ai compris, je n'ai pas pu m'empêcher de faire un lien étrange, et sûrement erroné, entre lui et… *moi.*

Comme s'il voulait que je le ramène à ce fameux jour de septembre 2013, sur le banc de ce parc où l'on s'est rencontrés, et qui a incontestablement changé ma vie.

– Je t'ai déjà dit que je l'adorais ? murmuré-je, pas certaine de parvenir à en dire plus sans lui ouvrir toutes les failles de mon âme. Elle est magnifique. Ta musique est… merveilleuse.

Saint repose sa guitare sur son lit, puis il pivote vers moi, l'air prêt à partir, avant de s'immobiliser avec du feu dans les yeux.

– Tu es diabolique, mon ange…

Il inspecte ma tenue, à la fois sage et élégante, et bien sûr, je ne me gêne pas pour lui rendre la pareille. Comme à son habitude, il a enfilé un tee-shirt blanc, un jean noir troué au niveau des genoux et une paire de Vans tellement usées qu'elles semblent plus brunes que blanches. Plein de colliers, de bracelets et de bagues parachèvent de personnaliser sa tenue qui aurait pu être considérée comme basique. Avec ses tatouages et son vernis noir, il ne va pas manquer de provoquer une crise cardiaque à mon père.

Et c'est pour ça que je l'adore !

– Je crois que c'est un oxymore, plaisanté-je, essoufflée. Tu n'es pas mal non plus, cela dit.

Il hausse un sourcil.

– Viens là.

Ses yeux se verrouillent sur mes seins dont on devine les pointes percées à travers la finesse du coton – raison pour laquelle j'ai pensé à emporter une chemise. Mon père me couperait la tête s'il apprenait que je me suis fait percer les tétons.

Et tatouer les côtes.

– Non. Tu vas nous mettre en retard.

Saint pousse un grondement si animal que je sens mes orteils se recroqueviller dans mes chaussures.

– Tu es de sang là, hein ? blagué-je, complètement chamboulée.

Et dire qu'on doit partir…

– De sang et de chair, confirme-t-il, en se réajustant d'un bras strié de veines gonflées.

Je plaque mes mains brûlantes sur mes joues et m'exclame, à moitié morte de rire :

– Saint !

C'est à son tour d'éclater de rire, faisant un peu redescendre la pression érotique qui s'accumule entre nous. Son téléphone à la main, il me rejoint en empochant son portefeuille et son trousseau de clés.

– Allez, en route, mon ange. Ou je risque fort de me mettre à genoux pour te brouter la Cassandra !

Je rougis de plus belle, mortifiée d'être à ce point excitée, ce qui le fait rire encore plus fort tandis qu'il me mitraille avec son portable pour me prendre en photo sous tous les angles. Avec ma moue boudeuse, mes joues écarlates et l'envie de sexe irrépressible qui brille au fond de mes yeux, je dois avoir l'air d'une groupie, à la fois fâchée et troublée par son idole.

Exactement ce que je suis…

D'ailleurs, je me demande s'il est tombé sur les photos de moi nue que j'ai enregistrées dans son ordinateur. Il n'en a jamais parlé, et moi non plus. Mais j'ai hâte qu'il les découvre et qu'il comprenne… qu'à ce moment-là, je savais déjà que c'était lui, et lui seul, que je voulais.

– Tu viens de choquer ta voisine, lui signalé-je après avoir retrouvé un semblant de calme, au beau milieu de la cage d'escalier.

Il m'assène une petite tape joueuse sur le derrière.

– Ne t'inquiète pas, elle s'en remettra. C'est une sacrée cochonne, elle aussi.

Je glousse.

– Qui aurait pu le croire, hein ?

– Oh, mais moi, je l'ai su dès que je l'ai vue… me contredit-il, espiègle. Tout en elle hurlait le sexe. Ses yeux, sa bouche, ses petits seins. Elle m'a ensorcelé comme une putain de sirène. Et ça a été un véritable supplice que d'avoir à lui résister, année après année.

Je déglutis, la gorge aussi sèche que le désert du Sahara, et prends une vive inspiration, heureuse d'être sortie de l'immeuble où l'air commençait à devenir étouffant.

– Ça a été très dur pour elle aussi, tu sais… de t'avoir juste là, si loin et pourtant à portée de main. Jamais à elle, toujours aux autres.

C'est un aveu dangereux. Une vérité trop triste et cruelle qui m'a lacéré le cœur de l'intérieur pendant des mois… et peut-être même des années, à moi aussi…

– Les autres ? Quelles autres ? marmonne Saint en entremêlant ses doigts aux miens, mais sans aller jusqu'à croiser mon regard. Pour moi, il n'y a toujours eu qu'elle.

C'est un séduisant mensonge… *et je l'accepte.*

Parce qu'aujourd'hui, j'ai envie d'y croire. De croire en lui. En nous. Et en l'avenir que l'on pourrait avoir, si l'on arrête de se fuir et de s'enfuir, lui et moi.

En route pour l'église, je me sens bien, à ma place dans l'univers. Comme si, après tout ce temps à errer dans le noir, je rentrais *enfin* à la maison. Et je prie… oui… je prie de toutes mes forces pour que l'on reste éternellement ensemble, tous les deux.

Saint ne m'abandonnera plus, hein ? Il n'a plus de raisons de le faire, non ?

Le trajet dure un peu plus de vingt minutes, et je suis bien contente d'avoir opté pour un ensemble en lin blanc, parce qu'il fait déjà si chaud qu'un mince filet de sueur dégringole le long de ma colonne vertébrale et sur l'arrière de mes cuisses. De fait, toute l'étendue de ma peau exposée au soleil est recouverte d'une fine pellicule de transpiration qui me paraît d'autant plus désagréable que la pollution de la ville semble désespérément s'accrocher à moi.

Je me sens moite et poisseuse, comme à chaque fois que je me promène trop longtemps dans les rues qui longent le Strip et s'éloignent vers la banlieue.

Saint a beau m'avoir galamment prêté sa paire de Ray-Ban, le début d'une migraine particulièrement tenace me cisaille le lobe frontal, ce dont je ne manque pas de me plaindre, agacée qu'il ne souffre pas autant que moi de la chaleur.

– Es-tu seulement humain ? grommelé-je, en essuyant mon front d'un revers de la main. C'est un véritable cagnard, et tu ne transpires même pas d'une goutte. En plus, les vapeurs des pots d'échappement sont infectes et me donnent envie de sauter dans la première fontaine venue.

Ce qui ne serait pas forcément mieux, dans la mesure où les fontaines de la ville sont aussi sales que des toilettes publiques.

– C'est vrai que c'est désagréable. À Seattle… commence-t-il, avant de s'interrompre brusquement.

– À Seattle ? le relancé-je, curieuse.

Saint ne parle jamais de son adolescence passée dans la ville célèbre pour ses vents puissants. Si toutes les choses que j'ai cru comprendre dans ses silences et ses non-dits s'avèrent, il y aurait rencontré une fille dont il serait tombé fou amoureux. Une fille qui, peut-être, l'aurait accusé d'un crime ignoble avant de lui briser le cœur en mille morceaux.

Bon, c'est encore très flou dans ma tête, mais je pense avoir compris l'essentiel…

– L'air était pur et rafraîchissant. Un peu froid, c'est vrai. Et il pleuvait souvent, mais…

– Ça te manque, deviné-je.

Il acquiesce, le regard perdu dans le vague.

– Parfois.

Quelque chose dans sa voix me plonge dans la confusion. On dirait un mélange de colère, de tristesse et de… *soulagement ?*

– On pourrait y aller un week-end, si tu veux ? J'aimerais beaucoup visiter cette ville. En plus, j'ai toujours rêvé de voir le Space Needle.

J'ai à peine le temps de finir ma phrase que Saint secoue déjà sa tête blonde dans tous les sens.

– Ça sera sans moi, mon ange !

Un refus ferme et définitif. Aussi catégorique que l'expression dégoûtée qui s'est inscrite sur les traits virils de son visage.

– Je ne… Ah ! m'écrié-je, en évitant de justesse une énorme crotte de chien. Mais putain… Les gens sont dégueulasses !

Une veine se met à pulser sur mon front.

– Non, franchement. Je commence à détester cette ville de merde ! C'est le cas de le dire, hein !

Saint me tire par la manche pour me forcer à continuer mon chemin.

– Tu es très irritable, aujourd'hui.

– Ouais, grogné-je, en tentant de me raisonner. Quelques jours avant d'avoir mes règles, je suis toujours de mauvaise humeur, j'ai le ventre gonflé, les seins lourds et des migraines. Ça me soûle.

– Si tu veux, ce soir, on se met au lit devant des navets romantiques, avec de la bouffe chinoise et un moelleux au chocolat.

C'est une proposition si alléchante que je ne parviens pas à retenir le gémissement de plaisir éperdu qu'elle me procure.

– Oh, oui ! Oui !

Saint ne répond pas et se contente de glousser, indifférent à mes simagrées… et aux dizaines de regards à la fois féminins et masculins qui se braquent sur lui, comme s'il était une espèce de friandise particulièrement désirable.

Je ne suis pas *vraiment* jalouse de cette attention. Disons plutôt qu'elle me met mal à l'aise. Et pour cause, je suis loin d'y être habituée. Moi, j'ai toujours été invisible, bien cachée dans l'ombre de ma sœur, avant de trouver un nouvel abri derrière la façade un peu banale de Clayton. Hélas, avec Saint, c'est comme si, tout à coup, je me retrouvais projetée sur le devant d'une scène sur laquelle se jouait un spectacle dont je ne connais pas les répliques. Les gens le regardent, puis ils me regardent, moi aussi, et je suis à peu près certaine qu'ils se demandent : « C'est sa copine ? Elle est avec lui ? Vraiment ? » Et le fait que je ne possède pas de véritables réponses à ces questions muettes me déstabilise au plus haut point, parce qu'elles ne cessent de me hanter, moi aussi.

Jour après jour, baiser après baiser – et plus si affinités.

Qui suis-je réellement pour toi, Saint ? Et pourquoi ai-je si peur de te le demander ?

– Regarde, relance-t-il au bout de quelques secondes, en désignant le coin de la rue, où s'élève l'église en briques brunes déjà saturée de paroissiens prêts à assister à la messe. On est arrivés, mon ange. Tu vas pouvoir arrêter de râler ! Hourra !

– Il y a du monde, m'étonné-je, nerveuse. J'espère qu'on arrivera à trouver une place…

La structure en métal de l'église lui confère une architecture très moderne qui plaît énormément à la nouvelle génération de croyants, si bien qu'elle est devenue très « populaire », ces dernières années – au grand dam de mon père, cela va sans dire…

– Tu vois la flèche à quatre côtés, coiffée d'une croix située sur l'avant gauche ? dis-je à Saint, dont les yeux suivent la direction pointée par mon doigt. Eh bien, quand j'étais petite, j'en avais tellement peur que ma mère était obligée de me bander les yeux pour entrer dans l'église. En fait, elle est si haute que je craignais qu'elle parvienne à déchirer le ciel et à blesser les anges, ce qui faisait beaucoup rire mes parents et leurs amis.

Avec le recul, ça me fait sourire, moi aussi. Et ça m'aide à me rappeler de bons souvenirs liés à ma mère. Cette femme mystérieuse, fière d'être l'ombre fidèle de son mari, et qu'au final, je n'ai jamais réellement eu le plaisir d'apprendre à connaître. C'était l'église qu'elle préférait dans toute la ville.

– Tu devais être trop mignonne, commente Saint, avec un doux sourire. J'aurais adoré être là pour me moquer de toi.

Je ris en le repoussant du coude.

– C'était une peur tout à fait légitime, je te signale. Mes parents m'avaient dit que les anges dormaient dans les nuages, et les jours pluvieux, la croix transperçait ces derniers.

Les prunelles de Saint se mettent à pétiller d'espièglerie.

– En résumé : tu avais peur qu'ils s'y piquent le derrière, c'est ça ?

Choquée par son impertinence, j'explose bruyamment de rire en rejetant la tête en arrière. Des passants se tournent vers moi, interloqués par mon attitude, mais pour une fois, je me fiche d'attirer l'attention. J'adore l'humour de ce crétin beaucoup trop adorable pour ma santé mentale.

– Tu es bête !

Sainte porte définitivement très mal son prénom. Avec sa blondeur et ses lèvres pécheresses, c'est Lucifer qu'il aurait dû s'appeler. Le moins saint de tous les saints – et, incontestablement, le plus amusant.

– Et en parlant de derrière, j'aimerais beaucoup piquer le tien, moi aussi, s'amuse-t-il, en me caressant tendrement les fesses. C'est sur ta liste, mon ange.

Son regard d'obsidienne s'allume d'une flamme vorace qui me consume, corps et âme.

Alors, c'est ça, la passion ? m'interrogé-je, tandis qu'une délicieuse chaleur se répand dans mon abdomen. *Zut, c'est terriblement addictif !*

– Et j'ai hâte de la mettre en pratique, d'ailleurs…

Mes genoux se mettent à flageoler. Un rire idiot m'échappe entre deux inspirations laborieuses.

– Ce n'est ni le lieu, ni le moment pour ça, joli cœur.

Mais j'aurais été beaucoup plus crédible si je n'avais pas été aussi rouge et essoufflée qu'avant un orgasme.

– Avec toi, c'est toujours le lieu et le moment, pour moi… susurre-t-il.

Je me force à lever les yeux au ciel pour donner un semblant de crédibilité à ma rebuffade.

– Grande bouche, va !

– Tu l'adores, ma bouche, non ? riposte-t-il, toujours prompt à me séduire par son irrévérence.

– J'aime surtout ta langue, répliqué-je du tac au tac, rien que pour le plaisir de lui river le clou.

Sauf que Saint a infiniment plus d'expérience en matière de flirt que moi…

– Tu sais très bien que tu n'as qu'un mot à dire pour l'avoir entre tes cuisses, mon ange.

Je m'étrangle avec ma salive, le visage brûlant, tandis que je repère la tignasse poivre et sel de mon père, et celle, plus courte et foncée, de mon frère dans la foule, près de l'entrée derrière laquelle se tient une file de plusieurs dizaines de personnes.

– OK, je te laisse remporter cette manche, abdiqué-je, en proie à une excitation complètement déplacée. Mais je vais finir par croire qu'il n'y a que ma *sexlist* qui t'intéresse, chez moi…

C'est une blague.

Ou pas.

– Si seulement c'était le cas, soupire-t-il, sans me regarder. Ce serait beaucoup moins douloureux…

Je ne réfléchis même pas avant de lui demander :

– Qu'est-ce qui est douloureux, Saint ?

Mais il garde le silence, le regard toujours fuyant, la moue chagrine. Je le connais mieux que je n'ai jamais connu Clayton, et je sais que lorsqu'il se referme sur lui-même, il est presque impossible de lui extirper le moindre mot. Aussi n'insisté-je pas et m'efforcé-je de contenir ma frustration. Même si c'est parfois difficile à vivre, je respecte ses limites, parce que je sais, ou plutôt, je sens qu'il a vécu quelque chose de suffisamment grave pour le briser jusqu'à l'âme.

Je ne veux pas le brusquer. Je ne veux pas le forcer à s'ouvrir au risque de raviver toutes ces vilaines plaies qui lui meurtrissent le cœur. Je veux juste qu'il ait assez confiance en moi pour choisir de m'en parler de lui-même.

Un jour…

Bientôt, je l'espère.

– Tu as raison, lâche-t-il d'un coup, à mon plus grand étonnement.

– À quel sujet ? m'enquiers-je, sourcils froncés.

Sait-il que j'ai déjà plus ou moins deviné les grandes lignes de son histoire ? Qu'à travers les infimes bribes d'indices qu'il m'a octroyées par-ci par-là, je suis arrivée à reconstituer une image floue de son puzzle ?

– On n'aura jamais de place.

La déception me gifle en pleine figure lorsque je comprends qu'il a complètement changé de sujet. Qu'on ne parle plus du tout de lui. Ni de Seattle. Et qu'il n'a toujours pas assez confiance en moi pour me dévoiler les maux de son passé.

– Il y a un peu plus de mille places assises, lui expliqué-je, avec une sensation de déconnexion grandissante. Normalement, il y aura assez d'espace pour tout le monde.

– Au pire, plaisante Saint, on n'aura qu'à aller s'installer sur notre banc, dans le parc.

Mes prunelles se rivent d'elles-mêmes sur le parc situé en face de l'église, à l'entrée duquel se trouve *notre* banc. Celui de notre rencontre. Un flot de souvenirs, pas tout à fait agréables, remonte à l'intérieur de moi, et très vite, la mélancolie m'envahit, à l'instar d'un poison.

Sept années de gâchées.

Sept années à l'aimer sans le voir. À l'aimer sans l'avoir. À l'aimer sans le vouloir.

Je ne supporterai pas que ça recommence.

– Tu sais, je ne crois pas t'avoir déjà dit la…

Le reste de ma phrase s'étrangle quelque part au milieu de ma gorge lorsque je repère un visage familier dans la foule, aux côtés de mon père et de mon frère. Un visage similaire au mien, mais aux yeux plus foncés, à la bouche plus large et aux cheveux d'un brun moins chaud, coupés à la garçonne.

Charity.

C'est la première fois en six mois que je revois ma sœur, et même si elle aimerait sûrement faire croire le contraire, il est évident qu'elle n'a pas changé d'un pouce. Avec sa longue robe jaune faussement sage qui moule son ventre de grossesse, elle est resplendissante, d'une beauté sulfureuse et flamboyante. Mais elle affiche toujours le même petit sourire en coin, volontairement provocateur, qui émoustille les hommes et agace mon père. Et mon frère aussi, si je m'en réfère à son attitude frondeuse et agitée.

J'ai l'impression qu'ils sont mal à l'aise, comme s'ils ne s'attendaient pas à la voir…

Et bien sûr, Clayton n'a pas l'air d'en mener plus large qu'eux. Un peu en retrait, il danse d'un pied sur l'autre, le front ridé par l'inquiétude, tout en inspectant les environs d'un regard anxieux.

– Eh merdeeeee ! jure Saint en se figeant à côté de moi.

Ce n'est qu'à ce moment-là que je remarque ma propre immobilité, mon souffle court et la rage qui me transperce de part en part… jusqu'à ce que mes yeux croisent ceux de Clayton.

– C'est une blague ! craché-je, tout en dévisageant Clay qui fait de son mieux pour se défaire de l'étreinte de ma sœur lorsqu'elle paraît vouloir l'emmener à l'intérieur de l'église. Je te jure que s'il vient…

Une fois encore, je n'ai pas l'occasion d'aller au bout de ma phrase. Comme dans un mauvais film d'horreur, et une seconde avant qu'ils n'entrent pour s'installer à la place habituelle de mon père, je vois Clayton s'excuser auprès de ma sœur, puis de mon frère, et s'avancer dans ma direction en luttant contre la foule qui forme une masse compacte autour de lui. Cela le freine dans sa progression et me laisse une bonne vingtaine de secondes afin de me ressaisir avant d'avoir à les affronter, lui et la lueur belliqueuse que je discerne non sans mal dans les ombres noires de ses prunelles.

Distraitement, j'entends Saint me dire d'une voix légèrement affolée :

– Viens, on s'en va, Ola…

Mais c'est trop tard. Clayton est là, et bon sang ! Ce n'est certainement pas à moi de le fuir !

– Saint, mon pote… marmonne mon ex-fiancé en s'immobilisant en face de nous. Je m'attendais à te trouver ici, mais je crois que ça n'a pas l'air d'être ton cas.

Il rit, comme si c'était drôle.

Ça ne l'est pas, et il passe pour un con.

– Ouais, confirme Saint, en lui serrant l'avant-bras dans l'une de ses étranges démonstrations d'amitié virile, tu ne m'avais pas dit que tu serais là.

Sous-entendu : *Moi, si.* Ce qui ne manque pas de m'interpeller. Quel genre de relation Saint a-t-il dit que nous entretenions à Clayton ?

– Je ne comptais pas venir, avoue Clay, en me jetant un regard de biais aussi froid que la banquise du pôle Nord. Mais Chery a insisté.

Retenez-moi, je vais gerber…

– J'espère que ma présence ne te dérange pas, ajoute-t-il, en se dressant devant moi pour me toiser de toute sa hauteur. Ta sœur tenait vraiment à être là.

Je ravale difficilement la boule de haine que j'ai dans la gorge et qui est à deux doigts de m'étrangler.

– Ce n'est pas *mon* église, lui rappelé-je avec aigreur. Tu fais ce que tu veux, Clay.

Une pause. J'essaie de me retenir. De ne pas être méchante. Mais j'échoue et éructe :

– Tu l'as toujours fait, de toute façon ! Et dans mon dos, qui plus est…

Saint prend une vive inspiration tandis que Clayton se raidit comme si je venais de l'insulter. Ce que je n'ai même pas encore commencé à faire.

– Olaïna… soupire-t-il, en se frottant le crâne.

La quasi-totalité des gens sont entrés dans l'église, si bien que je doute de plus en plus d'avoir une place assise.

– Ce n'est ni le lieu, ni le moment pour avoir cette conversation, tranché-je, en préférant reporter cette vaine discussion. Tes excuses peuvent attendre.

Saint s'agite près de moi, de plus en plus mal à l'aise. Alors que Clayton, lui, se fend d'un large rictus *absolument* détestable.

– M'excuser ? Je ne vois pas ce qui t'a donné l'impression que c'était dans mes intentions.

– Clay, le prévient Saint, avec un avertissement ostensible dans la voix. Stop. Pas ici !

Mais je suis trop en colère pour la mettre en veilleuse.

– Tu n'es vraiment qu'un sale con ! m'emporté-je, submergée par mes émotions. Ces sept années avec toi ont véritablement été le plus gros gâchis de toute mon existence !

Les joues de Clayton rougissent sous l'effet de la colère.

– Je ne te le fais pas dire ! siffle-t-il, aussi furieux que moi. Mais là encore, c'est moi le méchant, hein ? C'est moi qui ai tout gâché ? Toi, tu es l'innocente victime de l'histoire, c'est ça ?!

– Oui ! m'écrié-je, choquée qu'il puisse penser le contraire.

Clayton éclate d'un rire sombre, presque cruel. Et je dois l'admettre, un peu douloureux, aussi.

– Alors, c'est pour ça que dès que j'ai franchi le seuil de notre appartement avec mes valises, tu t'es concocté une *putain* de liste de fantasmes à réaliser avec mon *putain* de meilleur ami ?!

J'écarquille les yeux et fais volte-face pour assassiner Saint d'un regard noir.

– Tu as osé lui parler de ça ?

Le teint blême, Saint entrouvre les lèvres, sûrement pour essayer de se défendre, mais Clayton ne lui en laisse pas l'opportunité et surenchérit :

– Et s'il n'y avait eu que ça…

– Oh ! l'interromps-je, à bout de nerfs. Toi, ta gueule ! Tu as couché avec ma sœur ! Pendant un an ! Et comme si ça ne suffisait pas, tu as embarqué la quasi-totalité de nos meubles, tu l'as mise en cloque et tu l'as demandée en mariage !

Clayton riposte à brûle-pourpoint :

– Et toi, tu m'as trompé pendant plus de sept ans en me faisant croire que tu étais vierge, alors que tu t'étais tapée mon meilleur ami dans mon dos !

C'est la goutte d'eau qui fait déborder le vase.

– Tu lui as parlé de ça, aussi ?! m'horrifié-je, en me sentant doublement trahie. Vous savez quoi ? Allez vous faire foutre, tous les deux ! Je me tire !

Sans un regard en arrière pour Clayton, ou pire, pour Saint, je tourne les talons et prends la direction du parc, où se dresse un belvédère semi-fermé, entouré de buissons de roses blanches et de lys tigrés.

– Attends ! Olaïna, s'il te plaît !

Mais je n'attends pas. Je n'attends plus. Et au contraire, je cours plus vite…

29

Ne fais pas ça, mon ange…

Saint

24 août 2014

Assis à même le sol et adossé à la porte de mon réfrigérateur, je contemple d'un œil morne mon nouvel appartement – triste, froid et sombre… *comme moi.* Avec l'aide de Clayton, j'ai entassé tous mes cartons au milieu du salon, dans le coin le plus éloigné des taches de moisissure sur lesquelles il va falloir que je me penche bientôt – et j'espère que le propriétaire ne sera pas trop long à la détente, cette fois. J'ai déjà dû insister pendant des jours pour qu'il accepte de réparer la douche, dont l'eau coulait à un débit si faible qu'elle arrivait à peine à remplir un verre d'eau en dix minutes.

Un long soupir de lassitude m'échappe tandis que je pioche dans le plat de lasagnes froides que ma mère m'a apporté plus tôt dans la matinée, en attendant que les nouveaux appareils électroménagers que j'ai achetés après avoir offert les miens à Clay soient livrés.

– Je m'inquiète pour toi, mon fils. Ça va faire un an que ton père est mort. Et autant de temps que je ne t'ai plus vu sourire…

– Je vais bien, maman. Arrête de t'inquiéter pour rien.

Un mensonge. Évidemment. Et ma mère n'est pas tombée dans le panneau. Pas cette fois.

– Ce qui s'est passé à Seattle avec Judy ne définit pas la personne que tu es, Saint. Tu n'as rien fait. Tu le sais, hein ?

Les poings serrés, le cœur battant la chamade, comme à chaque fois que j'entends ce maudit prénom, j'ai craché :

– Ne prononce plus jamais son nom devant moi ! Et laisse papa en dehors de ça !

La déception dans les yeux si bleus de ma mère a failli me tuer, mais je n'ai pas pu m'empêcher de hausser la voix. Je déteste être brusque avec elle. Après toutes les choses affreuses qu'elle a traversées à cause de moi, j'aurais dû baisser la tête et la rassurer d'une quelconque façon, en lui promettant de faire plus d'efforts pour être le bon garçon qu'elle a élevé. Mais c'était plus fort que moi, il fallait que je me purge de cette colère. De toute cette *culpabilité*. De toute cette haine qui me bouffe de l'intérieur et qui me donne envie de hurler à pleins poumons.

Mon père est mort… *et je ne m'en remets pas.*

Clayton sort avec Ola… *et je ne peux m'en prendre qu'à moi-même.*

Pire, ils ont couché ensemble… *et ça, je ne le digère pas.*

Soudain, mon téléphone se met à vibrer dans ma poche, m'interrompant en pleine séance d'auto-apitoiement, ce que je considère comme un petit cadeau du destin jusqu'à ce que le nom de mon correspondant s'affiche sur mon écran et me glace le sang à l'intérieur des veines.

Judy Earlington.

Pour la sixième fois. Rien que cet après-midi.

J'ignore comment elle a réussi à trouver mon numéro, mais depuis qu'elle est sortie de l'hôpital psychiatrique, trois semaines plus tôt, elle me harcèle d'appels et de SMS. Et même si je n'ai encore jamais répondu, mon silence semble l'encourager plus qu'autre chose.

« Tu as abusé de mon cœur, Saint ! Tout est ta faute ! Je te déteste ! »

Pendant les quelques secondes que dure l'appel, et qui me font l'effet de contenir une éternité, je reste là, transi jusqu'à l'os, incapable d'esquisser le moindre geste. Ou de bouger ne serait-ce que le petit doigt.

Puis, *enfin*, l'appel bascule sur la messagerie.

Sans perdre un instant, j'efface la notification, et le téléphone bien en main, j'hésite aussi à bloquer son numéro pour qu'elle me laisse en paix, une bonne fois pour toutes. Mais je ne sais pas pourquoi je n'y arrive pas. Quelque chose me retient. Une compulsion sûrement autodestructrice. L'inverse de l'instinct de préservation. Plutôt celui d'une démolition systématique et profondément ancrée dans ma psyché. La partie de moi qui me veut du mal, et qui, par conséquent, m'oblige à *me faire* du mal.

Ce qui explique aussi pourquoi je finis par écouter le message vocal qu'elle vient de me laisser.

« Vous avez… un… nouveau message. »

Mon cœur bat si fort que j'entends à peine la suite.

« Saint ? C'est moi. Judy. Je… je t'ai envoyé plein de SMS, mais tu ne réponds pas. S'il te plaît. Réponds-moi. Réponds-moi. Réponds-moi, s'il te plaît… J'ai peur de refaire une bêtise et de ne pas me louper, cette fois. Même si on ne peut pas vraiment dire que j'ai loupé mon coup, l'année dernière. »

Ses sanglots brouillent la ligne. Pendant un instant, je me dis que le message est fini et qu'il faut que je raccroche.

En novembre dernier, elle a fait la même scène, avec les mêmes pleurs, les mêmes pénitences, les mêmes vœux de rédemption. Et bien sûr, lorsque j'ai fini par accéder à ses prières et décrocher le téléphone, ça n'a fait qu'empirer la situation déjà plus que merdique. Après l'avoir suppliée pendant des heures et des heures afin qu'elle rétablisse la vérité, et lorsqu'elle a refusé une fois de trop en arguant que toute sa famille la renierait si elle le faisait, je me suis tellement emporté que je lui ai hurlé d'aller brûler en enfer, avant d'exploser mon portable contre un mur.

Le soir même, elle se tirait une balle dans la tête.

Et elle se loupait – *fort heureusement…*

La balle a transpercé sa joue, la défigurant au lieu de la tuer, et dépassés par les événements, ses parents se sont résignés à la placer en hôpital psychiatrique, une fois les semaines de soins terminées, pour éviter qu'elle soit tentée de se refaire du mal.

Ce qui, bien sûr, a été rajouté à la liste de mes crimes, déjà longue comme le bras.

« Je suis tellement désolée, Saint. Pour tout ce que j'ai dit, pour tout ce que j'ai fait. Pas qu'à toi, mais à tous les autres aussi. À ma famille. À nos amis. S'il te plaît. Je suis complètement perdue. Décroche ce putain de téléphone ou je vais devenir folle à force d'y penser ! »

Un bip suraigu m'informe que le message est vraiment terminé, cette fois-ci. Aussi m'empressé-je de raccrocher et de verrouiller mon portable, bizarrement anesthésié par ce que je viens d'entendre. Des excuses. Des reproches. Des larmes et de la colère. Le tout si bien imbriqué que je ne sais plus si je dois m'excuser ou l'envoyer se faire foutre. Du Judy tout craché, en somme. Même après ces années passées à essayer de la faire disparaître de mes pensées, j'ai l'impression d'avoir toujours affaire à la gamine à vif et passionnée qui avait réussi à me charmer avec son tempérament indomptable, ses longues boucles blondes et son impolitesse coutumière. La jolie princesse, mise en cage par sa famille trop autoritaire, qu'elle faisait semblant d'être, avant de dévoiler sa *véritable* nature.

Je m'y suis laissé prendre une fois…

Pas deux.

Putain, s'il y a bien une leçon que j'ai retenue, c'est celle-là !

Oublie-moi, Judy. Par pitié, oublie-moi !

L'appétit coupé, je me relève pour mettre les lasagnes au frigo, et les couverts dans l'évier, avec mon verre et mon assiette. J'ai une tonne de cartons à défaire, des meubles à monter et des devoirs à terminer pour la fac, ainsi qu'un tas de mails à gérer vis-à-vis des contrats de mannequins que j'accepte de temps à autre pour mettre du beurre dans les épinards, mais…

Judy me rappelle.

Encore une fois.

La peur et la confusion s'entremêlent à l'intérieur de mon abdomen pour former une boule noire et compacte, pleine de rancœur et de pensées sur lesquelles j'essaie de ne pas m'appesantir. Mais j'échoue lamentablement en sentant la vibration d'un nouvel appel – le huitième. Je suis à deux doigts de perdre mon sang-froid et d'exploser mon téléphone… ou pire, de décrocher en la suppliant encore de raconter la vérité à ses parents et à nos amis plutôt que de continuer à me harceler… lorsqu'on frappe deux fois à ma porte.

Intrigué, j'essuie mes mains mouillées sur un torchon, repose ma vaisselle propre sur le comptoir et traverse les quelques mètres qui me séparent de la porte d'entrée en moins d'une dizaine de pas.

Et soudain, la journée qui était plus que catastrophique devient un tout petit peu moins horrible lorsque je découvre Olaïna sur le palier.

En jolie robe d'été. Pas blanche, mais d'un bleu pastel parsemé de fleurs multicolores. Et si courte que je n'aurais qu'à souffler très fort sur ses cuisses pour entrevoir sa petite culotte. Une version perverse et classée X des trois petits cochons.

– Olaïna ? dis-je d'une voix surprise.

Mal à l'aise, la jolie brune qui hante toutes mes nuits lève ses grands yeux vers moi, et d'un seul coup, j'oublie absolument tout…

Mon père. Clayton. Judy. Ma propre envie de me tirer une balle dans la tête.

Et j'éclate de rire. Un rire rauque et profond. Sincèrement authentique, qui me secoue les épaules et me force à me plier en deux.

– Qu'est-ce que tu as mis sur tes yeux, Ola ?!

Elle rougit en baissant la tête vers ses pieds.

– C'est Jony qui a essayé de me maquiller, rouspète-t-elle, en tentant de dissimuler ses paupières couvertes d'un fard turquoise si criard qu'il m'en blesserait presque les rétines. C'est loin d'être une réussite, mais je ne voulais pas la vexer.

J'essuie les larmes d'hilarité qui ont coulé sur mes joues et m'efface d'un pas pour la laisser entrer dans mon nouveau chez-moi. Je souris encore comme un idiot lorsque je referme la porte derrière elle, tout en m'enivrant aussi discrètement que possible de son odeur sucrée.

– Que me vaut l'honneur de ta présence, mademoiselle McLaren ?

Olaïna ne répond pas tout de suite. En fait, elle inspecte mon appartement avec une minutie qui me met instantanément mal à l'aise. Tout y passe : la moisissure, la tapisserie défraîchie, les traces d'humidité sur le sol, les trous à la place du four et du micro-ondes et la minuscule fenêtre qui donne… sur la fenêtre du voisin d'en face.

– Je ne te comprends pas, Saint.

Droit au but. Et sans préliminaires.

Exactement comme j'aime être baisé.

J'affiche une moue faussement étonnée qui m'aurait sûrement valu d'être recalé de n'importe quel casting pour le cinéma.

La comédie, ça n'a jamais été mon truc.

– Comment ça ? Tu veux une bière ?

Elle décline mon offre d'un mouvement de la tête, mais je m'en sers tout de même une, histoire d'avoir quelque chose pour m'occuper les mains… et m'éviter de céder à la tentation de la toucher.

– Pourquoi tu nous as laissé ton appartement ? Pourquoi tu viens vivre ici ? C'est tellement moins…

Elle cherche ses mots, balbutie et bégaie, mais à défaut d'en trouver un satisfaisant, elle finit par cracher :

– Mignon ! C'est tellement moins mignon !

Je bois une longue goulée de bière pour réfléchir à une réponse cohérente. Malheureusement, je laisse échapper la seule chose qui ne soit pas un gros mensonge.

– C'est toi qui es mignonne.

OK. Je n'aurais pas dû dire ça…

Et encore moins à la copine de mon meilleur ami, dont le regard vert s'étrécit comme une lame prête à me poignarder.

– Tu n'as pas le droit de dire des trucs comme ça ! me sermonne-t-elle, en s'empourprant. Et réponds-moi franchement : pourquoi tu fais toutes ces choses bizarres, Saint ?

Parce que je t'aime et je veux que tu sois heureuse. Parce que je veux me faire pardonner pour tout le mal que je t'ai fait, à cette soirée. Parce que tu es tellement jolie quand tu souris. Parce que je me sens mieux dès que je t'ai près de moi. Parce que je voudrais être honnête et te dire la vérité.

Mais le téléphone qui vibre, encore et encore, dans ma poche m'aide à me rappeler *pourquoi* je n'ai pas le droit d'être avec elle.

Mon petit ange.

– Pour Clayton. Tu sais très bien qu'il est comme un frère pour moi.

Les yeux trop maquillés d'Olaïna cillent à plusieurs reprises. Deux instincts diamétralement opposés semblent lutter à l'intérieur de sa tête. Une dualité d'esprit que je ne connais que trop bien, et contre laquelle je me bats moi-même au quotidien.

– Je sais, admet-elle.

Et cette fois, je n'ai pas besoin de feindre la surprise lorsqu'elle s'approche tellement de moi que je n'aurais plus qu'à me pencher de quelques centimètres pour lui voler un baiser.

– Mais je me disais… poursuit-elle, en plongeant son regard dans le mien, si pleine d'espoir que ça me tue, qu'il y avait peut-être une autre raison à tout ça. Une autre… personne pour qui… tu te comporterais de façon aussi… *illogique*.

Je devrais rebrousser chemin, m'éloigner d'elle et de ses lèvres rouges qui m'invitent à la pire des débauches. Oui, il faudrait vraiment que je recule avant de perdre le contrôle de mon corps et de l'embrasser jusqu'à perdre haleine. Comme j'en crève d'envie depuis des mois et des mois.

– Ne fais pas ça, Ola…

Pitié, ne m'oblige pas à trahir Clay.

– Justement ! Voilà une éternité que je ne fais rien, que je me contente de suivre le mouvement, au détriment de mes propres désirs.

Sa main effleure la mienne.

Tout mon corps s'embrase.

– Olaïna…

Pitié, pitié, pitié.

– Il n'est pas trop tard, Saint. Si tu as quelque chose à me dire, je suis encore prête à l'entendre.

Ses doigts remontent le long de mon avant-bras, et je le jure, putain ! c'est comme si elle m'empoignait la queue et qu'elle me la caressait directement à travers le pantalon !

– Olaïna… répété-je, à l'agonie. Mon ange…

Un sourire que je ne peux que qualifier de coquin s'épanouit sur ses lèvres pulpeuses.

– Ça faisait longtemps que tu ne m'avais pas appelée comme ça…

– Tu l'as déjà dit : je n'en ai pas le droit.

Mais c'est à moi que je tente de le rappeler. Pas à elle. Parce que c'est bien moi qui bande comme un taré.

– Et si… je te le redonnais, ce droit ?

Ses doigts redescendent pour venir s'entremêler aux miens. Elle me tient la main. Ou plutôt, je m'accroche à la sienne, comme si ma putain de vie en dépendait.

– Et Clayton ?

Ce ne devrait pas être moi, la voix de la raison. Surtout pas avec elle. Je suis la pire personne possible pour ce rôle. Et Olaïna le sait pertinemment.

– Il s'en remettra.

Je n'en suis pas aussi sûr qu'elle, et c'est pour ça que je finis par reculer d'un pas et rompre notre étreinte coupable.

– Moi, je ne m'en remettrais pas, Ola.

Un désarroi sincère et équivoque se peint sur son joli minois.

– Je ne peux pas trahir mon ami, lui expliqué-je.

Pas encore.

Ou je ne pourrais plus jamais me regarder dans un miroir.

– Ce n'est pas ce que je te demande. Je voulais…

– Ça n'en vaut pas la peine, insisté-je, prêt à craquer, à lui donner tout ce qu'elle réclame. Je n'en vaux pas la peine, Olaïna.

Ses yeux s'emplissent de larmes lorsqu'elle comprend que je la repousse – *encore une fois.*

– Alors, tu as vraiment fait tout ça pour lui, Saint ?

Son courage me rend plus humble… et plus lâche, aussi.

– Oui.

Non.

– Pour quelle autre raison, sinon ?! me forcé-je à plaisanter, en ignorant les vibrations constantes dans ma poche.

– Pour moi, ose-t-elle me répondre.

Le souffle momentanément coupé, je fixe un regard incrédule sur cette fille loin d'être aussi timide qu'elle tente de le faire croire à son entourage. C'est un ouragan, une tempête, un putain de cyclone qui me ravage d'un simple battement de paupières.

– Non, Olaïna. Tu te trompes.

Tu as raison, mon ange.

Mais je ne peux pas faire ça à Clayton.

Et je ne peux pas te faire ça à toi non plus, mon amour. Tu voudrais des choses que je ne peux pas te donner, et lorsque tu t'en apercevrais, tu te mettrais à me détester.

Comme Judy.

– Je n'ai jamais fait et je ne ferai jamais rien pour toi, Olaïna.

Elle inspire vivement, comme si je venais de lui décocher un coup de poing.

– D'accord, s'oblige-t-elle à dire, au bord des larmes. D'accord. OK. J'ai compris.

En refusant de me regarder une seconde de plus, elle me contourne et se dirige vers la porte d'entrée.

– Attends ! Ne m'en veux pas ! Ola, s'il te plaît. Comprends-moi, je…

Elle fait volte-face si vite que je n'arrive pas à m'arrêter à temps pour ne pas la bousculer. Je parviens à la rattraper juste avant qu'elle se cogne la tête contre le frigidaire.

– J'ai compris ! s'écrie-t-elle, toute tremblante. Je ne t'en parlerai plus jamais, Saint. J'oublierai tout ce qu'il s'est passé entre nous. Tu n'existes plus, pour moi. Pouf ! Effacé ! Tu n'es et tu ne seras jamais rien de plus que le meilleur ami de Clayton !

Olaïna me prend par surprise lorsqu'elle me repousse de toutes ses forces vers l'arrière, si bien que je trébuche et me cogne contre le mur.

– Je te le promets. À partir d'aujourd'hui, je t'efface de toutes mes pensées.

Et elle s'en va. Juste comme ça. En claquant la porte. À la fois celle de mon appartement, que j'ai ouverte pour elle, et celle de son cœur, qu'elle a refermée pour moi.

– Ne fais pas ça, mon ange… murmuré-je comme un idiot, en me détestant de toute mon âme. Ne m'efface pas. J'ai déjà tellement envie de disparaître…

Mon téléphone vibre encore – et toujours. Mais c'est un SMS, pas un appel. Et parce que je ne suis plus à une douleur près, je l'ouvre pour le lire…

Ce n'est pas Judy. C'est Clayton.

Merci pour tout ce que tu fais pour moi, mon frère. J'aime tellement Ola que c'en est ridicule, et j'ai hâte de vivre avec elle. Je sais que sans toi, rien de tout cela n'aurait été possible ! Alors, merci. Vraiment.

Je suis à deux doigts d'éclater de rire.

De rien.

– Vie de merde ! grommelé-je, en m'allumant une clope. Putain. De. Vie. De. Merde !

Un jour ou l'autre, il faudra bien qu'elle se termine. Et que Clayton apprenne la vérité. Et alors là… il faudra aussi que je fasse un choix : sauver notre amitié ou ma relation avec Ola.

Ce n'est plus qu'une question de temps…

30

Encore une trahison

Ola

14 mars 2021

Saint me poursuit jusqu'au belvédère, dans lequel je trouve refuge, à l'abri des passants un peu trop curieux. Avec son amoncellement de fleurs odorantes, de feuilles grimpantes et de frises en bois finement sculptées, j'ai le sentiment d'être propulsée dans un autre monde. Dans un écrin de verdure féerique qui parviendrait à adoucir l'aigreur corrosive que je sens bouillonner à l'intérieur de mon cœur.

– Attends, Ola ! s'époumone-t-il, en grimpant les marches deux par deux pour me rejoindre au centre du belvédère. Merde ! Laisse-moi au moins une chance de t'expliquer !

Un ricanement hargneux m'échappe lorsque je me détourne de lui pour aller m'asseoir sur le banc récemment installé dans le fond. Avant, ce belvédère accueillait d'époustouflantes cérémonies de mariage. Et quand j'étais encore enfant, je rêvais de célébrer le mien ici, avec mes parents, mon frère, ma sœur et les jumeaux. Je m'imaginais arriver dans une longue robe blanche, avec un voile retenu par un diadème de princesse et un beau bouquet de lys dans les mains. Je me rejouais ce film inlassablement dans ma tête, sans me préoccuper une seule fois de l'identité de mon futur mari. Ça n'avait toujours été qu'une silhouette floue, plus grande que moi et vêtue d'un élégant costume noir tout ce qu'il y a de plus classique.

Jusqu'à ce que je fasse la connaissance de Saint.

Là, tout a changé. Mon mariage idéal avait trouvé son mari idéal. Et il était blond, couvert de tatouages et, au lieu d'un costume trois pièces, il portait un simple tee-shirt blanc, un jean brut déchiré sur les genoux et des boots usées.

Ça n'a plus jamais été quelqu'un d'autre…

Ça a toujours été lui.

Même lorsque Clayton m'a demandée en fiançailles. Même lorsque j'ai emménagé avec lui, le cœur meurtri, de l'autre côté du palier où je savais que Saint poursuivait gaiement sa vie. Et même quand je me suis résignée à oublier, une bonne fois pour toutes.

Ça a toujours été lui, *ici*.

Dans mes rêves et dans mon cœur de jeune fille.

– M'expliquer quoi, Saint ?! soupiré-je, à bout de nerfs. Que tu m'as encore trahie ? Merci bien, je suis au courant.

Il s'immobilise face à moi, le souffle haletant, le regard fuyant. Et dire qu'il y a moins de deux heures, il me faisait l'amour dans sa cabine de douche comme s'il essayait de s'ancrer à l'intérieur de mon âme.

– Je ne t'ai pas trahie, bordel ! Arrête de dire ça !

Il tire sur ses cheveux, au comble de la frustration.

– Tu lui as dit, pour nous, m'écrié-je pour lui rafraîchir la mémoire.

Et me retenir de lui sauter à la gorge.

– Oui ! se rebiffe-t-il, en s'énervant à son tour. Mais c'était l'année dernière, putain !

– Et tu n'aurais jamais… attaqué-je, avant de comprendre l'énormité de ce qu'il vient de me confier. Attends. Quoi ? L'année dernière ? Mais pourquoi ?

J'écarquille tellement les yeux qu'ils sortent presque de mes orbites.

– C'est compliqué…

Ça m'aurait étonnée, tiens !

– Tout est toujours compliqué avec toi.

Saint baisse la tête, l'air coupable.

– Je sais… oui, je sais bien…

Il me ferait presque pitié, mais j'en ai marre d'être trahie par celui que je considère comme l'amour de ma vie. Et j'en ai marre, aussi, de me retenir de le lui dire par crainte de l'effrayer et de le voir s'enfuir à toutes jambes.

– Et c'est ta faute, enchaîné-je, en faisant taire la petite voix de ma conscience qui m'ordonne d'y aller plus doucement. Tu rends tout difficile pour avoir une excuse quand tu baisses les bras. Mais je ne te laisserai pas faire, Saint. Pas cette fois.

Je le fixe droit dans les yeux et le mets au défi de s'en aller.

– Explique-toi !

Saint jette un rapide coup d'œil vers la rue, comme s'il projetait de se faire la malle. Mais, non. Il reste. Et il parle.

– Tu te souviens de la nuit de ton anniversaire ? On avait organisé une fête, dans nos appartements.

Je pince les lèvres à ce souvenir doux-amer.

– Oui…

Comment pourrais-je l'oublier ? J'y pense encore beaucoup trop souvent !

– La robe blanche, le ruban rouge dans tes boucles brunes, me murmure-t-il à l'oreille. Dès que je ferme les yeux, je te revois comme si c'était hier ; allongée sur le dos, toute nue dans les draps blancs, les jambes écartées, et si mouillée que je sens encore ta moiteur sur le bout de mes doigts…

– Saint !

– Oui, gémit-il, à bout de souffle. Tu as bien crié mon nom, cette nuit-là ! Hein, mon ange ? Tu t'en souviens ?

Cette soirée a hanté plus d'une de mes nuits, aussi bien avant qu'après ma rupture avec Clayton.

– Je t'ai rejoint au dernier étage et on a commencé à parler de nous, poursuit-il, sans savoir que Clayton était parti prendre l'air sur le toit et qu'il avait laissé la porte entrouverte.

Mon sang ne fait qu'un tour à l'intérieur de mes veines.

– Il a tout entendu, c'est ça ? Il ne m'a jamais rien dit !

Si nos rôles avaient été inversés, je n'aurais jamais pu reprendre le cours de la fête comme si de rien n'était. Et je suis choquée qu'il ne m'en ait jamais parlé. Lui qui voulait toujours parler de tout…

Enfin, sauf de mon passé avec Saint, visiblement. Et de ses coucheries avec Charity, bien sûr.

– Il a tout entendu, me confirme Saint, l'air sombre. Et lorsque tu es redescendue, il s'est fait un plaisir de me demander des explications avec ses poings.

Ce qui ne manque pas de me surprendre. Clayton est un pacifiste. Il exècre la violence et les conflits. Et en dehors du football, il ne laisse jamais parler ses poings pour régler ses querelles.

– Vous vous êtes battus ? Qu'est-ce que tu lui as dit ?

Et surtout, pourquoi n'en ai-je jamais rien su avant aujourd'hui, putain ?!

– La vérité : que je t'avais invitée à la fête dans l'espoir de coucher avec toi. Et que j'avais réussi à le faire. Mais que je m'étais rendu compte que tu valais beaucoup mieux que toutes les conneries que j'avais à te proposer, si bien que lorsqu'il m'a demandé de te présenter à lui, j'ai trouvé que c'était une bonne idée. Que vous feriez un beau couple.

L'entendre, même après sept ans, est toujours aussi douloureux. Je grimace en marmonnant dans ma barbe :

– Tu parles d'un beau couple…

On a toujours été qu'une façade. Qu'une putain de mascarade. Autant lui que moi. Avec le recul, je m'aperçois que je ne le connaissais pas si bien que ça… et que lui non plus, il ne m'a jamais vraiment connue.

– À ce moment-là, je ne pouvais pas savoir ce qu'il allait faire.

Je me frotte les tempes, en proie à une terrible migraine.

– Ouais, ouais. Je sais. Bref, comment a-t-il réagi ?

– Il a dit qu'il s'en était toujours douté, que ça ne l'étonnait pas et qu'il comprenait mieux certaines choses. Je lui ai dit que tu m'avais repoussé, ce soir-là, que tu lui avais toujours été fidèle et que tu n'avais jamais rien tenté avec moi.

Je me redresse d'un bond.

– Tu lui as menti !

Ce n'est sûrement pas la réaction la plus appropriée, mais je suis vraiment surprise qu'il ait menti à Clayton. Malgré tous ses défauts, Saint a toujours été d'une honnêteté scrupuleuse, avec lui. Et même s'il ne lui a jamais rien dit à propos de notre nuit de folie avant qu'il le découvre par lui-même, je suppose que c'est parce que Clayton n'a tout simplement jamais abordé le sujet.

– Non ! Je lui ai dit…

Je le coupe :

– Si, tu lui as menti ! Parce que j'ai tenté quelque chose avec toi, Saint. Juste avant qu'on emménage dans ton ancien appartement. J'ai mis une jolie robe, j'ai demandé à Jony de me maquiller et je suis venue m'offrir à toi sur un plateau d'argent. Encore une fois. Et tu m'as repoussée. Encore une fois.

Un moment de pure folie que je mets sur le compte d'une journée à la piscine particulièrement étrange, durant laquelle le regard brûlant de Saint m'a calciné la cervelle. Entre ça et tous les sacrifices auxquels il avait consenti pour que je puisse *enfin* partir de chez mon père et goûter à un semblant de liberté, j'ai cru qu'il avait fini par ressentir quelque chose pour moi.

Hélas, je prenais mes rêves pour des réalités, et il ne s'est pas gêné pour me le balancer en pleine figure.

– Tu n'aurais jamais trompé Clayton.

Je fais un grand geste du bras en direction du ciel.

– Bien sûr que non ! m'exclamé-je, exaspérée. Si tu m'avais donné une chance, j'aurais rompu avec lui avant de faire quoi que ce soit avec toi. Mais mon cœur, lui, l'a trompé. Plus d'une fois. Et je n'ai plus honte de le reconnaître, parce que j'ai fini par admettre que ce n'est pas quelque chose que l'on peut contrôler.

Soudain, un poids s'envole de mes épaules. Je me sens plus légère d'avoir pu vider mon sac.

– Alors je n'ai pas menti à Clay, s'entête Saint, en me dominant de toute sa hauteur. Parce que le cœur ne compte pas, Ola.

Quel monceau de conneries, putain !

– Au contraire ! sifflé-je en le défiant à mon tour du regard. Il n'y a que le cœur qui compte, Saint ! Et le mien…

Une peur bleue s'insinue dans ses yeux de velours noir. Il ne faut pas être un génie pour comprendre qu'il a deviné ce que je m'apprête à lui confier.

– Stop, me supplie-t-il, en me prouvant que j'ai raison. Olaïna…

Il sait ce que je ressens et il ne veut pas avoir à s'y confronter. Soit parce qu'il ne m'aime pas, soit parce qu'il m'aime… mais que cette mystérieuse fille de Seattle a toujours une emprise sur lui. Dans les deux cas, c'est inadmissible.

– Et le mien, de cœur, n'a jamais été à Clayton, me forcé-je à lui dire, terrifiée qu'il me rejette, mais résolue à aller jusqu'au bout. Je l'ai aimé comme on aime un ami. Mais toi…

Saint m'attrape par le bras pour me serrer contre lui. Sa poigne est solide, légèrement douloureuse, mais pas menaçante.

– Olaïna, répète-t-il. Stop.

Mais je ne m'arrête pas. Je ne le peux pas. C'est ici. C'est maintenant. S'il est vraiment celui que je veux voir à la place de la silhouette floue dans mes rêves de mariage, alors je n'ai pas le droit d'abandonner.

– Toi, m'entêté-je, tu détiens mon cœur, Saint.

Une expression de pure douleur déforme ses traits si expressifs.

– Mon ange…

– Depuis la première nuit, persévéré-je. Depuis le premier mot. Depuis la première fois où je t'ai croisé, à l'université, alors que toi, tu ne m'avais même pas encore vue.

C'était le jour de la rentrée, et je sortais de la bibliothèque. Lui, il allait en cours. Ses cheveux blonds brillaient comme le soleil, et il m'a éblouie jusqu'à ce qu'il soit englouti par les ombres du corridor. Je n'aurais jamais cru que je vivrais ce genre de coup de foudre comme dans les livres et les films. Mais ça a pourtant été le cas : je l'ai vu, et immédiatement, j'étais à lui. Je rêvais d'un *nous*.

– Putain…

Je prends ce qu'il me reste de courage à bras-le-corps, et tout en m'emparant délicatement de sa main pour la poser à plat sur mon cœur, je lui confesse :

– Je t'aime, Saint.

Il ferme les yeux, le teint blême.

– Tais-toi…

Je laisse retomber mon bras, mais sa main reste là où je l'ai mise : sur ce cœur stupide qui ne bat rien que pour lui. Qu'il le veuille ou non.

– Je t'aime, dis-je, en tenant bon, et je n'ai plus peur de le dire.

Ce n'est pas tout à fait vrai. Je suis toujours aussi terrifiée à l'idée qu'il m'abandonne. Mais je le suis encore plus de le laisser partir sans lui dire tout ce que j'éprouve pour lui.

– Tu ne me connais pas, Ola.

Je lève les yeux au ciel.

– Je t'aime, et je sais que tu m'aimes aussi.

Cette fois, c'est la phrase de trop, et il retire vivement sa main, comme si je venais de lui brûler la paume.

– Tu racontes n'importe quoi !

Un petit rire hystérique soulève ses épaules musclées.

– Je t'aime, Saint. Et maintenant, tu vas me le dire, toi aussi. Parce que ce n'est pas compliqué, et qu'après tout ça, on sera très heureux, toi et moi.

Je sens bien que j'ai l'air désespérée, plus pathétique que romantique, mais… je me dois de tenter le tout pour le tout.

– Tu ne sais rien de ce que j'ai vécu…

J'étouffe un grognement.

J'ai conscience que ces sept dernières années ne sont qu'un mince fragment de son existence, mais ça m'énerve qu'il les raye d'un simple geste du bras, comme si elles n'avaient pas compté, pour lui.

Alors qu'elles ont été si importantes, pour moi.

– Qu'est-ce que le passé vient faire dans cette conversation, Saint ? Je te parle d'avenir ! Je te parle de toi, et de moi, et de ce que l'on pourrait enfin construire si seulement tu arrêtais de tout compliquer pour rien.

Je craque. Les larmes inondent mes yeux. Je tremble si fort que je claque des dents.

– Mon passé est mon avenir, Ola… persiste-t-il à dire pour ne pas avoir à se heurter au tranchant de ses propres sentiments. Je n'ai que le présent à te donner, et c'est déjà plus que je n'aie jamais offert à une fille.

– Même celle dont tu étais amoureux, à Seattle ? répliqué-je du tac au tac. Ou bien est-ce que c'est elle… ton avenir ?

Je fronce les sourcils, le cœur à la dérive.

– C'est ça ? Tu attends qu'elle revienne ?

Soudain, et à mon plus grand étonnement, Saint se met à rire.

– OK, là… tu délires complètement, mon ange !

Irritée, je plaque les poings contre son torse.

– Alors pourquoi tu me repousses encore ?!

Il chasse mes mains en reculant encore d'un pas, ce qui le fait buter contre le banc, sur lequel il choisit de s'asseoir.

– Ça n'a rien à voir avec Judy…

– Judy ?! rebondis-je, avec une douleur dans la poitrine. Donc il y a bien une autre fille !

C'est à mon tour d'éclater d'un rire rauque. Rien à voir avec un quelconque sentiment d'hilarité. Je suis tellement blessée que je me sens saigner – à l'intérieur.

– Putain, mais quelle conne ! Je suis tellement, tellement conne !

Je me frappe le front. Une fois, puis deux et trois. Peut-être que ça arrivera à faire taire cette petite voix dans ma tête qui me nargue en l'imaginant avec une autre. La seule fille qu'il ait vraiment aimée… et qu'il aime probablement encore.

– Arrête, Olaïna. Tu fais fausse route !

Il s'empare de mon poignet pour m'obliger à cesser de me frapper moi-même – et m'éviter de le cogner, lui. Comme je le lui ai promis.

– Vraiment ? raillé-je, hystérique. Pourtant, tu viens plus ou moins d'admettre qu'en dehors de ma *sexlist*, il n'y aura jamais rien entre nous !

Il tressaille, pris en faute.

– Je n'ai jamais…

– Liste dont tu as osé parler à Clayton, soit dit en passant !

Là encore, il se hérisse avant de protester :

– Je n'ai jamais parlé de ça à Clay ! Il le savait déjà et c'est lui qui l'a mentionnée après que l'on t'a croisée au resto avec Nelson !

– Mason ! le corrigé-je en grinçant des dents. Comment aurait-il pu être au courant ? Je ne lui en ai jamais parlé, et je suis sûre que Jony et João non plus !

Ils me l'auraient dit, rien que pour le plaisir de me raconter sa réaction.

– Qu'est-ce que j'en sais, moi ? s'agace Saint. Il l'a sûrement lue dans ton journal, dans ce cas !

– Impossible ! Je l'ai écrite un mois après notre rupture ! lui signalé-je, perturbée.

Comment l'a-t-il su, si ce n'est par l'intermédiaire de Saint ? Cian ? Jony aurait effectivement pu en parler à mon frère, qui l'aurait répété à mon ex-fiancé, même si ça me semble fort peu probable.

– Ce n'est pas moi qui lui en ai parlé, martèle-t-il, en faisant les cent pas.

Ce qui me fait sortir de mes gonds.

– Peu importe, là n'est pas la question !

Je lui saisis une dernière fois la main pour l'obliger à s'arrêter devant moi.

– Saint… Est-ce que tu m'…

Je ne peux pas finir ma phrase, mais ça ne me dérange pas. Et pour cause, lorsqu'il écrase violemment ses lèvres sur les miennes, j'obtiens *enfin* la réponse à ma question.

Bien sûr, qu'il m'aime...

Je le sens dans son baiser.

Je le sens dans ses caresses et dans sa maladresse lorsqu'il me déleste de ma chemise.

Saint est amoureux de moi.

Et je vais le lui prouver.

Sa bouche ravage la mienne avec une frénésie qui confinerait presque à la folie, si seulement elle ne sonnait pas aussi juste. Mais elle résonne en moi avec un millier d'échos assourdissants de perfection. Je sens son amour et sa passion, sa douleur et son affliction, sa résignation et son abandon. Tant de sentiments, et d'une beauté sans nom... Hélas, j'ignore comment le rassurer avec des mots. Il semble en avoir une peur viscérale, un peu comme s'il les considérait comme des armes ciselées dans l'unique but de le blesser. Alors je me contente de suivre le mouvement, de calquer mon attitude sur la sienne, et de lui rendre baiser pour baiser, caresse pour caresse, morsure pour morsure.

Je prends ce qu'il me donne.

Et je lui en offre encore plus...

Même si ça fait mal. Même si c'est douloureux.

Parce qu'avec Saint, le plaisir se confond toujours avec la douleur. Et je suppose que c'est normal. L'ombre et la lumière vont de pair, tout comme le vice et la vertu, la lune et le soleil, le chaud et le froid. C'est une question d'équilibre, les rouages d'un système bien établi dans le temps, qui permet au monde de tourner à l'endroit. Et c'est pour cette raison que lorsqu'on aime de toute son âme, on finit fatalement par s'écorcher le cœur pour mieux s'ouvrir à l'autre... car si c'était facile et indolore, alors on le ferait avec n'importe qui, n'importe quand. Et alors, ça n'aurait plus la moindre signification.

– Mon ange... halète-t-il dans mon oreille. Arrête-moi ! Tout de suite !

Les mains nouées autour de son cou, allongée de tout mon long sur le banc du belvédère sans trop savoir comment j'ai atterri là, je secoue vivement la tête en signe de dénégation.

– Si tu ne veux pas continuer, alors arrête, Saint. C'est aussi simple ça. Mais ce sera ta décision. Pas la mienne.

n'arrive pas à exprimer son amour avec sa voix, mais il sait très avec son corps. À chaque fois qu'il me touche, à chaque fois qu'il m'embrasse, je la sens tout au fond de moi : la flamme brûlante de ses sentiments qu'il s'oblige à dissimuler par crainte de…

Mais ça, je l'ignore.

Malgré tout ce temps passé à ses côtés, à la fois en tant qu'amie et amante, je ne comprends toujours pas ce qui l'effraie au point qu'il juge préférable de me briser le cœur plutôt que de me dévoiler le sien. Et je crois que c'est ce qui me rend le plus folle. Ne pas savoir ce qui le ronge. Être incapable de l'aider. Faire face à un mal dont je ne connais ni la cause, ni le remède, et assister, impuissante, à sa lente agonie.

– Olaïna… soupire-t-il, au comble du désespoir, avant de repartir à l'assaut de mes lèvres. Arrête d'essayer de me forcer à parler !

– Non, tranché-je, en dévorant sa bouche. Le jour où j'arrêterai de te donner la parole, c'est que notre relation sera finie. Et moi, je ne veux pas que ça se termine.

Je lui rends son baiser.

Il me rend mon amour.

C'est parfait. Oui, tellement parfait que ça me tue qu'il persiste à le nier au grand jour. Si seulement ce n'était pas aussi fort. Si seulement ce n'était pas aussi vrai. Je pourrais me faire une raison, tirer un trait sur lui, pleurer un bon coup et passer à autre chose. Comme avec Clay. Mais c'est trop intense et ça a toujours été trop… juste.

Il résonne en moi comme une évidence.

Il se distille dans mon sang comme une dépendance.

Il s'inscrit sur mon cœur comme la plus pure de toutes les croyances.

Il est à moi.

Je le sais.

Et je suis à lui.

Je le sens.

– N'aie pas peur, le rassuré-je, lorsqu'il se redresse pour reprendre son souffle. Fais-moi confiance.

Saint a toujours été blessé par mon refus de lui accorder ma confiance, alors qu'en vérité, c'est lui qui n'a jamais eu confiance en moi. Sa jalousie, ses secrets, ses absences mystérieuses et son incapacité à m'ouvrir son cœur sont autant de preuves que c'est lui qui doute de moi. Mais s'il acceptait de baisser la garde, ne serait-ce qu'une petite seconde, je suis persuadée que je réussirais à lui prouver que ce lien qui existe entre nous est le remède à ses maux, l'antidote au poison qui lui souille le cœur.

En tout cas, il est le mien…

– Et si ça ne marche pas ? m'interroge-t-il à mi-voix. Et si je te fais du mal ?

Tu m'en fais déjà, espèce d'idiot ! ai-je envie de rétorquer, mais je me retiens en plongeant une nouvelle fois la langue dans sa bouche.

Tout ce que je subis avec lui, c'est ce que j'accepte de vivre. Je ne suis pas sa victime, ou je ne sais pas trop ce qu'il a bien pu se mettre dans la tête. Et avec le recul, je me rends compte que je ne suis pas non plus celle de Clayton. J'ai participé activement à la destruction de notre couple. Mon amour pour Saint ne s'est jamais éteint, et il a fini par consumer celui que j'avais pour lui, le transformant en braises mourantes, puis en cendres. J'ai *choisi* de ne rien lui dire. J'ai *choisi* de lui mentir. J'ai *choisi* de rester malgré le fait que l'on se rendait malheureux. J'ai *choisi* de laisser ma peur de l'abandon me faire croire que c'était lui, ou rien. Et j'ai *choisi* de faire comme si la situation me convenait. C'est *pourquoi* je n'ai jamais tenté d'obtenir des explications.

Je savais déjà tout ce qu'il y avait à savoir.

On ne s'aimait plus depuis longtemps, mais on s'est accrochés l'un à l'autre par habitude, prisonniers de notre quotidien et enchaînés à nos inquiétudes.

J'ai passé sept années à refuser de prendre des risques, à me taire au lieu de parler, et à accepter que mon partenaire s'empêche de s'affirmer, lui aussi.

Saint avait raison : Clayton a repris sa vie en main bien avant nous.

Alors, oui : il a fait n'importe quoi et il m'a blessée plus que je ne l'avais jamais été de toute mon existence. Mais il *fallait* que ça s'arrête. D'une manière ou d'une autre. Il *fallait* que je retrouve ma voix.

Pour dire *non* à mon père.

Pour dire *merde* à Clayton.

Pour dire *je t'aime* à Saint.

Surtout, pour me dire à moi-même : *Maintenant, tu es libre,*

– Et si je te rends heureux ? Et si je te donnais tout ce dont tu as besoin pour guérir de ton passé ?

Ses yeux s'enflamment, à la fois de peur et de désir. La bataille qu'il livre en lui-même doit être terrible, parce que je vois des giclées de sang dans ses yeux vitreux. Des larmes et des crimes. Un terrible chagrin – d'amour ? Je n'en suis pas vraiment sûre.

– Et si je te prenais tout ce dont tu as besoin pour guérir, toi ?

Je souris contre sa bouche humide.

– Parce que tu crois que je te laisserais faire ?

Un gloussement m'échappe et vient s'éteindre contre ses lèvres entrouvertes sur une complainte que je ne lui laisse pas le temps de formuler.

– Je suis assez forte pour encaisser tous les coups que tu crois devoir me donner avant de céder face à l'inévitable.

– L'inévitable ? répète-t-il, sourcils froncés.

– Toi et moi, joli cœur.

Sa confusion disparaît comme dans un souffle pour révéler une expression fermée. Il est toujours aussi apeuré par la perspective de me confier ce qu'il a sur le cœur.

Les petits bobos. Les petites taches. Les petits trous. Et les grosses cicatrices.

– C'est trop dur, chuchote-t-il, hanté.

Mon cœur se serre, mais je ne lâche rien…

– Justement, Saint. *Justement.*

Soudain, il craque, comme s'il n'en pouvait plus de résister, autant à moi qu'à lui-même. Il lâche mon bras, m'agrippe par les cheveux et écrase sa délicieuse, bien qu'indécente et frustrante, bouche sur moi.

Il me semble qu'une barrière jusqu'alors infranchissable cède à l'intérieur de son cœur.

Et forcément, du mien.

Emportée par l'espoir, je l'attire contre mon corps de toutes mes forces, et il fait de même en plaquant fiévreusement les hanches contre la partie la plus féminine de mon être. Puis il me tire les cheveux pour redresser mon visage, et je l'imite presque aussitôt après avoir plongé les doigts dans ses boucles blondes.

Il ne joue plus les saints en perdition, il redevient mon vil pécheur en quête de châtiment.

En fait, il ne joue plus du tout. D'une certaine façon, il n'a jamais été aussi honnête qu'à cet instant-là, prisonnier de mes bras qui l'enserrent pour mieux le libérer.

– Saint…

Je lui mords cruellement la lèvre inférieure. Lui, il me pince les fesses et plante ses ongles sous ma peau échauffée. Emportés par la passion, enivrés par la folie du moment, on roule sur le côté, et tout à coup, je sens le vide sous moi. Puis le sol, à nouveau. Dur, froid, poussiéreux. Et le grand corps délié de Saint revient sur le mien pour mieux me clouer aux lattes en bois.

Je gémis, à la fois de plaisir et de douleur, le visage niché dans le creux odorant de son cou. Saint en profite pour s'allonger sur moi, aussi lourd qu'une masse posée sur une enclume. Prise de frénésie, je malmène le col de son tee-shirt en tentant de le lui enlever, et finalement, je le laisse retomber en lambeaux autour de ses épaules musclées qui se tendent sous mes doigts tremblants.

Le sang bat si fort à mes tempes que je l'entends à peine me murmurer à l'oreille :

– Tu me possèdes, Olaïna.

Saint se penche au-dessus de moi, sa peau luisant de mille et une nuances dorées dans la lueur orangée de cette fin de matinée particulièrement chaude. Ici et là, j'aperçois ses tatouages qui disparaissent sous la ceinture de son pantalon et derrière le coton de son tee-shirt.

– Tu es comme une chanson que je n'arriverais pas à me sortir de la tête…

Son histoire est écrite là, juste sous mes yeux, et je ne parviens pas à la lire. Ses sentiments sont là, eux aussi, piégés dans les ténèbres de son cœur et noyés sous les volutes d'encre que je suis incapable de déchiffrer.

– Tu me hantes, jour et nuit.

C'est au tour de Saint de refermer ses deux mains puissantes sur l'ourlet de mon débardeur, qu'il m'ôte d'un coup sec pour le faire passer au-dessus de ma tête échevelée. Ma poitrine nue frissonne dans l'air printanier. Les rayons du soleil se réfractent sur les petits diamants qui subliment et illuminent mes tétons.

Saint me dévore longuement d'un regard affamé avant de plonger le nez dans mes cheveux défaits. Il prend une longue et profonde inspiration.

– Tu m'habites comme un putain de fantôme…

J'embrasse sa tempe – le seul endroit de son corps que mes lèvres avides de lui parviennent à atteindre. Et je ne saurais dire s'il continue à me déshabiller ou à me caresser, parce que je ne sens que sa bouche gonflée qui se presse de nouveau sur la mienne. Plus rien n'existe que le feu incandescent de sa langue forçant la barrière de mes lèvres, la pression de ses dents contre les miennes tandis qu'elles se rencontrent dans un crissement strident, et la chaleur de son souffle saccadé qui effleure ma peau assoiffée de caresses.

– Et je ne veux pas que ça s'arrête.

Un flot de désir, probablement amplifié par le risque d'être surpris, crée une tornade à l'intérieur de moi et me fait perdre pied. Elle menace de me submerger et de balayer tout ce que j'ai réussi à construire sur son passage destructeur. Dans les eaux tumultueuses qui remuent dans mon bas-ventre, je n'ai rien à quoi me raccrocher, pas de bouée de sauvetage, aucune aide miraculeuse pour éviter de me noyer et pas le moindre phare ne brille à l'horizon pour disperser la brume opaque qui m'enfume le cerveau.

Saint et moi ne formons plus qu'un ouragan de sentiments conflictuels, animés d'une passion aveugle, presque violente.

– Olaïna, je…

Il se plaque contre moi et entame une danse sauvage, imprimant à son bassin une série de mouvements d'un érotisme insoutenable qui, je le sais par expérience, va me mener droit à l'orgasme.

– Arf…

Soudain, un raclement de gorge se fait entendre. Nous nous séparons d'un bond paniqué, aussi rapidement que nous nous sommes jetés l'un sur l'autre, et rampons chacun vers l'endroit où l'on a abandonné nos vêtements déchirés.

Pantelante, je renfile mon tee-shirt, puis ma chemise, et cherche du regard un petit trou de souris dans lequel disparaître. Mais je ne trouve rien et ne parviens qu'à croiser les yeux noirs de désir de Saint. Lui aussi a le souffle court, le feu aux joues, et ses yeux ne sont plus que deux fentes étroites dans lesquelles s'entortillent des guirlandes de flammes bleues.

– Monsieur McLaren, marmonne Saint en me quittant du regard pour soutenir celui de mon paternel. Je… euh…

Mortifiée, je fixe le plafond et compte jusqu'à cinq avant de me retourner pour affronter la colère de mon père.

Mais il n'est pas fâché.

Il n'est même pas déçu.

En fait, il a l'air… curieux.

D'une façon ou d'une autre, Saint va devoir parler et mettre des mots sur ce qu'il vient de se passer entre nous…

– Inutile d'essayer de te justifier, Hunderson. Je sais très bien ce que tu t'apprêtais à faire avec ma fille.

OK. La conversation ne commence pas sous les meilleurs auspices.

C'est le moins que l'on puisse dire…

– Papa… lancé-je, avant d'être une nouvelle fois interrompue.

– Je croyais t'avoir mieux élevée que ça, Olaïna.

Il soupire, et même s'il n'a toujours pas l'air en colère, ni même aussi déçu qu'il le laisse sous-entendre, je me sens comme une enfant prise sur le fait après une grosse bêtise. Or, je suis une adulte, désormais, et être intime avec Saint n'est pas et ne sera jamais une erreur.

– Je ne te ferai pas l'affront de dire que ce n'est pas ce que tu crois, parce que c'est exactement le cas. Je m'apprêtais bel et bien à faire l'amour avec l'homme que j'aime.

Je ne sais pas lequel des deux hommes de ma vie est le plus choqué par ma réponse : Saint ou mon père. Difficile de les départager. L'un semble sur le point de s'évanouir de trouille et l'autre, de vomir son petit déjeuner dans l'herbe.

– L'homme que tu… attends… Quoi ? s'étonne mon père.

– L'homme que j'aime, répété-je, sans me démonter.

Saint s'étrangle avec sa salive, le teint de plus en plus pâle et le regard fuyant. J'espère qu'il ne va pas se dégonfler et fuir avant qu'on ait eu le temps de mettre un terme à notre conversation. Mais en même temps… s'il le fait, je suppose que, d'une certaine façon, j'obtiendrai aussi une réponse de sa part.

Pas celle que je veux, évidemment.

Mais une réponse quand même…

– Je ne comprends pas, réplique mon père, en avançant d'un pas. Tu m'as dit qu'il ne t'intéressait pas et tu sais très bien ce que je pense de lui.

Il n'a jamais porté Saint dans son cœur. Il l'a toujours trouvé paresseux, de mauvaise influence et plein de vices. Bref, il est loin d'être son plus grand fan. Et si à une époque, ça m'aurait profondément dérangée, aujourd'hui, je n'en ai plus rien à faire.

– Oui, je l'ai dit et j'ai menti, assumé-je, en carrant les épaules.

Mon père reste bouche bée, et c'est tout aussi bien, parce qu'au même instant, Saint s'exclame :

– Ola ! Ce n'est peut-être pas le meilleur moment pour avoir cette discussion, non ?

Évidemment. L'hommage à ma mère ne va pas tarder à commencer, puisqu'il sera fait au début de la messe. Je l'ai peut-être même déjà manqué, si ça se trouve. Mais aussi fort que je l'ai aimée, voici treize ans qu'elle est partie. Et Saint, lui, est toujours là. Je veux me battre pour lui, pour moi. Et pour nous, aussi. Parce qu'on le mérite, tous les deux.

– Je ne veux plus avoir à le cacher. Je ne veux plus avoir à mentir, autant aux autres qu'à moi-même. J'en ai marre de ne pas écouter mon cœur, et lui, il me dit que c'est maintenant ou jamais.

Je cherche le regard de Saint pour m'y accrocher et y puiser de la force, mais tout ce que j'y trouve, c'est un abîme de doutes, un puits de ténèbres, un précipice où la peur hurle comme le vent contre des falaises.

– Olaïna… gémit-il, bouleversé.

Alors je comprends que c'est fini. Qu'il va fuir. Il a tellement peur qu'il sautera sur la première excuse que je lui donnerai pour prendre ses jambes à son cou. Ce n'est plus qu'une question de temps. Dès qu'un obstacle croisera notre route, Saint se cassera la gueule et en profitera pour se faire la malle.

C'est écrit là, noir sur blanc sur sa peau tatouée.

Mon âme est dans l'abandon.

Et la mienne lui répond qu'elle habite un cœur brisé.

– S'il te plaît ? m'entends-je lui demander.

Ne pars pas. Tu n'en as pas vraiment envie. Et moi, je n'y survivrai pas.

– Tu ne comprends pas… se désole-t-il, avec l'air coupable d'un enfant perdu.

Je marche jusqu'à lui pour lui prendre la main et mêler mes doigts aux siens. Vaine tentative d'apaisement. Malheureusement, il recule aussi loin de moi qu'il le peut sans quitter le belvédère. Son front est emperlé par la sueur, et sa respiration, aussi erratique que s'il avait couru un marathon. Il semble sur le point d'avoir une crise de panique, et ça me fait d'autant plus mal que je n'ai pas la moindre idée de comment l'aider à gérer ça…

Enfin, si : pour son bien, il faudrait que je renonce, moi aussi.

Que je baisse les bras et que j'en reste là.

Mais je crois que je ne peux plus faire marche arrière. Pas sans me renier moi-même ni me blesser en refoulant une nouvelle fois ma véritable personnalité pour être acceptée par les gens auxquels je tiens.

C'est terrible de se rendre compte que l'on ne sera jamais aimé pour la personne que l'on est vraiment…

– Explique-moi, lui proposé-je, pleine d'un espoir déjà déçu. Laisse-moi t'aider. Donne-moi une chance de te comprendre.

Prouve-moi que j'ai une bonne raison de m'accrocher à toi.

– Non, murmure Saint, plus pour lui-même que pour moi. Non, c'est trop dur…

Comme je l'ai déjà dit, tout est une question d'équilibre. Si, pour Saint, me parler de son passé pour que l'on puisse enfin s'aimer au grand jour est trop douloureux, c'est que la caresse de mon amour n'est pas suffisamment douce pour en apaiser la morsure.

En d'autres termes, c'est fini.

J'ai beau l'aimer assez fort pour renaître de mes cendres, lui, à mon plus grand désespoir, n'est pas prêt à se laisser consumer.

– Alors, quoi ? l'interrogé-je en maudissant ma voix tremblante.

Ma voix cassée.

Ma voix brisée.

Ma voie inachevée.

– Je ne sais pas, avoue-t-il, de plus en plus angoissé.

J'ai envie de pleurer, de hurler, de disparaître. Ce n'est pas juste. Non, ce n'est pas en train de m'arriver. Pas encore. Et surtout pas avec lui. J'y croyais pour de vrai, cette fois. De toute mon âme blessée.

J'avais fini par me convaincre qu'enfin, j'allais réussir à sortir de ma chrysalide, à déployer mes ailes et à trouver quelqu'un qui apprécie vraiment la vilaine chenille que je suis…

Mais tout s'écroule dans ses yeux.

Et tout s'écrase dans mon cœur.

Ça arrive. C'est réel. Oui, je le vois. C'est la fin. De lui et moi. Et surtout, de ce « nous » que l'on n'a même pas eu le temps de devenir.

– Je suis désolé, Olaïna.

Olaïna, pas mon ange.

– Vraiment désolé, insiste-t-il.

Et je le crois, parce que moi aussi, je le suis lorsque je lui dis :

– Règle numéro 3.

Si tu t'avises de m'abandonner encore une fois, et sans aucune explication, ne reviens plus jamais.

Je crois que j'ai toujours su que ça se terminerait de cette façon-là – moi, lui réclamant de me dire la vérité, et lui, préférant s'en aller plutôt que d'assumer sa part de vulnérabilité.

Par sa faute, je le connais sans le connaître, je l'aime sans en avoir le droit et je souffre en le regardant faire le choix de se complaire dans son malheur.

– Ne me fais pas ça, Ola… me supplie-t-il à son tour. Je t'en prie.

Si je lui cède, alors je recommencerai à disparaître, comme avec Clayton et mon père. Saint me demande de me taire, et je ne peux pas le faire. C'est au-dessus de mes forces. Comme je l'ai déjà dit : le jour où l'un arrête d'accorder de l'importance à la parole de l'autre, alors la relation est terminée. Et le silence, lui, n'en est que d'autant plus meurtrier.

– C'est ton choix, et je le respecte, lui affirmai-je, en retenant difficilement mes larmes.

Puis je prends une profonde inspiration, et je m'arrache moi-même le cœur de la poitrine en concluant :

– Tu peux t'en aller, Saint. Je pense qu'on est d'accord pour dire que tu n'as plus rien à faire ici.

Ce matin, je me suis réveillée dans ses bras, heureuse et amoureuse.

Ce soir, je m'endormirai dans mes larmes, seule et brisée, le cœur en miettes, comme si je n'avais jamais été aimée.

– Mon ange… souffle-t-il, les yeux écarquillés.

Mais son pied est déjà posé sur la première marche du belvédère. J'ignore ce qui le retient encore ici, près de moi. On sait l'un comme l'autre qu'il est déjà parti. Il s'est enfui dès l'instant où je lui ai dit que je l'aimais.

– Ce n'est pas grave, mens-je, en lui offrant l'excuse qu'il semble tant attendre.

Celle-là même que je n'ai pas réussi à donner à Clayton pour que l'on puisse se quitter sans avoir à se déchirer, et fatalement, à se détester.

S'il y a bien une leçon que mon ex-fiancé m'a inculquée, c'est qu'à trop vouloir s'accrocher à l'être aimé, on finit par s'asphyxier...

Et je tiens trop à Saint pour le priver de son souffle.

– On aura essayé, continué-je à mentir.

Et Dieu seul sait comment j'arrive à lui sourire.

– Et on s'en remettra.

Je hausse les épaules.

– Ce n'est pas comme si on ne l'avait pas déjà fait une fois...

Mais ce que l'on a partagé au cours de ces derniers mois est complètement différent de la nuit que l'on a passée ensemble, il y a sept ans. Je ne suis plus une gamine, et je sais reconnaître le véritable amour lorsqu'il se tient en face de moi. Je ne renonce pas seulement à une belle histoire. Je tire un trait sur ma *meri jaan*. Ma personne préférée. Ma moitié. La forme d'amour la plus pure que l'on puisse éprouver pour un autre être humain. Ma raison de vivre.

Comment est-on censé se remettre d'une telle perte ?!

– Ne me déteste pas, murmure-t-il, en descendant l'escalier. S'il te plaît. Promets-le-moi.

Je souris plus fort.

Mon cœur est mort, alors c'est facile.

– Promis.

Une partie de moi le voudrait, mais je sais que je ne le pourrai pas.

Saint m'a aidée à retrouver ma voie, et même s'il aurait préféré ne rien entendre, lui confesser tout ce qui me pesait sur le cœur m'a soulagée d'un poids.

Je me sens plus libre, là.

Presque capable de voler.

Mais pour aller où ? Et avec qui ? Quelle ironie, c'est le jour où je me découvre des ailes que je perds ma raison de les déployer.

– Il faut que j'y aille, me dit-il, comme s'il n'en était pas tout à fait sûr.

J'acquiesce.

– Oui, vas-y.

Reste avec moi.

Il s'en va. Et je ne le retiens pas. Les yeux fixés sur l'horizon derrière lequel il finit par disparaître, je me concentre sur ma respiration pour ne pas m'écrouler aux pieds de mon père, qui a assisté à toute la scène en gardant un silence suspect. Et lorsque mes jambes se mettent à trembler, je me rassois sur le banc encore réchauffé par la passion de nos deux corps entremêlés.

Il me faut une bonne minute pour dissoudre la boule qui m'obstrue la gorge et m'empêche de parler. Et une minute de plus pour trouver les mots exacts afin de décrire ce qui me ronge de l'intérieur.

– Comment as-tu fait pour te remettre de la mort de maman ? C'était ta *meri jaan*, à toi aussi.

Mon père garde le silence – encore. Et lorsqu'il vient s'asseoir à côté de moi, tout est si calme autour de nous que je pourrais jurer qu'il entend le fracas assourdissant de mon cœur qui tombe en morceaux.

– Treize années sont passées, et je ne sais toujours pas comment répondre à cette question, m'avoue-t-il, penaud.

C'est bien ma veine.

– Tu l'aimes vraiment, hein ? enchaîne-t-il, l'air curieux.

– Oui. Je sais que tu ne l'apprécies pas, mais ce que je ressens pour lui dépasse l'entendement.

– Alors pourquoi l'as-tu laissé partir ?

Je me frotte les yeux, sur le point de me mettre à déverser des litres et des litres de larmes salées.

– Je me suis cramponnée à Clayton pendant trop de temps, et ça m'a appris qu'on ne doit pas essayer de retenir une personne qui souhaite partir.

Mon père pousse un long soupir avant de répliquer :

– Je n'ai jamais rien entendu de plus stupide.

Surprise, je pivote vers lui pour l'interroger d'un regard confus.

– M'accrocher aussi fort à Clayton a bien failli me tuer !

– C'est t'accrocher à la mauvaise personne pour de mauvaises raisons qui t'a fait du mal, me contredit-il. Mais se battre pour celle que l'on aime vraiment, ce n'est jamais une erreur.

Mes yeux s'embuent à la vitesse de la lumière, si bien que je ne peux plus rien faire pour empêcher de laisser couler mes larmes devant lui.

– Ne dis pas ça…

Sa grande main pleine de callosités se pose sur ma joue.

– J'ai été un très mauvais père, hein ?

Son brusque changement de sujet me prend complètement au dépourvu. Presque autant que la tendresse de son geste.

– Aujourd'hui, c'était la première fois que je te voyais me tenir tête et t'affirmer sans tergiverser pour essayer de me ménager. Cian serait très fier de toi.

Je cligne des yeux, au comble de l'étonnement.

– Tu dis ça comme si toi aussi, ça te rendait fier.

Il confirme d'un hochement de tête.

– Je sais que j'ai beaucoup exigé de toi. Encore plus de ta part que de celle de ton frère ou de ta sœur.

Son pouce essuie l'une de mes larmes et trace le contour de ma pommette.

– Je n'ai jamais voulu étouffer ta flamme intérieure, Olaïna. J'avais juste peur qu'elle te consume, comme Charity. Ou qu'elle réduise les autres en cendres, comme Cian.

Ça sonne tellement juste que j'ai très envie de le croire.

– Mais je n'avais pas pris conscience que j'avais soufflé si fort et si longtemps sur la tienne qu'elle s'était presque éteinte.

Oh, oui. Si douloureusement juste…

– Je suis désolé, Olaïna.

– Je ne sais pas quoi dire, lui réponds-je, sincère.

Il esquisse un petit sourire triste qui fait écho à toute la douleur que j'intériorise depuis que j'ai treize ans et plus de maman.

– Et si tu me racontais ce qu'il s'est passé avec Clayton et Saint ?

– Et l'hommage ? m'inquiété-je. On va le louper.

Il hausse les épaules.

– Il va bien falloir que je finisse par admettre que ça ne ramènera pas ta mère.

Un peu dur, mais affreusement vrai.

– Et puis, je ne vais pas mentir : je suis vraiment curieux d'en savoir plus…

Amusée par le réel intérêt que j'entends dans sa voix, je renifle avant de répliquer :

– C'est une longue histoire.

– Ça tombe bien, j'ai toute la matinée. Et puis, tu m'as manqué.

Une pause.

– Explique-moi. Laisse-moi t'aider. Donne-moi une chance de te comprendre.

Ce sont les mêmes mots que j'ai utilisés pour tenter de convaincre Saint de me faire une place dans sa vie. Et si ça ne l'a visiblement pas convaincu, ça a tout de même réussi à atteindre quelqu'un…

Mon père.

L'homme qui m'a tenu la main si longtemps, après que les médecins nous ont annoncé que ma mère n'avait pas survécu à son accident, que j'ai bien cru qu'il ne la lâcherait plus jamais.

– D'accord, abdiqué-je, avant de fondre en larmes sur son épaule.

Aujourd'hui encore, et comme hier, j'habite un cœur brisé.

Mais ce n'est pas grave, parce que ça m'aide à l'ouvrir à ceux qui, comme moi, n'ont plus que des morceaux et de la poussière à donner…

– Ça remonte à sept ans, et ça a commencé dans ce parc. Je l'ai vu, assis à l'écart sur un banc, et j'ai fait semblant de ne pas l'avoir remarqué dans le seul but qu'il soit assez intrigué pour avoir envie de me parler…

31

Mon ange

Saint

13 février 2020

– Joyeux anniversaire, mon ange, murmuré-je au dos d'Olaïna tandis qu'elle dévale l'escalier à toute vitesse pour me fuir.

Et heureusement qu'elle le fait…

Parce que je n'arrive plus à me retenir, à me refréner, à me brider. À feindre de ne pas être complètement accro à cette fille. Je le sens. Ma patience est arrivée à saturation. Je la veux. J'ai envie d'elle. Tout le temps. Tous les jours. C'est une putain d'obsession qui tourne en boucle dans ma tête, et soyons honnêtes, je commence à perdre le contrôle.

Tout en moi aspire à se fondre en elle.

Elle est dans l'air que je respire, dans l'eau que je bois, dans la musique que je joue, dans les rêves que je n'espère plus…

Rien à foutre de Clayton.

Et de notre amitié.

Rien à foutre de Judy.

Et de ses mensonges.

Je suis amoureux d'Olaïna McLaren. Je l'aime chaque jour un peu plus que la veille et c'est un véritable supplice que de faire comme si j'arrivais à vivre sans elle.

– Je ne peux même pas dire que ça me surprend, lâche une voix grave, quelque part derrière moi, en m'arrachant un sursaut. J'ai toujours su que tu en pinçais pour elle, même si tu t'es toujours entêté à le nier !

Un frisson d'étonnement dégringole le long de ma colonne vertébrale glacée par une vague de sueur froide. La clope au bec, je fais volte-face et dirige le regard vers la dernière volée de marches qui mènent au toit aménagé de l'immeuble. Dans les ombres, et adossé contre la porte entrebâillée, Clayton me fixe d'un regard pénétrant que j'ai du mal à soutenir. Je me sens coupable, évidemment. Mais soulagé, aussi. Je vais enfin pouvoir arrêter de faire semblant, de surjouer le rôle du bon ami et de renier mes véritables sentiments.

Ça fait tellement d'années que je ne me suis pas autorisé à être sincère envers moi-même que j'ai l'impression d'avoir ôté la chair de mes os. Un peu comme si je venais d'arracher un pansement resté trop longtemps collé sur ma peau.

– En revanche, j'ignorais que c'était toi qui avais pris sa virginité, siffle-t-il, si furieux qu'il en tremble. Mais là encore, je ne suis pas surpris. Tu as bien dû te marrer quand je t'ai raconté notre première fois.

Cet horrible souvenir me revient en mémoire avec la violence d'une gifle. C'est ce jour-là que j'ai repoussé Olaïna, le cœur à la dérive, et tiré un trait sur elle pour la protéger de toute la merde toxique qui émane de mon passé et infecte mon présent. Et c'est ce jour-là, aussi, que j'ai commis la deuxième plus grosse erreur de ma vie.

La première étant d'avoir posé les yeux sur Judy.

– Ça ne m'a jamais fait rire, le détrompé-je, en me redressant lorsqu'il bondit sur moi. Clay !

Le coup de poing qu'il m'assène en pleine figure me fait recracher du sang sur l'avant de mon tee-shirt. Le blanc se teinte de rouge. Un bruit de cloche résonne sous mon crâne. Je n'essaie même pas de me défendre et le laisse m'atteindre une nouvelle fois à l'estomac. Un flot de bile acide jaillit de mon œsophage. Tout en me pliant en deux sous l'effet d'une douleur aussi aiguë qu'une décharge électrique, je lève un bras devant moi pour protéger mon visage d'un éventuel coup de genou. Mais l'assaut que j'attendais ne vient pas, et bizarrement, plus aucun autre coup ne le suit…

– Vas-y, frappe-moi ! le provoqué-je, en me déployant pour le repousser en arrière. Je le mérite !

L'air enragé, Clayton m'attrape par le cou. Plus grand et plus fort que moi, il me soulève du sol comme si je ne pesais qu'une petite dizaine de kilos, et non pas les trois quarts d'un quintal.

– Tu étais comme un frère pour moi, s'écrie-t-il, en me plaquant contre le mur. J'avais confiance en toi !

L'arrière de mon crâne cogne rudement contre le ciment. Un millier d'étoiles multicolores explose sous mes paupières mi-closes. De la peinture écaillée me tombe devant les yeux, à l'instar d'une pluie de flocons artificiels. J'accueille la souffrance à bras ouverts, avec plaisir, soulagé de la sentir remplacer le sentiment de plus en plus oppressant de ma culpabilité.

– Et tu m'as trahi, Saint !

Je ricane, la bouche pleine de sang.

– Comme si j'étais le seul à avoir menti !

Ma flèche empoisonnée touche Clayton en pleine poitrine. Sous le choc, il se fige et écarquille les yeux.

– Qu'est-ce que tu veux dire par là, espèce d'enfoiré ?! s'insurge-t-il, les pommettes écarlates.

Je ris en essuyant le sang poisseux qui s'échappe de la plaie ouverte à ma lèvre inférieure.

– Tu savais qu'elle me plaisait, lui balancé-je au visage, en réservant le coup de grâce pour plus tard. Tu l'as dit toi-même ! Et pourtant, ça ne t'a pas empêché de sortir avec elle !

Ces reproches sont probablement injustifiés, j'en ai bien conscience. D'autant plus que c'est grâce à moi qu'ils se sont rapprochés. J'ai été l'instigateur de ma propre ruine, l'assassin dénué de scrupules qui m'a poignardé en plein cœur. Mais six ans plus tard, je me fiche d'être objectif, je suis bourré, complètement déprimé, j'ai mal à l'âme, et putain, il faudra bien que ça s'arrête un jour…

Non ?

Je ne peux tout de même pas avoir mérité une telle punition !

– Ton cœur est si froid… s'horrifie Clay, en utilisant des mots si cruels qu'ils me glacent le sang à l'intérieur des veines. Je pensais que c'était juste un béguin passager pour une fille que tu ne pouvais pas avoir. L'attrait de la nouveauté. Un caprice, comme tu sais si bien en faire.

Tu as le cœur si froid, Saint ! Tu mérites tout ce qu'il t'arrive !

Les paroles fielleuses de Judy reviennent inoculer leur poison dans mon âme déjà blessée, à bout de souffle. Le passé et le présent se mélangent, aussi tristes l'un que l'autre, et brouillent ma vision du futur. Une profonde souffrance, aussi intense et lancinante qu'une déchirure, fragmente une partie fondamentale de mon être.

Je craque.

– Et tu aimais ça, hein ?! l'accusé-je avec véhémence. Me torturer en t'affichant avec la seule fille que je désirais et qui ne voulait pas de moi !

Enfin, ça… c'est ce qu'il pensait avant de surprendre des bribes de notre conversation. Parce qu'avec Olaïna, c'est plus fort que tout. Et même plus fort que moi.

– Tu t'es toujours senti en compétition avec moi ! Avoue-le !

Clayton a le culot d'afficher une mine scandalisée. Alors qu'il me l'a lui-même confié, un soir où il s'était soûlé après une bruyante dispute avec Olaïna au sujet de ce mariage qu'elle ne trouvait jamais le temps d'organiser.

– C'est faux ! riposte-t-il, en me repoussant derechef contre le mur. N'inverse pas les rôles !

On dirait qu'il essaie de me remettre les idées en place en me cognant, encore et encore, l'arrière du crâne contre toutes les surfaces dures qui lui tombent sous la main. S'il savait à quel point c'est inutile… on m'a infligé le pire et frappé tellement plus fort que je ne sens désormais plus rien. Tout mon corps est anesthésié, presque déjà mort, et il n'y a plus que mon cœur qui ressent la douleur.

L'agonie de la perte. Le chagrin des rêves vains. Un amour muet qui hurle dans le vide.

Entends-moi. Entends-moi. Entends-moi.

– C'est vrai, insisté-je, et on le sait aussi bien l'un que l'autre !

PAF !

Encore un coup. Toujours pas de regrets. Mes dents claquent dans un bruit de nacre qui distille un arrière-goût de rouille sur ma langue. Le sang remplace les larmes, et ça fait tout aussi mal que si j'avais été capable de pleurer.

– Je l'aimais ! s'écrie-t-il, fou de rage.

Et je me demande s'il a fait exprès d'utiliser le passé. Voilà un moment que Clay et Ola n'ont plus rien à faire ensemble. Ce n'est pas parce que je ne m'en mêle pas que je ne remarque pas les failles de plus en plus profondes qui lézardent leur relation. Leur couple a plutôt bien fonctionné durant les trois premières années. Ils avaient l'air vraiment heureux… Puis Clayton a fini par prendre conscience qu'il ne voulait pas d'une fille sage, que c'était trop ennuyeux, et Olaïna s'est détachée de celui qu'elle n'a jamais considéré comme autre chose qu'un pansement.

Leur fin s'approche… et je suis là… à attendre…

Ça fait de moi une horrible personne, non ?

– Peut-être, lui accordé-je, sachant que ses sentiments pour elle étaient sincères, autrefois. Mais est-ce encore le cas aujourd'hui ?

Et la voilà, la petite lueur de culpabilité que je cherchais…

– Qu'est-ce que tu racontes ?! Olaïna et moi, c'est pour la vie !

Mais ce n'est pas la colère qui saccade le timbre de sa voix. C'est la peur. Et le doute, aussi. Ainsi qu'une pointe de honte d'avoir à reconnaître que son couple est un échec. Qu'il n'aime peut-être plus la fille qu'il a essayé de modeler selon l'image qu'il se faisait de la femme parfaite.

– Oh, allez ! raillé-je, d'un ton si méchant que je me reconnais à peine. Clay ! C'est moi. Tu sais très bien que tu ne peux rien me cacher.

Sa rougeur s'étend jusqu'à ses oreilles qui prennent une violente teinte écarlate, puis elle descend vers le bas de son visage et se déploie dans son cou tandis qu'il déglutit avec difficulté.

– Je ne vois pas de quoi tu parles.

Au bal des menteurs, on danse tous les deux comme des fous…

– J'ai bien vu comment tu regardais Charity ! m'exclamé-je, impitoyable, en le forçant à se confronter à ses propres contradictions. Je sais très bien qu'elle te plaît, que tu penses à elle, que tu la désires !

Clayton se décompose, effaré par la perspicacité de mon attaque. Il ignore que je l'ai déjà surpris plus d'une fois en train de l'observer en douce, lorsqu'il se croit seul et à l'abri des regards. Si je ne me trompe pas, ce petit manège a commencé après les fêtes de Noël et s'est intensifié au cours des deux dernières semaines. Et ce soir, quand Ola l'a embrassé à pleine bouche devant tout le monde, j'ai tout de suite compris à ses yeux…

Il y a des regards qui ne trompent pas.

Et je le connais bien, celui-là.

C'est celui que j'affiche, moi aussi, lorsque mon cœur se serre dans ma cage thoracique jusqu'à me faire regretter d'avoir conjugué le verbe aimer avec la mauvaise personne.

À chaque fois que j'embrasse une femme qui n'est pas mon petit ange. À chaque fois que je me rends compte que ce n'est pas vraiment la personne que je veux que je tiens dans mes bras. Et à chaque fois que je me résigne à l'idée que je ne pourrai jamais avoir celle que mon cœur désire plus que tout…

– Tais-toi… commence à m'implorer Clayton, l'œil fou et l'air hagard. Stop ! Ne parle pas de Charity !

Olaïna n'a rien remarqué, mais moi… j'ai bien vu, dès leur première rencontre, qu'il y avait eu une petite étincelle. Clayton, encore obnubilé par l'image lisse et parfaite qu'il se faisait de la femme idéale – et qu'Ola feignait d'être pour lui plaire, se reniant elle-même et tuant sans le savoir son propre couple –, l'a ignorée. Toutefois, cette étincelle n'est pas morte, au contraire, elle a fini par s'embraser à mesure que mon meilleur ami grandissait et gagnait confiance en lui.

– Elle te plaît !

Mais Clayton n'est pas encore prêt à l'admettre.

– Tu ne sais pas de quoi tu parles ! me crache-t-il, en se braquant. Tu cherches juste à te donner bonne conscience pour me faire oublier que c'est toi, et non moi, qui as été le premier à fauter !

Je sais exactement de quoi je parle, et au fond de lui-même, il en a parfaitement conscience… mais il a raison, ça n'efface pas le fait que je l'ai trahi. Que je lui ai menti durant de nombreuses années, aussi. Et que je ne compte plus le nombre de nuits où, dans le secret de mes rêves maudits, je me faisais un plaisir de lui voler sa petite amie.

– OK ! Très bien ! Je l'avoue : j'ai ta copine dans la peau. Et quoi ? Qu'est-ce que j'y peux, moi ? Tu crois que je n'ai pas essayé de l'oublier ? De la considérer comme une amie, et rien d'autre ?

Un rire amer m'écorche la gorge.

– Je n'ai jamais autant souffert qu'en te la présentant. Je n'ai jamais autant souffert qu'en te regardant l'aimer comme je suis incapable de le faire. Putain… j'aurais préféré m'arracher le cœur à mains nues plutôt qu'avoir à te l'avouer. Mais oui, Clay… oui… je suis amoureux d'Olaïna, et crois-moi, c'est la dernière chose dont j'avais besoin dans la vie !

Les mains de Clayton sont toujours enroulées autour de mon cou, mais je l'ai suffisamment déstabilisé avec mes aveux pour qu'il cesse de m'étrangler.

– Je n'ai pas les mots pour te dire à quel point je me sens honteux, m'excusé-je, sincère. Et ce qu'il s'est passé ce soir est une erreur. *Mon* erreur, à moi. Pas à elle. Olaïna m'a repoussé. Elle t'a toujours été fidèle.

Elle lui a peut-être menti, mais elle n'a jamais cherché à le blesser. Ni à le tromper.

Contrairement à moi.

– Tu es mon meilleur ami et je n'ai jamais voulu te faire du mal, poursuis-je. C'est juste que…

Parfois, on fait du mal aux gens qu'on aime sans le vouloir, pour se protéger ou les protéger eux-mêmes des répercussions de nos actes. De nos choix. De la vie qui s'acharne sans même que l'on comprenne pourquoi…

– Ça a été plus fort que toi, résume-t-il, en me lâchant pour de bon. C'est un peu facile comme excuse, non ?

– Ouais, grogné-je, en m'écroulant. Mais tu te trompes, ça n'a rien de facile. C'est même *putain* de douloureux !

Je recrache l'excès de sang pâteux qui m'obstrue la bouche et me laisse retomber en arrière, dos au mur.

Dans tous les sens du terme.

– Et qu'est-ce qu'elle en dit…

– Elle ne doit rien savoir ! m'affolé-je, en lui coupant la parole.

Désespéré, je m'accroche à son bras.

Il plisse les yeux, suspicieux.

– Pourquoi ?

Parce qu'elle se mettrait en tête de me sauver.

Alors que je ne peux plus l'être…

Il y a si longtemps que je suis mort que j'en ai oublié ce que ça fait d'être vivant.

– Promets-le-moi, Clay ! Garde-le secret. Quant à moi, je ne dirai rien sur le fait que tu regardes sa sœur avec un désir vorace dans les yeux !

Clayton montre les dents, vexé par ma proposition peut-être légèrement déplacée, j'en conviens. Puis il réplique vertement :

– Tu nages en plein délire !

Peut-être. Peut-être pas.

Je suis à peu près certain que d'ici l'année prochaine, Clayton et Ola ne seront plus qu'un lointain souvenir. Et une part égoïste de mon cœur a beau s'en réjouir, je me sens déjà comme la pire des merdes à l'idée de voir Olaïna souffrir.

Je m'étais fait le serment que je la protégerais, envers et contre tout… et non content de le lui avoir brisé une première fois le cœur, je l'ai aussi plus ou moins forcée à s'accrocher à la mauvaise personne.

Et il n'y a pas qu'elle que j'ai blessée… Il y a Clay, aussi. L'un comme l'autre, ils n'avaient rien demandé et ont été empoissonnés par mes conneries avec Judy.

C'est fou de se dire qu'en gâchant une existence, on bouleverse un nombre incalculable d'autres personnes.

– Reste loin de ma copine, Saint ! tranche Clay, en se redressant d'un mouvement brusque. Et reste loin de moi aussi, tant qu'à faire ! Je n'ai pas besoin d'un faux frère !

J'encaisse l'insulte qui m'atteint comme un coup de poing. Ce soir, Olaïna n'est pas la seule personne à regretter de m'avoir rencontré. Comme toujours, je fais du mal à tous les gens que j'aime et je détruis tout ce que je touche. C'est ma malédiction.

– Je suis désolé…

De ne pas être désolé.

Et peut-être que je la mérite, finalement, ma putain de punition.

32

Règle numéro 3

Ola

14 mars 2021

– Et voilà, papa ! terminé-je, en essuyant mon visage baigné de larmes. Tu sais tout, maintenant…

Enfin… Tout, sauf les détails scabreux et les défis de ma sexlist, *bien évidemment !*

J'aime mon père et je n'ai pas envie de lui provoquer une crise cardiaque en lui parlant de la croix magique de Saint, de mes piercings aux tétons ou des incroyables prouesses électroniques de Thor.

– Saint et moi, ce n'est qu'un enchaînement de douleurs et de désillusions. Après deux râteaux, j'aurais dû m'arrêter là et comprendre que je ne serais jamais assez bien pour lui. Mais tu sais ce qu'on dit, hein… Jamais deux sans trois.

Tout en étouffant un soupir, mon père me caresse les cheveux, comme il le faisait lorsque j'étais enfant et qu'il essayait de me réconforter sans savoir quoi dire ou quoi faire pour apaiser mon cœur de jeune fille.

– Olaïna…

Trop de tristesse dans sans voix. Trop de souffrance dans ma poitrine.

Quel terrible gâchis, Saint !

– C'est fini, maintenant. Il faut que je passe à autre chose. Je ne peux pas continuer à m'accrocher à un homme qui ne m'aime pas comme je mérite d'être aimée.

S'il y a bien une chose que j'ai assimilée au cours des sept dernières années, c'est que ça ne rend pas forcément plus heureux d'avoir à feindre d'être quelqu'un d'autre pour ne pas subir les affres glacées de sa solitude.

Parfois, être seul est la meilleure chose qui puisse vous arriver.

– Je ne te contredirai pas là-dessus, ma fille, acquiesce-t-il, étonnamment calme. Tu mérites ce qu'il y a de mieux parce que tu donnes toujours le meilleur de toi-même. Cela dit, je n'ai pas l'impression que tu t'accroches pour rien en essayant de faire évoluer votre relation dans le bon sens.

Sa réponse me surprend tellement que j'en reste bouche bée. Il s'explique :

– Je ne l'aime pas des masses, ce garçon. Il est loin de correspondre à l'image que je me fais du genre idéal.

Une pause méditative.

– Cela dit, Clayton y ressemblait fortement et il a fini par avoir une relation adultérine avec ta sœur, donc je suppose que ce n'est pas un indicateur très fiable en matière d'hommes à marier.

Ça me ferait presque rire. Mais j'ai le cœur trop brisé pour ne serait-ce qu'ébaucher un rictus. Le seul qu'il me restait, je l'ai offert à Saint afin qu'il puisse partir en paix.

– Tu sais, avec le recul, et même si je le déteste pour ce qu'il m'a fait, je dois reconnaître que Clayton a mieux su gérer sa vie amoureuse que moi. Il va se marier et avoir un enfant avec la femme qu'il aime. Moi, je pleure pour un homme qui n'a jamais prononcé ces mots et qui vivra éternellement dans le passé.

– Pour l'instant, confirme mon père, mais je ne suis pas sûr qu'une relation née dans le mensonge et la tromperie puisse avoir une réelle chance de prospérer sur le long terme.

Ce n'est pas faux, mais j'espère aussi que ce n'est pas vrai…

– Ne dis pas ça, le rabroué-je, un peu mal à l'aise à l'idée de ne pas feindre d'être d'accord avec lui, comme j'en avais pris l'habitude au fil des ans. Pense à leur bébé. Lui, il n'a rien demandé, et j'espère sincèrement qu'il aura les deux meilleurs parents du monde.

L'expression de mon père s'adoucit tandis qu'il me serre très fort dans ses bras.

– C'est exactement ce que ta mère m'aurait répondu… chuchote-t-il dans mes cheveux, avec un trémolo qui me fait mal au cœur. Tu lui ressembles beaucoup plus que tu ne le crois !

Je renifle, émue, et lui rends son étreinte. Je ne sais pas vraiment qui était ma mère, ni quel genre de femme elle serait devenue avec un peu plus de temps, mais mon père l'a tellement aimée qu'il ne pourra *jamais* la remplacer. Alors je suppose que c'est un superbe compliment…

– Merci, papa.

Dans le lointain, j'entends la cloche de l'église se mettre à sonner pour annoncer les douze coups de midi et la fin de la messe.

– Tu as loupé la prière pour maman à cause de moi.

Mon père recule, et tout en me gardant dans ses bras, il me dit :

– *Pour* toi, Ola. Pas *à cause* de toi. C'était mon choix, tu ne m'as rien imposé.

Là encore, je suis très étonnée qu'il se montre aussi… eh bien, *humain*. Mon père n'a jamais été un tyran ou un mauvais bougre. Mais j'ai gardé le souvenir d'un homme sévère, très strict et intransigeant, aussi. Il a toujours tenu la bride serrée à Cian, et je ne parle même pas des disputes plus que houleuses qu'il enchaînait avec Charity à propos de tout et n'importe quoi, Charity qu'il devait enfermer dans sa chambre pour l'empêcher de sortir.

Moi, j'avais beau essayer d'être sage, il m'arrivait de le contrarier, et bien sûr, lorsque ça arrivait, je pleurais toutes les larmes de mon corps en le suppliant d'effacer le regard déçu avec lequel il me jaugeait. Il n'avait pas à parler ou à me punir pour que je me sente la plus minable des enfants. Un froncement de sourcils, et je me liquéfiais.

Après le décès de ma mère, il est devenu encore plus difficile d'éviter de le décevoir, et je crois que c'est à ce moment-là que j'ai complètement arrêté de lui désobéir par peur de le perdre, lui aussi.

Comme maman.

Comme Charity.

Comme Cian.

Puis j'ai grandi, lui a vieilli, et lorsque je suis partie de la maison, je n'ai pas pensé un seul instant qu'il finirait peut-être par changer.

– Et toi, papa ? Comment tu vas ?

C'est en lui posant la question que je me rends compte que ça fait une éternité que je ne le lui ai pas demandé. En tout cas, pas en m'attendant à une réponse sincère de sa part.

À trop vouloir se protéger, on finit par se couper des autres.

Hein, Saint ?

– Je vais bien. Le retour à la maison de Cian m'a bousculé dans mon train-train habituel, mais j'en avais besoin, alors j'en suis plutôt satisfait.

Et il a l'air de réellement de le penser, ce qui me fait chaud cœur.

– J'en suis heureuse.

Il me sourit, et ça aussi, ça me fait du bien.

– Je suis tout de même pressé qu'il retourne à la caserne, hein !

On échange un bref éclat de rire qui s'interrompt brutalement lorsqu'il se redresse en recoiffant ses courts cheveux gris.

– Ton frère et ta sœur arrivent. Clayton est avec eux, me prévient-il, avant de me regarder droit dans les yeux pour ajouter : Si tu veux t'en aller, vas-y. Ne reste surtout pas pour moi.

Je carre les épaules et me prépare mentalement à cette confrontation que je fuis depuis un peu plus de cinq mois, désormais.

Par un fâcheux hasard, il faut reconnaître qu'elle ne pouvait pas arriver à un pire moment. Loin d'être à mon avantage, j'ai les yeux gonflés, le visage marqué par les larmes, un maquillage plus qu'approximatif, un nez morveux, et surtout, Saint n'est pas là pour me soutenir.

Il n'est plus là du tout, d'ailleurs.

Et j'ai beau me dire qu'il faut que je me fasse à cette idée, j'en suis *littéralement* malade.

La nausée me comprime l'estomac et m'oppresse la poitrine d'une douleur émotionnelle qui se traduit par des symptômes physiques. Spasmes, pression intercostale, arythmie. Je suis sûre que si j'avais mangé autre chose qu'une glace à l'eau, j'aurais vomi sur les délicats souliers roses de Charity lorsqu'elle s'arrête à quelques pas de moi.

Toujours aussi belle, et peut-être même encore plus grâce à la grossesse, ma sœur est accrochée au bras de Clayton, qui se tient un peu en retrait sur la dernière marche du belvédère, l'air plus sombre que jamais…

Mon frère, quant à lui, observe les alentours avec une mine passablement ennuyée, les mains enfoncées dans les poches de son treillis qui ressemble à s'y méprendre à celui de son véritable uniforme.

Soudain, je me rappelle qu'il ne va pas tarder à repartir, le mariage de Charity et Clayton ayant été décalé de quelques mois, et je ne peux pas m'empêcher d'en éprouver de la tristesse.

Cian ne sera jamais mon ami, mais... Tout comme mon père et moi, il a changé et j'ai très envie de découvrir cette nouvelle version de lui.

– Pour une fois que c'est moi qui organise l'hommage en fin de messe, tu ne fais même pas l'effort de t'y pointer, commente-t-il, pince-sans-rire, lorsque nos yeux se croisent. Et en plus, tu as enrôlé papa dans ta fugue. Je suis vexé, *Olalita*.

Cian est toujours si sarcastique que c'est difficile de différencier son humour de ses reproches.

– Après avoir affronté les balles et les tirs de mortier, je suis sûre que tu te remettras d'un petit hommage loupé, lui réponds-je, en quittant le banc sur lequel je suis assise depuis trop longtemps, si bien que j'en ai des fourmis dans les jambes et les pieds. Ce n'est pas comme si ça avait été mon cas pendant les dix dernières années.

L'ombre d'un sourire passe fugitivement sur ses lèvres charnues.

– *Treize* dernières années, rectifie-t-il. Si tu veux me rembarrer, fais au moins l'effort d'être précise.

Je lève les yeux au ciel.

– Je n'ai aucune envie de jouer avec toi à la bagarre, Cian. Trouve-toi une autre distraction.

Les yeux brun vert de mon frère se mettent à pétiller. Il pousse un peu trop loin le concept d'amour vache pour moi, mais je suppose que c'est pour ça qu'il a rendu Jony accro... Avec lui, rien n'est jamais facile. Même pas une banale discussion. Tout est une bataille et il faut lutter pour gagner son respect.

– Tu viens manger avec nous ?

Je m'empresse de secouer la tête.

Plutôt m'enfoncer des tiges de fer sous les ongles.

Bien sûr, j'opte pour une réponse plus polie – et avouons-le, totalement hypocrite.

– Non, je dois aller quelque part.

Je me tourne vers mon père qui s'est relevé entre-temps et lui dépose un baiser sur la joue.

– Je passerai vendredi vers vingt heures.

Une habitude que j'avais rayée de mon quotidien, mais que je compte bien remettre au goût du jour. Ce qu'il m'a dit au sujet de Cian me prouve qu'il a beaucoup souffert de la solitude, ces derniers temps.

– D'accord.

Une hésitation.

– Réfléchis bien à ce que je t'ai dit : lutter contre le courant, c'est perdre son temps et s'épuiser, mais lutter avec lui, c'est retrouver des eaux plus calmes et l'énergie de continuer.

Je ne suis pas très sûre du message qu'il essaie de me faire passer avec cette métaphore beaucoup trop imagée pour une bonne compréhension, mais je hoche la tête. Dans le fond, il n'a pas tort ; toutes les batailles ne sont pas perdues d'avance, et heureusement. Mais parfois, pour les gagner, il faut se mutiler ou se vider de son sang. Et moi, j'ai déjà suffisamment donné de ma personne.

Si Saint finit un jour par changer d'avis et prend conscience qu'il me veut… il va falloir qu'il se batte, lui aussi.

– À plus tard, lancé-je à la ronde.

Toutefois, je veille à bien regarder Cian pour qu'ils comprennent que c'est à lui que je m'adresse, et non pas aux deux autres personnes dont je feins d'ignorer l'existence.

– Alors tu ne vas même pas m'adresser la parole ? intervient la voix presque oubliée de celle qui m'a *toujours* placée dans son ombre.

Parfois, ça me protégeait du monde réel et de ses vices cauchemardesques. Et d'autres fois, infiniment plus nombreuses, ça me plongeait juste dans le noir le plus complet.

– J'essayais de l'éviter autant que possible, oui, admets-je, en refusant de me laisser impressionner par son regard trop direct que j'affronte sans ciller.

Mais je suis étonnée, parce qu'il n'est pas tout à fait dénué de honte ou de regrets. Je vois aussi de la culpabilité et des remords. Un peu de frustration et beaucoup de colère.

– Tu n'as rien à me dire ? s'impatiente-t-elle, les larmes aux yeux. Je suis venue pour toi, alors vas-y : vide ton sac, Ola !

Son attaque frontale me laisse perplexe. Quelque chose dans le ton de sa voix me retient de partir, et pour la première fois, je m'autorise à la regarder. Vraiment. À aller au-delà de la surface lisse et vernie derrière laquelle elle camoufle toutes ses imperfections, ses ratures et ses sutures. Et à ma plus grande stupéfaction, ce que j'y vois me rappelle ce que j'y dissimulais moi-même à l'époque où je me recroquevillais derrière ma propre muraille de mensonges et de semi-vérités pour correspondre à l'idée qu'on se faisait de moi.

Ce débat identitaire, je l'ai mené pendant plus de dix ans en essayant d'y trouver du sens, mais j'ai fini par comprendre qu'il n'en avait absolument aucun lorsqu'un soir, Saint m'a demandé de qui je me cachais.

De lui ? De Clay ? Ou de moi-même ?

Le plus insensé, c'est que je ne le savais même pas. Et la réponse m'est apparue bien plus tard, lorsque Clay m'a quittée en emportant le plus gros de nos affaires.

Je jouais à cache-cache avec la douleur, et ce n'était pas seulement des autres que je voulais me protéger, mais de moi-même, aussi. Et de mon incapacité notoire à gérer ma peur phobique de l'abandon.

J'avais le pouvoir de me briser, et je ne voulais pas donner aux autres une raison de m'obliger à le faire.

Heureusement, j'ai aussi compris qu'il ne tenait qu'à moi de me reconstruire…

Il est évident que Charity en est là où j'en étais une année plus tôt : terrifiée à l'idée d'être quittée et pétrifiée de trouille en comprenant qu'il y a de grandes chances pour que ça finisse par arriver.

Une tension jusqu'alors invisible entre elle et Clay m'apparaît soudain comme une énorme tache noire au milieu d'un tableau blanc. Ils ne se tiennent pas la main, même s'ils sont très proches l'un de l'autre. Ils ne se regardent pas, ou à peine. Ils sont mal à l'aise, et pas seulement à cause de moi. Je crois que mon père a raison, leur relation n'a pas commencé sous les meilleurs auspices, et ils en payent déjà le prix.

Je m'attendais à les voir aussi heureux que s'ils avaient remporté le super jackpot à six chiffres d'un casino. Mais ils ne le sont pas, et même si je ne le devrais pas, j'en éprouve une forme de justice divine exécutée par une main bien plus cruelle que moi.

– Vider mon sac ? reprends-je, presque étonnée par le néant indolore qui s'ouvre dans mon esprit.

Je n'ai rien à lui dire parce que je me fiche de son avis. De ses excuses. De sa culpabilité. Ou de sa jubilation, qui sait. Elle a eu ce qu'elle voulait, et tant mieux pour elle. Ça ne l'a peut-être pas rendue plus heureuse pour autant, mais ça m'a libérée d'un poids.

– J'espère que tu seras plus heureuse que moi dans cette vie qui ne me convenait absolument pas, lui avoué-je, sans animosité particulière. Je te la laisse avec plaisir. En vérité, je n'en ai jamais voulu, alors il est inutile de pleurer : tu n'as rien brisé. Tu as juste ramassé les morceaux.

Clayton se décompose tandis que Charity pousse un petit cri offensé. Sans perdre davantage de temps à leur parler, je quitte le belvédère où trop de vérités blessantes ont été partagées, et je conclus :

– Ne pensez plus à moi, OK ? Parce que moi, je ne songerai plus jamais à vous.

C'est mon passé, et je lui tourne le dos, le cœur ni plus lourd, ni plus léger. Brisé, oui. Mais libre et prêt à entamer, tout doucement, sa guérison.

Sur le chemin du retour, je sors mon téléphone portable de mon sac à main et compose le numéro de João. Je préfère prévenir mon ami que je ne compte finalement pas aller chez mon père, ce midi. On avait tous prévu de s'y retrouver pour treize heures, mais je ne m'attendais pas à ce qu'il y ait aussi Clayton et Charity. Et honnêtement, c'est tout aussi bien. Je n'ai plus qu'une envie depuis que Saint a dévalé ce foutu escalier : m'allonger dans mon lit et pleurer comme une madeleine jusqu'à finir par être aussi desséchée qu'une vielle momie.

– Allô ?! décroche João après plusieurs sonneries, aussi essoufflé que s'il venait de courir un marathon.

– Tu es en train de faire du sport ? m'étonné-je, accablée par la chaleur et incapable de concevoir le fait qu'une personne saine d'esprit puisse avoir envie d'un footing par ces températures.

Un petit rire grésille de l'autre côté de la ligne.

– C'est une question piège ?

Il me faut deux bonnes secondes pour comprendre le sous-entendu volontairement pervers, et deux autres pour cesser d'avoir envie de vomir.

– Laisse tomber, grogné-je en grimaçant de dégoût. Je ne vais pas chez mon père, donc tu n'es plus obligé de m'y retrouver. Je vais appeler Lina et Jo pour les prévenir.

João rit de plus belle, ce qui me met instantanément la puce à l'oreille.

– Tu es avec Lina, c'est ça ?

– Bingo, s'amuse-t-il, d'une humeur trop ensoleillée pour mon cœur endeuillé.

Et pourtant, je sens qu'un petit sourire vient de m'étirer les lèvres, à moi aussi.

– Tu as rattrapé le coup ?

Il hésite.

– On va dire ça comme ça, oui… biaise-t-il, sans entrer dans les détails.

Message reçu cinq sur cinq. Le sexe s'est invité dans la conversation avant qu'ils n'aient eu le temps de crever l'abcès purulent qui empoissonne leur relation, mais ils sont toujours à couteaux tirés. Pas très malin. Toutefois, je ne suis pas la mieux placée pour les juger. J'ai été assez stupide pour croire que je pourrais coucher avec l'homme dont je suis tombée follement amoureuse à mes dix-huit ans sans avoir à y mêler les sentiments.

Plus bête que moi, ça n'existe pas…

– Bon, je vais te laisser retourner à tes… euh, activités. À demain, Cacanova.

Je raccroche en me moquant de son borborygme agacé. À cet instant, mon âme me fait peut-être un mal de chien, mais savoir que João et Catalina ont réussi à faire un pas l'un envers l'autre me procure un immense sentiment de joie.

C'est qu'ils le méritent, ces deux crétins.

De fait, il y a aussi quelque chose d'extrêmement réconfortant à se dire que toutes les histoires d'amour impossible ne finissent pas toujours comme celle de Saint et moi, avec un assourdissant fracas dans le fond du cœur. Parfois, elles fonctionnent. Oui, dans certaines situations, ça vaut le coup de s'accrocher, de pardonner, de ne rien lâcher.

Parce que ce n'est pas forcément à perte, non.

Juste pour moi.

Le téléphone toujours à la main, j'hésite à appeler Jony ou à lui envoyer simplement un message. Notre explication dans les toilettes a relancé notre amitié sur de bonnes bases, c'est certain. Mais je n'ai plus envie de parler, et je sais qu'elle tentera par tous les moyens de me tirer les vers du nez. Contrairement à son frère, elle ne se contentera pas des faits. Elle exigera aussi de connaître les raisons de ma fuite, et tous les petits secrets qui gravitent dans leur sillage, comme des satellites.

À savoir que Saint m'a encore abandonnée, et que, ah oui, ce n'est pas la première fois puisqu'il l'avait déjà fait à l'université.

Non, merci.

J'en ai déjà suffisamment dit à mon père pour aujourd'hui.

Changement de plan. Je ne mange pas chez mon père. Je t'expliquerai.

Plus tard. Quand j'en trouverai la force. *Si je la trouve.* Et pour ça, il faudrait peut-être que je commence déjà par la chercher.

L'esprit dans le flou, comme si j'avais la tête dans le brouillard, je prends le bus qui me ramène jusqu'en bas de ma rue.

Et dire qu'il y a moins de deux heures, je marchais là, main dans la main avec Saint, si heureuse que je ne pouvais pas m'empêcher de redouter qu'il finisse par me quitter.

Peut-être l'ai-je senti… ou peut-être ai-je toujours su que ça se terminerait ainsi.

La gorge serrée, j'accélère le pas et file à vive allure pour fuir les souvenirs qui, malheureusement, s'accumulent à mesure que j'avance vers *notre* immeuble.

J'ignore comment je vais supporter de l'avoir pour voisin. C'est encore trop tôt pour y penser, et mon sang se glace à l'intérieur de mes veines lorsque j'essaie, mais dès que j'aurai repris mes esprits, je crois que je n'aurai pas d'autre option que de chercher un nouvel appartement.

M'imaginer le croiser dans le couloir pendant qu'il ramène une autre fille chez lui… qu'il lui fait l'amour de l'autre côté du palier… qu'il lui chante des chansons de sa belle voix éraillée… qu'il lui achète ses glaces préférées… et qu'il lui embrasse tout doucement le front lorsqu'il pense qu'elle dort…

Putain ! Non, non, non et non !

C'est de la torture. Et ça me refile déjà la nausée.

Bouleversée par les images qui défilent dans ma tête, et qui ne sont rien d'autre que des souvenirs de ces dernières semaines, j'entre dans l'immeuble et grimpe les marches deux par deux, sans faire attention à ce qu'il se passe devant moi. Tout est noir, terne et sombre…

Jusqu'à ce qu'il apparaisse tel un ange illuminé par l'éclat doré de ses cheveux blonds.

Assis contre la porte de son appartement, un sac en toile rempli d'affaires posé à côté de la housse en cuir de sa guitare ; il braque ses yeux perçants sur moi. La première chose qui m'interpelle, c'est que le blanc laiteux s'est teinté d'un rouge sang. Et j'ignore si c'est une hallucination visuelle, mais j'ai l'impression de discerner les traces de larmes fanées sous ses cils et sur ses joues toujours aussi blêmes qu'au moment où je lui ai dit que je l'aimais.

Mon souffle m'échappe, mon cœur dérape.

Sa douleur est tellement criante qu'elle m'assourdit.

– J'ai essayé de partir, lâche-t-il, en contemplant sa cigarette à moitié consumée. Mais je n'ai pas réussi à dépasser le palier de notre étage.

Je ne sais même pas quoi lui répondre. Est-ce que je dois le remercier ? Le réconforter ? Lui dire que ce n'est pas grave ? J'ai aussi mal que lui et c'est sa faute. Pas la mienne.

– Où voulais-tu aller ? demandé-je, en m'approchant de quelques pas.

Il lève la tête vers moi et recrache un épais nuage de fumée blanche qui me dissimule brièvement l'expression dévastée, et *dévastatrice*, de son visage.

– Chez ma mère.

Pendant un instant, et même si je ne comprends pas très bien pourquoi j'ai pensé à ça, j'ai cru qu'il allait me répondre : « À Seattle. »

– Pourquoi ?

Sauf que je connais déjà la réponse à cette question. Saint ne veut peut-être pas admettre qu'il m'aime, mais il est tout autant attiré par moi que je le suis par lui. Et si l'on ajoute à notre obsession mutuelle son caractère jaloux et possessif, ça donne un futur drame que l'on préfère éviter tous les deux. Pour le bien de ce qu'il reste de nos cœurs abîmés par sa lâcheté.

– Je ne peux pas être aussi près de toi… avoue-t-il. Pas si je ne peux pas être *avec* toi.

Anéantie par ses paroles, je ferme les yeux et compte jusqu'à dix en me mordant la langue très fort pour me retenir de l'insulter.

Hélas, c'est un combat perdu d'avance.

– Tu me soûles, Saint!

Surpris par mon coup d'éclat, il bat des cils et me fixe comme si j'avais perdu la tête.

– Tu *peux* être avec moi. C'est juste que tu ne *veux* pas!

C'est l'éternel débat qui nous oppose et nous détourne l'un de l'autre. Si seulement il me laissait une chance. Si seulement il m'ouvrait son cœur et me dévoilait ce passé qui semble tant lui faire peur… mais non.

Il ne *veut* pas.

Et moi, je n'en démordrai pas.

– Mon ange…

Ce maudit surnom prononcé avec une telle détresse est comme un coup de poignard dans le bide.

– Non, m'énervé-je, en me ruant sur ma porte, les clés dans la main. Stop! Ça suffit! Souviens-toi de la règle numéro 3…

Il m'a abandonnée. Je n'ai plus à rester.

C'est un mantra impitoyable que je me martèle pour essayer de résister à la compulsion qui me pousse à lui pardonner. À le bercer contre moi pour le rassurer.

– Attends! s'affole-t-il, en se relevant vivement pour me rattraper par le bras. Je suis là, Ola. Regarde-moi. Je n'ai pas réussi à partir…

Accablée par sa présence, submergée par sa chaleur, je presse mon front brûlant contre le bois tiède de ma porte dans une piètre tentative d'apaisement. Mais je le sens dans mon dos. Immense et furieux. Glorieusement brisé. Et si perdu que je ne sais même plus si j'arriverai à le retrouver…

– Ça ne suffit pas, Saint.

Je veux tout ou rien.

Plus de miettes. Plus de mensonges. Plus secrets.

C'est pour toujours ou plus jamais.

– Je ne suis pas parti, répète-t-il dans un murmure qui résonne comme un cri à l'intérieur de ma poitrine. Je suis toujours là.

Pour donner plus d'impact à ses paroles, il se presse contre mon dos et me plaque contre la porte. Piégée dans ses bras, je tremble comme une feuille, en proie à une vive douleur qui va bien au-delà de celle que j'ai cru éprouver en perdant Clay. À l'époque, je pensais que je ne m'en remettrais jamais… maintenant, je *sais* qu'il restera toujours en moi un vide impossible à combler.

– Tu n'es pas resté, le contredis-je.

Saint nous punit tous les deux pour un crime dont je ne sais rien, ou presque, et ça me met dans une colère noire.

– J'avais besoin de toi, Saint. Et tu as préféré t'enfuir. Tu l'as fait devant mon père, en plus. Avec Clay et ma sœur à quelques mètres.

Son souffle haletant m'effleure l'oreille. Il sent la cigarette, et bizarrement, le désespoir. Je ne saurais mettre des mots sur cette dernière odeur, mais elle est là, comme un fantôme sur sa peau, et elle imprègne la mienne.

– Je ne peux pas te perdre, Olaïna.

Ses bras tatoués s'enroulent autour de ma taille tandis qu'il me serre contre son cœur qui tambourine comme un fou dans sa cage thoracique. Ses lèvres traîtresses effleurent la zone sensible située à l'arrière de ma nuque. Une chair de poule particulièrement tenace me hérisse les poils des avant-bras. Il connaît tous mes points faibles, et il en joue pour me faire oublier qu'il n'a rien de mieux à me proposer. Pas d'excuses ou d'explications. Juste du sexe et une fausse impression de relation.

Hier encore, je m'en serais contentée avec plaisir…

Aujourd'hui, je sais que ça me briserait d'essayer de vivre une histoire qui n'a pas de titre. Que des pages blanches sous une jolie couverture.

– J'ai respecté ton choix, Saint.

Avant de changer d'avis, je m'abreuve une dernière fois de son parfum, puis je me défais de son étreinte et le repousse afin d'avoir assez d'espace pour insérer ma clé dans la serrure. Le bruit que produit ma porte lorsqu'elle se déverrouille résonne d'une façon étrangement définitive, pour nous.

– Olaïna…

J'ouvre la porte.

– Il va falloir que tu respectes le mien, maintenant.

Un sanglot s'étrangle dans sa gorge.

Je dois rester forte.

Autant pour le réveiller que pour me protéger. Même si ça me fait l'effet d'une véritable déchirure à l'âme.

Sans le regarder de crainte de me remettre à pleurer, toujours dos à lui, j'entre dans mon appartement plongé dans la pénombre…

Et je le laisse dehors.

– Mon ange, m'implore-t-il, en me poignardant une deuxième fois. S'il te plaît.

– Non.

Oh, une telle déchirure…

– Et si je te promets que je ne partirai plus ? continue-t-il, en hésitant sur le seuil, comme s'il envisageait de me suivre à l'intérieur. Que je resterai là, avec toi. Aussi longtemps que tu le voudras.

Il ne comprend pas, me désolé-je intérieurement, en me retournant pour le fixer droit dans les yeux.

– Même quand tu es là, tu n'es pas *vraiment* là, Saint.

Il est à Seattle. Il est dans ses cauchemars. Il est dans l'ombre d'une vie qui finirait par me dérober tous mes rêves, à moi aussi.

– Je t'aime trop pour te laisser me faire du mal, conclus-je, la mort dans l'âme.

Et c'est irrévocable.

– Je ne suis pas parti ! s'écrie-t-il, l'air paniqué, pour la troisième fois. Je suis toujours là !

Un petit sourire chagriné me tord les lèvres à l'envers tandis que j'entreprends de refermer cette porte que je lui ai trop souvent ouverte.

– Je sais, chuchoté-je, c'est moi qui m'en vais.

Pour lui. Pour moi. Pour nous.

C'est le meilleur des choix.

Et le plus douloureux, aussi.

J'ai presque totalement réussi à fermer la porte lorsqu'il y glisse le pied pour la bloquer à quelques centimètres de son visage ravagé par la souffrance.

– D'accord, souffle-t-il. OK. Je respecte ta décision, mais avant… laisse-moi au moins te donner ça.

Dans l'incompréhension, je le dévisage, les yeux arrondis par la surprise lorsqu'il me tend son ordinateur portable qu'il a sorti de son sac.

– Prends-le.

J'hésite. Il insiste.

– Allez. Prends-le, Ola.

– Mais… et toi ?

Je ne comprends pas…

– Tu me le rendras quand tu auras racheté une télé, se force-t-il à articuler.

Et parce que j'ai *besoin* de garder quelque chose de lui, j'accepte sans poser d'autres questions. Une ultime faiblesse que je m'accorde pour tenir le coup, ne serait-ce que quelques minutes.

– OK.

– OK, répète-t-il, en reniflant. À plus tard, mon ange.

Sur ces mots qui ne veulent plus rien dire, il me laisse *enfin* refermer la porte. De mon cœur. De mon appartement. Il est d'un côté, je suis de l'autre. Et la seule chose qui nous sépare, ce n'est pas cet insignifiant morceau de bois.

C'est lui.

C'est *toujours* lui.

L'amour de mes tourments. Les tourments de mon amour.

– Espèce d'idiot… murmuré-je, en me laissant glisser le long du mur avec son ordinateur pressé contre la poitrine. Quand vas-tu accepter d'être heureux ?

33

Beauté des anges

Saint

31 octobre 2020

Le pied d'Olaïna remonte tout doucement le long de ma jambe, sous la table. Ma main tremble, mon pouls s'accélère, j'ai du mal à respirer. Et plus que tout, mon membre est tellement gorgé de sang qu'il me fait souffrir un délicieux martyre. Les dents serrées, j'essaie de garder la tête froide, de rester attentif et concentré. Ça fait près d'une demi-heure qu'elle me caresse le mollet, et plus les minutes passent, moins j'arrive à me contrôler. J'ai envie de l'attraper par la cheville, de l'attirer vers moi et de…

Ouais, mais non.

– T'es complètement soûle, Olalita! s'amuse João, assis à côté d'elle et en face de moi, en passant un bras autour de ses épaules. Il faut que tu arrêtes le vin!

– C'est plutôt le vin qui doit arrêter avec moi!

Hilare, João lui dérobe sa bouteille de chardonnay et la cale contre mon verre de bière auquel je n'ai toujours pas touché. Mieux vaut que j'évite de boire, ce soir. Ce serait comme allumer une clope dans une pompe à essence.

Beaucoup trop dangereux.

– Mon précieux! s'écrie-t-elle, toute rouge et échevelée, en tentant de la récupérer.

Olaïna se jette sur son ami sous les acclamations alcoolisées de Jony et Catalina, arrêtant ainsi de me torturer avec ses effleurements suggestifs que je ne supportais plus et dont je commençais à devenir accro. Cette fille, elle est plus addictive que la drogue, pour moi. Les années ont beau avoir filé à toute vitesse, je la sens encore, et *toujours*, sous ma langue et sous le bout de mes doigts. Aussi douce que de la soie. Aussi chaude qu'une braise. Avec son déguisement d'ange diabolique confectionné à partir d'une minuscule robe blanche chiffonnée, elle ne pourrait pas mieux incarner la flamme de *ma* déchéance, aussi totale et consumée qu'un tas de cendres.

Olaïna m'a perdu.

Oui, elle m'a perdu pour toutes les autres filles.

À mes yeux, il n'y aura plus jamais qu'elle, et elle seule…

– C'est toi qui me soûles, Cacanova !

Tout le monde autour de la table éclate de rire, sauf moi. J'ai beau essayer de chercher, je ne comprends toujours pas ce que je fais ici, installé entre Clay et Charity, à cette soirée déguisée d'Halloween organisée dans l'immense appartement de cette dernière. La tension entre mon ancien ami et moi crève le plafond, mais personne n'a l'air de le remarquer, ce qui ne m'étonne qu'à moitié – ils étaient déjà bourrés avant de se mettre à table. Et je ne parle même pas des regards que Clayton échange avec Charity, et qui me mettent tellement mal à l'aise que j'en ai l'estomac tout retourné.

– C'est le deuxième week-end de suite que tu fais l'éponge, pétasse ! se moque Jo, avec une main dans ses courts cheveux roses en pétard. Tu files un mauvais coton, jeune fille !

– C'est parce qu'à cause des heures supplémentaires de Clay, je passe trop de temps avec vous !

Catalina la gratifie d'une pichenette sur le bout du bout nez, qui lui extirpe un petit hoquet.

– Je croyais qu'après avoir failli vomir sur les chaussures de Mason, tu ne toucherais plus jamais à un verre d'alcool.

Olaïna fait la moue, les joues gonflées et les lèvres ourlées en un demi-sourire espiègle. Et putain, elle est trop mignonne…

– Je ne vois pas de quoi tu parles, ment-elle, avec une expression faussement innocente. C'est toi qui as failli vomir sur Mason !

Nouvel éclat de rire. Mais cette fois-ci, il n'y a pas que moi qui reste de marbre. Ni Clay ni Charity ne se joignent à eux. En fait, ils sont trop occupés à se fusiller mutuellement du regard pour prêter attention à ce qu'il se passe autour d'eux.

– Heureusement que ton patron t'aime bien, s'esclaffe João. Moi, je t'aurais déjà virée.

Olaïna dresse fièrement son majeur à son intention, et il fait mine de vouloir le croquer, ce qui me crispe inexplicablement. Là encore, leur proximité n'a pas l'air de déranger Clayton. Et pour cause, il n'a d'yeux que pour une fille, et *spoiler alert*, ce n'est pas sa copine.

– Je t'emmerde !

La vulgarité inhabituelle d'Ola m'apparaît d'autant plus adorable qu'elle ressemble à une petite fille fâchée qui se prendrait déjà pour une adulte.

– Et dire que papa pense que c'est moi, la plus délurée de la famille ! persifle soudain Charity, en cassant l'ambiance joyeuse.

Sa repartie cinglante jette un froid dans la pièce. Je me crispe en même temps que Clayton, m'attendant à une réaction épidermique de la part d'Olaïna. Elle a beau adorer sa sœur et se foutre comme d'une guigne de son métier, elle ne tolère pas la moindre critique sur leur père.

– Laissons-le dans ses illusions, se marre-t-elle à la place, en piquant encore la bouteille de vin. Comme on dit : heureux les simples d'esprit, car le royaume des cieux leur appartient !

Je me mords la lèvre inférieure pour me retenir de répliquer. Ce dicton est aussi valable pour elle que pour son père. Olaïna a l'évidence sous le nez, mais elle préfère s'accrocher à ses œillères. Et si elle est heureuse comme ça… Qui suis-je pour lancer une pierre dans sa maison de verre ?

La conversation prend une nouvelle tournure, plus joyeuse et légère. Ola et ses amis chahutent comme des gamins tandis que l'atmosphère se dégrade de notre côté de la table. Clayton tire une tronche de six pieds de long, Charity alterne les regards tranchants et dépités vers lui, et moi…

Moi, j'essaie par tous les moyens de ne pas attraper le pied d'Olaïna qui remonte tout doucement vers mon sexe à l'agonie.

Je suis à peu près sûr que c'est la jambe de Clayton qu'elle vise, mais une partie profondément triste et mesquine de moi préfère ne rien dire pour en profiter. Juste un peu. Une petite soirée. Ça ne fera de mal à personne. Et puis, ce n'est pas comme si je pouvais faire quelque chose…

Depuis le fiasco de la soirée d'anniversaire, Clay m'a à peine adressé plus d'une trentaine de mots. Il m'évite, m'ignore, et lorsqu'on se croise dans le couloir, j'ai tout juste le droit à un bonjour presque directement suivi d'un au revoir.

C'est pour ça que l'invitation de ce soir me laisse encore perplexe.

Qu'est-ce que je fous ici, putain ?!

Je ne me suis jamais senti aussi seul de toute ma chienne de vie. Et ça ne date pas d'aujourd'hui. Depuis quelques mois, je suis piégé dans la même routine assommante. Je me lève, je déjeune, je travaille, je mange, je dors. Et chaque jour, ça se répète. Si bien que chaque jour me laisse un arrière-goût de défaite.

Parfois, je m'observe dans le miroir, le rasoir à la main, et je me demande : *Pourquoi ?*

Pourquoi continuer à supporter tout ça ? Pourquoi ne pas lâcher ? Pourquoi ne pas abandonner ? Et putain, pourquoi *moi* ?!

Je suis malheureux.

Et seul.

Et perdu.

Et anxieux.

J'ai envie de mourir. De m'endormir pour ne plus jamais me réveiller. Et de partir très loin de cette triste, triste réalité…

Et le plus terrible, c'est que tout ce que je veux, je crois bien que je pourrais l'avoir. Le pire comme le meilleur. Le meilleur comme le pire. Il suffirait que je sois moins lâche pour être avec Ola ou pour me faire sauter la cervelle.

Mais je n'arrive pas à trancher…

Mon cœur ou mes veines ?

Le pied d'Olaïna frôle l'intérieur de ma cuisse tandis qu'elle provoque Clayton avec ses grands yeux énamourés, un petit sourire mystérieux sur ses lèvres qui m'empêchent de m'entailler avec la lame de mon rasoir.

Et lui ne la regarde même pas.

– Tu seras là, cette fois ?

Je n'ai rien suivi de la discussion, trop concentré sur les sensations qui irradient dans ma jambe et jusqu'en bas de mes reins, si bien que je ne sais pas du tout de quoi parle Jony lorsque Clayton lui répond :

– Non. Je serai occupé. Avec Saint.

Une tirade laconique. Peu aimable. C'est loin de ressembler à l'ami que je connais depuis plus de dix ans et qui me manque comme un membre coupé.

– Ce n'était pas prévu, précise Olaïna, alors que ses petits orteils dénudés jouent avec mes nerfs – et les limites de mon self-control. Ça fait trois week-ends de suite qu'il me le vole pour aller camper je ne sais où et fumer de l'herbe !

Hein ? Attends, quoi ?!

– Pardon ? m'exclamé-je, hébété.

Je sursaute sur ma chaise, bouche bée, et retiens difficilement un juron en sentant le coude pointu de Clayton s'enfoncer dans mes côtes.

Je n'ai plus campé avec lui depuis l'automne dernier. Et les trois derniers week-ends, je les ai passés au night-club, à débarrasser des verres et à nettoyer des tables, puis à coucher avec des filles très jolies et sûrement très gentilles, mais qui m'ont laissé aussi froid que la glace d'un Whisky on the Rocks.

Putain, Clayton... songé-je, plein d'amertume, en me tournant vers mon ancien meilleur ami. *Tu as déconné...*

Le visage ravagé par la culpabilité, il m'implore en silence de le suivre dans ses mensonges, de mystifier avec lui la plus terrible des vérités. Tout s'explique ! Voilà pourquoi il m'a invité : pour avoir une excuse à présenter. Un alibi à son infidélité. Une preuve à agiter sous le nez de sa petite amie plus soupçonneuse qu'elle ne veut bien se l'avouer à elle-même.

Pas si bien cachée que ça dans sa maison de verre...

– Pourquoi t'as pas l'air au courant ? s'étonne Catalina, en me fixant d'un œil curieux.

Une vague de sueur froide mouille l'arrière de ma chemise blanche.

– Je... commencé-je, avant de faire tomber ma fourchette lorsque les orteils d'Olaïna effleurent ma queue turgescente. Bordel de merde ! Ola ! Je crois que tu te trompes de gars, là !

J'attrape sa cheville pour l'éloigner de mon entrejambe bandé à la verticale dans mon pantalon. En sentant ma main s'enrouler autour de son pied, elle écarquille si fort les yeux que c'en est sûrement douloureux. Ses joues se colorent de toutes les nuances de rouge, du camion de pompiers en passant par la tomate cerise et la fraise des bois.

Nos yeux se croisent. De l'électricité court sous sa peau. Du feu liquide serpente sous la mienne. Ses lèvres s'entrouvrent et sa petite langue rose vient caresser le coin de sa bouche.

– Oh…

Dans une piètre et grossière tentative de faire oublier la question posée par Catalina, Clayton se fend d'un puissant éclat de rire complètement surfait qui parvient tout de même à déclencher l'hilarité générale. Une fois n'est pas coutume, je suis en dehors du coup, et je ne peux que les regarder avec le cœur coupé en deux.

D'un côté, il y a Olaïna et ses illusions de couple parfait. De l'autre, il y a mon meilleur ami et ses mensonges bâclés. Et si je prends la parole pour lever le voile sur la double vie de Clayton…

Je finirai par en perdre l'un des deux, ce qui est plutôt ironique dans la mesure où je les ai déjà perdus tous les deux.

Le front dégoulinant de sueur, je recule ma chaise et me lève d'un bond avant de lancer à la cantonade :

– Je vais fumer une clope sur le balcon !

Personne ne fait attention à moi, trop occupés qu'ils sont à se moquer de l'embarras d'Ola. Quant à Charity, je crois qu'elle aussi, elle préfère faire profil bas, parce qu'elle se lève et débarrasse la table en promettant d'apporter le dessert. Je ne m'attarde pas plus longtemps dans la salle à manger et, tout en sortant mon paquet de cigarettes de ma poche, je me dirige vers le salon avant d'aller prendre un bol d'air vicié sur la terrasse assez large pour y installer une table et trois chaises. Lorsque j'ouvre la baie vitrée, le bruit de la ville agitée par la nuit « des bonbons ou un sort » vient m'envelopper d'un cocon réconfortant, assez familier pour apaiser le tourbillon fiévreux de mes pensées.

Un peu de nicotine pour m'empoisonner tout en douceur…

Mon briquet projette une flamme dansante sur les traits crispés de mon visage. Puis la fumée blanche s'élève en un long et fin ruban qui virevolte jusqu'à mes yeux brûlants.

J'ai envie de chialer.

Et ça me ferait presque marrer.

Parce que si Ola apprend pour l'aventure de Clayton et Charity, elle sera à nouveau libre… *mais aussi complètement brisée.*

Le pire et le meilleur.

Mon plus beau rêve et mon plus cruel cauchemar.

Si facile à avoir…

– Je crois que je te dois une explication, intervient Clayton qui m'a suivi dehors.

D'une oreille distraite, je l'entends refermer la porte derrière lui et s'asseoir sur la chaise à ma droite. Je ne dis rien, mais je l'écoute. Si je parle, je risque de dire des choses qui dépassent le fond de ma pensée, et je ne veux pas prendre le risque de louper l'explication bancale qu'il cherche visiblement à me donner.

– Je… je…

– Tu te tapes la sœur de ta meuf ? craqué-je presque aussitôt, en saturant mes poumons de fumée toxique. Ouais, j'avais pigé, merci.

Silence. Culpabilité. C'est un aveu qui se passe de mot. Une vérité qui en dit déjà trop…

– Elle est enceinte, lâche-t-il brusquement, après plusieurs longues minutes à contempler le vide.

Tout à l'intérieur de moi se fige avant de se mettre à hurler d'horreur. Puis de douleur. Et finalement, à travers les mouchetures ensanglantées de mon âme blessée, c'est la rage qui l'emporte lorsque je repense à l'état dans lequel elle s'est mise ce soir sans qu'il intervienne.

– Et tu la laisses boire de l'alcool ? m'emporté-je, avant d'écraser ma cigarette à moitié consumée à côté du cendrier et de faire volte-face pour taper du poing sur la table. Est-ce que t'es complètement con, ou quoi ?

Clayton ouvre la bouche, puis la referme, avant de la rouvrir et de dire, plus anéanti que jamais :

– Pas Olaïna, Saint…

Je me fige de stupeur, sous le choc de cette fracassante révélation.

– Charity ? soufflé-je.

Il confirme d'un bref hochement de tête.

– Merde !

La panique transforme le visage habituellement paisible de Clayton en un masque d'épouvante.

– Je crois… je crois que j'ai fait une connerie, Saint…

Plus désespéré que jamais, il m'attrape par le poignet et me serre jusqu'à parvenir à me communiquer toute l'étendue de son angoisse.

J'ai envie de le frapper, de l'insulter, de lui dire qu'il n'est qu'une grosse merde et qu'il a bien mérité l'avalanche de problèmes qui ne va pas tarder à l'ensevelir jusqu'à l'étouffement. Mais il a l'air de s'en rendre compte par lui-même, et je suis tellement sonné que je n'arrive plus à parler.

Olaïna n'est pas enceinte.

J'expire.

Tout n'est pas perdu.

Pendant une seconde, j'ai *vraiment* cru que c'était fini. Terminé. Et pendant cette seconde-là, j'ai vu ma vie avec elle me filer pour toujours entre les doigts.

– Explique-toi, Clay. Dis-moi tout.

– Je suis tellement en colère contre elle… souffle-t-il d'une voix heurtée, saturée d'ombres filantes.

Je fronce les sourcils tout en m'adossant à la rambarde du balcon. Le fond de l'air est piquant, un peu sec, mais il n'y a pas de vent, et j'ai beau être en tee-shirt, je n'ai pas froid.

– Olaïna ?

Quelque chose passe sur son visage plongé dans la pénombre. Un mélange de haine et d'amour meurtri par les mensonges et les secrets. C'est douloureux, *lancinant*. Et ça résonne avec force à l'intérieur de moi. Je connais si bien ce (re)sentiment…

Celui de se perdre, encore et encore, dans un abîme de rêves déçus que l'on brise un peu plus à chacun de nos mouvements.

– Oui.

Une affirmation pleine de petits morceaux de lui.

Mais ça ne suffit pas à apaiser mon agacement.

– Alors pourquoi tu ne la quittes pas ? osé-je lui demander, dans l'incompréhension la plus totale. Pourquoi tu la trompes ? Avec sa sœur, en plus ! C'est quoi, une espèce de vengeance ?

La colère que j'entends dans ma voix n'est pas aussi vindicative qu'elle le devrait, et en vérité, je suis plus curieux qu'autre chose.

Clayton n'a jamais été méchant ou manipulateur. Il est un peu maladroit et égoïste sur les bords, mais ce n'est pas le genre d'homme que j'aurais imaginé se retrouver dans cette situation particulièrement toxique – *en toute honnêteté, c'est carrément plus mon style.* Avant Olaïna, c'était un grand adolescent trop romantique qui aspirait à plus qu'une nuit de sexe et quelques heures de plaisir maladroit. Il voulait une petite amie à chérir, une personne avec laquelle se projeter dans l'avenir et une stabilité supplémentaire dans sa vie déjà bien établie. Ses parents étant très croyants, il a toujours été respectueux et attentionné envers ses proches. Le cœur sur la main, le sourire toujours accroché aux lèvres, il n'aurait jamais songé à faire sciemment du mal à quelqu'un.

Et puis… *tout a changé.*

– Au début, oui… admet-il, honteux. Tu as toujours été comme un frère pour moi, et coucher avec sa sœur, je suppose que c'était ma façon de lui faire autant de mal qu'elle m'en a fait.

Je tique.

– Sauf qu'elle n'a pas couché avec moi *pendant* qu'elle était avec toi ! C'est qu'un putain de prétexte, mec !

Clayton rougit – de colère ou d'embarras ? Difficile à dire. Je n'arrive pas à trancher en faveur de l'un ou de l'autre…

– Mets-toi à ma place, Saint ! se défend-il, les bras croisés en travers de son torse dans une attitude défiante. Imagine que la première fille que tu as aimée soit en réalité amoureuse de ton meilleur ami !

Olaïna, amoureuse de moi ?

Une sensation d'apesanteur me soulève le cœur. L'idée est effrayante, et la tentation, enivrante.

– Elle n'éprouve pas ce genre de sentiments à mon égard, le détrompé-je.

Mais je ne sais pas qui j'essaie de rassurer : lui ou… peut-être moi ?

– Arrête, Saint ! s'agace-t-il, l'œil noir. Tu le sais très bien. Il m'a fallu plus de six mois pour l'accepter, et maintenant que je le sais, ça saute aux yeux, putain !

Je secoue la tête.

– Non, je crois vraiment que…

Il m'interrompt d'un ton abrupt :

– Elle passe son temps à te chercher du regard, à me demander si tu vas bien, ce que tu fais, pourquoi tu as l'air aussi triste, et dès qu'elle te voit avec une autre fille, c'est comme si elle s'éteignait à petit feu !

Un nœud se resserre autour de ma gorge. Si c'est vrai… si c'est faux… J'ai déjà si peu de contrôle !

Beauté des anges, qu'as-tu fait de moi ?!

– Clayton…

– Non, siffle-t-il, en se prenant la tête entre les mains. Ne dis rien, s'il te plaît. Je l'ai accepté. C'est comme ça, et maintenant, je le sais. Elle t'aime. C'est tout. Et moi, elle m'apprécie comme un ami qui lui servirait de passe-temps.

Je ne devrais pas avoir de peine pour lui. Pas après ce qu'il lui a fait et qu'il continuera de lui faire. Mais je ne peux pas m'empêcher de me dire que c'est en partie ma faute si l'on en est arrivés là. En essayant de réparer mes erreurs, de racheter mes fautes, j'ai forcé les autres à en commettre à leur tour…

– Je ne crois pas que tu puisses dire ça, mec ! Pas après tout le temps que vous avez passé ensemble.

– On est fiancés depuis six ans, Saint.

Inutile de me le rappeler.

– Je l'ai suppliée d'organiser notre mariage, poursuit-il, de mettre un gamin en route, de… construire notre putain d'avenir, quoi ! Et elle avait toujours une excuse. Les études. Un travail trop précaire. Pas d'argent. Pas de temps. La vérité, c'est qu'elle savait déjà qu'elle ne m'aimait pas assez pour faire sa vie avec moi !

C'est vrai que ça m'a toujours chiffonné. Et intrigué, aussi. Je n'ai jamais compris pourquoi ils n'avaient pas avancé plus vite dans leur relation. Après leurs fiançailles, je m'attendais plus ou moins à jouer le rôle de témoin dans l'année. Mais aucune invitation n'est arrivée par la poste, et plus le temps passait, moins ils semblaient prêts à sauter le pas. La bague est restée au doigt d'Ola jusqu'à ce qu'elle la perde, et aucune autre n'est venue la remplacer, comme si, l'un comme l'autre, ils savaient que cette envie leur avait été enlevée.

– Je ne sais pas quoi te dire, avoué-je, penaud.

Clayton rit jaune.

– Y'a plus rien à dire, mec.

En vérité, il reste tellement de choses à mettre au clair qu'on en perdrait le souffle avant même d'avoir commencé.

– Pourquoi restes-tu avec elle ? murmuré-je, en orientant mon visage vers les étoiles.

Il pousse un long soupir dans lequel ma solitude trouve un écho.

– Ça fait sept ans qu'on est ensemble. J'ai beau la haïr de toutes mes forces pour ce qu'elle me fait ressentir, je n'arrive pas à me dire que je ne la verrai plus jamais dans mon lit. Qu'elle ne m'embrassera plus jamais sur la joue pour me souhaiter une bonne nuit. Qu'elle ne me tiendra plus jamais dans ses bras pendant qu'on regarde la télévision, blottis l'un contre l'autre sous les draps. Qu'elle ne me cassera plus jamais les couilles à cause de cette putain de machine à laver qui n'arrête pas de tomber en panne. Et qu'elle ne carbonisera pas tout ce qu'elle essaie de cuisiner dans ce micro-ondes radioactif qui va sûrement nous refiler le cancer.

Le dicton est vrai : de la haine à l'amour, il n'y a qu'un pas. Et parfois, on n'arrête pas de le faire, dans un sens, puis dans l'autre. En avant, en arrière. Le cœur à la dérive, l'âme errante. Je t'aime, moi non plus. Jusqu'à ce qu'on s'aime pour toujours ou qu'on s'éteigne à tout jamais.

– Je comprends.

Vraiment.

– Elle ne m'a jamais aimé, reprend-il, mais elle m'a donné tellement d'amour que, pendant un temps, je me suis dit que ça me suffirait.

Et ça aussi, ça me broie le cœur.

– Je suis désolé.

Je ne sais même pas pourquoi je m'excuse, mais j'ai l'impression que c'est ce que je dois faire.

– Tu sais, j'étais prêt à faire une croix sur le sexe pour être avec elle…

Le manque de sexe a toujours été un véritable problème, dans leur vie de couple. Et le plus grand des mystères, pour moi. Mes souvenirs ont immortalisé le corps d'Ola comme un temple de l'amour physique dans lequel un pécheur tel que moi purifierait son âme. L'éternité en quelques caresses, le plaisir pour promesse d'immortalité.

Sa fougue innocente, sa curiosité insatiable, son appétit dévorant…

Toi. C'est toi qu'il me faut !

Tout est encore là, aussi frais qu'au premier jour dans ma tête, à me torturer l'esprit de rêves brûlants.

– Mais tu n'étais pas heureux, lui rappelé-je tout doucement. Tu l'as dit toi-même…

– Ouais, c'est vrai, acquiesce-t-il.

Et c'était déjà le cas bien avant l'anniversaire d'Olaïna.

– Et Charity ? le relancé-je. Tu l'aimes ?

Son expression s'adoucit tandis qu'une lueur métallique aiguise le contour de ses prunelles noires.

– Je ne sais pas. C'était censé être un coup d'un soir, puis c'est devenu… comme une drogue. Je n'arrêtais pas de me dire : aujourd'hui, c'est fini. Et puis, je ne sais pas pourquoi, j'y retournais à chaque fois qu'elle m'appelait, jusqu'à ce que…

– Le bébé, deviné-je.

Il grimace, mort de trouille.

– Ouais, putain. Le bébé !

Rien qu'à l'entendre, ce simple mot suffit à me rétracter les couilles à l'intérieur de mon caleçon.

– Tu ne veux pas le garder ?

Une question fort peu délicate, j'en ai bien conscience. Mais je pense qu'il a besoin qu'on la lui pose à haute voix.

– Si, avoue-t-il, après un long moment passé à y réfléchir. C'était un accident, mais j'ai toujours voulu être papa. Ça ne m'effraie pas. Toutefois, je crois que je n'arrive pas à me dire que la mère, ce sera elle et pas…

– Ola ? terminé-je à sa place.

Je fais semblant de ne rien remarquer lorsqu'il essuie brièvement ses yeux larmoyants avec la manche de son pull.

– C'est d'elle que je rêvais lorsque je pensais à l'avenir.

Moi aussi, mon pote…

– C'est aussi injuste pour Charity que pour Olaïna, ce que tu me dis là, lui fais-je remarquer.

Ses épaules s'affaissent sous le poids d'une intense culpabilité.

– J'en ai parfaitement conscience.

Mais il n'en a pas l'air, et ça finit par m'exaspérer.

– Ça sera dur, Clay. Mais tu es allé trop loin. Ça ne peut plus continuer de la sorte…

Dans tous les cas, je ne le laisserai pas faire.

– Charity m'a dit qu'elle m'aimait, lâche-t-il brutalement, le teint blême. Qu'elle voulait qu'on se marie. Qu'elle n'aurait jamais trahi sa sœur pour une minable histoire d'un soir.

Ses lèvres répètent des mots auxquels ses yeux refusent de croire.

– Et tu n'es pas d'accord, c'est ça ?

Il ricane avec une acidité corrosive qui parviendrait presque à creuser des petits trous dans ma peau.

– Tu n'y crois pas ?

– Je ne crois plus en personne, Saint.

Bienvenue au club.

Il semblerait que lui et moi, on n'ait jamais eu autant de points communs qu'aujourd'hui…

– Je ne peux pas t'en vouloir pour ça, hein.

Mais je ne me gênerai pas pour tout le reste. Ce qu'il a fait me met hors de moi. Olaïna a commis des erreurs. Comme lui. Comme moi. Mais elle ne méritait pas ça… et putain ! Personne ne mérite d'être traité aussi mal. C'est typiquement le genre de blessure qui laisse des cicatrices indélébiles. Des maux inguérissables.

– Et puis, je pense à mes parents et à son père. À tous nos amis et à la vie que je vais perdre après ça…

Un petit rire sarcastique me secoue les épaules.

– Tes parents vont être furieux et le père d'Ola va sûrement enrôler un tueur à gages pour te faire la peau.

Clayton rit à son tour. Même si la situation n'a absolument rien de drôle.

– Ouais. Y'a de fortes chances.

Il pousse un nouveau soupir, et ma solitude s'accroît à mesure qu'elle se gorge de la sienne.

– Moi, lui dis-je, sans pour autant lui adresser un regard, je serai là…

– Ah, putain ! s'écrie-t-il, à la fois soulagé et toujours aussi fâché contre moi. T'es vraiment qu'un connard.

– J'ai merdé, t'as merdé, mais on est toujours potes, non ?

Il hésite, et même après tous les horribles coups de massue que j'ai encaissés au fil des ans, ça me blesse.

– Ouais.

Pourtant, il n'a pas l'air d'en être particulièrement heureux. Et j'avoue que je ne le suis pas beaucoup plus que lui. Notre amitié ne sera plus jamais la même qu'à nos quinze ans. On a grandi, on s'est trahis. Et désormais, on a beau vouloir réparer les pots cassés, il y restera toujours des fissures trop profondes pour être comblées.

– Alors, au nom de notre amitié, tu vas tout dire à Ola, exigé-je, intraitable. Et puis, tu vas tirer les choses au clair avec Charity. Bordel de merde, tu vas être papa, mec !

Les joues de Clayton changent de couleur et passent par toutes les nuances de l'arc-en-ciel.

– Ça me donne envie de vomir rien que de l'imaginer...

– C'est normal, le rassuré-je, en allumant deux clopes et en lui en tendant une. C'est toute ta vie qui va changer, et ça ne va pas être facile à assumer. Tu n'as pas fait les choses correctement. Cela dit, ça ne veut pas dire que tu ne peux pas te rattraper. Avec Charity et le bébé, au moins.

Même dans une situation normale, je pense qu'il en aurait déjà été malade de trouille. Il n'a jamais été réputé pour être le plus courageux des hommes, et la merde dans laquelle il vient de fourrer la main a des crocs et des griffes prêts à le mettre en sang.

– Je n'aurais jamais cru que les choses se dérouleraient ainsi, tu sais... me confesse-t-il, morose. Pour mes vingt-cinq ans, je me voyais déjà marié à une gentille fille, douce et un peu timide, installé dans une petite maison de banlieue à deux étages, près de chez mes parents. Et certainement pas sur le point d'avoir à avouer à ma copine que j'ai mis enceinte une femme qu'au final, je ne connais même pas, et qui se trouve être sa sœur aînée !

Et moi, je me voyais au fond d'un cercueil, avec une balle dans la tête et un trou dans le cœur.

– Certains de nos plans sont faits pour être chamboulés.

Ce qui est peut-être tout aussi bien.

– Ouais, confirme-t-il, en se grillant les poumons avec de la nicotine. Comme tu l'as dit, je n'étais pas heureux, avant. Juste amoureux. La chanteuse qu'écoute tout le temps Ola a raison : l'amour, ça ne suffit pas.

Mais sans l'amour, rien n'est suffisant... même pas la vie, ai-je envie de rectifier, la poitrine serrée par un sentiment de vide qui ne cesse de s'agrandir.

– Je suis désolé, répété-je pour la énième fois. J'ai l'impression que c'est ma faute.

Et qu'à cause d'un petit bisou magique censé me réparer, un cœur aussi fragile que le mien a été brisé.

– En effet, tu n'y es pas pour rien… m'accable-t-il, sans prendre de pincettes ni chercher à minimiser la vérité. Mais j'ai aussi des torts, hein. Tu avais raison, je savais que tu éprouvais plus que de l'attirance pour elle. Je l'ai vu dès que tu me l'as présentée à l'université, et je m'en foutais royalement, parce que tout ce que je voulais, c'était être avec elle, quitte à te faire du mal.

Rien de surprenant. Je l'ai toujours su, et lui aussi. On faisait juste semblant de l'ignorer pour continuer à traîner ensemble comme si de rien n'était…

– On a vraiment merdé, tous les trois.

C'est l'euphémisme du siècle.

– J'crois qu'on peut dire ça, oui.

Sept années de gâchées, et peut-être autant à sacrifier à cause de sa tromperie. Combien de temps Olaïna mettra-t-elle à se relever après ce terrible coup du sort ? Aura-t-elle besoin de moi ou me rayera-t-elle de son existence en même temps que Clayton ?

J'ai bien peur de connaître la réponse à cette dernière question…

– Tu vas le lui dire quand ? l'interrogé-je, d'un ton *légèrement* pressant.

Il se renfrogne.

– Pressé de la réconforter ?

Oui. Non. Peut-être.

– J'ai tiré un trait sur elle dès l'instant où vous vous êtes fiancés.

Un mensonge. Une vérité.

– Merci, souffle-t-il, si soulagé que j'en ai l'estomac noué. Je… c'est horrible… mais je préférerais que tu t'en abstiennes, si tu vois ce que je veux dire.

Pas touche à Ola.

Message reçu cinq sur cinq.

– OK… Et du coup ? Tu le lui dis quand ?

Il se crispe.

– Je vais lui en parler. Bientôt.

Bientôt, c'est déjà trop tard et encore trop long.

– Ça va la détruire… me lamenté-je, malade à la pensée de la voir souffrir. Il faut que tu fasses ça bien, hein.

– Je m'en occuperai bientôt, renâcle-t-il, sur la défensive, en jetant le mégot de sa cigarette sur le sol de la terrasse. Ne t'en mêle pas, Saint.

OK ? Si tu tiens à conserver ce qu'il reste de notre amitié, il faut que tu arrêtes d'interférer dans ma relation avec elle.

Je sais qu'il a raison, que je dois cesser de veiller sur elle comme si j'étais sa putain de marraine la bonne fée, mais je ne m'en sens pas capable.

– D'accord.

Je suis à peu près certain que je viens de proférer un odieux mensonge.

– Allez, viens… se désole-t-il, sans entrain, en ayant sûrement senti ma duplicité. Il faut qu'on y retourne.

J'ai l'impression que l'on vient de se réconcilier, mais que ça m'a coûté un petit morceau de mon âme, comme si je venais de signer un pacte avec le diable.

Ne rien dire à Ola.

Ne pas interférer.

Ne pas la réconforter.

Il aurait été plus facile de me demander d'arrêter de respirer.

Sans ajouter un mot, je suis Clayton à l'intérieur de l'appartement et prends la direction de la cuisine. Des éclats de voix me parviennent de la salle de jeux, où Jony et João s'affrontent au billard sous les exclamations enjouées de Catalina. Pendant un instant, j'envisage de les rejoindre, de feindre de m'amuser à cette soirée plus que catastrophique, mais Clay s'immobilise à quelques pas de l'entrée de la cuisine, et je ne sais pas pourquoi je l'imite.

– Saint est de plus en plus mignon, tu ne trouves pas ?

J'écarquille les yeux en entendant mon prénom dans la bouche de Charity. Dos à nous, occupées à faire la vaisselle et à débarrasser la table, elles discutent sans remarquer notre présence silencieuse.

– Il a t… toujours été t… très beau garçon, répond une Olaïna visiblement éméchée, en empilant une pile d'assiettes dans l'évier.

Cela dit, le timbre courroucé de sa voix laisse clairement entendre que ce n'est pas un sujet de conversation qu'elle a envie d'aborder.

– Ouais, c'est vrai ! poursuit Charity, indifférente à ses réticences. Et ses tatouages, miam-miam ! On en mangerait ! Rien que d'en parler, ça me donnerait presque envie d'aller les lui lécher. Là, tout de suite !

Je me raidis de la tête aux pieds en jetant un coup d'œil de biais en direction de Clay, qui fixe le vide avec des yeux plus noirs que noirs.

Olaïna durcit la voix lorsqu'elle ordonne à sa sœur :

– Ne fais pas ça, Charity.

Un court moment de flottement.

– Ne fais pas quoi ? lui demande-t-elle, avec une pointe de poison dans la voix qui efface complètement sa fausse innocence.

Elles ne nous ont toujours pas aperçus, mais ça ne saurait tarder, et pour une raison que j'ignore, j'ai le sentiment qu'il vaut mieux que ce soit *maintenant*. Avant qu'une mauvaise parole soit prononcée.

– Ne touche pas à Saint, clarifie Ola d'un ton coupant.

Mon souffle disparaît à mi-chemin de mes poumons.

Trop tard.

– Comment ça ? s'étonne Charity.

Et heureusement qu'elle se cantonne aux films pornographiques qui nécessitent peu de dialogues, parce qu'elle est vraiment une piètre actrice.

Charity sait très bien ce qu'elle fait…

– Ne couche pas avec lui, souligne Olaïna, avant d'ajouter : S'il te plaît, Char'. Tout, mais pas ça. Je t'en prie.

L'air sonné par ce qu'il entend, Clayton s'effondre contre le mur du couloir. Et pour être franc, je n'en mène pas plus large que lui.

– Tout ? C'est-à-dire ?

Charity insiste trop pour être honnête. Et même si elle n'en laisse rien paraître, je suis à peu près sûr qu'elle sait que l'on est là, cachés dans l'ombre, à épier une conversation qui aurait dû rester privée…

– Tu peux avoir tout le monde, sauf lui.

Quant à Olaïna, elle saute à pieds joints dans le piège roublard de sa sœur.

– Ah bon ? Et même… fait-elle mine de réfléchir. Je ne sais pas, moi. Tiens ! Clayton ?

Mes yeux hagards croisent ceux de mon meilleur ami, et là, je le sais, je le sens… de cette réponse dépendra toute leur rupture. Dans la haine ou l'indifférence. Avec des cris et des reproches. Des larmes et des excuses.

– Tout le monde, sauf Saint ! tranche Ola.

En scellant à jamais nos destins.

– Relax, sœurette ! se met à rire Charity, en plein excès de jubilation. Je rigolais. Je te le laisse, ton bel amant tatoué !

– Ce n'est pas mon amant ! réagit-elle vivement.

Alors que Clayton se décompose sous mon regard impuissant. Et pas forcément compatissant.

– Oui, oui ! chantonne Charity, en riant. Mais souviens-toi, sœurette : comme on fait son lit, on se couche.

Pas faux. Et souviens-t'en aussi, Charity.

– Et ça veut dire quoi, ça ?!

– Ça veut dire qu'il est bientôt l'heure d'aller au lit pour la petite fille à son papa ! persifle Charity, toujours obligée de la piquer sur cette relation qu'elle jalouse plus que tout au monde.

– Arrête avec papa ! s'agace Olaïna.

Une énième dispute au sujet de leur père est sur le point d'éclater, et c'en est beaucoup trop à supporter pour les nerfs de Clayton, qui tourne les talons en serrant les poings si fort que c'est un miracle qu'il ne s'éclate pas une veine.

– Mec… chuchoté-je, en lui bloquant le passage.

Ses yeux furieux percutent les miens avec la violence d'un coup de poing.

– Je reviens sur tout ce que je t'ai dit : si tu la veux, tu peux la prendre. Je n'en ai plus rien à foutre !

J'inspire vivement par le nez.

– Elle n'a jamais été à moi, de toute façon… conclut-il, au bord des larmes, avant de s'en aller.

Et de me laisser là, complètement hébété, à me demander : *Est-ce la pire ou la meilleure chose qui vient de m'arriver ?*

34

HOT-LÀ

Ola

19 mars 2021

– Finalement, on passe te prendre dans une heure, m'annonce Catalina, à l'autre bout du fil. Désolée pour le retard, c'est à cause de Cacanova !

– Eh ! entends-je mon ami s'écrier près d'elle. Je te signale que je n'avais pas prévu qu'on emboutisse ma précieuse voiture ! J'en suis malade, putain ! Quelle ville de merde !

Je souris en me rasseyant sur mon lit, déjà apprêtée pour la soirée. L'ourlet de ma robe argentée remonte sur mes cuisses bronzées et dévoile les lignes encore très noires de mon nouveau tatouage. Un papillon stylisé qui déploie ses ailes en répandant des pétales de rose dans son sillage. Le symbole de ma renaissance, de ma liberté, immortalisant à jamais sur mon épiderme la bataille que j'ai livrée contre mon passé pour (re)prendre confiance en moi. Je suis sortie de ma chrysalide, et Seigneur, qu'est-ce que je me sens bien ! En paix avec la petite fille perdue que j'étais et qui, après un long cheminement à travers toutes les facettes de sa douleur, s'est enfin retrouvée.

– Je te signale que c'est toi qui as grillé la priorité à droite, s'insurge Catalina.

– Oui, mais j'avais une Chevrolet, et lui, une vulgaire Toyota ! riposte João.

Je fais la moue en examinant mes ongles vernis d'une jolie couleur framboise assortie au ruban noué dans mes longs cheveux bouclés.

– Je ne vois pas le rapport, commenté-je, en même temps que Catalina.

– Le rapport, s'agace João, c'est qu'une poubelle ne devrait pas avoir la priorité sur une Corvette !

Sa mauvaise foi me fait éclater de rire.

– T'es sûr d'être un vrai pilote ? le nargue Catalina. Ça te parle, le code de la route ?

Je préfère ne pas m'en mêler : la seule fois où j'ai essayé de conduire, j'ai failli encastrer la voiture du père de Clayton dans un Abribus.

– Continue de te moquer de moi, rouspète João, et tu vas te prendre une fessée !

Catalina minaude :

– Promis, juré, craché ?

Je suis à deux doigts de me crever les tympans.

– BEURK ! me révolté-je. Les gars, merde ! Trop de détails pour moi, là !

Ces deux idiots se mettent à ricaner d'une façon si parfaitement synchronisée que c'en devient gênant. J'ai beau être ravie pour eux, un petit pincement au cœur m'arrache une grimace que je m'empresse de dissimuler derrière un large sourire forcé. Même s'ils ne me voient pas, je pars du principe qu'un sourire se devine toujours dans la voix. Et je n'ai pas encore parlé à mes amis du trou béant qu'a creusé Saint à l'intérieur de ma poitrine.

– Désolé ! répondent-ils en chœur.

– Ouais, ouais, marmonné-je, sans animosité. Je vais raccrocher, les gars. Votre bonheur me refile des aigreurs d'estomac. Des bisous.

Je coupe la communication au son mélodieux de leurs rires entremêlés, et tout à coup, le silence dans mon appartement me fait l'effet d'un bruit assourdissant. D'autant plus que je n'ai aucune envie d'être seule. Je suis sortie tous les jours de la semaine, je suis rentrée très tard et je me suis levée encore plus tôt pour fuir au maximum mon appartement. Et plus globalement, l'homme qui se trouve de l'autre côté de mon palier et qui ne m'a toujours pas rendu mon cœur. Sa proximité est une tentation qui m'obsède, jour et nuit, à tel point que je me surprends parfois à tendre l'oreille pour essayer de capter quelques bribes de son quotidien.

Rien.

Comme hier.

Comme avant-hier.

Je n'entends rien, comme s'il était parti. Et peut-être est-ce le cas. Peut-être n'est-il plus là.

Mon cœur souffre le martyre lorsque ma cage thoracique se resserre violemment autour de lui. Mon pouls s'accélère et des petites étoiles explosent sous mes paupières. Une douleur sourde, presque brûlante, m'étreint comme si l'on venait de me planter une lame effilée dans le ventre.

Assaillie par des sentiments trop dangereux, je refoule tant bien que mal la douce langueur de ma mélancolie et, sur un coup de tête, j'attrape l'ordinateur portable de Saint, posé sur ma table de chevet à côté de Thor, qui a pris des vacances. Je n'y ai pas encore touché, et quelque part, ça m'effraie. J'ai beau avoir retourné le problème dans tous les sens, je suis arrivée à une conclusion qui ne m'enchante qu'à moitié : Saint ne mérite pas que je l'abandonne.

La vérité, c'est que je n'ai pas envie de le perdre, de ne plus être son amie, de le sortir totalement de ma vie. La rupture avec Clayton était beaucoup plus facile : la colère et la rancœur étaient tellement fortes qu'elles ont effacé tous les bons souvenirs jusqu'à ne plus laisser qu'une terrible amertume sur l'arrière de mon palais. Mais là…

Il y a trop d'amour, trop de peine, un tel chagrin que je me sens partir à la dérive.

Saint n'a pas envie d'être heureux.

Mais je n'ai pas envie d'être celle qui le rendra malheureux.

Être son amie ne sera pas facile, et même impossible tant que j'habiterai en face de chez lui. Toutefois, d'ici quelques semaines, lorsque j'aurai déménagé, je pourrai peut-être… l'appeler pour discuter.

Une larme solitaire roule sur ma joue.

– Reprends-toi, me murmuré-je à moi-même. Ce n'est qu'un ordinateur.

Pour me prouver à moi-même que j'en suis capable, je l'ouvre, entre le mot de passe en ignorant le soubresaut qu'effectue mon estomac lorsque je tape « Cassandra » dans la barre de saisie et laisse échapper un juron en avisant l'image de son nouveau fond d'écran.

C'est une photo de lui.

Assis sur son lit aux draps défaits, l'air tourmenté et vêtu de la même façon que le jour où tout s'est écroulé, il plie le bras pour indiquer l'emplacement d'un dossier situé en haut à droite de l'écran.

Mes yeux mettent en temps fou à quitter son beau visage ravagé par un sentiment qui va bien au-delà de la souffrance.

Saint a l'air… vaincu.

Ses douces lèvres roses à la courbe sensuelle tombent vers le bas. Ses grands yeux noirs sont froids, aussi vides et glacés qu'un puits de ténèbres sans fond. Il a le teint pâle, l'œil cerné et l'air hagard d'un condamné à mort qui contemplerait la chaise électrique avec un mélange de soulagement et de résignation.

Mon amour est triste… si triste…

Et il désigne le dossier qui, désormais, ne s'appelle plus « HOT-LÀ », mais « LOV-LÀ ».

Surprise, je clique dessus avec une impatience fébrile qui me fait trembler les mains et battre le cœur. Les photos suggestives que j'y avais enregistrées dans un moment de folie passagère ont été remplacées par sept autres clichés renommés J.E.T.A.I.M.E.

Je t'aime.

Mon cœur saute en chute libre à l'intérieur de ma cage thoracique. J'ouvre le J et les larmes me noient instantanément les yeux.

C'est une photo de nous. Elle date de l'année où l'on s'est rencontrés. Assis l'un contre l'autre, épaule contre épaule dans les gradins du stade de football de l'université, on encourage Clayton qui joue l'un des matchs les plus importants de la saison. Moi, je regarde la caméra, mais lui, c'est moi qu'il fixe avec des yeux qui trahissent un tel désir que j'en ai la gorge nouée.

Je t'aime.

La photo du E a été prise l'année suivante, durant les vacances de Pâques que l'on a passées à camper dans la cambrousse avec Clayton, João et Jony. Debout derrière moi, il me fait des oreilles de lapin tandis que je souris comme une imbécile. Je m'en souviens comme si c'était hier. On s'était tous disputés parce que l'on n'arrivait pas à installer nos tentes, et après une lutte acharnée, c'est finalement Saint qui avait réussi à détendre l'atmosphère en faisant l'idiot à côté de nos sacs de couchage alignés pour une nuit à la belle étoile. Puis il avait allumé un feu de camp, pris sa guitare et chanté *When I Was Your Man* de Bruno Mars. J'en avais frissonné, inexplicablement meurtrie par cette musique dans laquelle j'essayais de ne pas voir de sous-entendus.

Je t'aime.

Celle du T est un peu floue. On me voit dans les bras de Clayton, un petit sourire satisfait sur les lèvres tandis que Saint est assis à côté de nous, l'air un peu… absent. Il serre les dents en me regardant du coin de l'œil. Alors que moi, je suis pendue aux lèvres de Clay qui, je m'en souviens avec un léger coup au cœur, parlait du mariage qu'il rêvait d'organiser pour moi.

Ça a été la plus belle année, pour Clay et moi. On s'aimait vraiment et ça se voyait. Tout était facile, agréable et presque parfait. J'allais bientôt finir mes études et je m'étais mis en tête de trouver un travail pour financer le mariage tant désiré par Clay et nos parents.

Je t'aime.

Le A est d'une tristesse qui efface directement ma bonne humeur. C'était quelques jours avant Noël, chez la mère de Saint. Clay me faisait la gueule parce que j'avais invité Charity à dîner chez ses parents. Pour lui, c'était insultant que d'avoir une star du porno à la même table que sa grand-mère.

Un rire jaune me secoue les épaules.

Il a fini par changer d'avis…

Installée sur le canapé, j'essaie par tous les moyens d'attirer l'attention de Clay tandis que Saint me regarde avec un amour criant de détresse. Tout en moi aspire à me faire pardonner par Clayton qui m'ignore royalement, l'air agacé et maussade. J'avais beaucoup pleuré, ce soir-là, cachée dans les toilettes. Saint avait été le seul à remarquer mon absence et s'était éclipsé de table pour venir me réconforter. Je me souviens encore de ce qu'il m'avait dit : « Ne t'excuse pas d'avoir voulu réunir ta famille, Ola. Tu es le genre de fille à aimer les autres envers et contre tout. Peu importe leurs erreurs ou leurs différences. Et c'est pour ça que tu es la personne que je préfère au monde. »

Aujourd'hui, ces mots si tendres me laminent le cœur. C'est aussi douloureux qu'agréable.

Je t'aime…

Le I est moins chargé de souvenirs. Ce n'était qu'une soirée lambda, l'année d'après, dans l'appartement de Saint. Je suis assise à côté de Clay sur le lit pendant qu'il joue à la PlayStation. Encore une fois, il m'ignore à cause d'une dispute anodine sur un sujet futile. Je crois que j'avais mis une robe qui ne lui plaisait pas. Ou que je m'étais un peu trop maquillée. Il disait que je faisais beaucoup trop d'efforts pour aller au boulot. Que je voulais me faire remarquer par d'autres gars. Notre couple battait de l'aile et, à ce moment-là, cela faisait déjà plus de six mois que l'on n'avait pas couché ensemble.

Saint n'est même pas sur la photo. Du moins, pas physiquement. Mais on le voit dans le reflet du miroir. Et bien sûr, il me regarde…

Il m'a toujours regardée.

Parce qu'il a toujours été le seul à me voir…

Je t'aime.

Le M est encore très vif dans mon esprit. C'était à ma soirée d'anniversaire, l'année précédente. Et cette fois, on est tous les trois très malheureux. Penchée au-dessus des bougies plantées dans mon gâteau, je suis en train de faire un vœu, Clayton d'un côté et Saint de l'autre. Mon ex-fiancé a les yeux rivés sur quelqu'un en contrechamp. Il me faut une bonne minute pour me rappeler que c'est là que se tenait Charity. Saint, lui, a une bière à la main et un violent chagrin dans le regard. Il fixe le côté de mon visage avec un tel désespoir que je suis étonnée de ne pas en avoir gardé une marque sur la joue.

Je t'aime.

Quant au E… eh bien, c'est sûrement la lettre la plus douloureuse.

C'est Saint et moi, la semaine dernière, enlacés dans son lit. Tout est parfait. Son sourire, ses mains sur mes hanches, le bonheur implicite qui se dégage de nous. Comme si, enfin, toutes les pièces de notre puzzle s'étaient emboîtées pour former le plus beau des tableaux.

Je suis heureuse.

Et lui aussi.

Je suis amoureuse.

Et lui aussi.

Sept années à faire comme si l'on n'était pas faits l'un pour l'autre, alors que l'on n'aspirait qu'à se retrouver. Qu'à s'aimer pour se libérer de nos peurs passées et de nos rêves endeuillés.

Je t'aime, putain!

Un sanglot s'étrangle dans ma gorge lorsque je clique sur le fichier MP3 qu'il a enregistré et renommé « Ça a toujours été toi ». La musique commence sur un son de guitare que je connais presque trop bien…

Efface mes souvenirs avec ton rire,
Beauté des anges,
La vie se venge…

La voix rauque de Saint emplit mon appartement.

Sur ton corps, mon cœur s'endort…
Je t'aime déjà trop fort,
Dis-moi, ai-je tort…
De croire que j'ai encore le droit de vivre ?
Puis elle s'insinue sous ma peau.
Prisonnier de mes souvenirs,
Je n'offre que des larmes.
Parce qu'à trop souffrir,
On baisse les armes.
Et se faufile dans mon cœur.
Beauté des anges,
La vie se venge…
Pour embraser toute mon âme.
Tu es le cadeau que je ne mérite pas.
Le supplice que je ne combats pas.
Ma punition préférée,
mon souhait inavoué.
Ah, si seulement je pouvais tout avouer…
Me libérerais-tu de toi ?
Et me transformer en cendres.
Beauté des anges,
L'amour se venge.
Et je suis condamné à t'aimer,
Pour l'éternité.

– Espèce de crétin, chuchoté-je, en essuyant mes joues trempées sur lesquelles s'étalent des traces noirâtres de mascara. Tu es tellement stupide !

Mes doigts tremblent lorsque je relance la musique, les yeux scotchés au fond d'écran de son ordinateur où il apparaît, complètement défait et incapable de s'autoriser le droit d'être pardonné.

Je t'aimerai jusqu'à la fin des mondes, et même après…

Avant de changer d'avis, et sans me laisser le temps d'y réfléchir avec plus de sang-froid, j'attrape mon téléphone et je lui envoie un message.

Pour moi aussi, ça a toujours été toi.
Numéro 28, Little Darling.

Et maintenant, j'attends…

C'est à lui de jouer et de me prouver qu'en plus de m'aimer autant que je l'aime, il a suffisamment confiance en moi pour m'avouer tous ses secrets.

Reviens-moi, mon amour.

Il n'y a qu'au travers de la vérité que l'on pourra se retrouver.

Je t'en prie…

35

Magic Mike

Ola

19 mars 2021

– Est-ce que je peux savoir pourquoi tu regardes la porte plutôt que le superbe mâle qui se trémousse avec panache sur la scène ?! s'enquiert Catalina, en claquant des doigts sous mon nez pour attirer mon attention. Tu sais, ça ne doit pas être facile de faire rentrer un aussi gros paquet dans un si petit slip !

J'émets un soupir résigné avant de me tourner vers mon amie, qui sirote un étrange cocktail bleu ciel servi dans un immense verre en forme de… euh, d'appendice masculin. Assis à côté d'elle, João tire une tronche de six pieds de long, l'air si mal à l'aise que je dois me pincer la cuisse pour ne pas éclater de rire.

On aurait peut-être dû le prévenir que c'était une soirée spécialement organisée pour les filles et les mecs qui aiment les beaux mâles huileux.

Exit les magnifiques danseuses du Little Darling, réputées dans toute la ville pour leur grande beauté et leurs prouesses techniques autour de la célèbre barre verticale. Et bonjour les Chippendale très virils et sexy en diable, à la Magic Mike.

– Je ne regarde pas la porte, mens-je comme une arracheuse de dents.

– Ouais, c'est ça ! ricane Jony, en léchant sa sucette moulée en torse masculin doté de muscles surdéveloppés. Et moi, je ne suis absolument pas en train de tomber amoureuse du beau gosse en string militaire.

Je hausse un sourcil sarcastique.

– Y'a vraiment un thème récurrent, chez toi.

Elle me gratifie d'un très vilain geste du doigt que je lui retourne par réflexe.

– Ton frère est mort pour moi, pétasse.

Ma meilleure amie essaie de me faire croire qu'elle dit ça sur le ton de la plaisanterie, mais je sais très bien qu'elle a le cœur brisé. Cian est retourné au front sans même prendre la peine de lui dire au revoir. Non pas qu'il m'ait appelée, moi non plus. Mais j'ai l'habitude, et je crois que, cette fois, Jo y a vraiment cru…

Quel enfoiré !

– C'est un lâche doublé d'un connard, confirmé-je, en m'affalant dans mon siège en velours. Je déteste les hommes !

João grogne en agitant sa paille rose dans ma direction.

– T'as plutôt intérêt à les aimer, chérie. Parce que je ne suis pas venu ici pour rien, moi !

– La vue est super agréable, Cacanova. Arrête de bouder et rince-toi l'œil !

Évidemment, Catalina ne manque pas une seconde pour se moquer de son homme. Je n'ai pas très bien suivi les derniers rebondissements de leur relation plus que chaotique, mais il me semble qu'enfin, ces deux-là sortent ensemble. De façon plus ou moins officielle.

– Si je me mets à bander, la prévient-il, pince-sans-rire, notre histoire risque de tourner court !

Catalina glousse, un peu pompette.

– Parce qu'il y a un risque que ça arrive ?

João désigne la scène centrale d'un geste du menton.

– Celui avec le short doré a le même cul que toi. J'avoue que ça me perturbe.

Sa réplique me fait rire si fort que j'en ai mal au ventre. Un maelström d'émotions fait rage à l'intérieur de moi, et je passe du rire aux larmes en un claquement de doigts. Dès que mon hilarité s'estompe, j'ai de nouveau envie de pleurer. Pas forcément de tristesse, mais surtout de fatigue et d'espoir. Saint m'a dit à sa façon qu'il m'aimait, et maintenant, j'attends qu'il me le prouve. En même temps, je suis terrifiée à l'idée que ces cinq jours de silence l'aient fait changer d'avis et retomber dans ses anciens travers.

Mon message de réconciliation est resté sans réponse, mais le « vu » m'indique qu'il sait que je suis là. À espérer. À y croire. Encore. Toujours. En nous et en lui. Malgré toutes les difficultés que l'on a traversées.

– Tu regardes encore la porte, me fait judicieusement remarquer Catalina. Allez, Olalita. Profites-en, toi aussi. C'est pour ta liste qu'on est là.

Je n'en ai plus rien à faire de ma *sexlist*, mais je n'ose pas le leur dire. C'est déjà tellement gentil, ce qu'ils font pour moi. Je sais que Joáo préférerait être ailleurs. Jony a son propre cœur à rafistoler. Quant à Catalina… Bon, elle est sûrement celle qui prend le plus de plaisir à être ici, aujourd'hui. Ce n'est pas vraiment une corvée pour elle que d'admirer autant de beaux garçons à moitié nus qui ondulent des hanches avec une lascivité capable de mettre le feu à un morceau de glace.

La musique est entraînante, et la décoration tout en sensualité confère à l'endroit une aura de mystère suggestif qui pousse à la délectation de tous nos péchés. Le jeu des lumières à la fois tamisées et fluorescentes plonge la clientèle dans une atmosphère intime, propice à un érotisme décomplexé. Le sexe est omniprésent, mais pas étouffant ni vulgaire. C'est bon enfant, les gens s'amusent, les hommes dansent et la fête est une réussite. Dans d'autres circonstances, je serais excitée comme une puce et je siroterais du vin blanc en glissant des billets d'un dollar dans tous les strings à portée de main.

Mais ce soir, mon cœur est ailleurs… et j'attends qu'il me revienne.

– Je profite ! me défends-je, en affichant un sourire qui sonne faux. Regarde. Youpi ! Vas-y, bébé !

J'agite les bras au-dessus de ma tête en criant comme une imbécile, et le joli métis au string militaire qui danse près de notre table me décoche un clin d'œil joueur en s'approchant de moi. Peut-être a-t-il cru que je lui faisais signe, avec mes bêtises. Le feu aux joues, je m'enfonce dans les coussins moelleux de mon fauteuil et secoue vivement la tête lorsqu'il me propose un *lap danse*.

– Mais si ! s'offusque Catalina, en s'interposant. Elle en veut un.

Mon visage passe par toutes les nuances de l'arc-en-ciel.

– Non, non. C'est bon, je préfère regarder, moi.

– Oh, une petite voyeuse ! C'est sympa aussi !

Le Chippendale affiche un large rictus espiègle qui dévoile sa dentition parfaite et met en valeur l'effronterie pleine de sensualité de ses traits atypiques. Il est évident qu'il a un ancêtre asiatique, peut-être philippin ou vietnamien, et un autre originaire d'Afrique centrale. Sa peau sombre et ses yeux bridés combinés à ses lèvres pleines et son nez épaté confèrent à son visage une beauté violemment érotique. Je n'ai jamais compris pourquoi les gens avaient tellement peur du métissage. Rien n'est plus beau, à mes yeux, que le fruit d'un amour qui transcende les cultures et s'étend bien au-delà des frontières définies par des hommes qui ne sont déjà plus que de la poussière.

Mon père et ma mère se sont aimés envers et contre tout, et je suis fière de porter l'héritage de leurs deux univers.

– Non, vraiment. Merci beaucoup, euh…

– Zéphyr, se présente-t-il, en me tendant sa grande main dépourvue de bagues, de tatouages et de vernis à ongles. Mais tu peux m'appeler Zef.

Près de moi, Jony s'étrangle avec sa salive et attrape sa main à ma place.

– Moi, c'est Jony. Et je crois que je t'aime déjà. J'adore ton string !

Je ris nerveusement en me décalant sur la droite pour permettre à mon amie de flirter avec Zéphyr. Ses yeux brillent comme des loupiotes, et même si je sais qu'elle le drague pour oublier le départ de Cian, je me dis aussi que c'est probablement la meilleure chose qu'elle puisse faire : s'ouvrir aux autres plutôt que se refermer sur elle-même.

– Je vais aux toilettes ! lancé-je à la volée pour m'éclipser et bénéficier d'une pause bien méritée. Je reviens !

Catalina lève les pouces et João me colle une petite tape amicale sur les fesses lorsque je passe devant lui.

– Espèce de dégonflée ! se marre-t-il, complètement ridicule avec son cocktail en forme d'énorme chibre. Putain, c'est bon, ce truc !

Je roule des yeux, amusée, et cours me réfugier dans les toilettes en évitant tant bien que mal la cohorte de jolis garçons qui serpentent dans les allées, plus ou moins habillés, pour distribuer des sucettes fallacieuses et des boissons tout aussi décadentes.

À mon plus grand bonheur, il n'y a pas de file d'attente devant les toilettes. Je fonce comme une dératée et m'enferme dans la première cabine disponible. Je n'ai pas bu une goutte d'alcool, ce soir. Mais j'ai la vessie pleine à craquer de limonade au citron.

Une fois soulagée et changée, je sors pour me laver les mains et retoucher mon maquillage. Un peu de gloss, une touche de blush et une pointe de brillant sur les joues, je suis prête à y retourner, mais je traîne des pieds en sortant mon téléphone de mon sac à main.

Toujours pas de réponse.

Toujours pas de nouvelles.

Ma gorge se serre d'une émotion amère et une douleur lancinante se met à pulser au centre de ma poitrine.

Reviens-moi, Saint...

Les yeux rivés à l'écran de mon portable qui affiche son visage d'ange déchu que j'aime à la folie, et peut-être même encore plus, j'essaie de me convaincre qu'il n'y a rien d'inquiétant à son silence. À son absence. Je l'ai laissé mijoter pendant cinq jours avant de découvrir son sublime message d'amour caché dans son ordinateur. Rien ne me dit qu'il est encore à Las Vegas. Après tout, il avait l'air d'avoir envie de partir, de se changer les idées, de se vider la tête. Peut-être est-il allé prendre l'air à Seattle pour retrouver son premier amour...

Ouais, il a lu ton SMS et il a choisi de ne pas te répondre, me rappelé-je avec une vive anxiété. *Alors, il est sûrement en train de s'envoyer une magnifique brune avec des jambes interminables.*

Le cœur lourd, j'admets la probabilité que j'ai tout foiré et jette un dernier coup d'œil angoissé à mon reflet avant de tourner les talons pour rejoindre mes amis.

Une bande de filles superbes et passablement éméchées pénètre dans les toilettes en même temps que j'essaie d'en sortir, si bien que dans la mêlée, l'une d'entre elles me bouscule sans faire exprès. Juchée sur des talons de plus de dix centimètres, je vacille et manque de m'écrouler sur les fesses lorsqu'un corps puissant se presse contre mon dos pour me retenir.

Mon cœur marque un temps d'arrêt.

Puis il bat de nouveau dans ma poitrine.

Enfin à sa place.

Soudain, tout se passe si vite que mon cerveau a du mal à suivre le rythme des événements. Un bras tatoué s'enroule autour de ma taille et me soulève avant même que je puisse réagir ou crier à son propriétaire de me lâcher. Ni une ni deux, il me retourne et me fait basculer par-dessus son épaule robuste, me coupant la respiration lorsque son articulation osseuse se plante dans mon abdomen. Une pluie d'étoiles multicolores éclate sous mes paupières mi-closes, dessinant une Voie lactée en travers de mon champ de vision. D'une main, j'agrippe un pan de son tee-shirt noir, et de l'autre, je glisse un doigt dans le passant de sa ceinture. Je tente de me stabiliser, l'esprit tout aussi à l'envers que ma tête, mais c'est difficile et les doigts froids alourdis par une flopée de lourdes bagues qui remontent tout doucement entre mes jambes ne m'aident pas à me concentrer.

Le trajet jusqu'à l'un des salons privés ne dure qu'une fraction de seconde, à peine le temps d'un clignement de paupières, et hop ! Tout s'arrête, tout commence.

Mes cinq sens sont saturés par un shoot d'adrénaline particulièrement puissant, mais je parviens tout de même à entendre le cliquetis métallique du verrou qui s'enclenche tandis que la porte se referme derrière nous. En réponse, une agréable langueur se diffuse dans le bas de mon ventre et durcit la pointe de mes seins.

Avec une brusquerie davantage liée à l'impatience qu'à une quelconque brutalité, Saint me dépose sur une chaise installée au milieu du salon et, toujours sans un mot, attrape mes bras qu'il me tord dans le dos avant de…

– Tu viens de me menotter ou je rêve ?!

Les entraves en acier me mordent cruellement la couche supérieure de l'épiderme. Toutefois, ce n'est pas désagréable. Juste… inattendu.

Sa voix grave résonne tout près de mon oreille :

– J'ai des choses à te dire, et je ne veux pas prendre le risque que tu t'enfuies.

Un peu anxieuse, je ricane dans ma barbe et tente de lui lancer un regard à la dérobée. Hélas, il bloque ma tête avec sa main qui sent la cigarette, dénoue le long ruban framboise qui retenait mes cheveux et s'en sert pour m'en cacher les yeux.

– Qu'est-ce que tu fais, là ? m'affolé-je, piégée et aveugle. Saint ! C'est ridicule ! Je veux te voir !

J'ai une confiance absolue en lui, bien sûr. Mais je ne pensais pas que nos retrouvailles se feraient dans ces conditions pour le moins… particulières.

– Je ne supporterai pas que tu me regardes pendant que je t'exposerai toute la laideur de mon âme…

La caresse ardente de son souffle m'effleure la clavicule tandis qu'il se penche au-dessus de moi.

– Joli papillon, mon ange, ajoute-t-il, en l'effleurant du bout des doigts. Il te symbolise à merveille. Belle, délicate et fragile. Mais libre et pleine de vie…

Je frissonne.

– Saint, je t'en prie… Laisse-moi te voir.

Je le sens qui bouge derrière moi. Il s'éloigne. Puis se rapproche. Mon rythme cardiaque est erratique, en proie à des saccades douloureuses. Je me synchronise sur ses mouvements, ses angoisses, sa présence. Tout est électrique autour de lui, à commencer par ma peau frémissante. Et subitement, il est là, partout, en moi et sur moi… Sa langue me pénètre comme un glaive tandis que ses lèvres s'écrasent sur les miennes pour m'emporter dans un baiser enflammé par une passion entachée de désespoir. Sa souffrance a un goût douceâtre qui s'éveille avec accablement sur mes papilles hypersensibles. Ce n'est pas tout à fait un adieu, c'est plus qu'un au revoir. Un « tu me manques » et un « ravi de te retrouver ». Mais aussi un « je ne t'en voudrai pas si tu pars… ». Et même si ça me blesse au plus profond de moi-même de le savoir aussi tourmenté, je ne peux pas m'empêcher de le trouver magnifique.

L'amour devrait toujours être un refuge, et jamais une prison.

C'est pourquoi je lui dis :

– Libère-toi avec moi, Saint.

J'ai beau être attachée, je sais très bien que c'est moi qui détiens le pouvoir. D'un mot, je peux le détruire. D'une parole, je peux le tuer. Mais d'une promesse, je compte bien le délivrer…

– Je suis à toi pour toujours. Tu le sais. Je te l'ai déjà dit : rien ne pourra jamais me détourner de toi.

Il émet un léger bruit de gorge, et je sens son haleine chaude contre mes lèvres meurtries par le tranchant de ses dents lorsqu'il murmure :

– Vraiment ? Pas même savoir que j'ai été accusé de viol quand j'avais quinze ans ?

Je prends une brusque inspiration, même si je ne suis pas vraiment surprise par ce qu'il vient de m'avouer. Je m'en doutais depuis un petit bout de temps, mais une partie de moi voulait croire qu'il n'avait pas eu à subir une telle épreuve. Que je me trompais et que son refus catégorique de s'ouvrir à moi était motivé par sa lâcheté, et non par une réelle et profonde blessure qui refuse de cicatriser.

– Raconte-moi, le supplié-je, tout aussi aveuglée par mon ruban que par mes larmes. Raconte-moi ton histoire, Saint.

– Elle est si laide… souffle-t-il, en s'asseyant près de moi pour poser la tête sur mes cuisses nues. Et j'ai tellement honte…

J'ai désespérément envie de lui caresser les cheveux, de le bercer contre mon cœur et de lui promettre que tout ira mieux une fois qu'il aura vidé son sac. Mais je ne peux pas le faire, déjà parce que je suis attachée, et surtout, parce que je n'en sais rien.

– Fais-moi confiance, mon amour.

Sa main s'enroule autour de ma cheville, comme s'il avait besoin de se retenir à moi pour ne pas sombrer en lui.

– J'ai rencontré Judy au lycée. J'avais quatorze ans, je rentrais en seconde et elle faisait partie de ma classe. Quand je l'ai vue, avec ses longs cheveux blonds soigneusement coiffés et ses grands yeux bleu pervenche, j'ai tout de suite su qu'elle m'attirerait des ennuis. Elle avait l'air tellement sage, si douce et mignonne, mais il y avait dans son regard quelque chose qui me faisait inexplicablement frissonner.

Il rit d'une blague qu'il est le seul à comprendre.

– C'était une fille de bonne famille, comme toi.

Je ne suis pas certaine d'apprécier la comparaison, mais je ne dis rien et attends patiemment qu'il poursuive son récit.

– Ses parents étaient de fervents croyants. Elle avait six frères. C'était l'enfant du milieu et la seule fille. Tu imagines à quel point elle était dorlotée et habituée à obtenir absolument tout ce qu'elle voulait…

Il n'y a aucun ressentiment dans sa voix. Aucune haine. Pas la moindre colère. Il est juste épuisé, vidé et accablé. Et ça me fait peur, putain. Saint est un passionné, un écorché de la vie qui brûle tout autour de lui. Je ne supporte pas de le voir aussi… éteint.

– Elle n'habitait pas très loin de chez moi, mais je n'avais jamais fait attention à elle avant qu'on se retrouve au lycée. À cette époque, j'étais un petit con habitué à attirer l'attention. J'adorais ça, d'ailleurs. Être vu, entendu, suivi. Je me disais qu'un jour, j'allais devenir quelqu'un de célèbre et que je le méritais. Alors, quand elle a commencé à s'intéresser à moi, j'étais aux anges. Je la désirais pour des raisons futiles. Parce qu'elle était belle et qu'elle sentait bon. Je voulais aussi d'autres filles exactement pour les mêmes motifs. Et je ne me privais pas pour tout prendre, comme si j'en avais le droit. Comme si ce n'était pas grave. Comme si je ne faisais rien de mal. Mais c'était faux…

Sa voix tremble sous le coup d'une émotion qui me serre le cœur.

– Tu n'étais qu'un gosse, essayé-je de le rassurer.

– Ce n'est pas une excuse, me rabroue-t-il, non sans douceur. Je suis sorti avec Judy et j'ai tout fait pour qu'elle m'aime, alors même que ce n'était qu'un jeu pour moi. Je me fichais pas mal qu'elle se mette en danger pour me donner ce que je voulais. Je savais que si son père ou ses frères la surprenaient en train de m'embrasser, et même plus, elle serait lâchée par sa famille. Elle était comme un petit oisillon fragile qui n'avait pas le droit de voler, et elle détestait ça…

Pour avoir été à sa place, je ne peux que compatir à la colère et à la frustration qu'elle a dû éprouver.

– On sortait ensemble depuis six mois lorsque j'ai commencé à vraiment… vraiment déconner. Je jouais de la musique avec des mecs plus âgés que moi, et parce qu'ils trouvaient ça cool, je me suis mis à fumer de plus en plus de joints, à me bourrer la gueule en semaine et à coucher à droite et à gauche avec des filles qui n'avaient pas la moindre valeur pour moi. J'ai vandalisé des voitures, volé des trucs débiles dans des supermarchés. Je me suis bagarré avec des mecs deux fois plus imposants que moi pour prouver que j'étais comme eux, que je méritais ma place dans le groupe, et peu importe que je n'aie qu'une quinzaine d'années, j'aspirais à être un adulte à leurs yeux.

Les errances d'une adolescence chaotique, je le concède. Mais absolument rien de criminel.

– Elle et moi, on n'était plus sur la même longueur d'onde. On ne l'a jamais vraiment été, pour être honnête. Elle avait l'air adorable, mais elle avait une langue de vipère qui savait toujours où appuyer pour faire mal. Parfois, elle me disait des trucs vraiment horribles, et si j'avais le malheur d'essayer de répliquer, elle se mettait à pleurer et à m'accuser d'être un monstre. Certains jours, elle allait même jusqu'à me menacer de se suicider si je m'avisais de la quitter. Je me sentais pris en otage.

Et il l'était, d'une certaine façon. La santé mentale de notre partenaire ne devrait jamais dépendre de nos actions. C'est un tel fardeau à porter sur ses épaules. J'ai toujours envisagé les relations de couple comme un échange, un partenariat. L'opportunité d'être heureux à deux. Et pas tout seul, aux dépens de l'autre personne. Plus facile à dire qu'à faire, et probablement impossible à mettre en pratique sur une longue période, mais… encore une fois, l'amour devrait toujours être un refuge, et jamais une prison.

– Continue, l'enjoigné-je dans un souffle précautionneux.

Il m'obéit.

– Je pensais que sa famille la surprotégeait parce qu'elle était la petite fille chérie. Et c'était le cas, bien sûr. Mais elle savait déjà qu'il y avait quelque chose de profondément… cassé, chez elle. Elle était instable, possessive et colérique. Dès que j'allais quelque part où elle ne pouvait pas me suivre, j'avais le droit à une énorme crise durant laquelle je recevais un tas d'horreurs dans la figure. Et tu sais, le pire… c'est qu'elle n'avait pas tort. Je la trompais dès qu'elle avait le dos tourné. Elle n'était pas parano ou jalouse pour rien. Alors, oui, elle était pleine de failles et de fissures, mais je n'ai jamais rien fait pour la rafistoler. Au contraire, j'ai versé du sel et du poison dans toutes ses plaies, et au lieu de l'éloigner du bord, je l'ai poussée dans le vide.

Un sanglot s'étrangle dans sa voix. Je sens sa culpabilité comme si elle avait une odeur. Celle de la peur et de la honte. Celle du chagrin et des regrets. Celle d'un petit garçon stupide qui n'a pas su être ce que la jolie fille fragile attendait qu'il soit pour être sauvée…

– Elle répétait constamment que j'avais le cœur froid. Que j'étais incapable d'aimer quelqu'un d'autre que moi-même et que j'étais la pire chose qu'il lui soit arrivée. Et elle avait raison, Olaïna… Elle avait raison…

– Non, le contredis-je d'un ton ferme. Non, elle avait tort, Saint. Vous n'étiez pas faits pour être ensemble, vous étiez jeunes et immatures, et vous vous faisiez mutuellement du mal. Ton cœur n'est pas froid. En fait, il est tellement brûlant qu'il ressemble à une flamme bleue.

La main de Saint remonte jusqu'à mon genou qu'il pince comme pour me punir. Comme pour me remercier.

– Laisse-moi finir, mon ange. Tu changeras sûrement d'avis.

Je renifle.

– Ça m'étonnerait, mais vas-y…

Il inspire profondément avant de reprendre :

– Peu avant la fin de l'année scolaire, et alors que j'avais décidé d'en finir une bonne fois pour toutes avec elle après une dispute durant laquelle elle avait cassé ma guitare, je suis allé à une fête organisée par Rio, un mec de dix-huit ans que je trouvais hyper-cool. La musique, c'était tout pour moi, et ce gars-là, il avait signé avec un label indépendant qui se disait intéressé par ce que l'on faisait. J'ai bu une bière, puis deux et trois, et j'étais plutôt défoncé quand Judy s'est pointée avec ses copines. Elle avait fait le mur pour me prendre sur le fait avec une autre fille. Pas de bol, j'étais tellement obnubilé à l'idée de vendre ma maquette à une maison de disques que je n'avais même pas adressé la parole à une autre personne qu'à Rio. Rassurée, elle est passée d'une humeur noire à celle d'une jolie groupie tout excitée par son rocker de petit ami. Je me souviens qu'elle avait une minijupe à fleurs et des fines tresses dans les cheveux. Quand elle m'a demandé de la suivre à l'étage, je savais déjà que je n'allais pas lui résister et que je coucherais une dernière fois avec elle avant de la quitter. Et c'est ce qu'il s'est passé…

Il déglutit. Son souffle est court, de plus en plus rapide. Je sens que l'on arrive au moment le plus difficile de son histoire, aussi gardé-je le silence pour lui laisser le temps de mettre des mots sur ses maux.

– On n'avait pas de capote. Je n'étais pas venu pour baiser. Mais elle m'a dit… et honnêtement, j'en avais trop envie pour m'arrêter…

Je me mords les lèvres.

Oh, non… j'ai peur de la suite…

– Le lendemain matin, je lui ai demandé si elle voulait que j'aille à la pharmacie pour acheter la pilule du lendemain. Ça nous était déjà arrivé une fois. Mais elle m'a dit que ça n'en valait pas la peine. Qu'une seule fois ne pouvait pas avoir autant de conséquences et qu'elle était vraiment heureuse de ce qu'il s'était passé, parce qu'elle avait eu le sentiment que l'on s'était retrouvés. C'est bête, mais elle est devenue tellement plus sympa et détendue que je me suis dit que ça ne coûtait rien de continuer encore un peu… et de profiter. Elle avait tout le temps envie de baiser, et j'adorais ça. C'était le chant du cygne avant l'ultime semonce.

Son corps est pris d'un long tremblement lorsqu'il murmure à mi-voix :

– Et puis, quelques semaines plus tard, après la fin des cours, elle est venue me trouver dans les vestiaires de la salle de sport pour m'annoncer qu'elle était enceinte.

Mon estomac fait une violente embardée dans mon ventre noué par l'appréhension.

– Ma vie s'est écroulée en une fraction de seconde pendant qu'elle pleurait sur mon épaule en me suppliant de l'épouser avant que ses parents l'apprennent et la jettent dehors.

Évidemment, j'ai de l'empathie pour lui, mais aussi pour Judy, dans laquelle je me reconnais plus que je ne suis prête à l'admettre. Si j'étais tombé enceinte à cet âge-là, j'aurais été terrifiée à l'idée d'en parler à mon père. Je pense même que j'aurais pu choisir de fuguer plutôt qu'avoir à l'affronter.

– Mais c'était trop pour moi, me confesse-t-il, piteux. Je ne voulais pas vraiment d'elle, et encore moins du bébé. Je ne désirais rien d'autre que faire de la musique, picoler avec mes copains et coucher avec des filles qui me prendraient beaucoup moins la tête. Finalement, j'ai compris que j'étais bel et bien le monstre qu'elle décrivait, et dans un moment de panique, j'ai…

Il s'étrangle.

– J'ai… Je…

– Chut. Tout va bien, Saint, tenté-je de le calmer, alors qu'il ne parvient presque plus à respirer. Prends ton temps. Tout va bien. Je suis là.

Les menottes m'empêchent de le toucher, et ça me rend folle de rage. J'ai besoin plus qu'envie de le prendre dans mes bras. Et le fait que je ne puisse même pas le voir et plonger mon regard dans le sien pour l'apaiser sans avoir à parler me fait encore plus serrer les dents.

– Je lui ai demandé si elle souhaitait avorter. Elle a dit non. Alors je lui ai répondu que j'étais trop jeune pour assumer et que son père et ses frères me tueraient s'ils l'apprenaient. Sans parler de ma mère qui n'aurait jamais été d'accord pour que je l'épouse. Pas à quinze ans. Je crois qu'elle ne s'attendait pas du tout à ce que je réagisse de cette façon. Comme je te l'ai dit, elle avait l'habitude d'avoir tout ce qu'elle voulait, et elle s'était mis en tête qu'on se marierait et qu'on élèverait ce gamin comme si on en était vraiment capables. Alors, comme tu t'en doutes, elle n'a pas très bien pris ma réaction…

Ce que je peux comprendre, bien sûr, même si je pense que j'aurais été incapable de garder un enfant à cet âge-là.

– Elle m'a encore assuré qu'elle refusait d'avorter, que ça allait contre ses convictions, que j'allais être papa et que je n'avais qu'à m'y faire. Pour moi, c'était inconcevable, mais elle insistait tellement que mes mots ont fini par dépasser ma pensée. Je lui ai dit que je voulais rompre, qu'elle n'avait pas le droit de me forcer à assumer un enfant dont je ne voulais pas ou…

Ses lèvres effleurent ma cuisse recouverte d'une intense chair de poule lorsqu'il poursuit d'une voix encore plus brisée :

– Ou d'épouser une fille dont je n'avais jamais été amoureux.

Même s'ils sont bandés par mon foulard, je ferme les yeux pour intégrer la douleur que ces mots me font éprouver pour lui. Pour elle. Et pour cet enfant qui n'avait rien demandé à personne.

– Je suis rentré chez moi en priant pour que tout ça ne soit qu'un horrible cauchemar. En vérité, il n'avait même pas commencé…

Je me prépare au pire, et il arrive si vite que j'en ai la tête qui tourne.

– Pour justifier sa grossesse, Judy a expliqué à sa famille que je l'avais violée. À cette soirée où ses copines ont raconté à tout le monde que j'avais tellement bu et fumé avant de l'emmener à l'étage que j'arrivais à peine à marcher droit. D'autres gens nous avaient croisés et, bien sûr, se sont empressés de confirmer leurs dires. Et tu sais, le problème, quand tu n'as pas le profil de la victime idéale, c'est que personne ne te croit lorsque tu essaies de te défendre.

Il y a une telle aigreur dans ses mots que ça me ronge les tripes.

– J'avais des antécédents de violence à cause des bagarres et c'était de notoriété publique que j'étais un petit con qui adorait un peu trop les femmes et la fumette. Par conséquent, tout le monde y a cru sans poser la moindre question. Du jour au lendemain, je suis devenu… un violeur.

Je laisse échapper un léger bruit de gorge qui lui fait relever la tête.

– C'est moche, hein ? Putain, je t'avais prévenue que mon âme était d'une laideur à faire peur !

– Oui, confirmé-je, c'est moche, Saint. C'est vraiment moche parce que je sais que tu n'aurais jamais, ô grand jamais fait une chose pareille !

Il ricane.

– Mes propres amis y ont cru, Olaïna. Mon groupe m'a lâché. Mes potes m'ont tourné le dos. Et putain, tu aurais dû voir le doute dans les yeux de ma mère… je crois que c'est ça, plus que tous les coups de poing et de pied des frères de Judy, qui m'a tué.

Je secoue la tête, sûre de moi.

– Je te l'ai déjà dit, mais je vais te le répéter : je te connais, Saint. Je connais ton âme et je sais pertinemment que tu n'es pas le monstre qu'elle a décrit. Qu'elle a créé elle-même pour essayer de te retenir, puis de se protéger, ainsi que le bébé, de vos erreurs.

J'ignore si cette fille a réfléchi aux conséquences de ses accusations avant d'essayer de sauver sa peau en vendant celle de Saint, mais je suis sûre d'une chose : il vaut mieux pour elle qu'elle ne croise jamais mon chemin. Si je ne peux pas m'empêcher de compatir pour la gamine perdue qui a tout fait de travers, je n'éprouve aucune pitié pour la femme adulte qui n'a jamais pris la peine de rectifier la vérité.

– Il n'y a pas eu de bébé, mon ange… bredouille Saint, accablé. Quelques jours après que cette merde m'est tombée sur la tête, j'ai appris par ma mère qu'elle avait fait une fausse couche. Et putain, c'est atroce, mais j'étais tellement soulagé que j'en ai pleuré comme un môme. Naïf, j'ai cru qu'avec sa disparition, tout allait rentrer dans l'ordre. Que Judy allait admettre qu'elle avait menti et qu'on en resterait là. Je suis même retourné au lycée pour la supplier de mettre un terme à cette folie. Mais c'était une très, très mauvaise idée. Déjà parce qu'elle a refusé, et surtout parce qu'on m'a surpris avec elle. Je crois que dans mon agitation, je l'avais attrapée par le bras, et tu sais comment sont les adolescents : la rumeur que je lui avais cassé la gueule pour l'obliger à se taire a fait le tour de la ville avant même que je rentre à la maison.

Plus il m'en dévoile sur son passé, plus j'ai envie de hurler.

– Ses frères m'attendaient en bas de chez moi, enchaîne-t-il, les mots se déversant de sa bouche avec plus de facilité maintenant qu'il a crevé l'abcès. Tout a été si rapide que je n'ai même pas songé à me défendre. Ils m'ont tabassé à mort. Littéralement. Mon cœur s'est arrêté de battre pendant une minute, et je suis navré de te l'apprendre, mais il n'y a strictement rien de l'autre côté. Juste du vide et le baiser glacé des regrets.

– Oh, Seigneur… gémis-je, profondément bouleversée par le fait qu'il soit passé si près de la fin.

Dire que j'ai failli ne jamais le rencontrer. Qu'aurait été ma vie s'il avait perdu la sienne ? Rien que je n'aie le courage d'imaginer.

– Je me suis réveillé dix jours plus tard. Ma mère avait vendu la maison et mon père avait réussi à la convaincre de mettre les voiles pour Las Vegas. Elle avait aussi passé un accord avec la famille de Judy. Elle ne portait pas plainte contre ses frères pour tentative de meurtre, et en échange, ils ne m'accusaient plus de viol. Comme on se tirait de Seattle, ses parents ont accepté, et à cause de ça, mon nom n'a jamais été lavé. La vérité n'a jamais été rétablie. Au contraire, pour les gens, ce contrat entérinait ma culpabilité. J'étais, je suis et je resterai pour toujours un violeur, à leurs yeux.

– Mais tu n'as jamais été reconnu coupable !

Il émet un rire sombre. Si sombre…

– Parce que tu crois que les gens ont besoin d'un verdict officiel pour te condamner ? Putain, il ne leur faut même aucune preuve pour t'accuser ! Trop de monstres s'en sont sortis impunément pour que la justice puisse encore être prise au sérieux.

J'en suis tellement malade que je pourrais en vomir.

– Dis-moi que ça s'arrête là, l'imploré-je, désemparée. Dis-moi que tu n'as pas eu à en subir encore plus…

Il me caresse la joue d'un tendre baiser, et ce n'est qu'à ce moment-là que je m'aperçois que mes larmes ont trempé le foulard pour glisser le long de mon visage.

– J'ai fait ma rentrée en première à Las Vegas, et c'est là que j'ai rencontré Clayton. Je ne voulais pas d'amis, mais cet idiot s'est entiché de moi, et au bout de quelques mois, j'ai repris un semblant de goût à la vie. Je me suis remis à la musique, j'ai commencé à poser pour des photos, je faisais un peu de scène et je couchais avec toutes les filles réputées faciles et qui savaient très bien à quoi s'en tenir, avec moi. Deux années sont passées, et même s'il y a eu des hauts et des bas, comme le divorce de mes parents et l'addiction de mon père pour les casinos, j'avais retrouvé un peu de stabilité. Et puis…

Je conclus à sa place :

– Il s'est fait tuer à cause d'un jeton de casino.

La suite, je pense que je la connais, plus ou moins. Dans les grandes lignes. J'étais là, à la périphérie, captant les bribes que Clayton et lui laissaient échapper au détour d'une conversation.

– Je t'ai rencontrée, mon ange, rectifie Saint, en faisant s'envoler les battements de mon cœur. Avant, j'étais si profondément enfoncé dans une dépression que je niais de toutes mes forces que je ne savais même pas que j'étais en train de m'assassiner moi-même. Et puis, tu es arrivée avec ton short blanc et ton sourire envoûtant, et je te le jure, je suis tombé amoureux de toi à la seconde où je t'ai vue…

– Moi aussi, lui révélé-je. Moi aussi, je t'ai aimé dès le premier regard.

Saint pose le doigt en travers de mes lèvres pour me forcer à me taire.

– L'histoire n'est pas finie, mon ange.

Je hoche la tête pour lui faire comprendre que j'ai saisi et que je n'essaierai plus de l'interrompre.

– Tu as ranimé mon cœur au plus mauvais moment, poursuit-il, en me prenant dans ses bras pour adoucir l'amertume de ses mots. Mon père venait de mourir – un peu à cause de moi, soyons honnêtes. Et j'étais persuadé que je ne méritais pas d'avoir une seconde chance avec une fille qui, et disons-le, était beaucoup trop pure pour moi. Je me sentais sale, poisseux et poissard. J'étais terrifié à l'idée de te blesser et de répéter les mêmes erreurs qu'avec Judy, à qui tu ressemblais par certains aspects de ta personnalité. Je voulais ton bonheur plus que tout au monde, mais je ne me sentais pas capable de te l'offrir par moi-même, alors j'ai…

– Refilé le bébé à Clay ?

Il y a un peu de colère dans ma voix, mais aussi beaucoup de chagrin. Je le comprends mieux qu'il ne le pense, et je sais qu'à cet instant-là, il était vraiment persuadé de faire le meilleur des choix pour moi.

– On peut dire ça, acquiesce-t-il, avec une légère réticence. Te voir avec lui m'a entraîné dans une spirale infernale qui me procurait autant de peine que de plaisir. Tu étais heureuse, alors je l'étais aussi. Mais tu n'étais pas à moi, alors je souffrais en silence.

Un tout petit baiser humide dans mon cou.

– Ma punition préférée. Le cadeau que je ne mérite pas. Voilà ce que tu es pour moi. Ma plus grande source de tristesse. Et mon unique raison de vivre. La femme qui m'a sauvé de moi-même en me condamnant à l'aimer pour l'éternité.

Un autre baiser sur le coin de mes lèvres.

– Je te préfère à la musique, Olaïna.

Et je sais que pour lui, c'est la plus belle et la plus terrible des déclarations d'amour.

– Parce qu'il n'y a que toi qui fasses chanter mon âme. Des chansons parfois tristes. Et d'autres parfois joyeuses. Elles sont souvent lascives, mais toujours sincères.

– Pourquoi as-tu arrêté la musique ? osé-je lui demander, tout en sachant que c'est une question qui n'a sûrement rien à faire dans notre conversation.

Mais il n'a jamais voulu y répondre, et j'ai toujours été dévorée par la curiosité.

– Deux mois après notre rencontre, Judy a tenté de se suicider.

– Oh, putain ! m'écrié-je, horrifiée.

– Elle s'est loupée, précise-t-il presque immédiatement. Mais ça m'a rappelé que je n'avais pas le droit d'être heureux. J'avais foutu sa vie en l'air. J'avais contribué indirectement au meurtre de mon père. Et putain, te voir filer le parfait amour avec Clay me donnait constamment la nausée.

Je fronce les sourcils.

– Mais tu n'as pas arrêté aussitôt…

Saint a cessé de se produire sur scène et de prêter son image pour des publicités une bonne année après notre rencontre.

– J'avais perdu l'inspiration, mais j'avais peur d'arrêter et de ne plus jamais réussir à reprendre, alors je me suis accroché jusqu'à ce qu'un jour, je tombe sur un horrible commentaire, sous l'une des vidéos de ma prestation à un festival.

Ses doigts effacent mes dernières larmes.

– Une fille de Seattle m'avait reconnu et traité de violeur. C'est là que j'ai compris que je ne pourrais jamais fuir ce qu'il s'était passé avec Judy. C'est en moi pour toujours. Collé à ma peau pour l'éternité. Les gens se foutent pas mal de savoir si c'est vrai ou faux. Ça existe. C'est là. Et personne ne me permettra de l'oublier.

Je hurle :

– Ce n'est pas juste, putain ! Pas juste du tout !

Mon coup d'éclat le fait sourire contre ma joue.

– Je l'ai détestée pendant un temps. Puis j'ai accepté ma part de responsabilité, et j'ai compris que ça ne servait à rien. Elle s'est excusée et j'ai fini par admettre le fait qu'il était trop tard pour changer quoi que ce soit à notre passé. Elle comme moi, on s'est fait déposséder de notre histoire.

– Mais elle devrait quand même essayer ! m'écrié-je, à bout de nerfs.

– Elle ne le peut plus, mon ange, soupire-t-il. Parce que la deuxième fois qu'elle a tenté d'en finir, elle ne s'est pas ratée. Et je crois qu'elle a suffisamment payé ses mensonges pour que je la laisse reposer en paix.

– Alors, quoi ? C'est tout ? Tu devras vivre avec ce fardeau jusqu'à la fin de tes jours ?

Ce n'est pas juste. Ce n'est pas normal. Et ça me fend le cœur de savoir que toutes nos blessures ne sont pas forcément guérissables. Que certaines laisseront une cicatrice, une boursouflure, un petit trou ou la tache noire d'un hématome.

– Oui, me répond-il, tout simplement. J'ai fait des erreurs, et je dois les assumer. Je n'aurais pas dû coucher avec Judy tout en sachant que je ne l'aimais pas et qu'elle m'aimait… trop. Je n'aurais pas dû la laisser tomber quand elle a eu besoin de moi. Et putain, je n'aurais jamais dû zapper le préservatif !

C'est vrai qu'il a sa part de responsabilités. Qu'il s'est comporté comme le petit con qu'il assume lui-même qu'il était. Mais qui ne commet pas d'erreurs, dans la vie ? Qui ne se laisse pas aveugler par la peur, par la honte, par le désespoir ? Si on n'a jamais le droit à une seconde chance, si nos excuses ne suffisent pas à racheter nos mauvaises actions… comment survivre à ce monde ?! Quel intérêt de continuer à vivre ? Si l'on ne se résumait plus qu'à nos échecs, l'humanité perdrait toute sa valeur.

– Détache-moi, Saint.

– Non, refuse-t-il d'emblée. Je ne suis pas encore prêt à te voir partir, mon ange.

Je souris d'un air triste.

– Je ne compte pas m'en aller, mais OK. Enlève-moi au moins le bandeau, s'il te plaît. J'ai besoin de te voir.

Il hésite, si peu sûr de lui que ça m'entortille les entrailles. Il se sent si mal. Il s'accable tellement pour ce qu'il s'est passé ! Comme s'il était le seul fautif, dans l'histoire. Comme s'il avait mérité toutes les insultes, tous les coups et toute la douleur qu'il a récoltés en se prenant pour un adulte, alors qu'il n'était qu'un adolescent insouciant et stupide. Grandir avec une telle haine de soi-même a dû être une épreuve d'autant plus terrible qu'il a toujours tout gardé pour lui.

– D'accord.

Ses doigts passent sur l'arrière de mon crâne pour défaire le nœud et m'ôter le foulard qu'il laisse retomber à mes pieds. Je cligne des yeux pour m'habituer à la faible luminosité, et lorsque son visage ravagé par la honte apparaît sur mes rétines, je ne peux pas m'empêcher de baisser la tête pour presser mon front contre le sien.

– Tu as assez souffert, Saint.

Il tressaille.

– Judy en est morte.

Et là, je comprends que c'est aussi à cause de son suicide qu'il se refuse le droit d'être heureux. Il porte son deuil comme s'il était celui qui lui avait ôté la vie.

– Oui, et c'est terrible. Vraiment. Malgré ce qu'elle t'a fait, j'éprouve de la peine pour elle. Mais je suis aussi en colère contre sa famille pour ne pas avoir su lui offrir un cadre suffisamment sécurisant afin qu'elle puisse lui parler du bébé sans avoir à mentir. Je suis en colère contre elle, aussi, pour ne pas avoir songé aux conséquences de ses actes. Et plus que tout, j'ai la haine contre toi pour avoir supporté le poids de cet enfer complètement seul, et pendant tant d'années !

Il sursaute, aiguillonné par la surprise, et retombe sur les fesses, en face de moi.

– Putain, Saint ! m'écrié-je, les yeux en feu. Qui ne fait pas d'erreurs ? Qui peut se targuer d'être parfait ?! Regarde-moi. J'ai failli épouser un homme que je n'aimais qu'à moitié par peur d'affronter la solitude ! Je me suis accrochée à lui et j'ai joué un rôle parce que je m'étais persuadée que personne ne saurait m'aimer pour celle que je suis vraiment ! Et lui, il m'a trompée avec ma sœur pendant des mois avant de la mettre enceinte et de m'accuser d'être une garce frigide incapable de lui donner du plaisir au lit !

Je retrousse les lèvres.

– Clay et moi, on ne vaut pas mieux l'un que l'autre, si l'on y réfléchit bien. Et à ton avis, est-ce qu'à cause de ça, on doit rester malheureux pour le restant de notre vie ? Non ! Je l'ai fait souffrir et il m'a fait tout autant de mal, et pourtant... merde ! Je ne pense vraiment pas que l'on soit des mauvaises personnes ! On n'était juste pas faits pour être ensemble, c'est tout...

Ma violente tirade me laisse essoufflée, haletante, et Saint en profite pour dire :

– Mais Judy comptait sur moi...

– Oui, c'est vrai. Elle aurait mérité que tu l'aides à affronter sa grossesse, je suis d'accord avec toi sur ce point-là. Tu as foiré, Saint. Tu as mal réagi, et je ne te dédouanerai pas de tes fautes sous prétexte que je t'aime. Mais TU NE L'AS PAS VIOLÉE ! Tu m'entends ?! Tu n'es pas un violeur ! Et tu n'as pas à te punir comme si tu l'avais réellement fait !

Il entrouvre la bouche, prêt à me contredire, mais je ne lui en laisse pas l'occasion. Il a parlé, je l'ai écouté. C'est à mon tour de jouer cartes sur table.

– Tu dois aller voir un psychologue. Il faut que tu puisses bénéficier de l'aide d'un professionnel pour comprendre et apprendre à gérer ton traumatisme. Judy ne peut plus être sauvée, Dieu ait son âme. J'espère qu'elle est en paix là où elle est et qu'elle a trouvé le réconfort qu'elle méritait. Mais toi, Saint... il est encore temps de te pardonner à toi-même, d'aller de l'avant et, peut-être, de te servir de ce que tu as traversé pour venir en aide à d'autres personnes.

Son regard devient fuyant.

– Je rejoins un groupe de parole de temps en temps... marmonne-t-il, en rougissant.

– Un groupe de parole ? m'étonné-je. C'est-à-dire ?

– C'est un truc que ma mère a trouvé. Une espèce de club pour dépressifs. Je crois qu'elle avait peur que je finisse par me tailler les veines, et elle n'avait pas tort. Là-bas, on n'est pas toujours obligé de parler, et Nicole, l'organisatrice, fait de très bons gâteaux. J'y vais quand ça ne va pas...

Ce qui explique toutes les soirées où il a disparu sans me dire où il se rendait. Ça me rassure. Non pas que je l'imaginais avec une autre fille, mais je suis contente qu'il ait un endroit bien à lui pour laisser tomber le masque lorsque la pression est trop forte.

– Alors, c'est pour participer à ce groupe de parole qu'il t'arrivait de t'évanouir dans la nature pendant quelques jours ?

Son rougissement s'accentue tandis qu'il secoue la tête en signe de dénégation.

– Non, il est Las Vegas. Pas très loin de chez ma mère et du lycée où je travaille, d'ailleurs. Quand je pars, je vais…

Il frotte ses yeux pleins de larmes, comme s'il refusait de les laisser couler.

– Je vais sur la tombe de Judy. Pour la nettoyer. Apporter des fleurs. Elle adorait les brins de muguet. Et parfois, je lui joue de la musique. Elle vouait un culte aux Rolling Stones. Et…

Je l'aime. Putain. Je l'aime.

– Et je lui parle. De ma vie. De films et de séries. De la société. Et de toi aussi, parfois.

– Tu fais l'aller-retour jusqu'à Seattle pour te recueillir sur sa tombe ? résumé-je, émue.

Il acquiesce.

– Ses parents ont déménagé, j'ignore ce que sont devenus ses frères, mais personne n'a l'air de s'en occuper, alors je m'en charge. Je lui dois bien ça…

En vérité, il ne doit rien à personne. Judy n'est plus là, et la dette de sang qu'ils avaient l'un envers l'autre s'en est allée avec elle, mais c'est Saint… il a un grand cœur sous sa carapace. Ce n'était peut-être pas le meilleur des adolescents, mais c'est devenu un homme d'honneur, avec ses qualités et ses défauts.

– Saint…

Je ne sais même plus quoi lui dire tellement je suis à vif. Un peu comme s'il m'avait arraché le cœur de la cage thoracique pour y enfoncer le sien à la place.

– Je t'aime.

Il bat des cils, l'air confus.

– Encore ?

Un sourire peiné s'esquisse sur mes lèvres tremblantes.

– Toujours.

– Mais…

– Il n'y a pas de mais, Saint. Pas pour moi. Et il n'y en aura jamais. Je ne t'aime pas parce que je crois que tu es parfait, sans défauts ou je ne sais quelle autre stupidité que tu t'es mise en tête. Je suis amoureuse de toi parce que tu m'acceptes tel que je suis, avec le bon et le mauvais de ma personnalité. J'aime ta voix, même lorsque tu dis des conneries plus grosses que toi. J'aime ton rire et ton humour qui ne vole pas toujours très haut. J'aime ta jalousie qui, à bien y réfléchir, reflète le peu d'estime que tu as pour toi, parce qu'elle me rappelle qu'aussi fort que tu en as l'air, tu restes un être faillible qui a besoin de moi. Je t'aime parce que tu m'as vue, moi. La fille que jamais personne ne prenait le temps de regarder. Je t'aime parce que tu t'es toujours senti concerné par mes opinions, mes sentiments, mes silences et mes absences.

Je pleure et je me sens un peu ridicule à avoir le nez qui coule sans pouvoir me moucher.

– Je t'aime parce que tu as été ce garçon stupide, à Seattle, qui a été trop lâche pour assumer ses erreurs, et qui, une fois devenu adulte, a pris à cœur de ne pas les répéter. Je t'aime aussi parce que tu en as fait d'autres, et que c'est comme ça, tu n'es pas infaillible.

Je renifle.

– J'aime ton cœur brisé, et je veux y habiter pour le restant de mes jours, si tu me le permets.

J'ai à peine fini de parler que Saint se traîne jusqu'à moi pour me libérer de mes entraves. Lorsque les menottes tombent sur le sol, près de mon foulard, je me jette dans ses bras. Il me serre contre lui jusqu'à me fondre dans son étreinte. Son cœur brûlant met le feu à mon âme. Je ne sais même plus si c'est moi ou si c'est lui qui fait du bruit en pleurant. Sûrement les deux. Emmêlés l'un à l'autre comme si l'on ne formait plus qu'un sac de nœuds inextricables, on se soutient mutuellement en appréciant à sa juste valeur ce moment de pure félicité que l'on n'attendait plus. J'ai bien cru que je l'avais perdu, et lui, il pensait sûrement qu'il allait me perdre en me révélant toute la beauté profanée de ses secrets.

– Je ne te mérite pas, se lamente-t-il, le visage plongé dans mon cou.

Je lui caresse les cheveux.

– Ce n'est pas à toi d'en décider.

Il serre encore plus fort.

– J'ai si mal. Et j'ai peur, aussi. Je ne sais pas comment faire pour me racheter.

Je le repousse tout doucement, et même s'il ne me laisse pas faire, au début, j'insiste jusqu'à ce qu'il soit suffisamment loin pour que je puisse déposer mes lèvres sur le centre de son torse, là où bat son cœur blessé.

– Bisou magique, soufflé-je, en reculant. Tu te souviens ? Je t'avais promis que je t'en donnerais un chaque jour que Dieu fait et jusqu'à ce que tu comprennes que, toi aussi, tu as le droit d'être heureux.

Saint me regarde comme si j'étais la plus appétissante des friandises, la plus compliquée de toutes les énigmes, et la plus belle de toutes les femmes.

– J'aurais voulu que Judy rencontre quelqu'un comme toi pour la sauver, confesse-t-il, une main posée là où je l'ai embrassé.

Je cueille l'une de ses larmes du bout des doigts.

– Qui te dit que ce ne sera jamais le cas ? Je sais que tu n'y crois pas, et j'avoue que c'est sûrement à cause de mon père que je suis aussi attachée à la croyance en une vie après la mort, mais… peut-être que son histoire n'est pas finie. Qu'elle a juste terminé le chapitre qu'elle avait à écrire ici.

Saint s'étrangle dans un sanglot qui n'est plus tout à fait triste.

– J'ai envie d'y croire.

– Alors, fais-le.

Il me ramène près de lui, comme s'il était incapable de supporter les quelques centimètres qui nous séparent l'un de l'autre.

– Tous mes chapitres parleront de toi, Olaïna. Dans cette vie et les prochaines. Tu es mon âme sœur. Et je suis l'homme qui t'est destiné. Je serai l'amour de ta vie, ton futur mari et le père de tes enfants.

Oui, il s'en souvient, lui aussi.

Ce sont exactement les mots que j'ai prononcés cette nuit-là, à l'issue de notre première fois. Allongée dans la baignoire de son ami, de l'eau jusqu'à la taille, je priais pour que ce soit lui, l'homme que je décrivais et que j'avais passé toute mon adolescence à imaginer dans mes rêves de jeune fille.

Mon cœur, lui, savait déjà qu'il l'avait trouvé. Et c'est pour ça qu'il ne s'en est jamais remis. Il attendait qu'il lui revienne.

– Je t'aime, chuchoté-je à son oreille.

Parce qu'il n'y a rien de plus à dire.

– Tu es ma famille, me répond-il, et je serai la tienne.

Une promesse qui m'emplit d'une béatitude émerveillée.

– Tu ne seras plus jamais seule, mon ange. Je te le promets.

Je ris en l'embrassant sur ses lèvres qui m'offrent plus que de l'amour, plus que du bonheur, plus qu'une promesse d'engagement.

Elles me redonnent le morceau d'âme qui me manquait pour être de nouveau pleine et entière.

– Nous ne serons plus jamais seuls, Saint.

Parce qu'on sera ensemble. Jusqu'à la fin de nos jours. Et peut-être même après…

– *Meri jaan.*

Et c'est ainsi que l'on va s'aimer.

Plus que la vie elle-même.

Dans un souffle d'éternité.

36

Sept mois

Saint

22 septembre 2021

– Aujourd'hui, me souffle Ola à l'oreille en se glissant dans mes bras, sous les draps, ça fait huit ans que l'on s'est rencontrés.

Je souris en m'étirant, le corps encore engourdi par le sommeil. Il n'y a pas de meilleur réveil qu'avoir la personne que l'on aime près de soi… Quand je repense à toutes ces longues années durant lesquelles je rêvais de ce moment, de cet instant, de cette relation sans jamais oser y croire, j'ai toujours du mal à me faire à l'idée que ça s'est enfin réalisé.

Olaïna McLaren est ma petite amie.

Depuis sept mois.

Après sept ans d'errance et d'espérance.

Putain, merci la vie !

– Tu veux qu'on fête ça comment, mon ange ?

J'ai quelques idées, bien sûr. Et mon sexe a lui-même deux ou trois propositions plutôt alléchantes, mais ça fait plusieurs jours que je sens qu'elle mijote un truc et je suis très curieux. Olaïna adore me faire des surprises bizarres. Comme cet appartement. Je ne savais même pas qu'elle envisageait de déménager avant qu'elle m'annonce que João comptait s'installer chez Catalina et que Jony était d'accord pour échanger son trois-pièces contre l'un de nos studios.

En un mois, elle a refilé ses clés à sa meilleure amie et installé toutes nos affaires ici. C'est plus grand et il y a deux chambres. On n'a pas encore discuté de ce que l'on allait faire de la pièce vacante que l'on utilise comme un débarras, pour le moment. Mais je sais très bien ce qu'elle veut, peut-être pas tout de suite, mais bientôt… et honnêtement, j'ai vraiment hâte de le lui donner, ce bébé que l'on attend tous les deux.

Mais le plus drôle, dans l'histoire, c'est qu'avant son retour de l'armée – définitif, cette fois –, Cian m'a demandé de lui céder mon appartement. Comme je passais déjà les trois quarts de mon temps chez Ola, et que je sais à quel point c'est difficile de se loger pour pas trop cher à Vegas, je n'y ai pas vu d'inconvénient, si bien qu'à présent, le frère d'Ola est le voisin de Jony.

Pour leur plus grand malheur à tous les deux.

Toutefois, leur guerre ouverte est plus qu'hilarante, et comme il s'avère que Cian n'est pas aussi con que je l'ai cru, j'ai le droit à de nombreuses crises de fou rire, grâce à eux…

– J'ai une surprise pour toi ! s'écrie Olaïna, surexcitée. Ne bouge pas !

Mon sourire s'élargit tandis qu'elle saute en bas du lit pour aller récupérer quelque chose dans le salon. Vêtue d'une simple culotte rose et d'un minuscule débardeur blanc, elle est magnifique et je ne peux pas m'empêcher de me rincer l'œil en m'adossant contre le mur.

Avec ses nouveaux tatouages, ses longues mèches rouges et tous les bijoux qu'elle m'a empruntés, Olaïna est devenue encore plus belle, et c'est un peu effrayant. Elle respire la joie de vivre et la confiance en elle, aussi épanouie qu'une rose immortelle. Et moi, je suis si heureux que je m'inquiète tous les jours de la perdre. Je suis toujours angoissé à la pensée qu'elle se rende compte que je ne suis pas à la hauteur et qu'elle me quitte pour un mec plus adapté à sa pureté d'âme. J'ai beau savoir que c'est ridicule, qu'Ola m'aime autant que je l'aime, je ressens de plus en plus le besoin de sceller notre engagement par un acte plus… officiel. C'est pourquoi je garde une bague dans l'étui de ma guitare depuis plus de trois mois et je guette le meilleur moment pour la lui passer au doigt.

Je vais l'épouser.

Je vais unir ma destinée à la sienne.

Et si elle le veut, je vais être son mari. Pour le meilleur et pour le pire, dans la richesse et la pauvreté, dans la maladie et l'adversité, je vais l'aimer et la chérir tout au long de ma vie.

Eh oui, j'ai appris ces phrases par cœur pour le moment où je pourrai enfin les réciter devant nos familles, nos amis, un membre de l'État ordonné sûrement déguisé en Elvis Presley.

– Tadaaaa ! s'exclame-t-elle, en venant s'asseoir à califourchon sur mes hanches avec une petite liasse de papiers chiffonnés. Félicitations, mon amour !

Perplexe, je m'empare des documents et les survole en sentant mon pouls s'accélérer dans ma gorge à mesure que je prends conscience de l'ampleur du geste qu'elle vient de faire pour moi. C'est une proposition de contrat. Pour ma musique. Pas avec une maison de disques, mais avec un petit label indépendant plutôt cool que je connaissais déjà et qui se spécialise dans les bandes-son de films et de séries.

– Avant que tu t'énerves, me prévient-elle, ce n'est qu'une proposition et tu n'es pas obligé de signer si tu ne te sens pas prêt. Le mois dernier, j'ai corrigé un article qui parlait d'eux, et comme Mason est un bon ami du directeur, il a accepté de lui refiler la maquette que tu avais faite pour t'amuser avec les élèves de ton lycée. Ça leur a tellement plu qu'ils m'ont rappelée le soir même, et voilà : un contrat. Je l'ai depuis six jours et je mourais d'envie de t'en parler, mais je voulais attendre d'être sûre que tu sois prêt à m'écouter…

Je ne sais même pas quoi lui répondre tellement je suis choqué.

– Je ne suis pas stupide, continue-t-elle, mal à l'aise. Je comprends et je respecte les raisons pour lesquelles tu t'es retiré de ce monde. Je ne m'imagine même pas à quel point ça doit être douloureux et humiliant d'être accusé d'un crime que l'on n'a pas commis sans avoir les moyens de se défendre. Mais, Saint…

Olaïna pose une main sur mon visage pour me forcer à quitter des yeux le contrat de mes rêves pour la regarder, elle, la femme que je n'osais pas rêver.

– Tu es trop doué pour t'arrêter là. J'adore le fait que tu veuilles enseigner ta passion à la nouvelle génération. C'est admirable. Mais ce n'est pas suffisant lorsqu'on possède un tel talent. Je veux que ta musique transcende les gens comme elle le fait avec moi. Je veux qu'elle s'envole et qu'elle brille à travers tout le pays, et peut-être même le monde. Parce que tu le mérites, mon amour. Et parce que je sais que, tout au fond de toi, tu en brûles d'envie.

Je sens les larmes me monter aux yeux.

– Mais je…

– Eh attends, me coupe-t-elle, j'ai bien réfléchi avant de les contacter, et après en avoir longuement discuté avec Paul, le directeur du label, j'ai demandé s'il t'était possible de signer sous un pseudonyme pour que tu puisses conserver une certaine forme d'anonymat. Et il est d'accord ! Il m'a même dit que c'est super courant, dans ce milieu.

Je n'avais jamais songé à utiliser un pseudonyme pour continuer à produire de la musique. Et pour cause, je me suis toujours imaginé en rock star qui mettrait le feu aux planches, et jamais en compositeur de l'ombre.

Toutefois, Olaïna a raison : j'adore la musique. Sous toutes ses formes. Avec ou sans lumière, devant ou derrière un public. Je veux jouer de la guitare, du piano, de la batterie et de la basse. Je veux écrire des notes sur une partition et leur donner vie à travers l'instrument le plus adéquat pour rendre hommage aux sentiments qu'elles font naître à l'intérieur de moi. Et s'il est vrai que j'adore chanter, j'ai toujours préféré gratter les cordes de ma guitare pour en tirer toute l'âme des mélodies qui me trottent dans la tête.

– Je ne veux pas que tu passes à côté de tes rêves par peur du jugement d'inconnus qui n'ont pas la moindre idée à quel point ton art est magnifique, chuchote Olaïna, en m'embrassant tendrement sur le front. Le monde est cruel. L'humanité décline de jour en jour, et la plupart des gens choisissent la haine plutôt que l'amour. Mais tu es différent, Saint.

Un autre baiser. Sur ma joue, cette fois.

– Tu es une belle âme. Je serai toujours là pour te le rappeler. Et je ne laisserai personne te dire que tu n'en vaux pas la peine. Pas même toi.

Là, c'est moi qui l'embrasse. Sur ses lèvres qui me hantent, sur sa bouche qui me sauve, inlassablement, de cette chienne de vie en laquelle je ne croyais plus…

– Je t'aime, soufflé-je, en reculant. Je suis fou amoureux de toi, Olaïna.

Elle passe les bras autour de mon cou.

– Ça veut dire que tu es d'accord ?

Je hoche la tête.

– Je vais y réfléchir encore un peu, mais je… oui, j'ai très envie d'accepter.

Elle pousse un petit cri de joie en s'agitant sur moi. Une délicieuse torture pour laquelle je serais prêt à tuer.

– Je suis trop contente !

Moi aussi, mon ange…

– C'était un très beau cadeau, la félicité-je, en cachant mon émotion derrière un large rictus espiègle. Mais j'avoue que je pense avoir fait beaucoup mieux que toi.

Intriguée, elle se fige pour me dévisager à travers ses paupières mi-closes.

– Tu m'en as fait un, toi aussi ?

Elle est surprise et elle a raison de l'être : en vérité, je n'y avais pas pensé. Pour moi, ce jour, aussi sublime que maudit, restera toujours attaché à la mort de mon père. Mais j'ai plus d'un tour dans mon sac, et comme le dit si bien ma mère, je suis un véritable félin qui retombe toujours sur ses pattes.

– Oui, et il est encore meilleur que le tien.

Ses prunelles se mettent à pétiller.

– Tu dis ça parce que tu n'as pas encore vu les photos hyper-sexy que j'ai prises hier soir avec ma toute nouvelle lingerie. *Spoiler alert* : sur l'une d'entre elles, je ne porte que ton parfum.

La demi-molle que je me traîne depuis le réveil durcit instantanément sous ses fesses.

Les photos coquines, c'est *carrément* notre truc.

Avant de tomber sur les clichés qu'Ola avait faits à Clayton pour la Saint-Valentin, je n'aurais jamais cru que ça pouvait autant m'exciter. Mais lorsque je les ai trouvés dans l'ordinateur de Clay, à cette putain de soirée d'Halloween qui a tout changé, j'ai immédiatement été… hypnotisé.

Lui, il les avait laissés dans le dossier des téléchargements. Ils n'étaient ni classés ni cachés. Comme s'il n'en avait rien à foutre. Quant à moi, je venais de télécharger une musique et je la cherchais lorsque j'ai cliqué dessus complètement par hasard. Et les voir là, à lui et pour lui, ça a suffi à me plonger dans une colère noire.

C'était comme retrouver une œuvre d'art dans une benne à ordures.

Olaïna était là, si belle, si courageuse, et tellement naïve, aussi… qu'un truc dans ma tête a vrillé et que, sans vraiment y réfléchir, je me les suis envoyés par mail avant de les supprimer définitivement du disque dur.

Je ne pouvais pas les faire disparaître – elle était trop merveilleuse. Toutefois, je ne supportais pas que Clayton puisse encore s'en servir pour se rincer l'œil. Ou pire, pour se moquer d'elle. Je les ai donc dissimulés dans mon propre ordinateur, en me promettant à moi-même de ne jamais les regarder. De les préserver. En quelque sorte. Et j'ai réussi à ne jamais y retourner… jusqu'à ce qu'elle renomme le dossier HOLÀ en HOT-LÀ et qu'elle y en ajoute d'autres, faites spécialement pour moi.

C'est à ce moment-là que j'ai compris que je ne la laisserais JAMAIS réaliser les défis de sa *sexlist* avec un autre homme que moi.

Plutôt crever que de permettre à un connard de me voler *ma* chance.

Olaïna m'a appartenu dès l'instant où j'ai cessé de lutter contre notre inévitable attirance…

– Un jour, murmuré-je contre ses lèvres humides, tu me tueras, mon ange.

Elle me gratifie d'un petit coup de langue joueur.

– Avec toi, je n'ai plus rien d'un ange, mon amour.

Je lui mords la lèvre inférieure.

– Tu as raison. Tu es une reine. La reine de mon cœur.

Son sourire illumine toute la pièce.

– Allez, ramène-moi mon cadeau ! Et je te préviens, si c'est un petit déjeuner au lit, je saurai que tu avais oublié !

J'éclate de rire en la repoussant sur le côté et, avant de filer à mon tour dans le salon pour récupérer l'étui de ma guitare, j'enfile un pantalon de jogging et un tee-shirt bleu à l'effigie du club Little Darling dans lequel il nous arrive de réserver le salon privé pour nous… hum, amuser. Je ne peux décidément pas lui demander de m'épouser avec, en tout et pour tout, ma croix magique et la montre que son père m'a offerte pour mon anniversaire.

Le cœur battant à tout rompre, je mets moins d'une minute pour faire l'aller-retour, et lorsque je reviens dans la chambre, Ola m'attend, assise en tailleur au milieu du lit, avec une impatience contagieuse.

– Oh ! C'est une chanson ? me demande-t-elle, euphorique. Génial !

Je secoue la tête en m'agenouillant à ses pieds pour déposer l'étui de ma guitare sur le sol et l'ouvrir d'une chiquenaude. De là où elle se trouve, elle ne voit pas l'intérieur. Alors, quand j'en extirpe la petite boîte carrée en velours pourpre, elle reste bouche bée.

– Désolé, ce n'est pas une chanson, m'amusé-je, si stressé que j'en ai les mains qui tremblent. Mais je te promets que si tu me dis oui, je t'en écrirai des dizaines et des dizaines pour que tu ne puisses jamais douter à quel point je t'aime.

Un genou à terre, le souffle court, je sors la bague dont le diamant noir est enchâssé au cœur d'un anneau en argent serti de plusieurs pierres précieuses plus petites. Elle brille de mille feux dans le contre-jour. Noir et blanc. Ombre et lumière. Elle et moi. Dès que je l'ai vue, j'ai su qu'elle serait parfaite à son doigt.

– J'avais prévu un discours, lui avoué-je, mais c'est le vide dans ma tête. Ce que je sais, c'est que je veux t'épouser. Je le veux plus que tout au monde.

Je me sens un peu con lorsque j'ajoute :

– S'il te plaît, mon ange.

Puis je lui tends la bague tandis qu'elle me fixe avec de grands yeux larmoyants, une main posée en travers de sa poitrine.

– Fais de ton plus vil pécheur un honnête homme.

Pas de réponse.

Mes entrailles se liquéfient dans mon abdomen. Peut-être est-ce trop tôt. Peut-être n'a-t-elle plus envie de devenir ma…

– Oui ! hurle-t-elle soudain, en me faisant sursauter. Oui, oui, oui !

Sans attendre que je lui passe la bague à l'annulaire gauche, elle se jette sur moi et me fait tomber sur le dos pour couvrir mon visage de baisers papillons, tout aussi tendres que mignons. Je ris, elle aussi. Et pendant un instant, je suis tellement heureux que j'ai peur d'éclater, comme si mon corps n'était pas assez grand pour contenir une telle quantité de bonheur.

– Je veux t'épouser, Saint !

– Tu vois, je t'avais bien dit que mon cadeau était meilleur que…

Olaïna m'interrompt :

– Je veux t'épouser ! Tout de suite ! Maintenant ! Aujourd'hui !

Une idée, probablement pas très futée, se met à germer dans mon esprit…

– Chérie, on habite à Las Vegas, lui rappelé-je, sans trop savoir si je plaisante ou non. Je crois que ça peut s'arranger. Tu fais quelque chose, cet après-midi ?

Avec un grand sourire aux lèvres, elle me répond :

– Oui, je vais devenir ta femme.

Ma femme, me répété-je en moi-même, incrédule. *À moi.*

Je pourrais en pleurer des rivières tellement j'en suis fier…

– Alors, mets ta plus jolie robe blanche, mon ange. Parce qu'on va se marier.

ÉPILOGUE

Ola

– C'est mon « quelque chose de vieux », expliqué-je à Saint, un peu nerveuse, en triturant mes boucles d'oreilles en forme de fleurs de lys qui doivent bien dater de mes années lycée. C'est peut-être narcissique, mais je me suis toujours dit que c'était à cause d'elles que tu avais choisi de t'en faire tatouer sur le corps.

Beau à mourir dans le costume noir à fines rayures grises et griffé Hugo Boss qu'il a emprunté à João, Saint sourit en remontant la manche de sa chemise blanche jusqu'au creux de son coude pour dévoiler son avant-bras recouvert de volutes d'encre.

– C'est le cas, confirme-t-il, l'air serein. Plus de la moitié de mes tatouages parlent de toi, mon ange.

De son autre main, il joue avec les breloques en plastique qui pendouillent à mes oreilles.

– OK. C'est ton « quelque chose de vieux ». Et la robe, c'est ton « quelque chose de neuf », du coup ?

Je confirme d'un bref hochement de tête.

Dès que Saint m'a dit d'enfiler une robe blanche pour qu'on puisse aller se marier à la sauvette dans l'une des chapelles ringardes de Vegas, j'ai sauté du lit, appelé Catalina et Jony à la rescousse, et écumé mes boutiques préférées à la recherche de la perle rare. Étonnamment, il m'a fallu moins d'une heure pour la trouver, dans une petite boutique qui ne payait pas de mine, mais qui regorgeait de trésors vintages.

Ma robe de mariée est faite de mousseline et de dentelle, comme j'en ai toujours rêvé. Un peu trop longue pour moi, elle traîne sur le sol, mais son col en forme de V met en valeur mon décolleté et la ligne gracile de ma nuque. Des petites perles nacrées sont cousues sur les manches et la doublure satinée forme un joli drapé autour de ma taille. D'une couleur beige plutôt que blanche, striée de surpiqûres argentées, elle épouse mes courbes, s'évase autour de mes chevilles et met en valeur l'éclat doré de mon teint.

Sous la traîne, j'ai enfilé une paire de sandales plates pour ne pas avoir mal aux pieds lorsque l'on ira faire la fête dans les bars du Strip avec tous nos amis. Catalina a coiffé mes cheveux en chignon flou d'où s'échappent quelques boucles qui viennent encadrer mon visage très légèrement maquillé – gloss, blush et mascara. Rien de trop sophistiqué, je n'en avais ni le temps, ni l'envie. Je n'ai pas de bouquet de fleurs. Ni de collier, de voile ou de diadème. Et on ne le célèbre pas dans le belvédère de mon enfance, dans lequel je situais toujours ce moment privilégié dans mes fantasmes de jeune fille.

Mais c'est parfait.

Parce que c'est Saint.

Et que je n'ai d'yeux que pour lui.

Peu importe le décor et les détails, l'endroit et les invités, je me marie à mon meilleur ami, à l'amour de ma vie, et je ne pouvais pas espérer mieux que ça…

– Elle te plaît ?

Il ricane en s'emparant de ma main tremblante.

– Tu aurais pu arriver avec un sac-poubelle que je l'aurais trouvé incroyable sur toi ! Mais, oui. Elle est très jolie.

Une pause.

– Peut-être qu'un jour, continue-t-il, tu la donneras à notre fille.

Des milliers de papillons hystériques s'envolent dans mon ventre. Mon envie de devenir maman me dévore de jour en jour, et je sais très bien qu'il l'a senti. Il faut dire que je n'ai pas été très subtile en échangeant mon appartement contre celui des jumeaux pour avoir deux chambres et plus d'espace.

– Je l'espère de tout mon cœur, lui avoué-je, au bord des larmes.

Une lueur espiègle traverse son regard noir d'un désir qui me réchauffe la poitrine.

– Si tu veux, ce soir, tu jettes ta pilule dans les chiottes pour qu'on puisse mettre en route notre petite Cassandra.

Stupéfaite par sa proposition qui a tout de même l'air sérieuse, j'éclate d'un rire bruyant qui attire l'attention de nos familles et de nos amis. Grâce à ses bêtises, tout le stress qui me barbouillait l'estomac se volatilise et je m'écrie :

– Hors de question qu'on donne ce prénom à notre fille !

Je suis folle amoureuse de ce crétin.

– Votre fille ? répète mon père, en avançant vers nous, les sourcils arqués. Tu es enceinte ?! C'est pour ça que tu te maries aussi vite ?

Je lève les yeux au ciel en feignant de ne pas remarquer le regard dépité de Saint.

– Non, papa. Ne t'inquiète pas, tu ne vas pas redevenir grand-père avant un sacré bout de temps. À moins que Cian ait une surprise à nous annoncer, évidemment.

Ma sœur a accouché en juin dernier d'un petit garçon en parfaite santé qui, très étonnamment, fait le bonheur de mon père. Il s'avère que c'est un véritable papi gâteau qui passe la majorité de son temps libre à gâter son petit-fils et à lui confectionner lui-même des jouets en bois. Clayton et Charity ne se sont toujours pas mariés, et j'ai appris par l'intermédiaire de Saint qu'ils ne sont plus très sûrs d'en avoir envie – l'un comme l'autre. Cela faisait plusieurs mois que leur relation battait de l'aile, et l'arrivée de Damian n'a pas arrangé les choses. J'ai essayé de ne pas m'en mêler, de rester le plus éloignée possible de la querelle qui les oppose, mais la curiosité a fini par l'emporter et Cian m'a m'expliqué que Clayton n'approuvait pas du tout la décision de ma sœur de… hum, reprendre le travail.

Pour ma part, j'avoue que je ne sais pas trop quoi en penser. D'un côté, je trouve courageux qu'elle refuse de changer pour se formater, comme je l'ai fait par le passé, à la vision de la femme idéale de Clayton. Et d'un autre, je peux tout à fait comprendre les appréhensions de mon ex-fiancé. Ce n'est pas tant le fait qu'il veuille qu'elle s'assagisse qu'une jalousie somme toute légitime. À sa place, je ne crois pas que j'aurais été capable d'accepter que Saint couche avec d'autres femmes – même pour le travail. Je l'aime trop pour ne serait-ce qu'envisager de le partager. Et je me demande souvent comment ils vont réussir à surmonter une telle épreuve sans se déchirer et faire du mal à leur enfant. Aucun des deux ne semble prêt à faire d'efforts ou à accepter d'être le premier à faire des concessions.

– Jamais de la vie, bougonne Cian, les bras croisés sur son torse dans une attitude défiante. L'amour, le mariage et les gosses, très peu pour moi. Je tiens à ma liberté, merci bien.

– Je disais la même chose, lui fait remarquer Saint en riant. Et regarde où j'en suis !

Il écarte les bras, si heureux qu'un sentiment de paix absolue fleurit dans mon cœur.

– Et moi pareil, se marre João, le bras enroulé autour des épaules de Catalina, resplendissante dans sa combinaison lavande. Prépare-toi à devenir un véritable homme au foyer d'ici peu, mon pote.

Cian esquisse une grimace de pur dégoût.

– Vous, vous êtes faibles. C'est différent.

Derrière lui, vêtue d'un costume blanc et rose assorti à ses cheveux, Jony se pince le nez comme si elle venait de renifler une mauvaise odeur.

– Vous la sentez, vous aussi, la masculinité toxique ?!

Je dissimule un sourire derrière ma main tandis que la mère de Saint s'esclaffe, les yeux pétillants.

– En termes de toxicité, je ne crois pas que tu aies ton mot à dire, minimoys, la tacle Cian, toujours prêt à se disputer avec ma meilleure amie.

Ces deux-là sont dans une phase où ils se détestent plus que tout, et je dois bien l'avouer, c'est extrêmement divertissant à regarder.

Je n'aurais jamais cru que ma relation avec Cian deviendrait aussi forte. Tous les vendredis soir, on se retrouve chez mon père pour dîner en famille. Avec Saint, João et Catalina. De temps en temps, Jony se joint à nous, et plus rarement, Clay dépose Damian. C'est devenu mon moment préféré de la semaine, et même s'il nous arrive parfois de nous disputer sur des sujets futiles, ce n'est plus comme avant, lorsqu'on arrêtait complètement de se parler.

Cian est sarcastique, un peu froid et toujours à un cheveu de la cruauté, mais ce n'est pas un mauvais bougre. En fait, je crois qu'il se cache derrière un masque de gros con pour ne pas montrer aux gens qui l'entourent à quel point il se sent paumé. Depuis qu'il est revenu de l'armée, il ne sait plus quoi faire de sa peau. Il a enchaîné tellement de petits boulots au cours de ces quatre derniers mois qu'il faudrait trois feuilles recto verso pour compléter son *curriculum vitae*. Facteur, pompiste, vendeur de vêtements, coach sportif et croupier. Rien ne lui convient, et plus les semaines passent, moins il semble savoir ce qu'il a vraiment envie de faire. En ce moment, il remplace un surveillant dans le lycée de Saint, et c'est bien la première fois qu'il ne démissionne pas au bout de trois jours.

– Ne m'appelle pas comme ça, putain ! râle Jony, en retrouvant son langage fleuri habituel. Je fais un mètre cinquante-neuf, je te signale ! Ce n'est que quatre centimètres en dessous de la moyenne !

La mère de Saint, pas beaucoup plus grande qu'elle, glisse un bras autour de ses épaules pour la calmer.

– J'ai toujours dit que tout ce qui était petit était mignon !

Puis elle jette une drôle d'œillade à mon père. Pas tout à fait aguicheuse, mais… ça me fait bizarre, parce que ça ressemble beaucoup à du flirt.

– N'est-ce pas, Connor ?

OK, c'est carrément du flirt ! songé-je, avec un petit frisson de malaise.

Saint doit le remarquer, lui aussi, parce qu'il me murmure à l'oreille :

– Je crois que ma mère a craqué pour ton père.

Je fais mine de vomir, ce qui lui arrache un léger gloussement.

– Je… euh… bégaie mon père, pris de court. Oui, j'imagine. Ma femme n'était pas beaucoup plus grande que vous.

Ma mère mesurait un mètre soixante-cinq et était tout en courbes voluptueuses – exactement comme celle de Saint. À la différence près qu'elle était indienne et très brune, et non française avec de douces boucles blondes.

– Vous êtes là pour la cérémonie Hunderson ? intervient une jeune fille brune, en entrant dans la petite salle où l'on patiente depuis une bonne demi-heure.

Nous acquiesçons dans un même mouvement, et la boule d'émotions dans mon ventre se détend tout en se renouant dans ma gorge.

C'est le moment.

– Bien ! s'exclame-t-elle en claquant des mains. C'est à vous !

Elle nous fait signe de la suivre dans la chapelle où un homme d'âge mûr qui lui ressemble et déguisé en Elvis Presley nous attend en bougeant la tête au rythme d'une marche nuptiale plutôt rock'n'roll. Mon père fait la moue en prêtant son bras à la mère de Saint, qui l'accepte avec plaisir, et ils sont les premiers à entrer, suivis de près par João et Catalina. Mon frère me décoche un clin d'œil, puis il tend le bras à Jony, qui renâcle en le refusant avec une moue hargneuse.

– Je dirais plutôt que tout ce qui est petit est agaçant, grogne-t-il, en lui emboîtant le pas.

Elle riposte :

– Et tout ce qui est grand est inintéressant !

– Va dire ça à ton mec. Saphir, j'sais pas quoi, persifle-t-il.

Jony prend la mouche.

– C'est Zéphyr ! Et laisse-le en dehors de ça.

Avec une expression roublarde, il la rattrape et tire sur sa queue-de-cheval.

– C'est toi qui m'as voulu dedans, lui rappelle-t-il, avec un sous-entendu volontairement indécent que je comprends un peu trop vite. Et bien au fond...

Saint éclate de rire tandis que je refais mine de vomir en les regardant disparaître de l'autre côté de la porte.

– Je crois que c'est à notre tour, me dit-il, une fois que son hilarité s'est calmée.

Je jette un rapide coup d'œil à l'entrée, puis je murmure en l'enlaçant tendrement :

– Je suis désolée qu'il ne soit pas venu.

Une lueur peinée fait scintiller ses yeux noirs.

Je sais qu'il a invité Clay à se joindre à nous, quand bien même leur amitié a pris un sacré coup lorsque Saint et moi avons officialisé notre relation. Même si mon ex-fiancé n'en a plus rien à faire de moi, il n'a jamais vraiment digéré ce qu'il s'est passé, et je ne peux pas lui en vouloir. D'autant plus que sa propre relation avec Charity est au point mort. Alors, oui : ils sont toujours amis, mais ce n'est plus comme avant et ils se voient de moins en moins, ce qui attriste énormément Saint.

Heureusement, Cian est rentré d'Afghanistan, et depuis quelques mois, ils ont pris l'habitude de traîner ensemble. Ils vont boire des bières après le travail, ils assistent à des matchs et à des concerts, ils soulèvent de la fonte à la salle de sport, ils se font des tournois de PlayStation et, même s'ils ont conscience que je déteste ça, ils ont remis au goût du jour les « week-ends de camping défonce », que Clay adorait à l'époque. João se joint à eux de temps en temps, et à eux trois, ils sont tellement insupportables qu'ils ont tendance à me refiler la migraine. Mais leur trio fonctionne vraiment bien, et j'en suis soulagée.

Parce que j'éprouve toujours un peu de culpabilité à me dire que j'ai gâché son amitié avec Clay.

– C'est sûrement aussi bien, soupire-t-il. Je pense que ça t'aurait mise mal à l'aise.

– C'est vrai, approuvé-je, sans chercher à le nier. Mais j'aurais fait un effort, pour toi.

Je n'ai parlé qu'une fois à Clayton depuis notre dispute devant l'église au mois de mars. Il venait de déposer Damian chez mon père, et j'arrivais pour aider ce dernier à réaménager mon ancienne chambre d'adolescente en chambre pour bébé. La tension a été à son maximum durant les deux premières minutes. Puis j'ai pris mon courage à deux mains et je l'ai félicité pour la naissance de son fils en lui avouant que j'avais rarement vu un enfant aussi mignon. Qu'il était son portrait craché. Ça a eu l'air de lui faire plaisir, et il m'a remercié en s'excusant d'être allé trop loin lors de notre dernière altercation. J'ai haussé une épaule pour lui faire comprendre que ce n'était rien, et il a fini par m'expliquer qu'il avait appris l'existence de ma *sexlist* en tombant sur mon journal intime, chez Saint. Je l'ai rassuré en lui disant que ça n'avait plus la moindre importance. Que tout allait bien, et il m'a semblé soulagé.

Clayton n'a jamais eu un mauvais fond.

Tous les trois, et pendant trop longtemps, on a juste fait de très mauvais choix.

– Et c'est exactement pour ça que je vais t'épouser, mon ange, chuchote Saint contre mes lèvres, qu'il effleure du bout de la langue. Et lorsqu'on fera ce gros mariage auquel tu rêvais quand tu étais enfant, je sais que tous les gens que l'on aime seront présents. Là, c'est juste pour toi et moi.

Je le dévisage, bouche bée.

– Tu voudras en refaire un ?

Il rit de mon hébétude.

– Bien sûr ! Tu n'as même pas de fleurs, mon ange. Tout a été fait trop vite, et moi, ça me va parce que je sais que je t'en offrirai un autre où tout sera parfait.

Je sens une larme rouler sur ma joue.

– Mais c'est déjà parfait, Saint.

Il caresse mon visage d'un revers de la main.

– Je t'épouserais tous les ans, si je le pouvais.

Je ris en l'embrassant.

– Et je te dirais oui à chaque fois, joli cœur. Tant pis pour les fleurs, je n'en ai pas besoin.

Mon futur mari plisse les yeux en regardant tout autour de lui, puis il me colle un baiser sur le bout du nez et se faufile dans le bureau de l'accueil pour dérober un magnifique bouquet de lys tigrés… en plastique.

– Ce sera ton « quelque chose d'emprunté » ! plaisante-t-il en me le fourrant dans les mains.

Je me gausse en époussetant les feuilles plastifiées.

– Tu crois qu'ils vont l'ajouter à notre facture ?

– On s'en fout, c'est ton père qui paye !

Cette fois-ci, je ris à gorge déployée.

– Prête, mon ange ?

Je serre les lys chiffonnés contre mon cœur qui bat à mille à l'heure.

– Depuis une éternité et pour l'éternité.

Nos doigts s'entremêlent comme nos cœurs, et bientôt, notre destinée.

– Je t'avais bien dit que tu serais à moi pour toujours.

Oui, et je m'en souviens comme si c'était hier. On venait de faire l'amour, et plus que ma virginité, je lui avais absolument tout donné de moi en songeant que c'était peut-être stupide, mais qu'il n'y aurait plus jamais aucun homme capable de me faire ressentir ça… et j'avais raison, moi aussi.

– Je n'aurais jamais voulu appartenir à qui que ce soit d'autre que toi.

Parce qu'il n'y a qu'avec lui que je me sens réellement libre.

– Au fait ! s'interrompit-il, alors que l'on est sur le point d'entrer dans la chapelle d'un Elvis légèrement impatient. C'est quoi, ton « quelque chose de bleu » ?

Un sourire coquin me soulève la commissure des lèvres, que je lèche dans un lent mouvement équivoque.

– Ah, ça… il te faudra attendre ce soir pour le voir !

Un grognement intensément érotique s'élève de sa poitrine.

– Putain, j'suis vraiment le plus chanceux des hommes, moi !

Et moi, la plus chanceuse des femmes, meri jaan.

TWs

- Langage cru et vulgaire
- Scène de sexe explicite
- Aborde le sujet du viol
- Suicide / dépression
- Relation toxique
- Aborde le deuil
- Pression parentale
- Aborde l'avortement

REMERCIEMENTS :

Comment commencer autrement qu'en remerciant ma meilleure amie, Jenn GUERRIERI, pour cette incroyable aventure qui n'aurait jamais été possible sans elle. C'est grâce à son soutien indéfectible que l'histoire de Saint et Ola a quitté la corbeille de mon ordinateur pour arriver jusqu'à vous. Elle est restée mon roc à travers toutes les épreuves que j'ai dû affronter, et plus d'une fois, elle a été la voix de la raison lorsque je n'entendais plus que le brouhaha du découragement.

Merci, Jenn.

Merci d'être toi, merci d'exister, merci de faire partie de ma vie.

Tu es mon hippocampe.

Évidemment, je ne peux pas continuer sans remercier Anita Rigins, une amie très chère à mon cœur, aussi drama queen que moi (si, c'est possible !), et qui a toujours su trouver les mots justes pour m'apaiser et me conseiller. Non contente d'être bourrée de talent, elle est aussi profondément gentille, humaine et brillante.

Merci de m'avoir écoutée sans relâche, de m'avoir consolée et épaulée. Merci de m'avoir fait rire lorsque je pensais que je n'y arriverais plus jamais… Merci d'être mon amie.

Bien sûr, je dois aussi remercier ma petite Chloé Wallerand pour tout ce qu'elle a fait pour moi.

Je sais que tu ne te trouves pas très douée pour écouter les gens, mais c'est faux : tu es un véritable baume pour le cœur. Et je suis vraiment fière de pouvoir compter parmi tes amies.

Je tiens aussi à remercier mon éditrice, Sylvie, pour ses conseils très judicieux, son écoute, sa douceur et son implication. J'ai tellement appris en travaillant avec elle !

Et enfin, rien de tout cela n'aurait été possible sans vous, mes lectrices si fidèles. Je pense notamment à Sarah, Héloïse, Jade, Alexia, Célia, Sam, Lola, Camille, et toutes celles qui m'ont accompagnée tout au long de cette aventure.

Vous êtes des personnes merveilleuses que la chance a mis sur mon chemin, et tous les jours, je remercie le ciel pour ma bonne étoile.

Ce livre existe grâce à vous.

Merci.